Juliette Benzoni

Marianne – Das Schloß in der Toskana

Juliette Benzoni

Marianne
Das Schloß in der Toskana

NAUMANN & GÖBEL

Berechtigte Übersetzung von
Hans Nicklisch

Sonderausgabe der Naumann & Göbel
Verlagsgesellschaft mbh, Köln
Originaltitel: Marianne et l'Inconnu de Toscane

Schutzumschlaggestaltung:
Wiebke Vormstein, Köln
Fotosatz: HEVO GmbH, Dortmund
Gesamtherstellung:
Freiburger Graphische Betriebe, Freiburg
Printed in Germany

ISBN 3-625-20155-0

ERSTER TEIL

Das Gesetz der Männer

1. Kapitel

Das seltsame Rendezvous

Unvermittelt hielt Napoleon in seinem Auf und Ab durchs Zimmer inne und blieb vor Marianne stehen. Die junge Frau, die fröstelnd mit geschlossenen Augen nahe dem Feuer auf einer Ottomane lag, atmete erleichtert auf. Der an Erregungen allzu reiche Abend hatte sie restlos erschöpft, und hinter ihrer Stirn tobte eine schmerzhafte Migräne. Da war die Aufregung ihres ersten Auftretens auf der Bühne des Théâtre Feydeau gewesen, dazu das Lampenfieber und vor allem in einer der Orchesterlogen das unerklärliche Erscheinen des Mannes, den sie getötet zu haben glaubte, und später sein ebenso unerklärliches Verschwinden. Es genügte wahrhaftig, um einen stärkeren Organismus als den ihren zu erschüttern.

Jetzt öffnete sie mit Anstrengung die Augen, sah, daß Napoleon sie mit besorgter Miene betrachtete. Das heißt, war er wirklich besorgt oder nur unzufrieden? Der Absatz seines eleganten Schuhs mit silberner Schnalle grub förmlich ein Loch in den zartfarbigen Teppich, während ein gewisses Beben seiner Nasenflügel, ein gewisser stählerner Reflex in seinen blauen Augen aufkeimenden Zorn verriet. Und Marianne fragte sich plötzlich, ob sie ihren Geliebten, den Kaiser, oder einen Untersuchungsrichter vor sich hatte. Denn wenn er auch in den zehn Minuten seit seinem stürmischen Eintritt nicht viel gesagt hatte, erriet die junge Frau doch schon die kommenden Fragen. Die kurz zuvor noch so friedliche, beruhigende Stille des Zimmers mit seinen blaugrünen Moirés, seinen duftigen Blumen und seinen durchscheinenden Kristallen war irgendwie zerbrechlich, provisorisch geworden ... Und wirklich zerbarst sie im Knallen eines trockenen:

»Du bist sicher, nicht das Opfer einer Sinnestäuschung gewesen zu sein?«

»Einer Sinnestäuschung?«

»Ja! Du hast jemand gesehen, vermute ich, der jenem ... jenem Mann ähnelte. Es wäre auch merkwürdig, wenn ein vornehmer Engländer sich frei in Frankreich bewegen, Theater besuchen und sogar die Loge des Fürst-Erzkanzlers betreten könnte, ohne daß es jemand bemerkt. Meine Polizei ist die beste Europas!«

Trotz des hinter ihr liegenden Schreckens und ihrer Müdigkeit mußte Marianne ein Lächeln unterdrücken. Napoleon war eher unzufrieden als besorgt, und das auch nur, weil die Möglichkeit bestand, daß seine Polizei bei einem Versagen ertappt wurde. Dabei mochte Gott allein wissen, wie viele ausländische Spione sich ungestraft in diesem schönen Frankreich herumtrieben! Dennoch war sie entschlossen, den Kaiser zu überzeugen. Aber besser war es vielleicht, sich bei dieser Gelegenheit nicht den gefährlichen Fouché zum Feind zu machen.

»Sire«, sagte sie mit einem müden Seufzer, »ich weiß ebensogut wie Ihr, vielleicht besser, wie wachsam Euer Polizeiminister sich zeigt, und ich habe nicht die Absicht, ihn zu beschuldigen. Aber eines ist gewiß: Der Mann, den ich sah, war Francis Cranmere und kein anderer!«

Napoleon ließ sich zu einer irritierten Geste hinreißen, beherrschte sich jedoch gleich wieder, setzte sich ans Fußende von Mariannes Ottomane und fragte in bemüht sanftem Ton:

»Wie kannst du dessen so sicher sein? Du hast mir selbst gesagt, daß du diesen Mann kaum gekannt hast.«

»Man vergißt das Gesicht desjenigen nicht, der einem Leben und Erinnerungen zerstört hat. Und dann hat der Mann, den ich sah, auf der linken Wange eine lange Narbe, die Lord Cranmere am Morgen unserer Hochzeit noch nicht hatte.«

»Inwiefern ist diese Narbe ein Beweis?«

»Insofern, als ich es war, die sie mit der Spitze des Degens verursachte, um ihn zu zwingen, sich mit mir zu schlagen!« sagte Marianne ruhig. »Ich glaube nicht an eine zufällige Ähnlichkeit, die die Treue zum Original so weit treibt, daß sogar die Wunde da ist, die ich allein hier kennen kann. Nein, er war es, und von nun an bin ich in Gefahr.«

Napoleon lachte und zog Marianne mit spontaner Zärtlichkeit in seine Arme.

»Was für Dummheiten du sagst! Mio dolce amor, wie könntest du in Gefahr sein, wenn du meine Liebe besitzt? Bin ich nicht der Kaiser? Kennst du meine Macht nicht?«

Wie durch ein Wunder ließ die Angst, die Mariannes Herz bedrängt hatte, nach. Das außerordentliche Gefühl von Sicherheit, von absolutem Schutz, das nur er ihr zu geben wußte, kehrte zurück. Er hatte ja recht, wenn er sagte, daß ihr nichts geschehen könne, solange er da sei. Aber ... gerade jetzt würde er sie verlassen. In einer Anwandlung kindlicher Angst klammerte sie sich an ihn.

»Ich habe Vertrauen zu Euch ... zu dir! Aber in einer Minute wirst du mich verlassen, Paris verlassen, dich von mir entfernen ...

Plötzlich kam ihr die vage Hoffnung, daß er ihr vorschlagen würde, sie mitzunehmen. Warum sollte sie nicht auch nach Compiègne fahren? Gewiß, die neue Kaiserin würde in einigen Tagen eintreffen, aber konnte er sie nicht in einem Haus der Stadt verbergen? ... Sie war nahe daran, ihren Wunsch auszusprechen, aber schon bettete er sie in ihre Kissen zurück und erhob sich mit einem schnellen Blick zu der Kaminuhr aus vergoldeter Bronze:

»Ich werde nicht lange abwesend sein. Außerdem rufe ich gleich nach der Rückkehr ins Palais Fouché zu mir. Er wird strenge Befehle bezüglich dieses Hauses erhalten. Auf alle Fälle soll er Paris nach diesem Cranmere durchsuchen lassen. Du wirst ihm morgen vormittag eine genaue Beschreibung von ihm geben.«

»Die Herzogin von Bassano behauptet, in der Loge einen gewissen Vicomte d'Aubécourt, einen Flamen, bemerkt zu haben. Vielleicht versteckt sich Francis unter diesem Namen.«

»Nun, man wird nach dem Vicomte d'Aubécourt suchen. Und Fouché soll mir einen genauen Bericht darüber liefern. Quäle dich nicht, carissima mia, selbst von fern werde ich über dich wachen. Aber jetzt muß ich fort.«

»Schon? Kann ich dich nicht wenigstens noch diese Nacht bei mir behalten?«

Kaum ausgesprochen, bereute sie ihre Bitte schon. Warum sich erniedrigen, da er es doch so eilig hatte, sie zu verlassen? Tat er es nicht, um eine andere Frau zu erwarten? Mit Tränen in den Augen sah sie ihn zu dem Sessel hinübergehen, auf den er beim Eintreten seinen grauen Überrock geworfen hatte, sah, wie er ihn anzog. Erst danach wandte er sich ihr wieder zu und antwortete:

»Ich hatte es gehofft, Marianne. Aber bei der Rückkehr vom Theater fand ich eine Anzahl Depeschen vor, die ich noch beantworten muß, bevor ich abreise. Weißt du, daß ich, um zu dir zu kommen, sechs Personen in meinem Vorzimmer habe warten lassen?«

»Um diese Zeit?« fragte sie skeptisch.

Er trat zu ihr und nahm sie mit einer flinken Bewegung beim Ohr.

»Merk es dir, kleines Mädchen: Die Besucher der offiziellen Audienzen bei Tage sind nicht immer die wichtigsten! Und ich empfange nachts viel häufiger, als du es dir vorstellst. Adieu jetzt!«

Er beugte sich zu ihr hinab, um sie zu küssen, doch sie ließ seinen Kuß unerwidert. Sie erhob sich von der Ottomane und nahm einen Leuchter von ihrem Frisiertisch.

»Ich begleite Eure Majestät hinaus«, sagte sie mit einer Winzigkeit zuviel Respekt. »Zu dieser Stunde sind alle Domestiken schlafen gegangen, mit Ausnahme des Pförtners.«

Sie öffnete schon die Tür, um ihm auf der Treppe voranzugehen, aber er hielt sie zurück.

»Sieh mich an, Marianne! Du bist mir böse, nicht wahr?«

»Das würde ich mir nie erlauben, Sire! Bin ich nicht schon allzu glücklich, daß Eure Majestät einige Minuten Ihrer so kostbaren Zeit hat erübrigen können, um sich meiner zu erinnern? ... Ich bin Ihre untertänigste Dienerin.«

Ihre protokollarische Reverenz gedieh nicht bis zum Ende. Napoleon nahm Marianne den Leuchter ab, den er auf ein Möbel stellte, zog sie zu sich hoch, preßte sie an sich und begann dann zu lachen. »Auf mein Wort, was machst du mir da für eine Szene? Du bist eifersüchtig, meine Liebe, und das steht dir gut! Ich habe dir schon gesagt, daß du es verdientest, Korsin zu sein! Wie schön du so bist! Deine Augen funkeln wie Smaragde in der Sonne! Du stirbst vor Verlangen, mir scheußliche Dinge zu sagen, aber du wagst es nicht, und darum kochst du innerlich. Ich spüre, wie du zitterst ...«

Während er sprach, war er ernst geworden. Marianne sah ihn erblassen, sah ihn die Kiefer aufeinanderpressen und begriff, daß er wieder nach ihr verlangte. Plötzlich vergrub er seinen Kopf am Hals der jungen Frau und begann, ihre Schultern und ihre Brust mit hastigen Küssen zu bedecken. Jetzt zitterte er, während sie mit zurückgeworfenem Kopf und geschlossenen Augen ihr Herz wie rasend schlagen hörte und jede seiner Zärtlichkeiten genoß. Wilde Freude, aus Stolz und Liebe gemischt, überflutete sie mit der Gewißheit, daß ihre Macht über ihn ungebrochen blieb. Schließlich hob er sie auf und trug sie in seinen Armen zum großen Bett, auf das er sie nicht eben sehr behutsam legte. Ein paar Minuten später lag die herrliche weiße Robe, ein Meisterwerk Leroys, auf dem Teppich, nur noch ein Bündel zerfetzter Seide.

»Ich hoffe«, flüsterte Marianne zwischen zwei Küssen »daß denen, die Euch in den Tuilerien erwarten, die Zeit nicht allzu lang wird ... und daß sie nicht zu wichtig sind.«

»Ein Kurier des Zaren und ein Gesandter des Papstes kleiner Dämon. Bist du zufrieden?«

Statt einer Antwort schlang Marianne die Arme noch fester um den Hals ihres Geliebten und schloß die Augen mit einem glücklichen Seufzer. Minuten wie diese lohnten all die Ängste, Enttäuschungen, alle Qualen der Eifersucht. Wenn sie ihn wie in diesem Moment in einem wahren Paroxysmus der Leidenschaft delirieren hörte, fühlte sie sich wieder sicher. Es war undenkbar, daß die Österreicherin, diese Marie-Louise, die er statt Joséphine in sein Bett nehmen würde, ihm solche Gefühle entlocken konnte. Zweifellos war sie nur eine verschüchterte dumme Gans, die während jeder Minute dieser Reise, die sie dem Feind der Ihren näher brachte, ihre Seele Gott anbefahl. Napoleon konnte für sie nur eine Art Minotaurus sein, ein verächtlicher Emporkömmling, den sie mit der Arroganz ihres kaiserlichen Blutes behandeln würde, wenn sie ihrer Tante MarieAntoinette auch nur im geringsten ähnlich sah, oder den sie passiv über sich ergehen ließe, wenn sie nicht überhaupt, wie man sich in den Salons zuraunte, nur ein belangloses Mädchen ohne jede Intelligenz noch Schönheit war.

Doch als Marianne eine Stunde später durch ein Fenster des Vestibüls ihren Pförtner das schwere Portal hinter der kaiserlichen Kutsche schließen sah, drangen mit einem Schlage Befürchtungen und Ungewißheit wieder auf sie ein: Weil sie den Kaiser erst nach seiner Hochzeit mit der

Erzherzogin wiedersehen würde und weil sich Francis Cranmere unter dem einen oder anderen Namen frei in Paris bewegte. Fouchés Polizisten konnten erst etwas für sie tun, wenn sie seine Spur gefunden hatten. Und das würde wohl einige Zeit dauern. Paris war so groß!

Fröstelnd in dem Morgenkleid aus Spitzen, das sie rasch übergeworfen hatte, nahm Marianne wieder ihren Leuchter und kehrte mit einem bohrenden Gefühl von Einsamkeit in ihr Zimmer zurück. Das Rollen des Wagens, der Napoleon davontrug, hallte in der Ferne wider, melancholischer Kontrapunkt der Liebesworte, die sie noch zu hören meinte. Aber so zärtlich er auch gewesen war, so präzise seine Versprechungen geklungen hatten, war Marianne doch zu sensibel, um nicht zu spüren, daß eine Seite umgeblättert worden war und daß die Dinge nie wieder so sein würden wie bisher, so stark die Gefühle auch sein mochten, die sie mit Napoleon verbanden.

In ihr Zimmer tretend, fand Marianne dort zu ihrer Überraschung ihre Cousine vor. In einen bequemen wattierten Hausmantel aus amarantrotem Samt gehüllt, eine Nachthaube auf dem Kopf, musterte Mademoiselle Adelaide d'Asselnat mit Interesse, doch ohne sonderliches Erstaunen die zerrissene, auf dem Teppich zurückgelassene weiße Robe.

»Ihr seid noch auf, Adelaide?« wunderte sich Marianne. »Ich glaubte, Ihr schliefet längst.«

»Ich schlafe immer nur mit einem Auge, und dann sagte mir irgend etwas, daß Ihr nach 'seinem' Aufbruch ein wenig Gesellschaft brauchen würdet. Wahrhaftig, das ist ein Mann, der mit Frauen zu sprechen weiß!« seufzte das alte Fräulein und strich über die Reste des perlmuttschimmernden Atlas. »Ich begreife, daß Ihr verrückt nach ihm seid. Aber darf man erfahren, wie er die plötzliche Wiederauferstehung Eures seligen Herrn Gemahls aufgenommen hat?«

»Schlecht«, sagte Marianne, das verwüstete Bett auf der Suche nach ihrem Nachthemd durchwühlend, das Agathe, ihre Kammerfrau, nach der Rückkehr aus dem Theater auf die Decke gelegt haben mußte. »Er ist sich nicht ganz sicher, ob ich nicht Visionen gehabt habe.«

»Und ... Ihr habt keine gehabt?«

»Ganz bestimmt nicht! Warum hätte ich plötzlich Francis' Gespenst sehen sollen, obwohl ich hundert Meilen davon entfernt war, an ihn zu denken, und ihn für tot hielt? Ein Zweifel ist leider nicht möglich, meine arme Adelaide: Es war bestimmt Francis ... und er lächelte, während er mich ansah, ein Lächeln, das mich erschreckte! Gott weiß, was er noch mit mir vorhat!«

»Wer's erlebt, wird sehen!« erwiderte friedlich das alte Fräulein und wandte sich zu dem mit einem Spitzentuch gedeckten kleinen Tisch, auf dem ein kaltes Souper für Marianne vorbereitet worden war, das weder sie noch der Kaiser angerührt hatte. Gelassen entkorkte Adelaide die Champagnerflasche, füllte zwei Sektgläser, leerte eins auf einen Zug, füllte es von neuem und brachte das zweite Marianne. Sodann kehrte sie zurück, nahm ihr Glas, angelte sich von einer Platte einen Hühnerflügel und ließ sich bequem auf dem Fußende des Bettes nieder, in das ihre Cousine geschlüpft war.

Behaglich in ihre Kissen zurückgelehnt, das Glas in der Hand, beobachtete Marianne Mademoiselle d'Asselnat mit einem nachsichtigen Lächeln. Der Appetit Adelaides hatte etwas Märchenhaftes. Die Quantitäten an Nahrung, die diese kleine, magere, zerbrechlich wirkende Frau verschlingen konnte, waren wirklich erstaunlich. Während des ganzen Tages naschte, lutschte, knabberte oder schlürfte Adelaide unentwegt »irgendeine Kleinigkeit«, was sie keineswegs hinderte, sich pünktlich mit Begeisterung zu Tisch zu setzen. Das alles übrigens, ohne zuzunehmen oder auch nur einen Zoll von ihrer Würde einzubüßen.

Das seltsame, verstörte, mürrische graue Geschöpf, das Marianne eines Nachts im Salon entdeckt hatte, als es eben ihr Haus hatte anzünden wollen, existierte nicht mehr. Eine Frau respektablen Alters mit viel Haltung, deren Rückgrat seine natürliche Ungebeugtheit wiedergefunden hatte, war an seine Stelle getreten. Gut gekleidet, mit hübschem seidig-grauem Haar, nach alter Mode in artige lange Locken geordnet, die unter den Spitzenhauben oder Samtkapuzen hervorquollen, war aus der von Fouchés Polizei verfolgten und zu überwachtem Wohnsitz verdonnerten Ex-Revolutionärin wieder die hoch- und nobelgeborene Demoiselle Adelaide d'Asselnat geworden. Im Moment jedoch genoß sie ihren Hühnchenflügel und ihren Champagner mit der Miene einer naschhaften Katze, die Marianne trotz ihrer augenblicklichen enttäuschten Stimmung sehr amüsierte. Sie war sich nicht ganz sicher, ob Adelaide die Lust am Konspirieren völlig verloren hatte, aber sie liebte sie, wie sie war.

Um Adelaides gastronomische Andacht nicht zu stören, trank sie langsam den Inhalt ihres Glases und wartete darauf, daß das alte Fräulein sprechen würde, denn sie ahnte, daß sie ihr irgend etwas zu sagen hatte. Und wirklich, als der Hühnchenflügel auf seine nicht eßbaren Bestandteile reduziert und der Champagner bis zum letzten Tröpfchen getrunken war, wischte sich Adelaide die Lippen, öffnete die bis dahin halbgeschlossenen Augen und richtete auf ihre Cousine einen höchst befriedigten blauen Blick.

»Mein liebes Kind«, begann sie, »ich glaube, daß Ihr in diesem Moment Euer Problem verkehrt anseht. Wenn ich recht verstanden habe, hat Euch die unverhoffte Wiederauferstehung Eures verstorbenen Gatten in tiefe Bestürzung versetzt, und seitdem Ihr ihn wiedererkannt habt, lebt Ihr in steter Angst, ihn plötzlich von neuem vor Euch auftauchen zu sehen. Ist es nicht so?«

»Natürlich ist es so! Aber ich begreife nicht, worauf Ihr hinauswollt, Adelaide. Soll ich mich vielleicht freuen, einen Mann wiedergesehen zu haben, den ich wegen des Verbrechens, das er an mir begangen hat, eigenhändig bestraft habe?«

»Mein Gott ... in gewisser Weise, ja!«

»Und warum?«

»Weil Ihr, wenn dieser Mann lebt, keine Mörderin seid und nicht mehr zu fürchten braucht, daß die englische Polizei Euch suchen läßt, vorausgesetzt, daß sie es in diesen Kriegszeiten überhaupt wagen würde, ein solches Gesuch an Frankreich zu richten!«

»Ich habe die englische Polizei längst nicht mehr gefürchtet«, erwiderte Marianne lächelnd. »Auch ohne den Krieg wäre der Schutz des Kaisers genug, um mich nichts auf der Welt fürchten zu lassen! Aber in einer Weise habt Ihr recht. Schließlich ist es angenehm zu wissen, daß kein Blut an meinen Händen klebt.«

»Seid Ihr dessen gewiß? Da wäre noch die schöne Cousine, die Ihr so sauber erledigt habt ...«

»Ich habe sie sicher nicht getötet. Wenn Francis gerettet werden konnte, möchte ich wetten, daß auch Ivy St. Albans lebt. Übrigens habe ich keinen Anlaß mehr, ihren Tod zu wünschen, da Francis mir nichts mehr bedeutet ...«

» ... nicht mehr als ein Euch von der Kirche angetrauter Gatte, meine Teure! Eben deshalb sage ich Euch, Ihr solltet Euch nicht quälen und ihm zu entkommen versuchen. Wäre ich an Eurer Stelle, würde ich im Gegenteil alles nur Mögliche tun, um ihm zu begegnen. Wenn der Bürger Fouché Euch also morgen vormittag aufsucht ...«

»Woher wißt Ihr, daß ich den Herzog von Otranto erwarte?«

»Ich werde mich nie daran gewöhnen, diesen abgesprungenen Priester so zu nennen! Auf jeden Fall kann er gar nicht anders, als morgen kommen ... Seht mich nicht so an! Es stimmt, ich horche zuweilen an Türen, wenn ich mich für etwas interessiere.«

»Adelaide!« rief Marianne entrüstet.

Mademoiselle d'Asselnat streckte den Arm aus und tätschelte tröstend Mariannes Hand:

»Seid nicht so konformistisch! Selbst eine d'Asselnat kann an Türen horchen! Ihr werdet noch herausfinden, wie nützlich das manchmal sein kann. Wo war ich stehengeblieben?«

»Bei dem Besuch des ... des Polizeiministers.«

»Ah ja! Also, statt ihn zu bitten, die Hand auf Euren bezaubernden Gatten zu legen und ihn mit der erstbesten Fregatte nach England zurückzuexpedieren, verlangt von ihm, ihn zu Euch führen zu lassen, damit Ihr ihm Eure Entscheidung mitteilen könnt.«

»Meine Entscheidung? Was für eine Entscheidung?« flüsterte Marianne, die immer weniger verstand.

»Ich wundere mich, daß Ihr noch nicht selbst daran gedacht habt. In Eurer Unterredung mit dem Minister bittet ihn auch zu klären, was aus dem heiligen Mann, Eurem Paten, geworden ist, diesem Tölpel Gauthier de Chazay! Wir könnten ihn in kürzester Frist dringend brauchen! Er war noch ein ganz kleiner Priester, als er schon eine gute Nummer beim Papst hatte. Und Ihr habt keine Ahnung, wie nützlich einem der Papst bei der Annullierung einer Ehe sein kann! Fangt Ihr endlich an zu begreifen?«

Ja, Marianne begann zu begreifen. Adelaides Idee war so einfach, so einleuchtend, daß sie sich vorwarf, nicht selbst daran gedacht zu haben! Es mußte möglich sein, ohne Schwierigkeiten sogar, ihre Ehe zu annullieren, da sie nicht vollzogen und zudem mit einem Protestanten geschlossen worden war. Folglich würde sie frei sein, völlig und wunderbar frei, da sie sich nun auch nicht für den Tod ihres Gatten zu verantworten hatte. Aber je deutlicher die kleine, ernste Gestalt des Abbé de Chazay vor ihr aufstieg, desto stärker wurde in ihr ein Gefühl des Unbehagens.

Seit sie in der Morgendämmerung eines Herbsttages vom Quai in Plymouth aus verzweifelt einen kleinen Segler am Horizont hatte verschwinden sehen, hatte sie viele Male an ihren Paten gedacht. Zuerst mit Bedauern, mit Hoffnung, doch je mehr Zeit verstrich, auch ein wenig unruhig. Was würde der in puncto Ehre so unbeugsame, seinem ins Exil gegangenen König so treu ergebene Gottesmann sagen, wenn er sein Patenkind in der Person Maria Stellas, Sängerin an der Oper und Mätresse des Usurpators, wiederfand? Würde er verstehen, wieviel Leid und Enttäuschung Marianne durchlebt hatte, bis sie zu diesem Punkt gelangt ... und dabei glücklich war? Gewiß, wenn sie den Abbé in Plymouth erreicht hätte, wäre ihr Schicksal ganz anders verlaufen. Zweifellos hätte sie auf seine Empfehlung hin in irgendeinem Kloster Asyl erhalten, wo ihr genügend Muße geblieben wäre, sich in Gebet und Meditation in Vergessenheit geraten zu lassen und zu sühnen, was sie nie aufgehört hatte, eine gerechte Bestrafung zu nennen ... Aber wenn sie sich auch oft mit Bedauern der Güte und Zärtlichkeit ihres Paten erinnert hatte, gestand Marianne sich doch offen ein, daß sie sich nach der Art von Leben, die er der Witwe Lord Cranmeres geboten hätte, keineswegs sehnte.

Schließlich deutete Marianne ihrer Cousine etwas von den sie bedrängenden Zweifeln an:

»Ich wäre unendlich glücklich, meinen Paten wiederzufinden, aber meint Ihr nicht, daß es sehr egoistisch wäre, ihn nur der Annullierung wegen suchen zu lassen? Mir scheint, daß der Kaiser ...

Adelaide klatschte in die Hände.

»Was für eine Prachtidee! Wieso habe ich nicht schon früher daran gedacht? Natürlich, der Kaiser ist die Lösung!« Dann in verändertem Ton: »Der Kaiser, der den Papst durch General Radet verhaften ließ, der Kaiser, der ihn in Savona gefangenhält, der Kaiser, den Seine Heiligkeit in der großartigen Bulle 'Quum memoranda ...' so überlegen exkommuniziert hat, der Kaiser ist es, den wir brauchen, um dem Papst ein Gesuch um Annullierung vorzulegen, da es ihm selbst nicht gelungen ist, seine eigene Ehe mit der armen und so reizenden Joséphine annullieren zu lassen!«

»Es ist wahr«, sagte Marianne niedergeschlagen. »Ich hatte es vergessen. Und Ihr glaubt, daß mein Pate ...?«

»Ihr werdet die Annullierung mit Leichtigkeit erreichen, wenn er um sie bittet. Ich zweifle keinen Augenblick. Wir brauchen nur den Abbé zu finden, und ab geht die Galeere! Für uns die Freiheit!«

Adelaides plötzlicher Enthusiasmus war wohl dem Champagner zuzuschreiben, dachte Marianne, aber sicher war, daß das alte Fräulein recht hatte. Unter diesen Umständen konnte niemand besser helfen als der Abbé de Chazay ... selbst wenn man dabei die ärgerliche Entdeckung machte, daß es, einen Bereich gab, in dem Napoleon nicht allmächtig war. Aber würde man den Abbé rasch finden können?

Mit einem Fingerschnippen schloß Fouché den Deckel seiner Tabaksdose, steckte sie in die Tasche zurück, dann zupfte er mit altväterlichem, dem 18. Jahrhundert entstammenden Anstand seine Musselinhalsbinde und die Rüschen seines gestärkten Hemdes zurecht.

»Wenn dieser Abbé de Chazay sich in der Umgebung Pius' VII. bewegt, wie Ihr meint, muß er sich in Savona befinden, und es wird uns weder Mühe machen, ihn zu finden, noch ihn nach Paris zu bringen. Was hingegen Euren Gatten betrifft, scheinen die Dinge weniger einfach zu liegen.«

»Ist es so schwierig«, fragte Marianne schnell, »falls er und dieser Vicomte d'Aubécourt ein und dieselbe Person sind?«

Der Polizeiminister hatte sich erhoben und begann mit auf den Rücken gelegten Händen langsam im Salon auf und ab zu gehen. Sein Gang hatte nichts mit dem nervösen, abgehackten Hin und Her des Kaisers zu tun. Er war gemessen und bedächtig, doch Marianne fragte sich deshalb nicht weniger, warum die Männer solches Bedürfnis empfanden, durch ein Zimmer zu laufen, wenn sie sich auf eine Diskussion einließen. Hatte Napoleon diese Manie in Mode gebracht? Selbst Arcadius de Jolival, der liebe, getreue und unentbehrliche Arcadius, war davon nicht frei.

Die ambulanten Überlegungen Fouchés gerieten vor dem Porträt des Marquis d'Asselnat ins Stocken, das arrogant die gelb-goldene Symphonie des Salons beherrschte. Er betrachtete es, als erwarte er eine Antwort, wandte sich dann endlich zu Marianne um.

»Seid Ihr dessen so sicher?« fragte er langsam. »Es gibt keinen Beweis dafür, daß Lord Cranmere und der Vicomte d'Aubécourt miteinander identisch sind!«

»Aber ich weiß es. Und ich möchte ihn wenigstens sehen, ihn treffen.«

»Gestern noch wäre es leicht gewesen. Der schöne Vicomte, der bis dahin im Hôtel Plinon, Rue de la Grange-Batelière, logierte, frequentierte seit seiner Ankunft mit einiger Regelmäßigkeit den Salon Madame Edmond de Périgords, an die ihn ein Brief des Grafen de Montrond empfohlen hatte. Der Graf befindet sich, wie Ihr zweifellos wißt, gegenwärtig in Antwerpen.«

Marianne nickte, runzelte jedoch die Stirn. Ein Zweifel stieg in ihr auf. Seit dem Vorabend war sie von der Annahme ausgegangen, daß der Vicomte d'Aubécourt mit Francis identisch sei. Sie hatte sich an diese Vorstellung geklammert, wie um sich zu beweisen, daß sie keiner Halluzination zum Opfer gefallen war. Aber wie konnte man sich Francis bei der Nichte Talleyrands vorstellen? Obwohl eine geborene Prinzessin von Kurland und die reichste Erbin Europas, hatte sich Madame de Périgord ihr gegenüber mehr als freundschaftlich gezeigt, selbst als sie unter dem Namen Mademoiselle Mallerousse nur Vorleserin bei Madame de Talleyrand gewesen war. Natürlich konnte Marianne die ganze Ausdehnung der Beziehungen einer Freundin nicht kennen, die sie nur ziemlich selten besuchte, aber es schien der jungen Frau, daß eine geheimnisvolle Stimme sie hätte unterrichten müssen, wenn Lord Cranmere wirklich in Dorothée de Périgords Salon aufgetaucht wäre.

»Und in Antwerpen«, sagte sie endlich, »soll der Vicomte d'Aubécourt Monsieur de Montrond kennengelernt haben? Das beweist nicht, daß er wirklich dort zu Hause ist. Die Beziehungen zwischen Flandern und England sind immer eng gewesen.«

»Ich bin Eurer Meinung, aber ich frage mich, ob der Graf de Montrond als von der kaiserlichen Polizei überwachter Exilierter die Kühnheit besäße, sich für einen Engländer, der sich als Flame ausgibt, also für einen Spion, zu verbürgen. Wäre das nicht ein großes Risiko für ihn? Nicht, daß ich ihn dessen nicht für fähig hielte, aber unter der Bedingung, daß es ihm etwas einbringt, und wenn ich mich recht erinnere, hat der Mann, den Ihr geheiratet habt, in Euch nur eine beträchtliche Mitgift gesehen, eine Mitgift, die er schleunigst vergeudete. Es fällt mir also schwer, an die durch keinen finanziellen Köder erkauften Gefälligkeiten Montronds zu glauben.«

All das war die Logik selbst, und Marianne mußte es zu ihrem Bedauern zugeben. Nun gut, Francis verbarg sich also nicht unter dem Namen des flämischen Vicomte, aber er war in Paris, das war sicher. Sie seufzte und sagte:

»Habt Ihr etwas von der heimlichen Ankunft eines von Englands Küsten gekommenen Schiffs gehört?«

Fouché nickte.

»Vor einer Woche ist ein englischer Kutter nachts bei der Insel Hoedic gelandet, um einen Eurer guten Freunde, den Baron de Saint-Hubert, an Bord zu nehmen, den Ihr aus den Steinbrüchen von Chaillot kennt. Versteht sich, daß ich erst davon erfuhr, als der Kutter wieder Segel gesetzt hatte, aber daß er jemand mitgenommen hat, bedeutet nicht, daß er nicht zuvor einen aus England Gekommenen an Land gesetzt haben könnte.«

»Wie kann man es erfahren? Ist ...?«

Marianne verstummte. Eine Idee war ihr plötzlich gekommen, die ihre grünen Augen aufleuchten ließ. Leiser fuhr sie fort:

»Ist Nicolas Mallerousse noch in Plymouth? Er wüßte vielleicht etwas über diese Schiffsbewegungen.«

Der Polizeiminister verzog sein Gesicht zu einer scheußlichen Grimasse und deutete eine komische Verbeugung an. »Erweist mir die Gnade, meine Liebe, zu glauben, daß ich längst vor Euch an unseren prächtigen Black Fish gedacht habe. Aber zufällig weiß ich im Augenblick nicht, wo sich dieser würdige Nachfahr Neptuns befindet. Seit einem Monat ist er verschwunden.«

»Verschwunden?« rief Marianne entrüstet und beunruhigt. »Einer Eurer Agenten! Und Ihr macht Euch keine Sorgen?«

»Nein. Weil ich es erfahren hätte, wenn er erwischt oder gehängt worden wäre. Black Fish ist verschwunden, weil er offenbar irgend etwas Interessantes entdeckt hat. Er folgt einer Spur, das ist alles! Quält Euch also nicht so. Potztausend, ich fange an zu glauben, daß Ihr wirklich Zuneigung für Euren Pseudo-Onkel empfindet!«

»Glaubt es ruhig!« sagte sie trocken. »Black Fishs Hand war die erste, die sich mir freundschaftlich entgegenstreckte, als ich in Not war, ohne daß er mir dafür etwas abverlangt hätte. Das vergesse ich nicht!«

Die Anspielung war nicht einmal verhüllt. Fouché hüstelte, schneuzte sich, nahm eine Prise Tabak aus seiner Schildpattdose, und um das peinlich gewordene Gespräch abzubrechen, erklärte er in neutralem Ton:

»Auf jeden Fall könnt Ihr mir glauben, daß ich meine besten Spürhunde auf Euer Gespenst im blauen Rock gehetzt habe: den Inspektor Pâques und den Agenten Desgrée. Sie überprüfen zur Stunde alle in Paris befindlichen Ausländer.«

Eine Winzigkeit zögernd und ihrer Beharrlichkeit wegen errötend fragte Marianne:

»Sind sie auch beim Vicomte d'Aubécourt gewesen?«

Fouché blieb gelassen. Kein Muskel rührte sich in seinem blassen Gesicht.

»Sie haben sogar bei ihm angefangen. Aber gestern abend hat der Vicomte das Hôtel Plinon mit seinem Gepäck verlassen, ohne zu sagen, wohin er sich begeben würde ... und nun stellt Euch vor, wie ausgedehnt der Herrschaftsbereich Seiner Majestät des Kaisers und Königs ist!«

Marianne seufzte. Sie hatte begriffen. Falls Francis sich nicht freiwillig zeigte, war er fast ebenso leicht zu finden wie eine Nadel in einem Heuhaufen. Und doch mußte er um jeden Preis gefunden werden. Aber an wen sollte sie sich wenden, wenn selbst Fouché sich geschlagen gab?

Als habe er die Gedanken der jungen Frau erraten, lächelte der Minister dünn, während er sich, um Abschied zu nehmen, über die Finger neigte, die sie ihm bot:

»Seid nicht so pessimistisch, meine liebe Marianne. Ihr kennt mich immerhin genügend, um zu wissen, daß ich mich nicht gern für besiegt erkläre, so groß die Schwierigkeiten auch sein mögen. Ohne wie Monsieur de Calonne zu Marie-Antoinette zu sagen: 'Wenn es möglich ist, ist es bereits getan, wenn unmöglich, wird es getan werden', begnüge ich mich deshalb mit dem bescheideneren Rat: zu hoffen.«

Trotz der beschwichtigenden Worte Fouchés, trotz der Küsse und Versprechungen Napoleons verbrachte Marianne die nächsten Tage in einer aus Gereiztheit und Melancholie gemischten Stimmung. Sie war mit nichts und niemand zufrieden, am wenigsten mit sich selbst. Tag und Nacht von tausend Dämonen der Eifersucht geplagt, glaubte sie im eleganten Rahmen ihres Hauses zu ersticken, fürchtete aber noch mehr, es zu verlassen, denn im Augenblick haßte sie Paris.

In Erwartung der kaiserlichen Hochzeit stürzte sich die Hauptstadt in den Trubel der Vorbereitungen. Fast überall hatte man Girlanden, Fähnchen, Lampions aufgehängt. Auf allen öffentlichen Gebäuden erschien der schwarze österreichische Adler zum Ärger der Veteranen von Austerlitz und Wagram in trautem Verein mit den vergoldeten Adlern des Kaiserreichs. Das Ereignis erfaßte die ganze Stadt, durchlief die unzähligen Straßen und Gassen, tönte in den Kasernen, wo die Militärmusikanten probten, wie in den Salons, in denen die Geigen gestimmt wurden, füllte Läden und Geschäfte, in deren Auslagen kaiserliche Porträts ebenso nobel auf Fluten von Seiden und Spitzen wie auf Bergen von Lebensmitteln thronten, gebärdete sich närrisch bei den hundemüden Schneidern und Friseuren, trödelte bei den Gaffern längs der Seinequais, wo Illuminationen und Feuerwerk vorbereitet wurden, und träumte endlich im Herzen der Grisetten, für die der Kaiser plötzlich nicht mehr der unbesiegbare Gott der Schlachten war, sondern sich in eine ziemlich gute Imitation des ewigen Märchenprinzen verwandelte. Gewiß, die festliche Atmosphäre war belebend und lustig, aber für Marianne blieb dieser rund um eine sie tief verletzende Hochzeit organisierte Rummel deprimierend und skandalös. Dieses Paris, das ihr vor kurzem noch wie närrisch zugejubelt hatte, schickte sich nun an, gleich einer dressierten großen Katze für diese verabscheute Österreicherin zu schnurren. Die junge Frau fühlte sich doppelt getäuscht. So zog sie es vor, in ihren vier Wänden zu bleiben und auf irgend etwas zu warten, Gott allein wußte, auf was. Vielleicht auf das Dröhnen der Glocken und Artilleriesalven die ihr verkünden würden, daß ihr Unglück unwiderruflich war und ihre Feindin in die Stadt einzog?

Der Hof war nach Compiègne gereist, wo die Erzherzogin Marie-Louise am 27. oder 28. erwartet wurde, doch in den Salons jagten sich bereits die Empfänge. Auch Marianne, nun eine der prominentesten Frauen von Paris, hatte eine Fülle von Einladungen erhalten, denen sie jedoch um keinen Preis der Welt gefolgt wäre, nicht einmal zu Talleyrand, schon gar nicht zu Talleyrand, so sehr fürchtete sie das durchtrieben-ironische Lächeln des Erzkanzlers. Mit einer angeblichen Erkältung hatte sie sich entschuldigen lassen.

Aurelien, der Pförtner des Hôtel d'Asselnat, hatte strenge Anweisungen erhalten: Mit Ausnahme des Polizeiministers, dessen Boten und Madame Hamelins empfing seine Herrin niemand.

Fortunée Hamelin ihrerseits mißbilligte Mariannes Zurückhaltung sehr. Die auf Vergnügungen stets erpichte Kreolin war nicht weit davon entfernt, die Klausur, die ihre Freundin sich auferlegte, weil ihr Geliebter im Begriff war, eine Vernunftehe einzugehen, lächerlich zu finden. Fünf Tage nach der berühmten Vorstellung erschien sie, um ihr die Leviten zu lesen:

»Man möchte meinen, daß du Witwe oder eine Verlassene bist«, entrüstete sie sich, »während du dich in der beneidenswertesten Lage befindest: Du bist die angebetete, allmächtige Mätresse Napoleons, ohne Sklavin deiner Situation zu sein. Diese Hochzeit befreit dich in gewisser Weise vom Joch der Treue. Und, potzblitz, du bist jung, unglaublich schön, berühmt ... und Paris ist voll von verführerischen Männern, die nur zu gern dazu beitragen würden, dir die Einsamkeit aufs angenehmste zu vertreiben! Ich kenne wenigstens ein Dutzend, die in dich vernarrt sind. Soll ich sie dir nennen?«

»Es ist sinnlos«, protestierte Marianne, die Fortunées freizügige Moral zugleich schockierte und amüsierte, »weil ich keine Lust habe, anderen Männern zu begegnen. Wenn ich's wollte, brauchte ich nur auf einen dieser Briefe zu antworten«, fügte sie hinzu, auf einen kleinen Sekretär aus Rosenholz weisend, dessen Platte zahlreiche Briefe bedeckten, die ihr mit prachtvollen Blumenbouquets jeden Tag gebracht wurden.

»Und du öffnest sie nicht einmal?«

Fortunée stürzte sich auf den Sekretär. Mit einem als Papiermesser dienenden schmalen italienischen Stilett bewaffnet, öffnete sie einige der Briefe, überflog ein paar Zeilen, suchte nach den Unterschriften und seufzte endlich:

»Wenn das nicht traurig ist! Unglückselige, die Hälfte der kaiserlichen Garde ist in dich verliebt! Sieh dir das an: Canouville ... Tobriant ... Radziwill ... sogar Poniatowski! Ganz Polen liegt dir zu Füßen! Ohne die andern zu rechnen! Sogar der schöne Flahaut träumt nur von dir! Und du klammerst dich an deinen Kamin und starrst seufzend in die Wolken, während Seine Majestät seiner Erzherzogin entgegenreitet! Hör mal, weißt du, an wen du mich denken läßt? An Joséphine!«

Der Name der verstoßenen Kaiserin, für Fortunée der einer alten Freundin und engeren Landsmännin, durchdrang nun doch die Mauer aus zäher schlechter Laune, hinter die Marianne sich zurückgezogen hatte. Sie richtete auf ihre Freundin einen unsicheren grünen Blick.

»Warum sagst du das? Hast du sie gesehen? Was macht sie?«

»Ich habe sie gestern abend gesehen. Sie tut mir wirklich leid. Schon seit mehreren Tagen hätte sie Paris verlassen müssen. Napoleon hat ihr den Titel einer Herzogin von Navarra und den damit verbundenen Besitz verliehen, riesige Ländereien bei Evreux ... wohlverstanden, nicht ohne den diskreten, aber entschiedenen Rat, sich zum Zeitpunkt der Hochzeit dorthin zu begeben. Aber sie klammert sich ans Elysée wie an einen letzten Strohhalm. Die Tage vergehen, und Joséphine ist noch immer in Paris ... Und doch muß sie fort! Wozu es also in die Länge ziehen?«

»Ich glaube, ich kann sie verstehen«, unterbrach Marianne mit einem tristen Lächeln. »Ist es nicht grausam, sie aus ihrem Haus zu reißen und in ein anderes, unbekanntes zu schicken wie einen Gegenstand, den man loswerden will? Hätte man sie nicht wenigstens in Malmaison lassen können, das sie so liebt?«

»Zu nah bei Paris! Und was dein Verständnis für sie betrifft«, fügte Fortunée hinzu, in einem Spiegel ihr Kleid aus bordeauxrotem Samt und die feuerfarbenen Straußenfedern ihrer gewaltigen Kapotte bewundernd, »bin ich nicht sicher, ob es ausreicht! Joséphine klammert sich an den Schatten dessen, was sie war ... aber sie hat schon einen Trost für ihr geschundenes Herz gefunden.«

»Was meinst du damit?«

Madame Hamelin brach in Gelächter aus, das zu ihrem Vorteil ihre kleinen weißen und spitzen Zähne blitzen ließ. Dann ließ sie sich neben ihrer Freundin, die sie in eine Wolke ihres intensiven Rosenparfüms hüllte, in einen Sessel fallen.

»Daß sie getan hat, was du tun solltest, meine Schöne, was jede vernünftige Frau in ihrem ... und in deinem Fall tun würde: Sie hat sich einen Liebhaber genommen!«

Mariannes verdutzte Miene – eine andere Antwort fand sie nicht – erfüllte die geschwätzige Kreolin mit sichtlicher Befriedigung.

»Mach kein so empörtes Gesicht!« rief sie. »Joséphine hat meiner Meinung nach völlig recht. Warum sollte sie sich zu einsamen Nächten verurteilen ... die übrigens schon während des größten Teils der Zeit in den Tuilerien ihr Los waren? Sie hat einen Thron verloren und die Liebe wiedergefunden. Das eine gleicht das andere aus, und wenn du meine Ansicht hören willst, ist es nur gerecht!«

»Vielleicht. Wer ist es?«

»Ein Bursche von dreißig Jahren, blond und kraftvoll gebaut wie ein römischer Gott: Graf Lancelot de Turpin-Crissé, ihr Kammerherr, was es zudem noch bequem macht!«

Marianne konnte sich nicht hindern zu lächeln, wenn auch mehr in Erinnerung an einstige JungmädchenLektüre als über die Beredsamkeit ihrer Freundin.

»Königin Ginevra«, sagte sie langsam, »hat also endlich das Glück beim Ritter Lancelot gefunden.«

»Während König Artus sich anschickt, mit einer drallen Germanin zu schäkern«, ergänzte Fortunée. »Du siehst, die Romane haben nicht immer recht. Worauf wartest du, um es genauso zu machen? Wähl dir einen Tröster! Warte, ich werde dir helfen.«

Fortunée war schon wieder unterwegs zum Sekretär. Marianne hielt sie mit einer Bewegung zurück:

»Nein. Es ist nutzlos. Ich habe keine Lust, mir die Faseleien des erstbesten hübschen Jungen anzuhören. Ich liebe ihn zu sehr, verstehst du?«

»Das hat doch damit nichts zu tun!« beharrte Fortunée dickköpfig. »Ich bete Montrond an, aber wenn ich ihm hätte treu bleiben müssen, seitdem er in Antwerpen im Exil ist, wäre ich verrückt geworden.«

Marianne verzichtete darauf, ihre Freundin zu ihrer Auffassung zu bekehren. Fortunée war mit einem leidenschaftlichen Temperament ausgestattet, und im Widerspruch zu dem, was sie dachte, liebte sie die Liebe mehr als die Männer. Ihre Liebhaber waren nicht mehr zu zählen. Zur Zeit war es der Finanzier Ouvrard, der es zwar an Schönheit mit dem unwiderstehlichen Casimir de Montrond nicht aufnehmen konnte, diesen Nachteil aber durch ein riesiges Vermögen ersetzte, an dem die kleinen Zähne Madame Hamelins mit Vergnügen knabberten, all das auf die unbekümmertste Weise der Welt. Um jedoch dem Gespräch ein Ende zu machen, seufzte Marianne:

»Trotz seiner Ehe will ich dem Kaiser nicht untreu werden. Er würde es unweigerlich erfahren und mir nie vergeben«, fügte sie rasch hinzu in der Annahme, daß Fortunée dieses Argument verstehen würde. »Und zudem erinnere ich dich daran, daß ich irgendwo einen authentischen Gatten habe, der von einer Minute zur anderen auftauchen kann.«

Jäh um ihren Enthusiasmus gebracht, setzte sich Fortunée wieder zu Marianne und fragte, plötzlich ernst:

»Du hast keinerlei Nachricht?«

»Keine. Nur gestern abend ein Wort von Fouché, daß man noch nichts gefunden habe ... und daß auch dieser Vicomte d'Aubécourt unsichtbar geblieben sei. Dabei bin ich überzeugt, daß unser Minister eifrig sucht. Übrigens durchstöbert auch Arcadius Tag und Nacht Paris, dessen Winkel er genausogut kennt wie ein berufsmäßiger Polizist.«

»Das ist wirklich seltsam ...«

In diesem Moment öffnete sich die Tür des Salons, Arcadius de Jolival erschien, einen Brief in der Hand, und grüßte mit Anmut die beiden Frauen. Wie immer ließ seine Eleganz nichts zu wünschen übrig: eine Symphonie aus Olivgrün und Grau, belebt durch das schneeige Weiß des Batisthemdes unter dem braunen Mausgesicht, den lebendigen Augen, dem schwarzen Kinn- und Schnurrbärtchen des Literaten, Impressarios und unentbehrlichen Begleiters Mariannes.

»Unsere Freundin sagt mir, daß Ihr Eure Zeit in der Unterwelt von Paris verbringt, und dabei seht Ihr aus wie aus dem Ei gepellt«, rief Fortunée ihm gut gelaunt zu.

»Heute«, erwiderte Arcadius, »war ich an einem nicht so üblen Ort, bei Frascati nämlich, wo ich Eis gegessen und dem Geplauder einiger hübscher Mädchen gelauscht habe. Und ich bin keiner größeren Gefahr entronnen als einem Ananassorbett, der Madame Récamier entglitt und um ein Haar auf meiner Hose gelandet wäre.«

»Noch immer nichts?« fragte Marianne, deren plötzlich gespanntes Gesicht einen auffälligen Gegensatz zu den lächelnden Mienen der beiden anderen bildete.

Doch Jolival schien die Angst in der Stimme der jungen Frau nicht zu bemerken. Mit lässiger Geste den mitgebrachten Brief zu dem Haufen der anderen werfend, begann er angelegentlich den gravierten Sardonyx an seiner linken Hand zu betrachten.

»Nichts«, sagte er sorglos. »Der Mann im blauen Rock scheint sich in Rauch aufgelöst zu haben wie der Dämon der persischen Märchen. Dafür habe ich den Direktor des Théâtre Feydeau gesehen, meine Liebe! Er wundert sich, seit dem denkwürdigen Montagabend nichts mehr von Euch gehört zu haben.«

»Ich habe ihn benachrichtigen lassen, daß ich krank sei«, warf Marianne verdrossen ein. »Das sollte ihm genügen.«

»Unglücklicherweise genügt es ihm nicht! Versetzt Euch an seine Stelle: Dieser Mann hat einen Stern erster Ordnung entdeckt, der, kaum erschienen, wieder verschwindet. Dabei sprudelt er von Plänen für Euch förmlich über, Plänen, einer österreichischer als der andere, wohlverstanden. Er denkt daran, die 'Entführung aus dem Serail' aufzuführen, sodann an einen reinen Liederabend und ...«

»Davon kann keine Rede sein!« rief Marianne ungeduldig. »Sagt diesem Herrn, daß ich nicht zur regulären Truppe der Opéra Comique gehöre. Ich habe nur in dieser Vorstellung in der Salle Feydeau gesungen.«

»Was unser Mann nur allzugut weiß«, seufzte Arcadius. »Um so mehr als andere Angebote vorliegen, was ihm nicht entgangen ist. Picard möchte Euch in der Oper die berühmten 'Barden' spielen sehen, die dem Kaiser so gefallen, und Spontini, der sich auf Eure ... wie soll ich's nennen ... Italienität beruft, verlangt nach Euch um mit den Italienern den 'Barbier von Sevilla' von Paesiello zu geben. Dann die Salons ...«

»Genug!« unterbrach Marianne gereizt. »Ich will jetzt von Theater nichts hören. Ich bin zu einer guten Leistung nicht fähig ... und außerdem werde ich mich vielleicht auf Konzerte beschränken.«

»Ich glaube«, warf Fortunée ein, »es wäre besser, sie in Ruhe zu lassen. Sie läßt sich nicht einmal mit einer Pinzette anfassen.«

Sie erhob sich, umarmte ihre Freundin zärtlich und fügte hinzu:

»Willst du wirklich nicht heute abend bei mir soupieren? Ouvrard bringt einige interessante Gäste mit.. und ein paar schöne Burschen.«

»Nein, wirklich! Von dir abgesehen möchte ich niemand um mich haben, schon gar keine interessanten Leute und schönen Männer. Auf bald.«

Während Arcadius Madame Hamelin zu ihrem Wagen geleitete, ließ sich Marianne mit einem Seufzer des Überdrusses vor dem Feuer auf ein Kissen nieder, das sie dorthin geworfen hatte. Sie spürte, daß ein Schauer sie überlief. Vielleicht war sie wirklich krank geworden, weil sie vorgab, es zu sein? Aber nein, nur ihr Herz war krank, bedrängt durch ihre Unruhe und Eifersucht. Draußen war eine kalte, regnerische Nacht angebrochen, so im Einklang mit ihrer Stimmung, daß sie einen Moment die schwarzen Fenster zwischen den goldfarbenen Damastvorhängen mit Sympathie betrachtete. Warum sprach man ihr von Arbeit? Wie die Vögel vermochte sie nur zu singen, wenn ihr Herz leicht war. Zudem hatte sie keine Lust, sich dem engen, oft so konventionellen Schema der Opernrollen anzupassen. Vielleicht hatte sie auch gar keine echte künstlerische Berufung? Die Vorschläge, die man ihr machte, reizten sie nicht ... oder hatte dieser merkwürdige Widerwille seinen Grund nur in der Abwesenheit des geliebten Mannes?

Vom Fenster glitt ihr Blick zur Wand über dem Kamin hinauf und blieb an dem großen Porträt hängen, das diese schmückte, und von neuem überlief die junge Frau ein Schauer. Es kam ihr plötzlich so vor, als entdecke sie in den düsteren Augen des schönen Offiziers da oben eine Art von Ironie, vermischt mit verächtlichem Mitleid für das zu seinen Füßen sitzende, enttäuschte Geschöpf. Im warmen Licht der Kerzen schien der Marquis d'Asselnat aus dem verschwommenen Hintergrund der Leinwand herauszutreten, um seine Tochter dafür zu tadeln, daß sie sich seiner wie übrigens auch ihrer selbst so wenig würdig zeigte. Und so deutlich war die stumme Sprache des Porträts, daß Marianne spürte, wie sie errötete. Fast gegen ihren Willen murmelte sie:

»Ihr könnt nicht verstehen! Eure Liebe war so einfach daß Euer gemeinsamer Tod Euch zweifellos als die logische Folge, ja sogar die Erfüllung dieser Liebe in ihrer vollkommensten Form erschien. Aber ich ...«

Arcadius' auf dem Teppich kaum hörbarer Schritt unterbrach Mariannes Plädoyer. Einen Moment betrachtete er die junge Frau, schwarzsamtener Tupfen vor dem lichten Dekor des Salons, entzückender vielleicht noch in ihrer Melancholie als im strahlenden Glanz der Freude. Die Nähe des Feuers warf ein warmes Licht auf ihre Wangen und ließ goldene Reflexe in ihren grünen Augen auffunkeln.

»Man sollte nie zurückblicken«, sagte er leise, »noch sich von der Vergangenheit raten lassen. Euer eigenes Reich ist die Zukunft.«

Schnell ging er zum Sekretär, griff nach dem Brief, den er mitgebracht hatte, und reichte ihn Marianne.

»Ihr solltet wenigstens diesen lesen! Ein bis zu den Augen mit Schmutz bespritzter Kurier übergab ihn Eurem Pförtner mit der Bemerkung, er sei dringend, gerade als ich eintraf ... ein Kurier, der einen langen Ritt bei schlechtem Wetter hinter sich gehabt haben muß.«

Mariannes Herz versäumte einen Schlag. War es möglich, daß er endlich eine Nachricht aus Compiègne enthielt? Sie nahm den Brief, betrachtete die Anschrift, die ihr nichts sagte, da sie die Schrift nicht kannte, dann das schwarze Siegel ohne irgendwelche Prägung. Nervös riß sie ihn auf und faltete den Bogen auseinander, der nur einige wenige Zeilen ohne Unterschrift trug:

»Ein glühender Bewunderer der Signorina Maria Stella würde sich überglücklich schätzen, wenn sie bereit wäre, ihn an diesem Dienstag, dem 27., bei dunkler Nacht im Schloß von Braine-sur-Vesle zu treffen. Der Besitz heißt La

Folie[1], und dieser Name entspricht zweifellos der Bitte dessen, der warten wird ... Vorsicht und Diskretion.«

Der Text war seltsam, das Stelldichein noch mehr. Ohne ein Wort zu sagen, reichte Marianne den Brief Arcadius. Sie sah, wie er ihn rasch überflog und sodann eine Braue hob.

»Merkwürdig!« sagte er. »Aber alles in allem begreiflich.«

»Was meint Ihr damit?«

»Daß die Erzherzogin sich auf französischem Boden befindet, daß der Kaiser in der Tat äußerste Diskretion zu wahren hat ... und daß das Dorf Braine-sur-Vesle an der Straße von Reims nach Soissons liegt. Nach Soissons, wo die neue Kaiserin am Abend dieses selben 27. haltmachen wird.«

»Eurer Meinung nach ist dieser Brief also von *ihm*?«

»Wer sonst könnte Euch ein solches Stelldichein in dieser Gegend vorschlagen? Ich glaube, daß ...« Arcadius zögerte, den Namen auszusprechen, der so sorgsam verschwiegen wurde. Dann fuhr er fort: » ... daß er Euch einen äußersten Liebesbeweis zu geben wünscht, indem er unmittelbar vor der Ankunft der Frau, die er aus Gründen der Staatsräson heiraten wird, einige Augenblicke mit Euch verbringt.«

Doch Marianne brauchte nicht mehr überzeugt zu werden. Mit geröteten Wangen, blitzenden Augen, wieder ganz von ihrer Leidenschaft gepackt, dachte sie nur noch an die auf einmal so nahe gerückte Minute, die sie in Napoleons Arme zurückführen würde. Arcadius hatte recht: Er gab ihr da trotz der Vorsichtsmaßnahmen, mit denen er sich umgab, einen großen, einen wunderbaren Liebesbeweis.

»Ich werde morgen aufbrechen«, erklärte sie. »Sagt Gracchus Bescheid, daß er mir ein Pferd vorbereiten soll.«

»Ihr nehmt nicht den Wagen? Das Wetter ist scheußlich, und es sind an die dreißig Meilen.«

»Man empfiehlt mir Diskretion«, erwiderte sie lächelnd. »Ein Reiter erregt weniger Aufmerksamkeit als eine elegante Kutsche mit Kutscher und allem übrigen. Wißt Ihr, daß ich vorzüglich reite?«

»Ich auch«, gab er schlagfertig zurück. »Ich werde Gracchus also zwei Pferde satteln lassen.Ich begleite Euch.«

---

[1] la folie = Verrücktheit

»Ist es denn notwendig? Ihr meint doch nicht, daß..«

»Ich meine, daß Ihr eine junge Frau seid, daß die Straßen oft nicht sicher sind, daß Braine nur ein kleines Nest ist und daß man Euch ein Stelldichein bei dunkler Nacht in einem Schloß gibt, das ich nicht kenne. Bildet Euch nicht ein, daß ich dem ... nun, Ihr wißt schon ... mißtraue, aber ich werde Euch erst verlassen, wenn ich Euch in guten Händen weiß. Danach gehe ich in den Gasthof schlafen.«

Sein Ton ließ keinen Widerspruch zu, und Marianne gab sich zufrieden. Schließlich war es nicht schlecht, Arcadius als Begleiter zu haben, vor allem bei einem Ritt, der mit Hin- und Rückweg gut drei Tage dauern würde. Aber sie konnte den Gedanken nicht unterdrücken, daß all das ein wenig kompliziert war und daß es viel einfacher gewesen wäre, wenn der Kaiser sie nach Compiègne mitgenommen und, wie sie es gewünscht, in einem Haus der Stadt untergebracht hätte. Allerdings wollten die bösen Zungen wissen, daß sich auch die Fürstin Pauline Borghese bei ihrem Bruder in Compiègne befand und daß sie ihre Lieblingshofdame bei sich habe, jene Christine de Mathis, die vor Marianne Napoleons Gunst genossen hatte.

»Was bilde ich mir noch alles ein?« dachte Marianne plötzlich. »Ich sehe überall Rivalinnen. Wirklich, ich bin zu eifersüchtig. Ich muß mich zusammennehmen.«

Das laute Zuschlagen der Eingangstür im Vestibül unterbrach zur rechten Zeit ihren Monolog. Es war Adelaide, die von der Abendandacht zurückkehrte, wohin sie sich fast täglich begab, übrigens, wie Marianne meinte, weniger aus Frömmigkeit, als um unter Menschen zu kommen und mit den Leuten aus dem Viertel zu plaudern. Neugierig wie eine Katze, brachte Mademoiselle d'Asselnat auch immer eine ganze Ladung von Geschichtchen und Beobachtungen mit, die eindeutig bewiesen, daß der Gottesdienst keineswegs ihre ganze Aufmerksamkeit in Anspruch nahm.

Marianne nahm die Hand, die Arcadius ihr reichte, um ihr beim Aufstehen zu helfen, und lächelte ihm zu. »Es ist Adelaide«, sagte sie. »Gehen wir soupieren, und lassen wir uns dabei den Klatsch des Viertels berichten.«

2. Kapitel

Eine kleine Kirche auf dem Lande ...

Zwei Tage später, am Nachmittag, stiegen Marianne und Arcadius de Jolival vor dem Gasthof zur Goldenen Sonne in Braine von ihren Pferden. Das Wetter war fürchterlich, seit Tagesanbruch überschwemmte ein sintflutartiger Regen die ganze Gegend, und die beiden Reiter waren trotz ihrer schweren Mäntel so durchnäßt, daß die Notwendigkeit eines Obdachs sich aufdrängte. Eines Obdachs und einer wärmenden Stärkung.

Seit dem Vortage unterwegs, waren sie auf Arcadius' Rat bestrebt gewesen, so schnell wie möglich voranzukommen, um sich die Örtlichkeit noch vor dem seltsamen Rendezvous näher ansehen zu können. Sie nahmen zwei Zimmer im Gasthof, der einzigen, bescheidenen Herberge des Orts, setzten sich dann in die um diese Stunde leere Gaststube und ließen sich eine Bouillon für Marianne und einen Becher Glühwein für Arcadius bringen. Man beachtete sie übrigens kaum in ihrem Winkel angesichts der aufgeregten Geschäftigkeit in diesem sonst so friedlichen Dorf am Ufer der Vesle, das in kurzem, in einer Stunde ... in zweien vielleicht, die neue Kaiserin der Franzosen auf dem Wege nach Soissons, wo sie soupieren und die Nacht verbringen sollte, passieren würde.

Trotz des Regens war das ganze Dorf festlich gekleidet. Nahe der Kirche war eine mit den Farben Frankreichs und Österreichs bespannte Estrade errichtet worden, auf der die Notabeln der Umgebung unter Schirmen Platz nehmen sollten, um die Kaiserin zu begrüßen, und durch die offene Tür der schönen, alten Kirche selbst war der Chor beim Proben des Liedes zu hören, mit dem er in kurzem die lange Reihe der Wagen empfangen würde. All das verlieh dem Ort etwas Freudiges und Farbiges, das seltsam von der Unfreundlichkeit des Wetters abstach. Nur Marianne fühlte sich melancholischer denn je, obwohl sich brennende Neugier in ihre düstere Stimmung mischte. Ein wenig später würde auch sie in den Regen hinaustreten, um zu versuchen, die aus der Nähe zu sehen, die ihre Rivalin zu nennen sie sich nicht hindern konnte, diese Tochter des Feindes, die es wagte, ihr den ersten Platz bei ihrem Geliebten zu rauben, nur weil sie auf den Stufen eines Throns geboren war.

Ganz gegen seine Gewohnheit blieb Arcadius ebenso stumm wie Marianne. Die Arme auf den groben, von Generationen von Ellbogen blankgescheuerten Tisch gestützt, betrachte er den purpurnen, dampfenden Wein in seinem Becher aus Fayence, ohne davon zu trinken. Er wirkte so abwesend, daß Marianne ihn schließlich fragte, woran er denke.

»An Euer Rendezvous heute abend«, erwiderte er mit einem Seufzer. »Mir kommt es noch merkwürdiger vor seitdem wir hier sind ... so merkwürdig, daß ich mich frage, ob es wirklich der Kaiser ist, der Euch hierher bestellt hat.«

»Wer sollte es sonst sein? Warum nicht er?«

»Kennt Ihr dieses Schloß La Folie?«

»Natürlich nicht. Ich bin niemals hier gewesen.«

»Ich ja, aber es ist so lange her, daß ich es vergessen hatte. Vorhin, als ich die Getränke bestellte, hat der Wirt meine Erinnerung wieder aufgefrischt. Das Schloß La Folie, meine Liebe, ist dieses höchst freundliche Bauwerk, das Ihr sehr gut von hier aus bemerken könnt ... und das mir ein reichlich düsterer Rahmen für ein verliebtes Stelldichein zu sein scheint.«

Er wies auf die imposante Silhouette einer schon halb in Trümmer gesunkenen Festung aus dem 13. Jahrhundert, die sich am Rande des bewaldeten Plateaus auf dem jenseitigen Ufer der Vesle erhob. Eingehüllt in den grauen Dunst des Regens, boten die altersgeschwärzten Mauern einen unheimlichen Anblick, den die zarten grünen Triebe der sie umgebenden Bäume nicht zu mildern vermochten. Von einer sonderbaren Vorahnung ergriffen, runzelte Marianne die Stirn.

»Dieses Gemäuer soll ich betreten?«

»Dies und kein anderes. Was haltet Ihr davon?«

Statt jeder Antwort erhob sich Marianne und zog die Handschuhe an, die sie neben sich auf den Tisch gelegt hatte.

»Daß es sich um eine Falle handeln könnte, wie ich schon einmal eine erlebt habe. Erinnert Euch der Umstände unserer ersten Begegnung ... und der Annehmlichkeiten, die uns in den Steinbrüchen von Chaillot erwarteten. Ich bitte Euch, holt die Pferde. Wir werden sofort dieses merkwürdige Liebesnest besuchen. Natürlich wünschte ich, daß ich mich täusche ...«

In Wirklichkeit wünschte sie es nicht allzusehr, denn nachdem die Freude des ersten Augenblicks verflogen war, hatte sie sich seit Paris in einer eigentümlichen Geistesverfassung befunden. Obwohl jeder Meter des zurückgelegten Weges sie ihrem Geliebten näher brachte, hatte sie sich einer Unruhe nicht erwehren können, die vielleicht damit zusammenhing, daß der berühmte Brief nicht von »seiner« Hand geschrieben war und daß der Ort des Rendezvous unmittelbar am Wege der Erzherzogin lag. Dieser letzte Einwand war allerdings ziemlich schnell gegenstandslos geworden, als sie in Soissons erfuhr, daß die vom Protokoll vorgesehene Begegnung des Kaisers mit seiner Verlobten am Nachmittag des 28. in Pontarcher, einer etwa zweieinhalb Meilen von Soissons entfernt an der Straße nach Compiègne gelegenen, von Braine aus rasch zu erreichenden Lokalität stattfinden sollte. Napoleon hätte also Zeit genug, nach der Nacht in Braine noch rechtzeitig zu seinem Gefolge zu stoßen.

Für den Augenblick tat ihr der Gedanke zu handeln wohl und zog sie vom Abgrund der Verwirrung und vagen Angst zurück, an dessen Rand sie sich seit einer Woche bewegte. Während Arcadius die Pferde holte, zog sie eine Pistole aus ihrem Gürtel, die sie beim Aufbruch von Paris zur Vorsicht mitgenommen hatte. Es war eine von denen, die Napoleon selbst ihr gegeben hatte, da er ihre Geschicklichkeit im Umgang mit Waffen kannte. Kaltblütig überzeugte sie sich davon, daß sie geladen war. Wenn jemand versuchen sollte, sie hinter den alten Mauern von La Folie in eine Falle zu locken, würde er rasch erfahren, mit wem er es zu tun hatte.

Sie schickte sich eben an, den vor dem einzigen Fenster des Raums stehenden Tisch zu verlassen, als etwas auf der anderen Seite der Straße ihre Aufmerksamkeit erregte. Eine große schwarze Reisekutsche ohne Wappen, aber mit sehr schönen grauen Pferden bespannt, hatte vor der

Werkstatt eines Hufschmieds gehalten. Neben dem in einen mächtigen grünen Mantel gehüllten Kutscher beugte sich der Schmied über den Huf eines der Pferde, dessen Eisen offenbar beschädigt war. Obwohl an dieser Szene nichts Auffälliges war, weckte sie das interesse der jungen Frau. Ihr schien es, als sei ihr dieser Kutscher bekannt ...

Sie versuchte zu erkennen, wer in der Kutsche saß, gewahrte aber im Innern nur zwei undeutliche, vermutlich männliche Gestalten. Doch plötzlich unterdrückte sie einen Schrei: Zweifellos um zu sehen, wie weit der Kutscher war, beugte sich einer der Männer vor, und hinter der Scheibe wurde für einen Moment ein bleiches, scharfgeschnittenes Profil unter einem großen schwarzen Zweispitz sichtbar, ein Profil, das sich Mariannes Herz zu nachhaltig eingeprägt hatte, als daß ein Irrtum möglich gewesen wäre. Es war der Kaiser!

Aber was tat er in dieser Kusche? Fuhr er schon zum Rendezvous nach La Folie? Warum wartete er dann in diesem Wagen, bis der Beschlag des Pferdes wieder instand gesetzt war? Es kam Marianne so sonderbar vor, daß ihre jäh aufflackernde Freude über seinen Anblick in einem Moment, in dem sie schon an der Realität ihres Rendezvous gezweifelt hatte, nur einen Augenblick anhielt. Sie sah, daß Napoleon drüben im Wagen den Kutscher mit einer ungeduldigen Geste zur schnellen Beseitigung des Schadens antrieb. Er hatte es eilig, sehr eilig ... aber wohin wollte er?

Marianne blieb kaum Zeit, sich weitere Fragen zu stellen. Der Schmied trat zurück, der Kutscher kletterte auf seinen Sitz, ließ die Peitsche knallen. Unter lautem Gerassel setzte die Kutsche sich in Bewegung, die Pferde fielen in Galopp. Einen Moment später war Marianne draußen und prallte fast gegen Arcadius, der ihre Pferde brachte.

Ohne ein Wort der Erklärung sprang Marianne in den Sattel, drückte sich mit einem Faustschlag den Samthut, unter dem sich die Fülle ihres geflochtenen Haars verbarg, bis an die Brauen in die Stirn, gab dem Pferd die Sporen und jagte der Kutsche nach, die schon in dem hinter ihr sich bildenden Schleier aus aufspritzendem Wasser und Schmutz verschwand. Arcadius folgte ihr, aber da sie sich ganz offensichtlich vom Weg nach La Folie entfernten, trieb er sein Pferd noch stärker an, um auf gleiche Höhe mit der jungen Frau zu kommen.

»Sagt ... wohin haben wir's eigentlich so eilig?«

»Diese Kutsche!« rief Marianne in den Wind. »Ich will wissen, wohin sie fährt.«

»Warum?«

»Der Kaiser ist drin.«

Jolival schien die Neuigkeit reiflich zu überlegen, dann beugte er sich plötzlich im Sattel vor, packte den Zügel von Mariannes Pferd, und, sein eigenes zurückhaltend, gelang es ihm mit überraschender Kraft, die man seinem mageren Körper nicht zugetraut hätte, ihren Galopp zu bremsen.

»Seid Ihr verrückt?« schrie Marianne wütend. »Was fällt Euch ein?«

»Legt Ihr gesteigerten Wert darauf, daß Seine Majestät bemerkt, daß sie verfolgt wird? Auf einer so geraden Straße kann es nicht lange dauern. Wenn wir dagegen den Pfad einschlügen, den Ihr dort rechts seht, kämen wir auf kürzestem Wege nach Courcelles, wo wir noch vor dem Kaiser einträfen.«

»Was ist Courcelles?«

»Nur das nächste Dorf. Aber wenn ich mich nicht täusche, fährt der Kaiser einfach seiner Verlobten entgegen, und es dürfte nicht mehr lange dauern, bis er ihr begegnen wird.«

»Glaubt Ihr? Oh, wenn ich dessen sicher wäre!«

Die junge Frau war plötzlich bis zu den Lippen blaß geworden. Die schreckliche Eifersucht der letzten Tage, die sie für kurze Zeit verlassen hatte, kehrte wieder, bitterer und brennender noch als zuvor. Ihrem schmerzlichen Blick antwortete Arcadius mit einem schwachen tristen Lächeln und einem Nicken.

»Aber ... Ihr seid dessen sicher! Seid offen gegen Euch selbst, Marianne. Ihr wißt, wohin er fährt, und Ihr wollt ... 'sie' sehen, wollt beobachten, wie die erste Begegnung verlaufen wird.«

Marianne preßte die Zähne aufeinander und wandte die Augen ab, während sie ihr Pferd auf den schmalen Pfad lenkte. Ihr Gesicht verschloß sich, doch sie gestand:

»Ja, es ist wahr ... und nichts und niemand wird mich daran hindern.«

»Ich denke nicht einmal daran. Kommt, da Ihr es nun einmal wollt, aber Ihr habt unrecht. Ihr werdet nur leiden, völlig unnütz leiden!«

Von neuem in Galopp fallend, weder auf Pfützen noch auf den verstärkt fallenden Regen achtend, folgten die beiden Reiter dem Pfad. Er führte bis nah an die Vesle heran, die die letzten wolkenbruchartigen Regenfälle zu ihrer doppelten Breite hatten anschwellen lassen und die zwischen ungewohnten Uferböschungen graues, schmutziges Wasser führte. Bei jedem Schritt der Pferde schien das Wetter abscheulicher zu werden. Der vorhin noch feine, staubartige Sprühregen fiel jetzt in schweren Güssen vom trübseligen Himmel. Aber der Weg am Wasser entlang nahm wahrhaftig weniger Zeit in Anspruch, und die wenigen Häuser von Courcelles waren bald erreicht.

Als Marianne und Arcadius wieder an der Landstraße anlangten, gewahrten sie die sich in schneller Fahrt nähernde Kutsche, unter deren hohen Rädern wahre Wassergarben aufspritzten.

»Kommt«, sagte Arcadius. »Wenn Ihr nicht gesehen werden wollt, dürfen wir nicht hierbleiben.«

Er versuchte, sie in die Deckung der nahen kleinen Kirche zu ziehen, aber Marianne sträubte sich. Mit weit offenen Augen sah sie der Kutsche entgegen, von einem schrecklichen Verlangen gepackt, stehenzubleiben, gesehen zu werden, dem Blick des Kaisers zu begegnen, um in ihm zu lesen ... ja, was eigentlich? Doch blieb ihr keine Zeit, sich länger zu fragen. Vielleicht wegen des schlecht beschlagenen Pferdes schlenkerte die Kutsche in voller Fahrt ein wenig seitwärts und stieß mit ihrem linken Vorderrad gegen den Sockel des am Eingang von Courcelles errichteten kleinen Kreuzes. Das Rad brach. Marianne konnte einen Schrei nicht unterdrücken, aber die meisterliche Beherrschung des Gefährts durch den Kutscher hatte schon Wunder gewirkt. Nach kurzem Schleudern hatte er Pferde und Wagen zum Stehen gebracht.

Sofort sprangen zwei Männer heraus, der eine groß und für dieses Wetter mit Federbusch und sonstigem Galazubehör seltsam genug ausstaffiert, der andere nur zu leicht zu erkennen, beide jedoch wütend. Marianne sah, daß der größere zur Kirche hinüberwies und daß sie durch den strömenden Regen zu laufen begannen.

»Vorwärts, kommt«, befahl Arcadius und packte ihren Arm, »sonst werdet Ihr ihm gleich Nase an Nase gegenüberstehen. Offensichtlich wollen sie sich hier unterstellen, während der Kutscher nach einem Stellmacher sucht.«

Diesmal ließ sie sich ohne Widerstreben fortziehen. Schnell umging Jolival mit ihr die Kirche, um erst einmal außer Sicht zu sein. Die Pferde banden sie an einen Baum. Da der Kaiser zum Bleiben gezwungen war, wußte Mariannes Begleiter nur zu gut, daß ihr Ritt vorerst sein Ende gefunden hatte. Übrigens hatte die junge Frau schon eine kleine Seitenpforte bemerkt.

»Gehen wir in die Kirche«, sagte sie. »Wir werden sehen und hören können, ohne selbst gesehen zu werden.« Hintereinander betraten sie das kleine Sanktuarium, dessen feuchtkalte, muffig riechende Luft wie ein bleierner Mantel auf ihre durchnäßten Schultern sank.

»Wir werden uns hier drin den Tod helen«, brummte Jolival, ohne von Marianne einer Antwort gewürdigt zu werden.

Im Halbdunkel wirkte die Kirche schon fast wie aufgegeben. Eine Anzahl zerbrochener Scheiben war durch Ölpapier ersetzt worden. Bruchstücke zerstörter Statuen bildeten in einer Ecke einen Trümmerhaufen, nur zwei oder drei Bänke standen noch an ihrem Platz, und Spinngewebe drapierten die Kanzel und die Betstühle der Kirchenältesten. Aber durch das halbgeöffnete Portal unter der kleinen Empore konnte man sehen, was draußen vor dem Kirchentor vor sich ging, wo eben der Kaiser und sein Begleiter im Laufschritt anlangten. Eine ungeduldige, scharfe, Marianne nur allzu bekannte Stimme unterbrach die Stille:

»Wir werden hier warten. Glaubst du, daß sie noch weit sind?«

»Sicherlich nicht«, antwortete der andere, ein großer brauner, auffällig ausstaffierter Bursche mit gekräuseltem Haar, der einen mit Federbusch gezierten riesigen Zweispitz, so gut es ging, unter seinem weiten Mantel gegen den Regen zu schützen versuchte. »Aber warum hier warten, unter diesem Vordach, wo uns zusätzlich zum Regen auch noch der Segen der Wassertraufen auf den Kopf kommt? Können wir nicht in einem dieser Bauernhöfe um Asyl bitten?«

»Der Aufenthalt in Neapel bekommt dir nicht, Murat«, spottete der Kaiser. »Fürchtest du neuerdings schon ein paar Tropfen Wasser?«

»Ich fürchte sie nicht für mich, sondern für meine Uniform. Meine Federn sind schon verdorben, und ich werde die Ehre haben, die Kaiserin mit fast ebensoviel Aplomp zu begrüßen wie ein verregneter Palmbäum.«

»Wenn du dich einfacher kleidetest, könnte dir dergleichen nicht passieren. Nimm dir an mir ein Beispiel!«

»Ich habe es Euch schon immer gesagt, Sire, daß Ihr Euch allzusehr *à la Papa* anzieht. Man reist einer Erzherzogin von Österreich nicht wie ein Bürger gekleidet entgegen.«

Diese merkwürdige Unterhaltung über Bekleidungsfragen erlaubte es Marianne zumindest, ihre Selbstbeherrschung wiederzufinden. Ihr Herz hatte aufgehört, im rasenden Rhythmus der vorangegangenen Minuten zu schlagen, und in ihre Eifersucht mischte sich eine recht feminine Neugier. Das war also der berühmte Murat, Schwager des Kaisers und König von Neapel! Trotz der prächtigen blau-goldenen Uniform, die der weite schwarze Mantel kaum verbarg, und trotz seiner hohen Statur fand sie ihn ziemlich vulgär und allzu eroberungslustig aussehend. Er war vielleicht der beste Reiter des Kaiserreichs, hätte sich aber nie ohne sein Pferd zeigen dürfen. Irgendwie wirkte er unvollständig. Napoleon erklärte eben:

»Wie ich dir schon sagte, will ich die Erzherzogin überraschen und mich ihr ohne jeden Pomp zeigen, wie ich auch sie im einfachen Reisekostüm zu sehen wünsche. Sobald der Wagenzug in Sicht kommt, werden wir auf die Straße hinaustreten.«

Ein Seufzer, laut genug, um bis an Mariannes Ohren zu dringen, ließ erkennen, was Murat von diesem Plan dachte. Dann fügte er resigniert hinzu:

»Warten wir also!«

»Was ist? Mach nicht so ein Gesicht! All das ist höchst romantisch! Und ich erinnere dich, daß deine Frau bei Marie-Louise ist! Freust du dich nicht, Caroline wiederzusehen?«

»Sicherlich! Aber wir sind schon ziemlich lange verheiratet, so daß es mit der Begeisterung nicht so weit her sein wird. Und im übrigen ...«

»Schweig! Hörst du nichts?«

Alle vier, Beobachter wie Beobachtete, spitzten die Ohren. Wirklich war eine Art leises Grollen zu hören, als nähere sich ein noch weit entferntes, schwaches Gewitter.

»Wahrhaftig«, sagte Murat, sichtlich erleichtert. »Das müssen die Wagen sein!«

Mutig den Schutz des Vorbaus verlassend; lief er auf die Straße hinaus. Im nächsten Moment rief er zurück:

»Da sind schon die ersten Husaren der Eskorte! Eure Gemahlin kommt, Sire!«

Einen Moment später hatte sich Napoleon zu ihm gesellt, während sich Marianne, von unbezwinglicher Neugier getrieben, zum Portal der Kirche vorwagte. Es bestand für sie nicht die leiseste Gefahr, bemerkt zu werden. Die Aufmerksamkeit des Kaisers galt ausschließlich der langen Wagenkolonne, die sich vom Ende der Straße her in schnellem Tempo näherte, angeführt von blauen und malvenfarbenen Reitern, und Marianne spürte diese Spannung bis in den Grund ihres Herzens. Sie begriff mit einem Schlage, mit welcher Sehnsucht er die erwartete, von der er sich einen Erben erhoffte, diese Tochter der Habsburger, dank derer er sich endlich königlichem Blut verbinden würde. Um gegen den aufsteigenden Kummer ankämpfen zu können, rief sie sich seine ungenierten Worte ins Gedächtnis: »Ich heirate einen Bauch ...!« Lächerlich! Alles im Benehmen ihres Geliebten – sagte man nicht, daß er zu Ehren seiner Verlobten tanzen hatte lernen wollen? – verriet ihr, mit welcher Ungeduld er den Moment erwartet hatte, in dem ihm seine zukünftige Frau übergeben würde, alles einschließlich dieser romantisch-jugendlichen Eskapade in Begleitung seines Schwagers! Er hatte es nicht fertiggebracht, sich bis zum nächsten Tag, bis zur offiziell vorgesehenen Begegnung in Pontarcher, zu gedulden.

Napoleon stand nun in der Mitte der Straße, und, angesichts der ihnen nur allzu bekannten Gestalt ihre Pferde zügelnd, riefen die blauen Husaren: »Der Kaiser! Da ist der Kaiser!« Der Ruf wurde von Monsieur de Seyssel dem unmittelbar folgenden Kammerherrn, aufgenommen. Doch Napoleon achtete nicht darauf. Ohne sich um den Regen zu kümmern, lief er zu einer von acht Pferden gezogenen großen Karosse und öffnete selbst den Schlag. Marianne bemerkte im Innern zwei Frauen. Eine von ihnen versank in eine Verneigung und rief: »Seine Majestät der Kaiser!«

Napoleon hatte jedoch, soviel war ersichtlich, nur Augen für die andere: ein großes, blondes, rosiges Mädchen mit blauen, leicht vorquellenden Augen und einigermaßen bestürzter Miene. Ihre aufgeworfenen Lippen bebten, obwohl sie sich bemühte zu lächeln. Sie war mit einem

Mantel aus grünem Samt bekleidet und trug auf dem Kopf ein mit bunten Papageienfedern garniertes scheußliches Barett, das sie wie einen Staubwedel aussehen ließ.

Marianne, die, wenige Schritte vom Wagen entfernt, die Erzherzogin förmlich mit den Augen verschlang, empfand eine wilde Freude bei der Entdeckung, daß sie, wenn auch nicht gerade häßlich, so doch unbedeutend war. Gewiß wirkte sie gesund und frisch, aber ihre blauen Augen waren ausdruckslos, und die berühmte Habsburger Unterlippe unter der ein wenig langen Nase hatte nichts Anmutiges. Und wie geschmacklos sie angezogen war! Überdies war sie für ein junges Mädchen wirklich zu drall. In weniger als zehn Jahren würde sie dick sein; schon jetzt wirkte sie schwerfällig. Gierig belauerte die junge Frau die Reaktionen des Kaisers, der, die Stiefel im Wasser, seine Gemahlin betrachtete. Ohne Frage mußte er enttäuscht sein. Gleich würde er grüßen, dem Protokoll gemäß die Hand seiner Frau küssen und darauf zu seinem Wagen zurückkehren, der schon repariert wurde ... Aber nein! Seine Stimme posaunte freudig:

»Madame, es bereitet mir großes Vergnügen, Euch zu sehen!«

Danach kletterte er in den Wagen, und ohne sich darum zu kümmern, daß er naß wie ein ins Wasser gefallener Spaniel war, nahm er die große Blonde in seine Arme und küßte sie mehrmals mit einer Begeisterung, die ihrer Begleiterin ein etwas verkniffenes Lächeln entlockte. Auch sie war eine Blondine, hübsch und charmant trotz des zu großen Kopfes und zu kurzen Halses, mit einem spöttischen Blick, der die Naivität des Ausdrucks Lügen strafte und dazu beitrug, daß sie Marianne mißfiel. Es mußte die berühmte Caroline Murat sein, Schwester Napoleons und eine der schlimmsten Xanthippen des Regimes. Der Mann, der mit dem Kaiser gekommen war, umarmte sie, nachdem er die Hand der Erzherzogin geküßt hatte, zog sich aber alsbald zurück, um sich allein zu der wappenlosen Kutsche zu begeben, während Napoleon sich strahlend den beiden Frauen gegenüber niederließ und dem neben dem Schlag stehengebliebenen Kammerherrn zurief:

»Jetzt schnell nach Compiègne! Und laßt die Etappen überspringen!«

»Aber man erwartet uns in Soissons, Sire«, protestierte die Königin von Neapel, »wo die Notabeln einen Empfang und ein Souper vorbereitet haben ...«

»Sie werden ihr Souper ohne uns essen! Ich wünsche, daß Madame noch heute abend zu Hause ist! Vorwärts!«

Beleidigt kniff Caroline die Lippen zusammen und zog sich in ihre Ecke zurück, während der Wagen anfuhr. Mit Tränen in den Augen gewahrte Marianne noch das entzückte Lächeln, das Napoleon seiner Verlobten widmete. Ein kurzes Kommando ertönte, die Pferde der Eskorte setzten sich in Trab. Eines nach dem anderen begannen die dreiundachtzig Gefährte der Begleitkolonne vor der Kirche vorbeizudefilieren. An den feuchten Stein des gotischen Vorbaus gelehnt, sah Marianne sie passieren, ohne sie recht zu sehen, so tief in schmerzliche Gedanken versunken, daß Arcadius sie schon sanft schütteln mußte, um sie in die Gegenwart zurückzurufen.

»Was machen wir jetzt?« fragte er. »Wir sollten zum Gasthof zurück. Ihr seid durchnäßt ... und ich bin's auch.«

Doch die junge Frau maß ihn mit einem leidenschaftlichen Blick.

»Nein! Wir reiten nach Compiègne.«

»Aber ... wozu?« rief Jolival erstaunt. »Ich fürchte, Ihr heckt irgendeine Verrücktheit aus. Was habt Ihr bei diesem Empfang zu schaffen?«

»Ich will nach Compiègne, sage ich Euch«, beharrte sie, mit dem Fuß auf den Boden stampfend. »Und fragt mich nicht, warum! Ich weiß es nicht. Ich weiß nur, daß ich dorthin muß.«

Sie war so bleich, daß Arcadius die Stirn runzelte. Alles Leben schien sich aus ihr zurückgezogen und nur einen Automaten hinterlassen zu haben. Sehr sanft, um sie ihrem eisigen, wie lähmenden Schmerz zu entreißen, wandte er ein:

»Und ... das Rendezvous heute abend?«

»Es interessiert mich nicht mehr, da er es nicht ist, den ich treffen werde. Ihr habt doch gehört? Er kehrt nach Compiègne zurück und wird nicht wieder hierherkommen. Wie weit ist es bis Compiègne?«

»An die fünfzehn Meilen!«

»Da seht Ihr's! Wir kürzen ab, wo es nur geht! Ich will vor ihnen dort sein!«

Sie lief schon zu den Bäumen, an die sie die Pferde gebunden hatten. Ihr dicht auf den Fersen, versuchte Arcadius noch, sie zur Vernunft zu bringen:

»Seid nicht närrisch, Marianne! Reiten wir nach Braine und laßt mich herausfinden, wer Euch heute abend erwartet.«

»Es ist mir gleichgültig, sage ich Euch! Wann werdet Ihr endlich begreifen, daß es nur einen Menschen auf der Welt gibt, der für mich zählt? Übrigens kann dieses Rendezvous nur eine Falle sein! Jetzt bin ich davon überzeugt ... Aber ich zwinge Euch nicht, mir zu folgen«, fügte sie hinzu. »Ich kann sehr gut allein reiten!«

»Redet keine Dummheiten!« erwiderte Arcadius mit einem Schulterzucken.

Er bückte sich ruhig, bot der jungen Frau seine verschränkten Hände als eine Art Steigbügel, um ihr in den Sattel zu helfen. Er nahm ihr ihre Gereiztheit nicht übel, er begriff, was sie in diesen Minuten durchmachte.

»Vorwärts also, da Euch so daran liegt!« sagte er nur, während er sein eigenes Pferd bestieg.

Trotz ihres anfänglichen Rückstandes gegenüber der Spitze der Kolonne erreichten Marianne und Arcadius die Ausfahrt von Soissons gerade zur rechten Zeit, um das Auftauchen des kaiserlichen Wagens zu erleben, der die Stadt ohne zu halten in schnellem Tempo durchfahren hatte, und das unter den verdutzten und nicht wenig empörten Blicken des Unterpräfekten, der Herren des Stadtrats und der militärischen Autoritäten, die seit Stunden im Regen ausharrten, nur um des wenig ergiebigen Vergnügens willen, den Kaiser vor ihrer Nase vorbeiflitzen zu sehen.

»Warum hat er es nur so eilig?« stieß Marianne hervor. »Was zwingt ihn, heute abend in Compiègne zu sein?«

Sie hatten an der Poststation ihre Pferde gewechselt, und Marianne, die keine triftige Antwort auf ihre Frage gefunden hatte, schickte sich eben zum neuerlichen Aufbruch an, als sie plötzlich den kaiserlichen Wagen halten sah. Der Schlag öffnete sich, und die Königin von Neapel, die Marianne an den malvenfarbenen und blaßroten Straußenfedern ihrer perlgrauen Samtkapotte erkannte, sprang auf die Straße. Mit energischem Schritt und gekränkter Miene marschierte sie zum zweiten Wagen zurück. Der hinter ihr hertrottende Kammerherr klappte eilends den Tritt herunter, und Caroline Murat, ganz Königin im Exil, verschwand im Innern, während die Kolonne sich wieder in Bewegung setzte.

Marianne sah Arcadius fragend an.

»Was hat das zu bedeuten?«

Um seine Verlegenheit zu bemänteln, beugte er sich über den Hals seines Pferdes und tat, als ob er an dessen Zaumzeug etwas zu ordnen habe, antwortete jedoch nicht. Sein Schweigen erbitterte Marianne.

»Habt wenigstens den Mut, mir die Wahrheit zu sagen, Arcadius. Glaubt Ihr, daß er mit dieser Frau allein sein will?«

»Es wäre möglich«, räumte Jolival vorsichtig ein. »Falls die Königin von Neapel nicht eine ihrer Launen hatte, für die sie leider berühmt ist.«

»In Gegenwart des Kaisers? Ausgeschlossen! Vorwärts, mein Freund, ich will sie aus diesem Wagen aussteigen sehen.«

Und der höllische Ritt durch eisige Wassergüsse, aufspritzenden Schmutz, gehemmt durch niedrig hängende Zweige, die nur allzuoft die von den beiden Reitern benutzten Abkürzungswege versperrten, begann von neuem.

Als sie bei dunkler Nacht in Compiègne einritten, klapperte die erschöpfte, vor Kälte erstarrte Marianne mit den Zähnen; sie hielt sich nur durch ihren eisernen Willen im Sattel. Ihr ganzer Körper war wie gerädert, als hätte sie eine gehörige Tracht Prügel bekommen, aber sie hätte es um nichts auf der Welt zugegeben. Der Vorsprung, den sie der Kolonne abgerungen hatten, war übrigens kaum der Rede wert: Auf dem ganzen endlosen Weg hatten sie immer das ferne dumpfe Rollen der dreiundachtzig Wagen im Ohr gehabt, ausgenommen während der durch dichten Wald führenden Strecken.

Nun durch hell erleuchtete, von den Rinnsteinen bis zu den Dachgiebeln beflaggte Straßen reitend, blinzelte Marianne wie ein jäh aus dem Dunkel ins Licht verschlagener Nachtvogel. Der Regen hatte aufgehört. Die Nachricht, daß der Kaiser schon an diesem Abend seine erst für den folgenden Tag erwartete Verlobte nach Compiègne brachte, war bereits in der Stadt bekannt geworden. So hatten sich die Einwohner trotz des Wetters und der späten Stunde in den Straßen und Wirtshäusern versammelt, eine stattliche Menge, die die hohen Gitter des großen weißen Palais umdrängte.

Das Schloß funkelte in der Nacht wie eine ganze Kolonie von Glühwürmchen. Im Hof stand ein Regiment Gardegrenadiere bereit, um den Ordnungsdienst zu übernehmen. In wenigen Minuten würden die riesigen Soldaten mit den Fellmützen die Menschenmenge wie ein unwiderstehlicher Sturmbock zerteilen, eine Passage öffnen, die ihnen zu verweigern niemand in den Sinn käme. Marianne wischte mechanisch die Wassertropfen von den Rändern ihres Huts.

»Sobald die Soldaten herauskommen, drängen wir uns nach vorn«, sagte sie, »um ihr Manöver zu nutzen. Ich will bis ans Gitter.«

»Das ist Irrsinn, Marianne! Man wird uns zertrampeln! Diese Leute haben keinen Grund, uns Platz zu machen.«

»Sie werden es nicht einmal merken. Bringt die Pferde weg und kommt gleich zurück. Es bleibt uns nicht viel Zeit.«

Wirklich begannen, als Arcadius einem großen, hell erleuchteten Gasthof zuhastete, alle Glocken der Stadt zu läuten. Die Kolonne mußte Compiègne erreicht haben. Gleichzeitig stieg gewaltiges Jubelgeschrei zum schwarzen Himmel auf. Die Gittertore des Palais öffneten sich und ließen den Block der Grenadiere passieren, die mit der Waffe in der Hand in guter Ordnung vorrückten, die Menge auseinandertrieben und ein doppeltes Spalier bildeten, durch das die Wagen fahren würden. Das Zurückfluten der Menge nutzend, schob sich Marianne, von Jolival gefolgt, vorwärts, glitt hinter den Rücken der Grenadiere hindurch und gelangte bis zum Gitter. Zwar gab es einige Proteste, und selbst ein paar Püffe trafen den unverschämten jungen Mann, der es wagte, den besten Platz für sich zu beanspruchen, aber das berührte sie nicht im mindesten. Übrigens trabten jetzt, ihre schäumenden Pferde scharf zurückhaltend, die ersten Husaren auf den Platz, und die Menge brüllte:

»Es lebe der Kaiser!«

Marianne kletterte auf die niedrige Mauer, in die die vergoldeten Lanzen des Gitters eingelassen waren, klammerte sich an das feuchte Eisen. Zwischen ihr und der großen Freitreppe, auf der sich fackeltragende Lakaien in grünen Livreen aneinanderreihten, breitete sich nur ein weiter, leerer Raum. In den hohen Fenstern des Schlosses waren Scharen eleganter Höflinge sichtbar geworden, auch die Dachterrassen hatten sich gefüllt, ein Orchester installierte sich auf der die Einfahrt beherrschenden Galerie, ein anderes irgendwo auf dem Platz, ein drittes hinter den Fenstern eines angrenzenden Patrizierhauses. Überall loderten Fakkeln, ein Getöse erhob sich, das zum betäubenden Dröhnen eines Unisono-Trommelwirbels anschwoll.

Zwischen den Spalieren der Grenadiere, der Pagen, der Stallmeister, Offiziere und Marschälle erschien in schneller Fahrt eine Karosse, eine zweite und dann eine dritte. Mariannes Herz schlug zum Zerspringen. Mit weitgeöffneten Augen sah sie, wie sich die mit einem Teppich belegte Freitreppe unter dem großen dreieckigen Frontgiebel mit Damen in Schleppkleidern füllte, deren Diademe vielfarbige Funken versprühten, sowie mit Herren in rot-goldenen oder blau-silbernen Galaröcken und Uniformen. Sie entdeckte sogar einige ordensgeschmückte österreichische Offiziere in makellosem Weiß. Irgendwo schlug eine Uhr zehn.

In diesem Moment tauchte endlich inmitten eines Tumults von Schreien und Vivatrufen die mit acht Pferden bespannte Kutsche auf, die Marianne schon so gut kannte. Die Bläser auf der Galerie stimmten das »Wachen wir über das Heil des Kaiserreichs« an, während der Wagen durch das weitgeöffnete Gitterportal in den Hof einfuhr und eine elegante Kurve beschrieb. Die Lakaien stürzten herzu, die Fackelträger stiegen in den Hof hinab, die Tamboure ließen ihre Stöcke wirbeln. Die Augen voller Tränen, die sie nicht zurückhalten konnte, sah Marianne Napoleon aus dem Wagen springen, sich strahlend zu der zurückwenden, die noch im Innern geblieben war, und ihr mit allen Fürsorglichkeiten eines aufmerksamen Liebenden beim Aussteigen helfen. Eine zornige Aufwallung trocknete Mariannes Tränen, als sie bemerkte, daß die Erzherzogin heftig gerötet war und ihr absurder Hut mit den Papageienfedern starke Schlagseite hatte. Zudem benahm sie sich seltsam, fast geniert.

Stehend war Marie-Louise einen halben Kopf größer als

ihr Verlobter. Sie bildeten ein merkwürdig ungleiches Paar, sie mit ihrer rosigen germanischen Fülle, er mit seinem blassen Teint, seinem römischen Profil und seiner aus jeder Bewegung ersichtlichen nervösen Vitalität, die er seinem mittelmeerischen Blut verdankte. Das, was vielleicht am wenigstens auffiel, war ihr Altersunterschied, da Marie-Louises stämmige Figur den Gedanken an zarte Jugendlichkeit nicht aufkommen ließ. In jedem Fall schien sich weder er noch sie dessen bewußt. Sie sahen einander hingerissen an, so daß Marianne plötzlich Mordlust verspürte. Wie konnte dieser Mann, der sie erst wenige Tage zuvor mit so viel Leidenschaft geliebt, der ihr mit dem untrüglichen Akzent der Aufrichtigkeit geschworen hatte, daß sie allein sein Herz regiere – wie konnte dieser selbe Mann nun diese blonde, große Färse mit dem Ausdruck eines Kindes vor seinem ersten Weihnachtsgeschenk betrachten? Wütend grub die junge Frau ihre Fingernägel in die Handflächen und knirschte mit den Zähnen, um nicht vor Schmerz und Zorn zu schreien.

Drüben umarmte die Erzherzogin eben die Frauen der kaiserlichen Familie: die entzückende Pauline, die sich beim Anblick des berühmten Huts kaum das Lachen verkneifen konnte, die besonnene Elisa mit ihrem ernsten Minerva-Profil, die brünette Königin von Spanien, die blonde Königin Hortense, deren weiße Seidenrobe, matt schimmernde Perlen und makellose Eleganz das Bild ihrer Mutter in Erinnerung riefen und den Unterschied zu Marie-Louises Garderobe besonders deutlich machten.

Einen Moment vergaß Marianne sich selbst, um sich zu fragen, wie es um die Gefühle der sanften Tochter Joséphines angesichts dieser Frau bestellt sein mochte, die es wagte, sich auf den kaum verlassenen Thron ihrer Mutter zu setzen. War es nicht eine recht unnütze Grausamkeit Napoleons, sie zu zwingen, am Empfang dieser Ausländerin in einem französischen Schloß teilzunehmen? Mehr als unnütz ... aber es entsprach durchaus dem Wesen des Kaisers. Es war nicht das erstemal, daß Marianne bemerkte, wie seine natürliche Güte zuweilen von einer Art kalter Unmenschlichkeit überdeckt wurde.

»Laßt Ihr mich Euch nun endlich in die Wärme eines Gasthofs führen?« sagte dicht neben ihr die freundschaftliche Stimme Jolivals. »Oder wollt Ihr die Nacht an dieses

Gitter geklammert verbringen? Es gibt nichts mehr zu sehen.«

Fröstelnd stellte Marianne fest, daß der Hof sich wirklich geleert hatte, abgesehen von den Wagen, von Dienern und Stallknechten, die die Gespanne zu den Ställen zogen, und daß die Fenster wieder geschlossen waren. Auf dem Platz zog sich die Menge fast mit Bedauern vom Gitter zurück, langsam wie abebbende Flut. Sie wandte Arcadius ihr Gesicht zu, auf dem die Tränen noch nicht getrocknet waren.

»Ihr haltet mich für verrückt, nicht wahr?« murmelte sie.

Mit einem guten Lächeln legte er brüderlich seinen Arm um die Schultern der jungen Frau.

»Nicht für verrückt, für jung, wundervoll ... grausam jung! Ihr stürzt Euch mit der Blindheit eines verwirrten Vogels auf alles, was Euch verletzen kann. Wenn Ihr älter seid, werdet Ihr lernen, die eisernen Krallen zu vermeiden, die das Leben so gut längs der Wege des Menschen zum Peinigen und Verletzen zu verteilen weiß, werdet Ihr lernen, Augen und Ohren zu schließen, um Euch wenigstens Eure Illusionen und Euren inneren Frieden zu erhalten. Aber es ist noch zu früh.«

Der Gasthof zum Großen Hirsch war gesteckt voll, als Marianne und Jolival ihn betraten, und anfangs zeigte der wie ein aufgescheuchtes Huhn hin und her flatternde Wirt nicht die geringste Lust, sie auch nur anzuhören. Arcadius mußte erst ärgerlich werden und den Biedermann zum Stehenbleiben zwingen, indem er ihn kurzerhand an der um seinen Hals geknoteten Serviette festhielt.

»Überstürzt Euch nicht so, mein Freund! Es gibt eine Zeit für jedes Ding, und ich wäre Euch dankbar, wenn Ihr mich anhörtet. Madame hier«, fügte er, auf Marianne weisend, hinzu, die mit einer müden Bewegung ihren Hut abgenommen und ihr Haar gelockert hatte, »ist, wie Ihr sehen könnt, zum Umfallen müde, hungrig und durchnäßt. Und ... da sie Seiner Majestät sehr nahe steht, werdet Ihr Euch sofort liebenswürdig zeigen und ihr einen Ort zur Verfügung stellen, wo sie ruhen, sich restaurieren und trocknen kann, und wäre es Eure eigene Kammer.«

Im Griff der mageren, aber harten Finger Jolivals nahm der gute Mann nacheinander alle Farben der Rotskala an, und die Worte »Seine Majestät« entrissen ihm ein erschrockenes Aufstöhnen. Verzweifelt mit seinen kleinen, kurzen Armen gestikulierend, wandte er der jungen Frau den Blick eines Ertrinkenden zu.

»Aber ich habe kein Zimmer mehr! Das meine habe ich dem Adjutanten des Herzogs von Rovigo überlassen müssen. In dieser Minute muß Madame Robineau, meine Gattin, damit beschäftigt sein, mir ein Bett im Büro herzurichten. Ich kann es anständigerweise Madame nicht anbieten ... oder sollte ich sagen, Ihrer Hoheit?« fügte er mit einer Angst hinzu, die Jolival ein Lächeln entlockte.

Offensichtlich fragte sich der Biedermann fieberhaft, ob diese entzückende braunhaarige Frau nicht etwa eine weniger bekannte Schwester des Kaisers sei. Die Bonapartes waren eine so große Familie!

»Sagt schlicht Madame, aber findet irgend etwas!« Während Robineau sich noch überlegte, ob es nicht die einfachste Lösung sei, kurzerhand in Ohnmacht zu fallen, näherte sich ein österreichischer Offizier in eleganter hellbrauner Landwehruniform, der seit einigen Sekunden mit wachsendem Interesse das schöne, blasse Gesicht Mariannes beobachtet hatte. Er verneigte sich, leicht die Hacken zusammenschlagend, vor der jungen Frau. Sie hatte sich mit geschlossenen Augen gegen eine Mauer gelehnt, völlig unberührt von der Unterhaltung.

»Erlaubt, mich vorzustellen: Fürst Clary und Aldringen, außerordentlicher Gesandter Seiner Majestät des Kaisers von Österreich! Ich habe in diesem Gasthof zwei Zimmer zu meiner Verfügung. Ich wäre glücklich, wenn Madame mir die Gunst erwiese, eins von ihnen anzunehmen ...«

Ein Ausruf Robineaus unterbrach ihn:

»Mein Gott, Monseigneur ist schon zurückgekehrt! Ich hatte für Monseigneur nichts vorgesehen! Sollten Monseigneur nicht im Palais soupieren?«

Der österreichische Fürst, ein großer Bursche von etwa dreißig Jahren mit feinen, geistvollen Zügen unter einem dichten blonden Haarschopf, lachte.

»Nun, mein Freund, Ihr werdet irgend etwas auftreiben müssen, um mich zu verköstigen. Ich soupiere nicht im Palais, weil niemand dort soupieren wird.«

»Hat sich der Koch seinen Degen durch den Leib gerannt?« erkundigte sich Jolival lächelnd.

»Keineswegs. Tatsächlich war der Hof schon im großen Salon versammelt und wartete darauf, sich zu Tisch zu begeben, als der Oberhofmarschall Duroc erschien, um uns zu sagen, daß Ihre Majestäten sich in ihr Appartement zurückgezogen hätten ... und daß es kein Souper gäbe. Aber ich segne jetzt die unerwartete Rückkehr, die ich eben noch verwünschte, da sie mir erlaubt, Euch dienlich zu sein, Madame.«

Die letzten Worte waren natürlich an Marianne gerichtet, die, unempfindlich für diese Galanterie, nicht einmal auf die Idee kam, ihm zu danken. Den Worten des Österreichers hatte sie nur eins entnommen, und die Erregung, die dieses eine in ihr weckte, war so heftig, daß sie sich nicht enthalten konnte zu fragen:

»Ihre Majestäten haben sich zurückgezogen? Das kann doch nicht bedeuten, daß ...?«

Sie wagte den Satz nicht zu beenden. Clary war wieder in Gelächter ausgebrochen.

»Ich fürchte, doch. Es scheint, daß der Kaiser gleich nach der Ankunft seinen Onkel, den Kardinal Fesch, befragte, ob er wirklich verheiratet sei ... ob die in Wien mit einem Stellvertreter vorgenommene Eheschließung aus der Erzherzogin seine Frau mache.«

»Und dann?« fragte Marianne mit trockener Kehle.

»Und dann hat der Kaiser der ... nun, der Kaiserin sagen lassen, daß er die Ehre habe, ihr in kurzem in ihrem Zimmer einen Besuch abzustatten ... sobald sie ein Bad genommen habe.«

Die Brutalität, die diese höflich-ironischen Worte heraufbeschworen, ließ Marianne bis zu den Lippen erblassen.

»Folglich ...«, sagte sie mit einer so heiseren Stimme, daß der Österreicher sie erstaunt und Arcadius sie besorgt betrachtete.

»Folglich ... zogen sich Ihre Majestäten zurück ... und ich bin zur rechten Zeit gekommen, Euch zu dienen, Madame ... Aber Ihr seid so bleich! Fühlt Ihr Euch schlecht? He, Robineau, Eure Frau soll sogleich Madame auf mein Zimmer führen, es ist das beste im Haus. Mein Gott!«

Dieser letzte angstvolle Ausruf war berechtigt. Jäh durch den Schlag, den er ihr ahnungslos versetzt hatte, um den letzten Rest ihrer Widerstandskraft gebracht, war Marianne getaumelt und wäre gestürzt, wenn Arcadius sie nicht gerade noch rechtzeitig aufgefangen hätte. Einen Moment später wurde sie von Clary, der Jolival von der ihm vielleicht doch zu schweren Bürde befreit hatte, unter Vorantritt der mit einem Kupferleuchter bewaffneten Madame Robineau in Musselinhaube und einem Kleid aus flohfarbener Seide ohnmächtig die frisch gewachste Treppe im Großen Hirsch hinaufgetragen.

Als sie etwa eine Viertelstunde später wieder aus ihrer Bewußtlosigkeit erwachte, gewahrte Marianne Seite an Seite das schnurrbärtige Mausgesicht Jolivals und das hochrote Antlitz einer Frau, eingerahmt von einer luftigen Haube, unter der schlaffe braune Locken hervorhingen. Als die Frau sah, daß sie die Augen geöffnet hatte, hörte sie auf, ihr die Schläfen mit Essig zu betupfen, und konstatierte befriedigt, daß »es jetzt besser gehe«.

Um die Wahrheit zu sagen, fühlte sich Marianne, abgesehen von der Tatsache, daß sie wieder bei Bewußtsein war, keineswegs besser, im Gegenteil. Obwohl durchfroren bis auf die Knochen, überflogen sie jähe Hitzewogen, ihre Zähne schlugen aufeinander, und ein Schraubstock hielt ihre Schläfen umklammert. Trotzdem wollte sie, als sie sich wieder dessen erinnerte, was sie gehört hatte, von dem Bett aufspringen, auf das sie in voller Kleidung gelegt worden war.

»Ich will fort!« sagte sie, so heftig zitternd, daß sie die Worte kaum herausbringen konnte.- »Ich will nach Hause. Sofort.«

Mit beiden Händen drückte Arcadius ihre Schultern zurück, um sie zu zwingen, sich wieder auszustrecken.

»Davon kann keine Rede sein! Nach Paris zurückkehren, zu Pferd und bei diesem Wetter? Ihr kämt nicht lebend an, meine Liebe. Ich bin kein großer Arzt, aber ich besitze doch einige Kenntnisse auf diesem Gebiet, und das hektische Rot auf Euren Wangen verrät nur allzu deutlich, daß Ihr Fieber habt.«

»Was tut's? Ich kann nicht hierbleiben? Hört Ihr denn nicht? Diese Musik ... dieses Feuerwerk ... die Freude dieser vor Glück halb verrückten Stadt, weil der Kaiser die Tochter seines schlimmsten Feindes zu sich ins Bett genommen hat?«

»Marianne!« rief Arcadius, beunruhigt durch den verstörten Blick seiner Freundin. »Ich bitte Euch ...«

Die junge Frau brach in ein mißtönendes Gelächter aus, das den Ohren weh tat. Bevor Arcadius es zu verhindern vermochte, glitt sie vom Bett und lief zum Fenster, an das sie sich klammerte, die Vorhänge wütend beiseite zerrend. Jenseits des feucht glänzenden, leeren Platzes ragte das erleuchtete Palais wie eine Herausforderung auf, dieses Palais, in dem Napoleon die Österreicherin in seinen Armen hielt, sie besaß, wie er Marianne besessen hatte, ihr vielleicht die gleichen Liebesworte zuflüsterte ... Im glühenden Kopf der jungen Frau mischten sich Zorn und Eifersucht mit der Hitze des Fiebers und ließen wahre Höllenflammen emporlodern. Die unerbittliche Erinnerung beschwor jede der Gesten ihres Liebhabers beim Liebesakt, jeden Ausdruck seines Gesichts ... Oh, das Geheimnis dieser hochmütigen weißen Mauern durchdringen zu können! Zu wissen, hinter welchem dieser geschlossenen Fenster das Verbrechen der Liebe begangen wurde, in dem Mariannes Herz das Sühneopfer war!

»Mio dolce amore!« knirschte sie zwischen zusammengepreßten Zähnen. »Mio dolce amore ... Sagt er das auch zu ihr?«

Arcadius, der jeden Moment befürchtete, Marianne ihre Verzweiflung herausschreien zu hören und deshalb weder sich ihr zu nähern, noch sie zu berühren gewagt hatte, befahl der bestürzten Wirtin leise:

»Sie ist sehr krank! Besorgt einen Arzt ... schnell!« Die Frau ließ es sich nicht zweimal sagen und stürzte, vom Geraschel ihrer gestärkten Unterröcke begleitet, Hals über Kopf in den Flur, während Jolival zu Marianne trat. Sie bemerkte ihn nicht einmal. Gespannt wie eine Bogensehne, mit weit aufgerissenen Augen das riesige weiße Gebäude anstarrend, schien es ihr plötzlich, als hätten sich die Mauern in Glas verwandelt, so daß sie mit der zum Äußersten getriebenen schrecklichen Klarsicht der Eifersucht bis in jenes Zimmer sehen konnte, in dem unter dem purpurnen, goldgesäumten Samt eines riesigen Betthimmels ein elfenbeinfarbener Körper einen andern umschlang, dessen pralles Fleisch in den rosigen Tönen der Morgenröte schimmerte. Und so gequält, gepeinigt, hatte Marianne alles vergessen, was sie umgab, sah diese Szene der Liebe, die sich auszumalen ihr nur allzu leicht fiel, da sie selbst sie oft genug durchlebt hatte. Ihr jetzt ganz nahe, nahe genug, um sie berühren zu können, hörte Arcadius sie murmeln:

»Wie kannst du ihr die gleichen Küsse geben wie mir? ... Es sind doch deine Lippen! Sag, erinnerst du dich an nichts? ... Du kannst sie doch nicht lieben, wie du mich liebtest! ... O nein ... Ich flehe dich an ... nimm sie nicht so in deine Arme! ... Stoß sie zurück ... Sie wird dir Unglück bringen! Ich weiß es ... Ich spür's! Erinnere dich des an den Stufen des Kreuzes zerbrochenen Rades! Du kannst sie nicht lieben ... Nein, nein ... nein!«

Sie hatte einen kurzen Schrei ausgestoßen, einen einzigen, aber es war wie ein Todesschrei. Und jäh ließ sie sich auf die Knie sinken, gegen das Fenster gelehnt, geschüttelt von verzweifeltem Schluchzen, das jedoch die gefährliche nervöse Spannung löste, vor der Arcadius gezittert hatte.

Er spürte, daß er sie jetzt berühren konnte, daß sie sich nicht mehr wehren würde. Er beugte sich zu ihr, und mit Bewegungen von unendlicher Sanftheit hob er sie auf und führte sie zum Bett zurück. Sie ließ es geschehen, zu absorbiert von ihrem Schmerz, um sich noch ihres eigenen Seins zu erinnern. Selbst den Tränen nahe, hatte Jolival sie eben wieder aufs Bett gelegt, als die Tür sich vor Madame Robineau und dem mitgebrachten Arzt öffnete. Daß dieser Arzt kein anderer war als Corvisart, der Arzt des Kaisers selbst, überraschte Arcadius kaum. An einem Tag wie diesem konnte ihn nichts mehr überraschen, und was war schließlich schon so Erstaunliches daran, daß sich auch der kaiserliche Leibmedikus in diesem von hohen Persönlichkeiten wimmelnden Gasthof aufhielt. Trotzdem war es ihm eine große Erleichterung.

»Ich war unten eben dabei, einen Punsch mit Kameraden zu trinken, als ich unsere Wirtin stürmisch nach einem Arzt rufen hörte. Der Fürst von Clary folgte ihr auf dem Fuß und überschüttete sie mit Fragen. Von ihm erfuhr ich, wer die Kranke ist. Wollt Ihr mir gefälligst sagen, was die Signorina Maria Stella hier und in diesem Zustand tut?«

Die Arme vor der Brust verschränkt, musterte er die noch immer schluchzende Marianne mit strengem Blick. Seine schwere, schwarzgekleidete Gestalt beherrschte den Raum mit der Gewalt einer Naturkraft, und Arcadius fühlte sich zu müde für einen Disput. Er begnügte sich mit einer Geste der Ohnmacht.

»Sie ist Eure Patientin«, sagte er mit einem Schulterzucken. »Ihr solltet sie schon ein wenig kennen, Doktor. Sie hat um jeden Preis kommen wollen.«

»Ihr hättet es nicht zulassen dürfen.«

»Ich hätte Euch dabei sehen wollen. Wißt Ihr, daß wir dem Zug der Erzherzogin seit weit vor Soissons gefolgt sind? Als Marianne erfuhr, was im Palais vorging, befiel sie eine Nervenkrise.«

»Dieser ganze Weg, und das auch noch in strömendem Regen? Der reine Wahnwitz! Aber was die Vorgänge im Palais anbelangt, sehe ich nichts, was eine Krankheit hervorrufen könnte! Du lieber Himmel! Eine Nervenkrise, weil Seine Majestät sich so schnell wie möglich von der Qualität des geschlossenen Handels überzeugen wollte?«

Während die beiden Männer miteinander sprachen, hatte Madame Robineau mit Hilfe einer Magd Marianne, die sich folgsam wie ein Baby erwies, rasch entkleidet und in dem breiten Bett untergebracht, das die Magd zuvor mittels einer kupfernen Wärmpfanne aufgewärmt hatte. Das Schluchzen hatte sich allmählich gegeben, aber das Fieber, das die junge Frau durchglühte, schien von Minute zu Minute zuzunehmen. Und doch war ihr Geist ruhiger. Die heftige Verzweiflungskrise, von der sie geschüttelt worden war, hatte ihre übermäßige innere Spannung gelöst, und sie hörte nun mit halbgeschlossenen Augen fast gleichgültig Corvisart zu, der ihr grob klarmachte, auf welche Gefahren man sich einließ, wenn man sich stundenlang in eisigem Regen auf den Straßen herumtrieb.

»Ihr habt eine Kutsche, wenn ich mich recht erinnere! Was hat Euch nur dazu veranlaßt, diesen Weg bei solchem Wetter zu Pferd zurückzulegen?«

»Ich liebe Pferde!« erklärte Marianne eigensinnig, fest entschlossen, nichts von ihren eigentlichen Gründen preiszugeben.

»Was meint Ihr«, spottete der Arzt, »was der Kaiser sagen wird, wenn er von Eurer Heldentat erfährt und daß ...«

Mariannes Hand glitt flink unter der Decke hervor und legte sich auf die Corvisarts.

»Er wird es nicht erfahren! Doktor, ich verlange von Euch, daß Ihr ihm nichts sagt! Übrigens ... ist es höchstwahrscheinlich, daß es Seine Majestät nicht im geringsten interessiert.«

Corvisart brach unvermittelt in homerisches Gelächter aus.

»Ich sehe schon: Ihr wollt nicht, daß der Kaiser es weiß,

aber wenn Ihr sicher wärt, daß es ihn zornig machen würde zu erfahren, was Ihr angestellt habt, würdet Ihr mich sofort zu ihm schicken, damit ich's ihm sage. Nun, beruhigt Euch, ich werde es ihm sagen, und er wird wütend sein.«

»Ich glaube es nicht«, erwiderte Marianne ärgerlich. »Der Kaiser ist ...«

» ... mit dem Versuch beschäftigt, sich einen Erben zu verschaffen«, unterbrach der Arzt sie brutal. »Meine liebe Freundin, ich begreife Euch nicht: Ihr mußtet Euch doch denken können, daß diese Art ... Betätigung unvermeidlich war, da der Kaiser nur deswegen geheiratet hat.«

»Er hätte es nicht so eilig zu haben brauchen! Warum mußte er schon heute abend ... «

»Mit der Erzherzogin ins Bett gehen?« ergänzte Corvisart, offenbar entschlossen, weiterhin den Unterbrecher zu spielen. »Ganz einfach, weil er es eilig hat! Er ist verheiratet, er will einen Erben, also macht er sich sofort ans Werk. Was wäre natürlicher?«

»Aber er ist nicht wirklich verheiratet! Die wahre Hochzeit wird erst in ein paar Tagen in Paris stattfinden. In dieser Nacht hätte der Kaiser ...

» ... zum Schlafen in die Staatskanzlei gehen müssen, ich weiß! Es ist nur ein kleiner Verstoß gegen den Vertrag, und Ihr habt nicht den leisesten Grund, Euch in solchen Zustand zu versetzen. Guter Gott, seht Euch doch im Spiegel an, selbst in diesem Moment, in dem Ihr mehr einem Pudel als einer umschmeichelten Sängerin ähnelt, und dann werft einen Blick auf dieses brave, dicke und immerhin, geben wir's zu, frische Mädchen das uns zu einem Kronprinzen verhelfen soll. Alle Männer – oder fast alle – liegen Euch zu Füßen! Sogar dieser Österreicher, der, kaum angelangt, unten an der Treppe von einem Fuß auf den andern tritt und auf Nachricht von Euch wartet! Laßt also ruhig den Kaiser seiner Pflicht als Ehemann nachgehen. Es wird Eurem Liebhaber keinesfalls abträglich sein, wenn Ihr mir diese Brutalität gestattet.«

Marianne antwortete nicht. Wozu auch? Kein Mann wäre fähig, sie in dieser Minute zu verstehen. Ja, in Wahrheit hieße es, das Unmögliche zu fordern, denn diese Verständnislosigkeit war in der tieferen Natur der Männer begründet. Sie war nicht dumm und Fortunée Hamelin nicht diskret genug, als daß sie sich eingebildet hätte, sie wäre die erste Frau gewesen, die es verstanden hatte, den Herrn Europas für sich zu gewinnen. Napoleon hatte Joséphine angebetet und weidlich betrogen. Es war Teil des Wesens des Mannes: dieses Bedürfnis nach Wechsel, diese unwiderstehliche Tendenz zur Polygamie, selbst wenn er wahrhaft verliebt war. Doch trotz ihrer Bemühung um philosophische Erkenntnis gelang es Marianne nicht, den dumpfen Schmerz im Herzen zu lindern. Hatte das Äußere der Frau, die er umarmte, so wenig Bedeutung in seinen Augen? Warum hatte er dann sie gewählt, sie, Marianne? Bis zu welchem Punkt hatte sie die tieferen Schichten seiner Seele anzurühren vermocht? Welchen Platz nahm sie dort zwischen den Erinnerungen an Joséphine, an die blonde Marie Walewska, in die er sich, wie man sagte, in Warschau so rasend verliebt hatte, und an die anderen Mätressen ein?

Im Glauben, sie sei eingeschlafen, schloß Corvisart leise die Bettvorhänge und zog sich, von Arcadius begleitet, zurück. Er hatte sie eine Arznei schlucken lassen, hatte Senfpflaster und Ruhe im Warmen verordnet. Von der Schwelle her hörte Marianne ihn murmeln:

»Die Nervenkrise hat sich beruhigt, und aus der Erkältung, denke ich, wird sich nichts ergeben. Sie ist momentan ein wenig geschwächt, aber im vorliegenden Fall halte ich das eher für gut. Wenigstens wird sie sich ruhig verhalten.«

Unter ihren Decken überraschte sich Marianne unversehens bei einem leisen Lachen! Beruhigt, sie? Geschwächt, während sie in sich neue kämpferische Kräfte brodeln fühlte, angeregt vielleicht durch das Fieber? Sie war nicht die Frau, die sich mit endlosen Jammereien über ihr Schicksal aufhielt. Sie liebte den Kampf, und in dieser Nacht, der Hochzeitsnacht einer anderen, entdeckte sie plötzliche neue Existenzmotive für sich: Abneigung zuerst, eine bittere, heftige, dem Haß nahe Abneigung gegen diese blonde, träge, wie ein großer rosiger Säugling anzusehende Österreicherin. Sodann, ganz natürlich, das Verlangen, den Kampf mit ihr aufzunehmen, ihre Macht über Geist, Herz und Sinne Napoleons zu erproben.

Warum sollte sie nicht versuchen, es ihrem unbeständigen Liebhaber Schlag für Schlag heimzuzahlen? Warum sollte sie nicht die älteste Waffe an ihm ausprobieren, mit der der Teufel das weibliche Arsenal ausgerüstet hat: die Eifersucht, die sie selbst seit einer Woche so grausam quälte? Sie war berühmt. Ganz Paris kannte jetzt ihren Namen, ihre Stimme, sogar ihr Gesicht. Sie verfügte über alle Mittel, von sich reden zu machen, seitdem Fouché ihr gewissermaßen zu Diensten stand, bis zu Zeitungsartikeln und bis zu den listigen Klatschereien Fortunées. Wie würde der Kaiser reagieren, wenn man ihren Namen häufig genug zusammen mit dem eines anderen Mannes nannte? Es wäre vielleicht interessant, es zu erproben.

»Die ganze Kaiserliche Garde ist in dich verliebt!« hatte Fortunée gesagt. Und Corvisart hatte vorhin bemerkt, daß fast alle Männer sich für ihre Schönheit interessierten. Es wäre töricht, diese Schwärmerei nicht zu dem Versuch zu nutzen, Licht in das Rätsel zu bringen, das Napoleons Herz für sie bedeutete. Aber natürlich durfte es sich nur um äußeren Schein, nicht um Wirklichkeit handeln.

Als Arcadius auf Zehenspitzen ins Zimmer zurückkehrte, um nach dem Rechten zu sehen, richtete sie plötzlich das grüne Feuer ihres Blicks auf ihn.

»Dieser Österreicher ... dieser Fürst ... ist er noch da?«

»Aber ja! Er hat mich inständig gebeten nachzusehen, ob Euch nichts fehlt, und im Moment unterwirft er den Doktor einem strengen Verhör. Warum fragt Ihr?«

»Weil er sich sehr liebenswürdig gezeigt hat und ich ihm nicht danken konnte, wie es sich gehört. Wollt Ihr es heute abend für mich übernehmen, Arcadius, und ihm sagen, daß ich morgen entzückt wäre, ihn zu empfangen.«

Jolival war sichtlich auf diese Bitte nicht gefaßt gewesen. Er riß die Augen auf.

»Natürlich, gern, aber ...«

Marianne ließ ihm nicht die Zeit, seinen Einwand auszusprechen. Sie zog sich tiefer unter ihre Decken zurück und drehte sich, ostentativ gähnend, auf die Seite.

»Gute Nacht, mein Freund. Geht endlich schlafen, Ihr habt es nötig. Es ist schon spät.«

In der Tat schlug es Mitternacht von der benachbarten Kirche. Und Mariannes Verlangen nach Schlaf war nicht nur Heuchelei. Morgen würde sie diesen Österreicher empfangen, sie würde liebenswürdig zu ihm sein. Vielleicht wäre er nur zu glücklich, ihr seinen Wagen zur Rückkehr nach Paris anzubieten. Nach Paris, wo sie sich sicher genug fühlen würde, um den beiden Männern, die ihr Leben ausfüllten, die Schlacht zu liefern, die sie gewinnen wollte: die Schlacht der Freiheit gegen Francis Cranmere, die Schlacht der Liebe gegen Napoleon.

Durch diesen Entschluß gestärkt, schloß Marianne die Augen und versank in einen unruhigen, von unzusammenhängenden Träumen unterbrochenen Schlaf. Doch seltsam genug, weder der Kaiser noch Francis tauchte darin auf. In einer Art grünem Dschungel zappelnd, der sie mit seltsamen silberglänzenden Fangarmen umschlang, blühten Lianen, deren Blüten sich in aufgerissene, monströse Rachen verwandelten, wollte Marianne schreien, aber kein Laut kam über ihre Lippen. Und je mehr sie nach Hilfe suchte, desto mehr verstärkte sich das Gefühl des Erstickens. Zugleich wogte der grüne Dschungel hoch, schwoll bis zu ihrem Mund, überflutete sie und wurde zu einem entfesselten Ozean, dessen riesige Wogen sich über ihr türmten. Marianne hatte keine Kraft mehr, war am Ertrinken, als aus meergrünen Tiefen eine Hand aufstieg und sie plötzlich in hellstrahlendes Licht hob. Die Gestalt eines Mannes tauchte auf, die aus einem blitzdurchzuckten Horizont zu treten schien. Unvermittelt erkannte Marianne Jason Beaufort. Sie sah auch, daß er sie mit einem Mitleid betrachtete, in das sich Zorn mischte.

»Warum liebt Ihr das Unglück so sehr?« fragte er. »Warum? ... Warum? ... Warum?«

Die Stimme wurde leiser, verhallte in der Ferne, zuletzt nur noch ein Hauch, während die in einen schwarzen Umhang gehüllte Gestalt kleiner wurde und sich in einen Vogel verwandelte, der quer durch einen purpurnen Himmel davonflog.

Mit einem Schrei und einem Schluchzen erwachte Marianne. Das Kaminfeuer war erloschen, nur eine kleine Nachtlampe erhellte das Zimmer schwach. Draußen war nichts zu hören, nur das wütende Prasseln des Regens gegen die Scheiben und auf das Pflaster. Marianne fröstelte in ihrem Bett. Sie war schweißnaß, aber das Fieber schien gesunken zu sein.

Außerstande, in dem feuchten Bett wieder einzuschlafen, stand sie auf, riß die Laken herunter, zog das an ihrem Körper klebende Nachthemd aus, wickelte sich nackt in ein Handtuch, glitt so unter die riesige rote Daunendecke und streckte sich auf der bloßen Matratze aus. Sie hatte nicht einmal den Kopf nach den weißen Mauern des Palais jenseits des Platzes gewandt. Der seltsame Traum klang noch in ihr nach und ließ ein Bedauern zurück. Sie hatte seit langem nicht mehr an den Amerikaner gedacht, und plötzlich schien es ihr, als hätte sie das, was sie in den letzten Tagen durchgemacht hatte, leichter ertragen, wenn er bei ihr gewesen wäre. Denn trotz allem, was sie trennte, hatte sie die Atmosphäre, die ihn umgab, lieben gelernt: diese ruhige Kraft, diese Lust an Abenteuern und Kampf, ja sogar die kalte, realistische Logik, die sie damals so verletzt hatte. Mit einem bitteren Lächeln dachte sie, daß der einzige Mann, mit dem Napoleons Eifersucht zu wecken ihr vielleicht wirklich Vergnügen bereitet hätte, Jason war. Aber würde sie ihn je wiedersehen? Wer konnte sagen, wo auf dem Globus zu dieser Stunde sein schönes, neues Schiff schwamm ... ein Schiff, dessen Namen sie nicht einmal kannte.

Das beste war, nicht mehr daran zu denken. Im übrigen würde der österreichische Fürst ihr für das, worauf es ankam, durchaus genügen ... er oder irgendein anderer ihrer Bewunderer.

Mit einem Seufzer schlief Marianne wieder ein. Und diesmal träumte sie von einem großen Schiff, das unter vollen Segeln über ein graues Meer dahinflog. Ein Schiff, dessen Galionsfigur das Falkenprofil Jason Beauforts besaß.

3. Kapitel

Kaiserliche Hochzeit

Am folgenden Abend kehrte Marianne in der Kutsche des Fürsten Clary und Aldringen nach Hause zurück und überließ es Arcadius de Jolival, sich um die Pferde zu kümmern. Sie hatte sich von dem heftigen Fieberanfall zwar noch kaum erholt, aber eine nervöse Unruhe trieb sie, aus Compiègne zu fliehen. Der bloße Anblick des Palais war ihr so unerträglich, daß sie notfalls sogar zu Pferd und bei Regen aufgebrochen wäre, um der Atmosphäre dieser Stadt zu entkommen, in der von nichts anderem mehr die Rede war als von dem beispiellosen Verstoß Napoleons gegen das Protokoll.

Ihre Erregtheit hatte Arcadius schon am frühen Morgen bewogen, sich nach einem Wagen umzusehen. Er hatte nur bis in den Hof des Gasthofs zu gehen brauchen. Leopold Clary, auf dessen Nähe der Kaiser bis zur Ankunft seiner neuen Gemahlin Wert gelegt hatte, mußte schleunigst nach Paris zurück, um seinem Botschafter, dem Fürsten von Schwarzenberg, einige Depeschen seines Souveräns zu überbringen. Als er erfuhr, daß die Sängerin, deren Schönheit er am Abend zuvor so bewundert hatte, einen Wagen zur Rückfahrt in die Hauptstadt suchte, war er außer sich vor Freude.

»Sagt Mademoiselle Maria Stella, daß mein Wagen und ich selbst ganz zu ihrer Verfügung stehen. Sie möge davon Gebrauch machen, wie es ihr beliebt.«

Eine Stunde später verließ Marianne Compiègne an der Seite des jungen Diplomaten, während Jolival sich mit einiger Melancholie und Verwirrung auf den Weg zu den Ställen machte. Die plötzliche Liebenswürdigkeit der jungen Frau diesem Österreicher gegenüber, von dem sie gestern noch nicht einmal den Namen gekannt hatte, bedeutete nichts Gutes, fand er. Sie entsprach so wenig den normalen Reaktionen Mariannes, daß er nicht umhinkonnte, sich zu fragen, was eigentlich dahintersteckte.

Indessen rollte Clarys Kutsche in schneller Fahrt durch triefende Wälder. Während der Nacht hatte es von neuem zu regnen begonnen, und es schien so bald nicht wieder aufhören zu wollen. Der entmutigende graue Himmel hing tief und schwer herab, doch keiner der beiden Insassen des Wagens schien es zu bemerken. Noch immer müde, hatte sich Marianne in den weiten schwarzen Kapuzenmantel gewickelt, den Jolival ihr am Morgen besorgt hatte. In die weichen, mit rotem Stoff überzogenen Polster gelehnt, blickte sie in den Regen hinaus, ohne ihn zu sehen, in Gedanken mit den Ereignissen des Vortages beschäftigt. Wieder sah sie Napoleons bewundernde Miene vor sich, als er den Wagenschlag geöffnet und die runden Wangen der Erzherzogin unter den absurden Arafedern entdeckt hatte ... Was Clary betraf, betrachtete er schweigend das blasse, feine Profil seiner Begleiterin, die dunklen Ringe unter ihren grünen Augen, über die ihre langen schwarzen Wimpern so rührende Schatten warfen, und endlich die vollkommene Schönheit ihrer Hände, deren eine, vom Handschuh befreit, wie eine weiße Blume auf dem dunklen Tuch des Mantels ruhte. Und der Diplomat gestand sich seine Überraschung über das so sichtlich aristokratische Wesen dieser Sängerin ein. Irgendeine Italienerin, ein einfaches Mädchen vom Theater, und dabei diese Haltung einer Herzogin, diese königlichen Hände? Und so traurig, so verschwiegen, als trage sie im Grunde ihres Herzens die Last eines Geheimnisses. Dieses Geheimnis erregte Clarys Neugier um so mehr, als ihre Schönheit ihn tief bewegte. Das veranlaßte ihn, ihr gegenüber ein Höchstmaß an Diskretion zu wahren. Während der zwanzig Meilen, die sie gemeinsam zurücklegten, sprach er nur, um sich zu versichern, daß sie nicht friere, um sie zu fragen, ob sie nicht eine kleine Pause wünsche, auf fast absurde Weise glücklich, wenn sie ihm nur zulächelte. Marianne wußte diese Diskretion zu würdigen, und in all ihrem zornigen Kummer war sie Clary dankbar dafür. Sie bedurfte übrigens nicht seines Geplauders, um ihre Wirkung auf ihn abzumessen. Die grauen Augen des jungen Mannes sprachen beredt genug, auch wenn sein Mund stumm blieb.

Als sie durch das Tor von Saint-Denis in Paris einfuhren, war die Nacht längst hereingebrochen, doch Clarys Blick ruhte noch immer auf Marianne, obwohl ihr Gesicht nur noch ein blasser Fleck in der Dunkelheit des Wagens war. Es verlangte ihn brennend danach zu erfahren, wo seine schöne Begleiterin wohnte, aber getreu seiner bisher gewahrten Diskretion sagte er nur:

»Unser Weg führt an der Botschaft vorbei. Ich möchte um die Erlaubnis bitten, Madame, Euch dort zu verlassen. Mein Wagen wird Euch dann zu dem von Euch gewünschten Ziel bringen.«

Sein Blick verriet so deutlich; was sein Mund verschwieg, daß Marianne die stumme Sprache verstand. In ihrem Lächeln war eine Spur Schalkhaftigkeit.

»Ich danke Euch für so viel Ritterlichkeit, Fürst. Ich bewohne das Hôtel d'Asselnat, Rue de Lille ... und ich wäre glücklich, Euch dort zu empfangen!«

Die Kutsche hielt vor der österreichischen Botschaft an der Ecke der Rue du Mont-Blanc und der Rue de Provence. Rot vor Erregung, beugte sich der Diplomat über die Hand, die sie ihm reichte, und berührte sie mit den Lippen.

»Gleich morgen werde ich die Freude haben, Euch meine Aufwartung zu machen, Madame, da Ihr mich dazu ermächtigt. Ich wünsche mir, Euch vollkommen wiederhergestellt vorzufinden.«

Wieder lächelte Marianne. Die Lippen des jungen Mannes hatten auf ihrer Hand gezittert. Sie war sich nun ihrer Macht über ihn sicher, und diese Macht wollte sie nach ihrem Gefallen nutzen. So betrat sie mit neugewonnenem Optimismus ihr Haus, in dem sie Adelaide in Gesellschaft Fortunée Hamelins vorfand.

Die beiden Frauen plauderten angeregt im Musiksalon, als Marianne eintrat. Offensichtlich hatten sie sie nicht kommen hören, denn sie starrten sie verdutzt an. Madame Hamelin faßte sich als erste.

»Woher kommst du?« rief sie und sprang auf, um sie zu umarmen. »Weißt du, daß man dich seit vierundzwanzig Stunden sucht?«

»Man sucht mich?« Marianne schlüpfte aus ihrem Mantel und warf ihn über den vergoldeten Schnörkel der großen Harfe. »Wer? Und warum? Ihr wußtet doch daß ich in der Provinz zu tun hatte, Adelaide.«

»Eben!« bemerkte das alte Fräulein entrüstet. »Ihr habt

mir gegenüber bemerkenswerte Diskretion bewahrt, motiviert im übrigen durch die Erklärung, daß Ihr Paris im Dienste des Kaisers verlassen müßtet. Ihr werdet mir zugeben, daß ich unter diesen Umständen einigermaßen überrascht sein durfte, als gestern ein Bote dieses selben Kaisers hier erschien und Euch im Auftrag Seiner Majestät zu sprechen verlangte!«

Mit plötzlich kraftlosen Beinen ließ Marianne sich auf die Klavierbank sinken und sah ihre Cousine verblüfft an.

»Ein Bote des Kaisers? ... Wollt Ihr sagen, daß er nach mir verlangt hat? Aber wozu?«

»Um zu singen natürlich! Seid Ihr nicht Sängerin, Marianne d'Asselnat?« rief Adelaide mit spürbarer Erbitterung, die Fortunée ein Lächeln entlockte.

In Mariannes neuem Leben war dies offensichtlich der Umstand, der dem aristokratischen Fräulein am wenigsten paßte:

daß ihre Cousine sang, um sich ihren Lebensunterhalt zu verdienen. Um möglichen Weiterungen von vornherein ein Ende zu machen, setzte sich die Kreolin neben ihre Freundin auf die Bank und legte ihr herzlich den Arm um die Schultern.

»Ich weiß nicht, was du getan hast«, sagte sie, »und ich frage auch nicht nach deinen Geheimnissen. Aber eins ist sicher: Gestern hat der Oberhofmarschall des kaiserlichen Palais dich offiziell bitten lassen, nach Compiègne zu kommen, um dort heute vor dem Hof zu singen ...«

Hochschießender Zorn ließ Marianne aufspringen. »Vor dem Hof? Wirklich? Oder vor der Kaiserin ...? Denn sie ist die Kaiserin! Hundertprozentig die Kaiserin, schon bevor die Hochzeitszeremonien stattgefunden haben, und zwar seit heute nacht!«

»Was soll das heißen?« fragte Madame Hamelin, höchst beunruhigt über den plötzlichen, kaum beherrschten Zornausbruch.

»Daß Napoleon bereits mit der Österreicherin ins Bett gegangen ist! Daß er mit ihr geschlafen hat, verstehst du? Er hat weder die Ziviltrauung noch den Segen des Kardinals erwarten können! Sie hat ihm so gefallen, daß er sich nicht zurückhalten konnte, wie man mir sagte! Und er wagt es ... er wagt es, mir zu befehlen, vor dieser Frau zu singen! Mir, die gestern noch seine Geliebte war!«

»Die noch immer seine Geliebte ist«, korrigierte Fortunée gelassen. »Mein liebes Kind, mach dir schleunigst klar, daß Napoleon es weder schockierend noch gar anormal findet, die Geliebte und die legitime Gattin zusammenzubringen. Ich erinnere dich daran, daß er sich mehrmals seine schönen Gespielinnen unter Joséphines Vorleserinnen ausgewählt hat, daß unsere Kaiserin oft genug gezwungen war, Mademoiselle George im Theater zu applaudieren ... der Napoleon übrigens Diamanten geschenkt hatte, die seiner Frau gefielen, und daß es vor deiner Ankunft kein gutes Konzert bei Hofe gab ohne die Grassini. Ein Stückchen Sultan steckt eben in unserer korsischen Majestät. Es dürfte ihn auch insgeheim danach gelüsten, dein Benehmen gegenüber seiner Wienerin zu beobachten. Nun, er wird sich mit der Grassini begnügen müssen!«

»Der Grassini?«

»Ja, der Grassini. Der Bote Durocs hatte Befehl, falls die große Maria Stella nicht verfügbar sei, wenigstens sie mitzubringen. Du warst nicht da, also wird die üppige Giuseppina heute abend in Compiègne singen. Meiner Meinung nach ist es in einem gewissen Sinne sogar besser: Es handelt sich um ein Duett mit dem gräßlichen Crescentini, dem Lieblingskastraten Seiner Majestät. Du würdest dieses angemalte Maiglöckchen auf Anhieb verabscheuen, während die Grassini ihn bewundert, wie sie vertrauensvoll alles bewundert, was Napoleon ehrt, und er hat Crescentini einen Orden verliehen.«

»Ich frage mich, wofür?« murmelte Marianne abwesend.

Fortunée brach in Gelächter aus, was zumindestens den Vorzug hatte, die Atmosphäre zu entspannen.

»Da eben wird es drollig! Als man der besagten Grassini dieselbe Frage stellte, antwortete sie ganz ernst: 'Ihr vergeßt seine Verwundung!'«

Adelaide fiel in die Heiterkeit der Kreolin ein, doch Marianne begnügte sich mit einem Lächeln. Sie dachte nach. Alles in allem war sie nicht unzufrieden, nicht in Paris gewesen zu sein. Sie hatte nicht die geringste Lust, vor »der anderen« in eine Reverenz zu versinken und in irgendeinem Liebesduett als Partnerin eines Schein-Mannes zu singen, der sie, von seiner außergewöhnlichen Stimme abgesehen, nur lächerlich hätte machen können. Und zudem war sie zu sehr Frau, um nicht zu hoffen, daß Napoleon sich wenigstens ein paar Sekunden lang fragen würde, wohin sie sich wohl begeben haben mochte. Im Grunde war alles sehr gut so. Wenn sie dem, den sie liebte, wieder begegnete, würde sie hoffentlich in Begleitung eines Mannes sein, der imstande wäre, ihn in einige Unruhe zu versetzen ... vorausgesetzt, daß sie überhaupt die Macht dazu hatte. Unwillkürlich lächelte Marianne über diese Idee, was Fortunée zu einer ernüchternden Bemerkung veranlaßte:

»Eine deiner angenehmsten Seiten ist, daß man dir was auch immer erzählen kann, ohne daß es einem gelingt, deine Aufmerksamkeit zu fesseln, Marianne. Woran hast du nun wieder gedacht?«

»Nicht woran: an wen? Natürlich an ihn! Setzt Euch, ich werde Euch erzählen, was ich in den letzten beiden Tagen getan habe. Aber laßt mir um Himmels willen irgend etwas servieren, Adelaide. Ich sterbe vor Hunger.«

Während sie die üppige Mahlzeit, die Adelaide aus der Küche heraufzauberte, mit einem Appetit in Angriff nahm, der bei einer gestern noch so kranken Frau einigermaßen überraschte, berichtete Marianne von ihren Abenteuern, wobei sie Sorge trug, alles Düstere und Betrübende zu unterschlagen. Sie schilderte ihren Streich mit einer so grausamen Selbstironie, daß ihren Zuhörerinnen das Lachen schließlich verging. Selbst Fortunée war ernst, als sie endete.

»Aber dieses Rendezvous war vielleicht wichtig«, bemerkte sie. »Du hättest wenigstens Jolival hinschicken sollen.«

»Ich weiß, aber ich hatte keine Lust, mich von ihm zu trennen. Ich fühlte mich ... so unglücklich, so verlassen. Und dann war ich sicher, es sei eine Falle.«

»Ein Grund mehr, um sich zu überzeugen. Und wenn es dein ... dein Gatte war?«

Ein Schweigen entstand. Marianne stellte das Glas auf den Tisch zurück, das sie eben geleert hatte, doch so ungeschickt, daß dessen Fuß zerbrach. Sie war plötzlich bleich geworden, und Fortunée empfand Mitleid mit ihr.

»Es ist ja nur eine Vermutung«, fügte sie schonend hinzu.

»Die sich aber hätte nachprüfen lassen! Ich sehe nur keinen Grund, warum er mich dorthin hätte locken sollen, in ein verfallenes Schloß. Aber ich gestehe, daß ich nicht an ihn gedacht habe. Eher an die Leute, von denen ich schon einmal entführt wurde. Was kann ich jetzt tun?«

»Was du sofort hättest tun sollen: Fouché benachrichtigen und warten. Was auch hinter diesem Versuch gesteckt haben mag, eine Falle oder ein wirkliches Rendezvous – ich möchte wetten, daß es nicht bei diesem einen Mal bleiben wird. Aber erlaube mir, dich in jedem Fall zu beglückwünschen.«

»Wozu?«

»Zu deiner neuen österreichischen Eroberung. Du hast dich endlich entschlossen, meinem Rat zu folgen, und ich bin darüber entzückt. Du wirst sehen, wie leicht sich die Untreue eines Mannes erträgt, wenn man einen anderen zur Hand hat.«

»Sei nicht zu voreilig«, protestierte Marianne lachend. »Ich habe keineswegs die Absicht, dem Fürsten einen Platz als Stellvertreter anzubieten, ich will mich nur mit ihm zeigen. Weißt du, was mich am meisten an ihm interessiert? Daß er Österreicher ist. Ich finde es amüsant einen Landsmann unserer neuen Souveränin am Gängelband zu führen.«

Fortunées und Adelaides Gelächter klang hell zusammen.

»Ist sie wirklich so häßlich, wie man sagte?« erkundigte sich Mademoiselle d'Asselnat lebhaft, während sie von den von ihrer Cousine servierten eingemachten Früchten naschte.

Marianne nahm sich Zeit, schloß halb die Lider, wie um das Gesicht der Erzherzogin besser vor sich zu sehen. Grausame Verachtung wölbte den zärtlichen Bogen ihrer Lippen in einem Lächeln, das die Essenz ihrer Weiblichkeit selbst war.

»Häßlich? Nicht eigentlich. Um die Wahrheit zu gestehen, könnte ich euch nicht genau sagen, wie sie ist. Sie ist ... unbedeutend!«

»Armer Napoleon«, seufzte Fortunée heuchlerisch. »Das hat er nicht verdient ...! Eine unbedeutende Frau für ihn, der nur das Außergewöhnliche liebt!«

»Wenn Ihr meine Meinung hören wollt, haben es vor allem die Franzosen nicht verdient«, rief Adelaide. »Eine Habsburgerin kann sie nur in Katastrophen stürzen.«

»Nun, sie scheinen es noch nicht gemerkt zu haben«, warf Marianne mit einem kurzen Auflachen ein. »Ihr hättet den Jubel in den Straßen von Compiègne hören sollen!«

»In Compiègne vielleicht«, erwiderte Fortunée nachdenklich. »Abgesehen von Jagden, kriegen die Leute dort von den großen Hofspektakeln nicht viel zu sehen. Aber irgend etwas sagt mir, daß Paris nicht so enthusiasmiert sein wird. Die Ankunft dieser Österreicherin wird nur von den unbelehrbaren Salons begrüßt, die in ihr die Nemesis des Korsen und den Engel der Rache für Marie-Antoinette sehen. Aber das Volk ist alles andere als entzückt. Erstens bewundert es Joséphine, und zweitens liebt es Österreich nicht.«

Als Marianne am folgenden Montag, dem 2. April, die sich auf der Place de la Concorde drängende Menge beobachtete, kam es ihr vor, als ob Fortunée recht haben könne. Es war eine sonntäglich feingemachte und leicht aufgeregte, aber keineswegs fröhliche Menge. Auf den Hochzeitszug ihres Kaisers wartend, zog sie sich die Champs-Elysées hinauf, scharte sich in dichten Haufen zwischen den acht Eckpavillons des Platzes, wogte gegen die Mauern des nationalen Möbellagers und des Marineministeriums, aber das freudige Fieber der großen Tage war nicht zu spüren.

Dabei war das Wetter schön. Im Morgengrauen hatte der zur Verzweiflung treibende Regen, der sich für immer über Frankreich eingenistet zu haben schien, mit einem Schlage aufgehört. Eine frühlingshafte Sonne hatte die Wolken beiseite gefegt und strahlte in neuem Glanz von einem frisch gewaschenen Himmel, von dessen Blau sich die zarten Knospen der Kastanien abhoben. Das hatte auch das plötzliche Aufblühen von Stroh- und Blumenhüten auf den Köpfen der Pariserinnen, von zartfarbigen Röcken und hellen Hosen bei ihren Begleitern erlaubt. Dieses Übermaß an Eleganz brachte Marianne zum Lächeln. Es war, als wolle das Volk von Paris der neuen Herrscherin zeigen, daß man sich in Frankreich anzuziehen verstehe.

In Begleitung Jolivals in ihrem Wagen sitzend, der nahe einer der aus dem Schloß von Marly stammenden Pferdestatuen hielt, hatte Marianne die ganze Weite des Platzes vor sich. Überall flatterten Fahnen, hingen Lampions, sogar an den Schwenkarmen des Telegrafen Monsieur Chappes auf dem Dach des Marineministeriums. Die Gitter der Tuilerien waren neu vergoldet worden, die Fontänen versprudelten Wein statt Wasser, und damit jeder seinen Teil von der kaiserlichen Hochzeit erhielt, hatte man unter den Bäumen des Cours La Reine im Schutz großer rot-weiß gestreifter Zelte riesige Gratisbuffets aufgebaut. Sobald in kurzem die Hochzeitszeremonie im großen Salon des Louvre beendet wäre, würden die braven Untertanen des Kaisers zu seiner und seiner neuen Gattin Ehre viertausendachthundert Pasteten, zwölfhundert Zungen, tausend Hammelschultern, zweihundertfünfzig Puten, dreihundertsechzig Kapaune, ebenso viele Hühnchen, einige dreitausend Würstchen und eine Menge anderer Dinge verspeisen können.

»Heute abend«, seufzte Jolival, genießerisch eine Prise guten Tabaks schnupfend, »werden Ihre Majestäten über ein Volk von Trunkenbolden regieren, und die Magenverstimmungen werden nicht mehr zu zählen sein.«

Marianne antwortete nicht. Diese Jahrmarktsatmosphäre amüsierte und irritierte sie zugleich. Überall auf den Champs-Elysées ragten Klettermasten über die Köpfe der Menge, hatte man Attraktionen jeder Art aufgebaut, kleine Freilufttheater, Tanzflächen, Ringelspiele, Gelegenheiten zu vergnüglichem Zeitvertreib, bei dem die Pariser seit dem Vorabend zu vergessen suchten, daß sie eine Kaiserin bekommen sollten, die ihnen nicht gefiel. Rings um ihren Wagen waren immer wieder saftige Exempel der Spottlust zu hören, die so deutlich den geheimen Seelenzustand der Pariser verriet. Allen war bekannt, was sich in Compiègne ereignet hatte, und jeder wußte, daß Napoleon eine Frau zum Altar führen würde, mit der er seit einer Woche schlief, obwohl die Ziviltrauung erst am Tage zuvor in Saint-Cloud stattgefunden hatte.

Es war Mittag, und die Kanonen dröhnten seit einer guten halben Stunde. Ganz am Ende der noch fast unbebauten Champs-Elysées, zu deren beiden Seiten das zartgrüne, junge Laub der Kastanien wogte, fiel die Sonne senkrecht auf den riesigen Triumphbogen aus Holz und bemalter Leinwand, den man unter großen Mühen als Ersatz für das noch längst nicht vollendete Monument zum Ruhm der Großen Armee errichtet hatte. Mit seinen neuen Fahnen, dem von den Zimmerleuten angebrachten Blumenschmuck, den täuschend echt gemalten Hochreliefs seiner Flanken und der Inschrift »Für Napoleon und Marie Louise – die Stadt Paris« nahm er sich recht gut aus. Im übrigen fand Marianne diesen Ausdruck naiver Begeisterung einigermaßen komisch, wenn man an die Streiks, die aufrührerischen Forderungen und sonstigen Aufregungen dachte, die den Bau begleitet hatten. Aber an diesem Punkt hörte der Spaß schon auf. Die junge Frau verspürte keinerlei Vergnügen dabei, die Namen Napoleons und Marie-Louises so miteinander vereint zu sehen. Längs der ganzen Strecke wehten die roten Federbüsche auf den hohen Fellmützen der Gardegrenadiere, an den Kreuzungen abgelöst durch die schwarzen, grün und rot gefiederten Tschapkas der Jäger. Ein Lied, immer wieder von den überall verstreuten Orchestern aufgenommen, wehte unablässig über die Menge. Sein Text hieß »Wo ist man besser aufgehoben als im Schoße der Familie«, und Marianne konnte es bald nicht mehr hören. Es war eine drollige Wahl für den Tag, an dem Napoleon die Nichte Marie-Antoinettes heiratete. Und die Kanonen lieferten einen recht seltsamen Kontrapunkt dazu. Plötzlich legte sich Jolivals in hellem Chamoisleder steckende Hand auf die Mariannes.

»Rührt Euch nicht und dreht Euch vor allem nicht auffällig um«, flüsterte er. »Aber ich möchte, daß Ihr Euch diskret den Wagen anseht, der sich neben unseren geschoben hat. Eine Frau und ein Mann sitzen darin. Die Frau werdet Ihr wie ich leicht erkennen, doch der Mann ist mir unbekannt. Ich füge hinzu, daß er arrogant aussieht, sehr schön ist ... trotz einer Narbe quer über die linke Wange, einer Narbe, schmal wie eine Degenklinge ...«

Mit größter Anstrengung gelang es Marianne, ruhig zu bleiben, aber ihre Hand hatte unter der Jolivals gezittert. Sie gähnte ein wenig affektiert hinter der anderen, als langweile sie das lange Warten auf den Hochzeitszug. Dann wandte sie sehr langsam und natürlich den Kopf eben so weit, daß der benachbarte Wagen in ihr Blickfeld geriet.

Es war ein ganz neues und sehr elegantes schwarz-gelbes Cabriolet, das deutlich die Handschrift Kellers trug, des berühmten Wagenbauers von den Champs-Elysées. Zwei Personen saßen in ihm. Daß es sich bei der prächtig in schwarzen Samt und Marder gekleideten alten Frau um ihre Feindin Fanchon-Fleur-de-Lys handelte, nahm Marianne kaum zur Kenntnis, da Fanchons Begleiter sofort ihre Aufmerksamkeit auf sich zog, und wenn ihr Herz bei seinem Anblick einen Schlag aussetzte, war der Grund nicht Überraschung, sondern ein Gefühl des Abscheus. Seitdem Jolival ihn beschrieben hatte, war sie darauf gefaßt gewesen, Francis Cranmere vor sich zu sehen.

Diesmal konnte kein Zweifel bestehen: Keine Ausgeburt ihrer durch die Aufregungen eines Premierenabends aufgestörten Phantasie hatte sie vor sich, er war es wirklich. Marianne sah die fast zu noblen, zu einem Ausdruck ständiger Langeweile geronnenen Züge, die eigensinnige Stirn, das ein wenig schwere Kinn im Gefältel der hohen Musselinkrawatte, die tadellose Eleganz des kraftvollen, durch intensive Sportausübung vor dem Dickwerden bewahrten Körpers in einem taubengrauen Habit mit schwarzem Samtkragen.

»Sie sind uns sicher gefolgt«, murmelte Jolival. »Ich könnte schwören, daß sie nur unseretwegen hier sind! Seht nur, wie dieser Mann uns betrachtet! Er ist es doch, nicht wahr ...? Euer Gatte?«

»Ja, er ist es«, sagte sie in merkwürdig ruhigem Ton, wenn man den Sturm in ihrem Innern bedachte.

Der grüne, hochmütige und verächtliche Blick Mariannes traf auf Francis' grauen Blick und hielt ihm ohne Anzeichen von Schwäche stand. Sie entdeckte mit Befriedigung, daß die unbestimmte Angst, unter der sie seit seinem Erscheinen im Theater litt, in diesem Moment der Begegnung schwand. Sie fürchtete nichts so sehr wie eine vage, heimtückische, sich jedem Zugriff entziehende Gefahr. Das Unbekannte bereitete ihr Unbehagen, während die offene Auseinandersetzung sie im vollen Besitz ihrer Mittel ließ. Sie hatte zuviel natürlichen Mut, um nicht überall und in allen Dingen den Angriff zu wählen.

Sie verzog keine Miene, während sie das spöttische Lächeln registrierte, mit dem Francis und seine Begleiterin sie betrachteten. Sie war kaum erstaunt, die beiden zusammen zu sehen und die scheußliche Alte aus dem Kellergewölbe des »Bewaffneten Mannes« wie eine Herzogin gekleidet wiederzufinden. Schon vor langem hatte Arcadius ihr von den Verwandlungen der einstigen Pensionärin des Parc-aux-Cerfs, des Lustschlößchens Ludwigs XV., berichtet. Sie wußte, daß sie gerissen, gefährlich und gut bewaffnet war. Aber sie dachte nicht daran, ihre Angelegenheiten in Gegenwart Fanchons zu diskutieren, zumal sie nicht wußte, wie Francis in Verbindung mit ihr geraten war und wieweit er dieser Frau Konfidenzen über seine vergangenen Beziehungen zu ihr gemacht hatte. Marianne hatte zuviel Selbstachtung, um die Einmischung einer einst durch Henkershand gezeichneten Frau in ihr Privatleben zu dulden. Und da man bei einem solchen Geschöpf eventuelle Reaktionen nie voraussehen konnte, entschloß sich die junge Frau trotz ihres Verlangens, ein für allemal mit Lord Cranmere Schluß zu machen, für den Augenblick den Platz zu räumen.

Sie beugte sich schon vor, um Gracchus-Hannibal, der sich in seiner neuen Livree auf seinem Kutschersitz prächtig ausnahm, die Rückkehr zu befehlen, als der Schlag plötzlich geöffnet wurde und Francis selbst erschien. Den Hut in der Hand, grüßte er mit unverschämt geheucheltem Respekt.

»Darf ich des Glücks teilhaftig werden, der Königin von Paris meine Huldigungen darzubieten?« fragte er in ungezwungenem Ton.

Francis lächelte, doch das Lächeln erreichte seine harten Augen nicht, die die unter der lilaseidenen, weiß umschleierten Kapotte sehr blaß gewordene junge Frau musterten.

Mit einer schnellen Bewegung hielt sie Arcadius zurück, der sich schon aufrichtete, um den Besucher abzuweisen:

»Laßt, mein Freund! Das geht nur mich an.«

Dann wandte sie sich von neuem Francis zu. Nur eine Spur Heiserkeit in ihrer Stimme verriet ihre Erregung.

»Was wollt Ihr?«

»Ich sagte es Euch: der Schönsten meine Aufwartung machen und einen Moment plaudern, wenn es ihr gefällt.«

»Es gefällt mir nicht«, erwiderte Marianne arrogant. »Wenn Ihr mir etwas zu sagen habt, schreibt Monsieur de Jolival, der so freundlich ist, sich meiner Post und meiner Verabredungen anzunehmen. Er wird Euch mitteilen, wann ich Euch empfangen kann. Man plaudert nicht inmitten einer Menge. Meine Adresse ist ...«

»Ich kenne Eure Adresse, und ich fühle mich geschmeichelt, daß Ihr die Reize eines Tête-à-têtes vorzieht, aber ich erinnere Euch, daß man nirgends isolierter ist als in einer großen Menge, und diese wächst von Minute zu Minute. Sie umdrängt uns so, daß es Euch kaum mehr möglich sein wird, Euch zu entfernen, bevor sie bereit ist, sich zu zerstreuen. Ich fürchte, Ihr werdet mich wohl oder übel ertragen müssen. Weshalb also nicht über unsere Angelegenheiten plaudern?«

Die Menge war in der Tat so dicht geworden, daß sie jede Bewegung des Wagens unmöglich machte. Summendes Stimmengewirr stieg auf, hier und da übertönt von den Klängen eines Orchesters, doch nicht laut genug, um Gespräche zu verhindern. Francis, der neben dem Schlag stehengeblieben war, schob den Kopf ins Innere des Wagens und wies mit dem Kinn auf Jolival:

»Wenn dieser Herr so freundlich wäre, für ein paar Augenblicke seinen Platz neben Euch für mich zu räumen ...«, begann er, aber Marianne unterbrach ihn schroff, ohne ihre Hand zurückzuziehen, die sie auf die ihres Freundes gelegt hatte:

»ich habe vor dem Vicomte Jolival nichts zu verbergen. Er weiß alles über mich und ist mehr als ein Freund. Ihr könnt in seiner Gegenwart sprechen.«

»Besten Dank!« sagte Francis mit einem gereizten Lächeln. »Ihr habt vielleicht nichts vor ihm zu verbergen, aber auf mich trifft das nicht zu. Übrigens«, fügte er hinzu, indem er seinen Hut wieder aufsetzte, »wenn Ihr nicht wollt, daß wir miteinander plaudern, bitte, es steht Euch frei ... aber ich gebe Euch keine Stunde, es zu bedauern. Euer Diener, meine Teure.«

Er schickte sich an, sie zu verlassen. Etwas, das stärker als ihr Wille war, ließ Marianne sich vorbeugen. Warum schließlich nicht sofort ein Ende machen?

»Bleibt.«

Sie warf Arcadius einen bittenden Blick zu und drückte leicht seine Hand.

»Laßt mich einige Augenblicke mit ihm sprechen, Arcadius. Ich glaube, es ist besser. Auf jeden Fall kann er mir nichts mehr anhaben.«

Seufzend erhob sich Arcadius von den weichen Kissen des Polsters. »Gut. Ich gehe. Aber ich verliere Euch nicht aus den Augen. Bei der geringsten Bewegung, dem leisesten Ruf bin ich mit Gracchus zur Stelle.«

Er öffnete den Schlag auf der entgegengesetzten Seite und verließ den Wagen, während Francis auf seiner Seite einstieg. Er ließ ein kurzes Lachen hören.

»Ich sehe, Euer Freund nährt Vorurteile gegen mich, die nur von Euren Konfidenzen herrühren können, meine Teure. Mein Wort, er scheint mich für eine Art Straßenräuber zu halten.«

»Meine Meinung ist hier unerheblich«, erwiderte Arcadius steif. »Aber Ihr könnt Euch darauf verlassen, daß es Euch nicht gelingen wird, sie zu ändern.«

»Was Ihr sagt und denkt«, warf der Engländer mit einem Schulterzucken ein, »ist sie mir völlig gleichgültig. Aber wenn ihr Euch zu langweilen fürchtet, Monsieur, hindert Euch niemand daran, der Dame Gesellschaft zu leisten, die mich begleitet. Ich weiß, daß sie sehr begierig darauf ist, Euch zu begegnen. Seht, sie lächelt Euch zu!«

Unwillkürlich sah Marianne zu dem gelb-schwarzen Wagen hinüber und stellte fest, daß Fanchon Jolival tatsächlich so freundlich anlächelte, wie es ihr abscheuliches Gesicht nur eben zuließ. Dieser zuckte die Achseln und schob sich am Wagen entlang, um ein paar Worte mit Gracchus zu wechseln. Indessen bemerkte Marianne trokken:

»Wenn Ihr, wie ihr sagtet, nur mit mir 'plaudern' wolltet, Mylord, wäre es nicht nötig gewesen, meinen treue sten Freund zu attackieren. Nicht jeder findet wie Ihr Geschmack an zweifelhaften Beziehungen. Und wenn ich diesen Ausdruck auf die Dame mit der Lilie[1] anwende, beweise ich damit noch sehr viel Nachsicht.«

Ohne etwas zu erwidern, ließ sich Francis schwer ins Polster neben der jungen Frau sinken, die instinktiv beiseite rückte, um jede Berührung mit ihm zu vermeiden. Einen Moment bot er ihr sein regloses Profil, während in der Stille zwischen ihnen nur sein etwas keuchendes Atmen zu hören war. Vielleicht war das, dachte Marianne nicht ohne geheime, grausame Befriedigung, eine Erinnerung an den Degenstoß, der seine Brust durchbohrt hatte, aber es war wahrhaftig nur ein recht dürftiger Ausgleich für den

---

[1] Die Lilie, das königliche Emblem, wurde Prostituierten, Diebinnen und Verbrecherinnen eingebrannt, um sie als der königlichen Justiz gehörig zu kennzeichnen.

Verdruß, ihn am Leben zu finden. Einen Atemzug lang studierte sie, als handele es sich um einen Fremden, neugierig den Mann, den sie geliebt und an den sie wie an Gott selbst geglaubt, dem sie mit so viel Freude Gehorsam und Treue gelobt hatte ... Es war das erstemal seit der schrecklichen Nacht, daß sie allein mit ihm war. Und so viel hatte sich seitdem verändert! Damals war sie ein kaltblütig geopfertes, verzweifeltes Kind in den Händen eines skrupel- und herzlosen Mannes gewesen. Heute machte die Liebe des Kaisers sie stark. Sie stand unter seinem Schutz. *Sie* war es diesmal, die ihren Willen durchsetzen würde.

Francis hatte sich, wie sie bemerkte, kaum verändert, abgesehen vielleicht von den bitter-skeptischen Fältchen in den Winkeln des vollen Mundes. Er war noch immer schön, trotz der Narbe, die sich über seine Wange zog und der Vollkommenheit seiner noblen Züge allenfalls einen Hauch romantischer Tragik hinzufügte. Und Marianne wunderte sich, daß sie in Gegenwart dieses einst so geliebten Prachtexemplars eines Mannes nur Abwehr, ja fast körperlichen Widerwillen empfand. Da er in seinem Schweigen verharrte und sich darauf beschränkte, die blanken Spitzen seiner Lackstiefel zu betrachten, übernahm sie es, das Feuer zu eröffnen. Sie mußte zum Ende kommen, und das schnell, denn seine bloße Gegenwart hatte im beengten Raum des Wagens bereits eine Atmosphäre peinlichen Unbehagens geschaffen.

»Ihr habt mich sprechen wollen«, sagte sie kalt, »und es wäre mir lieb, wenn Ihr damit beginnen würdet. Ich habe nicht die Absicht, diese Begegnung in die Länge zu ziehen.«

Er wandte ihr einen schläfrigen Blick, verbunden mit einem zweideutigen Lächeln zu.

»Warum denn? Ist es nicht ein köstlicher Moment, in dem sich zwei Ehegatten nach so langer Zeit wiederfinden ... vor allem, nachdem sie sich für immer getrennt glaubten? Seid Ihr nicht glücklich, teure Marianne, den Mann an Eurer Seite zu sehen, den ihr liebtet? Denn Ihr liebtet mich, mein Schatz ... ja, es wäre nicht zuviel gesagt, daß Ihr am Tage unserer Hochzeit närrisch nach mir wart! Ich sehe noch Eure großen, feuchten Augen, als der liebe, alte Abbé ...«

Marianne war mit ihrer Geduld am Ende.

»Genug!« unterbrach sie ihn. »Ihr seid wahrhaftig von verblüffender Schamlosigkeit! Sollte Euch die Erinnerung an die so angenehmen Umstände unserer Hochzeit entfallen sein? Muß ich Euch ins Gedächtnis rufen, daß Ihr kaum vor Gott geschworen hattet, mich Euer Leben lang zärtlich zu lieben und zu beschützen, als Ihr auch schon am Spieltisch nicht nur das wenige, was Euch blieb, sondern auch das respektable Vermögen verlort, das ich Euch brachte ... und dessentwegen Ihr mich geheiratet hattet? Und als ob das noch nicht genügte, habt Ihr es gewagt, die Liebe, die ich Euch in der Tat so naiv entgegenbrachte, meine Mädchenscham, meine Jungfräulichkeit, mein Glück als Einsatz auf den Kartentisch zu werfen. Und Ihr habt noch die Stirn, unbekümmert über diese Nacht zu spötteln, in der Ihr mein Leben zerstört habt, als ob es sich nur um ein fideles Abenteuer gehandelt hätte!«

Lord Cranmere hob mißvergnügt die Schultern, wandte jedoch den Blick ab, um Mariannes blitzenden Augen auszuweichen.

»Wenn Ihr weniger einfältig gewesen wärt«, murrte er, »hätte es tatsächlich nur eine fidele Geschichte zu sein brauchen. Ihr allein habt daraus ein Drama gemacht.«

»Wirklich? Wollt Ihr mir erklären, was ich Eurer Meinung nach hätte tun sollen? Vermutlich den Ersatzmann willkommen heißen, den Ihr für Euch gefunden hattet?«

»Soweit hättet Ihr nicht zu gehen brauchen. Eine Frau, die wirklich eine Frau ist, hätte schon die Worte zu finden gewußt, die alles erhoffen lassen und die Männer zu den ausdauerndsten Geduldsübungen verführen. Dieser Dummkopf war verrückt nach Euch...«

»Unsinn!« rief Marianne, in der bei der Erwähnung Jason Beauforts jähe Erregung aufstieg. »Er sah mich an diesem Tag zum erstenmal.«

»Und Ihr meint, das genüge nicht, um eine Frau zu begehren? Ihr hättet hören müssen, wie er Eure Anmut besang, den Zauber Eures Gesichts, die Pracht Eurer Augen. 'Wenn es Sirenen gibt', sagte er, 'kann Lady Marianne nur ihre Königin sein ...' Guter Gott!« knurrte Francis in plötzlicher Wut, »Ihr hättet mit ihm machen können, was Ihr wolltet! Er wäre imstande gewesen Euch für eine einzige Stunde der Liebe alles zurückzugeben. Vielleicht sogar für einen einzigen Kuß. Statt dessen habt Ihr eine Tragödie daraus gemacht, habt den Mann verjagt, der unser ganzes Vermögen in seinen Händen hielt ...«

»Unser Vermögen«, sagte Marianne in ironischem Ton.

»Also Euer Vermögen, wenn es Euch lieber ist! Das eben hätte Euch veranlassen sollen, es ein wenig entschiedener zu verteidigen, wenigstens zu versuchen, noch ein paar Brocken davon zu erwischen...«

Marianne gab es auf, ihm zuzuhören. Wozu auch? Sie kannte Francis' abgrundtiefe Amoralität, und sie brauchte sich nicht einmal mehr über die geistige Verkommenheit zu verwundern, die ihn zu der Unanständigkeit veranlaßte, ihr vorzuwerfen, daß sie Jason nicht geprellt und ihm seinen Gewinn nicht wieder abgejagt hatte ... Unversehens kehrte die Erinnerung an die letzten mit Jason in ihrem Zimmer verbrachten Augenblicke zurück. Dieser Kuß ... sie hatte ihn nicht gegeben, er hatte ihn sich genommen; und mit Staunen entdeckte Marianne, daß sie nach all dieser Zeit noch seinen ungestümen und süßen, unbekannten und aufwühlenden Reiz verspürte. Es war der erste Kuß gewesen, den sie je erhalten hatte ... etwas Unvergeßliches!

Einen Moment hatte sie, an ihre Erinnerung verloren, mit geschlossenen Augen dagesessen, nun öffnete sie sie wieder. Was hatte Francis eben gesagt?

»Auf mein Wort ... Ihr hört mir nicht zu?«

»Weil Ihr mich nicht mehr interessiert! Ich habe nicht die Absicht, meine Zeit damit zu verlieren, Euch zu erklären, wie in gewissen Fällen um ihre Ehre besorgte Leute reagieren, und wenn Ihr ganz genau wissen wollt, was ich denke, sage ich Euch, daß ich nicht einmal begreife, wie Ihr die Stirn haben könnt, mich anzusprechen. Ich glaubte, Euch getötet zu haben, Francis Cranmere, und ob der Teufel, Euer Herr, Euch nun wieder zum Leben erweckt hat oder nicht, für mich jedenfalls seid Ihr tot und werdet es bleiben!«

»Ich gebe zu, daß diese Haltung überaus bequem für Euch ist, aber deswegen bleibt doch die Tatsache, daß ich lebendig bin und nicht die Absicht habe, an diesem Zustand etwas zu ändern.«

Marianne zuckte die Schultern und wandte sich ab.

»Dann entfernt Euch und versucht zu vergessen, daß wir einmal miteinander vereint worden sind. Wenigstens wenn Ihr Euch außer des Lebens auch weiterhin der Freiheit erfreuen wollt.«

Francis sah die junge Frau neugierig an.

»Wirklich? Mir scheint, ich hörte eine Drohung aus Eurer Stimme heraus. Was meint Ihr damit?«

»Gebt Euch nicht dümmer, als Ihr seid. Ihr wißt es recht gut: Wir sind in Frankreich, Ihr seid ein Engländer, ein Feind des Kaiserreichs. Es bedarf nur einer Geste, eines Wortes von mir, um Euch arretieren zu lassen. Und dann dafür zu sorgen, daß Ihr für immer verschwändet, wäre ein Kinderspiel. Glaubt Ihr, daß der Kaiser mir Euren Kopf verweigern würde, wenn ich ihn darum bäte? Zeigt Euch also als guter Verlierer, zieht Euch zurück und gebt jeden weiteren Versuch auf, mich wiederzusehen. Ihr wißt sehr gut, daß Ihr nichts gegen mich vermögt.« Sie hatte leise, aber fest und mit großer Würde gesprochen. Sie liebte es nicht, mit ihrer Macht über den Herrn Europas großzutun, aber in diesem Fall schien es ihr gut, die Dinge sofort klarzustellen. Wenn Francis für immer aus ihrem Leben verschwand, war sie überzeugt, ihm eines Tages verzeihen zu können ... Aber statt über ihre Worte nachzudenken, wie es angebracht gewesen wäre, brach Lord Cranmere in schallendes Gelächter aus ... und ihre schöne Sicherheit geriet ein wenig ins Wanken. Kühl fragte sie:

»Was findet Ihr dabei so komisch?«

»Daß ... Oh, Ihr seid wahrhaftig unbezahlbar, meine Teure! Auf mein Wort, Ihr scheint Euch für die Kaiserin persönlich zu halten! Muß ich Euch erinnern, daß Boney nicht Euch, sondern eine unglückliche Erzherzogin geheiratet hat?«

Francis' Ironie, verbunden mit dem beleidigenden Diminutiv, mit dem die Engländer Napoleon zu benennen pflegten, reizte Mariannes Zorn.

»Kaiserin oder nicht«, fuhr sie ihn an, »ich werde Euch nicht nur zeigen, daß ich Euch nicht fürchte, sondern daß man mich nicht ungestraft beleidigt.«

Sie beugte sich kurzerhand vor, um Arcadius zu rufen, der sich in der Nähe des Wagens aufhalten mußte. Sie wollte ihn bitten, einen der Polizisten zu holen, deren schwarze Gestalten in langen Gehröcken, solide Knüppel in den Fäusten, hier und da in der sonntäglich geputzten Menge auftauchten. Aber ihr blieb nicht einmal Zeit, den

Mund zu öffnen. Francis hatte sie an der Schulter gepackt, hatte sie brutal in den Fond des Wagens zurückgestoßen.

»Haltet Euch ruhig, kleine Närrin! Ihr verliert Eure Zeit, und außerdem seht Ihr doch, daß die Menge uns belagert. Niemand kann diesen Wagen mehr betreten oder verlassen. Selbst wenn ich gehen wollte, könnte ich es nicht.«

Es stimmte. Die Menge umdrängte den Wagen so dicht, daß an den Schlägen nur noch ein Wogen von Köpfen zu sehen war. Arcadius mußte sich zu Gracchus auf den Kutschbock geflüchtet haben, um nicht erdrückt zu werden. Aus der Ferne hörte man über dem Stimmengewirr etwas wie Donnergrollen, auf dem die Klänge einer noch vagen Musik schwammen. Kündigte sich der Zug endlich an? Doch für Marianne war alles Interesse an den Ereignissen dieses Tages erloschen. In ihrem eigenen Wagen war es ihr plötzlich, als müsse sie ersticken. Sie fühlte sich unbehaglich, ohne recht sagen zu können, woher es kam. Vielleicht von der Berührung ihres verhaßten Mannes? Er vergiftete alles.

Die Hand abschüttelnd, die noch auf ihrer Schulter verharrt hatte, warf sie ihm einen zornigen Blick zu.

»Ihr verliert nichts, wenn Ihr ein wenig wartet! Diesen Wagen werdet Ihr nur verlassen, um den Weg ins Gefängnis anzutreten.«

Von neuem begann Francis zu lachen, und wiederum spürte Marianne einen eisigen Schauer auf ihrer Haut.

»Wenn Ihr das Spiel so liebtet wie ich«, bemerkte er mit beunruhigender Freundlichkeit, »würde ich mit Euch wetten, daß es nichts damit wird.«

»Und wer wird mich daran hindern?«

»Ihr selbst, meine Teure! Abgesehen davon, daß eine Denunziation zu nichts führte, da ich sehr schnell mit Entschuldigungen wieder entlassen würde, werdet Ihr kein Verlangen mehr danach verspüren, mich arretieren zu lassen, wenn Ihr mich angehört habt.«

Marianne wehrte sich gegen die heimtückische Angst, die in ihr hochsteigen wollte, indem sie nachzudenken versuchte. Wie selbstsicher er wirkte! Verlieh ihm der Name, unter dem er sich verbarg, diese Sicherheit? Was hatte ihr Fouché einmal erzählt? Daß der Vicomte d'Aubécourt bei Dorothée de Périgord verkehrte? Doch das genügte nicht, um ihn vor den Krallen Fouchés zu schützen, der sich ständig auf der Jagd nach Spionen und eventuellen Verschwörern befand. Was also dann ... Mein Gott, wenn es ihr nur gelänge, die immer stärker werdende Furcht zu beherrschen!

Einmal mehr rief sie Francis' spöttische Stimme in die Wirklichkeit zurück:

»Wißt Ihr, daß ich Euretwegen Bedauern verspüre? Ihr seid so bewundernswert schön, meine Teure. Man müßte nicht Mann sein, um Euch nicht zu begehren. Der Zorn steht Euch. Er läßt diese herrlichen grünen Augen funkeln, diesen Busen wogen ...«

Sein abschätzender Blick glitt über das entzückende Gesicht im sanften Schatten des Schleiers ihres kleinen Huts, streichelte den langen, graziösen Hals, die schöne, in ihrem Rahmen aus Spitzen und Seide freigebig enthüllte Brust. Es war ein gieriger Blick ohne Zärtlichkeit, der Blick eines Roßtäuschers vor einem schönen Stutenfüllen. Er taxierte und entkleidete zugleich, ein so nacktes, brutales Verlangen verratend, daß Mariannes Wangen sich röteten. Wie hypnotisiert durch die so nahe Schönheit beugte Cranmere sich zu ihr, schien sie packen zu wollen. Sie warf sich gegen die Wand des Wagens zurück, knirschte zwischen zusammengepreßten Zähnen:

»Kommt nicht näher! Berührt mich nicht! Sonst schreie ich, was auch geschehen mag! Ich schreie so laut, daß die Menge draußen Platz machen wird!«

Er richtete sich auf. Sein Blick, eben noch voll trüber Glut, fand zu seinem gelangweilten Ausdruck zurück. Er nahm seinen Platz auf der anderen Seite des Wagens wieder ein, lehnte sich in seine Ecke, schloß die Augen und seufzte:

»Schade ...! Schade vor allem, daß solche Schätze allein Boneys Vergnügen vorbehalten sind! Oder hat er etwa stille Teilhaber? Man sagt, gut die Hälfte der Männer dieser Stadt seien in Euch verliebt.«

»Werdet Ihr endlich aufhören!« grollte Marianne. »Sagt was Ihr zu sagen habt, damit wir ein Ende machen können. Was wollt Ihr?«

Er öffnete ein Auge, betrachtete sie und lächelte.

»Die Galanterie möchte, daß ich Euch antworte: 'Euch!', und das wäre zugleich die Wahrheit und mein Recht, aber darüber reden wir später ... in Muße. Nein, im Moment habe ich alltäglichere Sorgen: Ich brauche Geld.«

»Bildet Ihr Euch etwa ein, daß ich Euch welches geben werde?«

»Ich bilde es mir nicht ein: Ich bin dessen sicher! Geld hat immer eine große Rolle zwischen uns gespielt, teure Marianne«, sagte er zynisch. »Ich habe Euch wegen Eures Vermögens geheiratet. Das Herz blutet mir, weil es mir ein wenig rasch zwischen den Fingern zerronnen ist, aber da Ihr noch immer meine Frau seid und offensichtlich im Geld schwimmt, scheint es mir ganz natürlich, welches von Euch zu fordern.«

»Ich bin nicht mehr Eure Frau«, sagte Marianne, deren Zorn allmählich in ihrem Überdruß erstickte. »Ich bin die Sängerin Maria Stella ... und Ihr seid der Vicomte d'Aubécourt!«

»Ah, Ihr wißt das? Im Grunde bin ich darüber entzückt. Es sagt Euch, welche Position ich in der Pariser Gesellschaft einnehme. Man schätzt mich sehr.«

»Man wird Euch erheblich weniger schätzen, wenn ich mit Euch zu Ende bin! Man wird erfahren, wer Ihr seid: ein englischer Spion!«

»Vielleicht, aber bei der gleichen Gelegenheit wird man auch Eure wahre Identität erfahren. Da Ihr sehr legitim meine Frau seid, werdet Ihr wieder Lady Cranmere, Engländerin ... und warum nicht auch Spionin?«

»Niemand wird Euch glauben«, erklärte Marianne, die Schultern zuckend, »und was das Geld betrifft ...«

»Werdet Ihr zusehen, so schnell wie möglich fünfzigtausend Livres aufzutreiben«, fiel Francis ungerührt ein, »sonst ...«

»Sonst?« fragte Marianne hochmütig.

Ohne Eile griff Cranmere in eine seiner Taschen, zog ein mehrfach gefaltetes gelbes Papier heraus, entfaltete es und legte es auf die Knie der jungen Frau, worauf er schloß:

»... sonst wird morgen ganz Paris mit solchen Zetteln überschwemmt werden.«

Die durch die geöffneten Fenster eindringende Brise bewegte leise das gelbe Papier, dessen in großen schwarzen Lettern gedruckte Zeilen Marianne mit wachsendem Entsetzen las: »Der Kaiser in den Händen des Feindes! Die allzu schöne Mätresse Napoleons, die Sängerin Maria Stella, ist in Wirklichkeit eine englische Mörderin im Solde der Polizei des Vereinigten Königreichs ...«

Einen Augenblick glaubte Marianne, verrückt zu werden. Ein roter Schleier trübte ihren Blick, während sich in ihrem Innern ein furchtbarer Sturm erhob. Es war eine Wut, wie sie sie in diesem Übermaß noch niemals empfunden hatte und die die widerwärtige Angst erstickte.

»Mörderin!« fauchte sie. »Ich habe niemand getötet. Ihr lebt ... leider!«

»Lest nur weiter, meine Teure«, murmelte Francis schmeichelnd, »und Ihr werdet sehen, daß dieses Flugblatt nichts übertreibt. Ihr seid durchaus eine Mörderin ... die meiner reizenden Cousine Ivy St. Albans, die Ihr so gründlich mit einem schweren Leuchter niedergeschlagen habt, und das neben mir beziehungsweise meiner vermeintlichen Leiche. Arme Ivy! Sie hatte weniger Glück als ich, der ich mich dank meines Freundes Stanton noch des Daseins in dieser Welt erfreue. Sie war eben zu zart, zu delikat. Unglücklicherweise hat sie vor ihrem letzten Seufzer noch einmal für einen kurzen Moment das Bewußtsein erlangt ... eben lange genug, um Euch anzuklagen. Auf Euren Kopf ist in England ein Preis gesetzt, schöne Marianne!«

Ein Geschmack wie nach Asche füllte den Mund der jungen Frau. Angesichts des lebenden Francis hatte sie nicht mehr an seine verhaßte Cousine gedacht. Sie hatte sie völlig vergessen. Außerdem war ihr das Duell und das, was gefolgt war, immer als eine Art Gottesgericht erschienen ... Doch trotz der Furcht, die in ihr hochkroch, machte sie noch einmal Front.

»Wir sind nicht in England, sondern in Frankreich. Seid Ihr etwa hierhergekommen, um mich zurückzuschaffen und diesen Preis zu kassieren?«

»Meiner Treu, ich gestehe, einen Moment daran gedacht zu haben«, antwortete Lord Cranmere, ohne die Fassung zu verlieren. »Die Zeiten sind hart. Aber als ich entdeckte, wie gut Ihr Euch im Herzen des französischen Kaiserreichs eingerichtet hattet, nahmen meine Gedanken eine andere Richtung. Mir wurde klar, daß Ihr mir unendlich mehr einbringen könntet als ein paar hundert Guineen!«

Diesmal ging Marianne auf die infame Bemerkung nicht ein. Sie hatte die letzten Grenzen des Abscheus erreicht und betrachtete noch immer das gelbe Flugblatt, das sie beschuldigte, in einer Anwandlung von Zorn die sanfte, hübsche Cousine ihres Gatten, auf die sie rasend eifersüchtig gewesen sei, kaltblütig ermordet zu haben ... Wahrhaftig, nichts war dem Zufall überlassen worden, und der Schlamm, der sie bedrohte, war so ekelerregend, so widerlich wie nur möglich.

»Danach«, fuhr Francis fort, anscheinend ihr Schweigen nicht bemerkend, »dachte ich daran, Euch schlicht und einfach zu entführen. Ich hatte Euch in einer alten Ruine, die einem Freund gehört, ein Rendezvous gegeben und hoffte, daß Ihr kommen würdet, doch Ihr mißtrautet der Sache offenbar, wozu ich mich übrigens beglückwünsche. Durch Notwendigkeiten gedrängt, hatte ich mir vorgestellt, daß Boney einen hübschen Preis dafür zahlen würde, seine schöne Mätresse in gutem Zustand zurückzubekommen, aber es war eine etwas hastige und deshalb schlechte Rechnung ... Es gibt ja weit bessere Möglichkeiten!«

Also steckte er hinter dem Stelldichein in La Folie. Es wunderte Marianne kaum. Sie war über jedes Gefühl, jeden klaren Gedanken hinaus. Eine Trompetenfanfare ertönte nahe der Stelle, wo der Wagen stand, erfüllte die durchsonnte Luft, unterstützt durch einen Trommelwirbel, der aus den Tiefen der Stadt selbst zu kommen und sich mit der Schnelligkeit grollenden Donners zu nähern schien. Der Hochzeitszug mußte schon ein Stück Weg zurückgelegt haben, aber von ihren eigenen Problemen in Anspruch genommen, hatte Marianne nicht mehr auf den Lärm und die wachsende Unruhe der Menge draußen geachtet. Sie wollte ihn auch nicht hören. Es bestand ein zu peinigender Gegensatz zwischen diesen festlich gestimmten, lachenden Leuten und dem Duell im Wagen, das vielleicht noch grausamer war als das von Selton.

»Da ist der Zug! Wir werden später weiter plaudern! Bei diesem Lärm ist es unmöglich«, bemerkte Francis und setzte sich bequemer zurecht wie jemand, der noch viel zu sagen hat. »Wir werden diese Unterhaltung beenden, wenn die Flut vorüber ist.«

In der Tat hatte ein in allen Farben schillernder, glitzernder Strom die Champs-Elysées überschwemmt und wälzte sich unter dem Geschmetter der Blechinstrumente, dem dumpfen Gewirbel der Trommeln, dem Dröhnen der Kanonen majestätisch den Tuilerien zu, begrüßt von immer wieder anschwellenden Vivatrufen. Der riesige Platz, auf dem sich eine so gewaltige Menge staute, daß die fröhlichen Farben der Kleider in einer Art einheitlichem Grau verschwammen, schien aufzuwallen. Um Marianne herum kommentierte das Publikum die Reihenfolge des Zuges.

»Die polnischen leichten Reiter sind an der Spitze!«

»Diese Polen! Wie schön sie sind! Es wird sicher ein paar darunter geben, die an Marie Walewska denken!«

Rot, blau, weiß und golden, wehende schneeige Federbüsche an ihren viereckigen Tschapkas, rot-weiße, tanzende Wimpel an den Spitzen ihrer langen Lanzen, defilierten die Soldaten des Fürsten Poniatowski in bewundernswerter Ordnung vorbei, ihre kraftvollen weißen Pferde vollendet in den Reihen haltend. Ihnen folgten die Jäger Guyots, purpurn und golden, gemischt mit Rotten dolchbewehrter Mamelucken, die mit ihrer tiefbraunen Haut, ihren weißen, von schwarzen Federbüschen überragten Turbanen und ihren Sätteln aus Pantherfellen dem Bild die starken, erregenden Farben des Orients zutrugen. Dann die Dragoner unter dem Kommando des Grafen de Saint-Sulpice, dunkelgrün und weiß, prächtige Schnauzbärte unter Helmen mit langen schwarzen Roßschweifen, denen die Sonne Glanzlichter entlockte. Danach in Grün, Rot und Silber die Ehrengarde vor einer langen Reihe von sechsunddreißig prunkvollen Wagen mit den Würdenträgern des Hofes und der kaiserlichen Familie.

In dem erstaunlichen Kaleidoskop aus Farben und Gold, das der Stab des Kaisers, seine Marschälle, Adjutanten und Stallmeister bildeten, erkannte Marianne außer dem wie ein Meßbuch goldschimmernden Duroc auch Masséna, Lefebvre und Bernadotte, denen sie mehrmals bei Talleyrand begegnet war. Sie sah den in eine purpurne, goldbetreßte Uniform gezwängten Murat, den zobelgefütterten Dolman über der Schulter, funkensprühend wie Feuerwerk unter dem von einer Diamantenagraffe gehaltenen Federbusch. Er platzte vor Dünkel, erzwang sich jedoch Bewunderung, da er mit meisterhafter Reitkunst einen offensichtlich kaum zugerittenen herrlichen schwarzen Hengst bändigte. Das Volk teilte seinen Jubel zwischen ihm und dem Fürsten Eugène in der Galauniform der Gardejäger, der aus Zuneigung zum Kaiser, seinem Stiefvater, für diesen Tag seinen Platz an der Spitze der kaiserlichen Garde übernommen hatte.

Marianne erkannte auch die mit Juwelen überladenen Schwestern des Kaisers: die brünette, entzückende, ironische und ganz in Weiß gekleidete Pauline, in Zartrosa die blonde Caroline, deren über die Menge schweifender Blick schlecht zu ihrer frischen, rundlichen Erscheinung paßte, und Elisa, Fürstin von Piombino, ernst und schön wie eine Denkmünze.

In einem der letzten Wagen vor dem des Kaisers gewahrte die junge Frau Königin Hortense, die Tochter Joséphines, in Begleitung der Gattin Joseph Bonapartes, der braunhaarigen Julie, Königin von Spanien, und des Herzogs von Würzburg. Mit Perlen geschmückt, die sie liebte und die ihr so gut standen, bot sie der Menge ein reizendes, aber von Trauer umschleiertes Lächeln. Marianne fand, daß sie mehr einer vom Wagen des Siegers mitgeschleppten schönen Gefangenen ähnelte als einem zu einer fürstlichen Hochzeit geladenen heiteren Gast. Sicherlich waren Hortenses Gedanken bei ihrer auf die ungeliebten, fernen Güter in Navarra verbannten Mutter.

Hinter all diesen Wagen kam, mit acht weißen Pferden bespannt, eine große, ganz und gar vergoldete, von einer mächtigen kaiserlichen Krone überragte, völlig leere Karosse. Keine Gestalt erschien hinter ihren blitzenden Scheiben. Es war der Wagen der Kaiserin, der heute nicht benutzt wurde, da das kaiserliche Paar sich gemeinsam zeigen wollte. Dieses vergoldete Gefährt rollte unmittelbar der offenen Kutsche voraus, in der Napoleon und Marie-Louise Platz genommen hatten ... und Mariannes Augen weiteten sich verblüfft, während die Vivatrufe der Menge hörbar nachließen. Weder Paris noch Marianne hatte erwartet, was sie zu sehen bekamen.

Unter einer schweren Brillantenkrone, in einer herrlichen Robe aus Silbertüll, einem Meisterwerk Leroys, buchstäblich bedeckt mit Diamanten, lächelte Marie-Louise mit ziemlich einfältiger Miene und winkte dazu linkisch mit immer der gleichen mechanischen Handbewegung. Der neben ihr sitzende Napoleon hingegen bot einen von seiner sonstigen Erscheinung so abstechenden Anblick, daß die bestürzte Marianne vorübergehend sogar Francis vergaß.

An die äußerste Einfachheit der von ihm getragenen Uniformen eines Obersten der Jäger oder Grenadiere gewöhnt, an die schlichten schwarzen oder grauen Fräcke, die er zu tragen pflegte, vermochte Marianne kaum zu glauben, daß die merkwürdige Erscheinung in der Kutsche wirklich der Mann war, den sie liebte. Nach spanischer Mode in Kniehosen, kurzer Jacke und kurzem Mantel aus weißem, mit Diamanten übersätem Atlas gekleidet, trug er ein unglaubliches Barett aus schwarzem Samt mit weißen Federn, von acht Reihen Diamanten umgürtet, das sich nur durch ein wahres Balancekunststück auf seinem Kopf zu halten schien. Dieses Barett verdiente für sich allein eine Elegie: Es wirkte irgendwie improvisiert, sah vage nach Renaissance aus, für Mariannes Begriffe einfach lächerlich, und paßte ganz und gar nicht zu dem blassen Gesicht und dem klaren Profil des neuen Cäsars. Wie hatte er sich nur so ausstaffieren können und wie ...

Lautes Gelächter unterbrach den Faden ihrer Gedanken. Empört, doch im Grunde nur allzu zufrieden, eine Gelegenheit zur Entladung ihres Zorns und ihrer Enttäuschung zu finden, wandte sich Marianne zu Francis, der, halb in die Polster zurückgesunken, ohne die leiseste Scham oder das kleinste bißchen Zurückhaltung aus vollem Halse lachte.

»Darf ich erfahren, was Euch so komisch vorkommt?« fragte sie schroff.

»Nein ... nein, meine Teure, erzählt mir nicht, daß Ihr Boneys Maskerade nicht ebenfalls unbändig amüsant findet! Sie ist so grotesk, daß sie fast schon ans Erhabene grenzt! Es ist wahrhaftig zum Tränenlachen ... und eben das tue ich! Ich habe niemals etwas so Komisches gesehen! Es ist bodenlos ... einfach bodenlos!«

Um so wütender, als sie sich eingestehen mußte, daß er recht hatte, daß dieses alberne Kostüm trotz der märchenhaften Edelsteine, die es schmückten, aus dem Krieger, den sie nur als von Blitzen und Gewitterwolken umgebenen Gott des Donners sehen wollte, einen Gecken machte, drängte Marianne das in ihr hochschießende wilde Verlangen zurück, sich mit Krallen und Zähnen auf Francis zu werfen, um dieses unverschämte Gesicht zu zerfetzen, dieses beleidigende Gelächter zum Schweigen zu bringen. Wäre in dieser Minute eine Waffe in ihrer Reichweite gewesen, hätte sie sich ihrer ohne Zögern bedient wie in jener Nacht in Selton! Sie hatte sich heiß gewünscht, daß Napoleon dem »Feind« in all der strengen, nüchternen Majestät seines militärischen Gepränges erschiene. Aber nein, um dieses dicke, rotgesichtige Mädchen zu heiraten, hatte er es für nötig gehalten, sich wie eins der Liebchen König Heinrichs III. herauszuputzen! Trotzdem mußte sie um jeden Preis dieses Lachen ersticken, dieses Gelächter, das sie in dem beleidigte, was ihr am kostbarsten war: in ihrer Liebe selbst ...

Plötzlich leichenblaß, richtete Marianne sich auf, maß den noch immer lachenden Francis mit einem arroganten Blick.

»Schert Euch hinaus!« fuhr sie ihn an. »Wir haben uns nichts mehr zu sagen! Verlaßt meinen Wagen, bevor ich Euch hinauswerfen lasse, ganz gleich, was Ihr gegen mich anstiften könntet! Mir ist alles egal, hört Ihr? Ihr könnt Euer abscheuliches Flugblatt von mir aus in alle Winde streuen, ich werde nicht versuchen, Euch daran zu hindern! Macht, was Ihr wollt, aber geht! Ich will Euch nicht mehr sehen! Und nehmt zur Kenntnis, daß Ihr keinen Sou bekommen werdet!«

Sie schrie fast, und trotz des Lärms auf dem Platz wandten sich Köpfe nach ihnen um. Francis Cranmerc hörte auf zu lachen. Er packte Mariannes Arm und drückte ihn, daß es ihr weh tat. »Beruhigt Euch auf der Stelle«, befahl er, »und hört mit Euren Dummheiten auf! Es führt zu nichts, Ihr entgeht mir nicht!«

»Ich habe keine Angst vor Euch. Wenn Ihr mich bedroht, schwöre ich vor Gott, der mich hört, daß ich Euch töten werde, und diesmal wird keine Medizin Euch retten können! Ihr kennt mich genügend, um zu wissen, daß ich keine leeren Worte mache.«

»Ich habe Euch schon gesagt, daß Ihr Euch beruhigen sollt! Ich weiß, warum Ihr so sprecht. Ihr haltet Euch noch für sehr stark, nicht wahr? Ihr sagt Euch, 'Er' liebe Euch genug, um Euch selbst gegen Verleumdung zu verteidigen, er sei mächtig genug, um Euch vor jeder Gefahr zu schützen. Aber seht ihn doch an! Er platzt vor Freude und befriedigtem Stolz! Denkt nur: Er heiratet eine Habsburgerin, er, ein korsischer Krautjunker! Die Nichte Marie-Antoinettes! All dieser Pomp, dieses Protzen mit Juwelen, das bis zum Lächerlichen geht, soll sie betören! Ihre Wünsche werden für Euren Napoleon zum Gesetz werden, weil er

sich von ihr den Sohn erhofft, der seine Dynastie weiterführen soll! Und Ihr bildet Euch noch ein, daß er das Risiko auf sich nähme, seiner kostbaren Erzherzogin zu mißfallen, um eine Mörderin zu schützen? Durch seine Spione in England wird er mühelos herausbekommen, daß Ihr dort wirklich von der Polizei gesucht werdet, weil Ihr eine wehrlose Frau getötet habt, nachdem Ihr mich selbst schwer verwundet hattet. Und dann? Glaubt mir, Napoleons Devise lautet im Augenblick: Vor allem kein Skandal!«
Während er sprach, fühlte Marianne Bitternis in sich aufsteigen. Denn ihr Instinkt sagte ihr, daß er recht haben könnte. In dieser Minute geriet das ganze schöne Vertrauen in die Macht ihrer Liebe zu Napoleon ins Wanken und brach für immer zusammen. Gewiß, sie wußte, daß sie ihm gefiel, daß er sie vielleicht so sehr liebte, wie er eben eine Frau zu lieben vermochte ... aber nicht mehr. Nicht genug. Die Liebe, die eine Frau aus Fleisch und Blut dem Kaiser einzuflößen vermochte, konnte es mit der nicht aufnehmen, die er seinem Reich und seinem Ruhm entgegenbrachte. Er hatte Joséphine geliebt, und obwohl mit ihm verheiratet und gekrönt, hatte sie wieder vom Thron herabsteigen und ihren Platz der rosigen österreichischen Färse überlassen müssen. Er hatte die Polin geliebt, sie trug sein Kind ... und trotzdem war Marie Walewska gezwungen worden, abzureisen, mitten im Winter ins ferne Polen zurückzukehren, um dort die Frucht dieser Liebe zur Welt zu bringen. Was wögen Marianne und ihre Schönheit, ihr Zauber, Marianne und ihre verzehrende Liebe vor der Frau, von der er den Erben dieses Ruhms und dieses Reichs erwartete? Bitter erinnerte sich Marianne des unbekümmerten Tons, in dem er ihr gesagt hatte: »Ich heirate einen Bauch!« Dieser Bauch war kostbarer für ihn als die herrlichste Liebe der Welt.

Mit tränenverschleierten Augen sah sie, wie sich die funkelnden Gestalten des Kaiserpaars im Sonnenglast entfernten und schließlich auf einem Meer von Köpfen zu schwimmen schienen. Francis' Stimme drang zu ihr wie von weither, schmeichelnd und überzeugend:

»Seid also vernünftig, Marianne, und gebt Euch mit Eurer eigenen Macht zufrieden ... einer Macht, die wegen ein paar hundert Talern zu kompromittieren albern wäre! Was sind schon fünfzigtausend Livres für die 'Königin von Paris'? Boney wird sie Euch schon in der nächsten Woche wiedergeben.«

»Ich habe keine fünfzigtausend Livres!« stieß Marianne hervor, wütend mit der Fingerspitze eine Träne zerdrückend, die eben herabrollen wollte.

»Aber Ihr werdet sie haben ... sagen wir, in drei Tagen! Ich werde Euch wissen lassen, wo und wie Ihr sie mir zukommen lassen könnt.«

»Und wer garantiert mir, daß ich vor Euren Verleumdungen sicher bin, falls ich sie Euch gebe?«

Francis dehnte seine langen Arme mit der trägen Anmut einer großen Katze und bedachte seine Begleiterin mit einem amüsierten Blick.

»Nichts garantiert Euch das, ich räume es ein ... es sei denn die Tatsache, daß ich kein Geld mehr brauchen werde, jedenfalls für eine gewisse Zeit. Man kann später immer einen neuen Text verfassen..., «

»In diesem Fall mache ich nicht mit, Lord Cranmere! Früher oder später werdet Ihr mich angreifen ... an dem Tage zum Beispiel, an dem ich kein Geld mehr habe. Nein. Tut, was Ihr wollt, Ihr werdet Eure fünfzigtausend Livres nicht bekommen!«

Noch während sie sprach, entwarf Marianne einen Plan. Heute abend noch würde sie Fouché aufsuchen ... oder, wenn möglich, gar den Kaiser. Sie würde von der Gefahr berichten, die sie bedrohte, und danach abreisen, irgendwohin, um wenigstens, falls es Fouchés Sbirren nicht gelang, die Flut der Flugblätter zu verhindern, zwischen den Kaiser und sich genug Distanz zu legen, so daß man seinen Namen nicht mehr mit dem ihren verbinden konnte. Sie würde nach Italien fahren, wo sie sich mit ihrer Stimme ihren Lebensunterhalt verdienen könnte. Vielleicht würde sie ihren Paten wiederfinden und durch ihn die Aufhebung dieser mörderischen Ehe erlangen. Dann, als Marianne d'Asselnat – sie hatte bemerkt, daß das Flugblatt ihren Mädchennamen nicht erwähnte, möglicherweise aus Furcht vor einer gefährlichen Reaktion des französischen Hochadels – könnte sie sich vielleicht Napoleon wieder ein wenig nähern ...

Von neuem zerriß Lord Cranmeres Stimme das Gespinst ihrer Pläne.

»Ah, ich vergaß«, sagte er in liebenswürdig-spöttischem

Ton. »Da ich den Ungestüm Eurer Reaktionen und Eure beklagenswerte Manie kenne, ohne Hinterlassung einer Adresse zu verschwinden, habe ich mir eine zusätzliche Vorsichtsmaßnahme erlaubt und mich der Person dieser alten Närrin versichert, die Euch zugleich als Mutter und Anstandsdame dient und die, soviel ich weiß, Eure Cousine ist.«

Mariannes Herzschlag schien einen Moment zu stocken. Sie rang nach Luft.

»Adelaide?« stammelte sie. »Was hat sie damit zu tun?«

»Nun, sie spielt, glaube ich, eine wichtige Rolle. Wenn Ihr mich besser kennen würdet, meine Teure, wüßtet Ihr, daß ich nicht der Mann bin, der sich auf eine Partie einläßt, ohne mehrere Trümpfe in der Hand zu haben. In diesem Augenblick dürfte sich Mademoiselle d'Asselnat, die man in Eurem Auftrag bei Euch abgeholt hat, dank der aufmerksamen Fürsorge einiger ergebener Freunde an einem sicheren Ort befinden. Und wenn Ihr Wert darauf legt, sie lebend wiederzusehen...«

Der Schmerz, der Marianne durchzuckte, zeigte ihr mit einem Schlage das ganze Ausmaß der Zuneigung, die sie für ihre Cousine empfand. Um die Tränen zurückzuhalten, die sie diesen Mann um keinen Preis sehen lassen wollte, schloß sie einen Moment die Augen. Dieser Schuft! Er hatte es gewagt, sich an dem so reizenden, so gutherzigen, so ergebenen alten Mädchen zu vergreifen! Und Marianne wußte nun, welche Art von Beziehung er mit Fanchon-Fleur-de-Lys und ihrer Bande unterhielt! Bei der Vorstellung, daß sich Adelaide in den Händen dieser Leute befand, krampfte sich ihr Herz zusammen. Sie kannte ihre kalte Grausamkeit, ihre völlige Gewissenlosigkeit, den Haß nur zu gut, mit dem sie alles verfolgten, was irgendwie, von nah oder fern, mit dem kaiserlichen Regime zu tun hatte.

»Ihr habt es gewagt!« stieß sie zwischen zusammengepreßten Zähnen hervor. »Ihr habt es gewagt, und Ihr glaubt, mich dank dieser Schändlichkeit zu einer Übereinkunft zwingen zu können? Aber ich werde sie finden! Ich kenne den Schlupfwinkel der widerlichen Alten, die uns mit ihrem gemeinen Lächeln beobachtet.«

»Möglich«, erwiderte Francis friedfertig. »Aber ich warne Euch. Sollten Fouchés Polypen ihre ekelhaften Visagen auf dem Terrain meiner Freundin Fanchon Désormeaux zeigen, werden sie nur eine Leiche finden.«

»Ihr würdet es nicht wagen ...«

»Warum nicht? Wenn Ihr Euch aber einsichtig zeigt und, wie ich hoffe, freundschaftlich mit mir zusammenarbeitet, kann ich versprechen, sie Euch in bestem Zustand zurückzubringen.«

»Wie könnte ich dem Wort eines...«

»... Elenden vertrauen ...? Ich weiß«, ergänzte Francis. »Mir scheint, es bleibt Euch nichts anderes übrig. Fangt immerhin schon an, die fünfzigtausend Livres zusammenzuscharren, die ich brauche, schöne Marianne. Ich verspreche Euch, Eure finanzielle Unterstützung vor ... nun, sagen wir, einem Jahr nicht mehr in Anspruch zu nehmen. Und jetzt ...«

Er richtete sich endlich aus den Samtpolstern auf, nahm ihre Hand, die zu verweigern ihr in ihrer Erstarrung nicht einmal einfiel, und führte sie an seine Lippen.

»Ich hasse Euch!« sagte sie mit tonloser Stimme. »Oh, wie ich Euch hasse!«

»Ich habe nichts dagegen einzuwenden«, antwortete er mit einem boshaften Lächeln. »Bei gewissen Frauen ist Haß noch reizvoller als Liebe. Werde ich mein Geld bekommen?«

»Ihr werdet es bekommen ... aber nehmt Euch in acht! Wenn auch nur ein Haar vom Haupt meiner Cousine fehlt, gibt es in ganz Europa kein Versteck, das sicher genug wäre, um Euch vor meiner Rache zu retten. Ich schwöre es auf die Erinnerung an meinen Vater! Und müßte ich meinen eigenen Kopf aufs Schafott legen, ich würde Euch mit diesen Händen töten!«

Sie hob ihre in zartlila Leder steckenden Hände bis zu Lord Cranmeres Gesicht. Das Lächeln schwand von Francis' Lippen. So viel kalte Entschlossenheit, so viel konzentrierte Wut lag in ihrem grünfunkelnden Blick, daß ihn ein Schauer überlief. Die Blässe dieses schönen Gesichts, der Schmerz, den es so deutlich verriet, beeindruckten den Engländer, rührten vielleicht an eine vergessene bessere Seite seines Wesens. Er öffnete den Mund, um etwas zu sagen, besann sich jedoch im letzten Moment eines anderen, zuckte gereizt die Schultern wie jemand, der sich von einer Last befreien will, und verließ den Wagen. Erst als er festen Boden unter den Füßen hatte, schimpfte er, ohne die junge Frau anzusehen:

»Sorgt dafür, mich zufriedenzustellen, und nichts wird geschehen, was Ihr bedauern müßtet. Und ... macht vor allem Schluß mit dieser Manie der großen Worte und großen Gesten. Das riecht auf zehn Meilen nach Theater.«

Nach dieser letzten Bosheit, auf die zu antworten Marianne nicht mehr den Mut aufbrachte, entfernte er sich. Durch die Tränen, die sie nicht mehr zurückhalten konnte, sah sie, wie er in das Cabriolet stieg, die Zügel aufnahm, ohne auf Fragen zu antworten, die seine Begleiterin an ihn richtete, und das Gespann wenden ließ. Der Hochzeitszug war in Richtung der Tuilerien verschwunden, die Menge drängte sich nun den Gauklern, den Büfetts unter den Zeltdächern, den Orchestern und den Springbrunnen zu, aus denen bald Wein sprudeln würde.

Von einem scheußlichen Gefühl der Niederlage und Ohnmacht erfüllt, blieb Marianne reglos sitzen, die Hände um den Griff ihres Sonnenschirms verkrampft, die Wangen feucht von Tränen, die langsam auf die Spitzen ihres Kleides tropften. Weder dachte sie daran, Arcadius zu rufen, noch die Abfahrt zu befehlen. Alle Gedanken galten ihrer alten Cousine und dem, was sie vermutlich in den Händen der Strauchritter Fanchons Fleur-de-Lys erdulden mußte. Sobald Jolival Cranmere den Wagen hatte verlassen sehen, war er vom Kutschbock gesprungen und gesellte sich wieder zu Marianne.

»Bei allen Heiligen des Paradieses, was ist Euch geschehen?« rief er. »Was hat Euch dieser Mann getan? Warum habt Ihr mich nicht gerufen?«

Sie wandte ihm einen Blick zu, der einer Ertrunkenen zu gehören schien, strich ein gelbes Stück Papier glatt, das sie zwischen ihren Fingern mechanisch zu einer Kugel zusammengerollt hatte, und reichte es Arcadius.

»Hier!« sagte sie mit Mühe. »Morgen wird ganz Paris das lesen, wenn ich mich weigere, ihm das Geld zu geben, das er von mir fordert. Und mehr noch ... um mich ganz sicher zu zwingen, hat er Adelaide entführen lassen. Er hat mich in der Hand, Arcadius, und er wird mich nicht freigeben! Er weiß zu gut, daß der Kaiser es um keinen Preis hinnehmen würde, in einen Skandal verwickelt zu werden und seinen Namen mit dem einer Mörderin in Zusammenhang bringen zu lassen.«

»Einer Mörderin? Dieser Wisch enthält kein wahres Wort!«

»Doch. Ich habe, ohne es zu wollen und in Notwehr, Ivy St. Albans getötet. In England sucht mich die Polizei.«

»Ah ...!«

Arcadius ließ sich schwer in die Polster des Wagens zurücksinken. Marianne sah, daß er blaß geworden war, und fragte sich während eines flüchtigen Moments, ob er sich etwa mit Entsetzen von ihr abwenden würde. Doch Arcadius zog nur ein riesiges weißes Batisttaschentuch aus seinem Rock, legte einen Arm um Mariannes Schultern und begann, ihr brüderlich die noch immer rinnenden Tränen zu trocknen. Ein leiser Duft nach spanischem Tabak erfüllte den Wagen.

»Und was will dieser ... Gentleman?« fragte er mit ruhiger Stimme.

»Fünfzigtausend Livres ... in drei Tagen. Er wird mich wissen lassen, wo und wie sie ihm übergeben werden sollen.«

Arcadius ließ einen bewundernden Pfiff hören.

»Teufel! Er gibt sich nicht mit Kleinigkeiten ab! Und wie ich annehme, ist das nur der Anfang! Er wird dabei kaum stehenbleiben«, fügte er hinzu, das überflüssig gewordene Taschentuch wieder zurücksteckend.

»Ihr vermutet, daß erweitere Forderungen stellen wird? Das ist auch meine Meinung, aber ich muß sagen, daß er sich verpflichtet hat, vor Ablauf eines Jahrs kein Geld mehr zu verlangen und Adelaide unversehrt freizulassen, wenn ich ihm gebe, was er fordert.«

»Wie reizend von ihm! Ich nehme nicht an, daß Ihr die Absicht habt, ihm Glauben zu schenken?«

»Nicht eine Minute, aber wir haben keine Wahl. Er hat Adelaide in seiner Gewalt, und er weiß, daß ich alles tun werde, um ihr Leben zu retten. Wenn ich die Polizei auf ihre Spur hetze, wird er sie mitleidslos töten. Sonst wären wir, wie Ihr Euch denken könnt, schon längst auf dem Wege zum Herzog von Otranto ...«

»... der Euch nicht empfangen würde, weil er der Hochzeit des Kaisers beiwohnt. Zudem sagt nichts, daß er diese Schändlichkeit verhindern könnte. Nichts ist schwieriger zu packen als ein Flugblatt. Jeden Tag erscheinen welche. Nein, ich frage mich, ob es uns nicht möglich wäre, selbst

Mademoiselle d'Asselnat zu finden. So viele Orte gibt es nicht, wo Fanchon-Fleur-de-Lys sie verstecken könnte, denn es läßt sich ja denken, daß sie in ihren Händen ist!«

»Könnte sie in den Steinbrüchen von Chaillot sein?«

»Sicherlich nicht! Die Désormeaux ist nicht verrückt! Sie weiß nur zu gut, daß dieses köstliche Ruheplätzchen keine Geheimnisse mehr für uns hat. Nein, sie hat sie zweifellos woanders untergebracht ... aber wir werden sehr vorsichtig sein müssen, wenn wir herausbekommen wollen, wo. Denn wie Ihr glaube ich, daß dieser Engländer nicht zögern würde, seine Gefangene umzubringen, wie er Euch gedroht hat. Ich hoffe nur, er wird die Bedingungen der Abmachung erfüllen und sie uns gegen Zahlung des Lösegelds zurückgeben.«

»Und ... wenn er's nicht tut?« fragte Marianne voller Entsetzen.

»Deshalb eben müssen wir versuchen, herauszufinden, wo er sie versteckt. Auf jeden Fall haben wir, wie Ihr sagt, keine Wahl. Zuerst müssen wir zahlen. Danach ...«

Er schwieg. Marianne sah, daß sich seine Kiefer unter dem kurzen schwarzen Kinnbärtchen zusammenpreßten. Und plötzlich spürte sie die Gewißheit, daß sich in diesem kleinen, zarten und so liebenswürdigen Mann, dessen ein wenig zu raffinierte Eleganz fast einen Stich ins Weibliche hatte, ein ebenso unerbittlicher Wille wie der Francis Cranmeres verbarg.

»Danach?« flüsterte sie.

»Nutzen wir die kurze oder lange Atempause, die man uns lassen wird, um unsererseits anzugreifen. Es muß uns gelingen, Lord Cranmere daran zu hindern, uns weiterhin zu schaden.«

»Ihr wißt, daß ich nur einen Wunsch habe: meine Ehe annullieren zu lassen, um wieder ich selbst zu werden.«

»Das wird sicherlich nicht genügen.«

»Was dann?«

»Im Falle, daß Euch der Kaiser seinen Kopf nicht bieten kann«, erwiderte Jolival mit äußerster Sanftheit, »meine ich, daß wir ihn uns selbst holen sollten.«

Während er in aller Ruhe dieses Todesurteil äußerte, beugte Arcadius sich vor und klopfte mit dem Stock an die Verbindungsscheibe.

»He! Gracchus!«

»Monsieur le Vicomte?«

»Zu den Tuilerien, mein Junge!«

Marianne, die noch dabei war, jedes Wort der Bemerkung ihres Freundes abzuwägen, horchte auf.

»Zu den Tuilerien? Warum?«

»Solltet Ihr Euch dort nicht mit dem Fürsten Clary treffen, der versprochen hat, Euch in die große Galerie des Louvre mitzunehmen, um das kaiserliche Paar aus der Kapelle treten zu sehen?«

»Glaubt Ihr ernstlich«, brauste Marianne auf, nur allzu glücklich, einen Scheinvorwand für einen kleinen Zornausbruch zu finden, »daß ich die Absicht haben könnte, mir diese ... diese Maskerade von nahem anzusehen?«

Arcadius begann, gutmütig zu lachen, auch er von einer Art Bedrückung befreit. »Ich sehe, Ihr schätzt die Bekleidungsbemühungen Seiner Majestät des Kaisers und Königs richtig ein, aber das Schauspiel dürfte deshalb nicht weniger schön und ...«

»... und es wäre besser, wenn Ihr mir sofort erklärtet, daß Ihr Euch meiner entledigen wollt! Was habt Ihr vor Arcadius?«

»Nichts Wichtiges! Ich habe eine Kleinigkeit zu erledigen und hoffte, Ihr würdet mir den Wagen lassen, den Ihr dann nicht mehr braucht.«

»Nehmt den Wagen, aber bringt mich zuvor nach Hause zurück. Gracchus! Wir fahren heim!« befahl sie, ihrerseits an die Scheibe klopfend.

Sie verspürte größte Lust, Jolival zu fragen, was es mit dieser dringenden Kleinigkeit auf sich hatte, aber sie wußte aus Erfahrung, daß er der verschwiegenste aller Menschen und es daher so gut wie unmöglich war, ihn zum Sprechen zu bringen, wenn er sich einmal entschlossen hatte zu schweigen.

Mariannes Wagen beschrieb einen Halbkreis, um die Concorde-Brücke zu erreichen. Die Menge, die sich dicht an dicht gedrängt hatte, während der Zug vorbeidefilierte, verlief sich allmählich. Die Pariser steuerten in der Mehrzahl über den Quai oder durch den Garten dem Tuilerien-Palast zu, auf dessen Balkon sich das kaiserliche Paar bald seinen Untertanen zeigen würde. Doch Marianne empfand nicht das leiseste Verlangen, diese beiden, die sie so wenig zueinander passend, so aufreizend fand, wiederzusehen. Wenn Napoleon eine Prinzessin geheiratet hätte, die nach ihren eigenen Kriterien wirklich auch äußerlich eine Prinzessin gewesen wäre, ein weibliches Vollblut, würdig, einen Kaiser in ihrem Schoß zu tragen, hätte die Aristokratin Marianne es, wenn auch schmerzlich, gutgeheißen, selbst wenn die Liebende dabei tausend Tode gestorben wäre ... aber dieses dicke, blonde Mädchen mit den Kuhaugen ... Wie konnte er sie mit solcher Freude ansehen, mit solchem Stolz, wie er aus jeder seiner Gesten sprach? Selbst das Volk hatte es gespürt. Vielleicht, weil diese Abertausenden die anmutige, raffinierte, immer elegante Joséphine noch nicht vergessen hatten, brachten sie für die Neue nicht viel mehr als die notwendigste Begeisterung auf. Die Hochrufe waren spärlich und ziemlich schüchtern gewesen. Wie viele unter denen, die Marie-Louise begrüßt hatten, hatten übrigens auf diesem selben Platz siebzehn Jahre zuvor den Kopf Marie-Antoinettes fallen sehen? Konnte die neue Österreicherin, eine bloße Karikatur der strahlenden Prinzessin von einst, dem Volk von Paris anderes als unbestimmtes Mißtrauen und vages Unbehagen einflößen?

Während der Wagen die Brücke überquerte und dann der Rue de Lille zurollte, an der Gesetzgebenden Körperschaft vorbei, deren neue Fassade in griechischem Stil noch von Gerüsten verdeckt wurde, sprachen Marianne und Jolival kein Wort. In ihre Gedanken eingesponnen, respektierten beide das Schweigen des anderen.

Doch als der Wagen am Fuße der renovierten Freitreppe des Hôtel d'Asselnat hielt, konnte Marianne, während sie die ihr von Jolival zur Hilfe beim Aussteigen gebotene Hand annahm, eine Frage nicht unterdrücken:

»Seid Ihr sicher, daß Ihr meine Begleitung ... bei dieser so dringenden Angelegenheit nicht wünscht?«

»Absolut sicher«, erwiderte Arcadius unerschütterlich. »Geht und erwartet mich artig am Kamin ... und beunruhigt Euch vor allem nicht allzusehr. Wir sind vielleicht doch nicht so arm an Waffen, wie Mylord Cranmere es sich einzubilden scheint.«

Ein ermutigendes Lächeln, ein Gruß, und schon war der Vicomte de Jolival wieder im Wagen verschwunden, der sofort umdrehte. Mit einem Schulterzucken stieg Marianne die Stufen zum Eingang hinauf und betrat das Vestibül, dessen Tür ihr ein Lakai öffnete. Artig warten ... sich nicht beunruhigen ... es sah Jolival ähnlich, ihr solche Ratschläge zu geben, während es ihr schon schwerfiel, in dieses Haus zurückzukehren, in dem sie Adelaide, die liebe, unerträgliche und wundervolle Adelaide mit ihrem ewigen Hunger und ihren endlosen Schwatzereien nicht mehr vorfinden würde.

Die junge Frau fand keine Gelegenheit, sich zu fragen, was sie mit der Zeit anfangen sollte, die bis zur Rückkehr Jolivals verstreichen würde. Schon am Fuße der breiten Marmortreppe, die zu ihrem Zimmer führte, sah sie ihren Majordomus Jérémie gemessen und feierlich im Schmukke seiner altmodischen Perücke und seiner grünsamtenen Livree auf sich zukommen. Marianne mochte ihn nicht besonders, da er nie lächelte und immer irgendeine schlechte Nachricht aus seinem Ärmel zu zaubern schien. Doch Fortunée, die ihn ausgesucht hatte, behauptete, ein so distinguierter und düsterer Mann verleihe einem Hause Stil. Auch jetzt bot Jérémies langes, scharfgeschnittenes Gesicht, während er sich verneigte, einen geradezu niederschmetternden Anblick von Langeweile und Trostlosigkeit.

»Monsieur Constant erwartet Madame im Musiksalon«, raunte er mit bekümmerter Miene, als handele es sich um ein höchst anrüchiges Geheimnis. »Und er geduldet sich schon seit über einer Stunde.«

Eine jähe freudige Aufwallung erfüllte Marianne. Constant! Der treue Kammerdiener Napoleons, der Mann der intimen Geheimnisse, der Hüter dessen, was für Marianne von nun an eine Art verlorenes Paradies war! War es nicht die beste Antwort, die das Geschick ihrer gegenwärtigen Unruhe, den Ängsten der kommenden Tage geben konnte? Constants Anwesenheit bei ihr bedeutete, daß Napoleon trotz der Festlichkeiten des Tages an sie, die Isolierte, gedacht hatte und daß er der Österreicherin letztlich vielleicht doch nicht so ergeben war, wie es der Pariser Klatsch wissen wollte.

Marianne warf ihrem Majordomus einen ironischen Blick zu.

»Um es Euch gleich zu sagen, Jérémie: Der Besuch Monsieur Constants ist eine Freude für mich. Ihr braucht keine Katastrophenmiene aufzusetzen, um ihn mir anzukündigen. Ihr solltet lächeln, Jérémie, wenn Ihr einen Freund meldet, lächeln ... Wißt Ihr, was das ist?«

»Nicht genau, Madame, aber ich werde versuchen, mich zu erkundigen!«

4. Kapitel

Die Liebhaber Madame Hamelins

Mit der schönen Geduld der Leute des Nordens hatte es sich Constant so bequem wie möglich gemacht, während er auf Marianne wartete. fn der Kaminecke sitzend, die Füße gegen die Feuerböcke gestemmt und die Hände über dem Leib gefaltet, hatte er sogar ein wenig geschlummert. Der rasche Schritt der jungen Frau auf den Fliesen des Vestibüls riß ihn aus dem süßen Dahindämmern, und beim Betreten des Musiksalons traf Marianne ihn aufrecht und respektvoll grüßend an.

»Monsieur Constant!« rief sie. »Wie sehr bedauere ich daß Ihr warten mußtet! Es ist ein so seltenes Vergnügen Euch zu empfangen ... vor allem an einem Tag wie diesem! Ich hätte gedacht, daß keine menschliche Kraft imstande wäre, Euch dem Palast zu entreißen!«

»Für die Befehle des Kaisers gibt es weder Feste noch sonstige Feierlichkeiten, Mademoiselle Marianne. Er hat befohlen ... und hier bin ich! Wegen des Wartens macht Euch keine Sorge. Nach all der Unruhe habe ich den erholsamen Frieden Eures Hauses sehr genossen.«

»Er hat also an mich gedacht!« sagte Marianne tief bewegt, denn diese Freude folgte zu schnell auf das, was sie auf der Place de la Concorde hatte alles erdulden müssen.

»Aber ... ich glaube, daß Seine Majestät sehr oft an Euch denkt ...! Wie dem auch sei«, fügte er hinzu, den Sessel ablehnend, den sie ihm anbot, »ich muß Euch jetzt meine Botschaft übergeben und schnellstens zum Palast zurück.«

Nach diesen Worten wandte er sich zum Cembalo und nahm einen Beutel aus fester Leinwand auf, den er dort abgelegt hatte.

»Der Kaiser hat mich beauftragt, Euch dies mit seinen Komplimenten auszuhändigen, Mademoiselle Marianne. Es sind zwanzigtausend Livres.«

»Geld?« rief die junge Frau, deren Gesicht sich rötete. »Aber ...«

Constant ließ ihr keine Zeit zu protestieren.

»Seine Majestät dachte, daß Ihr in diesen Tagen vielleicht finanzielle Schwierigkeiten haben könntet«, sagte er lächelnd. »Zudem ist dies nur ein Honorar, denn Seine Majestät benötigt Eure Dienste und Euer Talent für übermorgen.«

»Der Kaiser will, daß ich ...«

»... daß Ihr Euch in die Tuilerien begebt, um dort während des großen Empfangs zu singen. Hier ist Euer Passierschein«, setzte er hinzu, indem er eine Karte aus der Tasche zog und Marianne reichte.

Aber sie nahm sie nicht. Die Arme über der Brust verschränkt, ging sie langsam zu einem der Fenster, die auf den kleinen Garten hinaussahen. Einen Moment sah sie auf den plätschernden Springbrunnen hinunter, ohne etwas zu sagen. Durch ihr Schweigen beunruhigt, trat Constant näher.

»Warum sagt Ihr nichts? Ihr werdet kommen, nicht wahr?«

»Ich ... habe keine Lust dazu, Constant. Gezwungen zu sein, vor dieser Frau meine Reverenz zu machen, vor ihr zu singen ... ich könnte es nicht!«

»Ihr werdet es müssen! Der Kaiser ist schon sehr unzufrieden gewesen, Euch nicht in Compiègne zu sehen, und Madame Grassini hat seine schlechte Laune ausbaden müssen. Wenn Ihr ihn diesmal wieder enttäuscht, werdet Ihr mit seinem Zorn rechnen müssen.«

Jäh sich ihm zuwendend, rief Marianne:

»Seinem Zorn? Kann er nicht verstehen, was ich empfinde, wenn ich ihn nur an der Seite dieser Frau sehe? Ich war vorhin auf der Concorde und sah ihn neben ihr vorbeifahren, lächelnd, triumphierend, so offensichtlich glücklich; daß es mir weh tat. Um ihr zu gefallen, hat er sich fast lächerlich gemacht! Dieses groteske Kostüm dieses Barett ...«

»Ah, dieses verwünschte Barett!« fiel Constant lachend ein. »Es kann sich rühmen, uns Kummer gemacht zu haben! Wir haben eine gute halbe Stunde gebraucht, um einen halbwegs passenden Sitz zu finden ... aber ich gebe gern zu, daß es kein Erfolg war.«

Constants Heiterkeit und die von ihm angedeutete kleine häusliche Szene entspannten Mariannes Nerven ein wenig, doch die schmerzliche Bewegung der jungen Frau war dem kaiserlichen Kammerdiener nicht entgangen, und in ernsterem Ton fuhr er fort:

»Was die Kaiserin betrifft, meine ich, daß Ihr wie wir alle in ihr ein Symbol und das Versprechen einer Dynastie sehen müßt. Ich glaube aufrichtig, daß die Aureole, mit der ihre Geburt sie umgibt, in den Augen des Kaisers mehr Wert besitzt als sie selbst.«

Marianne zuckte die Schultern.

»Was Ihr nicht sagt!« grollte sie. »Man hat mir erzählt er habe am Morgen nach der berühmten Nacht in Compiègne einen seiner Vertrauten am Ohrläppchen genommen und ihm zugeraunt: 'Heiratet eine Deutsche, mein Lieber. Es sind die besten Frauen der Welt: sanft, gutmütig, naiv und frisch wie Rosen!' Hat er es gesagt, ja oder nein?«

Constant wandte den Blick ab, trat langsam zu dem Sessel, auf dem er beim Eintreten seinen Hut abgelegt hatte. Er nahm den Hut auf, drehte ihn einen Moment gedankenverloren zwischen seinen Fingern, hob endlich die Augen zu Marianne und lächelte ihr ein wenig bekümmert zu.

»Ja, er hat es gesagt ... aber das will nicht viel mehr besagen als eine Art Erleichterung. Denkt doch, daß er die Erzherzogin nicht kannte, daß sie eine Habsburgerin ist, die Tochter des Besiegten von Wagram, daß er sich auf Stolz, auf Zorn, ja sogar auf Widerwillen gefaßt machen mußte. Diese sanfte und ein wenig linkische Prinzessin, die schüchtern wie eine Braut vom Dorfe ist und offensichtlich mit allem zufrieden, hat ihn beruhigt. Er ist ihr, glaube ich, zutiefst dankbar. Und was die Liebe betrifft ... wenn er sie so liebte, wie Ihr Euch einzubilden scheint, hätte er wohl kaum heute an Euch gedacht. Nein, glaubt mir, Mademoiselle Marianne, kommt und singt für ihn, wenn schon nicht für sie. Und macht Euch klar, daß Marie-Louise den Vergleich zu fürchten hat, nicht Ihr! Werdet Ihr kommen?«

Besiegt, neigte Marianne zum Zeichen ihrer Zustimmung den Kopf.

»Ich werde kommen ... Ihr könnt es ihm sagen. Sagt ihm auch, daß ich ihm danke«, fügte sie nicht ohne Überwindung mit einem Blick auf den Leinwandbeutel hinzu.

Es war ihr peinlich, das Geld anzunehmen, aber unter den gegenwärtigen Umständen war es hochwillkommen, und Marianne konnte sich nicht den Luxus leisten, es abzulehnen.

Arcadius wog den Sack und legte ihn mit einem Seufzer auf den Sekretär zurück.

»Das ist eine hübsche Summe, und der Kaiser ist sehr großzügig ... aber leider genügt es nicht, um den Appetit unseres Freundes zu stillen. Wir brauchen mehr als das Doppelte, und wenn Ihr Seine Majestät nicht bitten wollt, sich noch freigebiger zu zeigen ...«

»Nein! Das nicht!« rief Marianne mit geröteten Wangen. »Ich könnte es nicht! Und außerdem müßte ich Erklärungen geben, alles erzählen. Der Kaiser würde sofort die Polizei auf Adelaides Spuren hetzen ... und Ihr wißt, was passierte, wenn Fouchés Leute erschienen.«

Arcadius zog aus seiner Westentasche eine reizende, mit Gold eingefaßte Tabaksdose aus Schildpatt, ein Geschenk Mariannes, und genehmigte sich eine Prise, die er langsam und mit sichtlichem Hochgenuß schnupfte. Er war erst vor kurzem ins Hôtel d'Asselnat zurückgekehrt, ohne im übrigen mehr Erklärungen abzugeben als bei seinem Aufbruch, obwohl es fast neun Uhr abends war. Träumerischen Blicks, als verfolge er eine besonders erfreuliche Idee, steckte er die Tabaksdose zurück und erklärte dann:

»Beruhigt Euch, wir haben diese letzte Eventualität nicht zu fürchten. Kein Agent Fouchés wird sich auf die Suche nach Mademoiselle Adelaide machen, selbst wenn wir es verlangten.«

»Wie ist das möglich?«

»Seht Ihr, Marianne, als Ihr mir Euer Gespräch mit Lord Cranmere wiederholtet, ist mir etwas aufgefallen: Die Tatsache, daß dieser Mann, ein Engländer, der sich unter falschem Namen verbirgt und aller Wahrscheinlichkeit nach ein Spion ist, sich nicht nur bei hellichtem Tage in Paris frei bewegt ... und das in Gesellschaft einer notorisch suspekten Frau, sondern auch kein Einschreiten der Polizei zu befürchten scheint, hat mich stutzig gemacht. Hat er Euch nicht gesagt, daß man ihn sehr schnell mit Entschuldigungen wieder entlassen würde, wenn Ihr ihn arretieren ließet?«

»Ja, das hat er gesagt.«

»Und hat Euch das nicht verblüfft? Was habt Ihr daraus geschlossen?«

Nervös preßte Marianne ihre Hände aneinander und tat einige schnelle Schritte durch den Raum.

»Ich weiß nicht ... ich habe im Moment nicht darüber nachgedacht.«

»Weder im Moment noch später, wie mir scheint. Ich aber wollte mehr darüber wissen und habe mich zum Quai Malaquais begeben. Ich habe ... da ein paar Beziehungen in der Umgebung des Ministers, und so erfuhr ich, was ich wissen wollte, nämlich den Grund, weshalb der Vicomte d'Aubécourt den Zugriff der Polizei so wenig fürchtet. Er unterhält ganz einfach ziemlich enge Beziehungen zu Fouché ... und steht vielleicht in seinem Sold.«

»Ihr seid verrückt!« rief Marianne. »Fouché würde nie Beziehungen zu einem Engländer unterhalten ...«

»Und warum nicht? Abgesehen davon, daß Doppelagenten keineswegs die Frucht einer überhitzten Phantasie sind, trifft es sich, daß der Herzog von Otranto im Augenblick ausgezeichnete Gründe hat, gewisse Engländer pfleglich zu behandeln. Und er hat Euren noblen Gatten zweifellos sehr freundlich empfangen.«

»Aber ... er hatte doch versprochen, ihn suchen zu lassen.«

»Versprechungen kosten nichts, vor allem wenn man entschlossen ist, sie nicht zu halten. Ich glaube Euch versichern zu können, daß Fouché nicht nur genau weiß, wo der Vicomte d'Aubécourt zu finden ist, sondern auch, wer sich unter diesem Namen verbirgt«, gab ihr Arcadius zu verstehen.

»Das ist wahnwitzig ... völlig wahnwitzig!«

»Nein. Das ist Politik!«

Marianne war es, als öffne sich der Boden unter ihren Füßen. Mit einer nervösen Bewegung hob sie beide Hände zum Kopf, wie um zu versuchen, diese irren Gedanken fernzuhalten. Arcadius sagte so ungeheuerliche und auch seltsame Dinge, daß sie ihm nicht mehr folgen konnte.

»Aber das ist doch unmöglich! Der Kaiser ...«

»Wer spricht vom Kaiser?« unterbrach Jolival sie schroff. »Von Fouché war die Rede. Setzt Euch einen Moment, Marianne, und hört mir zu. Der Kaiser ist jetzt auf dem Gipfel des Triumphs und der Macht angelangt. Er hat fast nichts mehr vor sich: Seit Tilsit schwört der Zar, daß er ihn wie einen Bruder liebe, Kaiser Franz hat ihm seine Tochter zur Frau gegeben, der Papst ist in seiner Gewalt, und sein Reich erstreckt sich nun von Elbe und Drau bis zum Ebro.

Ihm gegenüber verbleiben nur das unglückliche, wilde Spanien und das mit ihm verbündete England. Wenn dieses letztere sich zurückzieht, wird Spanien wie der durch einen Sturm vom Stamm gebrochene Ast fallen. Nun, Joseph Fouché träumt einen großen Traum: den Traum, nach dem Kaiser der mächtigste Mann Europas zu sein, der, der ihn notfalls ersetzen könnte, wenn er in anderen Ländern Krieg führt. Er hat es erst kürzlich getan, als die Engländer auf der Insel Walcheren landeten. Napoleon war in Österreich, Frankreich öffnete sich dem Eindringling. Fouché mobilisierte aus eigenem Entschluß die Nationalgarden des Nordens, verjagte den Engländer, rettete vielleicht das Kaiserreich. Napoleon hieß es gut, während alles darauf wartete, Fouchés Kopf fallen zu sehen, weil er es gewagt hatte, sich kaiserliche Machtbefugnisse anzumaßen. Doch er wurde belohnt, wurde Herzog von Otranto. Und nun will er den eroberten Vorteil nicht nur bewahren, sondern weiter ausbauen. Er will der Interimsmann, der Stellvertreter Napoleons sein, und um dieses Ziel zu erreichen, hat er einen Plan von außerordentlicher Kühnheit entworfen. Frankreich will er seinem letzten und tödlichen Feind England annähern, und zu diesem Zweck führt er seit mehreren Monaten mittels verläßlicher Agenten und über die Kanäle des Königs von Holland geheime Verhandlungen mit dem Londoner Kabinett. Sollte es ihm gelingen, sich mit Lord Wellesley auch nur in einem Punkt zu verständigen, einem einzigen, wird er an ihm eins jener Spinngewebe aufhängen, deren Geheimnis er besitzt, wird alle Welt düpieren, alles verwirren ... und eines Tages Napoleon sagen können: 'Es ist mir geglückt, Euch England zuzuführen, das sich nie mit Euch hat zusammensetzen wollen. Man ist bereit, unter dieser oder jenen Bedingungen zu verhandeln.' Gewiß, anfangs wird Napoleon wütend sein oder jedenfalls so tun, als ob er es wäre, denn damit wäre ihm der größte Dorn aus dem Fuß gezogen und seine Dynastie von nun an ungefährdet. Moralisch hätte er gewonnen ... Deshalb also hat Lord Cranmere, der sicherlich von London geschickt worden ist, nichts von Fouché zu fürchten!«

»Aber dafür alles vom Kaiser«, murmelte Marianne, die aufmerksam Jolivals Darlegung zugehört hatte. »Und schließlich würde es genügen, Seine Majestät über diese

Dinge zu unterrichten, um Fouché zu veranlassen, seine Pflicht zu tun, die darin besteht, feindliche Agenten zu verfolgen.«

Ihr alter Groll gegen Fouché, der sie so gefühllos ausgenützt hatte, als sie noch ein Flüchtling auf der Suche nach einem Asyl gewesen war, hätschelte wohlgefällig die Idee, Napoleon die geheimen Umtriebe seines so hochgeschätzten Polizeiministers zu enthüllen.

»Ich glaube«, erwiderte Arcadius ernst, »daß Ihr unrecht hättet. Gewiß, ich begreife, daß Ihr es unerfreulich findet, einen Minister des Kaisers so seine Rechte überschreiten zu sehen, aber die Verständigung mit England wäre das Beste, was Frankreich passieren könnte. Die Kontinentalsperre ist die Ursache vieler Übel: des spanischen Kriegs, der Einkerkerung des Papstes, des Zwanges, unaufhörlich Truppen auszuheben, um die endlosen Grenzen zu verteidigen ...«

Diesmal erwiderte Marianne nichts. Wieder mußte sie sich über die Tatsache wundern, daß Arcadius offenbar über alle Dinge bestens unterrichtet war. Doch in diesem Fall kam ihr die Sache ein wenig verdächtig vor. Wenn Jolival auch über ein Staatsgeheimnis auf dem laufenden war, mußte er irgendwie in die Sache verwickelt sein. Unfähig, ihre Vermutung für sich zu behalten, fragte sie:

»Sagt mir die Wahrheit, Arcadius ... Auch Ihr seid ein Agent Fouchés, nicht wahr?«

Der Vicomte begann herzlich zu lachen, aber Marianne schien dieser Heiterkeitsausbruch dennoch eine Winzigkeit gekünstelt.

»Aber ganz Frankreich, meine Liebe, steht in Diensten des Polizeiministers: Ihr, ich, unsere Freundin Fortunée, die Kaiserin Joséphine ...«

»Scherzt nicht. Antwortet mir offen.«

Arcadius hörte auf zu lachen, trat zu seiner jungen Freundin und tätschelte ihr leise die Wange.

»Mein liebes Kind«, sagte er ruhig, »ich bin niemandes Agent, nur mein eigener ... wenn nicht der des Kaisers oder der Eure. Aber was ich wissen muß, suche ich auf die eine oder andere Weise zu erfahren. Und Ihr stellt Euch nicht vor, wie viele Menschen schon in diese Angelegenheit verstrickt sind. Ich möchte zum Beispiel wetten, daß Euer Freund Talleyrand alles darüber weiß.«

»Gut«, seufzte die junge Frau gereizt. »Was kann ich in diesem Fall also tun, um mich gegen Lord Cranmere zu verteidigen, da er doch so mächtig ist?«

»Im Augenblick nichts, wie ich schon sagte. Nur zahlen.«

»In drei Tagen kann ich nicht fünfzigtausend Livres auftreiben.«

»Wieviel habt Ihr genau?«

»Außer diesen zwanzigtausend nur ein paar hundert. Natürlich habe ich auch meinen Schmuck ... den, den mir der Kaiser geschenkt hat.«

»Vergeßt ihn. Er würde es Euch nie verzeihen, wenn Ihr ihn verkauft; nicht einmal, wenn Ihr ihn verpfändet. Das beste wäre, ihn zu bitten, die Summe zu komplettieren. Was das tägliche Leben betrifft, habt Ihr mehrere Konzertangebote, die für dessen Kosten aufkommen werden.«

»Um keinen Preis werde ich ihn um dieses Geld bitten!« warf Marianne so kategorisch ein, daß Jolival nicht darauf bestand.

»Wenn es so ist«, seufzte er, »sehe ich nur eine Möglichkeit ...«

»Welche?«

»Geht und zieht eins Eurer hübschesten Kleider an während ich mich in einen Frack werfe. Madame Hamelin empfängt heute abend und hatte Euch eingeladen, wenn ich mich nicht irre.«

»Ich habe nicht die Absicht hinzugehen.«

»Ihr werdet es müssen, wenn Ihr Euer Geld haben wollt. Bei der charmanten Fortunée werden wir gewiß ihren augenblicklichen Liebhaber sehen, den Bankier Ouvrard. Nun, vom Kaiser abgesehen, weiß ich keinen günstigeren Ort, um zu Geld zu kommen, als die Kasse eines Bankiers. Dieser ist für den Charme einer hübschen Frau sehr empfänglich. Vielleicht willigt er ein, Euch die Summe zu leihen, Ihr könnt sie ihm mit der nächsten großzügigen Anwandlung des Kaisers zurückzahlen, an der es sicher nicht fehlen wird.«

Jolivals Plan gefiel Marianne nicht besonders. Daß sie sich ihres Charmes zur Überredung eines Mannes bedienen sollte, den sie nicht mochte, mißfiel ihr sehr, aber der Gedanke, daß Fortunée der Verhandlung beiwohnen würde, machte ihr wieder Mut. Zudem blieb ihr kein anderer Ausweg. Folgsam suchte sie ihr Zimmer auf, um in eine Abendrobe zu schlüpfen.

Niemals hätte Marianne gedacht, daß es so lange dauern könnte, die Entfernung von der Rue de Lille zur Rue de la Tour d'Auvergne zurückzulegen. Es lag an den zahllosen Menschen, die die Straßen bevölkerten. Der Wagen kam nur im Schrittempo vom Fleck, und selbst das ging nicht ohne Proteste aus der Menge ab. In dieser Nacht gehörten Straßen und Plätze ihr; Wagen waren kaum zu sehen.

»Wir hätten lieber zu Fuß gehen sollen«, bemerkte Jolival. »Wir wären schneller ans Ziel gekommen.«

»Es ist viel zu weit«, erwiderte Marianne. »Wir wären nicht vor morgen früh dort gewesen.«

»Ich bin nicht sicher, ob uns nicht dieses Schicksal erwartet!«

Doch die Schönheit des Schauspiels, das Paris ihnen bot, nahm sie immer von neuem gefangen. Die Concorde-Brücke war dank achtzig mit farbigen Gläsern verzierter und von glitzernden Sternen gekrönter Säulen, die funkelnde Gehänge miteinander verbanden, zu einer flammenden Prunkstraße geworden. Die Gerüste am Palais der Gesetzgebenden Versammlung verschwanden hinter leuchtenden Allegorien; das kaiserliche Paar im Tempel der Ehe, vereint durch einen ein wenig zu weißen, aber prächtig mit grünem Lorbeer bekränzten Frieden. Alle Bäume der Champs-Elysées waren mit bunten Lampions geschmückt, und Lichterketten zogen sich längs der Alleen entlang. Die pompösen Bauwerke waren taghell erleuchtet, was es Gracchus möglich machte, während der Fahrt über die Place de la Concorde rechtzeitig einem guten Dutzend Betrunkener auszuweichen, die die Weinspringbrunnen zu ausdauernd frequentiert hatten. In der Rue Saint-Henore wurde es ein wenig ruhiger, doch als sie sich dem Gebäude des Staatsrats näherten, wo das Hochzeitssouper stattgefunden hatte, mußten sie eine ganze Weile halten.

Das kaiserliche Paar war auf dem Balkon erschienen, begleitet vom österreichischen Kanzler, dem Fürsten von Metternich. Inmitten der allgemeinen Begeisterung hatte der Fürst sein Champagnerglas erhoben und laut gerufen:

»Ich trinke auf den König von Rom!«

»Der König von Rom?« fragte Marianne verärgert. »Wer soll denn das sein?«

Arcadius lachte.

»Liebe Ignorantin! Und der Senatsbeschluß vom vergangenen 17. Februar? Es ist der Titel, den der Sohn des Kaisers tragen wird. Gebt zu, daß Metternich für einen Minister des einstigen Heiligen Römischen Reiches Deutscher Nation beachtlichen Weitblic.k beweist.«

»Vor allem beweist er einen absoluten Mangel an Takt! Merkwürdige Art, diese junge dumme Gans daran zu erinnern, daß sie nur der Kinder wegen geheiratet worden ist, die sie zu liefern hat. Seht zu, daß wir vorwärtskommen, mein Freund! Wir werden sonst die Nacht auf der Straße verbringen.«

Obwohl ihn der Gedanke, daß die »junge dumme Gans« immerhin ein Jahr älter war als Marianne, höchlichst amüsierte, hütete sich Jolival, eine Bemerkung darüber zu machen, denn er ahnte, daß diese neuerliche Begegnung mit den »Jungvermählten« nicht eben dazu angetan war, die Gereiztheit seiner Freundin zu dämpfen. Statt dessen befahl er dem Kutscher ernst, »seine Pferde zu größerer Eile zu veranlassen«, worauf Gracchus nicht weniger ernst erwiderte, daß es schlecht möglich sei, falls man sie nicht über die Köpfe der Leute galoppieren lassen wolle. Endlich ging es wieder voran ... bis zu den Boulevards, wo eine andere Art festlicher Zerstreuung vorgesehen war: Wappenherolde in von Goldtressen strotzenden Kostümen warfen mit vollen Händen Erinnerungsmedaillen an das Ereignis unter die Menge. Von einem Moment zum anderen war es nicht mehr möglich, sich zu rühren. Entfesselt drängte sich die Menge um die Pferde der Herolde, um die Medaillen zu erwischen, und Mariannes Wagen befand sich unversehens im Zentrum eines ungeheuerlichen Handgemenges, das alsbald Stöcke, Hüte, Hauben, Schals und eine Unzahl anderer Gegenstände ausspie.

»Wir werden hier nie herauskommen!« rief Marianne am Ende ihrer Geduld. »Und wir haben es nicht mehr weit. Ich ziehe es vor, zu Fuß weiterzugehen.«

»In einer Abendrobe und in diesem Tumult? Ihr werdet in Stücke gerissen werden!«

Doch sie hatte schon den Schlag geöffnet und war, die rosa-goldene Schleppe ihres Kleides über dem Arm, mitten in die Menge gesprungen, durch die sie mit der Geschmeidigkeit einer Schlange glitt, ohne auf Gracchus zu hören, der ihr von der Höhe des Kutschbocks nachschrie:

»Mademoiselle Marianne! Kommt zurück! Tut das nicht!«

Jolival sah sich genötigt, ihr zu folgen, doch ein paar der von einem der Herolde achtlos geworfenen Medaillen fielen auf den Rand seines Hutes, und der Unglückliche sah sich alsbald im Mittelpunkt des tätigen Interesses einer Anzahl loyaler Untertanen des Kaisers, die offensichtlich Medaillenliebhaber waren. Der jähe Ansturm verschlang ihn, was Gracchus veranlaßte, schleunigst von seinem Sitz zu klettern und sich mit dem Ruf »Haltet stand, Monsieur le Vicomte!« peitschenschwingend ins Getümmel zu stürzen.

Inzwischen war es Marianne gelungen, die Einmündung der Rue Cerutti zu erreichen. Zwar hatte sie außer dem totalen Ruin ihrer Frisur auch den Verlust ihres breiten, gefütterten Atlasschals zu beklagen, aber da der Abend für die Jahreszeit sehr mild war, kümmerte es sie wenig. Sie schritt so rasch aus, wie es das unebene Pflaster und die Wagenspuren der Straße ihren nur mit leichten Schuhen aus rosa Atlas bekleideten Füßen erlaubten. Glücklicherweise erfreute sich die zwischen den hohen Mauern neuerer großer Privathäuser verlaufende, im allgemeinen ziemlich dunkle Straße in dieser Nacht dank der Illumination des Hôtel de l'Empire und der prunkvollen Residenz des Königs von Holland ungewöhnlicher Beleuchtung. Es herrschte kein so wilder Trubel hier wie auf dem Boulevard, doch es waren auch hier viele Passanten unterwegs, aber niemand beachtete die junge Frau in großer dekolletierter Abendtoilette. Gruppen von Menschen zogen untergehakt dahin und sangen aus vollem Halse Chansons, deren recht ungenierte Texte meistens mehr oder weniger direkt an den Kaiser gerichtete Ermunterungen hinsichtlich seiner künftigen ehelichen Aktivitäten enthielten. Ein paar übermäßig geschminkte, auffällig gekleidete Freudenmädchen tänzelten auf der Suche nach Kunden von einer Gruppe zur anderen. Um nicht mit ihnen verwechselt zu werden, tat Marianne ihr Bestes, so schnell wie möglich vorwärts zu kommen.

Als sie eben jenseits des Hôtel de l'Empire den mit dem Hause des Bankiers Doyen beginnenden dunkelsten Teil der Straße erreicht hatte, öffnete sich unmittelbar vor ihr eine Gartentür, und Marianne prallte mit dem heraustretenden Mann zusammen, der einen Schmerzensschrei ausstieß.

»Dummer Tölpel!« schrie er und stieß sie brutal zurück. »Kannst du nicht aufpassen?«

Doch schon sah er, wen er vor sich hatte, und begann zu lachen.

»Verzeiht. Ich hatte nicht gesehen, daß Ihr eine Frau seid. Auch Ihr habt mir ganz schön weh getan!«

»Glaubt Ihr, mir ist dieser Zusammenstoß angenehm gewesen?« entgegnete Marianne. »Ich habe es eilig.«

In diesem Moment zog eine muntere Schar vorbei, mit Lampions bewaffnet, deren Schein Marianne und den Unbekannten streifte.

»Teufel, was für ein schönes Kind!« rief er. »Sieht ganz so aus, als wär's doch mein Glückstag! Komm, meine Kleine, das wird gefeiert! Du bist genau das, was ich brauche.«

Verblüfft durch diesen plötzlichen Wechsel des Tons, hatte Marianne nicht viel mehr bemerkt, als daß der mit einem offenbar hastig über das nur ungenügend geschlossene weiße Hemd geworfenen schwarzen Mantel bekleidete Unbekannte den Eindruck eines Offiziers in Zivil machte, daß er groß und kraftvoll wirkte und sein Gesicht unter dem dichten, stark gelockten, fast krausen Haar anmaßend und ziemlich vulgär, aber nicht ohne Schönheit war. Doch zu spät begriff sie, daß er sie wegen ihres tief ausgeschnittenen rosa Kleides und der zerzausten Frisur für ein öffentliches Mädchen zu halten schien.

Mit festem Griff zog er sie durch die Tür, aus der er getreten war, schlug sie hinter ihr zu, drängte sie, sich an sie pressend, gegen das Holz der Füllung und begann sie leidenschaftlich zu küssen, während seine flinken Hände über ihr Kleid glitten.

Obwohl halb erstickt, reagierte Marianne sofort. Sie biß in seine Lippen, versuchte, ihn zurückzustoßen, und schlug trotz ihrer Lage, die ihr nur wenig Möglichkeit dazu ließ, wütend auf ihn ein. Zu ihrer Überraschung wich der Mann mit einem neuerlichen Schrei zurück. »Hure! Du hast mir schon wieder weh getan!«

»Um so besser!« grollte Marianne. »Ihr seid ein Flegel!«

Und mit aller Kraft gab sie ihm eine schallende Ohrfeige. Er ließ sie einen Moment los, was Marianne dazu benutzte, die Tür aufzureißen und hinauszustürzen. Zum Glück füllte eben eine Schar von Studenten und Grisetten die Straße, die mit ihren eroberten Münzen triumphierend vom Boulevard zurückkehrten. Sie drängelte sich in die Mitte des lärmenden und gestikulierenden Haufens, erhielt ein paar Püffe und ein paar Küsse, fand sich jedoch endlich in der Nähe von Notre Dame de Lorette, ohne ihren Angreifer noch einmal gesehen zu haben. Von dort nahm sie ihren Weg wieder auf und erreichte ziemlich außer Atem endlich Fortunées Haus.

Alle Fenster waren erleuchtet. Durch die Scheiben sah man zwischen den langen mattgelben Vorhängen das Kristall und die Kerzen der Lüster schimmern. Stimmengewirr und Gelächter drangen bis auf die Straße, angenehm begleitet von Geigenklängen. Nachdem sie festgestellt hatte, daß ihr Wagen sich nicht unter den schon wartenden befand, verlor sie keine Zeit damit, sich zu fragen, was aus Jolival und Gracchus geworden sein mochte, sondern lief zu Jonas, dem riesigen schwarzen Majordomus Madame Hamelins, der in seiner mit silbernen Tressen besetzten Livree aus purpurnem Samt auf der obersten Stufe der Freitreppe stand.

»Jonas, führt mich rasch ins Zimmer Madames und sagt ihr, daß ich da bin. Ich kann in meinem Zustand unmöglich im Salon erscheinen.«

»Großer Gott, Mademoiselle Marianne! Wie seht Ihr aus! Was ist Euch geschehen?« rief der große Neger mit entsetzt rollenden Augen.

»Oh, nichts«, erwiderte sie mit einem kleinen Lachen. »Ich bin nur zu Fuß gegangen. Aber bringt mich schnell nach oben. Ich stürbe vor Scham, wenn mich jemand in diesem Zustand sähe.«

»Gewiß! Kommt rasch hier entlang

Durch eine Tür und über die Domestikentreppe führte Jonas die junge Frau zum Zimmer seiner Herrin und ließ sie dort allein, um Fortunée zu holen. Erleichtert sank Marianne auf einen bequemen, mit apfelgrüner Seide bezogenen Schemel unmittelbar vor dem großen Stehspiegel aus Bronze und Mahagoni, der zusammen mit dem ganz mit indischem Musselin und schwefelgelbem Brokat drapierten Bett die Haupteinrichtung des Zimmers bildete. Der Spiegel warf ihr ein ziemlich betrübliches Bild zurück. Das Kleid war zerrissen und schmutzig, das Haar hatte sich gelöst und hing ihr in wirren Strähnen herab, und ihr Lippenrot hatten die gierigen Küsse des Unbekannten bis zu den Wangen verschmiert.

Ärgerlich wischte Marianne es mit einem am Boden liegenden Taschentuch ab. Warum war sie nur so dumm gewesen und in die Menge gesprungen, um früher ans Ziel zu kommen, und wie hatte sie, dümmer noch, überhaupt auf Arcadius hören können! Als ob es nicht viel vernünftiger gewesen wäre, schlafen zu gehen und die Zusammenkunft mit Fortunée auf den nächsten Tag zu verschieben, statt sich in dieses burleske Abenteuer quer durch ein halb betrunkenes Paris zu stürzen. Als ob sich in dieser närrischen Nacht dreißigtausend Livres hätten auftreiben lassen! Resultat: Sie war tot vor Müdigkeit, hatte Kopfschmerzen und war zum Fürchten häßlich.

Als Madame Hamelin das Schlafzimmer betrat, fand sie ihre Freundin wohl den Tränen nahe, aber eben dabei, sich im Spiegel Grimassen zu schneiden, und lachte hellauf.

»Marianne! Mit wem hast du dich geprügelt? Mit der Österreicherin? In diesem Fall muß sie in einem schönen Zustand sein, und du bist auf dem Weg nach Vincennes.«

»Geprügelt habe ich mich mit dem braven Volk Seiner Majestät des Kaisers und Königs«, murrte die junge Frau, »und mit einer Art Satyr, der mich hinter einer Gartentür zu vergewaltigen versuchte.«

»Erzähle!« rief Fortunée, in die Hände klatschend. »Das klingt sehr amüsant!«

Marianne warf ihrer Freundin einen verdrossenen Blick zu. Fortunée war an diesem Abend besonders schön. Ihr Kleid aus goldbesticktem gelben Tüll brachte die warme Tönung ihrer Haut und ihrer ein wenig üppigen Lippen bewundernswert zur Geltung. Ihre Augen funkelten wie schwarze Sterne zwischen den langen, gebogenen Wimpern. Ihre ganze Erscheinung atmete Lebensfreude und Sinnenlust.

»Da gibt's nichts zu lachen«, erklärte Marianne. »Ich habe den schlimmsten Tag meines Lebens seit dem meiner Hochzeit hinter mir! Ich ... ich bin am Ende mit meinen Nerven und so ... so unglücklich!«

Ihre Stimme brach, und ihre großen, trostlosen Augen füllten sich mit Tränen. Sofort nahm Fortunée ihre Freundin in die Arme. Eine Wolke ihres schweren Rosenparfüms hüllte Marianne ein.

»Du weinst ja! Und ich habe noch Scherze gemacht!

Mein armes, kleines Kätzchen, ich bitte dich um Verzeihung! Sag mir schnell, was geschehen ist ... aber zieh zuerst dieses zerfetzte Kleid aus! Ich gebe dir ein anderes.«

Während sie noch sprach, hakte sie schon die verdorbene Robe auf, doch plötzlich hielt sie inne, wies auf einen dunklen Fleck auf der zerknitterten Korsage und stieß einen Schrei aus. »Blut ...! Bist du verletzt?«

»Nein«, sagte Marianne erstaunt. »Ich weiß nicht mal, woher es kommen könnte. Es sei denn ...« Sie erinnerte sich plötzlich der beiden Schmerzensschreie, mit denen ihr Angreifer auf ihre Abwehr reagiert hatte, und seines merkwürdigen Aufzugs; nur ein hastig über sein offenes Hemd geworfener Mantel. Er war vielleicht verletzt gewesen.

»Es sei denn was?«

»Nichts. Es ist unwichtig! Oh, Fortunée, du mußt mir unbedingt helfen, sonst bin ich verloren.«

In kurzen, von ihrer Nervosität zerhackten Sätzen, die jedoch ruhiger wurden, je länger sie sprach, berichtete Marianne von Francis' Forderungen, seinen Drohungen, von der Entführung Adelaides und schließlich von der Unmöglichkeit, sich in den nächsten achtundvierzig Stunden dreißigtausend Livres zu verschaffen, wenn sie nicht ihren gesamten Schmuck verkaufte.

»Ich kann dir zehntausend leihen«, sagte Madame Hamelin ruhig. »Was den Rest betrifft ...«

Ihre Freundin im Spiegel mit halbgeschlossenen Augen betrachtend, ließ sie den Satz in der Schwebe. Während Mariannes Bericht hatte sie sie völlig entkleidet. Sodann mit Hilfe eines großen Schwamms, den sie aus ihrem Toilettenkabinett holte, und eines Flakons mit Kölnisch Wasser damit begonnen, alle Staubspuren zu beseitigen und die junge Frau kräftig abzureiben, um sie aufzumuntern.

»Was den Rest betrifft?« fragte Marianne, als Fortunée auch weiterhin Schweigen bewahrte.

Um Madame Hamelins Lippen bildete sich ein träges Lächeln. Dann griff sie nach einer Schwanenflaumquaste und begann sorgsam, Schultern und Brüste ihrer Freundin zu pudern.

»Mit einem Körper wie dem deinen«, sagte sie ruhig, »dürfte es überhaupt kein Problem sein. Ich kenne zehn Männer, die dir für eine einzige Nacht so viel geben würden.«

»Fortunée!« rief Marianne empört.

Sie war instinktiv zurückgewichen und bis zu den Wurzeln ihrer schwarzen Haare errötet. Doch ihre Entrüstung störte die Ruhe der Kreolin nicht im mindesten.

»Ich vergesse immer, daß du dich für die Frau einer einzigen Liebe hältst und daß du beklagenswerterweise darauf beharrst, einem Mann treu zu bleiben, der im Moment tut, was er kann, um eine andere zu schwängern. Wann wirst du endlich begreifen, kleine Idiotin, daß der Körper nur ein wundervolles Instrument der Lust und daß es ein Verbrechen gegen die Natur ist, einen wie den deinen so tragisch unbeschäftigt zu lassen? Das ist genauso, als ob sich der geniale Bursche Paganini, den ich in Mailand gehört habe, dazu entschlösse, seine berühmte Geige auf den Speicher zu schaffen, alte Zeitungen draufzustapeln und jahrelang keinen Ton mehr auf ihr zu spielen. Das wäre ebenso dumm!«

»Dumm oder nicht, ich will mich nicht verkaufen!« ließ sich Marianne mit Nachdruck vernehmen. Fortunée hob ihre schönen, runden Schultern.

»Das Peinliche mit Euch Aristokraten ist, daß ihr euch immer verpflichtet glaubt, für die einfachsten Dinge große Worte zu verwenden. Nun, ich werde zusehen, was ich für dich tun kann.«

Sie holte aus einem Schrank ein bezauberndes Kleid aus weißer Seide, mit kunstvoll ausgeschnittenen und aufgenähten exotischen Seidenblumen garniert.

»Bekleide dich, junge Vestalin, Hüterin des heiligen Feuers der liebenden Treue, während ich zusehe, ob ich mich an deiner Stelle begraben lassen kann!« »Was willst du tun?« fragte Marianne beunruhigt. »Mach dir keine Sorgen, ich werde mich nicht dem Meistbietenden verkaufen. Ich werde mich nur bei dem lieben Ouvrard erkundigen, ob er uns die zwanzigtausend Livres leihen will, die uns noch fehlen. Er ist skandalös reich, und ich wage zu glauben, daß er mir nichts verweigern kann. Er ist unten. Da zudem seine Beziehungen zu Seiner Majestät nicht die besten sind, wird er sicherlich entzückt sein, sich in deiner Person jemand zu verpflichten, der dem Kaiser so ... nahe steht. Mach dir's bequem, ruh dich aus. Ich werde Jonas sagen, daß er dir ein wenig Champagner heraufbringen soll.«

»Du bist ein Schatz!« rief Marianne aufrichtig.

Mit den Fingerspitzen warf sie ihr einen Kuß nach, bevor Fortunée in einem Gewirbel aus gelbem Tüll verschwand. Dann schlüpfte sie eilends in Fortunées Kleid, um sich nicht von Jonas in allzu notdürftiger Bekleidung ertappen zu lassen, nahm vom Frisiertisch einen elfenbeinernen Kamm und eine silberne Bürste und machte sich daran, ihr Haar sorgfältig zu entwirren und zu glätten. Etwas wie Frieden zog in sie ein, unendlich erholsam nach den Ängsten, die sie in den vergangenen Stunden ausgestanden hatte. Mochte Fortunées Moral auch noch so locker sein, sie strahlte eine Vitalität aus, eine menschliche Wärme, die selbst den erstarrtesten Seelen wieder Leben einhauchte. Die schöne Kreolin gehörte zu den unkomplizierten Geschöpfen, die nur zu geben, nie zu empfangen suchten. Sie waren einfach wie die Erde selbst! Sie vergab mit der gleichen Großzügigkeit ihre Hilfe, ihre Zeit, ihr Herz, ihr Geld, ihr Mitgefühl und sah nicht ein, warum sie mit einer so natürlichen Sache wie ihrem Körper eine Ausnahme machen sollte. Sie war keine von denen, die unter dem Mantel geheuchelter Tugend einen Mann mit kalter Grausamkeit behandeln. Sie konnte es nicht ertragen, jemand leiden zu sehen, schon gar nicht, wenn es genügte, ihm zur Heilung dieses Leidens für ein paar Stunden Liebe zu schenken. Und es glückte ihr, wenn die Liebe verflogen war, ihre Liebhaber in Freunde zu verwandeln, deren Treue jeder Prüfung standhielt. Im Moment jedenfalls war Marianne sicher, daß sie ihre ganze Verführungskraft und ihren Witz einsetzte, um aus ihrem reichen Freund die große Summe herauszuholen, die ihre Freundin so dringend brauchte.

Innerlich im Gedanken an diese Freundschaft lächelnd, war Marianne damit beschäftigt, ihr Haar, das sie geflochten hatte, kronenartig um ihren Kopf zu winden, als die Zimmertür hinter ihr klappte. In der Annahme, es sei Jonas mit dem versprochenen Champagner, drehte sie sich nicht um und fuhr fort, sich zu frisieren.

»Ich weiß nicht ... wer Ihr seid«, hörte sie eine rauhe, keuchende Stimme, »aber habt Mitleid ... holt Madame Hamelin!«

Marianne erstarrte einen Moment, die Arme noch über dem Kopf erhoben, dann wandte sie sich um. Sie war überzeugt, diese Stimme schon einmal gehört zu haben.

Gegen den wieder geschlossenen Türflügel gelehnt, kämpfte ein totblasser Mann offensichtlich gegen eine Ohnmacht. Mit geschlossenen Augen, zusammengebissenen Zähnen stand er da, schwankend, er atmete kaum, doch die vor Verblüffung wie versteinerte Marianne dachte nicht einmal daran, ihm zu helfen. Der Ankömmling trug unter dem über seine Schultern geworfenen weiten schwarzen Mantel nur ein weißes Hemd, eine eng anliegende dunkelblaue Hose und ungarische Stiefel. Er hatte braunes, krauses Haar ... und ein Gesicht, das die erschrockene junge Frau sofort erkannte. Es war der Mann, der in der Rue Cerutti über sie hergefallen war ...

Marianne hatte sich mit ihrer Vermutung nicht getäuscht, daß dieser Mann verletzt sein mußte. Blutflecken waren auf dem weißen Hemd in Höhe der Schultern zu sehen. Und auf einmal sank der Unbekannte bewußtlos auf dem Teppich zusammen.

Marianne rührte sich immer noch nicht. Drängende Fragen wirbelten in ihrem Kopf. Da drang Jonas' Stimme durch die Tür:

»Öffnet bitte, Mademoiselle Marianne! Ich bin es. Jonas! Die Tür klemmt!«

Der Mann war in der Tat so gefallen, daß er die Tür versperrte.

»Einen Augenblick, Jonas. Ich werde aufmachen.«

Sie packte den Unbekannten bei den Füßen, zog mit aller Kraft, aber er war groß und schwer und kaum von der Stelle zu bewegen. Es gelang ihr nur, ihn so weit zu ziehen, daß Jonas sich wenigstens durch den Türspalt zwängen konnte.

»Aber was ist denn das, Mademoiselle Marianne. Oh, der Herr Baron!« rief er, das Hindernis entdeckend. »Großer Gott! Er ist verletzt!«

»Ihr kennt diesen Mann?«

»Aber ja. Er gehört, wie man so sagt, zum Haus. Es ist der General Fournier-Sarlovèze. Hat Madame Fortunée nie von ihm gesprochen? Man kann ihn nicht so liegenlassen. Ich werde ihn aufs Bett tragen.«

Während der große Schwarze den Verletzten so mühelos aufhob und zum Bett trug, als wiege er nichts, durchstöberte Marianne ihr Gedächtnis. Natürlich hatte Fortunée schon von ihm gesprochen mit einem Anflug von Heiserkeit in der Stimme, der, kannte man die Kreolin gut genug, deutlich verriet, um was für Erinnerungen es sich da handelte. Es war der schöne François, einer der Hauptliebhaber; die beiden anderen waren der nicht weniger verführerische Casimir de Montrond, zur Zeit in Antwerpen exiliert, und der weit weniger faszinierende, dafür aber viel reichere Ouvrard ... Doch was hatte ihr Fortunée noch erzählt? Warum hatte ihn Marianne noch nie bei ihrer Freundin gesehen ...? Ah, ja: Er war ein unmöglicher Mensch, »das übelste Subjekt der ganzen Armee«, aber auch »der größte Draufgänger« derselben Armee. Als solcher teilte er sein Dasein zwischen glänzenden militärischen Aktionen und immer wiederkehrenden einstweiligen Entlassungen aus dem Dienst, die ihm seine zahllosen Entgleisungen und unaufhörlichen Duelle einbrachten. Im Augenblick war er offenbar wieder an einem solchen Punkt angelangt und in seine Heimatprovinz verbannt, in der Erwartung, daß der Kaiser mit einem »Schwamm drüber!« seine letzte Dummheit löschte.

Der Gedanke an Napoleon rief ihr noch etwas anderes ins Gedächtnis zurück, das sie sehr schockiert hatte, als Fortunée es ihr gestand: Hervorgegangen aus der Revolution, in die er sich mit Freuden gestürzt, obwohl er anfangs dem König gedient hatte, haßte Fournier den Kaiser, der seinen Haß mit Verachtung beantwortete, aber den Hitzkopf trotzdem seinen Dienst periodisch wiederaufnehmen ließ, mit Rücksicht auf sein militärisches Können, das ihm übrigens den Generalsrang und den Titel Baron eingetragen hatte. Ein schäbiger Dank, wie Fournier fand, im Vergleich mit den Titeln und Vermögen, die die Marschälle ernteten. Unter Berücksichtigung all dieser Dinge und der jüngsten Erfahrungen Mariannes war dieser Mann jedenfalls weder interessant noch sympathisch. In einem gewissen Sinne konnte er sogar gefährlich sein, und die junge Frau verspürte kein Verlangen, mehr über ihn zu erfahren. Es war schon schlimm genug zu wissen, daß die sonst Napoleon so ergebene Fortunée zärtliche Gefühle für diesen Burschen hegte, und das nur darum, weil er schön und ein unermüdlicher Liebhaber war!

Während Jonas dem Verletzten unter allerlei Jammerrufen die Stiefel auszog und sich um die Wunde zu kümmern begann, wandte Marianne ihnen den Rücken und näherte sich der Tür. Am liebsten wäre sie hinuntergegangen, um Fortunée zu verständigen, zögerte jedoch, da sie nicht ahnte, in welcher Weise ihre Freundin die Verhandlungen mit dem Bankier aufgenommen hatte. Bevor sie sich entschließen konnte, wurde die Tür aufgerissen, und Madame Hamelin erschien auf der Schwelle.

»Ich habe getan, was ich konnte, und ich glaube ...« Sie verstummte. Ihr Blick glitt über die Schulter ihrer Freundin zum Bett, neben dem Jonas einen Leuchter angezündet hatte, um besser sehen zu können.

»François!« schrie sie. »Mein Gott, er ist tot!«

Marianne beiseite stoßend, stürzte sie zum Bett, drängte sich an Jonas vorbei, der sich mit aufgekrempelten Ärmeln eben daran gemacht hatte, die Wunde zu reinigen, und warf sich mit dem Geheul einer Tigerin über den leblosen Körper ihres Liebhabers.

»Süßer Jesus! Schüttelt ihn nicht so, Madame Fortunée!« protestierte der Majordomus. »Ihr werdet ihn noch wirklich umbringen. Er ist nicht tot! Nur ohnmächtig. Und die Wunde sieht gar nicht so schlimm aus.«

Doch Fortunée, die Marianne im Verdacht hatte, insgeheim Geschmack an den Momenten schöner theatralischer Tragik zu finden, hörte nicht auf ihn und ließ ein Gejammer vernehmen, das eines korsischen Klageweibs würdig gewesen wäre. Zugleich überschüttete sie ihren Liebhaber mit so glühenden Zärtlichkeiten und Küssen, daß dieser dank so seltsamer Pflege verbunden mit dem englischen Salz, das Jonas ihm unter die Nase hielt, schließlich ein Auge öffnete, ein Lebenszeichen, das Madame Hamelin einen wahren Triumphschrei entriß.

»Der Himmel sei gesegnet! Er lebt!«

»Niemand hat je daran gezweifelt«, brummte Jonas. »Die Ohnmacht war eine Folge der Erschöpfung und des Blutverlusts! Hört auf, ihn so zu bedrängen, Madame Fortunée! Dem Herrn Baron geht's gut! Seht doch selbst!«

Tatsächlich richtete sich der Verletzte mit einem schmerzlichen Grunzen auf. Er lächelte seiner Geliebten zu.

»Ich werde wohl alt«, sagte er. »Dieser verfluchte Dupont hat mich diesmal erwischt, aber ich zahl's ihm heim!«

»Wieder Dupont!« entrüstete sich Fortunée. »Wie lange

duelliert ihr beide euch schon, jedesmal, wenn ihr euch begegnet? Zehn Jahre? Zwölf Jahre?«

»Fünfzehn!« berichtigte Fournier sie friedlich. »Und da wir fast gleich gut mit dem Säbel sind, ist damit noch nicht Schluß. Hast du nicht ein bißchen was Aufmnunterndes für einen Verwundeten, der ...«

Er unterbrach sich. An Madame Hamelin vorbei traf sein Blick auf Marianne, die mit verschränkten Armen und düsterer Miene vor dem Kamin stand, in die Flammen starrte und auf das Abflauen der ersten Ergüsse wartete.

»Aber ich kenne Euch!« sagte er, sichtlich bemüht, sich eine Erinnerung zurückzurufen, die im übrigen mit jedem Moment deutlicher wurde. »Seid Ihr nicht ...?«

»Ich jedenfalls kenne Euch nicht!« fiel ihm Marianne schroff ins Wort. »Ich wäre Euch nur sehr dankbar, wenn Ihr Fortunée für einen Moment freigeben würdet, damit ich Euch so allein lassen kann, wie Ihr es wünscht.«

»Mein Gott!« rief die Kreolin. »Mein armer Liebling ich habe dich völlig vergessen! Die Aufregung, weißt du ...«

Mit dem gleichen Ungestüm, mit dem sie zu ihrem Liebhaber gestürzt war, kehrte sie zu ihrer Freundin zurück, nahm sie in die Arme und flüsterte:

»Ich habe mit Ouvrard gesprochen. Ich glaube, er ist einverstanden, aber er möchte mit dir reden. Willst du zu ihm hinuntergehen? Er erwartet dich im kleinen Spiegelsalon ... Jonas, begleite Mademoiselle Marianne und komme mit einem Flakon Cognac für den General zurück.«

Ohne sich länger bitten zu lassen, wandte Marianne sich zur Tür, höchst erleichtert, sich Fourniers Blick entziehen zu können, aus dem sie jetzt deutlich Spott herauslas. Es war sonnenklar, daß er sie erkannt hatte und nicht die leiseste Spur von Verlegenheit bei der Erinnerung an seinen frechen Überfall empfand. Bevor sie den Raum verließ, hörte sie ihn noch zu seiner Mätresse sagen:

»Der Name dieser charmanten, unfreundlichen Person ist mir unbekannt, aber irgendwie kommt es mir vor, als ob ich ihr etwas schuldete.«

»Du hast Fieber, mein Schatz«, gurrte Fortunée. »Ich kann dir versichern, daß du meiner Freundin Marianne noch nie begegnet bist. Es ist völlig unmöglich.«

Marianne unterdrückte gerade noch ein Schulterzucken. Dieser Schurke wußte, daß sie es nie wagen würde, ihrer

Freundin die Wahrheit über die stürmischen Anfänge ihrer Beziehungen zu gestehen, und überdies war es nicht wichtig, denn sie war fest entschlossen, es bei diesen Anfängen zu belassen! Sie brauchte wahrhaftig nicht zu wissen, daß dieser ein wenig allzu selbstsichere Herr Napoleon verabscheute, um ihn unsympathisch zu finden und unter die Leute einzureihen, die sie nicht wiedersehen wollte.

Kurioserweise murmelte Jonas, der ihr die Treppe hinunter folgte, als beantworte er auf seine Art Mariannes Gedanken:

»Wenn der General sich ein Weilchen hier aufhält, wird es eine Zeit dauern, bis Mademoiselle Marianne Madame wiedersieht. Das letztemal haben der General und sie das Zimmer acht Tage lang nicht verlassen.«

Marianne runzelte die Stirn, ohne zu antworten. Nicht etwa, weil eine solche Liebeskur ihr unmäßig erschienen wäre, sondern weil diese Art Dauerleistung unmöglich nach dem Geschmack des Bankiers Ouvrard sein konnte, des augenblicklichen »Liebhabers vom Dienst« Fortunées. Und weil es sich für sie, Marianne, fatal auswirken mußte, wenn dieser Mann, dessen Hilfe sie brauchte, in den kommenden Tagen ernstlich verstimmt wäre.

Mit einem Seufzer näherte sie sich dem kleinen Salon, den sie gut kannte. Fortunée hielt sich mit Vorliebe in ihm auf, weil sie dort ihr verführerisches Bild in vielfachen Wiederholungen in den von grau-goldenen Zierleisten eingefaßten großen venezianischen Spiegeln betrachten konnte. In ihnen spiegelte sich das verblaßte Rosa der Tapeten, das patinierte Grau der kleinen Directoire-Möbel, die zierlichen Arabesken der Leuchter mit ihren rosa Kerzen und als einziger auffallender Farbklang in der Gedämpftheit des Raums eine große türkise chinesische Vase, in der Tulpen und Schwertlilien zwischen langen blühenden Schlehdornzweigen prangten. Die Gegenwart der Hausfrau ließ der mit dem Rauch des Holzfeuers kämpfende leise Rosenduft vermuten, ganz abgesehen von den überall herumliegenden Kleinigkeiten aus vergoldetem Silber und einem langen Schal aus golddurchwirkter Gaze, der auf der Lehne eines Sessels liegengeblieben war.

Als Marianne den kleinen Raum betrat und am Kamin Ouvrard entdeckte, sagte sie sich, daß dieser Mann trotz seines Vermögens nicht in diese Umgebung paßte. Es fiel ihr schwer, sich vorzustellen, was, abgesehen vom Geld, die Frauen an diesem kleinen Biedermann mit dem Gesicht eines Wiesels anziehen mochte, dem die Vierziger schon das glatt anliegende Haar zu lichten begannen und der trotz der ausgesuchten, ein wenig zu reichen Eleganz seiner Kleidung immer wie ein angezogener Kleiderständer wirkte. Dennoch hatte Gabriel Ouvrard Erfolg, und nicht nur bei Fortunée, die ihre Liebe zum Geld keineswegs verbarg. Man flüsterte, sogar die schmachtende, die göttliche, ewig jungfräuliche Juliette Récamier habe ihm Freundlichkeiten erwiesen und einige andere prominente Schönheiten ebenfalls. Obwohl ihr dieser andere Liebhaber Madame Hamelins nicht sympathischer war als der erste, bemühte sich Marianne um ein liebenswürdiges Lächeln, während sie auf den Bankier zutrat, der sich ihr beim Knarren der Tür zugewandt hatte. Mit einem Ausruf der Befriedigung nahm Ouvrard beide Hände der jungen Frau, drückte sie nacheinander an seine Lippen und zog Marianne, ohne ihre Hände loszulassen, zu dem rosa Sofa, auf dem Fortunée, wenn sie nichts anderes zu tun hatte, lange Stunden damit verbrachte, Süßigkeiten zu knabbern und einen der seltenen leichten Romane zu lesen, die die strenge kaiserliche Zensur durchließ.

»Warum seid Ihr nicht direkt zu mir gekommen, meine Liebe?« warf er ihr im gedämpften Ton intimer Vertraulichkeit vor. »Es war unnötig, unsere Freundin einer solchen Lappalie wegen zu bemühen.«

Das Wort »Lappalie« amüsierte Marianne. Ihrer Meinung nach waren zwanzigtausend Livres eine schöne Summe, und man mußte schon Bankier sein, um mit so verächtlicher Arroganz davon zu sprechen. Immerhin machte es ihr wieder Mut. Ouvrard fuhr indessen fort:

»Ihr hättet mich sofort aufsuchen sollen ... zu Hause. Es hätte Euch manche Sorgen erspart.«

»Das ... ich hätte es nie gewagt«, sagte sie und versuchte, ihre Hände zurückzuziehen, die der Bankier noch immer knetete.

»Nicht gewagt? Eine so hübsche Frau! Hat man Euch nie erzählt, daß Schönheit mich fasziniert, daß ich ihr Sklave bin? Und wer wäre wohl in Paris reicher mit Schönheit gesegnet als die Kaiserliche Nachtigall?«

»Die Kaiserliche Nachtigall?«

»Ja, diesen Beinamen hat man Euch gegeben, bewundernswürdige Maria Stella! Wußtet Ihr es nicht?«

»Mein Gott, nein!« erwiderte Marianne. Sie fand, daß ihr Gesprächspartner für einen Mann, von dem man sich eine beträchtliche Geldsumme leihen will, allzu viele lobhudelnde Adjektive anhäufte.

Doch Ouvrard sprach schon weiter:

»Ich war bei Eurer Soirée im Feydeau. Ah, was für ein Wunder! Welche Stimme, welche Anmut, welche Schönheit! Ohne zu lügen, kann ich sagen, daß Ihr mich hingerissen habt! Ich war wie verzaubert! Dieses seltene so bewegende Timbre, einer so reinen Kehle, so rosigen Lippen entspringend! Wer wäre nicht bereit gewesen niederzuknien, um besser anbeten zu können? Für mich ...«

»Ihr seid viel zu liebenswürdig«, wehrte Marianne geniert ab, besorgt, der Bankier könne dem Wort die Tat folgen lassen und vor ihr auf die Knie sinken. »Ich bitte Euch, lassen wir diese Soirée ... die ohnehin nicht so gewesen ist, wie ich es gewünscht hätte.«

»Oh, dieser Vorfall! In der Tat, es war ...«

»Sehr unerfreulich, und die Sorgen, die ihn verursacht haben, sind seitdem nur noch schlimmer geworden. Deshalb bitte ich Euch, mir zu verzeihen, wenn ich Euch ungeduldig und unhöflich erscheine, aber ich brauche Gewißheit. Ihr könnt Euch vorstellen, daß ich es äußerst peinlich finde, um Hilfe bitten zu müssen ...«

»Einen Freund? Einen treuen und ergebenen Freund? Ich hoffe, Ihr zweifelt nicht daran!«

»Wäre ich sonst hier? Ich kann also auf diese Summe rechnen ... für übermorgen zum Beispiel?«

»Aber natürlich. Übermorgen nachmittag?«

»Nein, das ist unmöglich. Ich muß in den Tuilerien vor ... Ihren Majestäten singen.«

Der Plural war ihr nur schwer über die Lippen gekommen. Ouvrard nahm ihn mit einem scheinheiligen Lächeln auf.

»Dann also übermorgen abend nach dem Empfang? Ich werde Euch bei mir erwarten. So wird es sogar viel angenehmer sein. Wir können plaudern ... uns besser kennenlernen!«

Mit plötzlich geröteten Wangen entzog Marianne dem

Bankier ihre Hände und erhob sich brüsk. Ihr war unversehens klargeworden, unter welchen Bedingungen sich Ouvrard bereit finden würde, ihr Geld zu leihen. Vor Empörung zitternd rief sie:

»Ich glaube, wir verstehen uns falsch, Monsieur Ouvrard! Es handelt sich um ein Darlehen. Ich werde Euch die zwanzigtausend Livres innerhalb von drei Monaten zurückgeben.«

In das eben noch liebenswürdige Gesicht des Bankiers schlich sich ein verkniffener Ausdruck. Er zuckte die Schultern.

»Wer spricht von einem Darlehen? Eine Frau wie Ihr kann alles fordern. Ich werde Euch noch mehr geben, wenn Ihr es wünscht.«

»Ich will es nicht ... und ich nehme nur ein Darlehen an.«

Mit einem Seufzer stand der Bankier auf und näherte sich der jungen Frau, die sich vorsichtshalber bis zum Kamin zurückgezogen hatte. Seine im Moment zuvor noch so honigsüße Stimme wurde schneidend, während eine trübe Flamme sich in seinem Blick entzündete.

»Überlaßt die Geschäfte den Männern, meine Teure, und nehmt an, was man Euch bereitwillig bietet.«

»Wofür?«

»Für nichts ... oder doch so wenig! Ein wenig Freundschaft, eine Stunde Eurer Gegenwart, das Recht, Euch einen Moment zu betrachten, Euch zu atmen ...«

Von neuem streckte er gierige Hände nach ihr aus, bereit, sie zu streicheln oder zu packen. Über der schneeigen Krawatte war das gelbliche Gesicht des Bankiers ziegelrot geworden, während seine Augen sich genießerisch auf die schönen, entblößten Schultern hefteten. Wie hatte sie nur so dumm sein können, sich an diesen Mann von reichlich dunkler Vergangenheit zu wenden. Erst vor kurzem war er aus dem Gefängnis wiederaufgetaucht, wohin ihn eine gemeinsam mit dem Holländer Vandenberghe betriebene düstere Affäre mit mexikanischen Piastern gebracht hatte. Es war purer Wahnwitz! »Was Ihr fordert«, schleuderte sie ihm in einem verzweifelten Einschüchterungsversuch hart entgegen, »kann ich Euch nicht gewähren! Der Kaiser würde es weder Euch noch mir verzeihen. Wißt Ihr nicht, daß ich ... ein kaiserliches Privileg bin?«

»Privilegien kosten viel, Signorina. Diejenigen, die ihren Vorteil daraus ziehen, sollten sich mit dieser Wahrheit vertraut machen ... und dafür sorgen, daß kein höheres Gebot möglich ist! Wie dem auch sei, überlegt! Ihr seid heute abend müde, sichtlich um Eure Fassung gebracht. Dieser Hochzeitstag muß Euch sehr mitgenommen haben. Aber vergeßt nicht, daß Euch übermorgen abend zwanzigtausend Livres ... oder mehr bei mir erwarten werden, wenn nötig, die ganze Nacht und den ganzen folgenden Tag!«

Ohne zu antworten, ja ohne ihm einen Blick zu gönnen, wandte sich Marianne zur Tür. Ihre Würde, ihr Hochmut verliehen ihr die Allüren einer beleidigten Herrscherin, aber im Herzen fühlte sie Verzweiflung. Die einzige Chance, wie sie glaubte, die ihr zu dem Geld verhelfen konnte, entschlüpfte ihr, denn niemals, nie und nimmer, würde sie sich bereit finden, auf Ouvrards Bedingungen einzugehen. Sie hatte naiverweise gedacht, auf guten Glauben hin ein freundschaftliches Darlehen zu erhalten. Nun stellte sie einmal mehr fest, daß bei den Männern die Geschäfte immer eine bestimmte Form annahmen, wenn die Frau jung und schön war.

»Ich kenne zehn Männer, die dir für eine Liebesnacht so viel geben würden«, hatte Fortunée gesagt, und Marianne hatte es für einen Scherz gehalten. Bis zu welchem Punkt war Madame Hamelin wohl über Ouvrards Absichten auf dem laufenden gewesen? Hatte sie selbst die Angelegenheit nur deshalb nicht zu Ende geführt, weil der unanständige Vorschlag direkt gemacht werden sollte? Doch da Marianne sie kannte, fiel es ihr schwer zu glauben, daß ihre Freundin sie berechnend in eine so gemeine Falle hatte tappen lassen.

Die Antwort auf diese Frage erhielt sie durch Ouvrards vorsichtig gedämpfte Stimme, als sie eben den Spiegelsalon verlassen wollte.

»Vergeßt nicht: Ich erwarte Euch. Aber ... es wäre unnütz, unserer lieben Fortunée etwas von unserem kleinen Komplott zu verraten. Sie ist ein entzückendes Geschöpf ... aber sie ist so ausschließlich!«

Ausschließlich? Fortunée? Um ein Haar hätte Marianne ihren Zorn vergessen und dem Bankier ins Gesicht gelacht. Hielt sich dieser Kerl etwa für charmant genug, um die schöne Kreolin, diesen exotischen Vogel, »ausschließlich« an sich zu fesseln? Sie hatte größte Lust, ihm zu sagen, daß »das entzückende und ausschließliche Geschöpf« sich in diesem selben Moment aller Wahrscheinlichkeit nach in den Armen eines schönen Burschen, der ihr Herzensgeliebter war, stürmischen Wiedersehensfreuden hingab. Nur um zu hören, wie er darauf reagierte.

Doch Madame Hamelin führte ihr Leben, wie sie es für richtig hielt, und um nichts auf der Welt hätte Marianne ihr auch nur die kleinste Unannehmlichkeit bereiten wollen. Übrigens war es tröstlich zu erfahren, daß sie von der Niederträchtigkeit des Bankiers nichts wußte. Und plötzlich sah sich Marianne einer zweiten Versuchung gegenüber: sie auf der Stelle über die Lage zu unterrichten, was sie zweifellos auch getan hätte, wenn Fortunée allein gewesen wäre. Aber Marianne wünschte weder den unverschämten Fournier wiederzusehen, noch ein verliebtes Tête-â-tête zu stören.

»Sagt Madame Hamelin, daß ich sie morgen besuchen werde«, rief sie dem herbeieilenden Jonas zu. »Natürlich nur, wenn sie verfügbar sein sollte.«

»Aber Ihr könnt doch nicht so hinaus, Mademoiselle Marianne! Wartet einen kleinen Moment. Ich werde anspannen lassen.«

»Das ist überflüssig, Jonas. Ich sehe eben meinen Wagen kommen.«

Durch die Scheiben der Vestibültür hatte sie Gracchus-Hannibal bemerkt, der nach einer eleganten Wendung seine Pferde vor der Freitreppe zum Stehen brachte. Doch während Jonas von einem Schemmel einen Kaschmirschal aufnahm und ihr fürsorglich um die Schultern legte, weiteten sich ihre Augen, als sie Arcadius aus dem Wagen klettern sah.

Ein Revers und ein Schoßteil seines schwarzen Fracks abgerissen, sein Spitzenhalstuch desgleichen, der schöne Seidenhut eingedrückt, ein Auge blaugeschlagen und zahlreiche Kratzspuren im Gesicht, trug der Vicomte de Jolival würdig die ruhmreichen Spuren des hinter ihm liegenden Kampfes, während Gracchus, sehr steif auf seinem Bock, doch hutlos und zerzaust, hochgerötet und mit glänzenden Augen seine Peitsche mit ebensoviel Selbstvertrauen schwenkte wie der triumphierende Jupiter seinen Blitz.

»Munter seht Ihr aus!« hauchte Marianne. »Wo kommt Ihr her?«

»Aus der Menge, in der Ihr uns zurückgelassen hattet!« grollte Jolival. »Aber Ihr kommt mir wirklich munterer vor als wir ... nur glaube ich mich zu erinnern, daß Ihr ein rosa Kleid trugt, als Ihr Euch aus dem Staube machtet.«

»Es hat auch seine Abenteuer erlebt! Aber kommt, mein Freund, fahren wir heim. Ihr braucht dringend ein Bad und ein bißchen Pflege. Nach Hause, Gracchus, und das so rasch wie möglich!«

»Wenn Ihr schnell vorankommen wollt, Mademoiselle, müssen wir an der Mauer der Generalpächter entlang einen Umweg durch halb Paris machen.«

»Fahr, wo du willst, aber vermeide die Menge.«

Als der Wagen durchs Hoftor auf die Straße rollte, machte sich Arcadius wieder daran, sein Auge mit einem Taschentuch zu betupfen.

»Nun?« fragte er. »Habt Ihr etwas erreicht?«

»Madame Hamelin hat mir spontan zehntausend Livres angeboten.«

»Wie reizend ... aber es ist noch nicht genug. Habt Ihr es bei Ouvrard versucht, wie ich's Euch vorschlug?«

Marianne kniff die Lippen zusammen und runzelte bei der Erinnerung an das, was alles geschehen war, die Stirn.

»Ja. Fortunée hat mir eine Unterredung mit ihm vermittelt, aber wir konnten uns nicht einigen. Er ... er ist zu teuer für mich, Arcadius!«

Ein kurzes Schweigen folgte, das Jolival dazu nutzte, die wenigen Worte zu wägen, deren Sinn zu deuten ihm nicht schwerfiel.

»Ah!« sagte er nur. »Und ... ist Madame Hamelin über die Bedingungen des Handels informiert?«

»Nein. Man legt keinen Wert darauf, daß sie sie erfährt. Ich hätte sie ihr jedoch ohne Zögern mitgeteilt, wenn sie nicht gerade schrecklich beschäftigt gewesen wäre.«

»Womit?«

»Mit einem an der Schulter verletzten Haudegen, der vorhin wie ein Schornstein an einem stürmischen Tag über sie hereingebrochen ist und einen großen Platz in ihrem Leben einzunehmen scheint. Einem gewissen ...«

»Fournier, ich weiß! Der Bursche ist also zurückgekommen? Sosehr er den Kaiser verabscheut, kann er's doch nicht ertragen, den Schlachtfeldern lange fernzubleiben.«

Marianne stieß einen kleinen Seufzer aus:

»Gibt es eigentlich etwas, das Ihr nicht wißt, mein Freund?«

Jolival versuchte es mit einem Lächeln, das ihm durch seine Kratzwunden zweifellos Schmerzen verursachte, und musterte trübselig die Ruine seines Huts.

»Ja ... zum Beispiel, wie wir uns die zwanzigtausend Livres verschaffen werden, die uns noch fehlen.«

»Es bleibt uns nur eine Lösung: mein Schmuck, selbst wenn es mir die schlimmsten Scherereien mit dem Kaiser eintragen sollte. Erkundigt Euch morgen, ob es möglich ist, ihn zu verpfänden. Wenn nicht ... müssen wir ihn verkaufen.«

»Ihr habt unrecht, Marianne. Glaubt mir, es wäre besser, sich an den Kaiser zu wenden. Bittet ihn um eine Audienz, und da Ihr übermorgen in den Tuilerien singt ...«

»Nein ... um keinen Preis! Er versteht es zu gut, Fragen zu stellen, und es gibt Dinge, die ich ihm nicht sagen will. Schließlich«, fügte sie unglücklich hinzu, »bin ich wirklich eine Mörderin. Ich habe eine Frau getötet, ohne es zu wollen, aber ich habe es getan. Und das soll er nicht erfahren.«

»Glaubt Ihr, daß er keine Fragen stellen wird, wenn er hört, daß Ihr seine Smaragde verkauft habt?« argwöhnte Jolival.

»Versucht, es so einzurichten, daß wir sie in zwei bis drei Monaten zurückkaufen können. Ich werde überall singen, wo man mich darum bitten wird. Verschafft mir Verträge.«

»Gut«, seufzte Jolival, »ich werde mein Bestes tun. Inzwischen nehmt wenigstens dies.«

In einer Tasche seiner schmutzig gewordenen weißen Weste grabend, zog er etwas Rundes, Glänzendes heraus, das er Marianne in die Hand drückte.

»Was ist das?« fragte sie und beugte sich vor, um besser sehen zu können, da im Wageninnern fast völlige Dunkelheit herrschte.

»Ein kleines Andenken an diesen prächtigen Tag«, spottete Jolival. »Eine dieser Medaillen, die vorhin verteilt wurden. Ich habe sie mit Gewalt erobert. Behaltet sie, ich mußte sie ziemlich teuer bezahlen«, fuhr er fort, erneut sein verschwollenes Auge betupfend.

5. Kapitel

Der Kardinal von San Lorenzo

Seiner Rolle als dienender Kavalier getreu, war Fürst Clary am folgenden Mittwoch erschienen, um Marianne zu den Tuilerien abzuholen. Aber während sie in einem Wagen der Botschaft dem alten Palais entgegenfuhren, entging ihr nicht, daß ihr Begleiter trotz aller Bemühungen, sich wie sonst zu geben, sorgenvoll wirkte. Eine hartnäckige nachdenkliche Falte grub sich unter dem dichten blonden Haar in die Stirn des jungen Mannes, und sein offenes Lächeln enthielt weit weniger Fröhlichkeit als gewöhnlich. Er gab es übrigens ohne weiteres zu, als sie eine vorsichtige Bemerkung darüber machte.

»Ich bin beunruhigt, meine liebe Maria. Ich habe den Kaiser seit vorgestern, seit dem Abend seiner Hochzeit, nicht gesehen, und ich frage mich, ob der Empfang nachher ohne Schwierigkeiten vonstatten gehen wird. Ich kenne Seine Majestät noch nicht gut, aber ich habe ihn neulich beim Verlassen der Kapelle so zornig gesehen ...«

»Zornig? Beim Verlassen der Kapelle? Was ist da geschehen?« fragte Marianne, deren Neugier sich sofort regte.

Leopold Clary lächelte ihr zu, nahm ihre Hand und berührte sie kurz mit seinen Lippen.

»Richtig, Ihr wart ja nicht da, Ihr hattet mich versetzt. Nun, beim Betreten der Kapelle bemerkte der Kaiser, daß von siebenundzwanzig eingeladenen Kardinälen nur zwölf anwesend waren. Fünfzehn fehlten, und Ihr könnt mir glauben, daß das eine äußerst auffallende Lücke ergab.«

»Aber ... warum dieses Fernbleiben, das doch gewiß absichtlich war?«

»Daran läßt sich leider nicht zweifeln! Und eben das bereitet uns in der Botschaft Sorgen. Ihr kennt die Position des Kaisers gegenüber dem Papst? Er hält Seine Heiligkeit in Savona gefangen und war nicht einmal höflich genug, sich wegen der Auflösung seiner früheren Ehe persönlich an ihn zu wenden. Der Pariser Klerus hat das besorgt. Nun, die Abwesenheit dieser Kirchenfürsten läßt einen Zweifel an der Legitimität der Ehe unserer Erzherzogin bestehen. Das ist außerordentlich unangenehm, und diese fünfzehn leeren Plätze haben auch unseren Fürsten von Metternich nicht gerade erfreut.«

»Pah!« sagte Marianne nicht ohne ein gewisses Gefühl der Befriedigung. »Ihr wußtet das alles, bevor Eure Prinzessin Wien verließ. Ihr hättet Euch in diesen religiösen Dingen nur fester zu zeigen brauchen. Ihr konntet fordern, daß Seine Heiligkeit die Verstoßung der Kaiserin Joséphine billigte. Sagt mir nicht, Ihr hättet nicht gewußt, daß der Papst den Kaiser vor bald einem Jahr exkommuniziert hat!«

»Ich weiß«, erwiderte Clary bekümmert. »Wir wissen es alle. Ihr zwingt mich, Euch daran zu erinnern, daß wir seitdem bei Wagram geschlagen wurden, daß wir Frieden und Ruhe brauchen und daß wir nicht stark genug waren, uns dem Verlangen Kaiser Napoleons zu verweigern.«

»Sagt bloß, daß diese Ehe von Euch nicht erhofft war«, rief die junge Frau mit einer Grausamkeit, die sie sofort bereute, als sie die unglückliche Miene ihres Freundes sah und ihn seufzen hörte:

»Es ist nie amüsant, der Besiegte zu sein. Wie dem auch sei, diese Ehe ist geschlossen, und selbst wenn es uns peinlich ist, die Kirche eine unserer Prinzessinnen so rücksichtslos behandeln zu sehen, können wir ihr doch nicht ganz unrecht geben. Deshalb eben bin ich beunruhigt. Ihr wißt doch, daß alle Bischöfe und Kardinäle zu diesem Konzert eingeladen wurden.«

Marianne war es um so weniger unbekannt, als sie sich schon entsprechend angezogen hatte. Ihr mit silbernen Palmetten besticktes Kleid aus dicker, matter, blaßblauer Seide war kaum dekolletiert unter der mehrreihigen Perlenkette, einem Erbstück von ihrer Mutter und nun ihr einziger Schmuck – den Rest hatte sie am Tage zuvor Jolival anvertraut. Die Ärmel des Kleides waren lang und bedeckten sogar noch einen Teil der Hand. Sie machte eine sorglose Geste.

»Ihr quält Euch wegen eines Nichts, mein Freund. Warum sollten die feindseligen Kardinäle eher zum Konzert als zur Zeremonie kommen?«

»Weil die Einladungen Eures Kaisers mehr formellen Befehlen ähneln und sie es vielleicht nicht wagen werden, ein zweites Mal fernzubleiben. Der Hochzeit beiwohnen hieß sie sanktionieren, während ein Konzert ... Und ich fürchte den Empfang, den Napoleon ihnen bereiten wird. Wenn Ihr den Blick gesehen hättet, mit dem er die leeren Sitze in der Kapelle streifte, wärt Ihr ebenso besorgt wie ich. Meinem Freund Lebzeltern ist ein kalter Schauer über den Rücken gelaufen. Wenn es zu einem Konflikt kommt, wird unsere Lage sehr unangenehm. Kaiser Franz steht sich sehr gut mit Seiner Heiligkeit.«

Marianne antwortete nicht. Der Gewissenskonflikt Österreichs, das ihrer Meinung nach seine Scherereien völlig verdient hatte, interessierte sie kaum. Überdies hatten sie ihr Ziel erreicht. Der Wagen hatte die Tuilerienbrücke überquert, die Pforten des Louvre passiert und näherte sich dem hohen vergoldeten Gitter, das den Karussellhof begrenzte. Doch sie kamen nur noch langsam voran. Zahllose Menschen versperrten die Auffahrt zum Palais, drängten sich vor den Gittern, einzelne kletterten sogar trotz der Gegenmaßnahmen der Posten der Garde an ihnen hoch, um besser sehen zu können. Menschen, die äußerst interessiert, ja sogar amüsiert schienen, denn immer wieder ließen sich Ausrufe und Gelächter vernehmen.

»Ob pariserisch oder wienerisch, die Masse ist immer gleich neugierig, aufdringlich und undiszipliniert«, murrte der Fürst. »Seht nur, wie sie das Gitter belagern, ohne sich um die ankommenden Wagen zu kümmern. Ich hoffe, daß sie uns wenigstens durchlassen werden ...«

Aber schon war es dem Läufer der Botschaft gelungen, auf den Wagen seines Herrn aufmerksam zu machen, und die Grenadiere der Wache trieben die Menge auseinander. Der Kutscher spornte seine Pferde an, durchfuhr das Gittertor, und die Insassen des Wagens konnten nun auch das seltsame Schauspiel sehen, das die Pariser so belustigte. In dem riesigen Hof zwischen präsentierenden Soldaten und Hofbeamten, Lakaien und Stallknechten, die für die reibungslose Vorfahrt der Geladenen sorgten, irrten fünfzehn Kardinäle in großer Gala, die Schleppe ihrer purpurnen Gewänder über dem Arm, umher, von ihren Sekretären und Vertrauten wie von einem Bataillon aufgeschreckter schwarzer Hennen umflattert. Die Sonne strahlte vom fröhlich-blauen, mit leichtesten Federwölkchen getupften Himmel auf sie hernieder, doch es bedurfte schon der kritischen Spottlust des Volkes von Paris, um an diesen majestätischen roten Gestalten, die ziellos und hilflos hin und her schritten, denn weder Soldaten noch Hofbeamte schienen sich um sie zu kümmern, etwas Erheiterndes zu finden.

»Was hat das zu bedeuten?« fragte Marianne.

Sich zu Clary wendend, sah sie, daß er blaß geworden war und daß seine dichten blonden Koteletten zitterten.

»Ich fürchte, es handelt sich um eine der Zornesäußerungen des Kaisers. Was hat er sich da wieder ausgedacht?«

Der Wagen hielt vor der Freitreppe an. Ein Lakai öffnete den Schlag. Clary beeilte sich auszusteigen und bot seiner Begleiterin die Hand, um ihr auf den Boden zu helfen.

»Kommt schnell«, sagte er. »Treten wir ein! Ich würde viel darum geben, nichts gesehen zu haben.«

»Damit sich Euer Gewissen keine Fragen zu stellen braucht?« erkundigte sich Marianne ironisch. »Wie heißt doch das Tier, das diese Art Politik praktiziert? Der Strauß, wie mir scheint. Seid Ihr gar mit ihm verwandt?«

»Es gibt Momente«, murmelte Clary gekränkt, »in denen ich mich frage, ob Ihr mich nicht haßt?«

Um die Wahrheit zu sagen, hatte sich Marianne schon vor ihm die gleiche Frage gestellt, doch im Moment war sie an ihrer Beantwortung nicht interessiert. Ihr Blick war an einem der Prälaten hängengeblieben, einem kleinen Mann, dessen *capa magna* ihn in eine riesige, seltsame rote Rose verwandelte. Auf der untersten Stufe der Freitreppe stehend, in Begleitung eines mageren hochaufgeschossenen schwarzen Abbés, der sich zu ihm hinunterbeugte, um ihn besser zu hören, wandte er ihr den Rücken zu und schien lebhaft zu diskutieren, ohne sich um seine Kollegen zu kümmern, die nun in kleinen Gruppen zusammengetreten waren und offenbar berieten.Irgend etwas an diesem kleinen Kardinal fesselte Marianne, doch sie konnte nicht sagen, was es war und warum. Die Form des Kopfes über dem Hermelinkragen vielleicht, das graue Haar unter dem runden purpurnen Käppchen? Oder die feinen, bewundernswert modellierten Hände, mit denen der Prälat im Eifer des Gesprächs gestikulierte? ... Plötzlich wandte er den Kopf. Beim Anblick seines Profils stieß sie einen Schrei aus:

»Pate!«

Das Blut war ihr in Wangen und Stirn geschossen, als sie den Mann erkannte, dem während ihrer ganzen Jugend gemeinsam mit ihrer Tante Ellis ihr Kinderherz gehört hatte. Und dieses Herz hatte im Augenblick des Erkennens keine Sekunde gezögert. Der kleine Kardinal war Gauthier de Chazay.

»Was habt Ihr gesagt?« fragte Clary beunruhigt, da er sie so fassungslos sah. »Ihr kennt ...«

Aber sie hörte ihn nicht. Sie hatte ihn mit einem Schlage völlig vergessen, wie sie auch alles andere vergessen hatte, den Ort, an dem sie sich befand, alles, sogar sich selbst, um sich wiederzufinden wie einst, als kleine, zehnjährige Marianne, die, so schnell sie nur konnte, aus irgendeinem Winkel des Parks von Selton angelaufen gekommen war, wenn sie den Abbé de Chazay im ruhigen Schritt seines Maultiers die große Allee hatte heraufreiten sehen. Sie wunderte sich nicht einmal, den immer geldknappen, immer auf mysteriösen Reisen quer durch Europa befindlichen kleinen Abbé im Kardinalspurpur wiederzufinden. Bei ihm war alles möglich, selbst das Unvorstellbare! So groß war die Freude, die sie erfüllte, daß sie ganz natürlich die Gesten von einst wiederholte. Mit beiden Händen ihr prunkvolles Kleid samt Schleppe raffend, lief sie dem Kardinal und seinem Begleiter nach, die sich schon entfernten, unbekümmert um die Neugier, die sie erregte. Dann hatte sie sie erreicht.

»Pate! Das ist zu schön! ... Das ist zuviel Freude auf einmal!«

Zugleich lachend und weinend, warf sie sich impulsiv an die Brust des kleinen Prälaten, der, zuerst höchst verdutzt, in der eleganten Dame sein Patenkind erkannte. Temperamentvoll schloß er sie in die Arme.

»Marianne!«

»Ja, ich bin s Ich bin s wirklich Oh, Pate, was für ein Glück!«

»Marianne! Werde ich närrisch? Was tust du denn in Paris?«

Er hatte sich von ihr gelöst, hielt sie auf Armeslänge von sich ab und betrachtete sie mit einer staunenden Freude, die weit stärker war als die Besorgnis um seine Würde. Sein unschönes Gesicht strahlte.

»Wahrhaftig, ich träume nicht! Du bist es tatsächlich! Mein Gott, Kleine, wie schön du geworden bist! Laß dich noch einmal umarmen!«

Und vor den verdutzten Augen des mageren Abbé und des Fürsten Clary, der seiner Begleiterin mechanisch gefolgt war, fielen der Kardinal und die junge Frau wieder einander in die Arme, und das mit einer Herzlichkeit, die keinen Zweifel an der Wärme ihrer Gefühle ließ. Diese so wenig protokollarischen Zuneigungsäußerungen gaben dem mageren Abbé zweifellos zu denken, denn er begann sich zu räuspern, und schließlich berührte er respektvoll die Schulter des Kardinals:

»Euer Eminenz möge mir verzeihen, aber es wäre vielleicht besser ... Ich meine ... hm ... die Umstände ... Kurzum, Euer Eminenz sollte sich darüber im klaren sein, daß man her sieht.«

Es ließ sich nicht leugnen. Lakaien, Wachen und die anderen Geistlichen blickten zu der seltsamen Gruppe herüber. Man lächelte, man flüsterte. Nur Leypold Clary schien sich wie auf glühenden Kohlen zu fühlen. Doch Gauthier de Chazay zuckte nur unbekümmert die Schultern:

»Redet keine Albernheiten, Bichette! Sollen sie doch hersehen, soviel sie wollen Wißt Ihr, daß ich mein Kind, das Kind meines Herzens wollte ich sagen, hier wiedergefunden habe? Aber ich kann mir denken, daß Ihr vorgestellt werden möchtet. Marianne, meine Kleine, dies ist der Abbé Bichette, mein ergebener Sekretär. Was Euch betrifft, mein Freund, wißt, daß diese schöne Dame mein Patenkind ist, Lady Marianne ...«

Er hielt inne, da ihm plötzlich bewußt wurde, was er, durch die Freude und sein enthusiastisches Temperament mitgerissen, hatte sagen wollen. Sein Lächeln erlosch, als habe eine unsichtbare Hand einen Vorhang darübergezogen. Er betrachtete Marianne mit wachsender Besorgnis.

»Es ist unmöglich!« murmelte er. »Wie kannst du hier in Frankreich sein, eingeführt in dieses Palais in Begleitung eines Österreichers ...«

»Fürst Leopold Clary und Aldringen«, berichtigte der junge Mann und schlug grüßend die Hacken zusammen.

»Ihr seht mich entzückt«, erwiderte mechanisch der Kardinal, ohne von seiner Idee abzulassen. »Ich sagte, wie kannst du in Paris sein, während das letztemal, als wir uns sahen ... Wo war es noch?«

Marianne beeilte sich, ihn zu unterbrechen, von jäher Besorgnis ergriffen, weil sie ahnte, was folgen würde. Das erschrockene Gesicht Clarys, der sicherlich das unglückselige »Lady Marianne« gehört hatte, war schon beunruhigend genug gewesen.

»Ich werde Euch später alles erklären, Pate. Es ist eine viel zu lange Geschichte und unmöglich in diesem Hof hier zu erzählen. Sagt mir lieber, was Ihr selbst hier tut. Ihr wollt zu Fuß fort, wenn ich recht verstanden habe?«

»Ich tue, was die andern tun, klar!« murrte der Kardinal. »Als meine Brüder und ich hierherkamen, erteilte uns der Oberhofmarschall den Befehl, unverzüglich umzukehren, da Seine korsische Majestät sich weigere, uns zu empfangen. Der Trottel!«

»Eminenz«, flehte der Abbé Bichette, entsetzte Blicke um sich werfend, »achtet auf Eure Worte!«

»Ich sage, was ich will! Man hat mich verjagt, oder nicht? Und man hat sogar die feinsinnige Höflichkeit besessen, alle unsere Wagen fortzuschicken, um den Pariser Gaffern das erheiternde Schauspiel zu bieten, fünfzehn Kardinäle mit gerafften Gewändern im Staub herumirren und wie Kurzwarenhändler zu Fuß nach Hause zurückkehren zu sehen. Ich hoffe, das gute Volk von Paris weiß die Höflichkeit seines Souveräns nach ihrem rechten Wert einzuschätzen!«

Monseigneur de Chazey war ebenso rot wie sein Gewand geworden, und seine aristokratische, immer so leise Stimme begann auf beunruhigende Weise zu schmettern. Clary mischte sich ein.

»Wenn ich recht verstehe, sind Eure Eminenzen diejenigen, die der Hochzeit unserer Erzherzogin nicht beiwohnen zu müssen glaubten«, sagte er in ziemlich steifem Ton. »Es war keine Frage, daß Kaiser Napoleon einen solchen Affront nicht durchgehen lassen durfte, ohne irgendwie Vergeltung zu üben. Ich gestehe, daß ich auf Schlimmeres gefaßt war.«

»Das Schlimmere wird gewiß kommen, seid ohne Sorge! Was die Erzherzogin angeht, glaubt mir, Monsieur, daß wir es unendlich bedauern, aber wir schuldeten es Seiner Heiligkeit, uns ganz nach der von ihr eingenommenen

Haltung zu richten. Die Ehe Napoleons und Joséphines ist von Rom nicht annulliert worden.«

»Mit anderen Worten, unsere Prinzessin ist Eurer Meinung nach nicht verheiratet?« brauste Leopold Clary auf.

Im Gefühl, schleunigst das Entstehen eines weiteren Skandals verhüten zu müssen, trat Marianne dazwischen.

»Bitte, meine Herren! Nicht hier ... Pate, Ihr könnt unmöglich zu Fuß zurückkehren. Übrigens ... wo wohnt Ihr?«

»Bei einem Freund, dem Stiftsherrn Philibert de Bruillard, Rue Chanoinesse. Ich weiß nicht, ob du es gehört hast, Kleine, aber das Stadthaus der Familie gehört jetzt einer Operndame, die Napoleon Freundlichkeiten erweist ... Ich wohne dort also nicht.«

Marianne war es plötzlich, als sei sie zu Tode getroffen. Jedes der schrecklichen Worte hatte ihr eine brennende Wunde geschlagen. Bleich bis zu den Lippen, wich sie zurück, tastete nach Leopold Clarys Arm und stützte sich darauf. Ohne diese Hilfe wäre sie zweifellos zusammengebrochen. Sie taumelte. Die wenigen Worte ließen die Tiefe des Abgrunds ermessen, der zwischen ihr und ihrer Kindheit klaffte. Entsetzliche Angst befiel sie, daß Leopold Clary in seiner naiven Offenheit und vergangenen Zeiten entstammenden Ritterlichkeit die Wahrheit enthüllen und zu ihrer Verteidigung auf der Stelle erklären könnte, daß sie selbst die besagte Operndame sei. Marianne hatte durchaus die Absicht, ihrem Paten die Wahrheit, und zwar die ganze Wahrheit zu sagen, aber zur rechten Zeit, nicht mitten in dieser Menschenmenge.

In dem verzweifelten Versuch, ihrer Erregung Herr zu werden, brachte sie ein blasses Lächeln zustande, während sich ihre Hand um den Arm des Fürsten verkrampfte.

»Ich werde Euch heute abend besuchen, wenn Ihr erlaubt. Inzwischen wird der Wagen des Fürsten Euch zurückbringen, Pate.«

Der junge Österreicher fuhr zusammen.

»Aber das ist ... Oh, meine Liebe, was wird der Kaiser sagen?«

Sofort bäumte sie sich auf, getreu der Gewohnheit, im Zorn ein gutes Linderungsmittel für ihre inneren Gefühlsstürme zu finden.

»Ihr seid kein Untertan des Kaisers, mein lieber Fürst. Zudem erinnere ich Euch, daß Euer Souverän ... ausgezeichnete Beziehungen zum Heiligen Vater unterhält. Oder sollte ich Euch falsch verstanden haben?«

Leopold Clary nahm Haltung an und hob das Kinn, als stehe er unversehens vor Kaiser Franz selbst. »Ihr habt sehr gut verstanden. Eminenz, mein Wagen und meine Leute stehen zu Eurer Verfügung. Wenn Ihr mir die Ehre erweisen wollt ...«

Ohne sich umzudrehen, rief er mit einem trockenen Fingerknipsen den Kutscher, der sich wegen des seltsamen Verhaltens des jungen Botschaftsattachés noch nicht von der Freitreppe weggerührt hatte. Der Wagen kam heran, hielt neben der kleinen Gruppe, und einer der Lakaien sprang von dem hinteren Außensitz, um den Schlag zu öffnen und das Trittbrett herunterzuklappen.

Die klaren Augen des Kardinals umfingen mit ein und demselben Blick die plötzlich so bleiche junge Frau im mattblauen Kleid und den fast ebenso bleichen österreichischen Fürsten in seiner weißen Uniform. In ihrem arglosen, fast kindlichen Blau stand eine Welt von Fragen, doch Gauthier de Chazay äußerte nicht eine einzige. Mit einer Geste voller Majestät bot er zuerst Clarys Lippen den Saphirring an seiner Hand, bevor er ihn Marianne bot, die, unbekümmert um den staubigen Boden, ein Knie beugte.

»Ich erwarte dich heute abend«, sagte er dann. »Ah, ich vergaß! Seine Heiligkeit Pius VII. verlieh mir den Kardinalshut mit dem Titel San Lorenzo-fuori-muro[1]. Unter diesem Namen bin ich bekannt.«

Ein paar Augenblicke später passierte der österreichische Wagen das Gitter der Tuilerien unter den neidvollen Blikken der anderen Kirchenfürsten, die einer nach dem andern nun mit ihrem Gefolge auf den Fersen resigniert den Hof auf der Suche nach irgendeinem zweifelhaften Mietfuhrwerk verließen. Ohne sich zu rühren, sahen Marianne und Clary den Kardinal von San Lorenzo verschwinden.

Mechanisch klopfte die junge Frau mit ihren Handschuhen den Staub von den silbernen Palmetten ihres Kleides, dann wandte sie sich zu ihrem Begleiter.

»Gehen wir jetzt?«

---

[1] San Lorenzo außerhalb der Mauer. Jeder Kardinal ist Inhaber einer römischen Gemeinde.

»Ja ... aber ich frage mich, wie man uns empfangen wird. Die Hälfte der Bewohner dieses Palastes hat gesehen, wie wir einem Mann, den Seine Majestät der Kaiser zweifellos als Feind ansieht, meinen Wagen anboten.«

»Ihr fragt Euch zu viele Dinge, mein Freund. Gehen wir nur hinein, dann werden wir sehen. Glaubt mir, es gibt im Leben unendlich viel Schlimmeres als den Zorn des Kaisers!« fügte sie gedämpft hinzu, während sie daran dachte, was ihr Pate sagen würde, wenn er an diesem Abend alles erführe ...

Die Aussicht auf diesen Moment verdarb ihr ein wenig die große Freude, die sie vorhin bei ihrer so völlig unvermuteten Begegnung empfunden hatte, aber sie löschte sie nicht aus. Es war so gut, ihn wiederzusehen, gerade in diesem Augenblick, in dem sie so dringend seine Hilfe brauchte! Gewiß, sie würde recht unangenehme Dinge zu hören bekommen, zweifellos würde er über ihre neue Karriere als Sängerin sehr streng urteilen ... aber letztlich würde er sie verstehen. Niemand war menschlicher und barmherziger als der Abbé de Chazay. Warum sollte der Kardinal von San Lorenzo also anders sein? Und nun erinnerte sich Marianne auch mit Befriedigung des instinktiven Mißtrauens, das ihr Pate einst gegen Lord Cranmere an den Tag gelegt hatte.

Er mußte einfach Verständnis für die Mißgeschicke eines Patenkindes aufbringen, das er – er hatte es selbst gesagt – wie sein eigenes Kind liebte ... Nein, alles in allem genommen, versprach der Abend eher erfreulich zu werden. Gauthier de Chazay, Kardinal von San Lorenzo, würde es nicht schwerfallen, eine Ehe, die seine Patentochter mit so schweren Ketten fesselte, vom Papst aufheben zu lassen ...

Marianne hatte noch nie die Prunkräumlichkeiten der Tuilerien betreten. Der Saal der Marschälle, in dem das Konzert stattfinden sollte, überwältigte sie durch seine Pracht und seine Dimensionen. Zu Zeiten Katherina von Medicis Saal der Leibgarden, war es ein riesiger Raum, der unter der Kuppel des Zentralbaus des Palastes zwei Stockwerke umfaßte. In Höhe der ersten Etage tat sich, der Estrade für die Künstler gegenüber, eine große Tribüne auf, auf der in kurzem der Kaiser und seine Familie Platz nehmen würden. Diese Tribüne wurde von vier riesigen, ganz und gar vergoldeten Karyatiden in Gestalt nach römischer Art gekleideter, aber armloser Frauen gestützt. Von beiden Seiten der Tribüne aus zogen sich die bogenförmigen Öffnungen einer Logenreihe rings um den Saal. Wie die Türen und Fenster waren sie mit rotem, von goldenen Bienen getupftem Samt drapiert. Die Ecken des Kuppelplafonds schmückten monumentale vergoldete Waffentrophäen, und sein Zentrum nahm ein kolossaler Lüster aus geschliffenen Kristallen ein, der offenbar nicht für ausreichend befunden worden war, da man ihm vier kleinere Leuchter derselben Art beigegeben hatte. Die Deckenwölbung selbst war mit allegorischen Fresken bemalt, während die Wände des Erdgeschosses zur Komplettierung des kriegerischen Eindrucks die lebensgroßen Porträts von vierzehn Marschällen trugen, voneinander getrennt durch die Büsten von zweiundzwanzig Generälen und Admirälen.

Trotz der Menge, die die Logenreihe füllte, fühlte sich Marianne in diesem Raum, der es an Größe mit einer Kathedrale aufnehmen konnte, wie verloren. Ein Lärm wie in einem Vogelhaus voll aufgeschreckter Vögel erfüllte ihn, in dem die beim Stimmen der Instrumente von den Musikern erzeugten Töne untergingen: So viele Gesichter wogten vor ihr in einem kaleidoskopischen Gewimmel aus Farben und Funken sprühendem Geschmeide, daß sie einen Augenblick unfähig war, auch nur eins von ihnen zu erkennen. Dann sah sie jedoch Duroc im prächtigen violetten und silbernen Habit des Oberhofmarschalls auf sich zu kommen, aber es war Clary, an den er sich wandte.

»Der Fürst von Schwarzenberg wünscht Euch sofort zu sehen, Monsieur. Er erwartet Euch im Arbeitskabinett des Kaisers.«

»Im Kabinett des ...«

»Ja, Monsieur. Und es wäre besser, ihn nicht warten zu lassen.«

Der junge Fürst wechselte mit Marianne einen bestürzten Blick. Diese bedrohliche Aufforderung konnte nur eins bedeuten: Napoleon war schon über die Angelegenheit mit dem Wagen unterrichtet, und der arme Clary würde einen bösen Moment durchzustehen haben. Unfähig, einen Freund allein für einen Fehler büßen zu lassen, den eigentlich sie begangen hatte, mischte Marianne sich ein:

»Ich weiß, warum der Fürst zu Seiner Majestät gerufen

wird, Herr Oberhofmarschall, aber da es sich um etwas handelt, das eigentlich mich betrifft, bitte ich Euch, mir zu erlauben, ihn zu begleiten!«

Die besorgte Miene des Herzogs von Frioul heiterte sich nicht auf, im Gegenteil. Er warf der jungen Frau einen verweisenden Blick zu.

»Es kommt mir nicht zu, Mademoiselle, bei Seiner Majestät jemand einzuführen, den er nicht hat bitten lassen. Euch habe ich zu den Herren Gossec und Piccini zu führen, die Euch beim Orchester erwarten.«

»Ich bitte Euch darum! Seine Majestät könnte eine Ungerechtigkeit begehen.«

»Seine Majestät weiß sehr gut, was sie tut! Fürst, Ihr solltet schon auf dem Wege sein. Begleitet mich, Mademoiselle.«

Wohl oder übel mußte sich Marianne von Clary trennen und dem Oberhofmarschall folgen. Geraune und diskreter Applaus begleiteten ihren Weg, aber sie war zu beunruhigt, um darauf zu achten. Schüchtern, doch fest legte sie ihren Arm auf den Durocs.

»Ich muß den Kaiser sehen, Herr Oberhofmarschall.«

»Ihr werdet ihn sehen, Mademoiselle. Später. Seine Majestät hat anzudeuten geruht, daß sie Euch nach dem Konzert sehen werde.«

»Hat geruht ... Wie feierlich Ihr seid, Herr Herzog! Sind wir nicht mehr Freunde?«

Ein leichtes Lächeln entspannte flüchtig Durocs zusammengepreßten Mund.

»Wir sind es immer«, murmelte er rasch, »aber der Kaiser ist sehr aufgebracht ... und ich habe nicht das Recht, liebenswürdig zu Euch zu sein!«

»Sollte ich ... in Ungnade sein?«

»Ich wüßte es nicht zu sagen. Aber es sieht ein wenig so aus.«

»Dann überlaßt sie mir einen Moment, mein lieber Duroc«, ließ sich hinter Marianne eine ironische, träge Stimme vernehmen. »In Ungnade Gefallene müssen einander unterstützen, nicht wahr?«

Es war Talleyrand. Elegant wie stets in einem mit Ordenssternen übersäten olivgrünen Frack, das kranke Bein in weißseidenem Strumpf durch einen Stock mit Goldknauf unterstützt, widmete er Duroc ein impertinentes Lächeln, während er Marianne seinen Arm bot. Vielleicht ganz glücklich, sich seiner Aufgabe so entledigt zu sehen, verneigte sich der Oberhofmeister leicht und überließ die junge Frau dem einstigen Minister.

Ich danke Euch, Fürst, aber entfernt Euch nicht. Der Kaiser wird nicht mehr lange auf sich warten lassen.«

»Ich weiß«, säuselte Talleyrand. »Nur so lange, wie er braucht, um dem jungen Clary den Kopf zu waschen und ihm beizubringen, sich dem Charme einer hübschen Frau nicht allzu fügsam zu zeigen. Eine Angelegenheit von fünf Minuten. Ich kenne ihn.«

Während er sprach, zog er Marianne gemächlich in eine der hohen Fensternischen. Seine aufgeräumte Miene war die eines in angenehmer Salonplauderei begriffenen Mannes, doch Marianne entdeckte bald, daß er ihr sehr ernste Dinge zu sagen hatte.

»Clary verbringt zweifellos ein paar böse Momente«, murmelte er, »aber ich fürchte, der Hauptteil des kaiserlichen Zorns wird auf Euch niederprasseln. Welcher Teufel hat Euch denn geritten? Euch mitten auf dem Hof der Tuilerien einem Kardinal an den Hals zu werfen ... noch dazu einem in Ungnade gefallenen Kardinal! Das gehört zu den Dingen, die man nicht tut ... es sei denn, der Betreffende stünde einem sehr nahe!«

Marianne antwortete nicht. Es war schwierig, ihre Geste zu erklären, ohne sich zu ihrer wahren Identität zu bekennen. Für Talleyrand war sie eine gewisse Demoiselle Mallerousse, Bretonin nichtadeliger Herkunft, jedenfalls jemand, der sich unmöglich engerer Beziehungen zu einem Kirchenfürsten rühmen konnte. Während sie noch vergeblich nach einer plausiblen Erklärung suchte, fuhr der Fürst von Benevent noch ungezwungener fort:

»Ich habe den Abbé de Chazay früher gut gekannt. Er hat als Vikar bei meinem Onkel angefangen, dem Erzbischof-Herzog von Reims, der gegenwärtig geistlicher Beistand des emigrierten Königs ist.«

Plötzlich in Angst versetzt, hatte Marianne das Gefühl, als zögen die Worte des Fürsten unmerklich eine Art Netz um sie zusammen. Sie erinnerte sich des Tags ihrer Hochzeit, der hohen Gestalt und des langen Gesichts Monseigneurs de Talleyrand-Périgord, Kaplans Ludwigs XVIII. Ihr Pate stand tatsächlich auf bestem Fuß mit dem hohen Geistlichen, der sogar die liturgischen Ornate für die Zeremonie in Selton Hall leihweise zur Verfügung gestellt hatte.

Scheinbar ohne etwas von ihrer Verwirrung zu merken, sprach Talleyrand schon im gleichen ruhigen Ton weiter:

»Ich wohnte zu dieser Zeit in der Rue de Bellechasse, ganz nahe der Rue de Lille, damals noch Rue de Bourbon, und unterhielt ausgezeichnete nachbarliche Beziehungen zu der Familie des Abbés. Ah, was war das für eine köstliche Zeit!« seufzte der Fürst. »Wahrhaftig, wer nicht in den Jahren um 1789 gelebt hat, weiß nicht, was Lebenslust bedeutet! Ich glaube, ich bin nie einem schöneren, harmonischeren und zärtlicher verbundenen Paar begegnet als dem Marquis und der Marquise d'Asselnat ... deren Haus Ihr in diesem Moment bewohnt.«

Trotz ihrer Selbstbeherrschung befiel Marianne ein Schwindel. Sie umklammerte Talleyrands Arm, um besser gegen ihre Erregung ankämpfen zu können. Ihr Herz schlug wie rasend, und es schien ihr, als versagten ihr die Beine den Dienst, doch das Gesicht des Fürsten blieb weiterhin ruhig und heiter, und die schweren Lider über seinen blassen Augen hoben sich kaum, während er an ihr vorbei in den Saal blickte. Eine hochgewachsene Frau, flammend rothaarig, mit einem leidenschaftlichen, sehr schönen Gesicht, schritt, ganz in Weiß, an ihnen vorbei.

»Ich hatte keine Ahnung, daß Ihr eine so ausgesprochene Vorliebe für die Oper hegt, mein lieber Fürst!« rief sie ihm mit der Anmaßung der großen Dame zu. Talleyrand grüßte gravitätisch.

»Jede Form der Schönheit hat ein Recht auf meine Bewunderung, Herzogin. Ihr, die Ihr mich so gut kennt, solltet es wissen.«

»Ich weiß, aber Ihr tätet gut daran, diese ... diese Person zu den Musikanten zu bringen. Der kleine Sch ... ich will sagen, das kaiserliche Paar wird gleich erscheinen.«

»Wir werden uns auf den Weg machen. Habt Dank, Madame!«

»Wer ist das?« erkundigte sich Marianne, während sich die schöne rothaarige Frau entfernte. »Warum verachtet sie mich so offensichtlich?«

»Sie verachtet jedermann ... und sich selbst noch mehr als die andern, seitdem sie, um einer Erzherzogin zu dienen, die Aufgaben einer Hofdame übernommen hat. Es ist Madame de Chevreuse. Sie ist, wie Ihr gesehen habt, sehr schön. Sie ist auch sehr geistvoll und unglücklich, weil ihre leidenschaftliche Seele sie erstickt. Macht Euch klar, daß sie 'der Kaiser' sagen und jemand mit 'Majestät' anreden muß, den sie bei sich nur 'den kleinen Schurken' nennt. Es wäre ihr übrigens um ein Haar herausgerutscht! Was ihre Verachtung für Euch betrifft ...«

Jäh wandte Talleyrand Marianne seinen graugrünen Blick zu und sagte ernst:

»... hat sie keinen anderen Grund dafür als den, den Ihr selbst ihr geliefert habt! Eine Chevreuse kann eine Maria Stella nur verachten ... aber der Tochter des Marquis d'Asselnat würde sie ihre Arme öffnen ...«

Ein Schweigen entstand. Seiner Begleiterin leicht zugeneigt, tauchte Talleyrand seine blassen Augen bis in die Tiefe des grünen Blicks, der ihm nicht auswich.

»Seit wann wißt Ihr es?« fragte Marianne mit plötzlicher Ruhe.

»Seitdem der Kaiser Euch das Haus in der Rue de Lille gegeben hat. An diesem Tage begriff ich, woher diese vage Erinnerung rührte, die ich nicht definieren konnte, diese Ähnlichkeit, die näher zu bestimmen mir nicht gelang. Da wußte ich, wer Ihr wirklich seid.«

»Warum habt Ihr nichts gesagt?«

Talleyrand zuckte die Schultern.

»Wozu wäre es gut gewesen? Ihr hattet Euch auf die unvorhersehbarste Weise der Welt in den Mann verliebt, den ihr eigentlich hättet hassen müssen.«

»Aber in dessen Bett Ihr mich geworfen habt!« fiel Marianne schroff ein.

»Ich habe es reichlich bedauert ... an jenem berühmten Tag, von dem ich Euch sprach. Und dann dachte ich, daß es besser wäre, es den Dingen und der Zeit zu überlassen. Dieser Liebe ist kein langes Leben bestimmt. Weder dieser Liebe noch Eurer künstlerischen Karriere ...«

Betroffen fragte Marianne:

»Aus welchen Gründen, wenn ich bitten darf?«

»Aus einem einzigen. Ihr seid weder für Napoleon noch für das Theater geschaffen. Selbst wenn Ihr versuchtet, Euch vom Gegenteil zu überzeugen, seid Ihr eine der unseren, eine Aristokratin, und von der besten Rasse dazu. Ihr ähnelt so sehr Eurem Vater!«

»Ihr habt ihn ja gekannt!« rief Marianne mit einem plötzlich aus den Tiefen ihres Wesens aufquellenden Verlangen, endlich die Wahrheit über diesen Mann zu erfahren, dessen Fleisch und Blut sie war und von dem sie doch nur ein Bild kannte. »Erzählt mir von ihm!«

Sanft löste Talleyrand die zitternde Hand, die sie auf seinen Arm gelegt hatte, behielt sie jedoch einen Moment in der seinen.

»Später. Hier ließe sich sein Schatten kaum beschwören. Er würde sich so wenig wohl fühlen! Der Kaiser nähert sich. Ihr müßt, eine Zeitlang wenigstens, wieder Maria Stella werden.«

Schneller jetzt führte er sie zu der Gruppe von Musikanten, in deren Mitte sie Gossec bemerkte, der sie mit großen Gesten heranwinkte, Piccini, der die Partituren auf dem Piano aufschlug, und Paer, den Dirigenten der kaiserlichen Kapelle, der sorgfältig seinen Taktstock abrieb. Schon fast bei ihnen, blieb Marianne, von einem Impuls getrieben, noch einmal stehen.

»Wenn ich weder für ... den Kaiser noch fürs Theater geschaffen bin, wofür bin ich Eurer Meinung nach dann geschaffen?« fragte sie Talleyrand.

»Für die Liebe, meine Teure!«

»Aber ... wir lieben uns!«

»Werft die Dinge nicht durcheinander. Ich habe gesagt: *die* Liebe ... eine große Liebe, die Liebe, die Welten erschüttert, unvergängliche Dynastien begründet ... über den Tod hinaus währt, die also, die die Mehrzahl der Menschen niemals findet.«

»Warum sollte ich sie also finden?«

»Weil sie nicht existiert, wenn Ihr sie nicht findet, Marianne ... und weil es notwendig ist, daß sie existiert, damit Leute wie ich sie weiterhin leugnen können!«

Tief verwirrt sah Marianne dem seltsamen Manne nach, der sich mit seinem hinkenden und dennoch eleganten Gang entfernte. Diese so wenig zur Persönlichkeit und Legende Talleyrands passenden Worte, die Entschiedenheit, mit der er sie für ihre gemeinsame Kaste beanspruchte, schienen ihr ein Freundschaftsangebot, zumindest Hilfsbereitschaft zu enthalten ... Hilfe! In einem Moment, in dem sie sie so brauchte! Aber war auf die Aufrichtigkeit des Fürsten von Benevent Verlaß? Da sie unter seinem Dach gelebt hatte, kannte Marianne besser als die meisten anderen den besonderen Charme, den er ausstrahlte und der um so stärker war, als er völlig unbewußt wirkte. Unversehens erinnerte sie sich eines Ausspruchs des Grafen de Montrond, den Fortunée Hamelin ihr eines Tages lachend wiederholt hatte: »Wer brächte es fertig, ihn nicht zu lieben? Er ist so lasterhaft!«

Um was war es ihm heute abend gegangen? Sie ganz ohne Hintergedanken wieder einer ihrer Herkunft würdigen Existenz zuzuführen oder ganz einfach mehr vom Kaiser zu lösen ... dem Kaiser, den er, wie man sagte, an den Zaren verriet?

Ein Trompetensignal, das feierliche Klopfen des Grafen de Segur, des Oberzeremonienmeisters, und über den riesigen Saal breitete sich respektvolle Stille, während sich alle der großen Tribüne zuwandten, wo inmitten eines Stroms glitzernder Roben und ordensbehängter Uniformen das kaiserliche Paar erschienen war. Vor dem schillernden Hintergrund der Hofdamen und Adjutanten gewahrte Marianne zwei Farbtupfen: Napoleons grüne Uniform und die rosa Robe Marie-Louises. Dann sah sie nichts mehr. Wie der ganze Hof war sie in ihre Reverenz versunken.

Warum mußte diese Reverenz ein Ende nehmen? Als Marianne die Augen wieder zu den Jungverheirateten hob, traf sie das Bild des Glücks, das sie boten, ins Herz. Sie verspürte die jähe Gewißheit einer Gemeinsamkeit ... Ohne Blick für den glanzvollen Saal half Napoleon seiner Frau mit fürsorglich-zärtlichen Gesten, ihren Platz einzunehmen, drückte sogar einen Kuß auf ihre Hand, die er in der seinen behielt, während er selbst sich setzte. Dann beugte er sich zu ihr, um leise mit ihr zu sprechen, ohne sich um die Anwesenden zu kümmern. Neben dem Flügel stehend, wußte Marianne nicht, welche Haltung sie einnehmen sollte. Der Hof hatte sich in der Erwartung gesetzt, daß der Kaiser das Zeichen zum Beginn des Konzerts geben würde, dieses Konzerts, das er gewünscht hatte, um für Marie-Louise zwischen der großen offiziellen Mittagstafel und dem Empfang, in dessen Verlauf die neue Kaiserin die Glückwünsche des Diplomatischen Korps und der obersten Behörden entgegennehmen sollte, eine Entspannungspause zu schaffen.

Doch Napoleon fuhr in seinem lächelnden Geplauder fort, und der gequälten Marianne schien es plötzlich, als sei die niedrige Estrade eine Art Pranger, an den sie die grausame Laune eines vergeßlichen Geliebten gestellt hatte. Das wilde Verlangen überkam sie, diesem allzu überladenen Saal, diesen Hunderten von Augenpaaren zu entfliehen, aber es war unmöglich ... Oben auf der Tribüne beugte sich der Graf de Segur eben respektvoll zu Seiner Majestät, zweifellos die Erlaubnis zum Beginn des Konzerts erbittend, die man ihm, ohne ihn anzusehen, mit lässiger Geste gewährte und die er in ein feierliches Klopfen seines Stabes übersetzte.

Das Klopfen löste gleichsam als Echo die kleinen, trockenen Schläge von Paers Taktstock auf die Kante des Notenpults aus. Alexander Piccini setzte mit den ersten Akkorden ein, die Violinen folgten. An Piccinis bestürztem Blick merkte Marianne, daß er ihre Stimmung erriet. Drüben gewahrte sie Gossecs beunruhigtes Gesicht, wie bittend ihr zugewandt. Zweifellos hatte man den Kaiser eine berühmte Künstlerin noch nie so rücksichtslos behandeln sehen. Doch Marianne erinnerte sich, daß sie fast in Ungnade war, wenn man Duroc glauben wollte, in Ungnade, weil sie nicht zugelassen hatte, daß ihr alter Pate sein Kardinalsgewand durch den Schmutz von Paris schleifte ...

Wohltätiger Zorn kam ihrer Verwirrung zu Hilfe. Das erste Stück des Programms war die große Arie der »Vestalin«, die Lieblingsarie des Kaisers. Mit zwei tiefen Atemzügen das unruhige Schlagen ihres Herzens dämpfend, begann sie zu singen und fand für die Verzweiflung Julias, der Vestalin, über ihr Schicksal, lebendig ins Grab hinuntersteigen zu müssen, während alles in ihr zu leben begehrt, Akzente von solcher Intensität, daß sie selbst dieses blasierte Publikum erschütterte. Sie sang mit voller Entfaltung ihres Talents, der Schmerz vibrierte so überzeugend in ihrer Stimme, daß nach den letzten Noten unwiderstehlich und spontan frenetische Bravorufe losbrachen, obwohl es gegen das Protokoll verstieß, das allein den Souveränen das Recht zugestand, das Zeichen zum Beifall zu geben. Die Kunst der Sängerin hatte ihr Publikum mitgerissen.

Hoffnungsvoll hob Marianne ihre Augen zur kaiserlichen Loge ... doch weder war Napoleons Blick auf sie gerichtet, noch schien er überhaupt bemerkt zu haben, daß sie gesungen hatte. Er hatte sich zu Marie-Louise geneigt und sprach mit ihr. Sie hörte ihm mit gesenkten Lidern zu, ein ziemlich törichtes Lächeln um die Lippen und so rot im Gesicht, daß Marianne wütend auf galante Komplimente Napoleons schloß. Mit einer gebieterischen Geste wies sie Paer an, das folgende Stück zu beginnen, eine Arie aus der »Heimlichen Ehe« Cimarosas.

Sicher war die zärtliche, anmutige Melodie des italienischen Meisters noch nie mit so dunkler Glut gesungen worden. Die grünen Augen auf den Kaiser gerichtet, schien Marianne seine Aufmerksamkeit erzwingen zu wollen. Wilder Zorn füllte ihr Herz, brachte sie um Maß und Selbstbeherrschung. Was hatte diese alberne Wienerin mit der Miene einer Katze vor dem Sahnetöpfchen zu lächeln? Und von ihr hatte man zu behaupten gewagt, sie liebe Musik!

Zweifellos liebte Marie-Louise nur die Musik ihrer Heimat, denn nicht nur, daß sie nicht zuhörte, sie brach sogar mitten in der Arie in Gelächter aus ... ein kindisches, aber viel zu schallend helles Gelächter, als daß man es hätte überhören können.

Alles Blut Mariannes strömte zu ihrem Herzen. Plötzlich bleich geworden, verstummte sie. Ihre funkelnden Augen glitten einen Moment über die Versammelten, deren Blikke mit dem Ausdruck der Erwartung auf sie gerichtet waren. Dann hob sie arrogant den stolzen Kopf, stieg von der Estrade herab und verließ inmitten fassungslosen Schweigens den Saal der Marschälle, ohne daß jemand – nicht einmal die Wachen am Eingang daran dachte, sie anzuhalten.

Steif aufgereckt, mit glühendem Kopf und eisigen Händen, verfolgte sie ihren Weg, sich weigernd, auf den hinter ihr losbrechenden Sturm zu hören. Ihr fieberndes Gehirn war auf eine einzige Idee konzentriert: für immer diesen Palast zu verlassen, in dem der, den sie liebte, ihr eine so grausame Beleidigung zugefügt hatte, heimzukehren und ihren Schmerz im alten Haus der Familie zu begraben, in Erwartung dessen, was einem solchen Eklat folgen mußte: der Zorn des Kaisers, die Gendarmen, das Gefängnis vielleicht ... Aber in diesem Augenblick war Marianne alles egal. Verrannt in ihren Zorn, wäre sie selbst zum Schafott gegangen, ohne noch einmal den Kopf zu wenden.

Hinter ihr rief eine Stimme:

»Bleibt stehen! ... Mademoiselle! Mademoiselle Maria Stella!«

Doch sie stieg weiter die große steinerne Treppe hinab, als habe sie nichts gehört. Sie hatte auch wirklich nichts gehört. Erst als Duroc am Fuß der Stufen neben ihr auftauchte, blieb sie endlich stehen, gleichgültig den Oberhofmarschall betrachtend, der einem Schlaganfall nahe schien. Er war fast ebenso violett wie sein besticktes, prächtiges Habit.

»Seid Ihr wahnsinnig?« keuchte er und versuchte, wieder zu Atem zu kommen. »Ein solcher Skandal ... vor dem Kaiser noch dazu!«

»Wer hat Anlaß zu diesem Skandal gegeben, wenn nicht der Kaiser selbst ... oder zumindest diese Frau?«

»Diese Frau? Die Kaiserin? Oh! ...«

»Ich kenne keine andere Kaiserin als die vom Papst geweihte, die von Malmaison! Was diese Karikatur angeht, die Ihr so nennt, verweigere ich ihr auf jeden Fall das Recht, mich öffentlich lächerlich zu machen. Geht und sagt das Eurem Herrn!«

Außer sich, ließ Marianne ihrem Zorn freien Lauf. Ihre kalte Stimme hallte unter den steinernen Wölbungen des alten Palastes mit einer Lautstärke wider, die Duroc mehr als peinlich fand. Versteckte sich unter dem Schnurrbart des am Fuß der Treppe Wache haltenden Gardegrenadiers nicht der Schatten eines Lächelns? Er selbst verspürte sträfliche Nachsicht für diese entzückende entfesselte Furie ... mit der er nichtsdestoweniger zu einer Einigung kommen mußte. Seine Stimme zu einer Strenge zwingend, die er nicht empfand, sagte er, indem er sich Mariannes Arm bemächtigte:

»Ich fürchte, daß Ihr ihm all das selbst sagen müßt, Mademoiselle. Auf Befehl des Kaisers habe ich Euch in sein Kabinett zu führen, wo Ihr sein Erscheinen erwarten werdet.«

»Bin ich eine Gefangene?«

»Nicht daß ich wüßte ... wenigstens bis jetzt noch nicht!«

Seine ausweichende Antwort war voller unerfreulicher Vorbehalte, beunruhigte Marianne jedoch nicht. Sie war darauf gefaßt, die Brüskierung der hohen Herrschaften teuer bezahlen zu müssen, aber wenn ihr die Möglichkeit geboten wurde, Napoleon ein für allemal zu sagen, was sie auf dem Herzen hatte, wäre der Preis dafür nicht zu hoch. Sie würde dabei kein Blatt vor den Mund nehmen. Wenn schon Gefängnis, sollte es sich wenigstens lohnen. Immerhin würde ihre Einkerkerung sie vor Francis Cranmeres Machenschaften schützen. Es konnte sicherlich nicht in seinem Interesse liegen, sie völlig zu vernichten. Er wäre also gezwungen zu warten, bis sie das Gefängnis wieder verließe. Blieb Adelaide, aber in dieser Beziehung vertraute sie auf Arcadius, der schon das Notwendige in die Wege leiten würde.

Da ihr Zorn sich durch die Aussicht auf eine Unterredung mit dem Kaiser vorübergehend zumindest besänftigt hatte, war sie einigermaßen gelassen, als sie das Kabinett betrat, das sie so gut kannte, und hörte, wie Duroc dem wachhabenden Mamelucken Roustan befahl, niemand eintreten zu lassen und zu verhindern, daß Mademoiselle Maria Stella mit irgend jemand, wer es auch sei, Verbindung aufnahm. Über das letztere konnte sie sogar lächeln.

»Ich bin also doch eine Gefangene«, sagte sie lässig.

»Ich habe Euch schon gesagt, daß Ihr es nicht seid. Aber ich lege keinen Wert darauf, daß der junge Clary wie ein kleiner Hund, der seinen Herrn verloren hat, vor dieser Tür kläfft. Im übrigen rate ich Euch, mit einer langen Wartezeit zu rechnen, denn der Kaiser wird nicht vor Ende des Empfangs erscheinen.«

Mariannes einzige Antwort war ein leichtes, impertinentes Schulterzucken, worauf sie sich nahe dem Kamin auf das kleine gelbe Kanapee niederließ, auf dem sie Fortunée Hamelin zum erstenmal gesehen hatte. Der Gedanke an ihre Freundin gab ihr ihre volle Ruhe wieder. Fortunée kannte die Männer zu gut, um je vor Napoleon Angst verspürt zu haben. Sie hatte Marianne schließlich davon überzeugt, daß es der schlimmste aller Fehler wäre zu zittern, selbst und vor allem, wenn ihn einer seiner berüchtigten Zornausbrüche überkäme. Unter den gegenwärtigen Umständen war es nützlich, sich diesen Rat ins Gedächtnis zu rufen.

Tiefe Stille, nur durch das Knistern des Feuers belebt, umgab die junge Frau. Trotz seiner Strenge wirkte der Raum warm und intim. Es war das erstemal, daß sie sich allein in ihm befand, und von recht weiblicher Neugier getrieben, begann sie, sich in ihm umzusehen. Es war wohltuend, in diesem Kabinett zu sein, in dem jedes Ding an den Kaiser erinnerte: Sie beachtete weder die Kartons mit Dokumenten, die überall sich türmenden Mappen aus rotem Saffianleder mit dem kaiserlichen Wappen, noch die große, wie zufällig über den Schreibtisch und den Tisch des Sekretärs vor eines der beiden Fenster geworfene Europakarte. Dafür machte es ihr Vergnügen, mit den Bleistiften, der im porphyrnen Tintenfaß steckenden langen weißen Gänsefeder, dem adlergekrönten Uhrenständer aus vergoldeter Bronze, einer ziselierten goldenen Tabaksdose zu spielen. Jedes Ding hier sprach von seiner Gegenwart ... bis zu dem zerdrückten und offenbar in einem Zornanfall in eine Ecke geschleuderten schwarzen Zweispitz. Es mußte erst kürzlich passiert sein, da Constant ihn noch nicht aufgehoben hatte. War es die Angelegenheit mit der Kutsche, die diesen Ausbruch bewirkt hatte? Trotz ihrer Unerschrockenheit konnte Marianne nicht verhindern, daß ihr ein Schauer über den Rücken lief. Was würde nachher geschehen ...?

Beunruhigung ist eine wenig verlockende Gefährtin. Unversehens schien der jungen Frau die Zeit sehr lang. Sie sah eine Schlacht voraus und verlangte danach, sich hineinzustürzen. Müde des Hin und Hers in der tiefen Stille des Kabinetts, nahm sie ein auf dem Schreibtisch liegendes Buch auf und setzte sich wieder. In grünes Leder mit dem kaiserlichen Wappen gebunden, war es ein abgenutztes, zerlesenes Exemplar der »Kommentare« Cäsars. Es war so mit Anmerkungen und Korrekturen versehen, seine Ränder wiesen so viele Zeilen einer feinen, nervösen Schrift auf, daß es für jeden außer dem Schreiber dieser Notizen selbst unleserlich geworden war. Mit einem Seufzer ließ Marianne es auf ihre Knie sinken, beließ ihre Hand jedoch auf dem abgegriffenen Leder, unbewußt nach der Spur einer anderen suchend. Unter ihren Fingern erwärmte sich der Einband, wurde fast menschlich. Um besser dieses Gefühl genießen zu können, schloß Marianne die Augen ...

»Wacht auf!«

Die junge Frau fuhr zusammen. Sie öffnete die Augen, sah, daß die Kerzen auf dem Schreibtisch brannten, daß draußen Nacht war ... und daß Napoleon mit gewittrigem Blick und über der Brust verschränkten Armen vor ihr stand.

»Ich bewundere Euren Mut!« sagte er spöttisch. »Die Tatsache, daß Ihr Euch meinen Zorn zugezogen habt, scheint

Euch nicht übermäßig zu stören. Ihr habt mit Hingabe geschlafen.«

Der Ton war brutal, aggressiv, offensichtlich darauf berechnet, einen eben Erwachenden sofort um seine Fassung zu bringen, doch Marianne besaß die Fähigkeit, augenblicklich und völlig wach zu sein, auch wenn sie noch so tief geschlafen hatte. Zudem hatte sie sich geschworen, so lange wie möglich Ruhe zu bewahren.

»Der Oberhofmarschall«, sagte sie sanft, »hat mich unterrichtet, daß ich lange zu warten haben würde. Ist der Schlaf nicht die beste Art, die Wartezeit abzukürzen?«

»Ich halte sie eher für impertinent als für ersprießlich, Madame ... um so mehr, als ich noch Eure Reverenz erwarte.«

Offenkundig suchte Napoleon nach einem Anlaß zum Streit. Er hatte erwartet, Marianne beunruhigt, nervös, zitternd, vielleicht gar mit geröteten Augen vorzufinden. Diese Frau, die so friedlich erwacht war, konnte ihn nur irritieren. Trotz des drohenden Glanzes seiner grauen Augen riskierte sie ein Lächeln.

»Ich bin durchaus bereit, Eurer Majestät zu Füßen zu fallen, Sire ... wenn Eure Majestät nur weit genug zurückweichen würde, um mir zu erlauben, dieses Kanapee zu verlassen.«

Er stieß einen zornigen Ausruf aus, wandte sich wütend auf den Hacken um und stürmte dem Fenster zu, als habe er die Absicht hinauszuspringen.

Hinter ihm glitt Marianne vom Kanapee und versank alsbald in die tiefste und respektvollste aller Reverenzen.

»Bitte, Sire!« murmelte sie.

Doch er antwortete ihr nicht. Zum Fenster gewandt, die Hände auf dem Rücken verschlungen, wahrte er ein Schweigen, das Marianne eine Ewigkeit zu dauern schien, da er sie damit zwang, in ihrer unbequemen, fast knienden Haltung zu verharren. Es war klar, daß er sie bewußt demütigen wollte, und um für alles, was folgen würde und nur unerfreulich sein konnte, gewappnet zu sein, nahm sie all ihren Mut zusammen. Sie wünschte nur eins: ihre Liebe trotz allem, gegen alles zu retten ...

Plötzlich, doch ohne sich umzuwenden, sprach Napoleon:

»Ich erwarte Eure Erklärungen, falls Ihr welche haben

solltet, für Euer wahnwitziges Verhalten. Eure Erklärungen und Eure Entschuldigungen, wohlverstanden. Es scheint, als hättet Ihr auch den letzten Rest gesunden Menschenverstands und jeden Begriff von elementarem Respekt vor mir und vor Eurer Kaiserin verloren.«

Augenblicklich stand Marianne auf den Füßen. Das Blut schoß ihr in die Wangen. Die Worte »Eure Kaiserin« hatten sie wie eine Ohrfeige getroffen.

»Entschuldigungen?« sagte sie mit klarer Stimme. »Ich habe nicht den Eindruck, daß ich es bin, die dazu verpflichtet wäre!«

Er fuhr herum, starrte sie wütend an.

»Was sagt Ihr da?«

»Wenn jemand in diesem Palast beleidigt worden ist, bin ich es und niemand anders! Als ich den Saal verließ, habe ich nur meine Würde gewahrt.«

»Eure Würde? Ihr faselt, Madame! Vergeßt Ihr, bei wem Ihr Euch befindet? Vergeßt Ihr, daß Ihr nur auf meinen Befehl, durch meinen gnädigsten Willen und zu dem einzigen Zweck hierhergekommen seid, Eure Souveränin zu zerstreuen?«

»Meine Souveränin? Wenn ich nur einen Moment hätte vermuten können, daß Ihr mich ihretwegen hättet kommen lassen, wäre ich nie bereit gewesen, die Schwelle dieses Palastes zu überschreiten.«

»Wirklich? In diesem Fall hätte ich Euch mit Gewalt hierherbringen lassen!«

»Möglich! Aber Ihr hättet mich nicht zwingen können zu singen! Welch prächtiges Spektakel übrigens für Euren Hof, Eure Mätresse durch die Polizei oder Eure Wachen auf die Bühne geschleppt zu sehen! Ein Spektakel dessen würdig, das Ihr ihm vorhin erst geboten habt: im Staube herumirrende Kirchenfürsten, ausgeliefert dank Euch dem Hohngelächter des Pöbels ... als ob es Euch nicht genügte, die Hand auf den Stellvertreter Christi zu legen!«

In wenigen raschen Schritten war der Kaiser bei ihr. Sein bleiches Gesicht war erschreckend, seine Augen schleuderten Blitze. Marianne begriff, daß sie zu weit gegangen war, aber es lag nicht in ihren Möglichkeiten zurückzuweichen. Sie straffte sich also, um seiner Attacke standzuhalten, während er dicht vor ihrem Gesicht hervorstieß:

»Ihr wagt es! ... Diese Leute haben mich insultiert, lächerlich gemacht, und ich sollte sie schonen? Für meine Milde und Langmut müßtet Ihr mir auf den Knien danken. Als ob Ihr nicht wüßtet, daß ich sie ins Gefängnis hätte werfen lassen ... oder zu noch Schlimmerem verurteilen können!«

»Ach, geht doch! Aus purer Vorsicht habt Ihr nicht härter gegen sie durchgegriffen, und nun laßt Ihr Euren Zorn an mir aus, weil ich meinem Paten einen Wagen anbot, um nicht an dieser kleinlichen Rache teilzuhaben!«

Die Neugier ließ den kaiserlichen Zorn für einen Moment schwinden.

»Euer Pate? Dieser italienische Kardinal ...«

»Ist nicht italienischer als ich. Er heißt Gauthier de Chazay, Kardinal von San Lorenzo. Er ist mein Pate, und ich verdanke ihm mein Leben, denn er war es, der mich einst vor den Revolutionsmännern rettete. Es war meine Pflicht, ihm zu helfen!«

»Vielleicht! Aber meine Pflicht ist es, jeden Zersetzungsversuch im Keim zu ersticken, meinem Thron, den Meinen ... meiner Ehe Respekt zu verschaffen! Ich fordere also von Euch, auf der Stelle auf Knien die Kaiserin um Vergebung zu bitten.«

Das Bild, das er beschwor, versetzte Marianne in eine Wut, die der Napoleons zumindest gleichkam.

»Zählt nicht darauf!« rief sie schroff. »Laßt mich ins Gefängnis werfen oder zum Schafott führen, falls Euch das amüsiert, aber eine so verächtliche Unterwerfung werdet Ihr nie von mir erlangen, hört Ihr, nie! Ich auf den Knien vor dieser Frau ...«

Wie verklärt durch den Zorn, hoch aufgerichtet in einem aus den Tiefen ihres Bluts aufsteigenden Aufschrei des Stolzes, in einer Sekunde wieder zur Aufrührerin aus alter Rasse geworden, beherrschte sie ihn jetzt hochmütig und verächtlich ... Unfähig, den Anblick dieser Arroganz zu ertragen, packte Napoleon, rasend vor Zorn, ihren Arm, drehte ihn um und entriß ihr einen Schmerzensschrei.

»In einer Sekunde werdet Ihr vor meinen Füßen kriechen, um meine Vergebung zu erflehen! Ich hatte wahrhaftig recht: Ihr müßt verrückt sein!«

Er versuchte, sie zu Boden zu werfen. Zugleich gegen ihn und gegen den Schmerz ankämpfend, rief Marianne:

»Verrückt? Ja, ich bin verrückt ... oder bin es wenigstens

gewesen! Verrückt, Euch geliebt zu haben, wie ich es tat! Verrückt, an Euch geglaubt zu haben! Ich hatte Vertrauen in Eure Liebe, aber es waren nur Worte, es war nichts als Rauch! Eure Liebe gilt immer der zuletzt Gekommenen. Dieses dicke Mädchen mit dem roten Gesicht brauchte nur zu erscheinen, und schon wurdet Ihr ihr Sklave, Ihr ... der Herr Europas, der Adler ... zu Füßen dieser Färse! Und ich brachte während dieser Zeit mein Leid zum Schweigen, weil ich alles glaubte, was Ihr mir gesagt hattet! Eine politische Ehe ... während Ihr vor aller Augen eine widerwärtige Liebe zur Schau tragt, eine Liebe, die mein Herz zerreißt und mich tötet! Ihr habt meiner genug gespottet! Wahrhaftig, Ihr hattet recht ... ich war verrückt ... und bin es noch ... denn trotz allem liebe ich Euch noch immer, obwohl ich Euch hassen möchte ... o ja, Euch hassen wie so viele andere! Es wäre so einfach! So wunderbar einfach ...«

Überwältigt durch ihren Kummer und den Schmerz ihres Arms, brach sie endlich auf dem Teppich zusammen, den Kopf in den Armen, von einem schrecklichen Weinkrampf geschüttelt ... Alles war zu Ende, sie hatte alles gesagt, und sie wünschte nichts anderes mehr als die endgültige, wohltätige Vernichtung! Der furchtbare Zorn, der sie über sich selbst hinausgehoben, der sie getrieben hatte, dem Kaiser mit so frecher Kühnheit zu trotzen, war verraucht, hatte nur unendlichen Kummer zurückgelassen. Gleichgültig für das, was er über sie verhängen mochte, weinte Marianne vor den Trümmern ihrer schönen, zerstörten Liebe.

Wenige Schritte von ihr entfernt stehend, betrachtete Napoleon wie versteinert die auf dem Teppich zusammengesunkene blausilberne Gestalt, hörte ihr verzweifeltes Schluchzen. Vielleicht war er sich nicht klar, welche Haltung er einnehmen sollte, vielleicht versuchte er, vor diesem Leid, diesen Schreien der Liebe, die Schreie des Hasses sein wollten, zu seinem Zorn zurückzufinden. Vielleicht genoß er auch, der einen heimlichen und ausgesprochenen Hang zum Drama hatte, den Reiz dieser leidenschaftlichen Szene ... als sich plötzlich die Tür vor einer rundlichen, rosigen Erscheinung öffnete. Eine kindische, leicht quengelnde Stimme ließ sich mit starkem deutschen Akzent vernehmen.

»Nana! ... Was tut Ihr? ... Ich langweile mich ohne meinen sehr unartigen Galan! Kommt doch, Nana!«

Diese Stimme wirkte auf die zusammengebrochene Marianne wie Säure auf eine Wunde. Sie richtete sich halb auf, blickte verdutzt auf die Habsburgerin, die sie verblüfft betrachtete und stammelte:

»Oh! ... Habt Ihr diese garstige Frau geschlagen, Nana?«

»Nein, Louise ... ich habe sie nicht geschlagen. Laßt mich einen Augenblick noch allein, mein Herz ... ich komme zu Euch. Geht! Geht schnell!«

Er brachte sie liebenswürdig zur Tür zurück, mit einem Lächeln, das schlecht zu seinen gespannten Zügen paßte, und küßte ihr flüchtig die Hand, zweifellos geniert durch diesen Einbruch bürgerlicher Vertraulichkeit, die sich wie ein Eimer kalten Wassers über die Flammen der tragischen Szene ergossen hatte. Was Marianne betraf, war sie zu niedergeschmettert, um auch nur an Aufstehen zu denken. Nana! Sie nannte ihn Nana! ... Sie hätte Tränen lachen können, wenn ihr nach Lachen zumute gewesen wäre.

Sie waren wieder allein. Langsam kehrte der Kaiser zu seinem Schreibtisch zurück, schnell, wie mühsam atmend. Der Blick, den er Marianne zuwandte, war leer, als habe sein Zorn bei seinem Rückzug alles Leben mit sich aus ihm herausgesogen. Er stützte sich mit beiden Händen auf den schweren Tisch, ließ den Kopf sinken.

»Steh auf«, sagte er gedämpft.

Dann hob er den Kopf wieder, betrachtete die junge Frau mit einer Art Zärtlichkeit, und als sie, wie überrascht durch das so wundersam zurückgekehrte vertraute Du, den Mund öffnen wollte, fügte er sehr schnell mit einem tiefen Atemzug hinzu:

»Nein ... Sag nichts! Sag nichts mehr! Du darfst meinen Zorn nie mehr so reizen, wie du es getan hast. Es ist gefährlich. Ich ... hätte dich töten können, und ich hätte es mein ganzes Leben lang bereut. Weil – selbst wenn es dir schwerfällt, es zu glauben – ich dich noch immer liebe! Es gibt Dinge, die du nicht verstehen kannst!«

Mühsam, als habe sie einen Kampf Mann gegen Mann durchgestanden, richtete Marianne sich auf. Sie mußte sich am Kanapee festhalten, denn alles drehte sich um sie. Jede Faser ihres Körpers schmerzte sie. Trotzdem wollte sie sich Napoleon nähern, aber er hielt sie mit einer Geste zurück.

»Nein! Bleib, wo du bist! Setz dich und versuche, dich zu erholen. Wir haben einander in wenigen Minuten entsetzliches Leid zugefügt, nicht wahr? Wir müssen all das vergessen. Morgen verlasse ich Paris und reise nach Compiègne. Von dort werde ich Ende des Monats in die Nordprovinzen aufbrechen. Ich muß meine Fr ... die Kaiserin meinem Volke zeigen. Das wird uns Gelegenheit geben zu vergessen ... Und vor allem brauche ich dich nicht zu exilieren, wie ich es müßte, wenn ich hierbliebe ... Ich verlasse dich jetzt. Bleib noch einen Moment. Constant wird dich abholen und zu einem Wagen bringen.«

Mit seltsam zögernden Schritten wandte er sich zur Tür. Die Augen voller Tränen, streckte Marianne in einem Impuls, den sie nicht zu beherrschen vermochte, die Hände nach ihm aus, als wolle sie ihn halten. Ihre Stimme erhob sich flehend und leise:

»Verzeihst du mir? Ich meinte es nicht ...«

»Du weißt sehr gut, daß du jedes Wort meintest, doch ich habe dir verziehen, weil du recht hattest. Aber komm mir nicht nahe. Ich darf dich nicht berühren, um der Kaiserin gegenüber nicht schuldig zu werden. Wir sehen uns wieder!«

Er verließ den Raum sehr schnell, und Marianne blieb mit leerem Kopf und leerem Herzen beim Feuer zurück. Plötzlich fror sie bis in die Seele hinein ... Irgend etwas sagte ihr, daß nichts mehr zwischen ihnen so sein konnte, wie es zuvor gewesen war. Da war diese rosige, törichte Frau ... da waren die Worte von vorhin, Worte, denen die Abwesenheit, das Schweigen folgten. Ein gefährliches Schweigen. Mit Sehnsucht erinnerte sie sich der köstlichen Tage von Trianon, wo ihre Dispute sich immer wieder im Zusammenklang ihrer Zärtlichkeiten gelöst hatten. Doch niemand auf der Welt würde ihr Trianon zurückgeben können. Die Liebe würde von nun an den strengen Geschmack der Einsamkeit und des Verzichtes haben. Würde je die strahlende Zeit des reinen Glücks wiederkehren, die sie ein paar Wochen lang genossen hatte? Oder mußte sie nun lernen, alles zu geben, ohne etwas zu erwarten ...?

Um Marianne war der Palast still und leer geworden. Und Constants Schritte, die sich über das nackte Parkett eines Salons näherten, schienen ihr plötzlich aus der Tiefe der Zeiten zu kommen ... Sie fühlte sich unversehens schlecht. Der Schlag ihres Herzens wurde schneller, während ihr kalter Schweiß ausbrach. Sie versuchte aufzustehen, aber eine schreckliche Übelkeit ließ sie keuchend aufs Kanapee zurückfallen. In diesem Zustand, mit aufgerissenen Augen, wächsernem Gesicht, ein Taschentuch gegen die Lippen gepreßt, traf Constant sie an. Sie sah bestürzt zu ihm auf.

»Ich weiß nicht, was mir ist ... Ich fühle mich krank, sehr krank! Und vor einem Moment noch ... war alles gut.«

»Was empfindet Ihr? Ihr seid sehr blaß.«

»Ich friere, mir dreht sich alles vor Augen, und vor allem ... ist mir schrecklich schlecht.«

Ohne ein Wort zu verlieren, holte der Kammerdiener Eau de Cologne, feuchtete Mariannes Schläfen an, gab ihr ein stärkendes Mittel zu trinken. Die Übelkeit schwand ebenso plötzlich, wie sie gekommen war. Nach und nach kehrte die Farbe in Mariannes blasse Wangen zurück, bald fühlte sie sich wieder völlig wohl.

»Ich weiß nicht, was mit mir war«, sagte sie mit einem dankbaren Lächeln zu Constant. »Ich dachte, ich würde sterben. Vielleicht sollte ich zu einem Arzt gehen ...«

»Ihr müßt unbedingt zu einem Arzt gehen, Mademoiselle ... aber ich glaube nicht, daß es etwas Ernstes ist.«

»Was wollt Ihr damit sagen?«

Sorgsam sammelte Constant die Servietten und Flakons zusammen, mit denen er sich ausgerüstet hatte, dann lächelte er herzlich, wenn auch ein wenig traurig.

»Daß es sehr schade ist, daß Mademoiselle nicht auf den Stufen eines Throns geboren wurde. Das hätte uns diese österreichische Heirat erspart, die auch mir nicht sonderlich zusagt. Ich hoffe nichtsdestoweniger, daß es ein Junge wird. Es würde dem Kaiser Freude machen.«

6. Kapitel

Der Pakt

Die Entdeckung ihres Zustands betäubte Marianne und verlieh ihr zugleich Mut durch ein außerordentliches Gefühl des Triumphes. Sie war nicht naiv genug, um sich einzubilden, daß ihre Schwangerschaft, wäre sie ein paar Monate früher eingetreten, die österreichische Heirat vermieden hätte. Napoleon hatte nach Wagram erfahren, daß Marie Walewska ein Kind von ihm trug, und es hatte nichts geändert. Er hätte die Polin heiraten können, die er geliebt hatte und die aus einer großen Familie stammte. Aber er hatte es nicht getan, weil Marie, wie Marianne, so nobel sie auch sein mochte, keine Prinzessin und darum nicht hoch genug geboren wär, um eine Dynastie zu begründen. Doch Marianne verspürte eine seltsame, ein wenig schmerzliche Freude bei dem Gedanken, daß das kaiserliche Blut schon in ihr zu keimen begann, während Napoleon sich noch bemühte, den drallen Leib seiner Wienerin zu befruchten, um den ersehnten Erben zu erhalten. Was er jetzt auch tat, er war mit ihr, Marianne, durch ein Band aus Fleisch und Blut verknüpft, das nicht ausgelöscht werden konnte. Und ebenso vermochte nichts die erregende, warme Freude zu trüben, die sie darüber empfand, »sein« Kind in sich zu tragen, nicht einmal die mißbilligenden Vorurteile, denen Mütter ohne Ehemänner ausgesetzt waren. Marianne fühlte sich schon bereit, für die wenigen Unzen Fleisch, die allmählich in ihr reifen würden, dem tückischen Universum der Verachtung, des Klatsches und der ausweichenden Blicke die Stirn zu bieten.

Solche Gedanken verliehen ihr Kraft, als sie in ihrem Wagen der Rue Chanoinesse zufuhr, um dort zweifellos einen der härtesten Kämpfe ihres Daseins auszufechten.

Sie kannte die unverbesserliche Königstreue ihres Paten, die Reinheit seiner Sitten und die Strenge seines persönlichen Ehrenkodex nur zu gut, um sich nicht klar darüber zu sein, daß ihr Geständnis zu peinlichen Momenten führen würde ... vorausgesetzt, er hörte es sich überhaupt bis zum Ende an.

Die dunkle Rue Chanoinesse wurde um diese späte Stunde nur durch zwei Öllampen erhellt, die an quer über die Straße von einem Haus zum andern gespannten Seilen hingen. Die eisenbeschlagenen Räder des Wagens polterten hart über die wenigstens aus der Zeit Heinrichs IV. stammende grobe Pflasterung, die den Fahrweg zwischen der doppelten Reihe frommer, verschwiegener und stiller Behausungen buckelte, in denen die Domherren des Kapitels von Notre-Dame wohnten. Die beiden Türme der Kathedrale ragten gewaltig über die alten Dächer und vertieften noch das Dunkel der Nacht.

Ein verspäteter kleiner Priester, von Gracchus-Hannibal höflich angerufen, wies ihnen das Haus Monsieur de Bruillards, das dank eines mageren, viereckigen Turms in seinem Hof leicht von den anderen zu unterscheiden war. Im übrigen war es eines der wenigen, in denen noch Licht brannte. Man legte sich bei den Kanonikern früh schlafen, was den Ganoven, die die alten Gassen der Cité mit ihren zweifelhaften Geschäftigkeiten heimsuchten, völlig freie Hand ließ.

Zur größten Überraschung Mariannes dünstete das Haus keineswegs den Geruch nach erkaltetem Wachs und alten Papieren aus, der ihrer Meinung nach zum unabdingbaren Zubehör der Wohnung eines Kirchenmannes gehörte. Ein Diener in dunkler Livree, der nichts von einem Küster an sich hatte, führte sie durch zwei nach alter Mode, doch mit diskreter Eleganz möblierte Salons bis zu einer geschlossenen Tür, vor der der Abbé Bichette auf und ab patrouillierte, den Kopf zwischen die Schultern gezogen und die Hände auf dem Rücken gefaltet. Beim Anblick der Besucherin ließ der getreue Sekretär einen befriedigten Ausruf hören und stürzte ihr entgegen, woraus Marianne schloß, daß sie erwartet wurde.

»Seine Eminenz hat schon dreimal fragen lassen, ob Ihr angekommen seid. Er ist von einer Ungeduld, die ihn niemandes Gegenwart ertragen läßt, nicht einmal die meine!«

»Vor allem nicht deine«, dachte Marianne, die die Gegenwart des zuvorkommenden Abbés nicht einmal eine Viertelstunde hätte ertragen können.

»Denkt nur«, fügte Bichette hinzu, indem er den Ton seiner ohnehin schon schicklich gedämpften Stimme noch mehr senkte, »wir müssen Paris vor Morgengrauen verlassen haben.«

»Wieso? Schon? Aber mein Pate hat mir nichts davon gesagt.«

»Seine Eminenz wußte es noch nicht. Erst am frühen Abend hat der Kultusminister, Monsieur Bigot de Preameneu, uns zur Kenntnis gebracht, daß unsere Anwesenheit in der Hauptstadt nicht mehr erwünscht sei und daß wir abreisen müßten.«

»Aber wohin?«

»Nach Reims, wo die aufsässigen Mitglieder der Römischen Kurie ... hm ... zusammengepfercht sind! Es ist ein großes Unglück und eine große Ungerechtigkeit! Die apokalyptischen Zeiten scheinen gekommen ...«

Marianne sollte nichts mehr über dic prophetischen Ansichten Abbé Bichettes erfahren, denn die Tür, vor der dieses interessante Gespräch stattfand, öffnete sich, und der Kardinal erschien, doch ein Kardinal, der diesmal viel mehr der Erinnerung an den Abbé de Chazay entsprach: Sein bescheidenes schwarzes Habit war weniger elegant als die Livree des Dieners.

»Ich bin alt genug, Bichette«, sagte er streng, »um meiner Patentochter selbst meine Mißgeschicke berichten zu können. Ihr haltet uns nur mit Euren Schwätzereien auf. Geht lieber in die Küche und bestellt dort, man möge mir Kaffee zubereiten, viel Kaffee und sehr starken! Und stört mich nicht, bevor Monsieur de Bruillard Euch sagen läßt, daß er bereit ist. Tritt ein, mein Kleines!«

Die letzten Worte richteten sich, wohlverstanden, an Marianne, die nun eine behagliche Bibliothek betrat, deren helle Holztäfelung, wertvolle Lederbände und guterhaltene Gobelins aus Beauvais ebenso gemütlich und gepflegt wirkten wie der Rest des Hauses. Über einem Boulle-Sekretär lächelte in einem schmalen goldenen Oval das Porträt einer sehr hübschen, »à l'oiseau royal« frisierten Frau schalkhaft zwischen zwei hohen Leuchtern aus vergoldeter Bronze, während über dem Kamin der junge König Ludwig XV. im Krönungsornat das Blau seines Mantels im ganzen Raum auszubreiten schien.

Als der Kardinal bemerkte, daß Marianne dieses Porträt mit einiger Überraschung betrachtete, lächelte er.

»Der Domherr de Bruillard ist der natürliche Sohn König Ludwigs XV. und der schönen Dame, die du über dem Sekretär da siehst. Deshalb dieses Porträt, dem man nicht mehr sehr oft in den Pariser Salons begegnet. Aber lassen wir das. Komm hierher ans Feuer, damit ich dich besser sehe. Seitdem ich dich heute verließ, habe ich nicht aufgehört, an dich zu denken und zu verstehen versucht, durch welches Wunder du dich in Paris befindest und wie es möglich ist, daß ich dich, die ich mit einem Engländer verheiratet habe, in Begleitung eines Österreichers im Hof der Tuilerien traf.«

Mariannes schwachem Lächeln fehlte es an Heiterkeit. Der schwierige Moment war gekommen. Sie war entschlossen, ihm ohne Zögern die Stirn zu bieten, ohne nach Ausflüchten zu suchen, ja ohne sich den Vorteil mildernder Erinnerungen zunutze zu machen, die heraufzubeschwören Monseigneur de Chazay sicher nicht verfehlen würde.

»Versucht es nicht länger, Pate ... es wäre nutzlos. Was mein Leben seit der Minute gewesen ist, in der wir uns trennten, könnt Ihr Euch nicht vorstellen, weder Ihr noch jemand anders. Es gibt Momente, in denen ich mich sogar frage, ob all das, was ich durchlebt habe, nicht nur ein Alptraum war oder auch eine Geschichte, die man mir erzählt hat!«

»Was soll das heißen?« fragte der Kardinal, während er einen Sessel heranzog und Marianne gegenüber Platz nahm. »Seit dem Tage deiner Hochzeit habe ich aus England keinerlei Nachricht erhalten.«

»Also.. wißt Ihr nichts ... absolut nichts?«

»Nicht das geringste. Sag mir zuerst, wo dein Gatte geblieben ist.«

»Nein!« rief Marianne lebhaft. »Ich bitte Euch, laßt mich erzählen auf meine Art ... wie ich es kann. Es ist ohnehin schon so schwierig.«

»Schwierig? Ich glaubte, ich hätte dir beigebracht, dich nie durch Schwierigkeiten aufhalten zu lassen.«

»Ich lasse mich auch nicht aufhalten. Ihr werdet sofort verstehen, was ich sagen will. Pate ... das Hôtel d'Asselnat gehört mir. Der Kaiser hat es mir gegeben. Ich bin ... jene Operndame, von der Ihr heute gesprochen habt.«

»Wie?«

Der Kardinal hatte sich überrascht erhoben. Auch die letzte Spur von Heiterkeit, ja von Leben war aus seinem unschönen Gesicht gewichen. Es war eine Maske aus grauem Stein, in einer merkwürdigen Ausdruckslosigkeit erstarrt. Doch trotz des Schocks, den sie ihm, wie sie spürte, zugefügt hatte, empfand sie etwas wie Befreiung, Erleichterung. Das Schwierigste war gesagt.

Stumm wandte sich der Kardinal zu einem Winkel des Zimmers, wo ein elfenbeinernes Kruzifix in einem Rahmen aus rotem Samt ruhte. Einen Augenblick blieb er vor ihm stehen, ohne die Knie zu beugen, scheinbar ohne zu beten, doch als er sich umdrehte und zu Marianne zurückkam, hatte sein Gesicht wieder ein wenig Farbe bekommen. Er nahm seinen Platz im Sessel von neuem ein, kehrte sich jedoch, vielleicht um den Blick seines Patenkindes zu vermeiden, dem Feuer zu und streckte seine weißen Hände den Flammen entgegen.

»Erzähle«, sagte er sanft. »Ich werde dir bis zum Ende zuhören, ohne dich zu unterbrechen.«

So begann Marianne ihren langen Bericht ...

Die Ankunft des Dieners mit dem Kaffee, verehrungsvoll eskortiert von einem sichtlich vor Neugier vergehenden Abbé Bichette, fiel genau mit Mariannes letzten Worten zusammen. Seinem Versprechen getreu, hatte der Kardinal während der langen Erzählung kein Wort gesagt, war aber mehr als einmal in seinem Sessel unruhig hin und her gerückt. Jetzt betrachtete er das Kaffeetablett mit der Dankbarkeit, die man einer unerwarteten Entspannung inmitten eines heißen Kampfes entgegenbringt.

»Laßt das, Bichette«, sagte er zu dem Abbé, der sich daranmachte, die Tassen zu füllen, zweifellos, um länger bleiben zu können. »Wir bedienen uns selbst.«

Der Abbé verschwand enttäuscht, doch gehorsam. Gauthier de Chazay wandte sich nun zu Marianne. »Es ist lange her, seitdem du mir Tee oder Kaffee eingeschenkt hast, Marianne. Ich hoffe, du hast es nicht vergessen.«

Die Augen plötzlich voller Tränen dieser Bemerkung wegen, die sie mit einem Schlage in ihre Kindheit, auf ihren Platz im Kreise der Familie zurückversetzte, ging sie zu dem kleinen Tisch, zog ihre Handschuhe aus, warf sie in eine Ecke und begann, die Tassen mit dem duftenden Gebräu zu füllen. Konzentriert auf das, was sie tat, widmete sie ihrem Paten keinen Blick. Weder er noch sie sprach. Erst als sie ihm die Tasse reichte, wagte sie zu fragen:

»Ihr ... urteilt nicht zu streng über mich?«

»Ich habe nicht das Recht dazu. Mir gefiel weder diese Hochzeit noch Lord Cranmere ... und ich bin abgereist. Jetzt weiß ich, daß ich hätte bleiben, hätte über dich wachen müssen, statt dich zu verlassen. Gott wollte es ohne Zweifel nicht, weil du mich auf dem Quai von Plymouth nur um wenige Minuten verfehlt hast. Sonst wäre alles anders geworden. Du hattest keine Wahl. Du mußtest deinem Schicksal folgen, und wenn es das ist, von dem ich heute erfuhr, habe ich meinen Teil daran ... Nein, ich habe wirklich kein Recht, dir den geringsten Vorwurf zu machen, denn es hieße, dir vorzuwerfen, daß du überlebt hast!«

»Helft mir also, Pate ... befreit mich von Francis Cranmere!«

»Dich befreien? Wie könnte ich es?«

»Lord Cranmere hat mich nie berührt. Meine Ehe ist nie vollzogen worden, und der Gatte ist nichtswürdig. Erwirkt vom Heiligen Vater, daß er meine Ehe aufhebt, daß dieser Mann nicht den Schatten eines Rechts mehr auf mich hat, daß ich wieder ich selbst werden und vergessen kann, daß Lord Cranmere je existierte.«

»Wird er sich so leicht vergessen lassen?«

»Das dürfte von dem Moment an unwichtig sein, in dem das Band gelöst wird, das mich noch an ihn fesselt. Befreit mich, Pate! Ich will wieder Marianne d'Asselnat werden!«

Das Echo dieser letzten Worte hallte lange nach. Ohne zu antworten, leerte der Kardinal seine Tasse, stellte sie zurück und vertiefte sich eine Weile in die Betrachtung seiner ineinander verschlungenen Finger. Angstvoll respektierte Marianne sein nachdenkliches Schweigen und bezähmte, so gut es ging, ihre Ungeduld. Warum zögerte er, ihr zu antworten? Was erwog er bei sich? ... Endlich richteten sich die blauen Augen wieder auf sie, aber sie waren so erfüllt von Trauer, daß Marianne ein Beben überlief.

»Nicht, um du selbst zu werden, bittest du mich, dir zu deiner Freiheit zu verhelfen, Marianne. Es wäre überdies nicht mehr möglich, weil die Veränderung mehr in dir liegt als in dem Namen, den du trägst. Du willst frei sein, um in den Augen des Mannes, den du liebst, ohne Makel zu sein ... und um ihm besser angehören zu können. Dem kann ich jedoch nicht zustimmen, weil ich damit guthieße, dich in aller Öffentlichkeit ein Leben der Sünde führen zu sehen.«

»Und was ändert das? Bin ich nicht schon in aller Öffentlichkeit Napoleons Mätresse?« rief Marianne in einem Ton, in dem so etwas wie Herausforderung mitschwang.

»Nein. Eine gewisse Maria Stella trägt diesen Titel, nicht die Tochter des Marquis d'Asselnat. Täusche dich nicht, mein Kind, in unserer Familie hat man den Posten der königlichen Favoritin nie als eine Ehre betrachtet. Um so weniger den der Favoritin eines Usurpators. Ich werde dich niemals den Namen deines Vaters mit dem Bonapartes verknüpfen lassen!«

Die Bitterkeit der Enttäuschung verwandelte sich in der jungen Frau zum Beginn eines Zorns. Sie wußte, hatte immer gewußt, welch leidenschaftlicher Royalist Gauthier de Chazay war, aber sie hatte nie gedacht, daß er seine Beziehungen zu seiner Patentochter, die er immer geliebt hatte, dadurch beeinflussen lassen würde.

»Ich habe Euch erzählt, wie dieser Mensch mich behandelt hat und noch behandelt, Pate«, sagte sie traurig, »und Ihr wollt mich im Namen ich weiß nicht welcher politischen Moral zwingen, an einen Schurken gefesselt zu bleiben!«

»Durchaus nicht. Ich will dich nur vor dir selbst retten, indem ich dich vor Cranmere rette. Du bist nicht dazu geschaffen worden, ob du es nun willst oder nicht, dein Geschick an das Napoleons zu binden, vor allem, weil weder Gott ... noch die Moral, die schlichte Alltagsmoral und nicht die, die du politisch nennst, es wollen. Dieser Mann geht seinem Untergang entgegen. Ich werde dich nicht mit ihm untergehen lassen. Versprich mir, für immer auf ihn zu verzichten, und ich verspreche, daß deine Ehe in spätestens vierzehn Tagen annulliert sein wird.«

»Das ist Erpressung, pure Erpressung!« brauste Marianne auf, um so verletzter, als der Kardinal ihr mit anderen Worten, doch mit der gleichen überzeugenden Ruhe wiederholte, was Talleyrand ihr zuvor gesagt hatte.

»Vielleicht«, gab der Prälat ungerührt zu, »aber wenn du den Namen, den du trägst, entehren mußt, soll es lieber der des Engländers sein als der der Asselnats. Eines Tages wirst du mir danken ...«

»Ich glaube nicht! Selbst wenn ich Euch dieses Versprechen geben wollte, wenn ich einwilligte, selbst die Liebe zu zerstören, die mir Leben gibt, könnte ich's nicht! Ihr wißt noch nicht alles, Eminenz! Erfahrt also die ganze Wahrheit: Ich trage ein Kind, und dieses Kind ist das seine, versteht Ihr, ist ein ... Bonaparte!« sagte Marianne beschwörend.

»Unglückliche! ... Törin! ... Törichter noch als unglücklich! Und du wagtest, davon zu sprechen, wieder die kleine Marianne von Selton zu werden? Du hast nicht wieder Gutzumachendes zwischen dir und den Deinen aufgerichtet!«

Diesmal war Gauthier de Chazays Ruhe unter dem Schock der Enthüllung wie zerplatzt, doch weit davon entfernt, sich zu beunruhigen oder gar aufzuregen, empfand Marianne einen Moment ungestümer Freude, erfüllt vom Hochgefühl des Triumphes, als habe dieses noch im frühesten Stadium im Innersten ihres Leibes schlummernde Kind seinen Vater für all die Verachtung der Royalisten, den Haß der Emigrierten gerächt. Kalt erwiderte sie:

»Das ist möglich, aber es ist auch der wesentliche Grund, um dessentwillen ich unwiderruflich von Francis Cranmere getrennt sein will. Das Kind eines Kaisers darf nicht den Namen eines Banditen tragen. Wenn Ihr Euch weigert, das Band zu lösen, das mich noch an ihn bindet, werde ich vor nichts zurückschrecken, vor nichts, hört Ihr, nicht einmal vor dem kältesten, überlegtesten Mord, um Francis Cranmere mit Gewalt aus meinem Leben zu streichen.«

Der Kardinal mußte spüren, daß sie jedes Wort ihrer Drohung meinte, denn sie sah ihn erblassen, während zugleich ein seltsamer Ausdruck von Stolz in seinem sonst so ruhigen, sanften Blick aufglänzte. Marianne war auf eine zornige Äußerung, auf heftigen Protest gefaßt. Statt dessen vernahm sie einen entmutigten Seufzer ... und sah ein spöttisches Lächeln.

»Das Zermürbende bei euch Asselnats ist euer unmöglicher Charakter«, bemerkte Gauthier de Chazay. »Wenn man sich nicht euren Wünschen fügt, jedem eurer Wünsche und möglichst noch im selben Moment, speit ihr Feuer und Flammen und droht, alle Welt umzubringen. Und das schlimmste ist, daß ihr es im allgemeinen nicht nur tut, sondern auch noch recht damit habt.«

»Was?« rief Marianne verblüfft. »Ihr ratet mir ...«

»... Francis Cranmere zu seinen noblen Ahnen zu schikken? Als Mensch hätte ich nichts dagegen einzuwenden ... ich glaube sogar, daß ich dazu noch applaudieren würde. Aber als Priester muß ich jede Gewalttat, selbst wenn sie vollauf verdient sein sollte, verdammen. Nein, Marianne, wenn ich sage, daß du recht hast, bezieht sich das auf deine Erklärung, daß das Kind nicht den Namen dieses Schuftes tragen darf ... aber nur, weil es dein Sohn sein wird.«

Es flimmerte vor Mariannes Augen, die den Sieg in Reichweite fühlte.

»Ihr willigt also ein, um die Annullierung zu bitten?«

»Nicht so schnell ... Antworte erst auf eine Frage. Seit wann weißt du ... von dem Kind?«

»Seit heute.« Und in wenigen Worten beschrieb sie ihm die Übelkeit, die sie in den Tuilerien befallen hatte.

»Kannst du ... ich bedauere, ein so intimes Thema anschneiden zu müssen, aber wir sind ja über zarte Rücksichtnahmen hinaus ... kannst du annähernd sagen, wie weit ... hm ... das Ereignis zurückliegt?«

»Ich glaube, nicht sehr weit ... Gewiß nicht länger als einen Monat, vielleicht weniger.«

»Kuriose Art für einen Souverän, seine Verlobte zu erwarten«, bemerkte der Kardinal sarkastisch. »Aber sparen wir uns die Glossen. Die Zeit drängt. Hör mir also jetzt zu und unterlasse auch den kleinsten Einwand, denn das, was ich dir sage, wird der Ausdruck meines formellen, unwiderruflichen Willens sein. Nur um diesen Preis kann ich dir helfen, ohne mein Gewissen oder meine Pflicht zu verraten. Als erstes wirst du die Neuigkeit, die du mir angekündigt hast, geheimhalten, absolut geheim, und das während einiger Zeit, denn Francis Cranmere darf um keinen Preis davon erfahren. Er könnte alles zerstören, und bei einem Mann wie ihm kann man nie vorsichtig genug sein. Also kein Wort, selbst nicht zu denen, die dir nahestehen.«

»Ich werde schweigen. Und weiter?«

»Das Weitere ist meine Sache. In vierzehn Tagen, sobald ich den Heiligen Vater in Savona erreicht habe, ist deine Ehe null und nichtig ... aber in einem Monat wirst du wieder verheiratet sein!«

Marianne glaubte, schlecht gehört zu haben, und fragte:
»Was habt Ihr gesagt? Ich habe Euch nicht verstanden.«

»Du hast ganz richtig verstanden. Ich sagte: In einem Monat wirst du wieder verheiratet sein.«

Er hatte das Wort mit solchem Nachdruck ausgesprochen, daß die verdutzte Marianne im ersten Moment nichts Rechtes zu erwidern fand. Sie stammelte nur:

»Aber ... das ist doch nicht möglich! Macht Ihr Euch klar, was Ihr da sagt?«

»Es ist nicht meine Gewohnheit, Worte zu verwenden, deren genauen Wert ich nicht kenne, und ich erinnere dich daran, daß ich dich eben gewarnt habe. Ich habe gesagt: keine Einwände! Nichtsdestoweniger bin ich bereit, mich zu wiederholen, doch ohne alle Umschweife:

Da du seit einem Monat schwanger bist, mußt du in einem weiteren Monat die Gattin eines Mannes sein, dessen Namen ihr beide, du und das Kind, tragen könnt, ohne erröten zu müssen. Du hast keine Wahl, Marianne! Und komme mir nicht mit deiner Liebe, deinem Kaiser oder deiner Freiheit! Das Kind, das du haben wirst, braucht einen Namen und einen Vater, da der Mann, der es gezeugt hat, nichts für es tun kann.«

»Nichts?« empörte sich Marianne. »Aber er ist der Kaiser! Glaubt Ihr nicht, daß er mächtig genug ist, seinem Kind eine angemessene Zukunft zu sichern?«

»Ich leugne nicht seine Macht, obwohl mir scheint, daß sie auf tönernen Füßen steht, aber kannst du sicher sein, daß ihm auch die Zukunft gehört? Was wird geschehen, wenn er eines Tages stürzt? Was wird mit dir und dem Kind geschehen? Kein Bastard bei uns, Marianne! Du schuldest dieses Opfer der Erinnerung an deine Eltern, dem Kind ... und dir selbst obendrein. Weißt du, wie die Gesellschaft eine uneheliche Mutter behandelt? Verlockt dich solche Situation?«

»Seitdem ich meinen Zustand kenne, bin ich darauf gefaßt, zu leiden, zu kämpfen ...«

»Wofür? Für wen? Um dir einen Mann zu erhalten, der, wenn ich mich nicht irre, eben erst eine andere geheiratet hat?«

»Ich brauche gerade Euch nicht die gebieterischen Notwendigkeiten der Staatsräson zu erklären. Er mußte heiraten ... ich kann es nicht!«

»Der Grund?«

»Er wird es mir nicht erlauben!«

Der Kardinal ließ ein kleines, spöttisches Lachen hören.

»Ah, wahrhaftig! Du kennst ihn ziemlich schlecht! Er ist es, der dich verheiraten wird, und das ohne Zaudern, sobald er weiß, daß du ein Kind von ihm trägst. Wenn seine Mätressen nicht im Besitz eines Gatten waren, hat er es immer so eingerichtet, ihnen einen zu verschaffen. Keine Geschichten und keine Komplikationen. Das ist immer seine Devise in Dingen der Liebe gewesen. Seine eigene Ehe hat ihm genügend Nüsse zu knacken gegeben.«

Marianne wußte, daß all das die reine Wahrheit war, doch sie war noch nicht bereit, sich den Absichten ihres Paten zu beugen. »Aber so überlegt doch, Pate! Eine Ehe ist etwas sehr Ernstes, etwas, das gewisse ... Realitäten mit sich bringt. Wollt Ihr, daß ich mit geschlossenen Augen mein Schicksal, mein Leben ... und mich selbst einem völlig Unbekannten anvertraue, einem Unbekannten, der alle Rechte auf mich haben wird, den ich Tag für Tag, Nacht für Nacht ertragen müßte? Könnt Ihr nicht verstehen, daß sich mein ganzes Wesen bei seiner Berührung vor Entsetzen sträuben würde?«

»Ich verstehe vor allem, daß du gegen jede Vernunft und mit aller Gewalt die Mätresse Bonapartes bleiben willst und daß die Realitäten der Liebe in der Tat keine Geheimnisse mehr für dich haben. Aber wer spricht von Berührungen? Oder gar von Beiwohnen? Man kann einen Mann heiraten und ohne ihn leben. Mir hat noch niemand erzählt, daß die schöne Fürstin Borghese, die schamlose Pauline, oft mit dem armen Camillo zusammen lebt. Ich sage und wiederhole es dir: In einem Monat mußt du verheiratet sein!«

»Aber mit wem? Denkt Ihr schon an jemand, da Ihr so kategorisch seid? An wen?«

»Das geht vorläufig nur mich an. Sei ohne Furcht. Der Mann, den ich für dich wählen werde, den ich schon gewählt habe, wird dir keinen Anlaß geben, mir auch nur den leisesten Vorwurf zu machen. Du wirst die Freiheit behalten, d;e dir so teuer ist ... wenigstens in den Grenzen des Anstands. Aber glaube vor allem nicht, daß ich dich zu etwas zwingen will. Du kannst, wenn du es wünschst und die Möglichkeit dazu hast, selbst wählen.«

»Wie könnte ich das? Ihr habt mir verboten, wem auch immer zu sagen, daß ich ein Kind erwarte, und ich würde mich nie dazu bereit finden, einen ehrlichen Mann so zu täuschen.«

»Wenn sich ein Mann findet, der deiner und der Deinen würdig ist, der dich genug liebt, um dich unter diesen Umständen zu heiraten, hätte ich nichts dagegen einzuwenden. Ich werde dich wissen lassen, wo und wann du mich zur Vornahme der Hochzeitszeremonie treffen wirst. Wenn der Mann, den du gewählt hast, dich begleitet, werde ich Euch vereinen ... Wenn du allein bist, wirst du den akzeptieren, den ich dir zuführe.«

»Wer wird es sein?«

»Frage nicht mehr! Ich werde dir nichts weiter sagen. Du mußt mir völlig Vertrauen schenken ... und du weißt, daß ich dich wie eine Tochter liebe. Nimmst du an?«

Langsam senkte Marianne den Kopf; all ihre stolze Freude von vorhin war im kühlen Hauch der Realitäten verflogen. Seitdem sie sich schwanger wußte, war sie in dem erregenden Gefühl, den Sohn des Adlers zu tragen, überzeugt gewesen, es mit der ganzen Welt aufnehmen zu können. Aber die Vernunft – das begriff sie nun – war auf seiten ihres Paten, denn wenn sie auch selbst die Meinung der anderen verachtete und entschlossen war, allem Trotz zu bieten, hatte sie kein Recht, ihrem Kind die Bürde der unehelichen Geburt aufzuerlegen. Ihr war bekannt, daß gewisse Herren der Gesellschaft nicht die Söhne derer waren, deren Namen sie trugen. Der charmante Flahaut zum Beispiel war Talleyrands Sohn, und jeder wußte es, doch er hätte nie die glänzende Karriere in der Armee machen können, wenn der Mann seiner Mutter nicht mit seinem Namen den Makel beseitigt hätte, durch den ihm der Zugang zur großen Welt verschlossen geblieben wäre. Und war Marie Walewska nicht in die Schnee-Einöde von Walewice zurückgekehrt, damit der alte Graf, ihr Gatte, das zu erwartende Kind anerkennen konnte? ... Jäh stellten die Gesetze der Gesellschaft ihre unübersteigbare Mauer Mariannes Träumen entgegen. Sie hatte zuviel gesunden Menschenverstand, um nicht zu begreifen, daß sie ihr Herz, ihre Liebe vor der harten Notwendigkeit beugen mußte. Wie der Kardinal gesagt hatte, blieb ihr keine Wahl. Dennoch versuchte sie, schon bereit, ihre Zustimmung zu geben, noch einmal zu kämpfen.

»Ich flehe Euch an, laßt mich wenigstens den Kaiser sehen, mit ihm sprechen ... Er wird vielleicht eine Lösung finden. Laßt mir ein wenig Zeit.«

»Das ist das einzige, was ich dir nicht geben kann: Zeit. Wir müssen schnell, sehr schnell handeln ... und deine Miene läßt mich vermuten, daß du nicht einmal weißt, wann du Napoleon wiedersehen wirst. Wozu sollte es im übrigen gut sein? Ich habe es dir gesagt: Wenn du ihm deine Situation erklärst, wird er sie selbst auf die einzig mögliche Art lösen: Er wird dich mit dem einen oder anderen seiner Leute mit flitterigem Wappenschild verheiraten, irgendeinem Gastwirts- oder Stallknechtssohn, dem du dazu noch demütig für seine Bereitschaft, dich zu ehelichen, danken mußt, du, eine d Asselnat, deren Vorfahren an der Seite Gottfrieds von Bouillon in Jerusalem und mit dem heiligen Ludwig in Tunis eingezogen sind! Der Mann, an den ich denke, wird nichts von dir fordern ... und dein Sohn wird Fürst sein!«

Die harte Mahnung an ihre Herkunft traf Marianne wie ein Peitschenhieb. Blitzartig aufleuchtend, sah sie in einem goldenen Rahmen das schöne, hochmütige Gesicht ihres Vaters, dann auf dem vernebelten Schirm ihrer Erinnerung das weniger ansehnliche, aber zärtlichere und ebenso stolze ihrer Tante Ellis. Wären ihre Schatten nicht im Recht, wenn sie sich zornig von einem Mädchen abwendeten, das unfähig war, ein von der Ehre gefordertes Opfer auf sich zu nehmen, sie, die ihr ganzes Leben eben dieser Ehre untergeordnet hatten ... und das bis zur äußersten Selbstverleugnung? Zum erstenmal spürte Marianne, daß sie noch immer zu diesem alten Stamm gehörte, dessen Wurzeln in die tiefsten Tiefen der auvergnatischen Erde tauchten und dessen Wipfel so oft den Himmel gestreift hatte; sie gewahrte, als hätten sich plötzlich Schatten aus dieser Bibliothek erhoben, die lange Reihe ihrer englischen und französischen Ahnen, die alle gekämpft und gelitten hatten, um ihren alten Namen und dieses Prinzip der Ehre, das die gegenwärtige Epoche sich zu vergessen bemühte, unversehrt zu bewahren.

Mit einem Schlag kapitulierte sie.

»Ich nehme an!« sagte sie klar. »Bravo! Ich war überzeugt ...«

»Verstehen wir uns recht«, unterbrach ihn die junge Frau.

»Ich akzeptiere das Prinzip, in einem Monat zu heiraten, aber bis dahin werde ich mein möglichstes tun, um selbst meinen Gatten wählen zu können.«

»Ich habe nichts dagegen, sofern er deiner Familie würdig ist. Ich bitte dich nur, Ort und Stunde einzuhalten, die ich dir mitteilen werde, allein oder in Begleitung. Schließen wir also heute abend einen Pakt: Du rettest selbst deine Ehre, und ich befreie dich von Francis Cranmere, oder du verpflichtest dich, den Retter zu akzeptieren, den ich dir bringe. Sind wir einig?«

»Ein Pakt ist ein Pakt«, bekräftigte Marianne. »Ich verpflichte mich, diesen zu respektieren.«

»Gut ... In diesem Fall werde ich damit beginnen, meinen Teil des Vertrags zu erfüllen.«

Er ging zu einem großen, geöffneten Sekretär in einer Ecke, nahm ein Blatt Papier und eine Feder und schrieb einige Worte, während sich Marianne, einer Stärkung bedürftig, eine neue Tasse Kaffee eingoß. Sie dachte nicht daran, die Worte, die sie ausgesprochen hatte, zurückzunehmen, obwohl ihr die Unerfreulichkeit der Situation, in der sie sich befand, durchaus bewußt war, aber unversehens kam ihr ein Zweifel, den sie ohne Zögern äußerte:

»Darf ich Euch, falls ich meinerseits niemand finde, um eine Gnade bitten, Pate?«

Ohne zu antworten, wandte er sich ihr abwartend zu.

»Wenn ich den Gatten Eurer Wahl nehmen muß, denkt bitte vor allem an das Kind ... und laßt es nicht den Namen eines Feindes seines Vaters tragen!«

Der Kardinal lächelte, zuckte die Schultern und tauchte seine Feder von neuem ins Tintenfaß.

»Meine Treue zum König geht nicht so weit, daß sie mich solche heimtückischen Streiche begehen ließe!« warf er ihr milde vor. »Du solltest mich immerhin so gut kennen, daß ein solcher Gedanke dich nicht einmal hätte streifen dürfen.«

Er beendete seinen Brief, bestreute ihn mit Sand, faltete und siegelte ihn, dann reichte er ihn seiner Patentochter.

»Nimm das. In wenigen Minuten muß ich aufbrechen, und ich möchte dich nicht in der gefährlichen, kaum zu lösenden Situation zurücklassen, in der du bist. Morgen vormittag wirst du dich mit diesem Brief dem Bankier Laffitte präsentieren. Er wird dir die fünfzigtausend Livres geben, die dieser englische Dämon fordert. So wirst du ein Weilchen aufatmen ... und die närrische Adelaide zurückholen können, die das Alter offenbar nicht weiser gemacht hat.«

Die Verblüffung benahm Marianne so den Atem, wie es ihr gewiß recht ungewöhnliches Gespräch mit dem Kardinal nicht zuwege gebracht hatte. Sie wagte den Brief nicht zu berühren, starrte ihn nur an, als sei er ein übernatürlicher Gegenstand. Diese wunderbare Freigebigkeit verwirrte sie und zwang sie, endgültig den letzten Rest von Groll über die unnachgiebige Haltung ihres Paten zu begraben. Sie hatte angenommen, daß er allein seiner Vorstellung von Pflicht genügte, und nun zeigte er mit einem Federstrich, wie weit sein Beistand ging, wie großzügig seine Freundschaft und seine Warmherzigkeit waren. Tränen stiegen ihr in die Augen, denn einen Moment hatte sie geglaubt, daß er sie nicht mehr wie früher liebte. Der Kardinal wurde ungeduldig.

»Vorwärts, nimm und stelle keine Fragen, die man nicht beantworten könnte. Daß du mich arm wie Hiob 'gekannt hast, ist kein Grund, daß es mir nicht möglich sein sollte, Geld aufzutreiben, um dein Leben zu retten.« Alles Fragen war übrigens unmöglich geworden. Die Tür der Bibliothek hatte sich geöffnet und ließ einen weiteren Kardinal eintreten. Seinem Rang entsprechend gekleidet, war der Ankömmling ebenso klein wie sein Kollege von San Lorenzo, aber seinem sehr schönen Gesicht war ein Zug von besonderer Vornehmheit eigen, und zudem wies es eine deutliche Ähnlichkeit mit dem Porträt über dem Kamin auf.

»Der Wagen und die Eskorte sind eben eingetroffen, mein armer Freund. Wir müssen aufbrechen ... Euer Pferd erwartet Euch im Stall mit Eurem Gepäck und der notwendigen Kleidung.«

»Ich bin bereit«, rief Gauthier de Chazay fast fröhlich, die Hand des Ankömmlings herzlich schüttelnd. »Ich werde Euch nie genug dafür danken können, daß Ihr Euch so opfert, mein lieber Philibert! Marianne, ich möchte dich dem Domherrn de Bruillard vorstellen, der, nicht genug, mich beherbergt zu haben, die Freundschaft so weit treibt, heute nacht meine Rolle zu spielen.«

»Mein Gott«, rief Marianne, »ich hatte ja ganz vergessen, daß man Euch nach Reims schickt. Aber ...«

»Aber ich werde mich nicht schicken lassen. Während mein Freund Philibert in Gesellschaft des Abbés Bichette und von den Gendarmen des Herrn Herzogs von Rovigo eskortiert ruhig nach Reims rollt, werde ich, als Domestike verkleidet, in Richtung Italien galoppieren, wo der Heilige Vater schon auf meinen Bericht über eine gewisse Mission wartet.«

Sprachlos, den kostbaren Brief; der ihr ein Jahr der Freiheit sicherte, mechanisch zwischen den Fingern drehend, betrachtete sie die beiden Kardinäle, den echten und den falschen, und fragte sich, ob sie Gauthier de Chazay je richtig gekannt habe. Wer war dieser Mann wirklich, der so verzweifelt gekämpft hatte, um das Kind Marianne zu retten, dessen Leben immer ein Geheimnis gewesen war, der sicherlich nie auch nur das kleinste Vermögen besessen hatte und doch mit einem Federstrich ein fürstliches Lösegeld bezahlen konnte und der sich, ein Kirchenfürst, in der Kleidung eines Domestiken zu Pferd auf den Straßen Europas herumtrieb?

Zweifellos der Verwirrung seiner Patentochter bewußt, trat der einstige Abbé zu ihr und umarmte sie zärtlich. »Versuche nicht zu erraten, was außerhalb deiner Reichweite ist, Marianne! Denke nur, daß du immer mein geliebtes Kind bist und daß ich dich glücklich sehen will ... selbst wenn die Mittel, die ich verwende, um dich zum Glück zu führen, dir nicht sonderlich gefallen. Gott möge dich schützen, mein Kleines! Ich werde für dich beten, wie ich es immer getan habe.«

Schnell segnete er die junge Frau, dann wandte er sich zum Fenster und öffnete es.

»Das ist der schnellste Weg, um zum Stall zu kommen, ohne jemand zu begegnen«, sagte er. »Adieu, mein lieber Philibert. Schickt mir Bichette zum vereinbarten Ort, sobald Ihr könnt. Ich hoffe, daß Ihr durch unsern Betrug nicht zu leiden haben werdet.«

»Sorgt Euch nicht. Savarys Gendarmen werden nur Feuer sehen ... oder zumindest Purpur, denn mein Gesicht werde ich soweit wie möglich verstecken. Im übrigen ist keiner von uns allzu bekannt. Gewiß, Eure Brüder vom Heiligen Kollegium werden ein wenig überrascht sein, wenn ich erscheine, aber ich werde sie informieren und nach ein paar Tagen, diesmal unter meinem echten Äußeren, eine Möglichkeit finden, hierher zurückzukehren ... wo meine Leute meine Tür unter dem Vorwand einer ansteckenden Krankheit verrammelt haben werden. Guten Weg, mein lieber Chazay! Legt dem Heiligen Vater meine kindliche Liebe, meinen Respekt und meinen Gehorsam zu Füßen.«

»Es wird erledigt. Adieu, Marianne. Umarme für mich diese Närrin Adelaide, wenn du sie wiedergefunden hast. Wir haben uns oft genug in den Haaren gelegen, aber ich mag sie sehr.«

Damit schwang sich Seine Eminenz aufs Fensterbrett und sprang in den Hof. Marianne sah ihn zu einem Schuppen am Fuße des viereckigen, mageren Turms laufen. Der Domherr de Bruillard verneigte sich leicht vor ihr.

»Seid unbesorgt, er wird über die Uferböschung der Seine hinausgelangen. Mir selbst erlaubt, Abschied zu nehmen. Der Abbé Bichette erwartet mich nebenan, die Gendarmerie-Eskorte auf der Straße.«

Noch während er sprach, warf er sich einen weiten Umhang um die Schultern, mit dessen Kragen er den größten Teil seines Gesichts verdeckte, dann verließ er mit einem letzten grüßenden Nicken die Bibliothek. Durch die offene Tür gewahrte Marianne den Abbé Bichette, der mehr als je zuvor einer aufgeschreckten Henne glich, und die blauen Uniformen einiger Gendarmen. Auf der Straße, die durch ein vergittertes Fenster zu überblicken war, bemerkte sie eine große geschlossene Kutsche mit angezündeten Laternen inmitten einer Schar Reiter mit schwarzen, von roten Federbüschen überragten Zweispitzen, deren Pferde aus dem alten königlichen Pflaster Funken schlugen. Dieses ganze kriegerische Aufgebot schien der jungen Frau als Rahmen für zwei friedliche Diener Gottes plötzlich übertrieben und schäbig zugleich, auf jeden Fall aber unerträglich. Doch in Erinnerung an die Selbstverständlichkeit, mit der Gauthier de Chazay aus dem Fenster gesprungen war, und angesichts des Briefs in ihrer Hand, der so viel Geld bedeutete, Geld, das der eigene Bankier des Kaisers ihr auszahlen würde, kam ihr ein Zweifel. Repräsentierte dieser kleine, zarte und scheinbar so harmlos wirkende Kardinal nicht vielleicht eine unendlich aktivere und furchtbarere Macht, als sie es sich vorstellen konnte? Er schien wie Gott selbst über Ereignisse und Menschen zu gebieten. In einem

Monat würde auf seinen Befehl ein Mann bereit sein, sie zu heiraten, sie, Marianne, eine ihm völlig Unbekannte und zudem noch Schwangere. Warum? Zu welchem Zweck? Um sich welchem Gehorsam zu beugen?

Von draußen drang das Klirren von Waffen herein. Aus ihrer Grübelei gerissen, sah Marianne die kleine rote Gestalt des falschen Kardinals im Inneren der Kutsche verschwinden, gefolgt von der langen, mageren Gestalt des Abbés, der sich zuvor noch vor dem Kommandanten der Eskorte mehrfach hastig bekreuzigte, als sähe er den Teufel selbst. In der Nachtstille hörte sie das Zuschlagen der Tür, sodann die Peitsche des Kutschers, und unter wahrhaft apokalyptischem Getöse verließ der von seiner stampfenden Eskorte begleitete Wagen im Trab die Rue Chanoinesse, ohne daß sich an den Fenstern der Nachbarhäuser ein Gesicht gezeigt hätte. Einen Moment darauf vernahm Marianne hinter sich die gemessene Stimme des Dieners, der sie vorhin eingelassen hatte:

»Möchte Madame, daß ich sie zu ihrem Wagen bringe? Ich muß das Haus jetzt schließen.«

Sie holte sich den Mantel, den sie beim Eintreten über einen Stuhl gelegt hatte, zog ihre Handschuhe wieder an und schob den kostbaren Brief in eine Innentasche. »Ich bin bereit«, sagte sie nur.

Jetzt, da ihr Pate fort und sie mit sich selbst allein war, spürte Marianne, wie Verzweiflung in ihr hochkroch. Ein Monat! In einem Monat würde sie irgend jemand heiraten müssen ... einen völlig Unbekannten vielleicht! Wie sollte ihr vor einer solchen Aussicht nicht grauen? Sicher, ihr blieb die Möglichkeit, selbst zu wählen, wenn sie es vermeiden wollte, ihre Hand in die des Unbekannten legen zu müssen, dessen Namen ihr Pate nicht preisgab, auch darin getreu seinem Hang zur Geheimniskrämerei, den sie seit jeher an ihm kannte. Niemand war je so verschwiegen gewesen wie der Abbé de Chazay, und der Kardinal von San Lorenzo hatte offenbar die gleichen Gewohnheiten bewahrt. Und im übrigen ... was hätte es ihr auch genutzt, wenn er ihr den Namen genannt hätte? Nein, sie mußte um jeden Preis jemand finden, jemand, der ihr weder Angst noch Schrecken einjagte, einen Mann, den sie, wenn schon nicht lieben, doch wenigstens achten konnte. Die Mädchen ihrer Gesellschaftsschicht heirateten ja meistens, ohne ihren Verlobten zu kennen. Allein die Familien waren dabei im Spiel. Doch die Unabhängigkeit, die sie sich in ihrer stürmischen Existenz erworben hatte, in die sie durch das Schicksal gezwungen worden war, hinderte sie daran, sich ohne Kampf zu ergeben, sich der Regel des Üblichen zu beugen. Sie wollte wählen. Aber wen konnte sie heiraten?

Während sie dem mit einem schweren Leuchter bewaffneten Diener durch die dunklen Salons folgte, ließ Marianne fieberhaft die Männer Revue passieren, die sie umgaben, die – vielleicht – dafür in Frage kamen. Fortunée hatte ihr einmal erklärt, daß die ganze kaiserliche Garde in sie verliebt sei, aber unter all diesen Männern konnte sie kein Gesicht, keinen Charakter ausmachen, an den sich eine Hoffnung hätte knüpfen lassen. Sie kannte sie fast nicht, und es fehlte ihr an Zeit, sie kennenzulernen. Manche waren übrigens verheiratet, andere wollten nicht heiraten ... und zweifellos schon gar nicht unter solchen Bedingungen, denn Marianne war vernünftig genug zu begreifen, daß zwischen der Bereitschaft, ihr den Hof zu machen, das hieß, ihre Gunst zu erlangen, und der, sie zu heiraten, ein sehr großer Unterschied bestand. Clary? Der österreichische Fürst würde keine Opernsängerin heiraten. Zudem war er schon mit der Tochter des Fürsten von Ligne verheiratet. Und außerdem wünschte Marianne nicht demselben Volk zuzugehören wie die verhaßte Marie-Louise. Was also dann? ... Napoleon zu bitten, einen Gatten für sie zu wählen, war aus den Gründen, die der Kardinal genannt hatte, nicht mehr möglich. Zumal es ihr scheußlich gewesen wäre, von dem Mann, den sie liebte, an irgendeinen anderen weitergereicht zu werden, der nur ein Kriecher, ein zu jeder Gefälligkeit bereiter Emporkömmling sein konnte. Dann war der von ihrem Paten ausgewählte Unbekannte schon besser, denn Gauthier de Chazay hatte ihr versprochen, daß sie ihm nichts vorwerfen könne.

Einen Moment kam ihr die Idee ... Arcadius zu heiraten, doch dieser Gedanke brachte sie trotz ihrer trübseligen Stimmung zum Lächeln. Nein, wahrhaftig, sie sah sich nicht als Madame de Jolival. Es wäre ihr vorgekommen, als hätte sie ihren eigenen Bruder oder wenigstens doch ihren Onkel geheiratet.

Doch als sie auf der Straße zu Gracchus-Hannibal trat,

der das Trittbrett ihres Wagens für sie herunterklappte, kam ihr etwas wie eine Erleuchtung. Die Antwort, die sie suchte, blitzte in ihr auf, als sie das runde Gesicht und den unter keinem Hut anständig unterzubringenden roten Schopf des jungen Burschen vor sich sah. Denn neben diesem Gesicht tauchte, durch eine Gedankenverbindung beschworen, plötzlich ein anderes auf. Und der Eindruck war so stark, daß sie einen Ausruf nicht zu unterdrücken vermochte:

»Ja, er ist es! Ihn brauche ich!«

Gracchus hatte es gehört und fragte erstaunt:

»Wie beliebt, Mademoiselle Marianne?«

»Nichts, Gracchus! Aber sag mir, kann ich immer auf dich zählen?«

»Was für eine Frage, Mademoiselle Marianne! Befehlt nur, wenn Ihr mich brauchen solltet!«

Marianne zögerte nicht. Diesmal hatte sie gewählt, und es erfüllte sie mit einer Art Erlösung.

»Danke, mein Junge. Um die Wahrheit zu sagen, ich zweifelte nicht daran. Hör zu! Sobald wir zurück sind ziehst du dich um, wählst ein Reisekostüm und sattelst dir ein Pferd. Danach kommst du zu mir. Ich werde dir einen Brief geben, den du schnellstens besorgen mußt.«

»Ich brauche nur ein wenig Zeit, um die Pferde auszuspannen. Habe ich weit zu reiten?«

»Nach Nantes. Aber zunächst nach Hause, Gracchus!«

Eine Stunde später galoppierte Gracchus-Hannibal Pioche, bis weit über die Knie hinauf gestiefelt, in einen weiten, auch stärksten Regenfällen gewachsenen Reisemantel verpackt, einen runden Hut bis zu den Brauen in die Stirn gezogen, aus dem Hof des Hôtels d'Asselnat. Von einem der Fenster des Saals in der ersten Etage aus sah Marianne ihm nach. Und erst als der Pförtner Augustin das schwere Portal wieder geschlossen hatte, verließ sie ihren Beobachtungsposten und kehrte in ihr Zimmer zurück, in dem noch der Geruch des Siegellacks schwebte.

Mechanisch trat sie zu ihrem kleinen Schreibtisch, schloß die Schreibmappe aus blauem Saffianleder, nachdem sie zuvor den offen liegengebliebenen, nur mit einem »F« gezeichneten Brief an sich genommen hatte. Der Brief, bei ihrer Rückkehr aus der Rue Chanoinesse vorgefunden, bestellte sie für den folgenden Abend samt der fünfzigtausend Livres zum Rendezvous. Sie war versucht, ihn zu verbrennen, aber das Feuer im Kamin war ausgegangen, und zudem schien es ihr besser, ihn Jolival zu zeigen, der trotz der späten Stunde noch nicht zurückgekehrt war. Offenbar versuchte er noch, das Lösegeld aufzutreiben. Übrigens hatten die wenigen kurzen Worte Cranmeres kein Zittern bei ihr hervorgerufen. Sie hatte sie gleichgültig gelesen, als fühle sie sich nicht durch sie betroffen. Ihre ganze Aufmerksamkeit, ihre ganze angstvolle Sorge galten dafür einem anderen Brief, dem, den sie geschrieben hatte und mit dem Gracchus jetzt nach Nantes ritt.

Tatsächlich war es ein doppelter Brief. Der erste war an den Konsul der Vereinigten Staaten, Robert Patterson, gerichtet und bat ihn, den zweiten so rasch wie möglich an seinen Adressaten gelangen zu lassen. Doch Marianne verhehlte sich nicht, daß dieser zweite Brief der Flasche ähnelte, die der an seinen öden Felsen geklammerte Schiffbrüchige ins Meer wirft. Wo war Jason Beaufort um diese Stunde? Auf welchem Meer schwamm das Schiff, dessen Namen Marianne nie hatte wissen wollen? Ein Monat war so kurz und die Welt so groß! ... Allen Ungewißheiten zum Trotz hatte sie dennoch diesen Brief geschrieben, der den Mann zu ihr rief, den sie so lange zu hassen geglaubt hatte und der ihr jetzt, in dieser Minute, als einziger verläßlich, energisch und ergeben genug für das Wagnis schien, ihn um seinen Namen für Napoleons Kind zu bitten.

Jason, von Kindheit an gewöhnt, das Leben wie einen Stier bei den Hörnern zu packen, mit bloßen Händen gegen es zu kämpfen, Jason, der nur den Ozean als seinen Herrn anerkannte, der Jason der vier Winde und vier Horizonte ... er würde sie zu verteidigen und zu schützen wissen, sie und ihr Kind. Hatte er sie damals nicht inständig gebeten, ihm zu folgen und in seinem riesigen, freien Land Frieden und Ruhe zu finden? Hatte er ihr nicht geschrieben: »Erinnert Euch, daß ich existiere und daß ich eine Schuld bei Euch abzutragen habe ...?« Jetzt würde sie ihn bitten, diese Schuld zu begleichen. Er konnte es ihr nicht verweigern, denn wenn Marianne dort angelangt war, wohin das Schicksal sie geführt hatte, war es ein wenig seinetwegen. Er hatte sie eines Nachts aus den Steinbrüchen von Chaillot und den Krallen Fanchons befreit. Nun mußte er unbedingt kommen und sie vor dem mysteriösen Unbekannten retten, mit dem ihr Pate sie verheiraten wollte! Er mußte! Es war für Marianne die einzige Möglichkeit, ohne Schaudern die unvermeidliche Ehe zu akzeptieren.

Aber sie wußte auch, wenn sie Jason zu sich rief, verpflichtete sie sich zu dem noch härteren Opfer, das sie vorhin noch im Gespräch mit ihrem Paten verzweifelt verweigert hatte: Sie verzichtete darauf, im Umkreis Napoleons zu leben, sie verurteilte sich dazu, sich von ihm zu trennen, vielleicht für immer. Jason – falls er einwilligte, Mariannes Kind seinen Namen zu geben – war nicht der Mann, zugleich die lächerliche Rolle des Scheingatten zu übernehmen. Wenn er sie heiratete, und selbst wenn er nicht die Rechte des Ehemanns ausübte – eine Gunst, die zu erlangen sie sich stark machte würde sie ihm nichtsdestoweniger folgen und dort leben müssen, wo er es wünschte, sehr wahrscheinlich in Amerika. Ein Ozean würde sie von dem Mann trennen, den sie liebte, sie würde nicht mehr unter demselben Himmel mit ihm leben, nicht mehr'die gleiche Luft atmen ... aber war sie nicht schon durch diese Frau von ihm getrennt, die jetzt alle Rechte auf ihn hatte, die als schwierig zu überwindendes Hindernis zwischen ihnen stand? Nur das Kind würde bleiben, und Marianne wußte, daß sie durch dieses Kind fester noch an ihre Liebe gebunden wäre als durch fleischliche Bande. Es würde ihr genügen müssen, um ihr Leben zu orientieren und ihm einen Inhalt zu geben.

Was Jason betraf, wagte Marianne sich nicht zu fragen, welche Art von Gefühl er ihr einflößte. Zuneigung, Achtung, Zärtlichkeit oder bloße Freundschaft? Es war so schwierig zu entwirren! Vertrauen in jedem Fall, absolutes Vertrauen zu seinem Mut, seinem Wert als Mensch. In ihm würde das Kind einen Vater finden, der ihm Respekt und Bewunderung einflößen könnte ... vielleicht auch Liebe. Und sie selbst würde bei ihm, wenn nicht das Glück, so doch immerhin Sicherheit finden, denn Jason würde zwischen ihr und allen denen, die sie bisher auf irgendeine Weise bedroht hatten, seine Kraft aufrichten, den Wall seiner breiten Schultern und seines Mutes. Es gäbe zwar keinen Napoleon mehr ... für sie und das Kind, aber dafür auch keinen Francis Cranmere. Das eine glich ein wenig das andere aus, und der mysteriöse Kandidat des Kardinals würde ihr zweifellos nicht so viel bieten können ... Aber bestand Aussicht, daß Jason rechtzeitig ihren Brief erhielt? Wenn er in Amerika war, lohnte es nicht einmal die Mühe, darüber nachzugrübeln ...

Müde des Träumens vor ihrem erloschenen Feuer, erhob sich Marianne, reckte sich und wandte sich zu ihrem Bett. Plötzlich war ihr kalt, und sie spürte die Anstrengungen dieses schrecklichen Tages. Schlafen! Es war das einzige, was sie sich wünschte! Träumen vielleicht von jenem fernen Land, von dem ihr Jason Beaufort eines Abends im Pavillon des Hôtel de Matignon mit so viel Heimweh gesprochen hatte ...

Marianne ließ ihren Frisiermantel fallen, schlug ihr Bett auf. Doch als sie eben hineinschlüpfen wollte, hörte sie ein Klopfen an ihrer Tür.

»Schlaft Ihr schon?« flüsterte eine Stimme.

Es war der endlich zurückgekehrte, bei seiner Jagd nach dem Geld höchstwahrscheinlich leer ausgegangene Arcadius, und mit der Ruhe war es also vorerst nichts. Mit einem Seufzer dachte Marianne daran, daß sie ihm fast alles berichten mußte, was inzwischen geschehen war abgesehen natürlich von dem Kind und der geplanten Heirat. Das würde bis auf weiteres ihr Geheimnis bleiben ...

»Ich komme!« rief sie laut.

Dann raffte sie ihren Frisiermantel aus Spitzen und Batist auf, zog ihn über und ging zur Tür, um zu öffnen.

7. Kapitel

Die Komödianten vom Boulevard du Temple

Der gefürchtete Moment nahte. Die Stunde war gekommen, Francis mit dem Geld zu treffen. Nichts unterschied Marianne und Arcadius von den anderen Pariser Gaffern, als sie sich am frühen Abend unter die Menge mischten, die sich wie jeden Tag um die Freiluft-Theater, die Gauklerbuden und Cafés drängten, die den größten Teil des Boulevard du Temple bildeten. In einem Kleid aus kastanienfarbenem Merinostoff, nur verziert mit schmalen, Ton in Ton gehaltenen Samtbändern und einem kleinen weißen Musselin-Rundkragen, auf dem Kopf eine Kapotte »nach Tarnkappenart« aus dem gleichen Samt mit einem schmalen Musselinbausch vorn unter der Krempe, einen braunen Umhang um die Schultern, sah Marianne ganz und gar wie eine junge Bürgersfrau aus, die gekommen war, um die Wunder des berühmten Boulevards zu bestaunen. Trotz des Unbehagens, das sie erfüllte, gab sie sich ruhig. Arcadius in Filzhut, schwarzer Krawatte und mausgrauem Habit bot ihr würdig den Arm.

Sie hatten ihren Wagen hinter den Gärten des Café Turc gelassen. Das Wetter war schön, und unter den Ulmen des Boulevards promenierten zahlreiche Gruppen auf und ab, von der Auslage eines Konditors zu einem Oblatenhändler, vom Zelt einer Gauklertruppe zu den Bretterbaracken der kleinen Theater, begierig, alles zu sehen, was es auf diesem ständigen Jahrmarkt gab, diesem Paradies der Seiltänzer, der Schausteller jeder Art ... und der Pariser. Die letzteren, die in der Mehrzahl um fünf zu Abend gespeist hatten, nutzten die Promenade unter den Bäumen ebenso zur Verdauungsförderung wie zur Suche nach einem amüsanten Schauspiel für den Abend.

Inmitten eines infernalischen Durcheinanders von Geschrei und Musik, von gellenden Trompetenstößen und dumpf dröhnenden Trommelschlägen blieb man vor dem feuerfesten Spanier stehen, einem mageren, dunkelhäutigen, in Flitter gekleideten Burschen, der kochendes Öl trank und über rotglühende Ketten spazierte, ohne sich irgendwie inkommodiert zu fühlen; vor dem Karten ziehenden Hund, vor den dressierten Flöhen, die winzige Wagen zogen oder sich mit Stecknadeln duellierten.

Auf einer blau und orangegelb drapierten Bretterbühne donnerte ein mächtiger alter Mann mit einem bärtigen Patriarchenkopf:

»Tretet ein, meine Damen und Herren, wir geben heute ausnahmsweise eine Vorstellung des 'Festmahls des Steinernen Gastes oder der vom Blitz zerschmetterte Atheist', Komödie in fünf Akten mit Verwandlung auf offener Bühne, Feuerregen im fünften Akt, Versenkung und unterhaltsamem Zwischenspiel mit Mademoiselle Malaga. Der berühmte d'Hauterive wird Don Juan mit seiner ganzen Garderobe spielen! Laßt das Kostüm des vierten Akts sehen? Hier: goldbrauner Frack, Jabot und Manschetten aus flandrischen Spitzen! Und nun präsentieren wir die junge Malaga selbst, um euch zu beweisen, daß ihre Schönheit kein Trugbild ist! Junge Malaga, erscheint!«

Wider ihren Willen fasziniert vom Mundwerk des Alten wie vom farbigen Milieu, sah Marianne gleich einer strahlenden Rakete ein junges Mädchen auftauchen, entzückend in ihrem Kostüm aus buntscheckigen Seiden, mit ihren langen schwarzen, mit glitzernden Zechinen geschmückten Zöpfen. Von einem wahren Beifallsdonner empfangen, grüßte sie das Publikum mit bezaubernder Grazie.

»Wie hübsch sie ist!« rief sie. »Ist es nicht schade, sie auf dieser elenden Bretterbühne auftreten zu lassen?«

»Es steckt in diesen Buden viel mehr Talent, als Ihr Euch vorstellt, Marianne. Was Malaga betrifft, sagt man, sie komme aus einer guten, ja adligen Familie, und ihr Vater, dieser Alte, der sich bis in sein Schmierenkomödiantendasein eine Art Grandezza bewahrt hat, sei ein nach irgendeiner düsteren Geschichte gestrauchelter Nobelmann. Wenn Ihr wollt, können wir eines Abends wiederkommen und ihnen applaudieren. Ihr solltet wirklich Malaga zusammen mit ihrer Partnerin Rose tanzen sehen. Es gibt nicht viele Ballerinen an der Oper, die so viel Anmut besitzen ... Im Moment aber, glaube ich, haben wir anderes zu tun.«

Marianne errötete. In dieser fröhlichen Festatmosphäre, ob sie nun künstlich war oder echt, hatte sie einen Moment den tieferen Grund für ihren Ausflug zum Boulevard du Temple vergessen.

»Natürlich. Wo ist dieser Figurensalon, wo wir ...«

Sie verstummte. Es fiel ihr von Mal zu Mal schwerer, den Namen Francis Cranmeres auszusprechen. Arcadius schob die Mappe mit den fünfzigtausend Livres, die Marianne am selben Morgen in der Bank Laffitte abgehoben hatte, ein wenig fester unter seinen Arm und wies ein Stück weiter auf ein großes Gebäude, dessen neugriechische Fassade zur Hälfte einen mächtigen Rundbau verbarg, der mit seiner Höhe das Gewimmel der Zelte und Buden rundum beherrschte.

»Gleich hinter dem Cirque Olympique, in dem Monsieur Franconi seine Kavallerie-Spektakel vorführt. Ihr seht ihn dort. Und dieses alte Haus mit dem Balkon und den vier korinthischen Säulen ist das Wachsfigurenkabinett des Sieur Curtius. Ein recht seltsamer Ort, Ihr werdet sehen ... Seht Euch vor, wohin Ihr Eure Füße setzt. Es ist sehr schmutzig hier.«

Um den sich bildenden Schlangen vor den Theatern de la Gaîté und de l'Ambigu Comique auszuweichen, wo Anschläge in grellen Farben die Kundschaft ebenso anlockten wie die wortgewaltigen Ausrufer, hatten sie bis unter die Bäume ausweichen müssen, um die herum der Boden durch einen morgens gefallenen schweren Regenguß noch immer schlammig war. Eine vorbeitosende Bande Jungen grölte einen gerade beliebt gewordenen Refrain Désaugiers':

»Der einzige Spaziergang, der mir nie wird mies,
der einz'ge, der mir immer Freude macht,
der einzige, wo mir das Herze lacht,
das ist der Boulevard du Temple in Paris!«

»Die Absicht ist gut, aber mit der Reimerei steht's nicht zum besten«, bemerkte Jolival, Marianne so gut wie möglich gegen die Schmutzspritzer des jugendlichen Überschwangs schützend. »Wie es auch nicht zum besten ist, euch hier entlangzuführen, aber mir ist es lieber, als den Fassaden zu folgen.«

»Warum?«

Jolival wies auf ein niedriges Haus, das sich zwischen das Wachsfigurenkabinett und ein kleines, noch verlassenes Budentheater quetschte, an dessen Stirnwand ein großes Plakat aus bemaltem Leinen verkündete, daß es sich um das Theater der Pygmäen handelte. Das Erdgeschoß dieses Hauses nahm eine ziemlich geräumige Kneipe ein. Das Schild über ihrer Tür stellte eine mittels einer Säge geschnittene Weizenähre dar.

»Dieser bezaubernde Ort ist die Schenke zur Ährensäge, eine der Domänen unserer teuren Fanchon-Fleur-de-Lys. Es ist besser, ihr nicht zu nahe zu kommen.«

Die bloße Nennung der beunruhigenden Verbündeten Cranmeres genügte, um die schon durch das, was sie erwartete, in Unruhe versetzte Marianne erschauern zu lassen. Sie beschleunigte ihren Schritt, und in wenigen Sekunden waren sie angelangt. Vor dem Eingang des Wachsfiguren-Museums hielt ein prächtiger, so gut nachgeahmter polnischer Lanzenreiter Wache, daß Marianne ganz dicht an ihn herantreten mußte, um sich zu überzeugen, daß er nur eine Puppe war, während Arcadius, seine Mappe nach wie vor fest unter den Arm geklemmt, ihren Eintritt bezahlte. Der Lanzenreiter war übrigens der einzige Luxus dieses ansonsten sehr bescheidenen Eingangs mit seinen zwei Petroleumlaternen, einer auf jeder Seite, und dem Ausrufer, der unermüdlich die Pariser aufforderte, einzutreten und die Mächtigen des Tages »echter als in Natur« zu betrachten.

Nicht ohne ein Gefühl des Mißtrauens betrat Marianne einen großen, schwarzen und ziemlich verräucherten Saal, der sein Licht durch die Fenster erhielt, die dringend einer Reinigung bedurft hätten. Das Tageslicht, draußen noch hell, wirkte hier grau und trübe, was den Gestalten aus Wachs, die ihn bevölkerten, eine seltsame Unwirklichkeit verlieh, die fast beängstigend gewesen wäre, wenn die Ausrufe und das Gelächter der Besucher nicht dazu beigetragen hätten, die Atmosphäre zu entspannen.

»Es ist kalt hier«, murmelte die junge Frau fröstelnd, während sie so taten, als bewunderten sie eine sehr martialische Reproduktion des verstorbenen Marschalls Lannes, und dabei zwischen den wirklichen und künstlichen Leuten nach Francis Ausschau hielten.

»Ja«, gab Jolival zu, »und unser Freund verspätet sich.«

Marianne antwortete nicht. Ihr Unbehagen wuchs, vielleicht der allzu ähnlichen Wachsfiguren wegen, die sie umgaben. Die Hauptgruppe, die die ganze Mitte des großen, düsteren Saals einnahm, stellte Napoleon bei Tisch mit seiner ganzen Familie dar, von einigen Lakaien bedient. Alle Bonapartes waren zur Stelle: Caroline, Pauline, Elisa, die ernste Madame Mère, des Kaisers Mutter, in ihren schwarzen Witwenschleiern kaum starrer als in Wirklichkeit. Aber es war der wächserne Kaiser, der Marianne am meisten genierte. Es war ihr, als könnten seine Emailleaugen sie in diesem Moment sehen, in dem sie sich geheimniskrämerisch wie eine Verschwörerin benahm. Plötzlich kam sie die Lust an zu fliehen, da sich zur Peinlichkeit der Situation auch noch die instinktive Furcht vor Francis' Erscheinen gesellte.

Ihre Verwirrung ahnend, näherte sich Arcadius dem kaiserlichen Tisch und sagte lachend:

»Ihr stellt Euch nicht vor, in welchem Maße dieser Tisch die Geschichte Frankreichs widergespiegelt hat. Man hat hier Ludwig XV. und seine erhabene Familie gesehen, Ludwig XVI. und seine erhabene Familie, den Wohlfahrtsausschuß und seine erhabene Familie, das Direktorium und seine erhabene Familie. Jetzt ist es Napoleon und seine erhabene Familie ... aber wie Ihr seht, fehlt die Kaiserin. Marie-Louise ist noch nicht fertig. Übrigens bin ich nicht sehr sicher, ob man nicht zu ihrer Herstellung auf einige Stücke der unerwünscht gewordenen Pompadour zurückgreifen wird. Dafür bin ich um so sicherer, daß diese Früchte seit Ludwig XV. dieselben sind ... auch der Staub muß aus dieser Epoche stammen!«

Doch Jolivals gespielte Heiterkeit entlockte Marianne nur ein schwaches Lächeln. Warum zögerte Francis? Gewiß, Marianne fürchtete sich davor, ihn auftauchen zu sehen, aber andererseits wollte sie so schnell wie möglich zum Ende kommen und diesen Ort verlassen, der ihr alles andere als angenehm war.

Und plötzlich war er da. Marianne sah ihn aus einem Winkel auftauchen, der noch finsterer war als der Rest. Er erschien unversehens hinter der Badewanne, in der Marat unter dem Messer Charlotte Cordays starb, auch er bürgerlich gekleidet, das Gesicht halb von der Krempe seines braunen Hutes und dem Mantelkragen verdeckt. Er näherte sich rasch der jungen Frau und ihrem Begleiter, und Marianne, die ihn nie anders als seiner selbst sicher erlebt hatte, sah leicht erstaunt, daß er dabei schnelle, beunruhigte Blicke um sich warf.

»Ihr seid pünktlich«, sagte er barsch, ohne sich die Mühe zu machen zu grüßen.

»Ihr seid es nicht!« erwiderte Arcadius trocken.

»Ich bin zurückgehalten worden. Entschuldigt. Habt Ihr das Geld?«

»Wir haben das Geld«, ließ sich wiederum Jolival vernehmen, sein Portefeuille fester an die Brust drückend. »Dagegen sieht es nicht so aus, als ob Mademoiselle d'Asselnat Euch begleitete«

»Ich werde sie Euch später übergeben. Das Geld zuerst. Wer sagt mir, daß es sich wirklich in diesem Portefeuille befindet?« fügte er hinzu, die Hand nach der Mappe ausstreckend.

»Das Angenehme bei Geschäften mit Menschen Eurer Art, Mylord, ist die Atmosphäre des Vertrauens, die dabei herrscht. Seht selbst.«

Flink öffnete Arcadius den Verschluß des Portefeuilles, zeigte die fünfzig Scheine zu je tausend Livres, schloß ihn ebenso schnell wieder und schob Behälter und Inhalt unter seinen Arm zurück.

»Das wär's«, sagte er ruhig. »jetzt Eure Gefangene!« Francis machte eine gereizte Bewegung.

»Später, habe ich gesagt! Ich werde sie heute abend zu Euch bringen ... Im Moment habe ich es eilig und darf mich nicht aufhalten. Ich fühle mich hier nicht sicher.«

Das war nicht zu übersehen. Seit Francis' Kommen war es Marianne noch nicht gelungen, seinem Blick zu begegnen, so fahrig glitt er hin und her. Doch nun übernahm sie selbst die Initiative. Eine Hand auf das Portefeuille legend, als fürchte sie, daß Arcadius sich zu unangebrachter Großzügigkeit hinreißen lassen könnte, erklärte sie:

»Je weniger ich von Euch sehe, desto zufriedener werde ich sein, mein Teurer! Meine Tür wird sich für Euch nie öffnen. Es kann also keine Rede davon sein, daß Ihr zu mir kommt, allein oder in Begleitung. Wir haben einen Handel abgeschlossen. Ihr habt soeben festgestellt, daß ich meinen Teil erfüllt habe. Ich fordere Euch jetzt auf, den Euren zu erfüllen ... sonst ist alles in Frage gestellt.«

»Was besagen will?«

»Daß Ihr das Geld erst erhalten werdet, wenn Ihr mir meine Cousine ausliefert.«

Lord Cranmeres graue Augen schienen sich zu verengen, und ein bedrohlicher Glanz funkelte in ihnen auf. Sein Lächeln glich mehr einer Grimasse.

»Vergeßt Ihr nicht ein wenig die Bedingungen dieses Handels, schöne Dame? Wenn meine Erinnerung mich nicht täuscht, war Eure Cousine nur ein Teil ... ein sehr kleiner Teil davon! Sie war nur eine ... Garantie für meine Gemütsruhe, während Ihr dieses Geld zusammen scharrtet, das seinerseits eine Garantie für Eure Gemütsruhe ist.«

Marianne wich vor der kaum verhüllten Drohung keinen Fußbreit zurück. Seitdem sie die Klingen kreuzten, hatte sie wie immer, wenn es einen Kampf auszufechten galt, ihre ganze Ruhe und Zuversicht wiedergefunden. Sogar den Luxus eines verächtlichen Lächelns erlaubte sie sich.

»Ich sehe es anders. Seit der angenehmen Unterhaltung die Ihr mir aufgezwungen habt, habe ich einige Vorsichtsmaßregeln ergriffen, die eben meine Gemütsruhe betreffen. Ihr jagt mir keine Angst mehr ein!«

»Blufft nicht!« knurrte Francis. »In diesem Spiel bin ich stärker als Ihr! Wenn Ihr keine Angst mehr vor mir hättet, wärt Ihr mit leeren Händen gekommen.«

»Ich bin nur gekommen, um meine Cousine zurückzuholen. Und was das betrifft, was Ihr einen Bluff – so war es doch? – nennt, erfahrt, daß ich gestern den Kaiser gesehen habe und mich sogar mehrere Stunden in seinem Kabinett aufhielt. Wenn Euer Nachrichtendienst so gut funktionierte, wie Ihr behauptet, müßtet Ihr es wissen!«

»Ich weiß es. Ich weiß sogar, daß man erwartete, Euch zwischen zwei Gendarmen herauskommen zu sehen ...«

»Statt dessen hat mich der Kammerdiener Seiner Majestät höflich bis zum kaiserlichen Wagen geleitet, der mich nach Hause zurückbrachte«, fuhr die junge Frau mit einer Ruhe fort, die sie durchaus nicht empfand. Entschlossen, nicht auf halbem Wege stehenzubleiben, fügte sie hinzu: »Verteilt Eure Flugblätter, mein Lieber, es ist mir völlig egal. Und wenn Ihr mir Adelaide nicht ausliefert, werdet Ihr keinen Sou erhalten!«

Trotz ihrer tiefen, nur mühsam beherrschten Besorgnis,

da sie die Verschlagenheit des Mannes zu gut kannte, um sich einzubilden, daß er sich so schnell geschlagen geben würde, empfand Marianne doppelte Freude darüber, daß er, offenbar verblüfft, nicht sofort antwortete. Und als sie auf dem Spitzmaus-Gesicht ihres Freundes Arcadius einen fast bewundernden Ausdruck gewahrte, spürte sie, daß sie dabei war, einen wichtigen Vorteil zu erobern. Francis mußte um jeden Preis glauben, daß es ihr jetzt nur auf Adelaide ankam. Nicht um das Erpressungsgeld zu behalten, das Jolival so zärtlich an sein Herz drückte, sondern um den Versuch zu machen, diese gefährliche Mine für alle Zukunft zu entschärfen. Diese Zukunft würde zwar möglicherweise Jason Beaufort gehören, aber ebenso wie sie sich scheute, von Napoleon als Skandalobjekt betrachtet zu werden, weigerte sie sich, als übel beleumdete, öffentlich mit Schmutz beworfene Frau vor Beaufort zu treten. Es reichte schon, sich ihm als von einem anderen Schwangere anzubieten.

Plötzlich brummte Lord Cranmere:

»Ich möchte Euch dieses alte Weibsbild gern zurückgeben! Nur hab' ich sie nicht mehr!«

»Wie?«

»Was soll das heißen?«

Marianne und Arcadius hatten gleichzeitig gesprochen. Francis zuckte wütend die Schultern.

»Daß sie verschwunden ist! Sie ist geflüchtet.«

»Wann?« fragte Marianne.

»Gestern abend! Als man ihre ... ihr Zimmer betrat um ihr das Abendessen zu bringen, war sie verschwunden.«

»Und Ihr bildet Euch ein, daß ich Euch das glaube?«

Jäh brachen sich Mariannes unterdrückte Angst und das Unbehagen, das sie erfüllt hatte, in einem empörten Ausruf Bahn. Hielt Francis sie für eine dumme Gans? Es war wirklich zu billig! Er würde das Geld nehmen und nichts dafür geben, es sei denn, ein mehr als fragwürdiges Versprechen. Mit gleicher Wut entgegnete Francis: »Ihr habt keine Wahl! Ich habe selbst daran glauben müssen! Ich schwöre Euch, daß sie aus ihrem Gefängnis entwischt ist.«

»Oh, Eure Schwüre! Wenn sie hätte fliehen können, wäre sie sofort zu mir gekommen!«

»Ich kann Euch nur sagen, was ich weiß. Vorhin erst habe ich von ihrer Flucht erfahren. Ich schwöre es Euch ... auf das Grab meiner Mutter!«

»Wo hattet Ihr sie versteckt?« mischte sich Jolival ein. »In einem der Keller der Ährensäge, gleich hier nebenan.«

Jolival brach in Gelächter aus.

»Bei Fanchon? Oh, mein Teurer, ich hätte Euch nicht für so naiv gehalten! Wenn Ihr wissen wollt, wo sie ist, wendet Euch an Eure Verbündete. Sie weiß es sicherlich! Zweifellos findet sie, daß Ihr ihr bei diesem Geschäft einen ihrer Talente oder zumindest ihres Appetits allzu unwürdigen Anteil reserviert habt!«

»Nein«, fiel Lord Cranmere barsch ein. »An solcherlei Späßen würde Fanchon sich nicht versuchen. Sie weiß genau, daß ich nicht zögern würde, sie dafür zu bestrafen ... auf definitive Weise. Überdies sprach ihr Zorn angesichts der Flucht dieses alten Reffs deutlich genug. Wenn Euch an ihr liegt, meine Liebe, wäre es besser für sie, nicht mehr Fanchon in die Hände zu fallen. Sie hat wahrhaftig alles getan, um sie zu ärgern.«

Marianne kannte Adelaide gut genug, um sich vorstellen zu können, wie sie ihre Entführung und Gefangenschaft hingenommen hatte. Fanchon-Fleur-de-Lys mußte es trotz ihres Zynismus und ihrer Frechheit einigermaßen schwer gehabt haben, mit ihr fertig zu werden, und es war immerhin möglich, daß es der unerschrockenen Demoiselle gelungen war zu entkommen. Aber wo steckte sie dann? Warum war sie nicht in die Rue de Lille zurückgekehrt?

Francis wurde jetzt ungeduldig. Schon seit einigen Minuten warf er immer wieder Blicke zum Eingang, wo vor kurzem ein riesiger, so üppig bebärteter Gardegrenadier aufgetaucht war, daß sein zudem auch noch mit einem langen Schnurrbart nach gallischer Art geschmücktes Gesicht unter der hohen Mütze mit dem roten Federbusch irgendeinem seltsamen, wild behaarten Tier zu gehören schien.

»Kommen wir zum Schluß!« knurrte Francis. »Ich habe schon allzuviel Zeit verloren! Ich weiß nicht, wo diese alte Närrin ist, aber Ihr werdet sie eines Tages wiederfinden. Das Geld!«

»Nichts zu machen!« erklärte Marianne energisch. »Ihr werdet es erst bekommen, wenn meine Cousine zur Stelle ist.«

»Glaubt Ihr? Ich meinerseits sage, daß Ihr es mir sofort geben werdet! Vorwärts! Schnell! Reicht mir dieses Portefeuille, mein kleiner Mann, sonst ... «

Unversehens sahen Marianne und Jolival aus Francis' Mantelöffnung einen Pistolenlauf ragen, dessen schwarze Mündung drohend auf den Leib der jungen Frau gerichtet war.

»Ich wußte, daß Ihr wegen der Alten Geschichten machen würdet«, knirschte Lord Granmere. »Also das Geld her, oder ich schieße! Und Ihr, Mann des Vertrauens, rührt Euch nicht! Es könnte Folgen haben!«

Mariannes Herz verfehlte einen Schlag. Sie las ihren Tod in Francis' plötzlich entstelltem Gesicht. So mächtig war sein Verlangen nach Gold, daß er sicher nicht zögern würde zu schießen, doch sie weigerte sich, ihm ihre Angst zu zeigen. Mit einem tiefen Atemzug richtete sie sich zu ihrer ganzen Größe auf.

»Hier?« fragte sie verächtlich. »Ihr würdet es nicht wagen!«

»Warum nicht? Es ist niemand hier, nur dieser Soldat ... und er ist zu weit weg. Ich hätte Zeit genug zu flüchten.«

In der Tat spazierte der große Grenadier mit den Händen auf dem Rücken gemächlich zwischen den Wachsfiguren hindurch. Er näherte sich langsam dem kaiserlichen Tisch, ohne zu ihnen herüberzusehen. Francis hätte die Möglichkeit, mehrmals zu schießen.

»Vergleichen wir uns«, schlug Arcadius vor. »Die Hälfte sofort, die andere Hälfte, sobald wir Mademoiselle Adelaide gefunden haben!«

»Nein! Es ist zu spät, ich habe keine Zeit. Ich brauche das Geld, um nach England zurückzukehren, wo ich zu tun habe. Also gebt schnell her, sonst nehme ich's mir mit Gewalt und werde vor meiner Abreise noch Zeit genug finden, meine kleine gelben Papierchen zu verteilen. Ihre Wirkung wird man sehen ... Allerdings, einmal tot ... braucht Ihr Euch keine Sorgen mehr deswegen zu machen.«

Die Pistole in Francis' Fingern bewegte sich gefährlich. Marianne sah sich angstvoll um. Oh, warum konnte sie diesen Soldaten nicht einfach rufen? ... Aber er war plötzlich verschwunden ... Francis war der Stärkere. Sie mußten kapitulieren.

»Gebt ihm das Geld, mein Freund«, sagte sie mit müder Stimme. »Mag er sich woanders hängen lassen.«

Wortlos übergab Arcadius das Portefeuille. Francis griff

gierig danach, ließ es unter seinem weiten Mantel verschwinden. Auch die Pistole verschwand zur Erleichterung Mariannes, die einen Moment in Francis' eiskalten Augen etwas wie Irrsinn gesehen und gefürchtet hatte, daß er trotz allem noch schießen werde. Sie wollte nicht sterben, schon gar nicht auf so törichte Weise. Ohne daß sie recht wußte, warum, hatte das Leben in ihren Augen einen außerordentlichen Wert erhalten. Sie hatte ihm noch zuviel zu geben, allein schon das Kind, als daß sie hätte einverstanden sein können, es durch die Kugeln eines Rasenden zu verlieren. Spöttisch lachend, beantwortete er ihre letzten Worte:

»Rechnet nicht allzusehr damit! Leute meines Schlages haben ein zähes Leben, gerade Ihr solltet es wissen. Wir werden uns wiedersehen, süße Marianne! Erinnert Euch, daß dies Euch nur ein Jahr der Ruhe schenkt! Profitiert davon!«

Mit frechem Finger an seine Hutkrempe tippend, entfernte er sich schon zwischen den in pompösen Gesten erstarrten Würdenträgern des Hofs, als er jäh zu Boden stürzte. Hinter der mächtigen Figur des Marschalls Augereau war der Grenadier aufgetaucht und hatte sich auf ihn geworfen.

Verblüfft blickten Marianne und Arcadius auf die beiden Männer, die sich im Staub einen wüsten Kampf lieferten. Der Grenadier hatte den Vorteil seiner Größe und seines Gewichts, doch der wie jeder noble Engländer in mancherlei Sportarten geübte Francis war von einer wenig alltäglichen Geschmeidigkeit und Kraft. Und dazu kam die rasende Wut, sich im selben Moment aufgehalten zu sehen, in dem er sich, ein Vermögen unter dem Arm, schon unterwegs zu einigen Monaten üppigen Lebens befand, wie er es liebte. Sich verzweifelt wehrend, stieß er zornige Rufe aus, während der andere den aalglatt unter ihm sich windenden Gegner stumm durch sein Gewicht zu bändigen suchte. Schließlich kamen sie auf die Füße, Kopf an Kopf, einer den andern umschlingend, keuchend und grunzend wie Stiere in der Arena.

Ein hinterlistig geführter Kniestoß sicherte dem Engländer den Sieg. Vor Schmerz aufstöhnend, hielt der Grenadier sich den Leib und ging in die Knie. Ohne sich aufzuhalten, raffte Francis die ihm entglittene Mappe auf und flüchtete taumelnd durch die Tür. Marianne und Arcadius stürzten zu seinem unglücklichen Gegner, um ihm beim Aufstehen zu helfen, aber der Mann hob, noch immer kniend, eine Trillerpfeife zum Mund und entlockte ihr ein durchdringendes Signal.

»Ich muß wohl eingerostet sein, oder ich trinke zuviel«, bemerkte er gut gelaunt. »Auf alle Fälle kommt er nicht weit. Natürlich wär's mir lieber gewesen, ich hätte ihn selber erwischt. Er hat mir hundemäßig weh getan ... ganz abgesehen davon, wie er mich hat laufen lassen! Na, egal! Es macht Freude, dich wiederzusehen, Kleine!«

Er rappelte sich vor den ungläubig auf ihn gerichteten Augen Mariannes auf, der die Stimme des bärtigen, haarigen Ungetüms durchaus vertraut schien.

»Das ist doch nicht möglich«, murmelte sie. »Träume ich?«

»He, nein, ich bin's wirklich. Erinnert man sich noch seines Onkels Nicolas? Ich gebe zu, es war wirklich eine Überraschung, als ich dich eben erkannte! Ich war auf dich nicht gefaßt!«

»Nicolas! Nicolas Mallerousse!« seufzte Marianne entzückt, während das Gespenst sich ruhig der überflüssig gewordenen Perücke und des falschen Barts entledigte. »Aber wo kommt Ihr her? Ich habe so oft an Euch gedacht!«

»Ich habe auch oft an dich gedacht, Kleine! Was die Gegend betrifft, aus der ich komme, ist es immer dieselbe: England! Seit langem bin ich hinter dem Kerl her, der mir eben so glatt zwischen den Fingern durchgewitscht ist ... und der jetzt in den Händen meiner Kollegen sein dürfte. Er ist ausgekocht und verschlagen. In Antwerpen hatte ich seine Spur verloren, und es hat mich viel Mühe gekostet, sie hier wiederzufinden.«

»Warum folgt Ihr ihm?«

»Ich habe Rechnungen mit ihm zu begleichen ... besonders große Rechnungen, die er bis zum letzten Centime bezahlen wird. Dafür sorge ich ... Da, was hab' ich gesagt? Sie bringen ihn schon.«

In der Tat erschien Francis Cranmere von neuem im Wachsfigureenkabinett, diesmal aber von vier kräftigen Polizisten gehalten. Trotz seiner gebundenen Hände wehrte er sich noch wie der Teufel, so daß er von seinen Wächtern eher getragen oder gezogen wurde, als ging. Bleich, schäumend vor Wut, warf er mörderische Blicke auf die Menge, die sich am Eingang des Hauses drängte und von Gendarmen, so gut es ging, zurückgetrieben wurde.

»Wir haben ihn, Chef!« sagte einer der Polizisten.

»Gut! Schafft ihn nach Vincennes und habt ein Auge auf ihn, verstanden?«

»Ich rate Euch, mich freizulassen«, grollte Francis, »sonst könntet Ihr es bereuen.«

Nicolas Mallerousse, alias Black Fish, trat zu ihm und bückte sich ein wenig, um ihm ins Gesicht zu sehen.

»Glaubst du? Ich meinerseits denke, daß du's bedauern wirst, auf die Welt gekommen zu sein, wenn ich mit dir fertig sein werde! Vorwärts, raus! Ins Gefängnis!«

»Das hier hat man bei ihm gefunden«, sagte einer der Männer und überreichte das Portefeuille. »Es ist voller Geld ... «

Der ausgehungerte Blick, mit dem Francis die Tasche anstarrte, machte Marianne klar, daß dies Geld ihm noch wichtiger als seine Freiheit war und daß er, nahm man es ihm weg, tödlich gefährlich werden konnte, falls er sich doch aus seiner Lage herauswand, was zwar unwahrscheinlich, aber immerhin möglich war. Hatte Arcadius ihn nicht bei Fouché herauskommen sehen? War er des Geldes wegen nicht der niederträchtigsten Gemeinheiten, der verächtlichsten Erpressung fähig gewesen? Wenn man die merkwürdigen Enthüllungen Jolivals über die geheimen Beziehungen zwischen Lord Cranmere und Fouché in Rechnung stellte, wäre es vielleicht klüger, ihm dieses auf üble Weise erworbene Geld zu lassen. Aber war andererseits Black Fishs zufälliges Eingreifen gerade in dem Moment, in dem sie das Lösegeld übergab, nicht ein Wink des Schicksals? Einmal in den Händen des unerbittlichen Bretonen, hätte Francis kaum eine Chance, seinem sicherlich wenig beneidenswerten Geschick zu entgehen. Eingekerkert in diesem Vincennes, dessen mitteralterliche Türme man ihr einmal gezeigt hatte, wäre er nicht mehr gefährlich für sie. Und außerdem war die Versuchung, sich rächen zu können, doch allzu groß. Lächelnd streckte sie die Hand nach dem Portefeuille aus.

»Dieses Geld gehört mir«, sagte sie gelassen. Dieser Mann hat es uns unter Bedrohung mit einer Pistole abgenommen, die noch bei ihm zu finden sein müßte. Kann ich es wieder an mich nehmen?«

»Ich habe in der Tat den Gefangenen das Portefeuille aus den Händen Monsieurs nehmen sehen«, bestätigte Black Fish mit einem Nicken zu Arcadius. »Es gibt keinen Grund, es Euch vorzuenthalten, da es sich nur um Geld handelt. Ich glaubte zuerst, es ginge um etwas weit Gefährlicheres, und um dir nichts zu verbergen, Kleine, hast du Glück gehabt, daß wir beide uns seit langem kennen. Es hätte dich teuer zu stehen kommen können. Durchsucht ihn, ihr da!«

Während die Polizisten den vor Wut schäumenden Francis filzten und tatsächlich die Waffe entdeckten, fragte Marianne:

»Warum hätte es mich teuer zu stehen kommen können?«

»Weil ich dich, bevor ich dich erkannte, für einen ausländischen Agenten hielt.«

»Sie?« brüllte Francis außer sich. »Wen wollt Ihr glauben machen, daß Ihr nicht wußtet, wer sie ist? Eine Hure! Eine Spionin Bonapartes, dessen Mätresse sie übrigens ist!«

»Und wenn wir zur Abwechslung einmal von Euch sprächen?« entgegnete Marianne verächtlich. »Wie soll ich Euch nennen, abgesehen davon, daß Ihr ein Spion seid? Erpresser? Und vielleicht auch ...«

»Eines Tages wirst du mir all das bezahlen, kleine Schlampe! Ich hätte damit rechnen müssen, daß du mir eine Falle stellst. Bist du es, he, die mich verkauft hat?«

»Ich? Wie hätte ich es tun können? Wer von uns beiden hat diesen Treffpunkt bestimmt?«

»Ich, versteht sich! Aber obwohl ich dich warnte, hast du diese Polypen hier versteckt.«

»Das ist nicht wahr!« rief Marianne. »Ich wußte nicht, daß man Euch folgt. Wie hätte ich es wissen können?«

»Genug der Lügen«, knurrte Francis mit einer heftigen Bewegung seiner gebundenen Hände, als ob er die junge Frau schlagen wolle. »Du hast diesmal gewonnen, Marianne, aber freu dich nicht zu früh! Ich werde aus diesem Gefängnis herauskommen ... und dann hüte dich!«

»Schluß damit!« donnerte Black Fish, dessen Augen vor Überraschung rund geworden waren, als er von Mariannes Situation beim Kaiser gehört hatte. »Schafft diesen Mann fort und knebelt ihn, wenn er nicht den Mund halten will. Und du, Kleine, brauchst nicht zu zittern. Was ich über ihn weiß, reicht, um ihn aufs Schafott zu bringen, und wer einmal in den Kerkern von Vincennes ist, den lassen sie nicht mehr los.«

»In weniger als sechs Monaten werde ich gerächt sein!« brüllte Francis, bevor ihm einer der Polizisten brutal ein kariertes, schmutziges Taschentuch in den Mund stopfte und so seine Drohungen erstickte.

Überwältigt und gefesselt wurde er von seinen Wächtern fortgeschleift, und dennoch sah Marianne ihn mit einer Art Grauen verschwinden. Sie wußte, wie groß die Kraft des Bösen war, die diesen Menschen beseelte, sie wußte, in welchem Maße er sie haßte, sie mit einem unermüdlichen, hartnäckigen Haß verfolgte, der nur noch wachsen konnte, da er jetzt annehmen mußte, sie habe ihn denunziert. Seit ihrer Hochzeitsnacht hatte sie immer gespürt, daß sie sich in einem Kampf auf Leben und Tod befanden.

Die Gedanken seiner Freundin erratend, schob Jolival seinen Arm unter den ihren und drückte ihn, wie um sie zu beruhigen und ihr zu verstehen zu geben, daß sie nicht allein betroffen war. Doch nicht an sie wandte er sich, sondern an Black Fish, der mit in die Hüften gestemmten Fäusten seinen Leuten und dem Gefangenen nachsah.

»Was hat er angestellt, abgesehen von der Tatsache, daß er Engländer ist?« erkundigte er sich. »Und warum verfolgt Ihr ihn seit England?«

»Er ist ein Spion des Roten Herings und ein gefährlicher dazu!«

»Des Roten Herings?« fragte Marianne erstaunt.

»Lord Yarmouth, wenn's dir lieber ist, gegenwärtig Direktor des Innenministeriums im Kabinett Lord Wellesleys und bestens bekannt in der feinen Pariser Gesellschaft, die ihm diesen Spitznamen gegeben hat. Seine Frau, die schöne Maria Fagiani, wohnt immer in Paris, wo sie sich die Zeit auf angenehmste Weise mit ein paar Freunden vertreibt, zu denen auch unser Galgenstrick gehört. Aber ich habe ihm aus einem ganz anderen Grund den Tod geschworen.«

»Welchem?«

»Wegen der Häftlinge der Pontons von Portsmouth, für die er sich besonders interessiert. Dieser Kavalier liebt die

Jagd, und um seine Mußestunden auszufüllen, hält er sich eine Meute Hunde, die darauf abgerichtet sind, entflohene Häftlinge zu jagen ... Ich hab' ein paar von den Unglücklichen gesehen, die von Cranmeres Bestien erwischt wurden ... oder wenigstens das, was sie von ihnen übriggelassen hatten! Viel war es nicht!«

Schrecklicher Zorn grollte in seiner Stimme. Marianne schloß entsetzt die Augen vor den alptraumhaften Visionen, die er geweckt hatte. Was für ein erbärmlicher Kerl war doch der Mann, an den sie gebunden war! Welchen Abgrund von Scheußlichkeiten, von sadistischer Grausamkeit verbarg dieses allzu schöne Gesicht, diese fürstliche Allüre! Während eines flüchtigen Moments erinnerte sie sich des mit dem Kardinal von San Lorenzo geschlossenen Pakts, und zum erstenmal dachte sie mit Dankbarkeit an ihren Paten. Alles war besser als die Verbindung mit einem solchen Ungeheuer!

»Warum habt Ihr ihn nicht getötet? Mit Euren Händen getötet?« fragte sie ganz leise.

»Weil ich vor allem ein Diener des Kaisers bin! Weil ich will, daß er gerichtet wird, und weil ich die Guillotine nicht um seinen Kopf bringen will. Sollten die Richter ihn aber nicht aufs Schafott schicken, schwöre ich, daß ich ihn selber mit meinen Händen umbringe ...! Aber lassen wir das jetzt! Es kommen Besucher. Die Wachsfiguren fordern wieder ihr Recht!«

Tatsächlich betraten zwei oder drei Neugierige vorsichtig den von den Polizisten verlassenen Saal. Mehr als die wächsernen Persönlichkeiten, die zu bewundern sie eigentlich gekommen waren, suchten ihre unruhigen Augen nach der Fortsetzung des Dramas, das sich hier abgespielt hatte.

»Keine Gesellschaft ist so gut, daß man sie nicht verlassen möchte«, seufzte Jolival. »Wenn Ihr nichts dagegen einzuwenden habt, könnten wir verschwinden. Ich gestehe, daß mir auf die Dauer alle diese starren Herrschaften ...«

»Geht nur, Ihr habt in der Tat hier nichts mehr verloren. Sagt mir nur, wo ich Euch wiederfinden kann. Ich bleibe noch ein Weilchen, da ich bei dem Engländer nicht die Papiere gefunden habe, die ich suchte. Sie könnten vielleicht bei einem anderen sein, und auf diesen anderen muß ich noch warten.«

»Wird er hierherkommen?«

»Ich nehme es an ... Jetzt mach dich fort, Kleine. Du hast Glück gehabt, daß wir uns schon so lange kennen, sonst hätte ich geglaubt, du und dein Freund, ihr wäret in diese Angelegenheit verwickelt! Was noch folgt, geht dich nichts an. Und mach dir nichts aus seinen Drohungen! Es sieht nicht so aus, als würde er sie ausführen können.«

Marianne verlangte es danach, ihm noch weitere Fragen zu stellen. Seit Black Fish den Schauplatz betreten hatte, herrschte hier eine mysteriöse Atmosphäre, die der kümmerliche Schein der Öllämpchen noch unterstrich, mittels deren der Sieur Curtius gegen das sinkende Tageslicht anzukämpfen suchte. Aber sie begriff, daß sie sich schlecht in Staatsgeheimnisse und in polizeiliche Operationen einmischen konnte. Die, die sich eben abgespielt hatte ... und die sie vielleicht von Francis befreien würde, genügte ihr. Sie setzte volles Vertrauen in Black Fish. Weder Menschen noch Elemente hatten ihm etwas anhaben können. Auf seinem vom Sturm mitgenommenen Schiff wie in seinem Haus in Recouvrance oder wo immer sie ihm auch begegnet war, stets war etwas Unzerstörbares an ihm gewesen. Francis hatte in ihm einen Gegner nach seinem Maß gefunden ...

Während Arcadius hastig ihre Adresse auf eine aus seinem Notizbuch gerissene Seite kritzelte, reichte sie dem falschen Grenadier die Hand ... genau im gleichen Moment, in dem einer der wächsernen Lakaien der kaiserlichen Tafelrunde in ein gewaltiges Niesen ausbrach. Überdies nieste der Unglückselige, von einer Art Anfall gepackt, aufs schönste weiter, während er mit bebender Hand in die Rocktasche fuhr, zweifellos um nach einem Taschentuch zu fahnden. Dach Black Fish war schon hinzugesprungen und hatte mit dem Handrücken die weiße Perücke vom Kopf des falschen Wachslakaien heruntergefegt.

»Fauche-Borel!« schrie er. »Ich hätte es ahnen müssen!«

Mit einem Schreckenslaut sprang der Mann zurück, stieß dabei gegen den wächsernen Roustan, der mit großem Gepolter zu Boden stürzte, und ergriff die Flucht. Black Fish stürzte ihm nach. Schmal und klein, schlängelte sich der falsche Diener flink zwischen den verdutzten Besuchern hindurch, die im nächsten Augenblick von der Körpermasse des falschen Grenadiers beiseite geschleudert wurden. Arcadius brach in Gelächter aus, nahm Marianne bei der Hand und wollte sie zum Ausgang ziehen.

»Laßt uns zusehen! Diesmal verspricht es, amüsant zu werden.«

»Warum? Wer ist dieser Fauche ...«

»Fauche-Borel. Ein Schweizer Buchhändler aus Neuchâtel, der sich für den König der Geheimagenten hält und Seiner schemenhaften Majestät Ludwig XVIII. in der Hoffnung dient, eines Tages Chef der königlichen Bibliothek zu werden. Er hat immer Wachsfiguren geliebt. Ich habe selten einen so ungeschickten Menschen wie ihn erlebt! Kommt nur, ich würde gern sehen, was Euer pittoresker Freund mit ihm anstellt.«

Doch Marianne hatte keine Lust, dem falschen Grenadier und dem falschen Wachslakaien zu folgen. Die Begegnung mit Francis hatte ihr einen allzu bitteren Geschmack hinterlassen, als daß sie sich über irgend etwas hätte amüsieren können, und trotz ihres absoluten Vertrauens zu Black Fish konnte sie nicht ohne Schauder an den letzten Blick zurückdenken, den ihr der geknebelte Engländer zugeworfen hatte. Niemals hatte Haß sich ihr so unverhüllt, Grausamkeit so unerbittlich gezeigt. Und diesen Blick mit dem verbindend, was Black Fish ihr erzählt hatte, fühlte Marianne, wie sie vor Entsetzen erstarrte. Es war, als wäre Francis' prachtvolles Äußere plötzlich von ihm abgefallen, als sähe sie zum erstenmal das Ungeheuer vor sich, das dieses Äußere verdeckte, denn bisher hatte sie Lord Cranmere nur für skrupellos und unehrlich, kaltherzig und geradezu fanatisch egoistisch gehalten, aber Black Fishs Worte hatten sie in einen Abgrund sadistischer Grausamkeit blicken lassen. Nein, sie hatte nicht die geringste Lust, Zerstreuung zu suchen. Sie wollte zurück in die Ruhe ihres Hauses, um dort über alles nachzudenken.

»Ohne mich, Arcadius«, sagte sie müde. »Ich gehe zum Wagen und warte dort auf Euch.«

»Marianne! Marianne! Was ist? Wacht auf! Dieser Mann hat Euch Angst eingejagt, nicht wahr? Und das, was Euer Freund Euch erzählt hat, hat Euch erschreckt?«

»Ihr versteht mich so gut, mein Lieber«, sagte sie mit einem kleinen Lächeln. »Warum fragt Ihr mich also?«

»Um ganz sicher zu sein! Aber Ihr habt nichts mehr zu

fürchten, Marianne! Der Engländer sitzt hinter den festesten Riegeln Frankreichs. Er wird nicht entkommen.«

»Vergeßt Ihr, was Ihr selbst mir gesagt habt? Die Leichtigkeit, mit der er bei Foché Zutritt findet? Seine seltsamen Beziehungen zum französischen Polizeiminister, die Friedenspläne, an denen dieser insgeheim mit den Engländern arbeitet. Black Fish weiß nichts davon. Er war drüben. Ihn kann eine unerfreuliche Überraschung erwarten, man kann sein Verhalten mißbilligen ...«

Arcadius nickte, nahm Marianne beim Arm, und während er sie langsam zum Ausgang zog, sagte er ernst:

»Ich vergesse nichts. Black Fish kennt die Pläne seines Ministers nicht, aber auch Fouché weiß gewiß nichts von den abscheulichen Aktivitäten seines Gastes vom anderen Ufer des Kanals. Der schreckliche Tod, den ihm eine Anzahl französischer Gefangener verdankt, kann ihn nicht gleichgültig lassen. Dieses Ungeheuer freigeben hieße meiner Meinung nach für ihn, sein eigenes Todesurteil unterschreiben. Napoleon, der seine Soldaten wirklich liebt, würde es ihm nie verzeihen. Es gibt Verbrechen, die man nicht mit dem Schwamm wegwischen kann, und wenn Ihr meine Ansicht wissen wollt, wird Fouché im Gegenteil Lord Cranmere so sicher hinter Schloß und Riegel setzen ... daß man möglicherweise nie mehr von ihm hören wird. Nicht nur mit Geld kann man gefährliche Leute zum Schweigen bringen. Seid also unbesorgt. Und da Ihr es wünscht, kehren wir nach Hause zurück.«

Sie dankte ihm mit einem Lächeln und hängte sich fest in seinen Arm. Auf dem Boulevard war es Nacht geworden, aber eine Fülle von Kerzen und Öllampen erleuchteten ihn fast taghell. Die Fronten all der kleinen Theater, des Zirkus und der Gauklerbuden waren illuminiert. Allein die Ährensäge war stumm und düster, nur matter Lichtschein war hinter ihren trüben Scheiben zu sehen. Doch vor dem benachbarten Etablissement, dem Theater der Pygmäen, drängte sich eine auffallend unruhige Menschenmenge, von der die Vorstellung unterbrochen worden war. Die beiden Darsteller standen vorgebeugt, die Hände auf die Knie gestützt, am Rand der Bretterestrade und starrten verdutzt auf das, was vor ihrem Theater geschah.

»Sieh an, man prügelt sich da!« rief Jolival aus. »Und ich

möchte wetten, daß Euer Freund und Fauche-Borel mitten in diesem Getümmel stecken! Vermutlich haben sie es verursacht. Übrigens scheint es die Herren Bobèche und Galimafré ungeheuer zu amüsieren.«

»Wen?«

»Die beiden Hanswurste da, die sich auf die Schenkel schlagen!« antwortete Arcadius, mit seinem Stock auf sie weisend. »Der hübsche Bursche in roter Jacke, gelber Hose, blauen Strümpfen, fuchsiger Perücke und mit dem absonderlichen Dreispitz auf dem Kopf, über dem an einem Draht ein gewaltiger Schmetterling schwebt, ist Bobèche. Der andere, der Schlottrige, endlos Lange mit dem albernsten Lachen, das sich denken läßt, ist Galimafré. Sie sind noch nicht lange auf dem Boulevard, aber sie haben schon viel Erfolg. Hört sie nur lachen und mit ihrem Publikum reden!«

In der Tat feuerten die beiden Hanswurste die Prügelnden mit allerlei Scherzen und drolligen Ratschlägen an, doch Marianne schüttelte den Kopf.

»Lassen wir's lieber, ich bitte Euch! Black Fish hat unsere Adresse, er wird gewiß kommen und uns das Ende der Geschichte berichten.«

»Oh, da gibt es keinen Zweifel. Fauche-Borel ist ihm nicht gewachsen ... und Ihr seid sehr erschöpft, nicht wahr?«

»Ein wenig ... ja.«

Der hin und her strömenden Menge aus dem Wege gehend, gelangten sie zu den Gärten des Café Turc, wo sie ihren Wagen gelassen hatten. Jolival half Marianne beim Einsteigen, rief dem Kutscher die Adressen zu, folgte ihr und legte das Portefeuille zwischen sie und sich.

»Was wollen wir damit machen?« fragte er. »Es ist gefährlich, solche Summen im Haus zu behalten. Wir haben schon die zwanzigtausend Livres des Kaisers.«

»Morgen bringt Ihr sie zur Bank Laffitte ... aber auf unseren Namen. Es ist möglich, daß wir das Geld noch brauchen. Wenn nicht ... gebe ich es ganz einfach zurück.«

Arcadius nickte, drückte sich den Hut tiefer in die Stirn und lehnte sich in seine Ecke, als wolle er schlafen, aber nach einem Weilchen murmelte er:

»Ich möchte gern wissen, wo Mademoiselle Adelaide hingeraten ist.«

»Ich auch«, sagte Marianne. Sie schämte sich ein wenig, da sie über der dramatischen Szene mit Francis ihre alte Cousine vorübergehend vergessen hatte. Aber war es nicht das wichtigste, daß sie sich nicht mehr in Fanchons Klauen befand?

»Man müßte sie suchen. Aber irgend etwas sagt mir, daß wir uns ihretwegen nicht zu sorgen brauchen.«

Und das Schweigen kehrte zurück. Keiner von beiden sprach, bis sie in der Rue de Lille angekommen waren.

Es war ungefähr elf Uhr an diesem Abend, und Marianne überließ sich den Händen Agathes, die unermüdlich ihr langes schwarzes Haar bürstete, als Arcadius an ihre Zimmertür klopfte und bat, sie dringend und allein sprechen zu müssen. Sofort hieß sie ihre Kammerjungfer, sich schlafen zu legen.

»Was gibt's?« erkundigte sie sich.

»Adelaide ist da.«

»Sie ist zurück? Wie ist das möglich? Ich habe weder läuten noch einen Wagen kommen hören.«

»Ich selbst habe geöffnet. Ich schöpfte im Hof noch ein bißchen frische Luft vor dem Ins-Bett-Gehen. Das heißt, ich wollte noch ein paar Schritte tun, nur bis zur Seine, und ich hatte gerade die kleine Pforte geöffnet, als ich sie kommen sah. Ich gestehe, daß ich einige Mühe hatte, sie zu erkennen.«

»Warum?« rief Marianne erschrocken. »Ist sie etwa verletzt oder ...

»Nein, nein, nichts dergleichen!« unterbrach Jolival sie lachend. »Ich möchte Euch die Überraschung vorbehalten. Sie erwartet Euch unten. Ich füge hinzu, daß sie nicht allein ist.«

Marianne, die schon dabei war, das breite rosa Band, das ihren Frisiermantel schloß, zu verknüpfen und aus dem Zimmer zu stürzen, blieb stehen.

»Nicht allein? Wer ist bei ihr?«

»Der, den sie ihren Retter nennt. Ich kann Euch ebensogut gleich eröffnen, daß dieser Schutzengel kein anderer als ... Bobèche ist, einer der beiden Hanswurste vom Boulevard du Temple, die ich Euch vorhin gezeigt habe.«

»Was? Macht Ihr Euch lustig über mich?«

»Ich habe nicht die geringste Neigung dazu. Er ist es

wirklich. Im übrigen sieht er jetzt wie ein Mann der guten Gesellschaft aus. Wollt Ihr ihn sehen?«

»Es ist verrückt! Warum hat Adelaide ihn nur mitgebracht?«

»Sie wird es Euch selbst sagen. Ich glaube, sie legt großen Wert darauf, ihn Euch vorzustellen.«

Marianne hatte an diesem Tage für ihre Bedürfnisse Aufregungen genug gehabt, doch von der Befriedigung abgesehen, ihre Cousine wieder bei sich zu haben, empfand sie eine Neugier, die sie ihre Müdigkeit vergessen ließ. Hastig wand sie ihr Haar zu einem flüchtigen Knoten, betrat sodann ihr Ankleidekabinett, nahm das erstbeste Kleid und zog es statt ihres Frisiermantels über. Danach kehrte sie zu Arcadius zurück, der sie in ihrem Zimmer erwartete. Er empfing sie mit einem so breiten Lächeln, daß sie entrüstet sagte:

»Man möchte meinen, daß diese Geschichte Euch amüsiert.«

»Meiner Treu ... ja. Ich gebe es zu. Und ich denke, daß sie auch Euch amüsieren wird, sobald Ihr einen Blick auf Eure Cousine geworfen habt. Es kann Euch nur guttun. Diesem Haus fehlt es seit einiger Zeit sehr an Fröhlichkeit.«

Obwohl gewarnt, durchfuhr Marianne ein leiser Schreck, als sie Adelaide in einem der Sessel des Musiksalons gewahrte, und sie mußte zweimal hinsehen, um sich zu überzeugen, daß sie es wirklich wär. Unter ihrem Hut nach letzter Mode quoll eine erstaunlich blonde Perücke hervor, und eine dicke Schminkschicht machte ihr Gesicht fast unerkenntlich. Nur die unglaublich fröhlichen, lebensvollen blauen Augen und die große, gebieterische Nase gehörten ihr wirklich, der Rest schien Marianne völlig fremd.

Scheinbar ohne die verwirrte Miene ihrer Cousine zu bemerken, lief Adelaide der Eintretenden entgegen und küßte sie, einige Schminkspuren hinterlassend, auf beide Wangen. Mechanisch gab Marianne ihr die Küsse zurück und rief aus:

»Wo seid Ihr nur gewesen, Adelaide? Wußtet Ihr nicht, daß wir uns Euretwegen die schlimmsten Sorgen machten?«

»Das will ich auch hoffen!« erwiderte Mademoiselle d'Asselnat höchst munter. »Ihr werdet gleich alle Erklärungen erhalten, die Ihr nur wünschen könnt. Zuvor aber«, fügte sie hinzu, trat zu ihrem Begleiter und zog ihn an der Hand zu Marianne, »müßt Ihr Euch bei meinem Freund Antoine Mandelard, auch Bobèche genannt, bedanken. Er hat mich aus diesem Loch herausgebracht, in dem man mich gefangenhielt, er hat mich versteckt, beschützt ...«

»... und veranlaßt, nicht nach Hause zurückzukehren?« warf Jolival neckend ein. »Solltet Ihr gar eine Berufung zum Boulevard in Euch entdeckt haben, liebe Freundin?«

»Ihr glaubt nicht, wie recht Ihr habt, Jolival!«

Marianne betrachtete indessen voller Neugier den großen blonden Burschen, der sich korrekt vor ihr verneigte. Er hatte ein offenes Gesicht, ein freimütiges Lächeln, lustige Augen und in seinen Zügen Anzeichen von Schalkhaftigkeit, die ihr gefielen. Er war dunkel und mit einer Einfachheit gekleidet, die eine gewisse Eleganz nicht ausschloß. Sie reichte ihm die Hand.

»Ich schulde Euch viel, Monsieur, und würde meinen Dank gern besser als mit Worten ausdrücken.«

»Einer Dame in Gefahr zu helfen verdient keinen besonderen Dank«, erwiderte er liebenswürdig. »Es ist einfach Pflicht.«

»Wie gut er das gesagt hat!« seufzte Adelaide. »Und da Ihr offensichtlich zufrieden seid, Eure alte Cousine wieder bei Euch zu haben, meine Liebe, spendiert uns so etwas wie ein Souper. Wir sterben vor Hunger ... ich wenigstens!«

»Ich hätte es mir denken müssen«, rief Marianne lachend. »Aber die Domestiken sind schlafen gegangen. Deckt inzwischen den Tisch, Adelaide, während ich in der Küche nachsehen werde, was sich machen läßt.«

Anscheinend war die Köchin eine vorsorgliche Person. Marianne fand alles, was nötig war, um ein sehr annehmbares kaltes Souper zusammenzustellen, und schon ein paar Minuten später saßen die vier Teilnehmer an dieser improvisierten Mahlzeit rund um einen von Kristall und Silberzeug festlich blitzenden Tisch, auf den Adelaide sogar einige Rosen in einer kristallenen Vase gestellt hatte.

Während sie eine beachtliche Menge kaltes Hühnchen, Salat und in Scheiben geschnittenes geräuchertes Rindfleisch aus Hamburg vertilgte und mit Champagner hinunterspülte, berichtete Mademoiselle d'Asselnat von ihrer Odyssee. Wie ein Diener in der Livree Madame Hamelins erschienen sei und ihr mitgeteilt habe, daß ihre Cousine sie bei der Kreolin erwarte und wie sie, kaum daß sie in den vor der Tür wartenden Wagen gestiegen, gefesselt, geknebelt und, mittels eines Tuchs um jede Sichtmöglichkeit gebracht, quer durch Paris zu einem unter diesen Umständen unmöglich zu identifizierenden Ort transportiert worden sei. Sie hatte den vollen Gebrauch ihrer Sinne erst an ihrem Ziel wiedererlangt: in einem Verschlag aus schlecht schließenden Brettern, abgetrennt von einem größeren Kellerraum und erhellt durch ein so hoch in der Mauer angebrachtes Kellerfenster, das sie auch dann nicht hätte erreichen können, wenn sie auf den Kohlenhaufen geklettert wäre, der zusammen mit einem Armvoll Stroh die einzige Möblierung dieses merkwürdigen Gefängnisses bildete.

»Durch die Ritzen zwischen den Brettern«, fuhr Adelaide fort, indem sie sich ein stattliches Stück von einem sahnigen Brie-Käse schnitt, ihrem Lieblingskäse, »konnte ich in den Kellerraum außerhalb meines Logis sehen. Er war mit Fässern, leeren oder vollen Flaschen, Töpfen und Krügen jeder Art und allerlei Geräten vollgestellt, wie ein Kellermeister sie braucht. Außerdem herrschte ein starker Geruch nach Wein und Zwiebeln, die in Kränzen von der Decke hingen. Daraus und aus dem Geräusch der Schritte, die unablässig über meinem Kopf hin und her tappten, und den mehr oder weniger angetrunkenen Stimmen, die zu mir drangen, schloß ich, daß dieser Keller zu einer Schenke gehörte.«

»Ich hoffe«, ließ sich Arcadius spöttisch vernehmen, »daß man Euch an einem so gut versehenen Ort wenigstens nicht vor Durst hat sterben lassen.«

»Wasser war alles, was ich bekam«, antwortete sie entrüstet, »Wasser und kaum eßbares Brot! Mein Gott, ist dieser Brie gut! Ich nehme mir noch ein wenig!«

»Aber Ihr müßt doch jemand in diesem Loch gesehen haben«, warf Marianne ein.

»Und ob! Ich habe eine wie eine Königin angetane abscheuliche Alte gesehen, die Fanchon genannt wurde. Sie ließ mich wissen, daß mein Schicksal einzig und allein von Euch abhinge und von einer gewissen Summe, die Ihr zahlen müßtet. Ich muß gestehen, daß es unserer Unterhaltung an der rechten Herzlichkeit gefehlt hat und daß mir der Kamm geschwollen ist, als diese Alte mir Lektionen in Patriotismus erteilen wollte. Zu wagen, den Kaiser herunterzumachen und dafür diesen Weinschlauch auf zwei Beinen zu glorifizieren, der sich König Ludwig XVIII. nennen läßt! Meiner Treu, die Ohrfeigen, die ich ihr versetzt habe, wird sie nicht so bald vergessen. Hätte man sie mir nicht aus den Händen gerissen, wäre es mit ihr aus gewesen!«

Jolival begann zu lachen.

»Das dürfte sie nicht veranlaßt haben, Euren Tischwein zu verbessern, meine arme Adelaide, aber ich beglückwünsche Euch von ganzem Herzen. Erlaubt mir, diese so feine und so kraftvolle Hand zu küssen.«

»Damit wären wir über Euer Gefängnis aufgeklärt«, sagte Marianne. »Aber wie seid Ihr herausgekommen?«

»Ich glaube, es ist besser, Euch deswegen an meinen Freund Bobèche zu wenden. Er wird Euch den ganzen Rest erzählen.«

»Oh, das ist ziemlich einfach«, meinte der junge Mann mit einem Lächeln, das sich für seinen Aufmerksamkeit fordernden Anteil an der Sache zu entschuldigen schien. »Da die Schenke zur Ährensäge uns unmittelbar benachbart ist, gehen mein Freund Galimafré und ich ziemlich oft hinüber, um uns zu erfrischen. Sie haben da einen kleinen Wein aus Suresnes, der nicht übel ist. Ich muß sagen, daß wir auch hingehen, um uns ein bißchen umzuhören, denn uns ist nicht entgangen, daß da allerlei merkwürdige Personen verkehren. Persönlich bleibe ich aus Vorsicht selten lange dort, dafür hält sich Galimafré oft stundenlang in der Schenke auf. Seines naiven Aussehens und seiner Trottelhaftigkeit wegen, die nur scheinbar ist, ich schwör's Euch, mißtraut man ihm nicht. Man hält ihn für ein einfaches Gemüt und schreibt seinen Erfolg seiner natürlichen Begabung zu. Aber hinter seiner schläfrigen Miene, seinen halb geschlossenen Lidern verstecken sich ein schnelles Auge und ein wacher Geist ... das eine wie der andere ganz im Dienste Seiner Majestät des Kaisers – wie ich selbst.« Bei Nennung des Kaisers erhob sich Bobèche, sein Glas in der Hand, und salutierte, was ihm von Marianne ein herzliches Lächeln einbrachte. Dieser Possenreißer gefiel ihr. Was tat es, daß er der Sohn eines Tapezierers aus dem Faubourg Saint-Antoine war! Ohne seine Schminke und sein reichlich grelles Kostüm hatte er einen Charme, eine Liebenswürdigkeit und Anmut, die die junge Frau nicht unberührt ließen ... wie übrigens auch die diskret bewundernden Blicke, die er ihr zuwarf. Sie war glücklich, einem Mann zu gefallen, der sich so schlicht als treuer Diener Napoleons bekannte. Einen Moment fragte sie sich, ob er vielleicht zu den zahlreichen Agenten Fouchés gehörte, aber ob es nun so war oder nicht, spielte letzten Endes keine Rolle. Und dann bemerkte sie die hingerissene Andacht, mit der Adelaide dem jungen Mann zuhörte und darüber sogar das Essen vergaß, als flöße er ihr nicht nur Gefühle der Dankbarkeit ein ... Bobèche fuhr indessen in seinem Bericht fort:

»Galimafré beobachtete nun neulich abends, daß man ein Brot in den Keller des Hauses brachte, das da nicht viel zu suchen hatte, wenn es nicht für jemand bestimmt war, und später in der Nacht machten wir uns daran, das Gäßchen oder vielmehr den Graben zu untersuchen, der unser Theater der Pygmäen von der Schenke trennt. Wir wissen seit langem, daß es da hinter einem Haufen von unbrauchbarem Zeug und Abfall ein Kellerfenster gibt, das zum Keller der Ährensäge gehört. Und das erlaubte uns, Zeugen einer ziemlich. stürmischen Unterhaltung zwischen Mademoiselle und Fanchon Desormeaux zu werden. Danach wußten wir Bescheid, und ...«

»... und in der Nacht darauf«, schloß fröhlich Adelaide, »sind sie mit Werkzeug und einem Knotenseil wiedergekommen. Mit dem Werkzeug öffneten sie das Kellerfenster, mit dem Seil zogen sie mich aus dem Keller. Ich hätte mich nie für so behende gehalten!«

»Aber warum seid Ihr nicht hierher zurückgekehrt?« fragte Marianne.

»Bobèche hat mir erklärt, daß es klüger sei. Außerdem konnte ich nicht so mit Kohlenstaub bedeckt, wie ich war, Paris durchqueren. Und schließlich ... hatte ich erfahren, daß es recht interessant sein konnte, in der Umgebung der Ährensäge zu bleiben. Übrigens, Marianne, ich kann es dir ebensogut gleich sagen: Ich kehre mit Bobèche zurück. Wir haben zu tun.«

Marianne runzelte die Stirn, dann zuckte sie mit den Schultern.

»Das ist albern! Was könntet Ihr dort zu tun haben? Diese Herren brauchen Euch sicherlich nicht.«

Es war Bobèche, der ihr mit einem für das alte Mädchen bestimmten freundschaftlichen Lächeln antwortete:

»Darin täuscht Ihr Euch, Mademoiselle. Eure Cousine hat sich bereit gefunden, uns als Kassiererin zu dienen.«

»Als Kassiererin?« fragte Marianne verblüfft.

»Genau!« bestätigte Adelaide in herausforderndem Ton. »Und sagt mir nicht, daß diese bescheidenen Funktionen mit meiner noblen Herkunft unvereinbar seien. Ich habe vor noch gar nicht so langer Zeit gelernt, daß jedes Metier seinen Wert besitzt.«

Das Blut stieg Marianne in die Wangen. Die Anspielung war nur allzu durchsichtig. Sie wäre in der Tat schlecht beraten, ihrer Cousine diese seltsame Tätigkeit vorzuwerfen, während sie selbst auf die Bretter gestiegen war. Theater war Theater, ob es nun das Theater der Pygmäen war oder das elegante Feydeau ... Doch seitdem sie von Adelaides Wunsch, sie zu verlassen, wußte, fühlte sie Traurigkeit in sich aufsteigen. Das alte Mädchen hatte sich nicht nur dem Anschein nach verändert; sie schien plötzlich entschlossen, blindlings einen recht kuriosen Weg einzuschlagen, und zudem tat sie es in einer provozierenden Art, die Marianne verletzte. Ihr Blick begegnete dem Jolivals auf der anderen Seite des Tischs. Er zwinkerte ihr lächelnd zu, griff sodann nach der Champagnerflasche und füllte von neuem Adelaides Glas.

»Wenn das Eure Berufung ist, wäre es unrecht, ihr zu widerstehen. Und ... Ihr habt wirklich die Absicht, Kassiererin zu bleiben? Oder zieht es Euch gar auf die Bühne?«

»Für eine Weile wenigstens«, meinte sie lachend. »Wie dem auch sei, ich sagte es schon, ich riskiere nichts, im Gegenteil. Meine Entführung könnte sich wiederholen, und womöglich wäret auch Ihr gefährdet, wenn ich hierbliebe. Das aber will ich um keinen Preis! Und dann ... macht mir das Abenteuer Spaß: Ich will wissen, ob die berühmten Papiere des Botschafters Bathurst in der Ährensäge auftauchen.«

»Die Papiere? Welche Papiere?« brauste Marianne auf. »Den ganzen Tag habe ich von nichts anderem sprechen hören als von Papieren. Ich verstehe kein Wort.«

Sanft legte Arcadius seine Hand auf die seiner Freundin.

»Ich hingegen glaube zu verstehen. Unsere eigene Angelegenheit war in eine andere, zweifellos viel wichtigere vermengt, in der Euer ... nun, der Engländer seine Finger hatte. Daher das unerwartete Erscheinen des riesigen Grenadiers, den Ihr so gut kennt, und vermutlich auch das Auftauchen dieses komischen Fauche-Borel. Ist es so?«

»So ist es«, bestätigte Bobèche. »Verzeiht, wenn ich nicht näher in die Einzelheiten gehe, sondern mich auf die Erklärung beschränke, daß gewisse Papiere, die einem kürzlich verschwundenen englischen Botschafter gestohlen wurden, ihren Weg durch die Ährensäge nehmen könnten. Die Schenke ist eine Art Treffpunkt für ausländische Agenten, und um so sicherer, als die Polizei sich dort nie blicken läßt, wenigstens nicht offiziell! Deshalb war in letzter Zeit so viel Unruhe in meiner Nachbarschaft, und deshalb hatte es einer der Agenten, die dort verkehren und der sich erkannt glaubte, für besonders schlau gehalten, sich zwischen den Wachsfiguren zu verstecken.«

»Hat man ihn erwischt?« fragte Arcadius.

Bobèche nickte stumm und widmete sich sodann seinem Champagner, um anzuzeigen, daß er nichts mehr darüber zu sagen wünsche.

Marianne musterte ihn jetzt mit einer Verblüffung, die nicht frei von Bewunderung war. Wie seltsam es doch war, so ernste Worte aus einem Mund zu hören, der so offensichtlich zum Lachen und Scherzen geschaffen zu sein schien. Wer war wohl dieser Hanswurst, und für wen arbeitete er wirklich? Er hatte bekannt, im Dienste des Kaisers zu stehen, schien jedoch mit Fouché nichts zu tun zu haben. Gehörte er dann zu jenem dem Kaiser persönlich unterstellten schwarzen Kabinett, das es auch unter den letzten Königen Frankreichs gegeben hatte und das, wie es hieß, eine eigene Polizei neben der offiziellen bildete? Sein Beruf als Jahrmarktskomödiant erlaubte ihm, viele Dinge zu sehen, ohne Mißtrauen zu erregen, und zweifellos besaß er eine außerordentliche Fähigkeit, sich zu verwandeln. An diesem Abend hätte er mit seinem dunkelgrünen Habit, seinem dichten goldblonden, sorgfältig frisierten Haar in jeden Salon gepaßt. Niemand wäre auf den Gedanken gekommen, in diesem zivilisierten, eleganten Burschen einen Hanswurst vor sich zu haben.

Mariannes ratloser Blick glitt von dem jungen Mann zu ihrer Cousine hinüber, die, in ihren Stuhl zurückgelehnt, kandierte Zitronenscheibchen knabberte, ohne ihren Begleiter aus den Augen zu lassen. Sie trank buchstäblich jedes seiner Worte, und in ihren blauen Augen war ein Glanz, wie ihn Marianne noch nie zuvor in ihnen gesehen hatte, während jugendliche Röte ihre Wangen färbte. Trotz ihrer vierzig Jahre, ihrer absurden Perücke, der Schminke auf ihrem Gesicht und der großen Nase wirkte die verwandelte Adelaide fast schön, fast jung.

»Wahrhaftig ... sie ist verliebt!« dachte Marianne verblüfft, mehr besorgt als amüsiert, da sie fürchtete, das arme Mädchen mit ihrem abenteuernden Herzen in eine ausweglose Situation geraten zu sehen. Gewiß hatte sich Bobèche als hilfsbereit, ja als ritterlich erwiesen, und er schien wirkliche Bewunderung für die Intelligenz, den Mut und das komödiantische Talent Adelaides zu empfinden, aber zwischen der größten Bewunderung und der bescheidensten Liebe war so viel Raum! So protestierte sie, als Adelaide sich erhob, ihr Kleid mit einem befriedigten Seufzer schüttelte und erklärte:

»So! Nun wißt Ihr alles. Ich glaube, es ist Zeit, zum Theater zurückzukehren. Dieser Besuch sollte Euch nur über mein Schicksal beruhigen. Da Ihr es nun seid, brechen wir auf!«

»Lächerlich!« rief Marianne. »Ihr seid trotzdem in Gefahr, und ich werde mir tausend Sorgen machen!«

»Ihr hättet unrecht, Mademoiselle«, sagte Bobèche ruhig. »Ich verspreche Euch, über Mademoiselle Adelaide wie über meine eigene Schwester zu wachen. Bei Galimafré und mir riskiert sie nichts, verlaßt Euch drauf ... und wir sind glücklich über diese spontane Freundschaft, die sie uns zugewendet hat, obwohl wir ihrer sehr unwürdig sind.«

»Wie dem auch sei«, fügte Mademoiselle d'Asselnat hinzu, die dieser kleinen Rede mit sichtlicher Freude gelauscht hatte, »nichts und niemand könnte mich daran hindern, dorthin zurückzukehren. Zum erstenmal in meinem Leben habe ich den Eindruck, wirklich zu existieren.«

Diesmal fühlte Marianne sich besiegt und schwieg. Wirklich existieren? Sie, die ins Gefängnis geworfen worden war, weil sie es gewagt hatte, gegen Napoleons Scheidung zu protestieren, die zusammen mit einem Porträt in einer Bodenkammer des verlassenen Hôtels d'Asselnat versteckt gehaust hatte, die eines Nachts dieses selbe Haus hatte in Brand stecken wollen, weil sie es in die Hände Unwürdiger gefallen glaubte? Was hatte sie bis dahin leben genannt? Und tiefe Trauer erfüllte sie, als sie sich im Augenblick des Aufbruchs umarmen ließ.

Ihre Gedanken erratend, schob Arcadius seinen Arm unter den ihren und murmelte:

»Laßt sie nur, Marianne. Es macht sie närrisch glücklich zur Abwechslung einmal Geheimagent zu spielen ... Ich frage mich übrigens, ob sie nicht wirklich die Berufung dazu hat. Zudem ist es besser für Euch wie für sie, wenn sie fürs erste nicht hierher zurückkommt. Dieser Bursche hat recht: Niemand, nicht einmal Fanchon, würde auf die Idee verfallen, sie im Theater der Pygmäen zu suchen.«

»Das ist wahr«, seufzte Marianne. »Aber sie wird mir so fehlen!«

Sie hatte für die zu erwartenden schwierigen Tage sehr auf Adelaide gerechnet. Sie hätte ihr mit ihrem Rat beistehen können, wenn es soweit war, dem Ruf des Kardinals zu folgen, falls Jason nicht eintraf, hätte ihr später helfen können, wenn das Kind käme ... Warum mußte sie ausgerechnet jetzt diesem unerwarteten Verlangen nachgeben, bei dem die Politik und das Vergnügen, Komödie zu spielen, zweifellos weniger ins Gewicht fielen als der Charme eines Possenreißers? Wohl flüsterte ihr eine geheime Stimme zu: »Wenn sie die Wahrheit wüßte, würde sie bei dir bleiben.« Aber diese Wahrheit konnte Marianne nicht preisgeben; sie hatte ihrem Paten versprochen zu schweigen. Und dann ... würde Adelaide, selbst wenn sie erfuhr, daß man sie brauchte, von einem Moment zum andern den Mut aufbringen, auf diese von ihr selbst geschaffene Illusion zu verzichten: eine Zeitlang das Dasein eines schönen jungen Burschen zu teilen, der ihr gefiel? Nein, sie mußte Adelaide den von ihr gewählten absurden Weg einschlagen und sie selbst ihre Erfahrung machen lassen.

Schweren Herzens hörte Marianne in der nächtlichen Stille den Flügel des großen Tors hinter den Gehenden zufallen. Ihr war plötzlich kalt, und fröstelnd wandte sie sich zum Kamin, um ihre Hände an den Flammen zu wärmen. Schweigen erfüllte den Salon. Gemächlich näherte sich Arcadius seiner Freundin. Das Parkett knarrte unter seinen Schritten.

»Warum quält Ihr Euch so, Marianne?« fragte er herzlich.

Adelaide riskiert allenfalls, einige Illusionen zu verlieren. Schaut nicht so traurig! Lächelt mir zu! Seht Adelaide an! Sie findet ihr Glück in einer Theaterbude. Wer weiß, was Euch der morgige Tag bringen wird?«

Ihre Tränen unterdrückend, zwang sich Marianne zu einem Lächeln. Der liebe, gute, so ergebene Arcadius! Sie schämte sich dieses Geheimnisses, das sie auch ihm gegenüber einen Monat lang wahren mußte, was sie sinnlos fand. Aber ein Versprechen war nun einmal ein Versprechen.

»Ihr habt recht«, sagte sie. »Adelaide soll sich nur amüsieren. Da ich Euch habe, bin ich nicht verloren.«

»Bravo! Legt Euch jetzt schlafen und versucht, schön zu träumen.«

»Ich werde es versuchen, mein Freund.«

Zusammen gingen sie der um diese späte Stunde unbeleuchteten großen Treppe zu, und Arcadius nahm von einer Konsole einen Leuchter, um ihren Weg zu erhellen. Auf halbem Wege die Stufen hinauf, fragte er plötzlich:

»Wo ist eigentlich Gracchus geblieben? Tagsüber hat ihn hier niemand gesehen, und Samson fehlt im Stall.«

Marianne spürte, daß sie bis zu den Haarwurzeln errötete, und segnete das Halbdunkel, doch sie konnte nicht verhindern, daß ihre Stimme beim Antworten ein wenig zu hastig klang:

»Er hat mich ... um Erlaubnis gebeten, ein paar Tage zu seiner Familie in der Provinz reisen zu dürfen. Er hat schlechte Nachrichten erhalten.«

Sie hatte niemals gut lügen können, aber diesmal erforderte es eine wahre Anstrengung. Überzeugt, daß Arcadius sofort den Schwindel merken würde, verwünschte sie ihre Ungeschicklichkeit. Doch seine Stimme klang ruhig und arglos, als er bemerkte:

»Ich wußte gar nicht, daß er Familie in der Provinz hat. Ich glaubte, seine ganze Verwandtschaft beschränkte sich auf seine Großmutter, die, soviel ich weiß, Wäscherin in Boulogne ist. In welche Richtung ist er geritten?«

»Nach ... Nantes, denke ich«, sagte Marianne gequält, unfähig eine andere Antwort als diese immerhin ein wenig tröstliche Halbwahrheit zu finden.

Arcadius fragte übrigens nicht weiter, sondern begnügte sich mit einem »Äh, gut, gut ...«, das sich unbeteiligt genug anhörte, um der jungen Frau das Gefühl zu vermitteln, daß er schon an etwas anderes dachte, Vor der Tür von Mariannes Zimmer angelangt, verabschiedete er sich galant, wünschte ihr eine gute Nacht und entfernte sich, ein Liedchen summend, in Richtung auf sein eigenes Appartement. Seit langem hatte er sich nicht mehr so fröhlich gezeigt, was Marianne als Beweis für die wiedergewonnene Unbeschwertheit seiner Gemütsverfassung ansah, und als sie in ihr Zimmer trat, sagte sie sich, er müsse wohl überzeugt sein, daß Francis ihr nicht mehr schaden könne.

Es verschaffte ihr ein Gefühl der Befreiung, eine ganz neue heitere Ausgeglichenheit, und in dieser Nacht schlief Marianne endlich wieder ruhig. Gab es etwas Wundervolleres als den Frieden der Seele? Während dreier Tage und dreier Nächte genoß Marianne ihn in vollen Zügen, zugleich mit einem erhebenden Gefühl des Sieges über sich selbst und über Francis.

Eine Idee war in ihr aufgetaucht, die sie während dieser barmherzigen Ruhepause zärtlich hegte. Wenn Black Fish seine Schlacht gewann, wenn es ihm gelang, Francis ein für allemal aus der Welt zu schaffen ... würde die Annullierung ihrer Ehe ebenso gegenstandslos wie die ihr bevorstehende beunruhigende neue Eheschließung. Sie wäre Witwe, frei und könnte, da sie von Cranmere nichts mehr zu fürchten hätte, gemeinsam mit dem Vater ihres Kindes nach einer weniger grausamen Lösung für ihre Liebe suchen.

Hundertmal war sie schon nahe daran, nach Feder und Papier zu greifen, um ihrem Paten zu schreiben. Doch jedesmal wurde sie sich der Unmöglichkeit der Sache bewußt. Wohin schreiben? Nach Savona, wo sich der Papst befand? Der Brief würde nie ankommen, würde unfehlbar Fouché in die Hände fallen. Nein, besser war es abzuwarten, bis der Kardinal sich meldete. Dann bliebe noch immer Zeit, ihn von den veränderten Umständen zu unterrichten, und vielleicht würde er ihr eine andere Lösung vorschlagen ... Es tat so gut zu träumen, Pläne zu schmieden, die nicht der Zwang diktierte!

Es war am Morgen des vierten Tages, als diese schönen Träume splitternd zerbarsten. Den Schlag führte ein kleines, weißes, sorglich gefaltetes und verschlossenes Briefchen, das Agathe ihrer noch im Bett liegenden Herrin brachte. Seine Lektüre entriß der jungen Frau einen Angstschrei und ließ sie bestürzt aufspringen. Kaum sich die Zeit nehmend, einen leichten Morgenmantel überzustreifen, lief sie mit bloßen Füßen zu Jolival, der eben zusammen mit der Morgenzeitung friedlich sein erstes Frühstück einnahm. Mariannes stürmisches Eindringen, ihr bleiches, entsetztes Gesicht brachten ihn so jäh auf die Beine, daß der Tisch, an dem er gesessen hatte, mit allem Geschirr umstürzte. Teller, Tasse und Gläser zerbrachen in tausend Stücke. Doch weder Jolival noch Marianne kümmerten sich darum. Unfähig, auch nur ein Wort hervorzubringen, reichte Marianne ihm das Billett und ließ sich dann in einen Sessel fallen.

In wenigen hastigen, wütenden Worten unterrichtete Black Fish seine junge Freundin, daß Lord Cranmere auf unerklärliche Weise aus Vincennes entkommen sei, daß seine Spur nach Boulogne führe und zweifellos von dort aus nach England. Der Bretone fügte hinzu, er werde ihn schon noch erwischen. »Satan möge ihm beistehen, wenn ich meine Hand auf ihn lege«, schrieb er am Schluß. »Entweder bleibt er oder ich ...«

Obwohl beherrschter als Marianne, wurde auch Arcadius blaß. Den Brief zerknüllend, warf er ihn in den Kamin und kehrte dann zu der jungen Frau zurück, die, leichenfahl und mit geschlossenen Augen, nur mühsam atmete und einer Ohnmacht nahe schien. Er versetzte ihr ein paar schnelle Schläge auf die Wangen, griff darauf nach ihren eisigen Händen und begann, sie zu reiben.

»Marianne!« rief er besorgt. »Laßt Euch nicht gehen Marianne, kommt zu Euch! Macht die Augen auf! Seht mich an! ... Marianne! ... «

Ihre Lider öffneten sich und gaben dem Freund zwei dunkle, von Grauen erfüllte Seen preis.

»Er ist frei ...«, stammelte sie. »Sie haben ihn fliehen lassen ... dieses Ungeheuer! Und jetzt wird er mich nicht mehr loslassen! Er wird herkommen, er wird sich rächen ... Er wird mich töten ... Er wird uns alle töten!«

Ihre Stimme war unerträglich schrill geworden. Noch nie hatte Arcadius Marianne von einer so panischen Angst ergriffen gesehen. Sie, die immer so tapfer, so bereit war, es mit jeder Gefahr aufzunehmen! Diese paar Zeilen hatten sie an die Schwelle des Wahnsinns gebracht. Wenn er sie davor retten wollte, soviel war ihm klar, mußte er sie brutal wieder zu sich bringen, und sie sich ihrer Furcht schämen zu lassen war noch immer das beste Mittel dazu. Er richtete sich auf, ließ die Hand fallen, die er in der seinen gehalten hatte.

»Habt Ihr um Euch Angst?« fragte er hart. »Habt Ihr nicht begriffen, was Nicolas Mallerousse Euch schreibt? Der Mann ist geflohen, gewiß, aber er ist auf dem Weg nach England ... nach England, wo er zweifellos wieder nach Flüchtlingen jagen wird! Seit wann habt Ihr gelernt, um Euch selbst zu zittern, Marianne d'Asselnat? Ihr seid zu Hause, von treuen Dienern und Freunden umgeben, von Leuten wie Gracchus und mir! Ihr könnt den Mann um Hilfe bitten, der Europa in seiner Hand hält, und Ihr wißt, daß ein unbarmherziger Spürhund hinter dem her ist, den Ihr fürchtet, ein Mann, der bereit ist, sein Leben zu riskieren. Und trotzdem zittert Ihr um Euch? Ihr solltet lieber an jene Unglücklichen denken, deren leidenschaftliches Verlangen, ihrem Elend zu entrinnen und wieder freie Menschen zu werden, sie den schrecklichsten Gefahren aussetzt!«

Während er seine Worte wie Peitschenhiebe niederprasseln ließ, sah Jolival, wie Mariannes Augen nach und nach klar wurden, Ungläubigkeit ausdrückten und schließlich, ganz allmählich, das, was er in ihnen zu sehen gehofft hatte: Scham. Er sah auch, daß ihre blassen Wangen sich wieder färbten, bis sie förmlich zu glühen begannen.

»Verzeiht!« sagte sie nach einem Moment. »Verzeiht! Ich hatte den Kopf verloren! Ihr habt recht ... wie immer! Aber als ich das las ... vorhin, glaubte ich, daß mein Kopf platzte ... daß ich verrückt würde! Ihr könnt nicht wissen ... «

Ruhig kniete Arcadius vor ihr nieder und legte seine beiden Hände auf ihre Schultern. »Doch ... ich errate es! Aber ich will nicht, daß Ihr Euch von der Angst vor diesem Mann zerstören laßt. Er ist in dieser Stunde zweifellos weit entfernt, und bevor er Euch ans L eben kann, wird er erst sein eigenes verteidigen müssen.«

»Er kommt vielleicht sehr schnell zurück ... in Verkleidung «

»Wir werden gut aufpassen.«

»Und außerdem seht Ihr, daß er stärker ist als wir, denn er ist geflohen ... trotz der Mauern, der Ketten, der Wächter und selbst Black Fishs ... trotz allem, was er getan hat und was wir von ihm wissen!«

Arcadius erhob sich und stellte mechanisch den Tisch wieder auf. Sein Mausgesicht hatte einen strengen Ausdruck angenommen.

»Ihr wollt mir sagen, daß ich mich getäuscht habe, nicht wahr? Ihr habt recht. Ich habe mich getäuscht. Wer hätte sich auch vorstellen können, daß Fouché es wagen würde, so weit zu gehen? Was für eine Rolle spielt dieser miserable Engländer in dem Komplott, das er angezettelt hat?«

»Eine sehr wichtige Rolle zweifellos.«

»Es gibt kein politisches Projekt, so wichtig es auch sein mag, das es rechtfertigen würde, einen Dämon zum Schaden anderer am Leben und in Freiheit zu lassen. Marianne, Ihr müßt den Kaiser verständigen!«

»Ihn verständigen? Wovon? Daß ein Spion aus Vincennes entkommen ist? Er wird es schon wissen.«

»Sicherlich nicht. Er würde allzu viele Erklärungen fordern. Der tägliche Rapport, den Fouché ihm liefert, wird nichts davon erwähnen. Geht zu ihm, sagt ihm alles ...«

»Der Kaiser ist nicht mehr da!«

»Er ist in Compiègne, ich weiß. Geht dorthin.«

»Nein. Ich dachte an mich, als ich sagte, daß er nicht mehr da ist. Er wünscht mich jetzt nicht zu sehen ... später vielleicht. Ich habe Euch erzählt, wie wir uns getrennt haben.«

»Wennschon. Er liebt Euch noch immer!«

»Vielleicht ... aber ich möchte seine Gefühle jetzt nicht auf die Probe stellen! Ich hätte zu sehr Angst ... einen Irrtum zu begehen. Nein, Arcadius, lassen wir ihn bei seinen Flitterwochen ... bei dieser Reise, die er in die Nordprovinzen unternehmen will, in Ruhe. Nach seiner Rückkehr vielleicht ... Sehen wir zu, wie die Dinge laufen ... und vertrauen wir auf Nicolas Mallerousse. Sein Haß ist zu stark, um nicht erfolgreich zu sein.«

Marianne erhob sich mit einem Seufzer, stieß achtlos mit dem Fuß die Scherben der Sèvres-Kaffeekanne beiseite und trat vor einen Spiegel. Ihr Gesicht war blaß und abgespannt, aber ihr Blick hatte seine Sicherheit wiedergefunden. Mochte das Schicksal seinen Lauf nehmen!

Während sie sich zur Tür wandte, fragte Jolival fast schüchtern:

»Ihr wollt wirklich nichts tun? Ihr wollt abwarten?«

»Ich habe keine Wahl. Habt Ihr mir nicht gesagt, daß die geheimen Verhandlungen Fouchés für Frankreich vorteilhaft sein könnten? Wäre das nicht wert, daß man Menschenleben riskiert ... selbst das meine?«

»Ich kenne Euch, Marianne. Ihr würdet nichts zeigen Eure Stirn bliebe heiter, Euer Gesicht glatt und rein ... aber insgeheim würdet Ihr vor Angst sterben.«

Auf der Türschwelle drehte sie sich mit einem blassen Lächeln um:

»Das ist gut möglich, mein Freund. Aber es ist eine Gewohnheit, die einem zuwächst ... ganz einfach! Nichts als eine Gewohnheit.«

8. Kapitel

Ein langes Warten

Die Zeit schien stehenzubleiben. Marianne blieb, teils aus Vorsicht, teils aus totaler Unlust auszugehen, im Haus. Die Tage verstrichen, ohne daß irgend etwas die nervenaufreibende Eintönigkeit ihres Ablaufs störte. Der einzige Unterschied bestand darin, daß der folgende Tag sich noch endloser dehnte als der gegenwärtige und der übernächste schlimmer war als die beiden vorhergegangenen. Wie unerbittlich tropfendes Wasser unterminierte die Ungewißheit Marianne und verwandelte ihre Ungeduld in Angst.

Vor mehr als vierzehn Tagen aufgebrochen, war Gracchus noch nicht wieder zurückgekehrt. Es wurde allmählich unerklärlich. Wenn er Tag und Nacht geritten war, wie er es vorgehabt hatte, hätte er Nantes sehr schnell erreichen müssen ... in drei Tagen spätestens. Dem Konsul der Vereinigten Staaten ihren Brief zu übergeben, erforderte nicht viel Zeit, in einer guten Woche hätte er also zurück sein müssen. Warum diese Verspätung? Was war geschehen ...?

Marianne verbrachte die Tage in einem kleinen Salon der ersten Etage, dessen Fenster auf den vorderen Hof und die Rue de Lille hinausgingen, um auf die Geräusche der Straße zu horchen. Der Schritt eines Pferdes brachte ihr Herz zu schnellerem Schlagen und ließ Enttäuschung zurück, wenn er sich entfernte. Schlimmer noch war es, wenn er anhielt und der ein wenig brüchige Klang der Glocke am Eingang heraufdrang. Marianne stürzte dann zum Fenster, zog sich jedoch fast sofort mit Tränen in den Augen wieder zurück, weil es noch immer nicht Gracchus war.

Die Nächte wurden nach und nach zur Hölle. Marianne schlief kaum mehr, und wenn es ihr einmal gelang, dann nur schlecht. Die freiwillige Zurückgezogenheit, der Mangel an körperlicher Bewegung, ihre Schwangerschaft und die Angst verjagten den Schlaf. Während der endlosen Stunden, die sie wach lag, erging sie sich in allen möglichen Vermutungen über Gracchus' Ausbleiben, eine abwegiger als die andere. Die schrecklichste von allen, die sie in einen Zustand schweißnasser, zitternder Erregung versetzte, lief darauf hinaus, daß der arme Bursche das Opfer eines Überfalls geworden sein müsse. Die Straßen waren unsicher und wimmelten trotz der scharf durchgreifenden kaiserlichen Polizei von Räubern. Ein einsamer Reiter war eine leichte Beute, und es gab soviel Gestrüpp, in dem ein Leichnam unbemerkt verrotten konnte. Marianne geriet in Verzweiflung bei dem Gedanken, daß niemand sie benachrichtigen würde, falls ihrem treuen Kutscher etwas passiert war. Vielleicht wartete sie vergeblich auf die Rückkehr eines ergebenen Freundes und auf eine Antwort, die nie kommen würde.

Ein einziger Lichtblick bot sich in all diesem Grau: Aus Compiègne war von Napoleon ein kurzes Billett an sie gelangt, dessen Schriftzüge ihr Blut schneller durch die Adern trieben, dessen Inhalt sie aber enttäuschte:

»Meine gute Marianne, einige Worte in Eile, um dir zu versichern, daß Du immer meinen Geist beschäftigst. Achte auf deine Gesundheit, die mir teuer ist, und auf deine Stimme, die nach der Rückkehr von meinen Reisen die Last der Staatsgeschäfte erleichtern soll, die niederdrücken Deinen N.«

Die Last der Staatsgeschäfte? Paris war leer und ruhig, der gesamte Hof hatte sich nach Compiègne begeben, aber die »gute Marianne« wußte von Arcadius, der nicht wie sie im Haus blieb, daß die Vergnügungen des Hofes und des Honigmondes den Kaiser weit mehr in Anspruch nahmen als die Staatsgeschäfte, denen er in diesen Wochen im Gegenteil beharrlich aus dem Wege zu gehen schien. Bälle, Jagden, Promenaden, Theater und Vergnüglichkeiten jeder Art folgten einander, und außer der einmaligen Übernahme des Vorsitzes im Rat des kaiserlichen Hauses und einer Audienz für Murat zur Erörterung italienischer Fragen hatte der Kaiser nicht viel getan ... Gewiß, es war nett von ihm, ihr zu schreiben, aber Marianne hatte, was ihr noch vor ein paar Wochen völlig undenkbar erschienen wäre, das Billett auf den Kaminsims gelegt und sich sodann mit einem

Seufzer und ohne noch einmal einen Blick darauf zu werfen, wieder ihren Sorgen zugewandt.

So beherrschend war ihr Verlangen, Gracchus zurückkehren zu sehen und zu erfahren, ob sie auf Jasons Kommen hoffen durfte, daß sogar ihre durch die Nachricht von Cranmeres Flucht geweckte Angst in den Hintergrund trat. Sie zitterte nicht mehr bei jedem ungewöhnlichen Geräusch in der Nacht, sie schrak nicht mehr zusammen, wenn sie vom Fenster aus auf der Straße eine Gestalt bemerkte, die sie an den Engländer erinnerte. Schließlich gab es Black Fish, dem sie völlig vertraute, und außerdem wußte sie, daß Jasons Ankunft das beste Heilmittel gegen die Angst sein würde. Wenn er sich bereit fand, sie für immer unter seinen Schutz zu nehmen, würden ihr die Drohungen von zehn entfesselten Cranmeres keine Furcht mehr einjagen. Jason war stark, kühn, der Typ Mann, bei dem es gut sein mußte, Frau zu sein. Er mußte kommen, er mußte es unbedingt ... Aber, mein Gott, wie lange dauerte es ...

Es gab indessen noch jemand, den Marianne gern gesehen hätte: Fortunée Hamelin. Wenn die ihr durch Francis eingeflößte Panik auch tatsächlich weniger intensiv geworden war, beschäftigten sich die Gedanken der jungen Frau nichtsdestoweniger noch immer ausgiebig mit seiner unbegreiflichen Flucht. Einzelheiten darüber hatte sie nicht in Erfahrung gebracht, doch es schien ziemlich klar, daß sie ohne die Einwilligung des Polizeiministers nicht hätte stattfinden können. Daß sich aber ein Minister Napoleons so tief erniedrigt haben sollte, die Dienstbereitschaft seiner eigenen Agenten zu verhöhnen und einen gefährlichen Verbrecher und tödlichen Feind seines Landes zu befreien, mochte sie nicht zugeben. Fortunée, die so viele Dinge wußte, die zweifellos aus Ergebenheit für Napoleon zu der gewaltigen Zahl der Agenten Fouchés gehörte, Fortunée hätte vielleicht das Geheimnis aufklären können. Aber in ihrem neuen Liebesfrühling mit dem schönen Fournier-Sarlovèze im siebten Himmel schwebend, war Fortunée von der Bildfläche verschwunden, wie es ihr schwarzer Majordomus Jonas vorausgesagt hatte.

»Die beiden Frauen, denen ich wirklich vertraue«, dachte Marianne melancholisch, »die beiden einzigen, die ich wirklich liebe, hat ein unwiderstehlicher Wind der Liebe davongetragen. Ich allein hänge mich an eine unnütze Liebe, die im Moment recht einseitig zu sein scheint.«

Ovid zitierend, hatte Napoleon ihr eines Tages lachend gesagt, daß die Liebe eine Art Militärdienst sei. Für Marianne war sie noch Schlimmeres: eine Art Eintritt in einen religiösen Orden, von Einsamkeit und Erinnerungen begleitet, die ihre schmerzliche Enttäuschung nur noch verschärften.

Dann platzte eines Morgens – am 19. April, einem Montag – zur Stunde des Frühstücks Fortunée ohne Vorankündigung bei ihrer Freundin herein. Ziemlich nachlässig gekleidet und nur flüchtig frisiert, was bei ihr immer ein Zeichen von innerlichem Aufruhr war, umarmte sie Marianne zerstreut, versicherte ihr, daß sie blendend aussähe, was zumindest sehr übertrieben war, ließ sich in einen kleinen Sessel sinken und forderte von Jérémie eine große Kanne starken Kaffee mit viel Zucker.

»Du tätest besser daran, Schokolade zu trinken«, bemerkte Marianne, beunruhigt durch die möglichen Auswirkungen einer solchen Kaffeeorgie auf jemand, der ohnehin aufgeregt genug war.

»Ich will aufgeregt, wütend, außer mir sein! Ich will, daß der Zorn jetzt und weiter in mir kocht!« rief die Kreolin mit großem dramatischen Aufwand. »Ich muß mich noch lange Zeit der Perfidie der Männer erinnern. Merk dir das, Unglückliche! Zu glauben, was dir ein Mann zuflüstert, heißt, zu glauben, was der Wind erzählt. Noch der beste ist ein abscheuliches Ungeheuer, und wir sind allesamt armselige Opfer!«

»Wenn ich recht verstehe, hat dein Husar dumme Streiche gemacht«, ließ sich Marianne.vernehmen, auf die Fortunées Wut wie ein Schwall frischer Luft wirkte. »Er ist ein Schuft«, bestätigte die junge Frau, die sich eine tüchtige Portion Rührei auf ihren Teller lud und zwei stattliche Butterbrote dazu legte. »Begreifst du das? Ein Mann, den ich seit Jahren liebe, den ich Tage und Nächte hindurch mit der Hingabe einer Nonne des heiligen Vincenz gepflegt habe? Mir so was anzutun?« Marianne unterdrückte ein Lächeln. Die Umstände, in denen sie Fortunée und den schönen Fournier am Abend der kaiserlichen Hochzeit verlassen hatte, waren in der Tat mit dem Apostelamt und frommer Barmherzigkeit kaum in einem Atem zu nennen.

»So was?« fragte sie. »Was hat er eigentlich angestellt?«

Fortunée ließ ein kurzes, jedweder Fröhlichkeit entbehrerndes Lachen hören, das aber in seiner tragischen Resonanz deshalb nicht weniger amüsant war.

»Fast nichts! Stell dir vor, er hat es gewagt, diese Italienerin mit nach Paris zu bringen!«

»Welche Italienerin?«

»Ein Mädchen aus Mailand ... ich weiß nicht mal ihren Namen! Eine Närrin, die sich da unten so in ihn vergafft hat, daß sie Familie und Vermögen verließ, um ihm zu folgen. Man hatte mir erzählt, daß er sie mitgeschleppt und in seine Heimat Périgord nach Sarlat gebracht hat, wo er ein Haus besitzt, aber ich wollte es nicht glauben. Nun, sie war nicht nur in Sarlat, sondern ist sogar mit ihm hierhergekommen! Ist das nicht der Gipfel, wie?«

»Wie hast du es erfahren?«

»Er selbst hat es mir gesagt! Du machst dir keine Vorstellung vom Zynismus dieses Kerls! Letzte Nacht hat er mich verlassen, indem er mir sagte, sie müsse sich allmählich seinetwegen Sorgen machen – während er bei mir war, hatte er es gewagt, ihr Nachricht zu geben, daß er verletzt sei und in einem Haus gepflegt werde, in das sie nicht kommen könne – und daß es Zeit für ihn sei, zu ihr zurückzukehren! Ich habe ihn hinausgeworfen! Und ich hoffe sehr, daß diese Pute es ebenso macht!«

Diesmal konnte Marianne sich nicht zurückhalten. Sie begann zu lachen, was ihr merkwürdig schien, denn seit drei Wochen war es das erstemal.

»Du hast unrecht, dich so aufzuregen! Wenn er vierzehn Tage mit dir in einem Zimmer verbracht hat, liegt ihm sicher mehr an Ruhe und Schlaf als an Leidenschaft. Schließlich war der Mann ja Rekonvaleszent! Laß ihn also ruhig zu seiner Italienerin zurück. Wenn sie mit ihm zusammen lebt, muß sie in seinem Haus als eine Art Ehefrau fungieren, und im Grunde bist du es, die die schönere Rolle hat. Du kannst ihn den Freuden des häuslichen Herdes ruhig überlassen!«

»Des häuslichen Herdes? Ihn? Man sieht, daß du ihn nicht kennst! Weißt du, wonach er beim Aufbruch gefragt hat?«

Marianne schüttelte den Kopf. Es war besser, Fortunée weiterhin in dem Glauben zu lassen, daß sie Fournier, von der Begegnung in ihrem Hause abgesehen, nicht kannte.

»Er hat nach deiner Adresse gefragt!« rief sie triumphierend.

»Nach meiner Adresse? Wozu?«

»Um dir einen Besuch zu machen. Er glaubt, daß du mit deinem 'gewaltigen Kredit' beim Kaiser mühelos seine Wiedereinstellung in die Armee erlangen könntest. Womit er einen schweren Irrtum begeht.«

»Warum?«

»Weil Napoleon ihn ohnehin schon genug verabscheut, ohne sich obendrein auch noch fragen zu müssen, welcher Art die Beziehungen sind, die er zu dir unterhält.« Ihre Vermutung traf zu. Übrigens hatte Marianne auch nicht die geringste Lust, den hitzigen General mit seinem unverschämten Blick und seinen allzu flinken Händen wiederzusehen. Daß er die Frechheit besaß, sie um ihre Unterstützung bitten zu wollen, war wirklich ein wenig stark, wenn man bedachte, wie ihre Bekanntschaft zustande gekommen war. Und zudem hatte sie genug von all diesen Männern, die immer etwas forderten, ohne je etwas zu geben ... Sie erklärte deshalb trocken:

»Ich bedaure, es dir sagen zu müssen, Fortunée, aber ich werde mich nie für deinen Husaren verwenden. Ohne hin weiß Gott allein, wann ich den Kaiser wiedersehe.«

»Bravo!« lobte Fortunée. »Laß meine liebevollen Freunde sich ruhig selbst um ihre Angelegenheiten kümmern. Du hast sowieso nicht allzuviel Grund, sie zu rühmen, nicht wahr?«

Marianne hob die Brauen.

»Was meinst du damit?«

»Daß ich weiß, wie schändlich sich Ouvrard dir gegenüber benommen hat. Was willst du? Jonas hat besonders gute Ohren, und er liebt es, an Türen zu horchen!«

»Oh!« murmelte Marianne, plötzlich sehr rot. »Du weißt also? Und sicher hast du Ouvrard irgend etwas gesagt.«

»Keinen Ton! Aber ihm wird durch ein bißchen Warten nichts verlorengehen. Sei beruhigt, ich werde uns beide in nicht allzu ferner Zeit rächen. Für dich würde ich durchs Feuer gehen, wenn es nötig wäre. Du brauchst es nur zu sagen. Benötigst du noch immer Geld?«

»Nein, jetzt nicht mehr. Alles ist in Ordnung.«

»Der Kaiser?«

»Der Kaiser«, bestätigte Marianne nicht ohne einige Verlegenheit dieser neuen Lüge wegen, aber sie wollte Fortunée nichts von der Begegnung mit ihrem Paten und allem, was sich daraus ergeben hatte, erzählen.

Sie hatte nicht das Recht, von ihrer unerträglichen Situation, dem erwarteten Kind, der Ehe, zu der sie gezwungen werden sollte, zu sprechen, und im Grunde war es besser so. Fortunée mit ihrer von Aberglauben und heidnischen Vorstellungen beeinflußten oberflächlichen Religiosität würde sie nicht verstehen. Sie war eine kleine, unbekümmerte und schamlose Kreolin, die ohne mit der Wimper zu zucken mit einer ganzen Armee von Bastarden, Früchten ihrer zahlreichen Liebschaften, geprunkt hätte, wenn sie nicht von der Natur so geschickt geschaffen worden wäre, daß es zu keinen Folgen ihrer Liebeleien kam. Marianne wußte, daß sie mit all ihren Kräften gegen die Absichten des Kardinals angehen würde, und die Art von Ratschlägen, die sich von ihr erwarten ließen, war nicht schwer zu erahnen: zu Napoleon zu gehen, ihn von ihrer bevorstehenden Mutterschaft zu unterrichten, sich von ihm mit dem erstbesten Dummkopf verheiraten zu lassen ... und sich darauf mit so vielen Liebhabern wie möglich zu trösten. Doch selbst um ihre Ehre und die des Kindes zu retten, wollte Marianne ihre Hand nicht in eine verächtliche, aus niedrigem Interesse gebotene Hand legen. Jason hatte nichts Verächtliches, und sie kannte ihren Paten gut genug, um sicher sein zu können, daß auch der von ihm auserwählte Mann nicht einem niedrigen Kalkül gehorchte, wenn er sie gegebenenfalls heiratete. Sie würde weder ihn noch sich selbst verachten müssen ... Wie man es auch betrachtete, es war wirklich besser, ihrer Freundin nichts davon zu sagen. Später war noch immer Zeit dazu ... oder wenigstens, sobald Jason da wäre ... wenn er eines Tages käme ...

In diese trübe und ihr unglücklicherweise schon reichlich vertraute Grübelei verloren, war sich Marianne weder der zwischen ihnen entstandenen Stille noch der Aufmerksamkeit bewußt geworden, mit der ihre Freundin sie jetzt beobachtete. Doch plötzlich sagte Fortunée sehr ernst:

»Du hast Sorgen, nicht wahr? Dein Mann?«

»Er? Man hat ihn verhaftet«, erwiderte Marianne mit einem kleinen Lachen. »Aber er scheint drei Tage später entkommen zu sein.«

»Entkommen? Von wo?«

»Aus Vincennes ... natürlich.«

»Aus Vincennes? Das ist unmöglich!« rief Fortunée überzeugt. »Man flieht nicht aus Vincennes! Wenn er herausgekommen ist, muß man ihm dabei geholfen haben. Und derjenige muß verteufelt mächtig sein, um das zu schaffen. Hast du eine Idee?«

»Nun ... nein.«

»Ach was! Du hast nicht nur eine Idee, du hast sogar dieselbe wie ich. Niemand hat von dieser Flucht erfahren, und ich möchte wetten, daß der Kaiser nichts davon weiß ... wie er auch von der Einkerkerung nichts wissen dürfte. Nun, willst du mir verraten, wer stark genug ist, einen englischen Spion aus Vincennes entwischen zu lassen, ohne daß jemand etwas davon gehört hat und ohne daß die Zeitungen auch nur ein Wörtchen darüber schreiben?«

»Aber schließlich gibt es auch Kerkermeister, den Gerichtsschreiber ...«

»Ich wette mit dir, daß wir nur auf naive Unschuldsmienen und die überzeugendsten Beteuerungen völliger Ahnungslosigkeit stoßen würden, wenn wir zum Gefängnis gingen. Niemand wüßte, wovon wir überhaupt redeten. Nein, meiner Meinung nach trägt die Angelegenheit ein Signum. Aber was ich dabei nicht verstehe, ist der Grund, warum Fouché einen Feind hat laufenlassen.«

»Und du weißt noch dazu nicht alles ...«

Schnell skizzierte Marianne ihrer Freundin die Szene, die sich im Wachsfigurenkabinett abgespielt hatte, und berichtete von Black Fishs vertraulichen Mitteilungen. Fortunée hörte ihr entsetzt zu und seufzte endlich:

»Das ist ekelhaft! Das einzige, was ich um Fouchés Ehre willen hoffe, ist, daß er davon noch nichts ahnt.«

»Wie sollte er es nicht wissen? Glaubst du, Black Fish hätte es ihm verschwiegen?«

»Es ist nicht sicher, daß er den Minister nach der Verhaftung hat sehen können. Fouché könnte in Compiègne gewesen sein oder auf seinem Gut Ferrières. Als man ihn von der Verhaftung unterrichtete, hat er es zudem bestimmt nicht eilig gehabt, ihren Urheber zu sehen, seine Gründe zu hören ... die ihm vielleicht peinlich wären. Unser Minister ist ein durchtriebener Fuchs, und wenn ich sage, daß er möglicherweise von den besonderen Fertigkeiten deines ... nun, dieses Engländers in der Hundedressur nichts weiß, dann deshalb, weil es durchaus möglich ist, daß er sich gar nicht informieren lassen wollte. Es sähe ihm jedenfalls ähnlich. Aber ich versichere dir, daß ich es herauskriegen werde.«

»Wie willst du das anstellen?«

»Das ist meine Sache. Ebenso werde ich den Grund dieser seltsamen Nachsicht einem englischen Spion gegenüber erfahren.«

»Arcadius behauptet, Fouché habe ohne Billigung des Kaisers Verhandlungen mit England angeknüpft, Verhandlungen, die über Bankiers liefen: Labouchère, Baring ... und Ouvrard!«

Die dunklen Augen Madame Hamelins glänzten in boshafter Freude auf.

»Sieh an, sieh an! ... Das würde mancherlei erklären, mein Schatz. Ich habe in der Tat bemerkt, daß in den letzten Wochen merkwürdige Dinge in der Umgebung des Hôtels de Juigné wie in der Umgebung der Bank des lieben Ouvrard vor sich gingen. Wenn Jolival, der ein kluger Mann ist, richtig sieht, muß es sich für alle diese Herren um sehr große Summen handeln ... abgesehen vom Wohle Frankreichs, das die kleinste ihrer Sorgen ist. Und da ich von Natur aus neugierig bin; werde ich diese ganze schöne Affäre ans Licht ziehen.«

»Aber wie?« fragte Marianne, höchst beunruhigt, ihre Freundin diesen gefährlichen Kriegspfad einschlagen zu sehen.

Fortunée erhob sich und küßte Marianne mütterlich auf die Stirn. »Ermüde dein hübsches Köpfchen nicht mit so dunklen Geschichten und laß mich nur machen! Ich verspreche dir, daß wir noch herzlich darüber lachen werden. Jetzt aber zieh dich an und komm mit mir.«

»Wo willst du hin?« protestierte Marianne, sich mit sichtlichem Widerwillen in ihrem Sessel verschanzend, wie um ihrer Freundin begreiflich zu machen, daß es keinen Sinn habe, sie hier herausholen zu wollen.

»In Paris ein paar Gänge erledigen. Es ist prächtiges Wetter, und im Gegensatz zu dem, was ich dir vorhin sagte, siehst du scheußlich aus. Es wird dir guttun, ein bißchen frische Luft zu schnappen.«

Mariannes Miene wurde störrisch. Immerhin war es möglich, daß Gracchus gerade dann zurückkam, wenn sie eben das Haus verlassen hatte.

»Vorwärts«, beharrte Fortunée, »sei nicht so bockig! Ich gebe morgen abend ein kleines Souper, und ich muß bei Cheret im Palais Royal nachschauen, ob sie Austern haben. Begleite mich, das wird dich auf andere Gedanken bringen. Es ist nicht gut, sich zu verkriechen und unablässig dumme Gedanken – und Ängste auszubrüten. Denn du hast Angst, nicht wahr?«

»Versetz dich an meine Stelle! Hättest du keine Angst?«

»Ich? Und wie! Aber ich glaube, je mehr Angst ich hätte, desto mehr würde ich ausgehen. Man ist inmitten einer Menge viel besser aufgehoben als isoliert hinter Mauern. Und dann: Was fürchtest du eigentlich von deinem Engländer? Daß er dich umbringt?«

»Er hat geschworen, sich an mir zu rächen«, stammelte Marianne.

»Schön, einverstanden. Aber es gibt verschiedene Arten von Rache. Wenn er ein intelligenter Bursche ist, wie du behauptest ...«

»Zu intelligent! Er ist teuflisch.«

»Dann wird er nicht die Henne mit den goldenen Eiern umbringen, die du für ihn bist. Es wäre zu simpel, zu leicht, zu schnell getan und ein für allemal erledigt. Er muß darüber hinaus damit rechnen, daß der Kaiser Himmel und Hölle in Bewegung setzen würde, um deinen Mörder zu finden. Nein, ich glaube vielmehr, daß er versuchen wird, sich zu rächen, indem er dir das Dasein vergiftet ... vielleicht, um dich dahin zu bringen, dich selbst zu vernichten. Aber er wird nicht kommen, um dich zu ermorden. Dieser Mann ist ein Ungeheuer, aber kein Dummkopf! Denk an all das, was er sich noch von dir an Geld erhoffen kann.«

Während sie sprach, saugte Marianne gierig jedes ihrer Worte auf, jede Folgerung dieser lückenlosen Beweisführung.

Fortunée hatte recht. Es war der Verlust der so leicht verdienten großen Summe, der Francis im Augenblick der Verhaftung zu äußerster Wut gereizt hatte, nicht der Verlust der Freiheit. Der Mann war seiner selbst zu sicher, um Gefängnisse, Kerkermeister und den ganzen Apparat der Justiz nicht zu verachten. Aber daß er das Geld verloren hatte, das mußte ihn in rasenden Zorn versetzen. Marianne erhob sich.

»Ich begleite dich«, sagte sie, »aber lade mich nicht zu deinem Souper ein. Ich werde nicht kommen!«

»Aber ... ich habe gar nicht die Absicht, dich einzuladen. Es ist ein Souper zu zweit, meine Schönste. Und ein Souper zu zweit verliert seinen ganzen Reiz, wenn man einen Dritten hinzuzieht.«

»Ah, ich verstehe! Du erwartest die Rückkehr deines Husaren.«

Diese Vermutung schien Madame Hamelin höchlichst zu belustigen, denn sie brach in Gelächter aus oder begann vielmehr fröhlich zu gurren, was die ihr eigene Art zu lachen war.

»Völlig falsch! Zum Teufel mit Fournier! Ich erwarte einen anderen Husaren, wenn du es genau wissen willst.«

»Mein Gott ... wen denn?« fragte Marianne, reichlich verdutzt angesichts dieser Fortunée, die feuerspeiend vor eifersüchtiger Wut bei ihr erschienen war und nun ganz friedlich von einem Souper am folgenden Tage mit einem anderen Mann sprach. Das Gegurre der Kreolin erhob sich von neuem.

»Wen? Dupont natürlich, den ewigen Gegner Fourniers, den Mann, der ihm neulich so treffsicher die Schulter durchbohrt hat! Er ist ein sehr charmanter Bursche, weißt du ... Und du ahnst nicht, wie süß die Rache mit ihm schmecken kann! Geh, zieh dich an!«

Marianne gehorchte. Im Moment jedenfalls schien ihr jeder Versuch, etwas von Fortunées Logik zu verstehen, absolut hoffnungslos. Von ihrer Moral ganz zu schweigen. Wahrhaftig, Madame Hamelin war eine ungewöhnliche Frau.

Eine Stunde später spazierte Marianne an der Seite ihrer Freundin durch die Galerien des Palais-Royal, wo sich die besten Feinkostläden befanden. Es war schön, heller Sonnenschein ließ die jungen Blätter der Bäume, den Wasserstrahl des Springbrunnens in seinem Bassin und die Augen der jungen Mädchen erglänzen.

Marianne fühlte sich schon ein wenig neu belebt. Zuerst gingen sie zu Hyrment, wo die Kreolin einen Korb frische Trüffeln, Senf und verschiedene Gewürze mit der Bemerkung bestellte, daß es niemals falsch sei, die Männer zu ermuntern, sich den Damen gegenüber galant zu erweisen. Von dort begaben sie sich zu Cheret, dem Spezialisten für Wild und Meerestiere. Es war ein schmales Lädchen, in dem sich die Kunden so gut es ging zwischen Heringstonnen, Fäßchen mit frischen Sardinen und Körben mit Austern und Krebsen drängten, während der Eingang von je einem rechts und links an den Läufen aufgehängten Reh bewacht wurde. Amüsiert erkannte Marianne unter den Kunden den berühmten Carême. Von zwei gemessenen Dienern und drei mit großen Körben beladenen Küchenhelfern begleitet, traf der wie ein wohlhabender Bürger gekleidete Küchenchef Talleyrands seine Auswahl mit der Wichtigkeit eines Juweliers, der kostbare Steine für einen erlesenen Schmuck zusammenstellt.

»Es ist zu voll hier«, sagte Fortunée, »und Carême braucht zudem immer viel Zeit. Wir kommen später wieder. Gehen wir erst zu Corcelet.«

Das große Geschäft des berühmten Kolonialwarenhändlers, ein wahres Paradies für Leckermäuler und Feinschmecker, befand sich am äußersten Ende der Galerie de Beaujolais. Bedient von einem Schwarm aufmerksamer Gehilfen, fand man hier Bologneser Würste, Gänseleber aus Straßburg oder dem Périgord, Würstchen aus Arles, Zungen aus Troyes, fette Lerchen aus Pithiviers, Poularden aus Mans, dazu Lebkuchen aus Dijon oder Reims, gedörrte Pflaumen aus Agen, Früchtepasteten aus Clermont und auch das echte Cotignac-Quittenbrot.

Die Kundschaft machte einen vornehmen Eindruck. Fortunée zeigte ihrer Freundin diskret zwei oder drei Damen der großen Gesellschaft, die eben ihre Bestellungen aufgaben. Eine von ihnen, eine untersetzte, joviale und sympathische Frau, schien vom gesamten Personal geliebt und verehrt zu werden.

»Eine großartige Frau, die Marschallin Lefebvre«, flüsterte Madame Hamelin, »aber nicht für einen Sou Herzogin von Danzig! Man sagt, sie sei Wäscherin gewesen, und die Hochwohlgeborenen des Hofs behandeln sie von oben herab, aber sie regt sich nicht darüber auf. Wenn ihre Hände auch wirklich die einer Wäscherin sind, hat sie doch eher als irgendeine andere das Herz einer Herzogin! Dasselbe möchte ich nicht von dieser da behaupten«, fügte sie hinzu, verstohlen auf eine große, ein wenig magere Frau mit herrlichen schwarzen Augen weisend, die für die Vormittagsstunde allzu prunkvoll angezogen war und ihre Anordnungen mit einem fast schon blasierten Hochmut traf.

»Wer ist sie?« fragte Marianne, die diese Frau schon gesehen, ihren Namen aber vergessen hatte.

»Eglé Ney. Sie ist aus guter bürgerlicher Familie und Tochter einer Kammerfrau Marie-Antoinettes, aber die Erinnerung an ihre Herkunft, ihr großes Vermögen und der Ruf ihres Mannes haben ihr einen betrüblich vorstädtischen Snobismus eingeblasen. Sieh dir an, was für Mühe sie sich gibt, um Madame Lefebvre nicht zu bemerken. Die Männer sind Waffenbrüder, die Frauen verabscheuen sich: ein ziemlich getreues Abbild der Tuilerien.«

Doch Marianne hörte nicht mehr zu. Neben der Auslage stehend, beobachtete sie eine Frau, die aus dem gegenüberliegenden Café getreten und auf der Schwelle stehengeblieben war. Eine Frau, die sie gut zu kennen glaubte.

»Was ist?« wunderte sich Fortunée. »Wonach schaust du? Ich versichere dir, daß dieses 'Café der Blinden' ohne Interesse für dich ist. Es ist ein ziemlich berüchtigtes Lokal, in dem Prostituierte, Zuhälter, Gauner und hin und wieder Provinzonkel verkehren., die man dorthin lockt, um sie auszuplündern.«

»Es ist nicht das Café – es ist diese Frau mit dem roten Schal und dem mausgrauen Kleid. Ich bin überzeugt, daß ich sie kenne. Ich ... Oh! ...«

Die Frau mit dem roten Schal hatte den Kopf gewandt, und ohne ihrer Freundin eine Erklärung zu geben, stürzte Marianne hinaus, von einem Impuls getrieben, den sie nicht hatte bezwingen können. Sie wußte jetzt, wer die Frau war: Gwen, die Bretonin, die Geliebte Morvans, des Strandräubers, der seit der berühmten Nacht von Malmaison in einem der kaiserlichen Gefängnisse schmachtete.

Vielleicht war es gar nicht so erstaunlich, das wilde Mädchen der Felsen von Paganie wie eine kleine, bescheidene Bürgersfrau gekleidet in Paris wiederzufinden. Wenn Morvan sich in Paris befand, selbst im Gefängnis, warum sollte schließlich nicht auch seine Geliebte hier sein; doch eine innere Stimme, deren Ursprung zu bestimmen sie nicht imstande gewesen wäre, flüsterte Marianne zu, daß Gwen sich nicht nur deshalb in Paris aufhielt, um ihrem gefangenen Liebhaber näher zu sein. Etwas anderes mußte der Grund sein ... Aber was?

Langsam spazierte die Bretonin die Galerie de Beaujolais entlang. Sie gab sich bescheiden, fast schüchtern, hielt den Kopf gesenkt, um ihr Gesicht so weit wie möglich im Schutz ihrer grauen, nur mit einer Schleife aus rotem Band geschmückten Kapotte zu verbergen. Offensichtlich wollte sie nicht mit den zahlreichen Freudenmädchen verwechselt werden, die, übermäßig geschminkt und reichlich dekolletiert, durch die Galerien des Palais-Royal schlenderten.

Marianne selbst hatte ebenfalls schnell den mandelgrünen Schleier vor ihr Gesicht gezogen, der ihren eigenen Hut drapierte, um nicht belästigt zu werden. Es erlaubte ihr zudem, der Bretonin zu folgen, ohne daß diese sie erkannte.

Hintereinander gingen die beiden Frauen die Galerie bis zum einstigen Theater der Schauspielerin Montansier entlang. Dort wandte sich Gwen nach links unter das von Säulen getragene Gewölbe, das zur Rue de Beaujolais führte. Bevor Gwen in die Straße einbog, hatte sie sich ein- oder zweimal umgedreht, was Marianne sofort zu größerer Vorsicht veranlaßte. Sie war hinter einer der mächtigen steinernen Säulen stehengeblieben und tat, als ob sie sich für den Eingang des berühmten Restaurants Le Grand Vêfour interessiere. Dann warf sie einen schnellen Blick auf die Straße hinaus.

Gwen hatte ein Stück weiter neben einer schwarzen Kutsche haltgemacht, einer Kutsche, die Marianne nur allzu deutlich eine andere, ganz ähnliche ins Gedächtnis rief und wenig erfreuliche Erinnerungen weckte. Die Bretonin und der Kutscher, dessen Gesicht der hochgeschlagene Mantelkragen verbarg, wechselten lebhaft einige Worte, dann kam das Mädchen zurück, und Marianne bemerkte, daß sie mehrfach einen Blick durch die großen Scheiben ins innere des Restaurants warf. Irgend etwas oder irgend jemand, der sich im Grand Vêfour befand, schien sie zu interessieren.

Mariannes Vermutung wurde durch den Umstand bestätigt, daß Gwen unter dem Gewölbe blieb und dort auf und ab zu gehen begann. Sofort zog sich die junge Frau in die Galerie de Beaujolais zurück, doch ohne ihre alte Feindin, deren Verhalten ihr zumindest seltsam schien, aus den Augen zu verlieren. Zum Glück war der Ort durch zahlreiche Passanten, die die beliebten Gärten betraten oder verließen, recht belebt, so daß man die beiden Frauen nicht allzu sehr beachtete. Überdies gesellte sich Fortunée Hamelin in diesem Moment zu ihrer Freundin.

»Wirst du mir verraten, was passiert ist?« fragte sie. »Du hast den Laden von Corcelet verlassen, als wenn du verfolgt würdest.«

»Niemand hat mich verfolgt, aber ich wollte jemandem folgen. Gehen wir ein paar Schritte, wenn es dir recht ist, Fortunée, damit wir nicht allzusehr auffallen.«

»Leicht gesagt!« erwiderte die Kreolin ironisch. »Trotz des heruntergelassenen Schleiers zieht dein Äußeres die Blicke an, meine Liebe ... ohne von meinem zu sprechen, mit dem ich auch nicht allzu unzufrieden bin. Aber gehen wir ruhig, wenn du willst! Beschäftigt dich noch immer diese Frau in Grau und Rot? Wer ist sie?«

Marianne klärte sie mit wenigen Worten auf, und Fortunée räumte ein, daß ihre Beobachtungen wirklich einigen Anlaß zum Nachdenken böten. Dennoch entgegnete sie:

»Meinst du nicht, daß diese Frau nur ... ihren Lebensunterhalt zu verdienen sucht? Sie ist sehr hübsch, und es gibt unter den Mädchen, die hier verkehren, ein paar, die sich aufs respektable Genre verlegt haben. Nach allem, was du mir von ihr erzählt hast, ist sie nicht gar so scheu ... wenigstens nicht den Männern gegenüber.«

»Es wäre möglich, aber ich glaube es nicht. Wozu sonst die auf der Straße wartende Kutsche, warum geht sie in der Nähe dieses Restaurants auf und ab, ohne die Tür aus den Augen zu lassen? Sie erwartet jemanden, das ist sicher, und ich will wissen, wen!«

»Es liegt auf der Hand«, seufzte Fortunée, »daß die Beziehungen dieser Art Frauen gewisse Personen interessieren könnten ... unter anderem unseren Freund Fouché. Sehen wir uns also an, wie es weitergeht. Es könnte sich lohnen.«

Arm in Arm flanierend, taten die beiden Frauen, als strebten sie langsam den Linden und Lebensbäumen im Zentrum des Gartens zu, kehrten jedoch nach kurzem zu ihrem Ausgangspunkt zurück. Sie schienen in einer lebhaften Unterhaltung begriffen. Die Bretonin, die unter dem Gewölbe ebenfalls langsam zwischen Straße und

Garten auf und ab ging, ließen sie nicht aus den Augen. Plötzlich blieb Gwen stehen. Ihre beiden Beobachterinnen taten desgleichen. Die Tür des Restaurants hatte sich geöffnet.

»Ich habe das Gefühl, daß etwas passieren wird!« flüsterte Fortunée und drückte den Arm ihrer Freundin fester.

In der Tat war ein Mann herausgetreten. Breitschultrig, in einen blauen Gehrock mit goldenen Knöpfen gekleidet, einen grauen Zylinder verwegen aufs Ohr gerückt, blieb er auf der Schwelle stehen, erwiderte mit einer freundschaftlichen Geste die tiefe Verbeugung des Restaurantchefs, der ihn bis zur Tür geleitet hatte, und zündete sich eine lange Zigarre an. Marianne hatte ihn mit Herzklopfen schon erkannt.

»Surcouf!« wisperte sie. »Der Baron Surcouf!«

»Der berühmte Korsar?« fragte Madame Hamelin aufgeregt. »Dieser wie eine Schiffstruhe gebaute Biedermann?«

»Er ist es, und ich weiß jetzt, auf wen dieses Mädchen lauert. Sieh!«

Wirklich war Gwen aus dem Schutz ihrer Säule herausgetreten und schickte sich an, mit dem plötzlich schwerfälligen Schritt einer vor Erschöpfung zum Umfallen müden Frau an der Tür des Grand Véfour vorbeizugehen.

»Was wird sie tun?« flüsterte Fortunée. »Ihn ansprechen?«

»Nichts Gutes sicherlich«, erwiderte Marianne mit gerunzelter Stirn. »Morvan haßt Surcouf mehr noch als den Kaiser. Und ich frage mich ... Komm, gehen wir näher heran«, fügte sie hinzu.

Ein Verdacht war in ihr aufgestiegen: daß dieses Mädchen eine Waffe verbergen und sich ihrer bedienen könnte. Doch nein. In der Nähe des Königs der Korsaren angelangt, der mit angezündeter Zigarre eben sein Feuerzeug gemächlich in die Tasche zurücksteckte, verharrte sie plötzlich, taumelte, fuhr sich mit zitternder Hand an die Stirn und brach zusammen.

Surcouf sprang natürlich hinzu, um der offensichtlich ohnmächtig gewordenen jungen Frau zu helfen. Er bückte sich und nahm sie in seine Arme. Auch Marianne war vorwärtsgestürzt und erreichte das Paar eben rechtzeitig, um die Bretonin mit erloschener Stimme murmeln zuhören: »Es ist nichts ... Bringt mich nur zu der Kutsche, Monsieur ... die mich ganz in der Nähe erwartet. Man wird ... für mich sorgen.«

Zugleich wies sie mit müder Geste die anderen Personen ab, die sich näherten. Doch Marianne hatte Gwens Plan begriffen. Surcouf brauchte keine Unterstützung, um ein schlankes, leichtgewichtiges Mädchen zu einer Kutsche zu tragen, in der Leute auf ihn warteten. In Sekundenschnelle würde man ihn ins Innere ziehen und, mitten in Paris, auf die einfachste Weise der Welt entführen. Ein prächtiges Austauschobjekt gegen die Freiheit des Strandräubers ... wenn man ihn überhaupt wieder in die Freiheit entließe! ... Marianne war bereit zu schwören, daß die Bande Fanchons der Sache nicht fernstand. Sie zögerte nicht eine Sekunde.

Zu Surcouf tretend, der die Pseudo-Kranke schon hochhob, legte sie ihre Hand auf seinen Arm und sagte mit klarer Stimme:

»Laßt diese Frau liegen, Baron, sie ist nicht kränker als Ihr oder ich! Und nähert Euch vor allem nicht der Kutsche, zu der sie Euch locken möchte.«

Surcouf musterte erstaunt die verschleierte Frau, die so befremdende Dinge sagte, und legte in seiner Verwirrung Gwen wieder aufs Pflaster zurück.

»Aber wer seid Ihr, Madame?«

Schnell hob Marianne ihren Schleier.

»Jemand, der Euch viel Dank schuldet und der glücklich ist, zur rechten Zeit hier gewesen zu sein, um zu verhindern, daß man Euch entführt.«

Ein Freudenruf Surcoufs und ein Wutschrei der Bretonin begrüßten die Entschleierung ihres Gesichts.

»Mademoiselle Marianne!« rief der Korsar.

»Du?« fauchte Gwen. »Muß ich dich immer auf meinem Wege finden?«

»Ich lege keinen Wert darauf«, erwiderte Marianne kalt, »und wenn Ihr Euch dazu bereit fändet, wie alle Welt zu leben, würde es nicht geschehen.«

»Wie dem auch sei, du hast gelogen! Jedem kann einmal schlecht werden.«

»... wovon man nichts mehr merkt! Mein Eingreifen hat Euch schnellstens geheilt!«

Schon sammelten sich Neugierige an. Der Streit zwischen den beiden Frauen hatte die kleine Zahl derer, die der Kranken hatten helfen wollen, beträchtlich vermehrt. Da sie sah, daß ihr Coup fehlgeschlagen war, wollte sich die Bretonin mit einem Achselzucken davonmachen, doch Surcoufs kräftige, gebräunte Hand legte sich auf ihren Arm und verhinderte ihre Flucht.

»Nicht so schnell, meine Schöne! Wenn man von Leuten etwas will, sagt man es – und wenn man beschuldigt wird, verteidigt man sich!«

»Ich habe nichts zu sagen.«

»Ich glaube, doch«, ließ sich die singende Stimme Fortunées vernehmen. Von zwei Männern gefolgt, drängte sich die Kreolin durch die Menge. »Diese Herren werden geradezu entzückt sein, Euch anzuhören.«

Die schwarzen, von oben bis unten zugeknöpften Gehröcke, schäbigen Hüte, derben Schuhe und Knüppel der Ankömmlinge verrieten, von ihren mürrischen Mienen ganz abgesehen, daß es sich um Polizisten handelte. Die Menge wich vor ihnen auseinander und wahrte Distanz. Mit einem geübten Manöver nahmen sie Gwen, die sich wie eine Furie zu wehren begann, zwischen sich.

»Ich hab' nichts getan! Laßt mich los! Mit welchem Recht verhaftet ihr mich?«

»Wegen versuchter Entführung des Barons Surcouf! Vorwärts, Mädchen! Du wirst dich vor dem kaiserlichen Richter äußern!« sagte einer der beiden Männer.

»Niemand hat das Recht, mich ohne Beweis anzuklagen! Das ist Rechtsverweigerung!«

»Statt des Beweises haben wir deine Komplicen: die Burschen aus der schwarzen Kutsche! Diese Dame« fügte er mit einem Nicken zu Madame Hamelin hinzu, »hat uns rechtzeitig auf sie aufmerksam gemacht. Zwei unserer Kollegen sind dabei, sich um sie zu kümmern. Und jetzt genug des Geredes! Vorwärts, komm!«

Kräftig zupackend, schleppten sie die wutschäumende und sich wie eine gefangene Viper windende Bretonin mit sich fort. Nach ein paar Schritten drehte sie sich noch einmal um, spuckte in Richtung Mariannes und kreischte:

»Wir treffen uns wieder! Dann werd' ich dich für all das zahlen lassen, Hure!«

Sobald die Polizisten verschwunden waren, umdrängte die Menge Surcouf und bereitete ihm eine Ovation. Jeder wollte sich ihm nähern und die Hand des berühmten Seehelden schütteln. Er wehrte sich mit nicht gespielter Schüchternheit, lächelte, drückte Hände und zog Marianne und Fortunée schließlich zum Café de la Rotonde, dessen Terrasse sich bis in die Mitte des Gartens vorschob.

»Kommt! Essen wir ein Eis, um unsere Bekanntschaft zu erneuern. Nach diesen Aufregungen habt Ihr es nötig. Eure Freundin auch.«

Sie setzten sich in den gläsernen Rundbau, und Surcouf gab die Bestellung auf. Seine blauen Augen glitten lächelnd von Marianne zu Fortunée, die für ihn ihre ganze exotische Anmut entfaltete, kehrten aber stets zu seiner jungen Freundin zurück.

»Wißt Ihr, daß ich mich fragte, was wohl aus Euch geworden sei? Ich habe Euch mehrmals zu Fouché geschrieben, ohne je eine Antwort zu erhalten.«

»Ich bin nicht beim Herzog von Otranto geblieben«, sagte Marianne, während sie sich ihrem Vanillesorbett zuwandte, »aber er hätte sich die Mühe machen können, Eure Briefe an mich weiterzuleiten.«

»So ungefähr habe ich es mir gedacht. Deshalb hatte ich auch die Absicht, ihn aufzusuchen, bevor ich in die Bretagne zurückkehre.«

»Was? Ihr reist so schnell wieder ab?«

»Ich muß. Ich bin nur geschäftehalber hergekommen und da ich Euch nun gesehen habe, kann ich beruhigt aufbrechen. Wißt Ihr, daß Ihr bezaubernd seid?«

Sein bewundernder Blick streifte die elegante Kleidung der jungen Frau, verhielt bei dem goldenen Schmuck an ihren Handgelenken, und Marianne verspürte plötzlich ein wenig Verlegenheit. Wie sollte sie ihm erklären, was aus ihr geworden war? Ihr Abenteuer mit dem Kaiser war so außerordentlich, so phantastisch, daß es einem so einfachen und geradlinigen Mann wie dem Korsaren vielleicht schwerfallen würde, daran zu glauben. Fortunée war es, die ihre Verlegenheit erriet und ihr beisprang.

»Ihr müßt wissen, mein lieber Baron, daß Ihr die Königin von Paris vor Euch habt.«

»Wie das? Ich zweifle keineswegs, daß Ihr nicht alles habt, was nötig ist, um ein Königreich zu erobern, aber ...«

»Aber es scheint Euch seltsam in so kurzer Zeit? Nun wißt, daß es keine Marianne mehr gibt. Ich bin glücklich, Euch die Signorina Maria Stella vorzustellen.«

»Wirklich? Das seid Ihr? ... Man spricht in Paris von nichts anderem als von Eurer Schönheit und Eurem Talent. Und Ihr seid dann also die, die der Kaiser ...«

Er stockte. Sein breites, löwenhaftes Gesicht lief unter seiner Bräune plötzlich rot an, während sich Mariannes Wangen ebenfalls röteten. Ihn genierte, was er hatte sagen wollen, und sie fühlte sich durch das getroffen, was seinem jähen Verstummen zugrunde lag. Mit einem Schlage hatten die zwischen ihnen liegenden Dinge ihre wahren Dimensionen erhalten. Sie hatte begriffen, daß Surcouf, obwohl Provinzler und erst seit kurzer Zeit in Paris, keins der auf den Gassen und in den Salons umherschwirrenden Gerüchte entgangen war, daß er in ihr die Mätresse Napoleons sah, und sie glaubte zu bemerken, daß es ihm nicht gerade Vergnügen bereitete. Seine blauen Augen, die Marianne in diesem braungebrannten Gesicht seltsam an die Jason Beauforts erinnerten, hatten sich verdunkelt.

Ein kleines Schweigen entstand, so lastend trotz seiner Kürze, daß es selbst der geschwätzigen Fortunée die Sprache verschlug. Sie widmete sich übertrieben geschäftig ihrem Schokoladeneis und schien sich für die Unterhaltung nicht mehr zu interessieren. Es war Marianne, die tapfer als erste das Schweigen brach.

»Ihr habt eine schlechte Meinung von mir, nicht wahr?«

»Nein ... Ich fürchte nur, daß Ihr nicht sehr glücklich seid, wenn Ihr ihn liebt ... woran gewiß kein Zweifel besteht.«

»Warum?«

»Weil es Dinge gibt, die eine Frau wie Ihr nicht ohne Liebe tut. Ich füge hinzu ... daß er Glück hat, und ich hoffe, daß er es weiß!«

»Meins ist noch größer. Warum glaubt Ihr, daß ich nicht glücklich bin?«

»Eben weil Ihr Ihr seid und weil Ihr ihn liebt. Er hat geheiratet, nicht wahr? Es kann Euch nur Leid bereiten.«

Marianne senkte den Kopf. Mit der einfachen Klarsicht der Leute, die es gewohnt sind, ebenso mit der Natur wie mit den Menschen zu rechnen, las der Seemann in ihr wie in einem offenen Buch.

»Es ist wahr«, gestand sie mit einem kleinen verzerrten Lächeln, »ich leide, aber ich möchte nicht, daß die Dinge anders wären. Ich habe gelernt, daß man auf Erden nichts umsonst bekommt, und ich bin bereit, die Rechnung des Glücks, das ich genossen habe, zu bezahlen, auch wenn sie sehr hoch ist.«

Er stand auf, beugte sich ein wenig herab, um ihre Hand zu nehmen, die er mit einem Kuß streifte. Sein ausdrucksloses Gesicht machte ihr plötzlich Angst. »Ihr geht? Bedeutet das, daß ... Ihr nicht mehr mein Freund seid?«

Sein seltenes Lächeln, schüchtern und jäh aufleuchtend, erschien für einen Moment, aber alle Wärme der Welt flüchtete sich in seine von allzu vielen Stürmen und Nachtwachen auf windgepeitschten Kommandobrücken verwaschenen blauen Augen.

»Euer Freund? Ich werde es bis zu meinem letzten Atemzug sein, bis ans Ende der Welt. Aber ich muß gehen. Dort kommen schon mein Bruder und zwei unserer Kapitäne, mit denen ich mich in diesem Garten verabredet habe.«

Sanft hielt Marianne die rauhen Finger fest, die die ihren drückten.

»Ich werde Euch wiedersehen, nicht wahr?«

»Wenn es nur von mir abhängt. Wo kann ich Euch aber finden?«

»Hôtel d'Asselnat, Rue de Lille ... Ihr werdet dort immer willkommen sein.«

Von neuem drückte er seine Lippen auf die kleine, zarte Hand, doch diesmal lag in seinem Lächeln die schalkhafte Fröhlichkeit eines Kinderlächelns.

»Ladet mich nicht zu nachdrücklich ein, ich wäre imstande, mich bei Euch einzuquartieren. Ihr glaubt nicht, wie gern Seeleute vor Anker gehen.«

Während er sich mit den Männern entfernte, die ein wenig abseits gewartet hatten, als sie ihn in Gesellschaft sahen, stieß Fortunée Hamelin einen abgrundtiefen Seufzer aus.

»Daß er mich flüchtig einmal angesehen hat, war alles«, sagte sie, enttäuscht schmollend. »Wenn du dabei bist, meine Liebe, hat man wahrhaftig keine Chance! Dabei hätte ich ihn gern für mich interessiert! Das ist ein Mann wie ich sie liebe.«

Marianne begann zu lachen.

»Du liebst so viele, Fortunée! Laß mir meinen Korsaren! Du hast andere, die dich ihn vergessen lassen. Dupont zum Beispiel!«

»Jedes Ding zu seiner Zeit! Dieser da ist außergewöhnlich, und wenn du mich nicht sofort benachrichtigst, sobald er deine noble Behausung betritt, werde ich mein Leben lang nicht mehr mit dir reden.«

»Gut. Ich versprech' es dir.«

Es war Mittag. Marianne und ihre Freundin wandten sich zum Ausgang der Gärten; ihr Ziel war ihr vor der Comédie-Française wartender Wagen. Als sie die Gewölbe des einstigen Palais der Herzöge von Orléans erreichten, sagte Fortunée plötzlich:

»Diese Bretonin beunruhigt mich. Ihr letzter Blick hat mir nicht gefallen. Und im Moment kannst du keinen Zuwachs an Feinden brauchen. Natürlich hat sie vorderhand keine Aussicht, daß die Gefängnistore sich für sie öffnen könnten, aber nimm dich trotzdem in acht!«

»Ich fürchte sie nicht. Was könnte sie mir tun? Sollte ich sie Surcouf entführen lassen? Ich hätte es mir mein ganzes Leben lang vorgeworfen.«

»Marianne«, Fortunées Stimme klang sehr ernst, »unterschätze nie den Haß einer Frau. Früher oder später wird sie versuchen, dir heimzuzahlen, was du ihr angetan hast.«

Obwohl der Besuch der beiden jungen Frauen im Palais-Royal sehr unterhaltsam gewesen war, wäre Marianne gerne nach Hause gefahren. Sie hatte das Gefühl, daß irgend etwas sie dort erwartete. Doch da sie Fortunées Spötteleien fürchtete, zwang sie sich, mit ihr zusammenzubleiben, bis diese ihre endlosen Einkäufe erledigt hatte, zumal ihr auch der leiseste Vorwand fehlte, früher in die Rue de Lille zurückzukehren.

Fortunée hatte einen ihrer Verschwendungsanfälle. Geld auszugeben bereitete ihr immer kindisches Vergnügen, aber zuweilen vergeudete sie es mit einer Art Wut. An diesem Tage warf sie es buchstäblich zum Fenster hinaus, kaufte Lebensmittel, die sie nicht brauchte, häufte Schals auf Handschuhe, Schuhe auf Hüte, wählte nur die extravagantesten Stücke aus. Und da Marianne sich darüber wunderte, fragte sie ihre Freundin, warum sie ihre ganze Garderobe erneuere. Madame Hamelin brach in Gelächter aus.

»Ich habe dir gesagt, daß Ouvrard für die hübsche kleine Gemeinheit zahlen wird, die er dir angetan hat. Ich fange an! Ich habe die Absicht ... unter anderem, ihn unter Rechnungen zu ersticken.«

»Und wenn er nicht zahlt?«

»Er? Er ist viel zu eitel! Er wird zahlen, meine Schöne, auf

Heller und Pfennig! Schau dir diesen entzückenden Hut mit den gekräuselten Federn an! Sein Grün paßt genau zum Grün deiner Augen! Es wäre schade, wenn ihn eine andere nähme. Ich schenke ihn dir!«

Und trotz Mariannes Protest gesellte sich eine hübsche rosa Schachtel, die den grünen Hut enthielt, zu dem schon stattlichen Berg von Paketen, der den Wagen der schönen Kreolin füllte.

»Wenn du ihn trägst, wirst du an mich denken!« sagte sie lachend. »Es wird dich über die närrischen Ideen deiner Cousine hinwegtrösten. In ihrem Alter sich in einen Hanswurst zu vergaffen! Dabei hat sie meiner Meinung nach nicht einmal einen schlechten Geschmack. Er ist verführerisch, dieser Bobèche, sehr verführerisch sogar!«

»In fünf Minuten wirst du von mir verlangen, mir seine Vorstellung anzusehen«, rief Marianne. »Fortunée, du bist ein Schatz, aber du würdest deinen Wohltaten die Krone aufsetzen, wenn du mich nach Hause zurückbrächtest.«

»Du hast schon genug? Ich wollte dich noch zu einer Schokolade bei Frascati einladen.«

»Ein andermal, wenn es dir recht ist. Es wird voller Leute sein, und dich ausgenommen möchte ich niemand sehen.«

»Immer noch diese Ideen aus einem anderen Jahrhundert!« wetterte Madame Hamelin. »Immer noch deine absurde Treue zu Seiner korsischen Majestät, die, während du dich zu Tode langweilst, jagt, tanzt, spielt und in Gesellschaft seiner errötenden besseren Hälfte der 'Phädra' applaudiert!«

»Das interessiert mich nicht!« unterbrach Marianne sie schroff.

»Was du nicht sagst! Und wenn ich dir erzählte, daß die liebe Marie-Louise schon im besten Zuge ist, sich die gute Hälfte der Damen ihres Hofs und einige Herren dazu zu Feinden zu machen? Man findet sie linkisch steif, wenig liebenswürdig! Ah, das war anders bei der armen, entzückenden Joséphine, die mit soviel Grazie zu empfangen wußte! Wie kann Napoleon das ertragen?«

»Er wird sie immer mit dem österreichischen Adler auf den Schultern und der Krone Karls des Großen auf dem Kopf sehen. Sie ist eine Habsburgerin! Das blendet ihn« erwiderte Marianne, die über Marie-Louise nicht gern sprach, mechanisch.

»Dann ist er der einzige! Und es würde mich wundern wenn sie die guten Leute im Norden zu Begeisterungsstürmen hinrisse, die in einer Woche die Ehre haben werden, sie zu bewundern. Der Hof verläßt Compiègne am 27.«

»Ich weiß«, sagte Marianne zerstreut, »ich weiß.«

Der 27.? Wie stünde es dann mit ihr? Der Kardinal hatte ihr einen Monat Zeit gegeben, um sich auf die Hochzeit mit dem Mann seiner Wahl vorzubereiten. Ihre Unterredung hatte am 4. April stattgefunden. Demnach würde sie ihren Paten um den 4. Mai herum treffen müssen. Heute war schon der 19. April! Und Gracchus war noch immer nicht zurückgekommen! Und die Tage – so schien es ihr wenigstens jetzt – flogen nur so dahin.

Ihr inneres Unbehagen wuchs. Sie wandte sich an Fortunée: »Ich bitte dich, laß uns zurückkehren.«

»Wie du willst«, seufzte Fortunée. »Übrigens hast du vielleicht recht. Ich habe heute genug ausgegeben.«

Je mehr sie sich der Rue de Lille näherten, desto unruhiger wurde Marianne, und kaum vor dem Portal ihres Hauses angelangt, sprang sie auch schon auf die Straße, ohne zu warten, bis der Wagen in den Hof eingefahren war, ja, ohne dem Kutscher Zeit zu lassen, von seinem Bock zu steigen und das Trittbrett für sie herunterzuklappen.

»Hast du es so eilig, mich zu verlassen?« fragte Madame Hamelin verdutzt.

»Ich habe es nicht eilig, dich zu verlassen«, rief Marianne ihr zu, »ich möchte nur schnell ins Haus! Mir ist eingefallen, daß ich etwas Wichtiges zu tun habe.«

Die Ausrede war nicht gerade glänzend, aber Fortunée war taktvoll genug, sich mit ihr zu begnügen. Mit einem Achselzucken, einem Lächeln und einem Winken verabschiedete sie ihre Freundin, dann befahl sie dem Kutscher weiterzufahren, und Marianne stieß mit einem Gefühl der Erleichterung, dessen Ursache sie nicht zu erklären vermocht hätte, die kleine Seitenpforte auf und trat in den Hof.

Das erste, was sie sah, war Guillaume, einen der beiden Stallburschen, der ein schweißbedecktes Pferd in den Stall zurückführte. Ihr Herz setzte für einen Schlag aus, und sie wußte, daß ihr Instinkt sie richtig beraten hatte, als er sie zur Rückkehr drängte. Das Pferd war Samson. Gracchus war also zurück. Endlich! ... Immer zwei Stufen auf einmal nehmend, lief sie die Freitreppe hinauf und ließ Jérémie gerade Zeit genug, ihr die Tür zu öffnen. Um ein Haar wäre sie mit ihm zusammengeprallt, als sie ins Vestibül stürzte.

»Gracchus?« rief sie keuchend. »Ist er da?«

»Ja, Madame! Vor ungefähr zehn Minuten gekommen. Er hat Mademoiselle sprechen wollen, aber ich sagte ihm, daß Mademoiselle ...«

»Wo ist er?« unterbrach Marianne ihn ungeduldig.

»In seinem Zimmer. Er kleidet sich um, vermute ich. Soll ich ihm sagen, daß ...«

»Danke. Ich gehe selbst.«

Ohne die entrüstete Miene ihres Majordomus zu beachten, raffte sie ihre Röcke mit beiden Händen und stürmte den Gesindekammern zu. Atemlos kletterte sie die zu Gracchus' Zimmer führende Holztreppe hinauf und trat ohne zu klopfen ein. In ziemlich dürftiger Bekleidung überrascht, verschwand der junge Bursche Deckung suchend mit einem erschrockenen Aufschrei hinter seinem Bett, riß die Steppdecke hoch und drapierte sie so gut wie möglich um sich.

»Allmächtiger, Ihr habt mir Angst eingejagt, Mademoiselle Marianne! Ich bin ganz verwirrt.«

»Laß deine Verwirrung!« unterbrach Marianne. »Antworte lieber: Warum hast du so lange gebraucht? Seit Tagen mache ich mir Sorgen um dich! Ich glaubte dich von Räubern entführt, vielleicht gar tot.«

»Ich wär' auch beinahe entführt worden«, brummte Gracchus, »wenn auch nicht von Räubern, sondern von Rekrutierungssergeanten Seiner Majestät des Kaisers, die mich in Bayonne mit aller Gewalt nach Spanien zu König Joseph schicken wollten.«

»In Bayonne? Ich hatte dich nach Nantes geschickt, wie mir scheint!«

»Nach Nantes bin ich auch zuerst geritten, aber M'sieur Patterson hat mir gesagt, daß M'sieur Beaufort in den nächsten Tagen mit einer Ladung Lebensmittel aus den Kolonien in Bayonne einlaufen würde. Darauf hab' ich den Brief wieder genommen, bin aufs Pferd und losgaloppiert.«

Mit einer Spur Vorwurf fügte er hinzu:

»Ihr hättet mir doch gleich sagen können, daß Ihr an M'sieur Beaufort geschrieben habt, Mademoiselle Marianne. Es hätte mir unnütze Wege erspart, und ich wäre sofort nach Bayonne geritten!«

»Wieso das?« fragte Marianne erstaunt.

Gracchus' gutmütiges Gesicht, vom langen Ritt schon kräftig gebräunt, nahm eine ziegelrote Tönung an. Er wandte die Augen ab und zuckte mit den Schultern, gleichermaßen durch Mariannes starren Blick wie durch sein improvisiertes römisches Kostüm geniert.

»Ich muß Euch sagen«, begann er verlegen, »daß M'sieur Beaufort und ich sozusagen immer in Verbindung geblieben sind ... ja, das mag Euch verwundern, aber Ihr müßt es verstehen. An dem Tag, an dem er fortging, nach der Geschichte in den Steinbrüchen von Chaillot, hat er mich zu sich kommen lassen. Er hat mir ... eine hübsche kleine Summe Geld gegeben, und dann hat er mir gesagt: 'Gracchus, ich muß abreisen, und ich fürchte, daß mein Verschwinden Mademoiselle Marianne nicht viel Kummer machen wird. Sie wird mich schnell vergessen, aber ich finde keine Ruhe, bis ich nicht weiß, daß sie glücklich ist ... endgültig. Wenn du also einverstanden bist, werde ich dich wissen lassen, wann ich nach Frankreich komme, und du wirst mir ein Briefchen zu den Orten schicken, die ich dir nenne, damit ich erfahre, ob alles in Ordnung ist, ob sie keinen Ärger hat, ob ...'«

»Oh!« unterbrach Marianne empört. »Du hast ihm also als Spion gedient und dich auch noch dafür bezahlen lassen!«

»Nein!« protestierte der junge Bursche mit so viel Würde, wie es seine Aufmachung erlaubte. »Ihr dürft das nicht verwechseln! Mit dem Geld wollte er mir danken für das, was ich in Chaillot getan hatte. Was den Rest betrifft ... wenn Ihr es wissen wollt: Die Blumen damals im Feydeau-Theater, die habe ich gekauft und auf seinen Befehl mit der Karte gebracht!«

Der Kamelienstrauß! So war er also in ihre Loge gelangt! Marianne erinnerte sich ihrer Erregung, als sie ihn auf ihrem Toilettentisch entdeckt hatte, auch ihrer Freude, dann ihrer Enttäuschung, als sie bemerkte, daß Jason nicht im Zuschauerraum war. Statt des Freundes, den sie suchte, hatte sie Francis bemerkt ...

Marianne vergaß ihre Empörung. Schließlich war dieses Komplott der beiden Männer, waren Jasons Fürsorge und Gracchus' treue Anhänglichkeit an den Kampfgefährten einer Nacht eher rührend ... Und außerdem war es ein gutes Vorzeichen für das, was sie sich von dem Amerikaner erhoffte!

»Du hast also Nachrichten von ihm erhalten«, sagte sie mit einem halben Lächeln. »Wie sind sie zu dir gelangt?«

»Über meine Großmutter, die Wäscherin«, gestand Gracchus, womöglich noch stärker errötend als das erstemal.

»Aber«, fuhr Marianne fort, »warum bist du nicht direkt nach Bayonne geritten, wenn du wußtest, daß er dorthin kommen würde? Hast du nicht erraten, daß es sich um ihn handelte, als ich dich zu Monsieur Patterson schickte?«

»Mademoiselle Marianne«, erwiderte der junge Mann ernst, »wenn Ihr mir einen Befehl erteilt, zweifle ich ihn nicht an. Das ist ein Prinzip. Ich dachte es mir zwar beinahe, aber da Ihr es nicht für richtig hieltet, mir zu sagen, worum es sich handelte, hattet Ihr wohl Eure Gründe.«

Auf diesen Beweis von Diskretion und Gehorsam war nichts zu entgegnen. Marianne gab sich geschlagen.

»Ich bitte dich um Verzeihung, Gracchus. Ich hatte unrecht, und du hattest recht. Du bist ein treuer Freund. Jetzt erzähle mir rasch, was Monsieur Beaufort gesagt hat, als du ihm meinen Brief übergabst.«

Mit der ungeduldigen Freude eines Kindes setzte sie sich ohne Umstände auf das Fußende des Bettes. Doch Gracchus schüttelte den Kopf.

»Ich habe ihn nicht gefunden, Mademoiselle Marianne. Als ich ankam, war die 'Meerhexe' zwölf Stunden zuvor wieder ausgelaufen, ohne ihren nächsten Bestimmungsort anzugeben. Alles, was ich erfahren konnte, war, daß sie Kurs nach Norden genommen hat.«

Die Freude erlosch in Marianne und machte von neuem der Angst Platz.

»Was hast du dann getan?« fragte sie mit trockener Kehle.

»Was konnte ich tun? Ich bin in aller Eile nach Nantes zurückgekehrt, weil ich dachte, daß M'sieur Jason dort vielleicht landen würde. Ich habe den Brief M'sieur Patterson übergeben und gewartet. Aber die 'Meerhexe' kam nicht.«

Marianne senkte den Kopf, unversehens von einem bitteren Schmerz überwältigt, den sie nicht verbergen konnte.

»Nun«, murmelte sie, »es ist zu Ende! Er wird meinen Brief nicht erhalten.«

»Wieso denn nicht?« protestierte Gracchus, der beim Anblick einer Träne, die über Mariannes Wange rollte, vor Kummer fast seine Steppdecke losgelassen hätte. »Er wird ihn immer noch schneller kriegen, als wenn er in Amerika wäre! M'sieur Patterson hat gesagt, es sei sehr selten, daß er nicht landete, wenn er in der Nähe von Nantes vorbeisegelte. Er sagt auch, die 'Meerhexe' hätte sicherlich dringlich woandershin gemußt und würde ganz bestimmt Nantes doch noch anlaufen. Ich hätte gern ein wenig länger gewartet, aber ich hatte allmählich Angst, daß Ihr Euch meinetwegen beunruhigt. Ich hatte auch recht«, fügte er hinzu, »denn Ihr hieltet mich bereits für tot ... Und auf alle Fälle«, fuhr er mit vermehrt er Eindringlichkeit fort, um den Versuch zu machen, Marianne etwas von seinem Vertrauen einzuflößen, »hat der Konsul mir versprochen, allen absegelnden Schiffskapitänen Weisung zu geben, die 'Meerhexe', falls sie ihr begegnen, zu unterrichten, daß sie in Nantes ein dringender Brief erwartet. Ihr seht also, noch ist nichts verloren!«

»Du bist ein braver Bursche, Gracchus«, seufzte Marianne ein wenig getröstet und erhob sich. »Ich werde dich belohnen, wie du es verdienst.«

»Ist nicht nötig. Seid Ihr zufrieden? Ist es wirklich wahr?«

»Wirklich wahr. Du hast alles getan, was zu tun möglich war. Der Rest liegt nicht mehr bei uns ... Ruhe dich jetzt aus. Ich werde dich heute abend nicht brauchen.«

»Wie seid Ihr denn«, fragte Gracchus argwöhnisch, »überhaupt während all dieser Tage ohne mich ausgekommen? Wer hat mich ersetzt?«

Marianne zuckte die Schultern und lächelte.

»Es ist viel einfacher, mein Junge. Ich bin nicht ausgegangen, das ist alles! Du weißt doch, daß du unersetzlich bist.«

Und den getreuen Gracchus durch diese Versicherung sichtlich aufgeheitert zurücklassend, machte sie sich auf den Weg zu ihren Gemächern. Kurz davor stieß sie auf den düsterer denn je wirkenden Jérémie. Mit langem Gesicht erwartete er sie am Fuß der Treppe in einer so niedergeschlagenen Haltung, daß man alle nur möglichen Katastrophen hätte erwarten können. Marianne wußte, daß nichts dahinter war, und im allgemeinen amüsierte sie sich über die seltsame Neigung ihres Majordomus, eine unheilverkündende Miene aufzusetzen, um ihr die unbedeutendsten Dinge zu melden: den Besuch eines Freundes oder das von der Köchin vorbereitete Menü, aber an diesem Abend waren ihre Nerven gereizt, und Jérémies Gesicht brachte sie in Wut. »Was gibt es noch?« rief sie. »Hat eins der Pferde ein Eisen verloren, oder läßt Victoire sagen, daß wir zum Souper eine Apfeltorte erwarten dürfen?«

Jäh wandelte sich die trübselige Miene des Majordomus in gekränkte Verblüffung. Mit feierlichem Schritt begab er sich zu einer Konsole, griff nach einem silbernen Tablett mit einem Brief darauf und präsentierte es seiner Herrin.

»Wenn Mademoiselle es nicht so eilig gehabt hätte«, sagte er seufzend, »wäre es mir möglich gewesen, Mademoiselle diesen dringenden Brief zu übergeben, den ein staubbedeckter Bote kurz vor der Rückkehr unseres Kutschers brachte.«

»Ein Brief?«

Es war ein schmalgefaltetes, mit rotem Wachs versiegeltes Billett, das einen weiten Weg hinter sich haben mußte, denn sein dickes Papier war ein wenig zerknittert und beschmutzt, und als Mariannes Finger es berührten, befiel sie ein Zittern. Das Siegel trug kein anderes erkennbares Zeichen als ein Kreuz, aber sie hatte sofort die Schrift ihres Paten erkannt. Dieser Brief enthielt ihr Urteil, ihr Urteil fürs Leben, grausamer vielleicht als ein Todesurteil.

Sehr langsam ging Marianne zu ihrem Boudoir, ohne den Brief zu öffnen. Sie hatte immer gewußt, daß er eines Tages eintreffen würde, aber sie hatte so sehr gehofft, ihn mit einer positiven Antwort erwidern zu können! Und jetzt zögerte sie den Augenblick des Öffnens den Moment, in dem sie von seinem Inhalt Kenntnis nehmen mußte, so weit wie möglich hinaus, weil er die Unerbittlichkeit eines Schicksalsspruchs haben würde. In ihr Zimmer tretend, fand sie dort Agathe, ihre Kammerfrau, vor, die Wäsche in eine Kommode ordnete, und wollte sie fortschicken.

»Mademoiselle ist sehr bleich«, bemerkte das junge Mädchen mit einem besorgten Blick auf das Gesicht ihrer Herrin. »Es wäre besser, wenn sie mir erlaubte, sie zuerst zu entkleiden und ihr die Schuhe auszuziehen. Sie wird sich dann besser fühlen. Danach werde ich ihr etwas Warmes bringen.«

Marianne zögerte, legte den Brief auf ihren Sekretär, stieß einen Seufzer aus. »Ihr habt recht, Agathe. Danke. Ich werde mich bestimmt besser fühlen.«

Es waren noch einige gewonnene Sekunden, doch während Agathe ihr aus ihrer Kleidung half und sie in ein weiches, mit goldbraunen Bändern verziertes Hauskleid aus mandelgrünem Wollstoff und dazu passende Pantoffel hüllte, blieb ihr Blick auf den Brief geheftet. Endlich nahm sie ihn wieder und ließ sich, ein wenig beschämt ihrer kindischen Schwäche wegen, in ihrem Lieblingslehnsessel nahe dem Feuer nieder. Während Agathe geräuschlos das Zimmer verließ und die abgelegten Kleidungsstücke mitnahm, sprengte Marianne entschlossen das Siegel und entfaltete den Brief. Der Text war knapp und lakonisch. In wenigen Worten informierte der Kardinal seine Patentochter, daß sie sich am 15. des folgenden Monats nach Lucca in der Toskana zu begeben und sich dort im Albergo del Duomo einzuquartieren habe. Er fügte hinzu:

»*Die Polizei wird keine Schwierigkeiten machen, Dir einen Paß auszuhändigen, wenn Du erklärst, in Lucca Bäder für Deine Gesundheit nehmen zu wollen. Seit Napoleon seine Schwester Elisa zur Großherzogin der Toskana gemacht hat, sieht er es gern, daß man sich nach Lucca begibt. Sei pünktlich!*«

Nichts weiter! Ungläubig wandte Marianne das Billett nach allen Seiten.

»Wie? Das ist alles?« murmelte sie verblüfft. Kein zärtliches Wort! Nur Ort und Datum des Zusammentreffens ohne Erklärung, ohne anderen Hinweis als einen Rat, wie sie ihren Paß erhalten könnte. Kein Wort über den Mann, der ihr bestimmt war!

Denn wenn der Kardinal so kategorisch schrieb, mußte er schließlich seiner Sache sicher sein. Dieses Rendezvous bedeutete, daß die Ehe mit Francis Cranmere aufgehoben war, aber es bedeutete auch, daß irgendwo unter der Sonne ein Unbekannter darauf wartete, sie zu heiraten. Fiel es dem Kardinal so schwer zu begreifen, wie sehr dieser Unbekannte Marianne erschreckte? War es wirklich so schwierig, ein paar Sätze über ihn zu schreiben? Wer war er? Wie alt, wie sah er aus, wie war sein Charakter? Es war, als habe Gauthier de Chazay sein Patenkind an der Hand bis zum Eingang eines finsteren Tunnels geführt ... Gewiß, er liebte sie, er wollte ihr Glück, aber plötzlich hatte Marianne das Gefühl, nur noch ein Bauer auf dem Schachbrett eines geschickten Spielers zu sein, ein kleines Spielzeug in mächtigen Händen, die im Namen der Familie und der Ehre alle Gewalt über sie hatten. Und Marianne entdeckte, daß sie für nichts gekämpft hatte, als sie für eine illusorische Freiheit kämpfte, daß alles nutzlos gewesen war. Wieder war sie die Tochter aus großem Hause, die passiv die von anderen für sie arrangierte Ehe erwartete. Jahrhunderte erbarmungsloser Tradition senkten sich wieder über sie wie die Steinplatte eines Grabes.

Müde trat Marianne zum Kamin, warf das Billett in die Flammen, sah zu, wie es verbrannte, und kehrte zum Lehnstuhl zurück, um die Milch zu trinken, die Agathe ihr gebracht hatte, ihre eisigen Finger um das warme Porzellan der Tasse schließend. Eine Sklavin! Nichts als eine Sklavin! In Diensten Fouchés, in Diensten Talleyrands, in Diensten Napoleons, Francis Cranmeres, des Kardinals von San Lorenzo ... in Diensten des Lebens! Was für ein Hohn!

Aufruhr erfüllte sie. Zum Teufel mit diesem lächerlichen Geheimnis, das man ihr abgefordert hatte, um sie besser zu fesseln! Sie brauchte verzweifelt Rat, einen Freund, und diesmal würde sie tun, wonach es sie verlangte! Es war ihr, als müsse sie vor Zorn, Kummer, Enttäuschung ersticken. Reden würde sie erleichtern ... Entschlossen ging sie zur Tür, zog zweimal an der Klingelschnur. Agathe erschien.

»Monsieur de Jolival ist noch nicht da, nicht wahr?«

»Doch, Mademoiselle. Er ist eben zurückgekehrt.«

»Dann bittet ihn hierherzukommen. Ich habe mit ihm zu sprechen.«

»Ich wußte, daß etwas nicht stimmte«, sagte Arcadius ruhig, als Marianne ihn über die Situation unterrichtet hatte. »Ich wußte auch, wenn ihr nichts davon sagtet, dann nur, weil Ihr es nicht durftet.«

»Und es hat Euch nicht verletzt? Ihr seid mir nicht böse?«

»Ich kenne Euch gut, Marianne. Wenn Ihr gezwungen seid, einem aufrichtigen Freund etwas zu verbergen, leidet Ihr dabei so, daß es nicht nur absurd, sondern grausam wäre, Euch auch noch böse zu sein. Und in diesem Fall konntet Ihr nicht anders handeln. Die Vorsichtsmaßnahmen Eures Paten waren gerechtfertigt und klug. Was werdet Ihr jetzt tun?«

»Ich habe es Euch gesagt: bis zur letzten Minute auf Jasons Ankunft warten. Andernfalls mich an die Verabredung mit meinem Paten halten. Seht Ihr eine Alternative?«

Zur großen Überraschung Mariannes errötete Arcadius heftig, erhob sich, ging einmal mit den Händen auf dem Rücken im Zimmer auf und ab und kehrte sodann mit verlegener Miene zu seiner Freundin zurück.

»Es hätte noch eine andere gegeben, die die einfachste für Euch gewesen wäre. Trotz meines bewegten Lebens bin ich ein guter Edelmann, und Ihr hättet, ohne an Stand zu verlieren, Madame de Jolival werden können. Der Altersunterschied zwischen uns hätte Euch vor jedem ... Anspruch meinerseits geschützt. Ich wäre Euch lediglich ein väterlicher Ehemann gewesen. Unglücklicherweise ist es nicht möglich.«

»Und warum nicht?« fragte sanft Marianne, die diese Reaktion ein wenig erwartet hatte, ohne die Arcadius nicht er selbst gewesen wäre.

Arcadius wurde hochrot, wandte ihr jäh den Rücken und räusperte sich ausgiebig:

»Ich ... ich bin schon verheiratet. Oh, es ist eine alte Geschichte«, fügte er, sich umwendend, rasch hinzu, »und ich habe immer mein möglichstes getan, sie zu vergessen, doch das ändert nichts daran, daß es auf der Welt eine Madame de Jolival gibt, die zwar nicht alle Rechte auf mich besitzt, aber zumindest das eine, mich an einer neuen Eheschließung zu hindern.«

»Aber warum habt Ihr das nie gesagt, Arcadius? Als ich Euch in den Steinbrüchen von Chaillot kennenlernte, lagt Ihr Euch mit Fanchon-Fleur-de-Lys in den Haaren, weil Euch diese Kreatur, wenn meine Erinnerung mich nicht täuscht, mit Gewalt mit ihrer Nichte Philomene verheiraten wollte und Euch deshalb eingesperrt hatte. Warum habt Ihr ihr nicht einfach erklärt, daß Ihr schon verheiratet seid.«

»Sie hat mir nicht geglaubt«, bekannte Jolival kläglich. »Außerdem hat sie behauptet, daß dies, selbst wenn es der Fall wäre, kein Hindernis darstelle. Man würde die nötigen Maßnahmen treffen, meine Frau zu beseitigen. Ich verabscheue zwar Marie-Simplicie ... aber doch nicht gleich in solchem Maße! Und wenn ich Euch nicht die Wahrheit gesagt habe, dann nur deshalb, weil ich Euch noch nicht kannte und fürchtete, Ihr könntet voller Prinzipien stekken, die Euch hinderten, mich bei Euch zu behalten ... und Ihr seid genau die Tochter, die ich mir immer gewünscht habe.«

Gerührt stand Marianne ihrerseits auf, trat zu ihrem alten Freund und schob ihren Arm liebevoll unter den seinen.

»Wir sind in punkto Versteckspiel quitt, mein Freund! Aber Ihr hattet nichts zu fürchten. Auch ich wollte Euch behalten, denn seit dem Tode meiner Tante hat sich niemand so um mich gekümmert wie Ihr. Erlaubt mir nur eine Frage. Wo ist Eure Frau?«

»In England«, brummte Jolival. »Davor war sie in Mitau und noch früher in Wien. Sie ist gleich nach dem ersten Kanonenschuß gegen die Bastille emigriert. Sie stand sich bestens mit Madame de Polignac, während ich ... nun, unsere politischen Ideen waren diametral entgegengesetzt.«

»Und ... kein Kind?« erkundigte sich Marianne fast zaghaft.

Doch ihrer Erwartung entgegen begann Jolival zu lachen.

»Man sieht, daß Ihr Marie-Simplicie nie gesehen habt. Ich habe sie geheiratet, um meiner armen Mutter eine Freude zu machen und eine endlose Familienangelegenheit zu regeln, aber ich habe mich gehütet, sie zu berühren! Übrigens hätten ihre Religion und die Erhabenheit ihrer Ansichten, ihre Häßlichkeit ganz außer acht gelassen, ihr den rohen körperlichen Kontakt, den man Liebe nennt, zweifellos unerträglich gemacht. Gegenwärtig gehört sie zu den Damen der Herzogin von Angouleme und ist gewiß völlig glücklich, wenn man den Gerüchten über den Charakter dieser Fürstin Glauben schenken darf. Gemeinsam dürften sie einen Gott des Zorns und der Rache anflehen, den Usurpator zu erschlagen und Frankreich von neuem den Wonnen der absoluten Monarchie zu überlassen, was ihnen erlaubte, nach Paris zurückzukehren, begleitet vom Geknatter der Hinrichtungspelotons und vom fröhlichen Geklingel der Ketten, in denen Würdenträger des Kaiserreichs und Exrevolutionäre in trauter Gemeinsamkeit auf die Galeeren geschafft würden. Marie-Simplicie ist eine Frau von großer Güte!«

»Armer Arcadius«, murmelte Marianne, mit einem schnellen Kuß die Wange ihres Freundes streifend. »Das habt Ihr nicht verdient! Sprechen wir nicht mehr darüber. Ich bin untröstlich, Euch zu all diesen Erinnerungen veranlaßt zu haben, die zu vergessen Ihr Euch soviel Mühe gebt. Es wird Euch schnell wieder gelingen. Was mich betrifft, ist es schon geschehen. Sagt mir jetzt nur, wieviel Zeit ich brauche, um nach Lucca zu kommen!«

»Es sind ungefähr dreihundert Meilen«, erwiderte Arcadius wie aus der Pistole geschossen, ein Beweis, wie glücklich er war, das Gesprächsthema wechseln zu können, »auf der Route über den Mont-Cenis und Turin. Zum Glück dürfte die Jahreszeit es erlauben, den Paß zu benutzen, und mit einer guten Postkutsche schafft man leicht fünfundzwanzig bis dreißig Meilen am Tag.«

»Vorausgesetzt, daß man rastet«, warf Marianne ein.

»Aber wenn man im Wagen schläft und die Pferde wechselt, ohne länger anzuhalten?«

»Das scheint mir schwierig, vor allem für eine Frau. Und man brauchte mindestens zwei Kutscher. Gracchus allein könnte es nicht durchhalten. Mit den Vorreitern ist es anders; die werden auf den Stationen ausgewechseft. Jedenfalls müßt Ihr fünfzehn Tage rechnen, Marianne, denn abgesehen von den Bergen, die die Schnelligkeit beträchtlich mindern, sind Unfälle nicht auszuschließen.«

»Fünfzehn Tage! Ich müßte also am 1. Mai aufbrechen! Das läßt Jason nicht viel Zeit. Und ... würde man zu Pferd schneller hinkommen?«

Jolival brach in Gelächter aus.

»Sicherlich weniger schnell. Ihr würdet ein Tempo von zwanzig Meilen am Tag nicht lange aushalten. Dazu muß man trainiert sein und das gegerbte Hinterteil eines altgedienten Grenadiers zu Pferd haben. Kennt Ihr die Geschichte des Kuriers von Friedland?«

Marianne schüttelte den Kopf. Sie liebte die Geschichten, die Arcadius in jeder Situation parat hatte.

»Unter den Kurieren des Kaisers«, begann Jolival, »gab es einen besonders schnellen, den Reiter Esprit Chazal, mit Spitznamen Moustache. Es war am Tage nach der Schlacht bei Friedland, und Napoleon wollte die Nachricht so schnell wie möglich nach Paris gelangen lassen. Zuerst beschloß er, sie seinem Schwager, dem Fürsten Borghese, anzuvertrauen, einem der besten Reiter des Kaiserreichs. Doch vierundzwanzig Stunden später schickte er mit der gleichen Nachricht seinen berühmten Moustache auf den Weg. Nach fünfzig Meilen vertauschte Borghese sein Pferd mit einer Kutsche und fuhr Tag und Nacht. Moustache begnügte sich mit dem, was er hatte: den Postpferden zum

Wechseln und seiner Ausdauer. Er ritt ebenfalls Tag und Nacht und legte, hört zu, die vierhundertfünfzig Meilen von Friedland nach Paris in neun Tagen zurück ... und traf vor Borghese ein. Eine außerordentliche Leistung! Aber er wäre fast daran gestorben. Und Moustache ist ein aus härtestem Granit gehauener Riese. Ihr seid nicht Moustache, liebe Marianne, obwohl Ihr mehr Mut und Ausdauer habt als die meisten Frauen. Ich werde Euch eine möglichst solide Reisekutsche besorgen, und wir werden zusammen ...«

»Nein«, unterbrach ihn Marianne, »ich möchte, daß Ihr hierbleibt.«

Arcadius fuhr auf und runzelte die Stirn.

»Hier? Warum? Wegen des Versprechens, das Ihr Eurem Paten gegeben habt? Fürchtet Ihr ...?«

»Keineswegs. Aber ich möchte, daß Ihr bleibt, um Jason so lange wie möglich zu erwarten. Er könnte nach meiner Abreise eintreffen, und da er nicht weiß, was ich von ihm erwarte ... Wenn niemand da ist, um ihn zu empfangen, wird er mir vielleicht nicht folgen. Er ist voller Kraft und, möchte ich schwören, ein ausgezeichneter Reiter. Vielleicht«, fügte sie errötend hinzu, »würde er für mich versuchen, Moustaches Leistung zu wiederholen ... annähernd wenigstens ...«

»... und den Weg von Paris nach Lucca in einer Woche schaffen? Ich glaube, für Euch wäre er in der Tat dazu fähig. Ich werde also bleiben, aber Ihr könnt diese lange Strecke nicht allein reisen.«

»Ich habe schon andere lange Strecken allein zurückgelegt, Arcadius! Ich werde Agathe, meine Kammerfrau, mitnehmen, und mit Gracchus-Hannibal auf dem Kutschbock habe ich nicht viel zu fürchten.«

»Wollt Ihr, daß ich Adelaide hole?«

Marianne zögerte.

»Ich habe nichts von ihr gehört«, begann sie.

»Ich ja. Ich habe sie mehrmals aufgesucht. Lust zur Rückkehr hat sie gewiß nicht. Ohne Euch betrüben zu wollen, Marianne ... ich glaube, sie ist verrückt. Auf mein Wort, sie ist verliebt in diesen Bobèche!«

»Dann laßt sie. Ich komme sehr gut ohne sie aus. Ich hatte einen Moment daran gedacht, Fortunée mitzunehmen, aber sie liebt Romane zu sehr. Dieses Abenteuer ist zu verführerisch, als daß sie dem Verlangen widerstehen könnte, darüber zu reden. Für die Leute reise ich zu den Bädern von Lucca ... und ich wäre Euch dankbar, mein lieber Freund, wenn Ihr Euch um die Pässe bemühen würdet.«

Arcadius nickte, antwortete jedoch nicht. Langsam ging er zum Fenster, hob den Vorhang und blickte nach draußen. Die Nacht hüllte sanft den kleinen Garten ein. Das Lächeln des Amors im steinernen Bassin verschwamm ein wenig, wurde vage, füllte sich mit Geheimnis. Jolival stieß einen Seufzer aus.

»Wenn Euer Pate sich nicht am Ende dieses Weges befände, würde ich Euch ihn nicht einschlagen lassen, Marianne. Habt Ihr daran gedacht, was der Kaiser sagen wird? Wäre es nicht natürlicher gewesen, zuerst zu ihm zu gehen, da er der Hauptinteressierte ist?«

»Was täte er anderes?« fragte die junge Frau mit einer Spur Schärfe in der Stimme. »Er würde mir einen Gatten seiner Wahl anbieten ... und es würde mir Schmerz bereiten. Ich will nicht von *ihm* einem anderen gegeben werden. Ich ziehe es vor, seinen Zorn zu erdulden. Das wird mir weniger weh tun.«

Arcadius ließ den Vorhang wieder fallen, kehrte zu Marianne zurück. Einen Moment sahen sie einander an, ohne etwas zu sagen, aber eine Welt von Zuneigung und Verstehen lag in beider Augen. Marianne begriff, daß die Befürchtungen, die die vom Kardinal di San Lorenzo eröffnete seltsame Perspektive in ihr geweckt hatte, nun auf Arcadius übergingen und daß die Zeit ihrer Abwesenheit für ihn eine Qual sein würde. Er gab es übrigens selbst mit halb erstickter Stimme zu erkennen:

»Ich hoffe von ganzem Herzen ..., ich hoffe, daß Jason Beaufort noch rechtzeitig kommen wird! Sobald er hier ist, wird er unverzüglich wieder aufbrechen, und ich werde ihn begleiten. Aber bis dahin werde ich, der ich nicht sonderlich gläubig bin, beten, Marianne. Ich werde von ganzem Herzen beten, daß er kommt ... damit ...«

Unfähig, seine Erregung länger zu beherrschen, brach Arcadius de Jolival in Schluchzen aus und verließ hastig den Raum ...

ZWEITER TEIL

Der Reiter mit der Maske

9. Kapitel

Das Grab Ilarias

Der Regen, der die ganze Nacht und einen Teil des Vormittags angehalten hatte, ließ jäh nach und hörte auf, als der Wagen Carrara verließ, wo sie die Pferde gewechselt hatten. Die Sonne brach schlagartig durch die Wolken, die bis zum Gebirge zurückwichen und die azurne Weite des Himmels freigaben. Die weißen Marmorberge, einen Moment zuvor noch so stumpf, begannen zu schimmern, Eisbergen ähnlich, die ein Riese mit der Axt behauen hatte. Ihre Grate und Schroffen warfen das Sonnenlicht in blendenden Pfeilen zurück. Doch die erschöpfte Marianne schenkte ihnen keinen Blick. Marmor gab es überall in Carrara, in rohen Blöcken, in behauenen Klötzen, in Grabdenkmälern, in weißem Staub auf allen Dingen, selbst auf den Tischtüchern der Herberge, wo sie eine schnelle Mahlzeit eingenommen hatten.

»Wir beliefern alle Höfe Europas, ja der ganzen Welt. Unsere Großherzogin schickt riesige Ladungen davon nach Frankreich. Keine Statue Kaiser Napoleons, die nicht von uns käme!« hatte der Wirt mit naivem Stolz versichert, ohne bei der jungen Frau etwas anderes als ein gezwungenes Lächeln hervorzurufen.

Überall längs des endlosen Weges, den sie zurückgelegt hatte, war sie auf festliche Dörfer gestoßen, auf seit gut einem Monat zu Ehren der kaiserlichen Hochzeit beflaggte Städte. Es war eine ununterbrochene Folge von Tanzereien, Konzerten, Belustigungen aller Art, die vermuten ließ, daß die getreuen Untertanen Seiner Majestät des Kaisers und Königs niemals aufhören würden, eine Verbindung zu feiern, in der Marianne allmählich eine persönliche Beleidigung sah. Sie waren praktisch durch ein Spalier mehr oder weniger frischer Fahnen, verwelkter Blumen, leerer Flaschen und zerschlissener Triumphbogen gefahren, das einen deprimierenden Eindruck hinterlassen hatte.

Die Reise war schrecklich gewesen. In der Hoffnung auf Jasons Kommen hatte Marianne trotz der Mahnungen des besorgten Arcadius die zur Bewältigung der Strecke benötigte Zeit so weit wie nur irgend möglich verkürzt. Sie konnte sich nicht entschließen, Paris zu verlassen, und erst im Morgengrauen des 3. Mai hatte sie sich bereit gefunden, in den Wagen zu steigen. Und auch dann noch hatte sie, als die vier kräftigen Postpferde die Reisekutsche über das Pflaster der Rue de Lille davonzogen, als Jolivals sorgenvolles Gesicht und seine mechanisch winkende Hand verschwanden, das quälende Gefühl, einen Teil von sich zurückgelassen zu haben. Es war ein bißchen so wie damals, als sie Selton und Ellis' Grab verlassen hatte. Diesmal fuhr sie zudem einem Abenteuer entgegen, das sie als bedrohlich empfand.

Um nicht Gefahr zu laufen, zu spät zu ihrer Schicksalsverabredung zu kommen, und die verlorene Zeit einzuholen, hatte sie auf Eilmärschen bestanden. Drei Tage hindurch, bis zur Ankunft in Lyon, hatte sie sich geweigert, länger als zum Wechseln der Pferde und zu eiligen Mahlzeiten in den Herbergen anzuhalten, hatte sie die Vorreiter doppelt und dreifach bezahlt, um sie zu Zeitgewinn anzureizen. Trotz der schlechten, aufgeweichten Straßen waren sie in einem Höllentempo gefahren, was Marianne jedoch nicht hinderte, sich immer wieder über den Schlag zu lehnen und zurückzublicken. Aber wenn auch zuweilen ein Reiter am Horizont aufgetaucht war, war es doch nie der gewesen, auf den sie hoffte.

Nach ein paar Ruhestunden in Lyon hatte der Wagen Kurs aufs Gebirge genommen, und die Schnelligkeit hatte zwangsläufig nachgelassen. Die neue Straße über den Mont-Cenis, die auf Napoleons Anordnung seit sieben Jahren gebaut wurde und die zu benutzen Arcadius ihr geraten hatte, da sie eben fertig geworden war, verkürzte die Fahrtstrecke sehr, erwies sich aber nichtsdestoweniger als reichlich anstrengend für Marianne, Agathe und Gracchus, die einen Teil des Weges zum Paß hinauf hatten zu Fuß zurücklegen müssen, während die Maultiere die Kutsche hinaufzogen. Vielleicht war es der gute Empfang durch die Mönche des Hospizes, vor allem aber die großartige Gebirgslandschaft, die erste, die Marianne in ihrem Leben erblickte, die sie auf der Paßhöhe einen Moment äußeren und inneren Friedens genießen ließen. Auch das Bewußtsein beflügelte sie, daß ihr Wagen zweifellos der zweite oder dritte, wenn nicht gar der erste war, der diese Straße benutzte.

Sie hatte ihre Müdigkeit nicht gespürt, hatte die drängende Zeit vergessen, war eine Weile am Ufer des blauen Sees sitzen geblieben mit dem seltsamen Verlangen, hier für immer zu bleiben, diese reine Luft zu atmen, dem schwarzen, langsamen Flug der Dohlen um die majestätischen Gipfel zuzusehen. Die Zeit blieb stehen. Es mußte leicht sein, die Welt, ihre unlauteren Winkelzüge, ihre Gaunereien, ihren Lärm, ihre Greuel und die Probleme einer unerfüllbaren Liebe zu vergessen. Ein Mönch hatte kommen und sanft Mariannes Schulter berühren müssen, sie daran erinnernd, daß ein wenig abseits eine zum Umfallen müde Kammerfrau, ein vor Kälte halb erstarrter Kutscher und ein zur Abfahrt bereiter Wagen warteten, damit sie sich endlich zur Weiterreise entschloß.

Und die höllische Hetze begann von neuem. Sie hatten Turin durchquert, ohne der Stadt einen Blick zu gönnen, Genua, ohne etwas von der Stadt zu sehen. Weder der Sonne noch den aus allen Gärten quellenden Blumen, noch dem indigoblauen Meer war es gelungen, Marianne aus der düsteren Stimmung zu reißen, in die sie mit jeder Umdrehung der Wagenräder mehr versank. Eine Besessenheit erfüllte sie, schneller, immer schneller voranzukommen, trotz Gracchus' besorgter Blicke. Er hatte seine Herrin noch nie so nervös und kalt zugleich erlebt, so angespannt und reizbar. Der arme Bursche konnte nicht ahnen, daß sich nach und nach, je mehr sie sich ihrem Ziel näherte, Enttäuschung und Ekel vor sich selbst in die kranke Seele seiner Herrin einschlichen. Bis jetzt hatte sie gegen alle Vernunft gehofft, daß Jason auftauchen würde, in dem ihren Retter zu sehen sie sich gewöhnt hatte. Nun hoffte sie nicht mehr.

In der vergangenen Nacht hatten sie kaum vier Stunden in einer miserablen Herberge geschlafen, die versteckt in einem Tal des Apennin lag, und für Marianne war dieser Schlaf nur eine ununterbrochene Folge von Alpträumen und fiebrigem Erwachen gewesen. So satt hatte sie die Qual gehabt, daß sie noch vor dem ersten Hahnenschrei von dem ihr zugewiesenen schlechten Strohsack aufgesprungen war und befohlen hatte, sofort anzuspannen. Und so war im Morgengrauen dieses Tages, der der letzte der Reise sein sollte, der Wagen mit seinen Insassen in toller Fahrt zum Meer hinabgerollt. Es war der 15. Mai, der letzte Tag, aber Lucca war nicht mehr fern.

»Dreizehn Meilen noch«, hatte der Wirt in Carrara gesagt.

Jetzt fuhr die Kutsche auf einer flachen, sandigen, einer Parkallee ähnlichen Straße dahin, die am Meer entlangführte. Nur einige alte Steinplatten, die der Sand hier und da frei ließ, erinnerten daran, daß es sich um die antike, von den Römern gebaute Via Aurelia handelte. Marianne schloß die Augen und lehnte ihre Wange gegen den Polsterbezug. Neben ihr schlief Agathe wie ein erschöpftes Tier, in sich zusammengesunken, mit tief in die Stirn gerutschter Haube. Marianne hätte es ihr gern nachgetan, doch trotz ihrer lähmenden Müdigkeit ließen sie ihre zum Zerreißen gespannten Nerven nicht zur Ruhe kommen. Obwohl die Sonne zurückgekehrt war, trug die Landschaft mit ihren Dünen und Schilfstreifen und einzelnen, vor dem wieder flockig bezogenen Himmel schwarz aufragenden hohen Schirmpinien noch zu ihrer Traurigkeit bei. Unfähig, die Augen geschlossen zu halten, folgte sie auf dem Meer dem Auf und Ab eines Fischerbootes, das mit geblähtem Segel aufs offene Meer hinaus strebte. Das kleine Schiff schien so leicht, so glücklich, frei zu sein! »Mit ihm fahren«, dachte Marianne in schmerzlichem Verlangen, »mit dem Winde fliehen, immer weiter hinaus, und alles hinter sich vergessen! Das wäre gut! ...«

Sie begriff unversehens, was das Meer für einen Mann wie Jason Beaufort bedeutete und warum er es mit solcher Leidenschaft liebte. Zweifellos hatte es sich zwischen sie gedrängt, hatte es ihn daran gehindert, zu ihr zu kommen, als sie ihn so nötig brauchte ... Denn jetzt war sie sicher, daß Jason nicht mehr kommen würde. Vielleicht war er am anderen Ende der Welt. Vielleicht war er auch in seine ferne Heimat zurückgekehrt, der Wind hatte ihren Ruf verweht, und wenn er ihn jemals erreichen würde, wäre es zu spät, viel zu spät.

Eine verrückte Idee kam ihr plötzlich, aus einer jähen Panik geboren und weil sie auf einem an einen Pfahl genagelten Holzbrett gelesen hatte, daß es nur noch acht Meilen bis Lucca waren. Warum floh nicht auch sie aufs Meer?

Nicht weit von hier mußte es Schiffe, einen Hafen geben! Sie konnte an Bord gehen, konnte selbst den Mann suchen, der ihr, vielleicht weil sie ihn nicht hatte erreichen können, so seltsam teuer geworden war, fast unentbehrlich, das Symbol ihrer bedrohten Freiheit. Dreimal hatte er ihr vorgeschlagen, sie mitzunehmen, dreimal hatte sie abgelehnt in ihrer blinden Verfolgung einer unerfüllbaren Liebe ... War sie nicht dumm gewesen?

Von ihrem Impuls getrieben, wandte sie sich an Gracchus.

»Weißt du, ob es in dieser Richtung einen Hafen gibt?« rief sie zu ihm hinauf. »Einen Hafen von einiger Bedeutung?«

Unter seinem staubigen Hut machte Gracchus große Augen.

»Ja. Die Tochter des Wirts hat davon gesprochen. Er heißt Livorno, aber nach dem, was sie mir sagte, wäre es im Moment nicht gut, dorthin zu fahren. Seit einem Monat sollen die Zöllner alle Schiffe unter ottomanischer Flagge und ihre Ladungen beschlagnahmen, und da fast der ganze Handel dieses Hafens unter dieser Flagge abgewickelt wird, kann man sich vorstellen, wie es zugeht. Man durchwühlt alle Schiffe, und es scheint, daß es böses Blut gibt. Aber ... fahren wir nicht mehr nach Lucca?«

Marianne antwortete nicht. Ihr Blick folgte wieder dem kleinen Fischerboot, das nun auf goldener Flut der sinkenden Sonne entgegenglitt ... Gracchus zügelte seine Pferde. Der Wagen hielt an.

Agathe schlug schlaftrunkene Augen auf. Marianne fuhr zusammen.

»Warum hältst du?«

»Weil ... wenn es nämlich nicht mehr nach Lucca ginge müßtet Ihr es gleich sagen. Die Straße dahin zweigt hier zur Linken ab. Nach Livorno geht es geradeaus weiter.«

Es stimmte. Zur Linken bog ein Weg zu zypressenbestandenen Hügeln ab, auf denen sich hier und da die rötlichen Mauern eines kleinen Bauernhofs oder der rosafarbene Turm einer Kirche zeigten. Auf dem Meer draußen war das Fischerboot verschwunden, aufgesogen von der roten Sonne. Marianne schloß die Augen und unterdrückte ein nervöses Schluchzen. Es war nicht möglich. Sie mußte sich an das von ihr gegebene Wort halten. Und dann war da das Kind ... Seinetwegen durfte sie ja kein Abenteuer wagen. Seine Mutter hatte nicht das Recht, auf See dieses zarte Leben in Gefahr zu bringen, dem sie von nun an alles opfern muße, selbst ihre legitimsten Ansprüche.

»Fühlt Ihr Euch nicht wohl?« fragte Agathe, die sie blaß werden sah, besorgt. »Das ist diese schreckliche Reise!«

»Nein ... es ist nichts! Vorwärts, Gracchus! Wir fahren natürlich nach Lucca.«

Die Peitsche knallte, die Pferde zogen an. Der schwere Wagen wendete dem Meer den Rücken und nahm Kurs auf die Hügel.

Als Lucca vor ihnen auftauchte, war die Dämmerung malvenfarben und durchsichtig herabgesunken, und Mariannes Herz war ruhig geworden. Seit dem Verlassen der Via Aurelia hatten sie einen schönen Fluß, den Serchio, auf einer noblen romanischen Brücke überquert und waren durch eine fruchtbare Ebene einem Halbrund von Bergen zugerollt, in deren Mitte plötzlich rosig und reizvoll die Stadt aufgetaucht war, eingezwängt in ihre Mauern, deren schroffe Bastionen durch Bäume und Grün gemildert wurden.

»Wir sind da«, seufzte Marianne. »Du brauchst nur nach dem 'Duom zu fragen, Gracchus. Das ist die Kathedrale. Der Gasthof, zu dem wir wollen, muß am gleichen Platz sein.«

Die Formalitäten wurden durch einen gutmütigen Torwächter schnell erledigt, da sich die Papiere der Reisenden in bester Ordnung befanden.

Mit donnerndem Getöse tauchte die Kutsche unter das Torgewölbe des Walls, während gleichzeitig von allen Glockentürmen das helle Angelusgeläut über die Dächer flog. Scharen von Kindern liefen neben dem Wagen her und versuchten, sich an die Federn zu klammern.

Im sinkenden Abend flammten hier und da Laternen auf, längs der schmalen, von hohen, mittelalterlichen Häusern gesäumten Straße, durch die der Wagen rollte. Wie an jedem Abend in Italien, wenn es nicht gerade regnete, war die ganze Stadt oder jedenfalls ein großer Teil der Bewohner auf den Beinen, und Gracchus mußte im Schritt fahren. Vorwiegend Männer flanierten in kleinen Gruppen Arm in Arm den Plätzen zu. Auch einige Frauen, meist dunkel gekleidet, doch vom Kopf bis zu den Knien in große Schals aus weißer Spitze gehüllt. Man sprach ungeniert laut, Zurufe wurden gewechselt, zuweilen hallte ein Lied zwischen den Mauern wider. Marianne bemerkte außerdem zahlreiche Soldaten und schloß daraus verdrossen, daß die Großherzogin Elisa vielleicht schon ihre Sommerresidenz bei Lucca bewohnte, jene prunkvolle Villa Marlia, von der Arcadius ihr erzählt hatte. Falls die Neuigkeit der angeblich von der Sängerin Maria Stella beabsichtigten Kur bis zu ihr drang, mußte Marianne mit einer peinlichen Einladung rechnen, die nicht nur den Empfehlungen ihres Paten, sondern auch ihren eigenen Wünschen zuwiderlief. In Lucca sollte ja die Laufbahn der kurzlebigen Maria Stella ihr Ende finden. Allein schon die neue Identität, die ihr aufgezwungen würde, erlaubte nicht, daß sie noch einmal eine Bühne betrat. Übrigens gestand Marianne sich ein, daß sie ohne Bedauern das Theater aufgeben würde, für das sie entschieden nicht geschaffen war. Ihre letzte öffentliche Erfahrung in den Tuilerien war zu grausam gewesen. Also war es besser, Napoleons Schwester, so gut sie konnte, zu meiden ...

Noch immer von kreischenden Bambini umringt, setzte der Wagen seinen Weg fort. Beim Überqueren eines großen, schönen, mit Bäumen und einer Statue des Kaisers geschmückten Platzes fielen die Pferde in Trab. Ein kleinerer Platz folgte, und endlich gelangten sie zu einer wundervollen romanischen Kirche, deren luftige Fassade mit ihren drei Reihen anmutiger Säulchen die Arroganz des mächtigen, zinnengekrönten Campaniles milderte.

»Da habt Ihr Eure Kathedrale«, bemerkte Gracchus. »Und da drüben ist der Gasthof. Bei Gott, er ist wirklich nicht zu übersehen!«

Jenseits eines reizenden Renaissance-Palais, dessen von Bogenrundungen überwölbte Tore Einblick in einen üppigen Garten gestatteten, reihten sich die streng vergitterten, von innen erleuchteten Fenster des Albergo del Duomo links und rechts seines von Geißblatt umrankten Portalvorbaus.

»Es sieht so aus, als sei er voller Leute«, murmelte Marianne.

In der Tat waren vor dem Eingang Reitpferde zu sehen, die von einigen Soldaten gehalten wurden.

»Muß wohl ein durchmarschierendes Regiment in der Stadt sein«, brummte Gracchus. »Was machen wir da?«

»Was sollen wir schon machen?« entgegnete Marianne ungeduldig. »Fahr hinein. Wir werden nicht die Nacht im Wagen verbringen, nur weil der Gasthof voller Leute ist. Man wird für unsere Ankunft vorgesorgt haben.« Ganz gehorsamer Diener, lenkte Gracchus sein dampfendes Gespann durch das Tor des Gasthofs und hielt majestätisch im Innenhof an, ohne die Frage zu riskieren, was es mit diesem mysteriösen »man« auf sich habe. Wie durch Zauberei tauchten Stallknechte und andere Bedienstete aus allen dunklen Winkeln auf, und in der Hintertür erschien, mit einer großen Laterne bewaffnet, der Wirt, hastete, so schnell wie sein Bauch es ihm erlaubte, dem eleganten Gefährt zu und erging sich in zahlreichen Bücklingen.

»Ich bin Orlandi, Madame, Eurer Exzellenz zu Diensten! Ein Besuch wie der Madames ist eine Ehre für das Albergo del Duomo, aber ich wage zu sagen, daß sie nirgends sonst besseres Unterkommen und eine bessere Tafel finden dürfte.«

»Hat man Zimmer für mich und meine Leute reserviert?« erkundigte sich Marianne in ausgezeichnetem Italienisch. »Ich bin die Signorina Maria Stella und ...«

»Si, si ... molto bene! Wenn die Signorina sich nur die Mühe machen will, mir zu folgen. Signor Zecchini wartet schon seit heute morgen.«

Marianne verzog bei der Nennung des unbekannten Namens keine Miene. War es ein Bote des Kardinals? Es konnte wohl kaum der Mann sein, den sie heiraten sollte.

»Aber all diese Leute in Eurem Gasthof?« fragte sie, auf die zahlreichen Uniformen weisend, die durch die trüben Fensterscheiben der Küche sichtbar waren.

Signor Orlandi zuckte mit den fetten Schultern, und um deutlich zu machen, was er von diesem Soldatenvolk hielt, spuckte er ohne Umstände auf den Boden.

»Pah! Gendarmen Ihrer Hoheit, der Großherzogin. Sie sind nur auf dem Durchmarsch ... hoffe ich wenigstens!«

»Manöver vielleicht?«

Orlandis rundes Gesicht, dem ein langgezwirbelter kalabresischer Banditenschnurrbart vergeblich ein furchteinflößendes Aussehen zu geben versuchte, schien sich seltsam zu verlängern.

»Der Kaiser hat Befehl gegeben, alle Klöster der Toskana zu schließen. Einige Bischöfe aus dem Trasimenischen haben sich gegen die herrschende Macht erhoben. Vier von ihnen sind festgenommen worden, aber man fürchtet, daß andere sich zu uns geflüchtet haben könnten. Daher diese außerordentlichen Maßnahmen.«

Dieser scheußliche, endlose Streit zwischen Napoleon und dem Papst!

Marianne runzelte die Stirn. Wie war ihr Pate nur auf den Gedanken gekommen, sie ausgerechnet hierher zu bestellen, in dieses Gebiet, in dem die Dinge zwischen dem Kaiser und der Kirche besonders schlecht zu stehen schienen? Die Schwierigkeiten, die sie für ihre Rückkehr nach Paris voraussah, würden dadurch nicht vermindert werden, im Gegenteil. Schon dachte sie nicht ohne Zittern an die Reaktion des Kaisers, wenn er erführe, daß sie, ohne ihn zu fragen, einen Unbekannten geheiratet hatte. Gewiß, der Kardinal hatte versprochen, daß es kein Feind Napoleons sein würde, aber konnte man je die Reaktionen eines Mannes voraussehen, der in solchem Maße auf seine Macht bedacht wär?

Beim Eintritt in den großen Saal des Gasthofs schlug ihnen wildes Stimmengewirr entgegen. Eine Gruppe von Offizieren umdrängte einen der ihren, der sichtlich eben erst angelangt war. Staubbedeckt und rot vor Wut, den Tschako aus der Stirn zurückgeschoben, schimpfte der Ankömmling mit drohend gesträubtem Schnurrbart und flammenden Augen:

»...das Gebell der Doggen zu übertönen, zu, daß sein Herr niemals jemanden empfinge, daß es darum nutzlos sei, sein Haus zu durchsuchen, um zu sehen, ob sich bei ihm ein Diener kam ans Gittertor und brüllte mir, um einer dieser verdammten Bischöfe verstecke! Darauf hat er mir den Rücken gekehrt, ohne auf mich zu hören, und ist abgeschwirrt, als ob wir nicht existierten. Ich hatte nicht genug Leute, um die verdammte Villa zu umzingeln, aber, verflucht noch mal, dabei wird s nicht bleiben! Vorwärts, in den Sattel! Wir werden diesem Sant' Anna beibringen, was es kostet, sich über Befehle Seiner Majestät des Kaisers und Ihrer Kaiserlichen Hoheit der Großherzogin lustig zu machen!«

Stürmischer Beifall begrüßte die kriegerische Erklärung.

»Wenn die Signorina sich einen Augenblick gedulden will«, flüsterte der jäh blaß gewordene Orlandi hastig. »Ich muß mich da einmischen. Heda, Herr Offizier!«

»Was willst du?« knurrte der Mann zornig. »Gib mir einen Krug Chianti, und zwar schnell! Ich habe Durst, und ich hab's eilig ...«

Doch statt seinem Verlangen nachzukommen, schüttelte Orlandi den Kopf.

»Entschuldigt die Kühnheit, aber ... wenn ich an Eurer Stelle wäre, Herr Offizier, würde ich nicht versuchen, den Fürsten Sant' Anna zu sehen. Erstens, weil es Euch nicht gelingen wird, und dann, weil Ihre Kaiserliche Hoheit Euch gewiß tadeln dürfte.«

Der Lärm verstummte mit einem Schlag. Der Offizier schob seine Kameraden beiseite und trat auf Orlandi zu. Marianne wich in den Schatten der Treppe zurück, um nicht bemerkt zu werden.

»Was willst du damit sagen? Warum sollte es mir nicht gelingen?«

»Weil es noch niemand gelungen ist. Jedermann in Lucca wird Euch dasselbe sagen. Man weiß, daß der Fürst Sant' Anna existiert ... aber noch niemand hat ihn gesehen! ... Niemand außer den zwei oder drei Dienern, die unmittelbar um ihn sind. Alle anderen – und es sind ihrer eine große Zahl hier und in den anderen Wohnsitzen des Fürsten – haben höchstens von fern eine Gestalt gesehen, aber nie ein Gesicht. Alles, was sie von ihm kennen, ist seine Stimme.«

»Er versteckt sich also!« schrie der Hauptmann. »Und warum versteckt er sich, he? Weißt du, warum er sich versteckt, Wirt? Wenn du es nicht weißt, kann ich dir's verraten, weil ich es bald wissen werde.«

»Nein, Herr Offizier, Ihr werdet es nicht wissen – oder fürchtet den Zorn der Großherzogin Elisa, die wie ihre Vorgänger, die Großherzöge, die Zurückgezogenheit des Fürsten immer respektiert hat.«

Der Soldat begann zu lachen, doch sein Gelächter klang in Mariannes Ohren ein wenig falsch. Die merkwürdige Geschichte interessierte sie wider Willen, und sie hörte aufmerksam zu.

»Nicht möglich! Sollte dein Fürst gar der Teufel persönlich sein?«

Abergläubisch erschauernd, bekreuzigte sich Orlandi hastig drei- oder viermal und spreizte hinter seinem Rükken, damit der Offizier es nicht sah, zwei Finger wie Hörner, um den bösen Geist zu bannen.

»Sagt nicht derlei Dinge, Herr Offizier! Nein, der Fürst ist nicht ... nun, der, den Ihr eben genannt habt. Man sagt, er leide seit seiner frühesten Kindheit an einer schrecklichen Krankheit, und deshalb habe man ihn nie gesehen. Seine Eltern haben ihn nie gezeigt. Kurz nach seiner Geburt sind sie weit fortgereist und dort gestorben. Er ist allein zurückgekehrt ... das heißt mit den Dienern, von denen ich gesprochen habe und die alles für ihn tun.«

Stärker beeindruckt, als er zugeben wollte, schüttelte der Offizier den Kopf.

»Und er lebt immer in diesem von Mauern, Gittern und Dienern abgeschirmten Besitz?«

»Zuweilen verreist er ... zweifellos zu einer anderen seiner Besitzungen, aber man sieht ihn nie abfahren oder ankommen.«

Schweigen sank herab, so bedrückend plötzlich, daß der Hauptmann zu lachen versuchte, um es abzuschütteln. Zu seinen stumm und wie erstarrt verharrenden Kameraden gewandt, schrie er:

»Ein Witzbold ist Euer Fürst! Oder ein Narr! Und wir mögen Narren nicht! Wenn du sagst, daß es der Großherzogin nicht gefallen würde, wenn man ihm auf den Leib rückt, wird man es nicht tun. Wir haben ohnehin im Moment Arbeit genug. Aber wir werden einen Boten nach Florenz schicken und ...«

Jäh wechselte er den Ton, fand zu seiner drohenden Haltung zurück und schüttelte die Faust vor der Nase des armen Orlandi.

»... und wenn du uns angelogen hast, werden wir nicht nur deinen Nachtvogel in seinem Loch aufstöbern, sondern du wirst auch die Schärfe der Schneide meines Säbels kennenlernen! Und nun vorwärts, Leute, wir brechen auf! Ziel: das Kloster am Monte Oliveto ... Sergeant Bernardi, du bleibst mit einer Rotte hier! Sie sind ein bißchen allzu frömmlerisch in dieser verdammten Stadt. Besser, man überwacht sie. Man kann nie wissen!«

Unter gewaltigem Stiefelgestampfe und Säbelklirren verließen die Gendarmen den Saal. Orlandi wandte sich zu

Marianne, die, ohne sich zu rühren, Gracchus und Agathe mit neugierig gereckten Hälsen hinter sich, das Ende des merkwürdigen Dialogs erwartet hatte.

»Verzeiht, Signorina ... aber ich konnte diese Leute nicht zum Sturm auf die Villa Sant' Anna abziehen lassen. Es hätte niemandem Glück gebracht ... weder ihnen noch uns.«

Neugierig geworden, konnte Marianne dem Verlangen nicht widerstehen, ein paar Fragen über die eigentümliche Persönlichkeit zu stellen, von der ihr Wirt gesprochen hatte.

»Habt Ihr wirklich so viel Angst vor diesem Fürsten? Dabei habt Ihr selbst ihn doch auch nie gesehen?«

Orlandi zuckte die Schultern und nahm einen brennenden Leuchter von einem der Tische, um die Reisenden ins obere Stockwerk zu führen.

»Nein, ich habe ihn nie gesehen. Aber ich sehe das Gute, das in seinem Namen getan wird. Der Fürst sorgt sehr hochherzig für die kleinen Leute. Und darin ... wie soll man bei einem Mann wie ihm wissen, wie weit seine Macht reicht! Mir ist es lieber, man läßt ihn in Ruhe. Seine Freigebigkeit ist bekannt, sein Zorn noch nicht ... und wenn er zufällig ein Verstoßener oder Verdammter wäre ...«

Von neuem bekreuzigte sich Orlandi in aller Eile dreimal.

»Hier entlang, Signorina! ... Danach werde ich Euren Kutscher zu seiner Unterkunft führen. Für Eure Dienerin ist ein kleines Zimmer neben dem Euren bestimmt.«

Gleich darauf öffnete er vor Marianne die Tür eines einfachen, aber sauberen Raums. Die Wände waren weiß gekalkt. Es gab nur wenige Möbel: ein schmales Bett aus schwarzem Holz mit einem so hohen Kopfteil, daß Marianne, unangenehm beeindruckt, an ein Grabmal erinnert wurde, einen Tisch und zwei steife Stühle, gleichfalls aus schwarzem Holz, ein großes Kruzifix und eine Menge frommer Bilder. Ohne den roten Kattun, der das kleine Fenster und das Bett dekorierte, hätte man dieses Zimmer für eine Klosterzelle halten können. Waschschüssel und -kanne aus dicker weiß-grüner Fayence waren in einem Wandschrank untergebracht. Ein Öllämpchen erhellte den Raum spärlich.

»Das ist mein schönstes Zimmer«, erklärte Signor Orlandi

mit sichtlicher Befriedigung. »Ich hoffe, die Signorina wird sich wohl fühlen. Soll ich ... jetzt Signor Zecchini verständigen?«

Marianne zuckte unwillkürlich zusammen. Die Geschichte von dem unsichtbaren Fürsten hatte sie ihre eigenen Angelegenheiten ein wenig vergessen lassen, vor allem aber die mysteriöse Persönlichkeit, die sie seit dem Morgen erwartete. Je eher sie wußte, wer es war, desto besser.

»Unterrichtet ihn und sagt ihm, daß ich ihn erwarte. Danach laßt das Souper servieren.«

»Soll ich auch das Gepäck bringen lassen?«

Marianne zögerte einen Moment. Sie wußte nicht, ob es den Absichten ihres Paten entsprach, daß sie längere Zeit in diesem Gasthof blieb, und sagte sich, daß es den Koffern und Truhen kaum schaden würde, wenn man sie noch eine weitere Nacht auf dem Wagendach angeschnallt ließe.

»Nein. Ich weiß nicht, ob ich bleiben werde. Laßt nur den großen Gobelin-Reisesack heraufbringen, der sich im Inneren der Kutsche befindet.«

Nachdem Orlandi sich zurückgezogen hatte, schickte sie die fast schon im Stehen schlafende Agathe in ihre Kammer, die durch eine niedrige Tür im Hintergrund zu betreten war, und befahl ihr, sich erst wieder sehen zu lassen, wenn sie nach ihr riefe.

»Und ... wenn ich einschlafe?« fragte das junge Mädchen.

»Schlaft in Frieden. Ich werde Euch zum Souper wekken. Meine arme, kleine Agathe, Ihr dachtet gewiß nicht, daß diese Reise ein solcher Leidensweg werden würde, nicht wahr?«

Unter ihrer zerknitterten Haube lächelte Agathe ihrer Herrin zu.

»Es war ermüdend, aber interessant. Und außerdem würde ich mit Mademoiselle bis ans Ende der Welt fahren. Aber ich muß sagen, daß man hier nicht sehr gut aufgehoben ist. Obwohl schon Mai, täte ein Feuer im Kamin gut. Es ist feucht.«

Mit einer Handbewegung bedeutete ihr Marianne zu schweigen und schickte sie zugleich hinaus. In der Tat hatte jemand geklopft.

»Herein!« rief Marianne, als ihr Kammermädchen verschwunden war.

Langsam, ganz langsam öffnete sich die Tür, als hätte der Eintretende schwere Hemmungen zu überwinden. Eine lange Gestalt in einem Anzug aus zimtfarbenem Tuch mit Kniehosen und weißen Strümpfen, in derben Schnallenschuhen und einem runden, über eine Art Kappe gestülpten Hut erschien. Der Hut verschwand vom Kopf, die Kappe blieb, der Ankömmling faltete die Hände, hob die Augen gen Himmel und seufzte:

»Gott sei gelobt! Endlich seid Ihr eingetroffen! Ihr ahnt nicht, was ich während dieses ganzen Tages mit all diesen Soldaten gelitten habe! Aber nun seid Ihr da, das ist die Hauptsache.«

Während dieses Willkommens in Gestalt einer frommen Danksagung hatte Marianne verblüfft festgestellt, daß Signor Zecchini niemand anders als der Abbé Bichette war. Der Arme war so wenig für seine Kleidung geschaffen, oder, besser, die Kleidung verlieh ihm ein so seltsames Aussehen, daß sie ein Lachen nicht unterdrücken konnte.

»Wie Ihr Euch hergerichtet habt, Herr Abbé! Wißt Ihr, daß der Karneval seit langem vorüber ist?«

»Lacht nicht, ich beschwöre Euch. Ich leide schon genug unter dieser Ausstaffierung. Wenn es nicht notwendig wäre und Seine Eminenz es nicht aus Gründen der Vorsicht gefordert hätte ...«

»Wo ist mein Pate?« fragte Marianne, augenblicklich ernst werdend. »Ich glaubte, ihn hier zu finden.«

»Ihr könnt Euch denken, daß ein Kirchenfürst während der abscheulichen Ereignisse, die wir gerade erleben, mehr als jeder andere zu Vorsichtsmaßnahmen gezwungen ist. Wir hatten in der letzten Zeit im Kloster am Monte Oliveto Unterkunft gefunden, hielten es aber für klüger, es zu verlassen.«

»Und ob es klüger war!« stimmte Marianne zu, die an das dachte, was der jähzornige Gendarm vor ein paar Minuten gesagt hatte. Eben zu diesem Kloster war er mit seinen Begleitern aufgebrochen.

»Und wo ist Seine Eminenz jetzt?«

»Gleich gegenüber«, erwiderte – der Abbé mit einem Wink zum Fenster, durch das der Glockenturm der Kathedrale zu sehen war. »Er hat sich heute morgen beim Küster einquartiert und erwartet Euch.«

Marianne warf einen schnellen Blick auf die um ihren Hals hängende kleine Uhr aus Gold und Emaille.

»Es ist schon spät. Die Kirche muß geschlossen sein. und wird vielleicht überwacht?«

»Der Abendgottesdienst hat erst vor kurzem begonnen. Die Maßnahmen des Kaisers richten sich gegen die Klöster, nicht gegen die Kirchen, in denen die Kulthandlungen fortgeführt werden dürfen. Die Messen finden immer statt. Auf alle Fälle soll der Küster, wenn nötig, eine Pforte die ganze Nacht geöffnet lassen. Seine Eminenz wird Euch nach dem Abendgottesdienst erwarten.«

»Wo? Diese Kirche ist groß..«

»Tretet durch das Portal zur Linken ein und geht bis zum Querschiff. Sucht das Grab der Ilaria. Es stellt eine liegende junge Frau dar, deren Füße auf einem kleinen Hund ruhen. Dort wird sich der Kardinal befinden.«

»Ihr kommt nicht mit?«

»Nein. Die Befehle Monseigneurs besagen, daß ich den Gasthof in der Nacht zu verlassen habe. Er wünscht nicht, daß man uns zu viel zusammen sieht. Da meine Mission erfüllt ist, widme ich mich unseren anderen Angelegenheiten.«

»Ich danke Euch, Herr Abbé. Ich werde meinem Paten berichten, mit welcher Sorgfalt Ihr sie erfüllt habt. Was mich betrifft, werde ich mich jetzt zu unserem Treffpunkt begeben.«

»Möge Gott Euch in seine heilige Obhut nehmen! Ich werde für Euch beten.«

Den Zeigefinger auf seine Lippen legend, um Schweigen zu gebieten, und mit der Miene eines Verschwörers, die Marianne unter anderen Umständen bei ihm sehr komisch gefunden hätte, auf Fußspitzen gehend, soweit es ihm seine derben Schuhe erlaubten, verschwand der falsche Signor Zecchini ebenso geräuschlos, wie er gekommen war.

Rasch trat Marianne zu ihrem Toilettentisch, legte den Hut ab und prüfte, ob ihre Frisur nicht allzu sehr gelitten hatte. Dann öffnete sie den Gobelinsack, der noch vor Erscheinen des Abbés heraufgebracht worden war, und entnahm ihm einen großen dunkelroten Kaschmirschal, in den sie sich nach Art der einheimischen Frauen einhüllte und dessen Ende sie über den Kopf legte. Danach stieß sie die Verbindungstür zur Kammer Agathes auf. Das junge Mädchen war eingeschlafen, wie sie vorausgesagt hatte. Ganz angezogen auf ihrem Lager ausgestreckt, hörte sie nicht einmal das Öffnen der Tür. Marianne lächelte. Sie konnte zu ihrem Rendezvous gehen, Agathe würde so bald nicht erwachen ...

Auf der Treppe begegnete sie Orlandi, der mit einem Tablett voller Teller, Gläser und Bestecke heraufkam.

»Das Souper ein wenig später, wenn ich bitten darf«, sagte Marianne. »Ich möchte ... in die Kirche, um zu beten, wenn es möglich ist.«

Das geschäftsmäßige Lächeln Orlandis wurde um eine Nuance wärmer.

»Aber natürlich, es ist möglich! Der Abendgottesdienst findet eben statt! Geht, Signorina, geht! Ich werde das Souper servieren, wenn Ihr zurückkehrt.«

»Werden ... diese Soldaten mich passieren lassen?«

»Um in die Kirche zu gehen?« entrüstete sich der ehrliche Wirt. »Das wäre noch schöner. Wir sind hier gute Christen! Wenn man die Kirchen hätte schließen wollen hättet Ihr die Stadt in Aufruhr gefunden. Wünscht Ihr, daß ich Euch begleite?«

»Nur bis zur Tür Eures Hauses. Von da gehe ich allein ... aber ich danke Euch trotzdem.«

Von Orlandi mit grimmiger Miene eskortiert, durchquerte Marianne den Saal, ohne daß sich einer der Soldaten auch nur eine Bemerkung erlaubt hätte. Sie wirkten übrigens wenig angriffslustig. Der Sergeant spielte mit einem Korporal Karten, und seine Leute plauderten hinter ihren Krügen. Einige hatten lange Tonpfeifen zum Vorschein gebracht und rauchten, die Augen träumerisch zur verräucherten Decke gewandt. Vor der Tür zog Marianne ihren Schal fester um sich zusammen. Dann überquerte sie den Platz. Die Nacht war jetzt völlig hereingebrochen. Die wenigen Laternen erlaubten eben, die hellen Mauern der alten Basilika zu erkennen.

Ein leichter, mit den Gerüchen der Landschaft gesättigter Wind hatte sich erhoben, und Marianne blieb in der Mitte des Platzes einen Moment stehen, um seinen Duft zu atmen. Über ihrem Kopf spannte sich, von kürzlichen Regenfällen reingewaschen, die dunkelblaue Wölbung des Himmels, Tausende von Sternen glitzerten. Irgendwo in der Nacht sang ein Mann und begleitete sich auf einer Gitarre, und durch die offenen Portale der Kirche drangen die ernsten Töne eines Chorals bis zu der jungen Frau. Das Lied, das der Mann sang, war ein Liebeslied, der Choral kündete vom Ruhme Gottes und den bitteren Freuden des Verzichts und der Demut. Das eine rief nach Glück, der andere nach strengem Gehorsam, und Marianne zögerte zum letztenmal. Es war nur ein kurzes, ein ganz leichtes Zögern, denn für sie gab es keine Wahl mehr zwischen Liebe und Pflicht. Ihr Liebster rief sie nicht, suchte sie nicht. Inmitten eines festlich gestimmten Volkes rollte er über die Straßen der Niederlande, seiner jungen Frau zulächelnd, unbekümmert um die, die er hinter sich zurückgelassen hatte und die nun einem Unbekannten entgegenging, der ihrem Kind das Anrecht sichern sollte, hocherhobenen Hauptes zu leben.

Entschlossen wandte sie dem Liebeslied den Rücken, betrachtete die Kirche. Sie wirkte einschüchternd in der Dunkelheit mit ihrer gedrungenen Masse und dem hoch aufragenden Turm. Ein Gefühl der Verlassenheit schnürte Marianne die Kehle zusammen, schlug dann jäh in Zorn um.

»Dumme Gans, die du bist!« murmelte sie zwischen den Zähnen. »Wann wirst du aufhören, über dein Schicksal zu jammern? Es ist so, wie du es gemacht, es gewollt hast! Und du hast immer gewußt, daß du dein Glück würdest bezahlen müssen, auch wenn es dir nun zu kurz erscheint! Zahle jetzt also, ohne andere zu beschuldigen! Der, der dich hier erwartet, liebt dich, seit du ein Kind warst. Er wünscht nur dein Glück ... oder doch wenigstens deinen inneren Frieden. Versuche also, ihm wie früher Vertrauen zu schenken.«

Festen Schrittes wandte sie sich den dreifachen Bogen des Portalvorbaus zu, stieg die wenigen Stufen hinauf und stieß die Tür zur Linken auf. Doch ihre innere Unruhe war noch nicht gewichen. Trotz allem war ein Gefühl des Mißtrauens gegen ihren Paten in ihr zurückgeblieben, das sie schmerzte und das sie sich vorwarf. So gern hätte sie das blinde Vertrauen ihrer jungen Jahre wiedergefunden! ... Aber diese unwahrscheinliche Ehe! Die völlige Unterwerfung des ganzen Seins, die sie in sich schloß!

Außer dem spärlichen Schein der roten Lampe im Chor

und einiger brennender Kerzen war das Innere der Kathedrale dunkel. Am Hochaltar zelebrierte ein alter Priester mit weißem Haar in einem Meßgewand aus matt gewordenen Silberspitzen die Messe für ein paar kniende Gläubige, von denen Marianne beim Eintreten nur die runden Rükken und gebeugten Schultern gewahrte, nur die murmelnden Stimmen hörte, die abwechselnd mit den Klängen der Orgel zu den hohen Gewölben aufstiegen.

Einen Moment blieb sie vor einem Weihwasserkessel stehen, schlug das Zeichen des Kreuzes und beugte das Knie zu einem kurzen Gebet, an dem ihr Herz nicht wirklich beteiligt war. Es war eine Art Höflichkeitsgeste Gott gegenüber. Schnell und lautlos wie ein Schatten glitt sie durch das Seitenschiff, kam an einem achteckigen Schrein vorbei, der einen seltsamen, mit einem langen byzantinischen Gewand bekleideten Christus in Kreuzform barg, und erreichte endlich das Querschiff. Einige Gestalten knieten hier, aber die, deretwegen sie gekommen war, sah sie nicht. Niemand wandte den Kopf nach ihr.

Langsam näherte sie sich dem Grab, das sie sofort gesehen hatte. Es war von solcher Schönheit, daß ihr Blick achtlos über ein wundervolles Gemälde der Jungfrau zwischen zwei Heiligen hinwegglitt, sich auf das steinere Kunstwerk heftete und es nicht mehr verließ. Niemals hätte sie geglaubt, daß eine Grabstätte solche Anmut, solchen aus Reinheit und Frieden geschaffenen Zauber besitzen könne. Auf der von einem Fries kleiner Engel mit einer dicken Girlande getragenen Platte ruhte eine junge Frau in langem Kleid, die Füße auf einen kleinen Hund gebettet, die Hände sittsam auf dem feinen Gefältel ihres Kleides gekreuzt. Die Haare waren von einem mit Blumen geschmückten Stirnband zusammengehalten und umflossen ein junges, entzückendes Antlitz, das Marianne lange betrachtete. Sie wußte nicht, wer diese vor vier Jahrhunderten gestorbene Ilaria war, doch sie fühlte sich ihr seltsam nahe.

Um zugleich gegen das Verlangen, ihre Hand auf die der Liegenden zu legen, wie gegen eine Sentimentalität anzukämpfen, die ihr gefährlich schien, kniete Marianne ein wenig entfernt nieder, barg ihr Gesicht in den Händen und versuchte zu beten. Doch ihr aufgewühlter Geist blieb wachsam. So fuhr sie nicht zusammen, als sich jemand in den benachbarten Betstuhl kniete. Den Blick hebend, erkannte sie ihren Paten trotz des hohen Kragens, der sein Gesicht zur Hälfte verbarg. Als er bemerkte, daß sie ihn ansah, lächelte er ihr kurz zu.

»Der Gottesdienst wird gleich zu Ende sein«, flüsterte er. »Sobald die Besucher gegangen sind, können wir reden.«

Sie brauchte nicht lange zu warten. Einige Minuten später verließ der Priester mit der Monstranz den Altar. Nach und nach leerte sich die Kirche. Stühle wurden gerückt, Schritte entfernten sich. Der Küster löschte die Kerzen und die Lampe im Chor. Nur im Querschiff brannten noch einige Kerzen vor einer Statue Johannes des Täufers, die vom selben Künstler stammte wie das Grab der Ilaria. Der Kardinal erhob sich, setzte sich sodann und lud Marianne mit einer Handbewegung ein, seinem Beispiel zu folgen. Sie war es, die das Gespräch eröffnete.

»Ich bin gekommen, wie Ihr es mir befohlen habt ...«

»Nein, nicht befohlen«, stellte Gauthier de Chazay sanft richtig. »Ich habe dich nur darum gebeten, weil ich der Ansicht war, daß es gut für dich sei. Du bist gekommen – allein?«

»Allein! ... Ihr habt es vorausgesehen, nicht wahr?« fügte sie mit einem Hauch Bitterkeit hinzu, der dem feinen Ohr des Prälaten nicht entging.

»Nein. Gott ist mein Zeuge, daß ich es lieber sähe, wenn du den Mann gefunden hättest, der imstande wäre, deine Pflicht mit deiner Neigung in Übereinstimmung zu bringen. Aber ich weiß, daß du nicht viel Zeit hattest ... und vielleicht auch nicht die Möglichkeit der Wahl. Nichtsdestoweniger scheint es mir, als wärst du mir deiner Zwangslage wegen böse.«

»Ich bin nur mir böse, Pate, seid dessen sicher. Bitte, sagt mir jetzt, ob alles in Ordnung ist. Meine Ehe ...«

»Mit dem Engländer? Sie ist in aller Form gelöst, wie du dir denken kannst, sonst hätte ich dich nicht kommen lassen. Ich hatte keinerlei Schwierigkeiten, ihre Auflösung zu erlangen. Die Umstände waren außergewöhnlich, und da die Situation des Heiligen Vaters es ebenfalls ist, konnten wir uns mit einem reduzierten Tribunal begnügen, um deinen Fall zu entscheiden. Im übrigen rechnete ich damit, denn andernfalls hätten wir die Annullierung niemals so schnell erlangen können! Außerdem habe ich das Konsistorium der Kirche von England benachrichtigen lassen und an den Notar geschrieben, der den Ehekontrakt aufgesetzt hatte. Du bist frei!«

»Nur für so kurze Zeit! Trotzdem danke ich Euch. Es ist eine große Freude für mich, von dieser verhaßten Bindung frei zu sein! Ihr scheint eine sehr mächtige Persönlichkeit geworden zu sein, Pate.«

Trotz des spärlichen Lichts gewahrte Marianne das schwache Lächeln, das für einen Moment das anmutslose Gesicht des Kardinals erhellte.

»Ich habe keine andere Macht als die, die mir von Gott kommt, Marianne ... Bist du nun bereit, das Weitere zu hören?«

»Ich bin es ... wenigstens glaube ich es!«

Seltsam – dieses Gespräch in einer leeren Kathedrale. Warum hier statt im Zimmer des Gasthofs, den der Kardinal trotz der Soldaten in seinem bürgerlichen Habit ebenso leicht hätte betreten können wie zuvor der Abbé Bichette? Marianne kannte ihren Paten zu gut, um nicht zu erraten, daß er absichtlich diese Umgebung gewählt hatte, vielleicht um den Worten, die sie wechseln würden, etwas wie Feierlichkeit zu verleihen. Und vielleicht auch um dessentwillen, für das er sich jetzt zu sammeln schien, bevor er fortfuhr. Er hatte die Augen geschlossen, den Kopf gebeugt. Es kam ihr vor, als ob er betete, aber ihre von der Reise und all den Ängsten strapazierten Nerven waren am Ende ihrer Spannkraft. Mit einer Schärfe, die sie nicht unterdrücken konnte, murmelte sie:

»Ich höre!«

Der Kardinal erhob sich, legte eine Hand auf die Schulter der jungen Frau und sagte mit leisem Vorwurf:

»Du bist nervös, Kleine, und das ist nur allzu natürlich, aber, siehst du, ich bin es, der die Verantwortung für das zu tragen hat, was folgen wird, und es war ganz normal, daß ich mir noch einen Moment der Sammlung zugestand. Höre jetzt und wisse vor allem, daß du den Mann, der dir seinen Namen geben wird, in nichts verachten darfst. Ihr werdet vereint werden, und doch werdet ihr nie ein Paar sein, und das ist es, was mich quält, denn so sollte ein Gottesmann eine Ehe nicht ansehen. Doch indem ihr diese seltsame Ehe schließt, werdet ihr euch gegenseitig einen Dienst erweisen, denn er wird dich und dein Kind vor der

Unehre retten, und du wirst ihm ein Glück schenken, das er nicht mehr erhoffte. Durch dich wird der große Name, den er mit seinem Tode zum Erlöschen verurteilt hatte, weiterleben.«

»Ist dieser Mann ... nicht fähig, ein Kind zu haben? Ist er zu alt?«

»Weder zu alt noch unfähig, aber zeugen ist für ihn etwas Undenkbares, ja Erschreckendes. Er hätte sicher irgendein anderes Kind adoptieren können, aber er wehrte sich mit Abscheu gegen die Idee, dem alten Baum seiner Familie ein vulgäres Reis aufzupfropfen. Du bringst ihm, mit dem besten Blut Frankreichs vermischt, nicht nur das eines Kaisers, sondern auch das des Mannes, den er auf der Welt am meisten bewundert. Morgen, Marianne, wirst du den Fürsten Corrado Sant' Anna heiraten ...«

Den Ort, an dem sie sich befand, vergessend, stieß Marianne einen leisen Schrei aus.

»Ihn? Den Mann, den niemand je gesehen hat?«

Das Gesicht des Kardinals schien zu Stein zu erstarren. Seine blauen Augen funkelten.

»Woher kennst du ihn? Wer hat dir von ihm erzählt?«

In wenigen raschen Worten berichtete die junge Frau von der Szene, deren Zeugin sie im Gasthof geworden war. Sie fügte hinzu: »Man sagt, er leide an einer schrecklichen Krankheit, und aus diesem Grund halte er sich verborgen. Man sagt sogar, er sei verrückt.«

»Es ist noch niemand gelungen, die Zungen der Menschen anzuketten und noch weniger ihre Phantasie. Nein, er ist nicht verrückt. Was den Grund seiner freiwilligen Zurückgezogenheit betrifft, steht es mir nicht zu, ihn dir preiszugeben. Er ist sein Geheimnis. Er wird ihn dir vielleicht eines Tages enthüllen, wenn er es für richtig hält ... aber es würde mich sehr wundern! Glaube mir aber, daß seine Motive nicht nur achtenswert, sondern sehr edel sind.«

»Wenn wir vereint werden sollen, muß ich ihn doch sehen!« sagte Marianne, und in ihrer Stimme schwang etwas wie unbewußte Hoffnung.

Der Kardinal schüttelte den Kopf und bemerkte:

»Ich hätte hinzufügen sollen, daß auch der Neugier der Frauen keine Fesseln anzulegen sind! Höre genau zu, Marianne, denn ich werde mich nicht wiederholen: Zwischen dir und Corrado Sant' Anna wird es einen Pakt geben, in gewisser Weise dem ähnlich, den wir beide miteinander geschlossen haben. Er verleiht dir seinen Namen, er wird dein Kind anerkennen, das eines Tages der Erbe seiner Besitztümer und Titel sein wird, doch wahrscheinlich wirst du niemals sein Gesicht sehen, nicht einmal während der Trauung.«

»Aber«, rief Marianne, durch die Geheimniskrämerei gereizt, in der sich der Kardinal zu gefallen schien, »*Ihr* kennt ihn doch, nicht wahr? Ihr habt ihn gesehen? Warum verbirgt er sich so? Ist er ein Ungeheuer?«

»Welch großes Wort! In der Tat, ich habe ihn oft gesehen. Ich habe ihn immer gekannt, seit seiner Geburt, die eine furchtbare Tragödie war. Aber ich habe auf meine Ehre und das Evangelium geschworen, niemals etwas über seine Person preiszugeben. Gott ist mein Zeuge, daß ich viel darum gegeben hätte, euch in aller Öffentlichkeit als ein wirkliches Paar zu sehen, denn ich bin selten einem Mann von solchem Wert begegnet. Doch wie die Dinge nun einmal liegen, glaube ich zum Besten eurer beider Interessen zu handeln, wenn ich diese Ehe schließe ... die Verbindung zweier Notlagen sozusagen. Im Austausch für das, was er dir bringt – denn du wirst von nun an eine sehr große Dame sein –, hast du in Ehren und Rechtschaffenheit zu leben und die Familie zu respektieren, zu der du gehören wirst und deren Wurzeln bis in die Antike zurückreichen. Auch die, die in diesem Grabe schläft, war mit ihr verwandt. Bist du darauf vorbereitet? Denn, verstehen wir uns recht, wenn du hier nur einen bequemen Deckmantel suchst, um am Arm irgendeines Mannes ein hemmungsloses Leben führen zu können, wäre es besser, du zögest dich zurück und suchtest woanders. Vergiß nicht, daß ich dir nicht das Glück, sondern die Würde, die Ehre eines Mannes biete, der nie bei dir sein wird, um sie zu verteidigen, und ein von allen materiellen Sorgen freies Leben. Mit einem Wort, ich erwarte von dir, daß du dich von nun an deiner Herkunft und der Lebensart der Deinen entsprechend benimmst. Du kannst indessen noch zurücktreten, wenn die Bedingungen dir zu hart erscheinen. Du hast zehn Minuten, um mir zu sagen, ob du die Sängerin Maria Stella bleiben oder die Fürstin Sant' Anna werden willst ...«

Er schien sich entfernen zu wollen, um sie ihren Überlegungen zu überlassen, doch von plötzlicher Panik ergriffen, hielt Marianne ihn am Arm zurück.

»Eine Sekunde noch, Pate, ich flehe Euch an. Versteht, was für mich diese Entscheidung bedeutet! Daß es nicht Brauch ist, daß ein Mädchen aus großem Haus mit ihren Eltern über die für sie vorbereitete Verbindung diskutiert, habe ich immer gewußt, aber gebt zu, daß die Umstände diesmal außergewöhnlich sind.«

»Ich gebe es zu. Dennoch glaubte ich nicht, daß du noch diskutieren willst.«

»Das ist es nicht! Ich vertraue Euch, und ich liebe Euch, wie ich meinen Vater geliebt hätte. Alles, was ich mir wünsche, sind noch einige Erklärungen. Ihr sagtet mir, daß ich von nun an nach den Gesetzen der Sant' Anna leben und den Namen respektieren müßte, den ich tragen werde?«

»Ja, und?« stieß der Kardinal hart hervor. »Ich hätte nie geglaubt, aus deinem Mund solche Frage hören zu müssen ... «

»Ich drücke mich schlecht aus«, klagte Marianne. »In anderen Worten: Wie wird mein Leben von dem Moment an sein, in dem ich den Fürsten geheiratet habe? Werde ich in seinem Haus leben müssen, unter seinem Dach?«

»Nein ... ich habe es dir schon gesagt. Du wirst leben können, wo du möchtest. Im Hôtel d'Asselnat oder wo es dir sonst gefällt. Wenn du Lust dazu hast, könntest du auch auf einem der Besitztümer der Sant' Anna residieren, in der Villa etwa, die du morgen sehen wirst, oder in den Palästen, die sie in Venedig und Florenz besitzen. Du wirst völlig frei sein, und der Vermögensverwalter der Sant' Annas wird darauf achten, daß dein Leben nicht nur sorgenfrei, sondern prunkvoll sein wird, wie es einer Frau deines Ranges zukommt. Ich erwarte nur, daß du dir dieses Ranges voll bewußt bist. Keine Skandale, keine flüchtigen Abenteuer, keine ...«

»Oh, Pate!« rief Marianne verletzt. »Ich habe Euch nie das Recht gegeben zu vermuten, daß ich mich so tief erniedrigen könnte, um ...«

»Verzeih mir, es war ebenfalls nicht das, was ich sagen wollte, und auch ich drücke mich schlecht aus. Ich dachte noch an dieses Metier der Sängerin, das du gewählt und über dessen Gefahren du vielleicht nicht genügend nachgedacht hast. Ich weiß natürlich, daß du liebst und wen du liebst! Und wenn ich auch diese Wahl deines Herzens beklage, weiß ich doch, daß er zuviel Macht über dich hat, um dich nicht zu sich zurückzuholen, wenn er es wünscht. Du hast nicht die Kraft, gegen ihn und gegen dich selbst zu kämpfen. Aber, mein Kind, was ich von dir fordere, ist, dich immer des Namens zu erinnern, den du tragen wirst, und dich entsprechend zu verhalten. Handle niemals so, daß dein Kind – euer Kind von nun an – es dir eines Tages vorwerfen könnte. Ich glaube übrigens, daß ich dir vertrauen kann. Du bist immer die Tochter meines Herzens gewesen:.. Du hast nur keine Chance gehabt. Und nun überlege!«

Der Kardinal ließ Marianne am Grab zurück und kniete einige Schritte entfernt vor der Statue Johannes des Täufers nieder. Instinktiv wandte Marianne sich dem Grab der Ilaria zu, als erwarte sie die Antwort, die der Kardinal forderte, von diesem steinernen Mund. Mit Würde leben ... mit Würde sterben, so ließ sich ohne Zweifel das Dasein der jungen Frau zusammenfassen, die dort für immer schlief! Aber daß Würde soviel Anmut in sich trug! Marianne gestand sich aufrichtig ein, daß sie nicht allzu viel Geschmack an Abenteuern fand, Abenteuern von der Art wenigstens, die sie kennengelernt hatte; und sie dachte daran, daß sie jetzt in Ruhe ... und Würde in Selton Hall leben könnte, wenn die Dinge einen anderen Lauf genommen hätten und vor allem Francis ein anderer gewesen wäre.

Langsam trat sie ans Grab, legte eine Hand auf eine marmorne Falte, deren Kälte sie überraschte. War es eine Illusion, oder hatte Ilarias schmales Gesicht mit den geschlossenen Augen, so fromm in der Umrahmung des hohen Kragens, wirklich ein flüchtiges Lächeln widergespiegelt? Als hätte die junge Frau versucht über den Tod hinaus ihre lebende Schwester zu ermutigen.

»Ich werde närrisch«, dachte Marianne gereizt. »Jetzt habe ich schon Visionen! Ich muß ein Ende machen!« Dem Grabmal entschlossen den Rücken kehrend, näherte sie sich ihrem Paten, der, das Gesicht in den Händen verborgen, betete, und erklärte, ohne niederzuknien, mit klarer Stimme:

»Ich bin bereit. Morgen werde ich den Fürsten heiraten.«

Der Kardinal hob die Augen zu der steinernen Täuferfigur und murmelte, ohne sie anzusehen:

»Es ist gut. Kehre jetzt in den Gasthof zurück. Morgen in der Mittagsstunde wirst du in den Wagen steigen und deinem Kutscher befehlen, den Weg zu den Bädern von Lucca einzuschlagen. Es sind nicht mehr als vier bis fünf Meilen, und niemand wird sich darüber wundern, da du der Bäder wegen gekommen bist. Aber du fährst nicht bis dorthin. Etwa eine Meile von hier wirst du eine kleine Votivkapelle an der Straße sehen. Dort erwarte ich dich. Und nun geh.«

»Ihr bleibt noch? Es ist so düster:.. und kalt dazu.«

»Ich wohne hier, der Küster ist ein Mitgl ... ein Freund! Geh in Frieden, Kleines. Gott möge dich behüten!« Er wirkte plötzlich müde. Nach einem letzten Blick auf die steinerne Ilaria verließ Marianne die Kirche auf dem gleichen Weg, auf dem sie gekommen war. Ein neuer Gedanke beschäftigte sie. Ihr Pate hörte wahrhaftig nicht auf, sie in Erstaunen zu versetzen! Welches Wort hatte er in Zusammenhang mit dem Küster um ein Haar ausgesprochen? Mitglied? Aber Mitglied wovon? Konnte ein Kirchenfürst, ein römischer Kardinal, zu irgendeiner Sekte gehören? Und wenn es der Fall war, zu welcher? ... Es war ein neues Rätsel, von dem sie vielleicht besser die Finger ließ ... Marianne war all der Geheimnisse überdrüssig, die ihr Dasein umstrickten und sie nicht zur Ruhe kommen ließen.

Nach den Gerüchen von erkaltetem Wachs und feuchtem Stein in der Kathedrale schien ihr die Nachtluft köstlich. Ihr Duft war so süß! Zu ihrer eigenen Überraschung entdeckte Marianne, daß sie ihren inneren Frieden wiedergefunden hatte, nun, nachdem die Entscheidung gefallen war. Sie war fast glücklich, sich mit dieser seltsamen Ehe einverstanden erklärt zu haben. Es wäre wahrhaftig verrückt gewesen, sich gegen eine Verbindung zu sträuben, die ihr ein ihren Neigungen und ihrer Herkunft gemäßes Dasein sicherte und ihr völlige Unabhängigkeit ließ ... unter der einzigen Bedingung, daß sie den Namen der Sant' Anna mit Würde trug.

Selbst Jasons Bild, das sie für einen Moment beschwor, vermochte diese neue Ruhe nicht zu stören. Zweifellos hatte sie unrecht gehabt, ihre Rettung in ihm zu suchen. Das Schicksal hatte für sie gewählt, und es war vielleicht besser so. Der einzige Mensch, der ihr, strenggenommen, wirklich fehlte, war Arcadius. Alles wurde immer um soviel leichter, wenn er bei ihr war ...

Als sie den dunklen Platz überquerte, überraschte sie die Stille. Kein Geräusch war mehr zu hören. Kein Liebes= lied klang durch die Nacht ... nur Dunkel umgab sie, beängstigende Finsternis. Und Marianne erschauerte, ohne genau zu wissen, warum.

10. Kapitel

Die Stimme im Spiegel

Als ihr Wagen durch das riesige, wappengeschmückte Gittertor fuhr, das wie ein Stück phantastischen schwarzgoldenen Spitzenwerks die hohe Mauer unterbrach, hatte Marianne den Eindruck, eine neue Welt zu betreten, deren Wächter die auf Pfeilern links und rechts des Eingangs aufragenden steinernen Riesen waren. Der eine mit gespanntem Bogen, der andere mit hochgeschwungener Lanze bewaffnet, schienen sie den Besucher zu warnen, die verbotene Schwelle zu überschreiten. Das Tor hatte sich wie durch Zauberei vor den Pferden aufgetan, ohne daß ein Wächter noch einer jener Hunde erschien, die den Gendarmenoffizier so in Schrecken versetzt hatten. Keine Seele war zu sehen. Diese Einfahrt, eine lange, sandige Allee, von einer Buchsbaumeinfassung gesäumt und von hohen schwarzen Zypressen und Zitronenbäumen begleitet, öffnete sich auf eine grüne, stille Einsamkeit, die das glitzernde Auf und Ab und der wehende Dunstschleier aus einem Bassin aufsteigender Wasserstrahlen zu begrenzen schienen.

Während der Wagen durch die Allee rollte, taten sich immer wieder Durchblicke in die Tiefen eines romantischen Parks auf, in dem es gigantische Bäume gab, edle Marmorstatuen, sprudelnde Fontänen, nur keine Blumen. Von einer unbestimmten, nicht zu unterdrückenden Furcht erfaßt, blickte Marianne, den Atem anhaltend, hinaus. Es war, als sei die Zeit stehengeblieben. Ihr gegenüber war das reizende Gesicht Agathes in einem ängstlichen Ausdruck erstarrt. Nur der in Gedanken versunkene Kardinal in seiner Ecke schien sich nicht für seine Umwelt zu interessieren und die seltsame Melancholie nicht zu spüren, die von diesem Park ausging. Die Sonne selbst, noch strahlend, als sie Lucca verlassen hatten, war hinter einer lockeren weißen Wolkenschicht verschwunden. Die Atmosphäre war unversehens bedrückend geworden. Kein Vogel sang; außer dem eintönigen Lied des Wassers war nichts zu hören. Im Wagen herrschte Schweigen, und selbst Gracchus auf dem Kutschbock vergaß zu singen oder zu pfeifen, wie er es sich während der endlosen Fahrt zur Gewohnheit gemacht hatte.

Die Allee beschrieb eine Kurve, der Wagen passierte eine Gruppe riesiger Lebensbäume – und geriet mitten in einen Traum. Jenseits einer weiten grünen Rasenfläche, auf der sich Pferdestatuen bäumten, über die weiße Pfaue feierlich ihre schneeigen Federschleppen zogen, spiegelte ein vom fernen bläulichen Dunst der toskanischen Hügel sich abhebender Palast die geordnete Ruhe seiner Fassade in einem Teich. Weiße, von Säulengeländern gekrönte Mauern, hohe, schimmernde Fenster um eine große Loggia, eine altgoldene Kuppel über dem Mittelbau, überragt von einem Reiter auf einem Einhorn: der Wohnsitz des unbekannten Fürsten, Renaissance mit prunkenden barocken Elementen vermischt, sah aus wie ein verzaubertes Märchenschloß.

Die dichten Massen hoher Bäume zu beiden Seiten der Rasenfläche und des Teichs gaben zuweilen den Blick auf zart von der Sonne erhelltes Grün und matt leuchtende weiße Mauern frei, enthüllten in den Tiefen die Anmut eines Säulengangs oder das glitzernde Sprudeln eines kleinen Wasserfalls.

Verstohlen beobachtete der Kardinal Mariannes Reaktion. Mit weit offenen Augen und halbgeöffneten Lippen schien sie die verzauberte Schönheit dieses Besitzes mit allen Fasern ihres Wesens aufzunehmen. Der Kardinal lächelte:

»Wenn dir die *villa dei cavalli* gefällt, kannst du sie bewohnen, solange du möchtest ... sogar für immer!« Seinen diskreten Wink überhörend, fragte Marianne erstaunt:

»Die *villa dei cavalli?* Warum?«

»Die Leute der Gegend haben sie so getauft: das Haus der Pferde. Sie sind die Herren hier, die wirklichen Könige. Seit mehr als zwei Jahrhunderten besitzen die Sant' Anna ein Gestüt, das zweifellos ebenso berühmt wäre wie das des Herzogs von Mantua, wenn die Tiere es verließen. Aber außer für kostbare Geschenke haben sich die Fürsten Sant' Anna niemals von ihren Pferden getrennt. Sieh ...«

Sie näherten sich dem Haus. Zur Rechten gewahrte Marianne ein weiteres Bassin, in das Wasser aus einer Muschel sprudelte. Ein wenig abseits davon, zwischen zwei edel geformten Pfeilern, die vielleicht den Weg zu den Ställen anzeigten, hielt ein Stallknecht drei prachtvolle Pferde von schneeigem Weiß, die mit ihren wallenden Mähnen und langen, buschigen Schweifen die Modelle der Statuen im Park zu sein schienen. Seit frühester Kindheit hatte Marianne Pferde bewundert. Sie liebte sie um ihrer Schönheit willen. Sie verstand sie instinktiv, und selbst die scheuesten, störrischsten unter ihnen hatten ihr nie Angst eingeflößt, ganz im Gegenteil. Diese Leidenschaft hatte sie von ihrer Tante Ellis geerbt, die vor dem Unfall, als dessen Folge sie hinkte, eine beachtliche Reiterin gewesen war. Die drei prächtigen Tiere, die dort standen, waren für Marianne der beruhigendste, denkbar freundschaftlichste Empfang.

»Sie sind wunderschön«, seufzte sie. »Aber wie kommen sie mit einem unsichtbaren Herrn zurecht?«

»Für sie ist er es nicht«, unterbrach sie trocken der Kardinal. »Für Corrado Sant' Anna sind die Pferde die einzige wirkliche Freude. Aber wir sind da.«

Nach einer schwungvollen Wende, die Gracchus' Fahrkunst alle Ehre machte, hielt der Wagen in der Tat vor einer großen Marmortreppe mit doppelter Auffahrt an, auf der die Dienerschaft des Palastes aufgereiht stand. Marianne sah ein imposantes Bataillon weiß-golden livrierter Männer, deren gepuderte Perücken ihren meridionalen Teint und die Unbeweglichkeit ihrer Züge unterstrich. Auf der zur Loggia führenden Freitreppe warteten drei dunkle Gestalten: eine weißhaarige Frau in schwarzem Kleid, dessen Strenge durch einen weißen Kragen und am Gürtel hängende goldene Schlüssel gemildert wurde, ein altersloser, kahlköpfiger, schwächlich wirkender Priester und ein großer, robuster Mann mit dichtem schwarzem, an den Schläfen silbrigem Haar, der ohne wirkliche Eleganz tadellose Kleidung trug. Alles an ihm verriet bäuerliche Herkunft, eine urwüchsige Kraft, die nur die Erde verleiht.

»Wer sind sie?« raunte Marianne beeindruckt, während zwei Diener schon den Schlag öffneten und das Trittbrett herunterklappten.

»Donna Lavinia ist seit einigen Jahrzehnten die Haushälterin der Sant' Annas. Sie stammt aus einer ruinierten Familie des kleinen Adels. Sie hat Corrado erzogen. Pater Amundi ist sein Kaplan. Was Matteo Damiani betrifft, so ist er zugleich Vermögensverwalter und Sekretär des Fürsten ... Steige jetzt aus und erinnere dich nur deiner Herkunft. Maria Stella ist tot ... für immer gestorben.«

Wie im Traum setzte Marianne den Fuß auf die Erde. Wie in einem Traum stieg sie, den Blick auf die sich tief verneigenden Gestalten geheftet, durch das wie versteinerte Spalier der Diener die Marmorstufen hinauf, geführt von der plötzlich herrischen Hand ihres Paten. Hinter sich vernahm sie den kurzen, schnellen Atem der eingeschüchterten Agathe. Die wiedergekehrte Sonne war nicht zu heiß, und dennoch hatte Marianne unversehens das Gefühl zu ersticken. Am liebsten hätte sie das sie würgende Band ihres Hutes gelöst. Sie vernahm kaum die Vorstellung, die ihr Pate vernahm, kaum die Willkommensworte der Haushälterin, die in eine tiefe Reverenz versank, als sei die nun Eingetroffene eine Königin. Ihr eigener Körper schien ihr plötzlich seltsam mechanisch zu funktionieren. Er bewegte sich durch automatische Reflexe, ohne daß ihr Wille dabei im Spiele war. Sie hörte sich mit Anmut auf die Begrüßungsworte des Kaplans antworten, aber es war der Sekretär, der sie faszinierte. Auch er verhielt sich wie ein Automat. Seine blassen Augen waren mit absoluter Härte auf Mariannes Gesicht gerichtet. Sie schienen jeden Zug zu durchforschen, als könne er ihm eine Antwort auf eine nur ihm bekannte Frage liefern. Und Marianne hätte schwören mögen, daß in diesem unerbittlichen Blick auch etwas wie Furcht war. Sie täuschte sich nicht: Matteos Schweigen war schwer von Mißtrauen und enthielt eine Warnung. Es war mehr als gewiß, daß ihm das Eindringen dieser Fremden nicht gefiel. Und vom ersten Moment an hatte Marianne den Eindruck, in ihm einen Feind zu haben.

Ganz anders war Donna Lavinias Haltung. Ihr gelassenes Gesicht strahlte trotz unleugbarer Spuren vergangener Leiden nur Sanftheit und Güte aus, ihre braunen Augen rückhaltlose Bewunderung. Aus ihrer Reverenz auftauchend, hatte sie Mariannes Hand geküßt und gemurmelt:

»Gesegnet sei Gott, der uns eine so schöne Fürstin gibt!«

Was Pater Amundi betraf, schien er sich trotz höchst noblen Benehmens nicht aller seiner geistigen Fähigkeiten zu erfreuen; Marianne bemerkte, daß er mit sich selbst sprach, und das zwischen den Zähnen, was ein schnelles, völlig unverständliches und ziemlich aufreizendes Gemurmel ergab. Aber er hatte die junge Frau so strahlend, so arglos angelächelt, er war so sichtlich über ihr Erscheinen befriedigt, daß sie sich fragte, ob er nicht etwa ein ihrem Gedächtnis entschwundener alter Freund sei.

»Ich werde Euch zu Eurem Appartement führen, Eccellenza«, sagte die Haushälterin herzlich. »Matteo wird Seine Herrlichkeit begleiten.«

Marianne lächelte, suchte dann mit dem Blick ihren Paten.

»Geh, mein Kleines«, riet er. »Ruh dich aus. Heute abend werde ich dich vor der Zeremonie holen lassen, damit der Fürst dich sehen kann.«

Die instinktive Frage, die ihr über die Lippen wollte, unterdrückend, folgte Marianne wortlos Donna Lavinia. Sie fühlte sich von einer Neugier ergriffen, wie sie sie noch nie gekannt hatte, einer verzehrenden Neugier, ebenfalls diesen unbekannten Fürsten zu »sehen«, den Herrn dieses von Fabeltieren bewachten Besitzes am Rande der Wirklichkeit, an der Grenze zu Traum und Märchen. Der Fürst würde sie sehen. Warum sollte sie nicht den Fürsten sehen? War die Krankheit, an der er, wie sie meinte, litt, so schwer, so schrecklich, daß sie sich ihm nicht nähern durfte? Ihr Blick heftete sich plötzlich auf den geraden Rücken der Haushälterin, die im seidigen Rascheln ihres Kleides und im leisen Klirren der Schlüssel vor ihr her schritt. Was hatte Gauthier de Chazay gesagt? Sie habe Corrado Sant' Anna erzogen? Zweifellos kannte ihn niemand besser als sie ... und sie schien über Mariannes Ankunft so glücklich zu sein.

»Ich werde sie zum Sprechen bringen«, dachte die junge Frau. »Sie muß einfach sprechen.«

Die Pracht des Inneren der *villa* stand der Schönheit des Parks in nichts nach. Nach Verlassen der mit barocken Stuckornamenten und vergoldeten schmiedeeisernen Laternen ausgeschmückten Loggia hatte Donna Lavinia ihre neue Herrin durch einen gewaltigen, vom matten Glanz seiner Vergoldungen wie überrieselten Ballsaal und anschließend durch eine Reihe von Salons geführt, von denen einer besonders prunkvoll war. Fein geschnitzte rotgoldene Einfassungen steigerten in ihm noch das dunkle Schillern schwarzer Lackpaneele. Doch er bildete eine Ausnahme ; der allgemeine Farbklang des Hauses war sonst auf Weiß und Gold abgestimmt. Die Fußböden bestanden aus schwarz-weißem Marmormosaik, auf dem die Schritte hallten.

Das für Marianne bestimmte, im linken Flügel gelegene Appartement, in der gleichen Art dekoriert, überraschte sie. Auch dort herrschten Weiß und Gold vor, abgesehen von zwei purpurnen Lackschränkchen, die eine wärmere Note in das Schlafzimmer brachten. Aber über das Kranzgesims der Decken, wie über ein Balkongeländer gebeugt, schienen perspektivisch gemalte, nach einer seit zwei Jahrhunderten verschollenen Mode gekleidete Personen jede Bewegung der Bewohner der Räume zu verfolgen. Zudem bedeckten Spiegel im Überfluß die Wände. Von überallher reflektierten sie bis ins unendliche die beiden dunklen Gestalten Mariannes und Donna Lavinias und die verblüffende Pracht des mit Brokat bedeckten, wie ein Thron um drei Stufen erhöhten großen venezianischen Bettes, das zwei gleichfalls venezianische Leuchter in Gestalt auf persische Art gekleideter, Sträuße hoher roter Kerzen tragender Neger flankierten.

Marianne betrachtete dieses Dekor mit einer Mischung aus Verblüffung und Besorgnis. »Ist das ... mein Zimmer?« fragte sie, während Diener ihr Gepäck brachten.

Donna Lavinia öffnete ein Fenster, ordnete einen riesigen Jasminstrauß, dessen Blüten aus einer Alabastervase schneiten.

»Das Zimmer aller Fürstinnen Sant' Anna seit zwei Jahrhunderten. Gefällt es Euch?«

Um eine Antwort zu vermeiden, stellte Marianne eine neue Frage:

»Warum all diese Spiegel?«

Sofort hatte sie den Eindruck, daß diese Frage die Haushälterin in Verlegenheit setzte. Ein kaum merkliches Zukken lief über ihr müdes Gesicht, und sie wandte sich ab, um die Tür zu einem kleinen Raum zu öffnen, der im ersten Moment wie aus weißem Marmor gehöhlt wirkte: das Badezimmer.

»Die Großmutter unseres Fürsten«, sagte sie endlich, »war eine Frau von so großer Schönheit ... daß sie den Wunsch hatte, sich unaufhörlich zu betrachten. Sie hat befohlen, diese Spiegel anzubringen, und man hat sie seitdem dort gelassen ...«

Sie schien es zu bedauern; etwas in ihrem Ton verriet es, und Mariannes Neugier, mehr über diese Familie zu erfahren, nahm noch zu.

»Es muß doch irgendwo in diesem Haus ein Porträt von ihr geben«, sagte sie lächelnd. »Ich würde es gern sehen.«

»Es gab eins ... aber es wurde durch Feuer zerstört. Will Madame ruhen, ein Bad nehmen, sich ein wenig stärken?«

»Alles, wenn Ihr so freundlich sein wollt, aber zuerst das Bad. Wo bringt Ihr meine Kammerfrau unter? Ich möchte sie in meiner Nähe behalten«, fügte sie zur sichtlichen Erleichterung Agathes hinzu, die sich seit Betreten der *villa* wie in einem Museum oder in der Kirche nur auf Zehenspitzen bewegte.

»In diesem Fall gibt es eine kleine Kammer am Ende dieses Flurs«, erwiderte Donna Lavinia und stieß ein so vollkommen eingefügtes geschnitztes Paneel auf, daß es als Tür nicht zu erkennen war. »Man wird dort ein Bett aufstellen. Ich gehe jetzt, um das Bad vorbereiten zu lassen.«

Sie wollte das Zimmer verlassen, doch Marianne hielt sie zurück. »Donna Lavinia?«

»Eccellenza?«

Mit ihrem grünen Blick den der Haushälterin festhaltend, fragte sie ruhig:

»In welchem Teil des Palastes befindet sich das Appartement des Fürsten?«

Offensichtlich war Donna Lavinia auf diese doch ganz natürliche Frage nicht gefaßt gewesen. Marianne hätte schwören mögen, daß sie blaß geworden war.

»Wenn er hier ist«, sagte sie mühsam, »bewohnt unser Herr den rechten Flügel ... das Appartement, das diesem entspricht.«

»Es ist gut ... Ich danke Euch.«

Mit einer Reverenz verschwand Donna Lavinia und ließ Marianne und Agathe allein. Die beiden Frauen sahen sich an. Das übernächtigte, hübsche Gesicht des jungen Mädchens verriet Angst; von der Selbstsicherheit der aufgeweckten Pariserin war nichts geblieben. Sie faltete die Hände in einer kindlichen Bittgeste.

»Werden wir ... lange in diesem Haus bleiben, Mademoiselle?«

»Nein, ich hoffe, nicht sehr lange, Agathe. Gefällt es Euch nicht?«

»Es ist sehr schön«, murmelte die Kleine, einen mißtrauischen Blick um sich werfend, »aber es gefällt mir nicht. Ich weiß nicht, warum. Mademoiselle möge mir verzeihen ... aber ich glaube, daß es mir nie gelingen wird, mich hier wohl zu fühlen. Alles ist so ganz anders als bei uns!«

»Geht und packt trotzdem mein Gepäck aus«, sagte Marianne mit einem nachsichtigen Lächeln, »und habt keine Angst, Euch an Donna Lavinia, die Haushälterin, zu wenden, falls Ihr irgend etwas braucht. Sie ist sympathisch, finde ich. Nur Mut, Agathe! Ihr habt hier nichts zu fürchten. Es ist nur die Fremde, die Erschöpfung nach der Reise ...«

Je länger sie sprach, desto deutlicher wurde Marianne bewußt, daß ihr Versuch, Agathe zu beruhigen, in Wirklichkeit dazu diente, Entschuldigungen für sich selbst zu finden. Auch sie fühlte sich merkwürdig bedrückt, seitdem sie das Gittertor dieses seltsamen und prächtigen Besitzes durchfahren hatte, und das, obwohl sie kein greifbares Anzeichen irgendeiner Gefahr bemerkte. Es war etwas Subtileres, etwas wie eine unkörperliche Gegenwart. Zweifellos die dieses allzu gut abgeschirmten Mannes, dessen Hauptwohnsitz, der Ort, an dem er sich wahrscheinlich am liebsten aufhielt, dieser Palast war. Aber da war auch noch etwas anderes, und dieses andere – Marianne hätte es beschwören können – kam aus diesem Appartement selbst, so, als irre der Schatten der Frau, die einst alle diese Spiegel hier hatte anbringen lassen, noch immer ungreifbar, doch als unumschränkte Herrin durch diese Räume, die wie um ein Heiligtum angeordnet waren, als dessen Altar das riesige vergoldete Bett fungiert hatte und dessen aufmerksame Gläubige die Gestalten des Maskenzugs an den Decken gewesen waren.

Langsam näherte sich Marianne einem der Fenster. Vielleicht des englischen Anteils ihres Blutes wegen glaubte sie an Gespenster. Das sensible, zarte Gewebe ihrer Nerven machte sie einer Fülle von Eindrücken zugänglich, die einen weniger komplexen Organismus als den ihren kaum berührt hätten. Und in diesem Appartement »spürte« sie etwas ... Die vorspringende Front des Mittelbaus hinderte sie daran, zum anderen Flügel des Hauses hinüberzusehen, aber sie blickte dafür bis zum äußersten Ende der Rasenfläche mit den weißen Pfauen, bis zu einem Wasserschloß, aus dem, ähnlich einer riesigen Orgel, von Bassin zu Bassin weiß schäumendes Wasser herunterschoß, das schließlich ein weites, von zwei Gruppen sich aufbäumender Pferde eingerahmtes Becken füllte. In der Gewaltsamkeit dieses stürzenden Wassers, die so stark mit dem grünen Frieden des Parks kontrastierte, sah Marianne ein Symbol, das Symbol irgendeiner verborgenen, aber mächtigen Kraft hinter der Fassade trügerischer Ruhe.

Die sinkende Nacht fand Marianne am selben Platz stehend. Das Grün des Parks war zu unbestimmten Tönungen verschmolzen, der Wasserfall und die Statuen waren nur noch fahlweiße Tupfen, und die majestätischen Pfauen waren verschwunden. Die junge Frau hatte gebadet, hatte ein paar Bissen einer leichten Mahlzeit zu sich genommen, aber es war ihr nicht möglich gewesen, auch nur für einen Augenblick Ruhe zu finden. Zweifellos lag es an diesem unsinnigen Bett, auf dem Marianne sich vorgekommen war wie ein dem Messer des Opferpriesters ausgeliefertes Opfertier.

Jetzt, in eine Robe aus schwerem, crèmeweißem, von oben bis unten goldbesticktem Brokat gekleidet, die Donna Lavinia auf beiden Armen so feierlich hereingebracht hatte, als trüge sie einen Reliquienschrein, um die Stirn zum erstenmal ein schweres goldenes Diadem mit riesigen Perlen, das zu den Perlen des fast barbarisch reichen Schmucks auf ihrem tief dekolletierten Busen paßte, versuchte Ma-ri'anne- gegen ihre Nervosität und eine mit dem Nahen der großen Stunde wachsende Angst anzukämpfen.

Sie sah sich an einem anderen Ort in einen anderen Park in der Erwartung einer anderen Hochzeit hinausblicken. Es war in Selton gewesen, am Abend ihrer Hochzeit mit Francis ... Es war – mein Gott, kaum zu glauben! nicht viel mehr als ein dreiviertel Jahr her, und doch schien es ihr ein paar Jahrhunderte zurückzuliegen! Hinter den Scheiben des Hochzeitszimmers, kaum verhüllt von zartem Batist, unter dem ihr Jungmädchenkörper vor Angst und Erwartung bebte, hatte sie die Nacht über den alten, vertrauten Park hereinbrechen sehen. Wie glücklich war sie an diesem Abend gewesen! Alles war so schön, so einfach ...

sie liebte Francis mit ihrem unerfahrenen Jungmädchenherzen, sie hoffte, von ihm geliebt zu werden, und sie erwartete mit leidenschaftlicher Inbrunst den alles verändernden Augenblick, in dem sie in seinen Armen die Liebe kennenlernen würde ...

Die Liebe hatte ein anderer sie gelehrt, und es gab nicht eine Faser ihres Körpers, die in Erinnerung an die glühenden Nächte von Butard und Trianon nicht noch immer vor Trunkenheit und Dankbarkeit zitterte, doch aus dieser Liebe war auch die Frau geboren, deren Bild eben noch die absurden Spiegel zurückgeworfen hatten: die in ihrer Pracht fast byzantinisch anmutende Statue mit zu großen Augen und erstarrtem Gesicht ... Die durchlauchtigste Fürstin Sant' Anna! Durchlauchtigst ... während ihr Herz sich vor Angst zusammenkrampfte! Welch ein Hohn ...!

An diesem Abend handelte es sich nicht mehr um Liebe, sondern um ein nüchternes, kühl überlegtes Geschäft. Die »Vereinigung zweier Notlagen«, hatte Gauthier de Chazay es genannt. An diesem Abend würde kein Mann an die Tür ihres Zimmers klopfen, kein Verlangen würde sein Recht auf ihren Körper fordern, in dem ein noch unbekanntes und dennoch schon allmächtiges Leben wuchs. Kein Jason würde erscheinen und auf der Begleichung einer irrsinnigen Schuld bestehen ...

Um gegen den Schwindel anzukämpfen, der sie befiel, stützte sich Marianne auf den bronzenen Fenstergriff und drängte mit aller Kraft das Bild des Seemannes zurück. Ihr wurde klar, daß sie vielleicht Freude, eine geheime Süße empfunden hätte, wäre er gekommen. Seine Abwesenheit schuf eine merkwürdige Leere! Plötzlich war ihr nach Weinen zumute, und sie biß in ihre mit Ringen bedeckte Hand, um einen lächerlichen Hilferuf zu unterdrücken. Niemals hatte sie sich so elend gefühlt wie in diesem Schmuck, um den sie eine Kaiserin beneidet hätte.

Das Öffnen beider Flügel ihrer Zimmertür riß sie aus diesem krankhaften Zustand, und die von sechs Lakaien getragenen Leuchter vertrieben die Dunkelheit aus dem Raum, in dem Kerzen anzuzünden Marianne sich verbeten hatte. Inmitten all der schimmernd flackernden Flämmchen erschien der Kardinal im purpurnen Moiré seines Galagewandes wie in einer Glorie, und angesichts dieses glanzvollen Auftrittes kniff Marianne die Augen zusammen wie ein jäh ans Licht gezerrter nächtlicher Vogel. Der Kardinal musterte die junge Frau einen Moment mit nachdenklichem Blick, doch ohne Kommentar.

»Komm«, sagte er nur, »es ist Zeit ...«

War es die Formel oder das blutige Rot des Gewandes? Marianne stand plötzlich unter dem Eindruck, eine Verurteilte zu sein, die der Henker abholte, um sie zum Schafott zu führen ... Trotzdem trat sie zu ihm, legte ihre juwelenschwere Hand in die rotbehandschuhte, die er ihr bot. Die beiden Schleppen, die der *capa magna* und die der prachtvollen Hochzeitsrobe, glitten nebeneinander her über den Marmorboden des Salons.

Während Marianne die Räume durchschritt, stellte sie zu ihrem Erstaunen fest, daß alle wie für ein Fest erleuchtet waren, und doch war nichts weniger geeignet, Fröhlichkeit zu wecken, als ihre menschenleere Pracht. Zum erstenmal seit langem dachte sie an die leidenschaftlichen Lesestunden ihrer Kindheit zurück, an jene bezaubernden französischen Märchen, die sie so geliebt hatte. An diesem Abend war sie zugleich Aschenbrödel und Dornröschen, die aus hundertjährigem Schlaf inmitten des Prunks einer vergessenen Vergangenheit erwacht, doch ihre eigene Geschichte enthielt keinen Märchenprinzen. Ihr Prinz war ein Phantom.

Der gemessene, feierliche Weg führte durch den ganzen Palast. Der Kardinal schien mit Stolz die neu in den Kreis der Familie Tretende den Schatten all derer vorzustellen, die hier gelebt, geliebt, vielleicht auch gelitten hatten. Endlich gelangten sie in einen kleinen, mit purpurnem Damast ausgeschlagenen Salon, zu dessen Einrichtung außer einigen Sesseln und Hockern auch ein hoher Regence-Spiegel auf einer vergoldeten, von brennenden Kerzen eingerahmten Konsole gehörte.

Der Kardinal ließ Marianne wortlos in einem der Sessel Platz nehmen und blieb selbst neben ihr stehen, als erwarte er etwas. Er blickte zum Spiegel, vor dem die junge Frau saß. Noch immer hielt er ihre Hand, wie um sie zu beruhigen. Marianne fühlte sich bedrückter denn je und öffnete schon den Mund, um eine Frage zu stellen, als er zu sprechen begann.

»Hier, mein Freund, ist die, die ich Euch angekündigt habe: Marianne Elisabeth d'Asselnat de Villeneuve meine Patentochter«, sagte er stolz.

Ein Beben überlief Marianne. Er hatte sich an den Spiegel gewandt, und nun antwortete der Spiegel ...

»Vergebt mir mein Schweigen, mein lieber Kardinal. Es war an mir, als erster zu sprechen, um Euch zu empfangen ... aber ich war nicht fähig dazu, so sehr war ich von Bewunderung ergriffen! Euer Pate, Madame, hatte versucht, für mich ein Bild Eurer Schönheit zu entwerfen, doch zum erstenmal in seinem Leben hat sich sein Wort als dürftig und unbeholfen erwiesen ... und die einzige Entschuldigung dafür ist die plumpe Ohnmacht der Worte, Göttlichkeit zu vermitteln, wenn einem nicht die sublime Gabe der Poesie verliehen wurde. Darf ich sagen, daß ich Euch tief ... demütig dankbar bin, daß Ihr hier seid ... und daß Ihr seid, was Ihr seid?«

Die Stimme war tief, leise, von Natur oder absichtlich gedämpft. Das fast völlige Fehlen jeder Klangfarbe, jeder Betonung hinterließ einen Eindruck von Müdigkeit und tiefer Trauer. Marianne versuchte die Erregung zu beherrschen, die ihren Atem beschleunigte. Auch sie blickte zum Spiegel, da die Stimme von dort zu kommen schien.

»Ihr könnt mich also sehen?« fragte sie behutsam.

»Ebenso klar, als ob sich kein Hindernis zwischen uns aufrichtete. Sagen wir ... daß ich dieser Spiegel bin, der Euer Bild zurückwirft. Habt Ihr je einen glücklichen Spiegel gesehen?«

»Ich würde dessen gern sicher sein ... Eure Stimme klingt so traurig!«

»Weil sie nur selten zu etwas nütze ist! Eine Stimme, die nichts zu sagen hat, vergißt nach und nach, daß sie singen könnte. Das Schweigen erstickt sie und erdrückt sie endlich ganz. Aber die Eure ist pure Musik.«

Dieser Dialog mit dem Unsichtbaren war seltsam, doch Marianne faßte allmählich Mut. Unversehens begriff sie, daß es Zeit für sie war, ihr Schicksal selbst in die Hand zu nehmen. Diese Stimme war die eines Menschen, der gelitten hatte oder noch litt. Sie wollte den Dingen auf den Grund gehen, und das sofort. Sie wandte sich an den Kardinal.

»Wollt Ihr mir die Güte erweisen, Pate, mich einen Moment allein zu lassen? Ich möchte gern mit dem Fürsten sprechen, und ohne Zeugen fiele es mir leichter.«

»Das ist nur zu natürlich. Ich werde in der Bibliothek warten.«

Die Tür hatte sich kaum hinter ihm geschlossen, als Marianne sich erhob, doch statt sich dem Spiegel zu nähern, entfernte sie sich von ihm und trat zu einem der Fenster. Die Stimme aus dem Spiegel fragte mit einer Art von plötzlichem Mißtrauen:

»Warum habt Ihr den Kardinal fortgeschickt?«

»Weil wir miteinander sprechen müssen. Gewisse Dinge, scheint mir, müssen gesagt werden.«

»Welche? Ich glaubte, mein hochwürdigster Freund habe mit Euch endgültig die Bedingungen unserer Vereinbarung festgelegt?«

»Er hat es getan. Alles ist klar und eindeutig ... wenigstens scheint es mir so.«

»Hat er Euch gesagt, daß ich Euer Leben in nichts einengen werde? Das einzige, was er Euch vielleicht nicht gesagt hat ... um das ich Euch jedoch bitten werde...«

Er zögerte. Marianne nahm etwas wie einen Bruch in seiner Stimme wahr, aber er überwand ihn, indem er sehr schnell fortfuhr:

»... ich werde Euch bitten, das Kind, wenn es geboren ist ... zuweilen hierherzubringen. Ich möchte, daß es, wenn auch nicht mich, so doch diese Erde lieben lernt ... dieses Haus, auch alle die Leute, für die es eine greifbare Realität sein wird ... kein flüchtiger Schatten.«

Von neuem der Bruch, leicht, fast unmerklich, und Marianne fühlte eine Welle des Mitleids vom Grunde ihres Herzens aufquellen zugleich mit der Gewißheit, daß all das absurd, unmöglich war. Bittend murmelte sie:

»Fürst! ... Ich flehe Euch an, verzeiht mir, wenn meine Worte Euch auch nur ein wenig verletzen sollten, aber ich verstehe nicht, und ich möchte so gern verstehen! Warum soviel Geheimniskrämerei? Warum wollt Ihr Euch mir nicht zeigen? Habe ich nicht ein wenig das Recht, das Gesicht meines Gatten kennenzulernen?«

Ein Schweigen entstand, so lang, so lastend, daß sie einen Moment glaubte, ihr sonderbarer Gesprächspartner sei vor ihr geflohen. Sie fürchtete, sich in ihrer Impulsivität zu weit und zu schnell vorgewagt zu haben. Doch die Antwort kam, bedrückend und endgültig wie ein Urteilsspruch:

»Nein. Es ist unmöglich ... Gleich werden wir in der Kapelle nebeneinander stehen, und meine Hand wird Eure

Hand berühren ... aber nie wieder werden wir einander so nahe sein.«

»Aber warum? Warum?« beharrte sie. »Ich komme aus ebenso gutem Geschlecht wie Ihr, und ich fürchte mich vor nichts ... vor keiner Krankheit, so schrecklich sie auch sein mag, wenn es das ist, was Euch zurückhält.«

Er stieß ein kurzes, freudloses Lachen aus.

»Seit so kurzer Zeit seid Ihr erst im Land, und schon habt Ihr die Leute reden hören, nicht wahr? Ich weiß. sie stellen alle möglichen Vermutungen über mich an. Die freundlichste ist noch, daß eine scheußliche Krankheit mich verzehrt, entstellt – die – die Lepra zum Beispiel. Ich habe nicht die Lepra, Madame, noch irgend etwas Ähnliches. Trotzdem ist es unmöglich, daß wir uns von Angesicht zu Angesicht sehen.«

»Aber warum nicht, um Gottes willen?«

Und diesmal war es ihre Stimme, die brach.

»Weil ich nicht möchte, daß Euch vor mir graut!« Die Stimme verstummte. Der Spiegel schwieg so lange Minuten, daß Marianne begriff: Sie war nun wirklich allein. Sie seufzte tief, aber sie fühlte sich irgendwie erleichtert, da sie zu wissen glaubte, was es mit diesem Menschen auf sich hatte. Er mußte ein Monstrum sein, ein elendes menschliches Wrack, durch abstoßende, für die Augen anderer als derer, die ihn immer gekannt hatten, unerträgliche Häßlichkeit in die Dunkelheit verbannt. Das erklärte die steinerne Härte in den Zügen Matteo Damianis, den Schmerz in denen Donna Lavinias und vielleicht auch die verspätete Kindheit auf dem alten Gesicht Pater Amundis ... Das erklärte auch, daß er so schnell ihre Unterredung abgebrochen hatte, obwohl doch so viele Dinge noch nicht gesagt worden waren.

»Ich bin ungeschickt gewesen«, warf Marianne sich vor, »ich war zu hastig! Statt sofort die Frage zu stellen, die mich beunruhigte, hätte ich mich ihr vorsichtig nähern und versuchen müssen, das Rätsel durch diskrete Andeutungen nach und nach einzukreisen. Und nun habe ich ihn zweifellos verscheucht ...«

Etwas verwunderte sie zudem: Der Fürst hatte ihr keine Frage über sie selbst gestellt, über ihr Leben, ihre Neigungen ... Er hatte sich damit begnügt, ihre Schönheit zu loben, als sei sie in seinen Augen das einzig Wichtige. Ein wenig bitter dachte Marianne, daß er sich gewiß neugieriger gezeigt hätte, wenn sie statt eines menschlichen Wesens ein für sein Gestüt bestimmtes kostbares Stutenfüllen gewesen wäre. Es war mehr als wahrscheinlich, daß Corrado Sant' Anna sich in diesem Fall nach der Vergangenheit, der Gesundheit und den Gewohnheiten des Tiers erkundigt hätte! Doch für einen Mann, dessen einziges Lebensziel es war, einen Erben zu haben, um seinen alten Namen fortleben zu lassen, mußte im Grunde die physische Persönlichkeit der Mutter alles andere überwiegen! Was gingen den Fürsten Sant' Anna schon das Herz, die Gefühle und die Gewohnheiten Marianne d'Asselnats an?

Die Tür des roten Salons öffnete sich wieder. Der Kardinal kam zurück. Aber diesmal war er nicht allein. Drei Männer begleiteten ihn. Der eine war ein kleiner, schwarzgekleideter Biedermann, dessen Gesicht nur aus einem Paar Koteletten und einer Nase zu bestehen schien. Der Schnitt seines Habits und die dicke Ledertasche, die er unter dem Arm trug, verrieten den Notar. Die beiden anderen schienen geradewegs aus einer Galerie von Ahnenporträts herabgestiegen zu sein. Sie trugen bestickte Samtröcke aus der Zeit Ludwigs XV. und Zopfperücken. Einer von ihnen stützte sich auf einen Stock, der andere auf den Arm des Kardinals, und beider Gesichter verkündeten ihr hohes Alter. Doch bewahrten sie deshalb nicht weniger jene hochfahrende Miene, um die wahre Aristokraten selbst der Tod nicht bringen kann.

Mit altmodischer Ritterlichkeit begrüßten sie Marianne, die ihnen ihrerseits eine Reverenz erwies. Sie erfuhr, daß es sich um den Marquis del Carreto und den Grafen Gherardesca handelte. Verwandte des Fürsten Sant' Anna, waren sie als Zeugen der Eheschließung erschienen, die der letztere, der mit dem Stock, als Kammerherr der Großherzogin überdies durch seine Kanzlei registrieren lassen mußte.

Der Notar ließ sich an einem kleinen Tisch nieder und öffnete seine lederne Mappe, während die anderen ebenfalls Platz nahmen. Im Hintergrund des Raums saßen Donna Lavinia und Matteo Damiani, die nach den Zeugen eingetreten waren.

Nervös und zerstreut, fiel es Marianne schwer, der langweiligen Verlesung des Kontraktes zuzuhören. Sie hatte jetzt nur den einen Wunsch, daß alles so schnell wie möglich zu Ende sein möge. So interessierte sie sich nicht einmal für die Aufzählung der Vermögenswerte, die der Fürst Sant' Anna seiner Gattin zuerkannte, und ebensowenig für die wahrhaft königliche Höhe der Apanage, die ihr ausgezahlt werden sollte. Ihre Aufmerksamkeit war geteilt zwischen dem stummen Spiegel vor ihr, hinter den der Fürst vielleicht zurückgekehrt war, und einem höchst unangenehmen Gefühl: dem eines beharrlich ihr zugewandten Blicks.

Sie spürte diesen Blick auf ihren nackten Schultern, auf ihrem Nacken, den der hochgenommene, vom Diadem umspannte Haarknoten entblößte. Er glitt über ihre Haut, verhielt mit gleichsam magnetischer Kraft in der zärtlichen Biegung des Halses, als versuche jemand, durch bloße Willenskraft ihre Aufmerksamkeit auf sich zu ziehen. Es wurde für die gespannten Nerven der jungen Frau bald unerträglich. Jäh wandte sie sich um, begegnete jedoch nur dem eisigen Blick Matteos. Er wirkte so gleichgültig, daß sie glaubte, sich getäuscht zu haben. Doch kaum hatte sie sich wieder nach vorn gewandt, als das Gefühl von neuem und noch deutlicher zurückkehrte ...

In zunehmendem Maße bedrängt, begrüßte sie mit Freuden das Ende der Zeremonie, unterschrieb ohne hinzusehen den Kontrakt, den der Notar ihr mit einer tiefen Verbeugung überreichte, und suchte dann mit dem Blick ihren Paten. Der Kardinal lächelte ihr zu. »Wir können uns jetzt zur Kapelle begeben. Pater Amundi erwartet uns dort«, sagte er.

Marianne nahm an, die Kapelle befinde sich irgendwo im Palast, und wurde sich ihres Irrtums erst bewußt, als Donna Lavinia sich ihr mit einem langen schwarzen Samtmantel näherte, den sie ihr um die Schultern legte. »Die Kapelle ist im Park«, erklärte sie. »Die Nacht ist mild, aber es ist frisch unter den Bäumen.«

Wie beim Verlassen ihres Zimmers nahm der Kardinal die Hand seiner Patentochter und geleitete sie feierlich zur großen Marmortreppe, wo fackeltragende Diener warteten. Hinter ihnen bildete sich der kleine Zug. Marianne sah, daß Matteo Damiani als Ersatz für den Kardinal dem alten Marquis del Carreto seinen Arm geboten hatte, dann folgte Graf Gherardesca mit Donna Lavinia. Sie hatte Kopf und Schultern hastig mit einem Schal aus schwarzer Spitze bedeckt. Der Notar war verschwunden.

So stiegen sie in den Park hinab. Beim Hinaustreten bemerkte Marianne Gracchus und Agathe, die in der Loggia warteten. Sie sahen dem Zug mit so verblüfften Mienen entgegen, daß sie fast Lust verspürte zu lachen. Sichtbar hatten sie die unglaubliche Neuigkeit noch nicht verdaut, die ihre Herrin ihnen vor dem Ankleiden mitgeteilt hatte: daß sie hier war, um einen unbekannten Fürsten zu heiraten. Und wenn sie auch zu gut geschult waren und zudem zu sehr an ihr hingen, um sich auch nur die leiseste Bemerkung zu erlauben, verrieten ihre verwirrten Gesichter doch mehr als genug von ihren heimlichen Gedanken. Im Vorbeigehen lächelte Marianne ihnen zu und gab ihnen durch ein Zeichen zu verstehen, daß sie sich anschließen sollten.

»Sie müssen mich für verrückt halten«, dachte sie. »Bei Agathe ist das nicht so wichtig: sie hat nicht mehr Gehirn als ein Spatz ... ein nettes Mädchen, nicht mehr. Aber mit Gracchus ist es anders! Ich muß mit ihm reden. Er hat das Recht, ein bißchen mehr zu erfahren.«

Die Nacht war schwarz wie Tinte, sternenlos. Ein leichter Wind ließ die von den Lakaien getragenen Fackeln flackern. Leises fernes Grollen kündigte ein Gewitter an. Der Zug bewegte sich so langsam und feierlich vorwärts, daß Marianne aufbegehrte.

»Wen bringen wir unter die Erde?« murmelte sie zwischen den Zähnen. »Wahrhaftig, das hier ähnelt mehr einem Begräbnis als einem Hochzeitszug. Gibt es hier keinen Mönch, um ein *Dies Irae* anzustimmen?«

Die Hand des Kardinals preßte die ihre, daß es schmerzte.

»Ein wenig Zurückhaltung!« fuhr er sie leise an, ohne ihr einen Blick zu schenken. »Es ist nicht an uns, hier unsere Wünsche anzumelden. Wir müssen den Befehlen des Fürsten folgen.«

»Sie zeugen für das Maß der Freude, das er bei dieser Hochzeit empfindet!«

»Sei nicht bitter! Und sei vor allem nicht auf dumme Weise grausam. Niemand hätte mehr ein wirkliches, fröhliches Hochzeitsfest gewünscht als Corrado selbst! Für dich ist es nur eine Formalität ... für ihn bedeutet es verzehrenden Schmerz.«

Marianne nahm die Zurechtweisung ohne Protest in der ehrlichen Einsicht hin, daß sie sie verdient hatte. Ein kleines trauriges Lächeln spielte um ihre Lippen; dann fragte sie in anderem Ton:

»Da ist trotzdem etwas, das ich gern wissen möchte.«

»Und das wäre?«

»Wie alt ist mein ... ist Fürst Corrado?«

»Ich glaube, ein wenig über achtundzwanzig Jahre.«

»Wie? Er ist so jung?«

»Ich glaubte, dir gesagt zu haben, daß er nicht alt ist.«

»Allerdings ...«

Sie verschwieg, daß sie sich einen Mann von etwa vierzig Jahren vorgestellt hatte. Wenn man sich wie Gauthier de Chazay dem Greisenalter näherte, waren vierzig Jahre die Blüte der Jugend. Und nun entdeckte sie, daß der Unglückliche, dessen Namen sie fortan tragen würde, den eine unmenschliche Natur zu ewiger Abgeschiedenheit, zur Nacht, zum totalen Verzicht verurteilte, ein junger Mensch wie sie war, ein Mensch, der mit all seinen Kräften nach dem Leben, dem Glück, der freien Luft hätte streben müssen. Bei der Erinnerung an die leise, so bedrückende, so traurige Stimme überflutete sie unendliches Mitleid, verbunden mit dem aufrichtigen Wunsch, diesem Mann zu helfen, den Leidensweg, den sie sich vorstellte, so weit zu lindern, wie es ihr nur möglich war.

»Pate«, flüsterte sie, »ich möchte ihm beistehen ... ihm vielleicht ein wenig Zuneigung geben. Warum weigert er sich so eigensinnig, sich mir zu zeigen?«

»Du mußt die Zeit wirken lassen, Marianne ... Vielleicht wird Corrado eines Tages anders denken, als er es bisher getan hat ... aber es würde mich wundern. Erinnere dich, um diese Regung deiner Barmherzigkeit zu besänftigen, nur daran, daß du ihm bringen wirst, wovon er immer geträumt hat: ein Kind, das seinen Namen trägt.«

»Dessen wirklicher Vater er aber nicht ist! Er hat mich gebeten, es von Zeit zu Zeit hierherzubringen. Ich werde es gern tun.«

»Aber.. hast du denn bei der Verlesung des Kontraktes nicht zugehört? Du hast dich dazu verpflichtet, das Kind einmal im Jahr herzubringen.«

»Ich habe.. nein, ich habe nichts gehört!« gestand sie, während sie tief errötete. »Ich glaube, ich dachte an etwas anderes.«

»Das war kaum der rechte Augenblick!« murrte der Kardinal. »Doch wie dem auch sei, du hast unterschrieben ...«

»... und ich werde Wort halten. Nachdem, was Ihr mir gesagt habt, werde ich es sogar mit Freuden tun! Armer, armer Fürst! ... Ich will ihm eine Freundin sein, eine Schwester ...«

»Möge Gott dich erhören und dir erlauben, deine guten Absichten zu verwirklichen«, seufzte der Kardinal. »Aber ich zweifle daran.«

Die mit Sand bestreute Allee, die zur Kapelle führte, begann hinter dem rechten Flügel des Palastes kurz nach dem Weg zu den Ställen. Als sie die Rückfront ihres neuen Wohnsitzes passierte, gewahrte Marianne, daß sich auch auf dieser Seite eine Wasserfläche entlangzog, an deren Ufer sich ein Nymphäum, ein den Nymphen geweihtes, um den Eingang zu einer Grotte angeordnetes Brunnenhaus erhob. Zwischen seinen Säulen hängende bronzene Laternen beleuchteten die weitläufige Anlage, schufen die Atmosphäre eines venezianischen Fests und spiegelten sich zitternd im schwarzen Wasser. Als sich der Weg zur Kapelle in einem kleinen Wald verlor, entzog sich das Nymphäum ihren Blicken, und selbst die erhellte *villa* verschwand. Nur hier und da schimmerten noch einzelne Lichtpunkte im dichten Laub.

Die Kapelle selbst, inmitten einer kleinen Lichtung errichtet, war niedrig, uralt und gedrungen. In ihrer Einfachheit und Schwere stach sie von der ein wenig manirierten Eleganz des von Wasserspielen und -flächen umgebenen Palastes auffällig ab und ähnelte einer dickköpfig-bärbeißigen Ahnfrau, die sich mit mißbilligender Rauheit dem Überschwang der Jugend entgegenstellt. Die kleine, offene Vorhalle ließ die Flammen der im Innern brennenden Kerzen sehen, den mit einem makellosen Tafeltuch bedeckten alten Steinaltar, den goldenen Chormantel des wartenden alten Priesters ... und etwas Seltsames, Schwarzes, das Marianne vom Park aus nicht erkennen konnte. Erst auf der Schwelle der kleinen Kirche sah sie, um was es sich handelte: Aufgehängt am niedrigen Gewölbe, trennten schwarze Samtvorhänge einen Teil des Raumes ab. Und ihr wurde klar, daß sich die einen Moment gehegte Hoffnung, wenigstens die Umrisse der Gestalt des Fürsten während der Zeremonie zu sehen, nicht erfüllen würde.

Er würde in dieser samtenen Nische bleiben, neben die man für sie einen Sessel und einen Betstuhl gestellt hatte, wie sie zweifellos auch hinter dem Vorhang standen.

»Selbst hier ...«, begann sie.

Der Kardinal nickte.

»Selbst hier! Nur der Priester wird den Gatten sehen, denn die Seite zum Altar hin ist offen. Er muß die beiden Gatten in dem Moment sehen, in dem sie die entscheidenden Worte des Ehegelübdes sprechen.«

Mit einem Seufzer ließ Marianne sich zu dem für sie bestimmten Platz führen. Eine mächtige Kerze aus weißem Wachs brannte in einem auf den Boden gestellten Leuchter daneben. Die kleine Kapelle war kalt und feucht und roch fade, wie es nie gelüfteten Räumen eigentümlich ist. In den Seitenschiffen schliefen die Sant' Annas vergangener Zeiten ihren ewigen Schlaf unter den Deckplatten alter Sarkophage. Die Atmosphäre war unheimlich.

Die Trauzeugen und der Kardinal hatten ein wenig hinter der jungen Frau Platz genommen, aber sie sah mit Erstaunen, daß Matteo Damiani zum Altar getreten war, um dem Priester bei der Zelebrierung der Messe zu helfen. Ein weißes Chorhemd umschloß jetzt seine massigen Schultern, ließ den kurzen, dicken Hals hervortreten, dessen plebejische Kraft mit der Noblesse einzelner Gesichtszüge kontrastierte. Das Gesicht war römisch zu nennen, aber nicht wirklich schön, vielleicht des unbeherrschten Mundes wegen, in dessen Form sich animalische Sinnlichkeit enthüllte, oder wegen der allzu unbewegten Augen, die niemals blinzelten und deren Blick so rasch unerträglich wurde. Während der ganzen Zeit, die der Gottesdienst dauerte, fand Marianne immer wieder Damianis Blick auf sich gerichtet, und als sie ihn in ihrer Empörung voller Zorn und Verachtung anstarrte, wandten die schamlosen Augen des Verwalters sich keineswegs ab, im Gegenteil, sie glaubte sogar ein flüchtiges, kaltes Lächeln um seinen abstoßenden Mund zucken zu sehen. Sie empörte sich innerlich so darüber, daß sie für einen Moment den zugleich so nahen und so fernen Mann hinter dem Vorhang vergaß.

Indes hatte sie noch nie so zerstreut an einer Messe teilgenommen. Sie war völlig von der schon vertrauten Stimme in Anspruch genommen, die fast unablässig erklang, laut betend mit einer Inbrunst und einer Leidenschaft, die sie verwirrten. Sie hatte sich nicht vorgestellt, daß der Herr dieses Besitzes von fast sinnlicher Schönheit ein so glühend gläubiger Christ sein würde, wie es nun sein Gebet verriet. Niemals noch hatte sie von menschlichen Lippen diese herzzerreißende Mischung aus resignierendem Schmerz und heißem Flehen gehört. Nach und nach vergaß Marianne Matteo Damiani und lauschte nur noch dieser erschütternden Stimme, die das Gemurmel des Priesters übertönte.

Dann war der Moment der ehelichen Einsegnung gekommen. Der Kaplan stieg die beiden Steinstufen herab und näherte sich dem seltsamen Paar. Wie im Traum hörte ihn Marianne vom Fürsten die rituelle Verpflichtung fordern, und alsbald bestätigte die Stimme mit unerwarteter Kraft:

»Vor Gott und den Menschen nehme ich, Corrado, Fürst von Sant' Anna, hier als Lebensgefährtin und rechtmäßige Gattin..

Die geheiligten Worte, diesmal wie eine Herausforderung gesprochen, füllten Mariannes Ohren wie mit einem Gewittergrollen, dem ein heftiger Donnerschlag über dem Dach der Kapelle einen unheilvollen Kontrapunkt zutrug. Über das böse Vorzeichen betroffen, erblaßte die junge Frau und sprach ihrerseits das Gelöbnis mit unsicherer Stimme. Dann murmelte der Priester:

»Reicht Euch die Hand.«

Der Vorhang teilte sich. Mit geweiteten Augen sah Marianne eine aus schwarzem Samtärmel und Spitzenmanschette ragende, in weißem Leder steckende Hand erscheinen. Es war eine große, lange und starke Hand, die der Handschuh mit anatomischer Genauigkeit umschloß, die normale Hand eines sehr hochgewachsenen, kraftvollen Mannes. Plötzlich erbebend vor dieser greifbaren Realität, starrte Marianne sie fasziniert an, ohne zu wagen, ihre eigene Hand hineinzulegen. Diese offene Handfläche, diese ausgestreckten Finger hatten etwas zugleich Beunruhigendes und Anziehendes. Sie wirkten wie eine Falle.

»Du mußt ihm deine Hand geben«, raunte dicht hinter ihr die Stimme des Kardinals.

Aller Augen waren auf Marianne gerichtet. Pater Amundis erstaunt, die des Kardinals drängend und bittend, die

Matteo Damianis spöttisch. Es war vielleicht dieser spöttische Blick, der sie über ihre Hemmung hinwegzwang. Entschlossen legte sie ihre Hand in die, die sich ihr bot und die sich nun ganz sanft, fast zart um ihre Finger schloß, als fürchte sie, ihr weh zu tun. Durch den Handschuh hindurch spürte Marianne die Wärme, die lebendige Festigkeit des Fleisches. Sie glaubte wieder die erst vor kurzem gehörten Worte zu vernehmen:

»Nie wieder werden wir einander so nahe sein ...«, hatte die Stimme gesagt.

Jetzt sprach der alte Priester die sakramentale Formel, die ein neues dröhnendes Donnern halb verschlang:

»Ich erkläre Euch vereint in guten wie in schlimmen Zeiten, bis daß der Tod Euch scheidet.«

Marianne fühlte das Beben der Hand, die die ihre hielt. Durch den Spalt des Vorhangs erschien eine zweite Hand, streifte einen breiten goldenen Reif über ihren Ringfinger, dann zogen sich beide Hände zurück, ohne die der jungen Frau freizugeben, die plötzlich vom Kopf bis zu den Füßen erschauerte: Auf die Spitzen ihrer Finger legte sich ein Lippenpaar, bevor sie ihre Freiheit wiedererlangten.

Das flüchtige körperliche Band war gelöst. Hinter dem Samtvorhang war nur noch ein Seufzen zu vernehmen.

Vor dem Altar kniete betend Pater Amundi, den Rücken im Meßgewand so tief gebeugt, daß er wie ein Bündel kostbaren Stoffs aussah, dessen Brüche im Licht glänzten. Ein weiterer Donnerschlag dröhnte, heftiger noch als die beiden vorherigen, so laut, daß selbst die Mauern erbebten. Gleichzeitig barst der Himmel. In schweren Güssen peitschte der Regen mit dem Getöse eines Wasserfalls über das Dach. Doch als höre er nicht das geringste, begab sich der alte Kaplan mit den Meßgefäßen in die kleine Sakristei zurück. Im gleichen Moment riß sich Matteo bereits das Chorhemd von den Schultern.

»Man muß einen Wagen holen!« rief er. »Die Fürstin kann bei diesem Wetter nicht in die *villa* zurückkehren!«

Rasch wandte er sich zur Tür. Gracchus schlug schüchtern vor:

»Kann ich Euch begleiten und helfen?«

Der Verwalter sah ihn von oben herab an.

»Dafür gibt es Diener genug! Und Ihr kennt unsere Pferde nicht. Bleibt hier!«

Mit herrischer Geste zwei der Fackeln tragenden Lakaien zu sich rufend, stieß er die Tür auf und lief in das Unwetter hinaus, mit gesenktem Kopf wie ein wütender Stier gegen den Sturm angehend. Nach einem letzten Blick auf den schwarzen Vorhang, hinter dem sich nichts mehr regte, nichts mehr zu hören war, als habe sich der Fürst in Luft aufgelöst, suchte Marianne Zuflucht bei ihrem Paten. Dieses Gewitter, das sich genau im Moment des Ehegelübdes in voller Stärke entladen hatte, war mehr, als sie ertragen konnte.

»Es ist ein Vorzeichen«, murmelte sie, »ein schlechtes Vorzeichen!«

»Abergläubisch?« grollte er gedämpft. »So bist du nicht erzogen worden! Verdankst du das dem Korsen? Man sagt ja, er sei auf gewisse Weise verrückt.«

Sie wich vor diesem Zorn zurück, den er nur mühsam beherrschte und den sie sich nicht zu erklären vermochte ... es sei denn, das Unwetter hätte auch ihn betroffen gemacht und er versuchte, es auf diese Art vor ihr zu verbergen. Vielleicht dachte er auch, Mariannes kindische Furcht durch seine Verachtung überwinden zu können. Aber er erreichte etwas ganz anderes. Die Erinnerung an Napoleon tat ihr gut. Es war, als sei der allmächtige Korse mit seinem Adlerblick, seiner befehlsgewohnten Stimme und der unerbittlichen Härte, an der selbst die Stärksten zerbrachen, unversehens in diese Kapelle getreten. Sie glaubte ihn spöttisch lachen zu hören, und schon war der ganze Spuk verflogen. Für ihn hatte sie sich schließlich in diese seltsame Ehe fügen müssen, für das Kind, das sie von ihm erwartete. Bald ... morgen schon würde sie nach Frankreich zurückreisen, zu ihm, und all dies wäre dann nicht mehr als ein böser Traum.

Wenige Minuten später kehrte Matteo zurück. Ohne ein Wort, doch mit arroganter Geste, die eine Weigerung nicht zu gestatten schien, bot er Marianne die Hand, um sie zum Wagen zu führen, aber sie übersah sie bewußt und schritt eisigen Blicks zur Tür. Beim Eintreten von ihrem Paten geleitet, gedachte sie, die Kapelle allein zu verlassen, da der Gemahl fehlte, an dessen Arm sie hätte hinausgehen können. Dieser Mann mit dem unverschämten Blick sollte begreifen, daß sie hier von nun an als souveräne Herrin zu schalten gedachte oder zumindest als solche zu behandeln war.

Draußen wartete der Wagen mit heruntergeklapptem Trittbrett. Ein triefender, gleichmütig dem Regenguß standhaltender Lakai hielt den Schlag geöffnet. Doch zwischen dem Wagen und der kleinen Vorhalle breitete sich eine große Pfütze. Marianne bückte sich und raffte die Schleppe ihrer kostbaren Robe, nahm sie über den Arm.

»Durchlauchtigste Fürstin möge erlauben ...«, hörte sie eine Stimme.

Und bevor es ihr zu protestieren gelang, hatte Matteo sie schon in die Arme genommen und hochgehoben, um sie über das Hindernis zu tragen. Sie stieß einen leisen Schrei aus, machte sich steif, um sich- dem verhaßten Griff seiner Hände um ihre Schenkel und unter der Achsel so weit wie möglich zu entziehen, aber er drückte sie nur fester an sich.

»Eure Herrlichkeit möge sich in acht nehmen«, sagte er in neutralem Ton. »Eure Herrlichkeit könnte in den Schmutz fallen.«

Marianne mußte zulassen, daß er sie in die Polster des Wagens setzte. Doch selbst der kurze Moment an der Brust des Mannes war ihr unangenehm gewesen, und ohne ihn anzusehen richtete sie nur ein schroffes »Danke!« an ihn. Auch der erheiternde Anblick des in sein rotes Gewand verpackten, auf die gleiche Weise beförderten kleinen Kardinals vermochte die ärgerlichen Falten nicht von ihrer Stirn zu vertreiben.

»Morgen«, sagte sie zwischen den Zähnen, als er neben ihr saß, »kehre ich nach Paris zurück!«

»Schon? Ist das nicht ein wenig ... überhastet? Mir scheint, die dir von ... deinem Gatten erwiesenen Aufmerksamkeiten verdienten wenigstens einen Aufenthalt von ... nun, sagen wir, einer Woche.«

»Ich fühle mich nicht wohl in diesem Haus.«

»In das einmal im Jahr zurückzukehren du immerhin versprochen hast! Ist es wirklich so schlimm, Marianne, das zu gewähren, um was ich dich bitte? ... Wir sind so lange getrennt gewesen! Ich dachte, du würdest diese wenigen Tage in Ermangelung eines anderen gern mit mir zusammen verbringen.«

Unter ihren gesenkten Lidern glitt ihr grüner Blick zu ihm hinüber.

»Ihr würdet bleiben?«

»Aber natürlich! Glaubst du nicht, daß es mir lieb wäre, für ein Weilchen meine kleine Marianne von einst wiederzufinden, die mir unter den großen Bäumen Seltons entgegenlief?«

Die unerwartet beschworene Erinnerung ließ augenblicklich Tränen in die Augen der jungen Frau steigen.

»Ich dachte schon ... Ihr hättet diese Zeit vergessen.«

»Weil ich nicht von ihr spreche? Sie ist mir deshalb nur um so teurer. Ich bewahre sie im geheimsten Winkel meines alten Herzens, den ich nur von Zeit zu Zeit ein wenig öffne ... wenn ich mich allzu niedergeschlagen fühle.«

»Niedergeschlagen? Ich habe Euch nie so gesehen Pate.«

»Weil ich mich weigere, es einzugestehen. Doch das Alter naht, Marianne, und mit ihm die Müdigkeit. Bleibe ein wenig mein Kind Wir haben es nötig du und ich, wieder zueinander zu finden, zu vergessen, Seite an Seite, daß es Souveräne, Kriege, Intrigen gibt ... so viele Intrigen vor allem! Gewähre mir das ... in Erinnerung an einst.«

Die wiedergefundene zärtliche Wärme beeinflußte spürbar das Souper, das kurz darauf die wichtigsten Teilnehmer der Hochzeit im alten Festsaal der *villa* vereinte. Es war ein riesiger Raum, hoch wie eine Kathedrale, mit einem Fußboden aus schwarzem Marmor und einer erstaunlichen Kassettendecke, auf der sich die sonderbaren Wappentiere der Sant' Anna, ein Einhorn und eine goldene Schlange, in streitbarem Gegeneinander auf schwarzem Grund wiederholten.

Die von einem unbekannten Künstler an die Wände des Saals gemalten Fresken erzählten die Legende vom Einhorn mit außerordentlicher Farbfrische und bezaubernder Naivität. Es war der erste Raum der *villa,* der Marianne wirklich gefiel. Abgesehen von der prunkvoll gedeckten und geschmückten Tafel war hier weniger Gold zu sehen als überall sonst, und das allein war schon recht erholsam.

Dem Kardinal gegenüber an der langen Tafel sitzend, gab sie sich mit ebensoviel Anmut als Gastgeberin, als befände man sich in ihrem Haus in der Rue de Lille. Der ziemlich schwerhörige Marquis del Carreto war nicht gerade ein hinreißender Plauderer, dagegen erwies sich Graf Gherardesca als lebhafter und geistvoller Gesprächspartner. Im Verlauf der Mahlzeit erfuhr Marianne von ihm den letzten Klatsch des Hofs von Florenz und amüsante Einzelheiten über die sehr zärtlichen Beziehungen Großherzogin Elisas zu dem schönen Cenami wie über ihre erheblich stürmischere Liebschaft mit Paganini, dem diabolischen Geigenvirtuosen. Überdies gab er diskret zu verstehen, daß Napoleons Schwester sich glücklich schätzen würde, die neue Fürstin Sant' Anna an ihrem Hof zu empfangen, doch Marianne lehnte die Einladung ab.

»Es verlangt mich nicht sehr nach dem Hofleben, Graf. Wenn mein Gemahl mich selbst zu Ihrer Kaiserlichen Hoheit hätte führen können, wäre es für mich die größte aller Freuden gewesen. Unter diesen Umständen aber ...«

Der alte Herr warf ihr einen verständnisvollen Blick zu.

»Ihr habt ein Werk der Barmherzigkeit getan, Fürstin, indem Ihr meinen unglücklichen Vetter geheiratet habt. Aber Ihr seid so jung und schön, und es muß Grenzen für Eure Aufopferung geben. Kein Angehöriger des Adels dieses Landes wird Euch tadeln, wenn Ihr ohne Euren Gatten ausgeht oder Gäste empfangt, da die eigenartige Verfassung des Fürsten Corrado ihn unglücklicherweise veranlaßt, sich als Einsiedler und Ausgestoßener zu fühlen.«

»Ich danke Euch, daß Ihr mir das sagt, aber im Augenblick verlockt es mich wahrhaftig nicht. Später vielleicht ... Und habt die Güte, Ihrer Kaiserlichen Hoheit mein Bedauern ... und meine Ehrerbietung zu überbringen.«

Während sie mechanisch die obligatorischen Höflichkeitsphrasen sprach, durchforschte Marianne das liebenswürdige Gesicht des Grafen nach einem Anzeichen dafür, ob er über den Zustand seines Vetters orientiert war. Wußte er, was Corrado Sant' Anna zu dieser unmenschlichen Existenz zwang? Er hatte von einer »eigenartigen Verfassung« gesprochen, während der Fürst selbst ihr gestanden hatte, er wolle nicht, daß ihr vor ihm graue ... Vielleicht hätte sie eine direkte Frage gestellt, wenn der Kardinal, der zweifellos ihre Absicht erriet, dem Gespräch durch die Frage nach den gegen die Klöster ergriffenen Maßnahmen nicht eine andere Wendung gegeben hätte, und das Souper ging zu Ende, ohne daß sich eine Möglichkeit ergab, zu dem sie so interessierenden Thema zurückzukehren.

Als man sich von der Tafel erhob, verwiesen die beiden Trauzeugen auf ihr Alter, das ihnen nicht erlaube, den Abend noch weiter auszudehnen, und nahmen Abschied.

Der eine kehrte nach Lucca, der andere zu einer *villa* zurück, die er in der Umgebung besaß, doch beide drückten mit reizend-altmodischer Höflichkeit den Wunsch aus, »die schönste aller Fürstinnen« so bald wie möglich wiederzusehen.

»Da hätten wir zwei, die von dir mehr als hingerissen sind«, bemerkte Gauthier de Chazay mit amüsiertem Lächeln. »Ich weiß wohl, daß man die Begeisterungsfähigkeit des italienischen Charakters einkalkulieren muß, aber trotzdem! Übrigens überrascht es mich keineswegs. Aber ich hoffe«, fügte er ohne zu lächeln hinzu, »daß die Verheerungen, die deine Schönheit angerichtet hat, sich auf diese beiden beschränken.«

»Was wollt Ihr damit sagen?«

»Daß es mir sehr viel lieber gewesen wäre, Corrado hätte dich nicht gesehen. Es war mein Wunsch, ihm ein wenig Glück zu schenken, und ich wäre untröstlich, sein Unglück heraufbeschworen zu haben.«

»Woher kommt Euch plötzlich dieser Gedanke? Schließlich wußtet Ihr doch, daß ich nicht abstoßend bin!«

»Er ist jüngsten Datums«, gab der Prälat zu. »Siehst du, Marianne ... während der ganzen Mahlzeit haben Corrados Augen dich nicht losgelassen.«

Sie fuhr auf.

»Wie? Aber ... er war ja nicht da! Das ist doch nicht möglich!«

Dann sich des roten Salons erinnernd:

»Auch kein Spiegel war da.«

»Nein, aber einige Ornamente der Deckenverzierung lassen sich verschieben, so daß man beobachten kann, was sich im Saal begibt ... Ein altes Spionagesystem, das sich in den Zeiten, als sich die Sant' Anna noch mit Politik beschäftigten, als recht nützlich erwies. Ich kenne es gut, und ich habe da zwei Augen gesehen ... die nur die seinen gewesen sein können. Wenn dieser Unglückselige sich in dich verliebt ...«

»Ihr seht also, wieviel besser es wäre, wenn ich abreiste!«

»Nein, das ähnelte einer Flucht, und du würdest ihn verletzen. Lassen wir ihm dieses armselige Glück! Und wer weiß? Vielleicht wird es ihn eines Tages dazu bringen, sich weniger vor dir zu verbergen ...«

Der Augenblick der Entspannung war für Marianne vorüber, die frühere Beklemmung kehrte wieder. Trotz des tröstlichen Gedankens, den der Kardinal geäußert hatte, empfand sie eine Art Grauen bei der Vorstellung, daß der Mann mit der traurigen Stimme sie lieben könnte. Mit aller Kraft versuchte sie, an die Bedingungen des abgeschlossenen Geschäfts zu denken, denn nur das war es: ein Vertrag, und es durfte nichts anderes sein! ...Und dennoch, wenn Gauthier de Chazay recht hatte, wenn Schmerz und Leid dieses Mannes ohne Gesicht durch sie noch vergrößert würden? ... Sie erinnerte sich des Kusses, den er auf ihre Hand gedrückt hatte, und erschauerte.

In ihr Zimmer zurückkehrend, fand sie Agathe einem völligen Zusammenbruch nahe. Die seltsame Zeremonie, der sie beigewohnt hatte, verbunden mit der Angst, die ihr dieser Palast einjagte, und den Anweisungen Donna Lavinias, wie sie sich von nun an ihrer Herrin gegenüber zu verhalten habe, waren daran schuld. Neben der immer so beherrschten Donna Lavinia stehend, zitterte sie wie Espenlaub und versank beim Eintritt ihrer Herrin in eine so tiefe Reverenz, daß sie unversehens der Länge nach auf den Fliesen landete. Ohnehin schon am Rande der Panik, genügte ein strenger Blick der Haushälterin, sie in wildes Schluchzen ausbrechen zu lassen, ohne daß sie auch nur den leisesten Versuch zum Aufstehen machte.

»Oh, sie muß närrisch sein!« entrüstete sich Donna Lavinia.

»Nein«, berichtigte Marianne sanft, »sie ist nur verwirrt. Man muß ihr verzeihen, Donna Lavinia. Ich hatte sie nicht vorbereitet, und seitdem wir hier sind, fällt sie von einem Erstaunen ins andere. Zudem war die Reise sehr anstrengend.«

Gemeinsam gelang es ihnen, das junge Mädchen, das verzweifelte Bemühungen unternahm, sich zu entschuldigen, wieder auf die Füße zu stellen.

»Mad ... Eure Herrlichkeit ... Frau Fürstin ... möge mir vergeben! Ich ... ich weiß nicht ... was mir war. Ich ...ich ...«

»Ihre Herrlichkeit hat recht«, fiel Donna Lavinia ein und schob ihr ein Taschentuch in die Hand. »Ihr habt keine Kontrolle mehr über Euch, mein Kind. Geht schlafen. Wenn Madame erlaubt, werde ich Euch in Eure Kammer bringen und Euch ein Beruhigungsmittel geben. Morgen wird alles wieder gut sein.«

»Danke, Donna Lavinia ... und geht jetzt!«

»Ich komme sofort zurück, um Eurer Durchlaucht beim Auskleiden zu helfen.«

Während sie die noch immer in Tränen schwimmende Agathe hinausführte, näherte sich Marianne einem großen venezianischen Spiegel, vor dem ein chinesischer Lacktisch stand, beladen mit einer Unmenge kristallener Flakons und Toilettenutensilien aus massivem Gold. Sie fühlte sich entsetzlich müde und wollte sich so schnell wie möglich schlafen legen. Das große vergoldete Bett, dessen Decke zurückgeschlagen war, zeigte seine frischen Laken aus weißem Linnen und sah so viel einladender aus. Ein gedämpftes Nachtlicht brannte hinter den Vorhängen des Baldachins.

Das Diadem drückte schwer auf Mariannes Stirn, und sie spürte schon die ersten Anzeichen einer Migräne. Nur mit Mühe, da es sorgfältig festgesteckt war, gelang es ihr, sich seiner zu entledigen. Achtlos legte sie es auf den Tisch und begann ihr Haar zu lösen. Auch das Kleid mit seinen dicken Stickereien und der langen Schleppe beengte sie, und ohne auf Donna Lavinias Rückkehr zu warten, schickte sie sich an, es auszuziehen. Geschmeidig sich in der Taille biegend, die noch nichts von der nahenden Mutterschaft verriet, öffnete sie die Häkchen, entblößte ihre Schultern und ließ das schwere Gewebe mit einem Gefühl unendlicher Erleichterung zu Boden gleiten. Sie trat heraus, hob das Kleid auf, warf es über einen Sessel, zog Unterröcke und Strümpfe aus und dehnte sich wohlig seufzend in ihrem mit Valenciennespitzen garnierten dünnen Batisthemd wie eine Katze ... Doch der Seufzer erstickte in einem Schreckensschrei. Im Spiegel ihr gegenüber zeigte sich das Gesicht eines Mannes, der sie gierig mit den Augen verschlang.

Sie fuhr jäh herum, sah jedoch nichts als die anderen an den Wänden angebrachten Spiegel, die nur die friedlichen Kerzenflammen reflektierten. Niemand war im Zimmer ... und doch hätte Marianne schwören mögen, daß Matteo Damiani da war, daß er mit widerlicher Lüsternheit zugeschaut hatte, wie sie sich auszog. Doch nichts war zu sehen. Die Stille war absolut. Kein Geräusch, kein Atemzug ...!

Mit wankenden Knien ließ sich Marianne auf den mit

Brokat bezogenen Schemel vor dem Frisiertisch sinken und fuhr sich über die Stirn. Ihre Hand zitterte. War es eine Halluzination gewesen? Hatte der Verwalter sie so beeindruckt, daß sie ihn schon überall sah? Oder war es die Müdigkeit? ... Sie war sich jetzt nicht mehr ganz sicher, wirklich etwas gesehen zu haben. Konnte ein übermäßig beanspruchter Geist nicht Trugbilder erzeugen, Formen und Gesichter aus dem Nichts auftauchen lassen?

Als Donna Lavinia zurückkehrte, fand sie sie kraftlos auf dem Schemel, weiß wie ein Leintuch und halbnackt. Bekümmert rang sie die Hände.

»Eure Herrlichkeit ist wirklich unvernünftig!« rief sie vorwurfsvoll. »Warum hat sie nicht auf mich gewartet? Sie zittert ja! Ich hoffe, sie ist nicht krank!«

»Ich bin nur erschöpft, Donna Lavinia. Ich möchte rasch ins Bett ... und schlafen, tief schlafen. Würdet Ihr mir auch ein wenig von dem geben, was Ihr Agathe gegeben habt? Ich möchte sicher sein, eine ruhige Nacht vor mir zu haben.«

»Das ist nur allzu natürlich nach einem solchen Tag.«

Ein paar Minuten später lag Marianne in ihrem Bett, und Donna Lavinia reichte ihr einen warmen Kräuteraufguß, dessen angenehmer Duft schon ein wenig ihre Nerven entspannte. Sie trank ihn dankbar in der Hoffnung, endlich ihren wunderlichen Gedanken zu entrinnen, und überzeugt, ohne diese Hilfe trotz aller Müdigkeit in Erinnerung an das Gesicht, das sie gesehen oder sich eingebildet hatte, keinen Schlaf finden zu können. Als ahnte Donna Lavinia etwas von ihren Befürchtungen, setzte sie sich in einen der Sessel.

»Ich werde hier warten, bis Eure Durchlaucht eingeschlafen ist, um sicher zu sein, daß nichts ihren Schlummer stört«, versprach sie.

Von einem Druck befreit, den einzugestehen sie sich weigerte, schloß Marianne die Augen und überließ sich der wohltuenden Wirkung des Kräutertranks. Wenige Augenblicke später schlief sie fest.

Donna Lavinia hatte sich in ihrem Sessel nicht gerührt. Sie hatte einen elfenbeinernen Rosenkranz aus ihrer Tasche gezogen, und während ihre Finger über die Kugeln glitten, sprach sie leise ihre Gebete. Plötzlich drang durch die Nacht der schnelle Hufschlag eines Pferdes, leise zuerst, dann immer lauter. Geräuschlos erhob sich die Haushälterin, ging zum Fenster und schob einen der Vorhänge ein wenig zur Seite. Nicht allzu weit entfernt erschien in der verschwimmenden Dunkelheit eine weiße Gestalt, überquerte die Rasenfläche und verschwand ebenso schnell: ein galoppierendes weißes Pferd, das einen dunklen Reiter trug.

Mit einem Seufzer ließ sie den Vorhang wieder fallen und kehrte zu ihrem Platz am Kopfende des Bettes zurück. Sie hatte kein Verlangen zu schlafen. Mehr denn je spürte sie in dieser Nacht, daß es ihr aufgegeben war zu beten: für die, die dort schlief, und für den, den sie liebte wie ihr eigenes Kind, damit ihnen der Himmel statt eines unmöglichen Glücks wenigstens die süße Betäubung der Ruhe und des Vergessens schenkte.

11. Kapitel

Die verhexte Nacht

Der lange Schlaf hatte Mariannes Vitalität wiederhergestellt, und die strahlende Sonne, die ihr Zimmer überflutete, als sie die Augen öffnete, tat ein übriges. Das Gewitter der Nacht hatte alles im Park frisch gewaschen, und die wenigen Schäden, abgebrochene Äste und durch die Heftigkeit des Sturms heruntergerissene Blätter waren von den Gärtnern der *villa* schon beseitigt worden. Gras und Laubwerk wetteiferten miteinander in frischem Grün, und durch die offenen Fenster drangen die Gerüche des Landes, duftete es nach Heu und Geißblatt, Rosmarin und Zypressen.

Wie beim Einschlafen befand sich Donna Lavinia im Zimmer, lächelnd und damit beschäftigt, einen Armvoll Rosen in großen Vasen unterzubringen.

»Monseigneur wollte, daß der erste Blick Eurer Herrlichkeit auf die schönsten Blumen fällt. Und auch dies«, fügte sie hinzu, »habe ich gebracht.«

»Dies« war eine Truhe von ziemlich stattlichen Ausmaßen, die geöffnet auf dem Teppich stand. Sie war voller Schachteln aus Sandelholz und Schmuckkästchen aus schwarzem Leder, geprägt mit dem Wappen der Sant' Anna und abgenutzt wie Dinge, die schon lange in Gebrauch sind.

»Was ist das?« fragte Marianne.

»Die Juwelen der Fürstinnen Sant' Anna, Madame. die Donna Adrianas, der Mutter unseres Fürsten ... und die ... der anderen Fürstinnen. Manche sind schon sehr alt.«

Die Truhe enthielt in der Tat alles nur Mögliche, von antiken, sehr schönen Kameen bis zu merkwürdigen orientalischen Schmuckstücken, aber der größte Teil des Inhalts bestand aus schweren, herrlichen Renaissancegeschmeiden, Sirenen oder Zentauren mit Körpern aus riesigen Barockperlen inmitten eines verschwenderischen Überflusses von Edelsteinen aller Farben. Es gab auch Schmuckstücke jüngeren Datums, Girlanden aus Diamanten zur Umrahmung des Dekolletés, glitzernde Ohrgehänge, Halsketten und Colliers aus Gold und Edelsteinen. Auch einzelne unverarbeitete Steine fanden sich. Als Marianne alles betrachtet hatte, reichte ihr Donna Lavinia ein Silberkästchen, in dem auf schwarzsamtener Unterlage zwölf außerordentliche Smaragde ruhten. Riesig und nur roh zugeschliffen, waren sie von einem zugleich tiefen und durchscheinenden Grün, von intensivem Glanz, die schönsten sicherlich, die Marianne je gesehen hatte. Und plötzlich vernahm sie Worte, die der Kaiser gesagt hatte, aus dem Mund der Haushälterin:

»Monseigneur meinte, sie seien vom selben Grün wie die Augen Madames. Sein Großvater, Fürst Sebastiano, hat sie für seine Gattin aus Peru mitgebracht. Aber sie liebte diese Steine nicht.«

»Warum?« fragte Marianne und ließ mit einer sehr femininen Geste das Licht in den vollkommenen Juwelen spielen. »Sie sind doch so schön!«

»Die Alten glaubten, sie seien-zugleich das Symbol des Friedens und der Liebe. Donna Lucinda liebte die Liebe ... aber sie haßte den Frieden.«

So geschah es, daß Marianne zum erstenmal den Namen der Frau nennen hörte, der ihr eigenes Bild so lieb gewesen war, daß sie die Wände ihres Appartements mit Spiegeln bedeckt hatte. Aber ihr blieb keine Zeit, sich weiter nach ihr zu erkundigen. Mit einer Reverenz meldete ihr Donna Lavinia, daß das Bad bereit sei und daß der Kardinal sie zum Frühstück erwarte, und überließ sie Agathes Händen, ohne daß die neue Fürstin es wagte, sie zum Bleiben und zur Beantwortung ihrer Fragen aufzufordern. Sie hatte in der Tat etwas wie Unruhe über das Gesicht der alten Frau huschen sehen, eine kaum wahrnehmbare Verschleierung des Blicks bemerkt, als bedauere sie, diesen Namen überhaupt ausgesprochen zu haben, und dann hatte sie sich mit auffälliger Eile zurückgezogen. Offenbar wollte sie weitere Fragen vermeiden.

Als Marianne ihren Paten in der Bibliothek traf, wo er das Frühstück hatte servieren lassen, stellte sie ihm die Frage, die Donna Lavinia in die Flucht geschlagen hatte:

»Wer war eigentlich die Großmutter des Fürsten? Ich

glaubte zu verstehen, daß sie Lucinda hieß, aber sobald man auf sie anspielt, stößt man auf Schweigen und Zurückhaltung. Wißt Ihr, warum?«

Der Kardinal antwortete nicht gleich. Dann schüttelte er den Kopf und erklärte:

»Nein. Ich weiß es nicht.«

»Ich bitte Euch! Das ist doch unmöglich! Ich bin sicher daß Ihr die Sant' Anna seit ewigen Zeiten kennt. Warum hätte man Euch sonst an dem Geheimnis teilhaben lassen, mit dem sich Fürst Corrado umgibt? Es ist nicht möglich, daß Ihr nichts über diese Lucinda wißt. Gesteht also, daß Ihr mir nichts sagen wollt ...«

»Du bist so wißbegierig, daß du mich vermutlich gleich als Lügner behandeln wirst«, erwiderte der Kardinal lachend. »Nun, mein liebes Kind, erfahre, daß ein Fürst der Kirche nicht lügt ... jedenfalls nicht mehr als ein Landpfarrer. Aber in aller Aufrichtigkeit ... ich weiß wirklich nicht viel, abgesehen davon, daß sie Venezianerin, aus der sehr vornehmen Familie Soranzo und von außerordentlicher Schönheit war.«

»Daher die Spiegel! Aber die Tatsache, daß sie sehr schön war und sich ein wenig zu sehr bewunderte, rechtfertigt nicht das Schweigen, mit der man die Erinnerung an diese Frau hier umgibt. Sogar ihr Porträt scheint verschwunden zu sein.«

»Ich muß sagen, daß Donna Lucinda nach allem, was ich darüber erfahren habe, sich ... hm ... keiner sehr guten Reputation rühmen konnte. Manche der jetzt selten gewordenen Leute, die sie noch kannten, behaupten, sie sei närrisch gewesen. Andere lassen durchblicken, sie habe etwas von einer Hexe gehabt und auf jeden Fall sehr gute Beziehungen zu bösen Geistern unterhalten. Man schätzt das nicht sehr ... weder hier noch anderswo!«

Marianne hatte den Eindruck, daß der Kardinal ihr auswich. Trotz allen Respekts und des Vertrauens, das sie ihm entgegenbrachte, konnte sie sich des seltsamen Gefühls nicht erwehren, daß er ihr nicht die Wahrheit sagte ... oder wenigstens nicht die ganze Wahrheit. Doch fest entschlossen, so weit wie nur möglich in seine

Verschanzung vorzustoßen, fragte sie mit unschuldiger Miene, während sie völlig davon in Anspruch genommen schien, sich Kirschen aus einem Fruchtkorb zu angeln:

»Und ... wo befindet sich ihr Grab? In der Kapelle?« Der Kardinal begann zu husten, als habe er sich an etwas verschluckt, aber dieser Husten schien Marianne ein wenig gezwungen, und sie fragte sich, ob er vielleicht gar einen Vorwand für die jähe Röte liefern sollte, die ihrem Paten in die Wangen gestiegen war. Trotzdem bot sie ihm mit heiterem Lächeln ein Glas Wasser:

»Trinkt, dann wird es besser werden!«

»Danke! Das Grab ... hm ... nein, es ist keins vorhanden!«

»Kein Grab?«

»Nein. Lucinda ist tragisch bei einem Brand umgekommen. Und man hat ihre Reste nicht gefunden. Irgendwo in der Kapelle muß es eine Inschrift geben, die ... nun, die diese Tatsache erwähnt. Möchtest du, daß wir uns deinen neuen Besitz jetzt in wenig ansehen? Das Wetter ist ideal, und der Park ist so schön! Und dann sind da die Ställe, die dich sicherlich in Staunen versetzen werden. Du hast Pferde so geliebt, als du ein Kind warst! Weißt du, daß die Tiere hier von derselben Rasse sind wie die berühmten Pferde der Kaiserlichen Reitschule in Wien, die Lipizzaner? Erzherzog Karl, der 1580 in Lipizza im Karst mit Pferden spanischer Herkunft das weltbekannt gewordene Gestüt begründete, hat den Sant' Anna jener Zeit einen Hengst und zwei Stuten geschenkt. Seitdem haben es sich die Fürsten dieses Hauses angelegen sein lassen, die Rasse zu vervollkommnen ...«

Der Kardinal war im besten Zuge. Jeder Versuch, ihn aufzuhalten oder gar auf ein Thema zu bringen, das zu meiden er ganz wie Donna Lavinia offensichtlich vorzog, wäre unnütz gewesen. Sein Redestrom sollte Marianne nicht nur daran hindern, ein Wort einzuwerfen, er sollte auch ganz allmählich ihre Gedanken in eine andere Richtung lenken. Und als die junge Frau mit ihm den riesigen Hof des Gestüts betrat, vergaß sie wirklich für eine Weile die mysteriöse Lucinda und überließ sich völlig ihrer alten Liebe zu den Pferden. Übrigens stellte sie fest, daß Gracchus-Hannibal Pioche, ihr Kutscher, ihr hier zuvorgekommen war und sich glücklich wie ein Fisch im Wasser zu fühlen schien. Obwohl er kein Wort Italienisch sprach, war es dem jungen Burschen gelungen, sich dank der ausdrucksvollen Mimik und Gebärdensprache des Pariser Gassenjungen verständlich zu machen. Er war schon gut Freund mit allen Stallknechten und Pflegern geworden.

»Ich habe nie schönere Tiere gesehen! Es ist das reine Paradies hier, Mademoiselle Marianne!« rief er der jungen Frau zu, als er sie bemerkte.

»Wenn du nicht daraus vertrieben werden willst, mein Junge«, korrigierte ihn der Kardinal halb grollend, halb amüsiert, »wirst du dich daran gewöhnen müssen, Eure Durchlaucht oder Eure Herrlichkeit zu sagen!«

»Ihr werdet Geduld mit mir haben müssen, Mad ... will sagen, Eure Du-durchlaucht«, entschuldigte sich Gracchus, der ganz rot geworden war. »Es fällt mir schwer, mich daran zu gewöhnen, und ich fürchte, ich könnte mich wieder versprechen.«

»Sag einfach Madame, mein guter Gracchus, das genügt. Jetzt zeig mir die Tiere.«

Es waren in der Tat herrliche, feurige Pferde mit mächtigen Hälsen, zugleich starken und feingeformten Beinen, fast alle schneeweiß. Die wenigen anderen waren schwarz und ebenso schön. Marianne brauchte sich gar nicht zur Bewunderung zu zwingen. Zudem besaß sie einen absoluten Blick für die Qualitäten jedes Pferdes, und in einer Stunde hatte sie das gesamte Personal der Ställe überzeugt, daß die neue Fürstin der Familie würdig sei.

Ihre Schönheit besorgte den Rest, so daß sie, als sie ziemlich spät am Abend in die *villa* zurückkehrte, zur großen Befriedigung des Kardinals eine endgültig eroberte kleine Welt hinter sich zurückließ.

»Ist dir klar, was du von nun an für sie sein wirst? Eine lebendige, sichtbare Herrin, die sie versteht ... Du bringst ihnen wirkliche Erleichterung.«

»Ich bin glücklich darüber, aber sie werden während des größten Teils der Zeit weiter ohne mich auskommen müssen. Ihr wißt, daß ich nach Paris zurückkehren muß ... und wäre es nur, um meine neue Situation mit dem Kaiser zu regeln. Ihr kennt seinen Zorn noch nicht.«

»Ich kann ihn mir vorstellen ... aber schießlich zwingt dich nichts dazu. Wenn du hier bliebest ...«

»Er wäre imstande, mich durch seine Gendarmerie holen zu lassen ... genauso wie er Euch nach Reims bringen ließ ... beziehungsweise Euren Stellvertreter! Nein, danke! Ich habe den Kampf immer der Flucht vorgezogen, und unter diesen Umständen ist es besser, mich selbst mit ihm auseinanderzusetzen.«

»Sag lieber, daß du dir um nichts auf der Welt diese Gelegenheit entgehen lassen möchtest, ihn wiederzusehen«, seufzte traurig der Kardinal. »Du liebst ihn noch immer.«

»Habe ich je etwas anderes behauptet?« entgegnete Marianne hochmütig. »Ich glaube nicht, Euch in diesem Punkt getäuscht zu haben. Ja, ich liebe ihn noch immer! Ich bedauere es vielleicht ebenso wie Ihr, wenn auch aus anderen Gründen, aber ich liebe ihn und kann nicht dagegen an.«

»Ich weiß es sehr gut. Es ist unnütz, weiter darüber zu disputieren. In manchen Momenten erinnerst du mich sehr an deine Tante Ellis: ebenso ungeduldig und ebenso kampflustig! Auch ebenso hochherzig! Nun, was tut's? Ich weiß, daß du zurückkehren wirst, und das ist die Hauptsache.«

Die Sonne versank hinter den Baumkronen des Parks. Mit der Dämmerung umfing den Besitz etwas wie eine undefinierbare Melancholie, als verließe ihn das Leben zugleich mit dem Tageslicht. Es war, was die daran gewöhnten Leute der Gegend »una morbidezza« nannten, ein Phänomen, das vielleicht vom Übermaß landschaftlicher Schönheit und dem unablässig sich verändernden Himmel herrührte.

Während sie zum Haus zurückkehrte, raffte die plötzlich fröstelnde Marianne den zu ihrem einfachen weißen Kleid passenden Musselinschal um ihre Schultern zusammen. Langsam ging sie neben dem Kardinal her. Die weiße Masse des Gebäudes, dessen rechtem, vom Fürsten Corrado bewohntem Flügel sie sich näherten, wuchs vor ihnen auf.

Die hohen Fenster waren dunkel, vielleicht weil die Vorhänge schon geschlossen waren ; kein Lichtstrahl sickerte hindurch.

»Glaubt Ihr nicht«, sagte Marianne aus einem Impuls heraus, »daß ich dem Fürsten für den Schmuck danken müßte, den er mir heute morgen übergeben ließ? Mir scheint, es wäre nur höflich.«

»Nein. Es wäre ein Irrtum. Corrado findet, daß die Schmuckstücke dir zukommen. Du bist ihre Verwahrerin ... etwa so wie der König von Frankreich der Verwahrer der Kronjuwelen war. Man bedankt sich nicht für ein Depot.«

»Aber die Smaragde ...«

»Sind zweifellos ein persönliches Geschenk ... für die Fürstin Sant' Anna! Du wirst sie fassen lassen, du wirst sie tragen ... und du wirst sie an deine Nachkommen weitergeben. Nein, es wäre unnütz, dich ihm zu nähern. Ich bin überzeugt, daß er es nicht wünscht. Wenn du ihm ein Vergnügen machen willst, trage den Schmuck, den er dir gegeben hat. Es ist die beste Art, ihm zu zeigen, daß du dich darüber gefreut hast.«

An diesem Abend befestigte sie für das Diner mit dem Kardinal im riesigen Speisesaal über dem schmalen Gürtel ihres Kleides unmittelbar unter ihrer Brust am Rande des tiefen Dekolletés eine alte goldene, mit Rubinen und Perlen verzierte Spange, zu der ihre langen, schweren Ohrgehänge paßten. Aber so oft sie auch während des Mahls verstohlen zur Decke aufsah, gelang es ihr nie, ein Ornament sich verschieben, einen Blick auf sich gerichtet zu sehen ... und zu ihrem Erstaunen verspürte sie eine leise Enttäuschung deswegen. Sie wußte, daß sie schön war an diesem Abend, und diese Schönheit sollte dem unsichtbaren Gatten gewidmet sein, um ihm zu danken. Doch nichts geschah. Nicht einmal Matteo Damiani ließ sich blicken, den sie den ganzen Tag lang nicht gesehen hatte, und so fragte sie Donna Lavinia, als sie in ihr Zimmer zurückgekehrt war:

»Ist ... ist der Fürst etwa abgereist?«

»Aber nein, Eure Herrlichkeit. Warum?«

»Während des ganzen Tages hat nichts auf seine Anwesenheit hingewiesen. Ich habe nicht einmal seinen Sekretär oder Pater Amundi gesehen.«

»Matteo ist bei den Pächtern unterwegs, und der Kaplan war bei Seiner Durchlaucht. Er verläßt sein Zimmer nur, um zur Kapelle oder in die Bibliothek zu gehen. Soll ich Matteo sagen, daß Ihr ihn zu sehen wünscht?«

»Keinesfalls«, erwiderte Marianne eine ganze Winzigkeit zu schnell. »Ich habe nur gefragt.«

In ihrem Bett ausgestreckt, fiel es ihr an diesem Abend schwer, Schlaf zu finden. Als sie gegen Mitternacht eben müde zu werden begann, hörte sie im Park den Galopp eines Pferdes und lauschte ihm einen Augenblick nach. Doch in der Annahme, es sei der zurückkehrende Matteo Damiani, beunruhigte sie sich nicht weiter, schloß die Augen und sank endlich in Schlaf.

Die folgenden Tage verliefen friedlich und fast ebenso wie der erste. In Gesellschaft des Kardinals besichtigte Marianne den Park und unternahm in einem der zahlreichen Wagen, die die Remisen bargen, Ausfahrten in die nähere Umgebung. Sie besuchte die Bäder von Lucca und in Marlia die Gärten der prunkvollen Sommervilla der Großherzogin Elisa. Unauffällig im schlichten schwarzen Habit, wurde der Kardinal nirgends beachtet, doch überall erregte die Schönheit der jungen Frau Aufsehen und mehr noch Neugier, denn die Neuigkeit der Heirat hatte sich herumgesprochen. Auf den schmalen Wegen wie in den Dörfern blieben die Leute, wenn sie vorbeifuhr, stehen, grüßten tief, und ihre Blicke verrieten eine mit Mitleid gemischte Bewunderung, die Gauthier de Chazays Lächeln weckte.

»Weißt du, daß sie nicht weit davon entfernt sind, dich für eine Heilige zu halten?«

»Eine Heilige? Mich? Was für eine Idee!«

»Hier in der Gegend wird Corrado Sant' Anna allgemein als Schwerkranker angesehen. Also bewundert man, daß du, so jung und schön, dich diesem Unglücklichen aufopferst. Wenn man die Geburt des Kindes ankündigt, wirst du mehr oder weniger als Märtyrerin gelten.«

»Wie könnt Ihr so scherzen!« rief Marianne, über den leicht zynischen Ton des Kardinals schockiert.

»Nein liebes Kind, wenn man das Leben ertragen will, ohne allzusehr durch die andern zu leiden, ist es das beste, in allen Dingen die humoristische Seite zu suchen.«

Den größten Teil ihrer Zeit verbrachte Marianne im Gestüt, trotz der Vorstellungen des Kardinals, nach dessen Ansicht eine große Dame nichts in den Ställen zu suchen hatte. Zudem beunruhigte es ihn, daß die junge Frau in ihrem Zustand lange Stunden im Sattel verbrachte, um die Vorzüge und Mängel der Tiere gründlich kennenzulernen. Marianne lachte über seine Befürchtungen. Die Schwangerschaft genierte sie noch nicht im geringsten. Sie verspürte keinerlei Unwohlsein und fühlte sich großartig; das Leben in der frischen Luft bekam ihr ausgezeichnet. Sie hatte Rinaldo, den Stallmeister, für sich gewonnen, und er folgte ihr auf Schritt und Tritt, wenn sie, die Schleppe ihres Reitkleides über dem Arm – um nicht Anstoß zu erregen, wagte sie nicht, den Männeranzug anzulegen, den sie zum

Reiten bei weitem vorzog –, lange Märsche zu den Wiesen unternahm, auf denen die Tiere weideten.

Von solchen anstrengenden Unternehmungen zurückgekehrt, verzehrte sie heißhungrig ihr Abendessen, fiel ins Bett und versank in einen wahren Kinderschlaf, bis die Sonne wiederkehrte. Selbst die eigentümliche Traurigkeit, die jeden Abend bei sinkender Dämmerung Park und Haus einhüllte, hatte keinen Einfluß mehr auf sie.

Der Fürst hatte kein Lebenszeichen mehr gegeben, ihr nur einmal sagen lassen, wie glücklich er über ihr Interesse für seine Pferde sei. Und Matteo Damiani schien sich bewußt auf Distanz zu halten. Er hielt sich oft auf den Pachtgütern auf, und man sah ihn selten. Wenn er Marianne zufällig begegnete, grüßte er tief, erkundigte sich nach ihrer Gesundheit und verschwand, ohne länger zu verweilen.

Die Woche verging auf diese Weise rasch, ohne Zwischenfall und so angenehm, daß die junge Frau ihr Verstreichen kaum bemerkte und schließlich gar keine so große Lust mehr verspürte, nach Paris zurückzukehren. Die niederdrückende Müdigkeit nach der Reise, die unerträgliche Anspannung ihrer Nerven, ihre Ängste und Befürchtungen, all das war geschwunden.

»Warum soll ich eigentlich nicht noch einige Zeit hierbleiben?« dachte sie. »In Paris, wohin sich der Kaiser zweifellos nicht so bald begeben wird, habe ich im Grunde nichts verloren.«

Selbst der Gedanke an Napoleons Hochzeitsreise ärgerte sie nicht mehr. Sie lebte in Frieden mit sich und genoß die Ruhe ihres neuen Wohnsitzes so sehr, daß sie sogar die Möglichkeit ins Auge faßte, dort den ganzen Sommer zu verbringen und Jolival zu schreiben, er solle nachkommen.

Doch am Ende dieser Woche trat Abbé Bichette wieder in Erscheinung, endlich von seiner mysteriösen Mission zurück, und die Dinge veränderten sich. Der Kardinal, der sich als überaus liebevoller und frohgelaunter Gefährte erwiesen hatte, zog sich lange Stunden mit seinem Sekretär hinter verschlossene Türen zurück. Als er wieder auftauchte, war seine Miene sorgenvoll, und tiefe Falten furchten seine Stirn. Er kündigte Marianne an, daß er leider gezwungen sei, sie zu verlassen.

»Ist es wirklich unumgänglich?« fragte sie ein wenig enttäuscht. »Und ich dachte schon, wir könnten unsern Aufenthalt ein wenig verlängern. Es war so hübsch, zusammen zu sein. Aber da Ihr abreist, werde auch ich mein Gepäck vorbereiten lassen.«

»Warum? Ich werde mich nur für einige Tage entfernen. Kannst du nicht hier auf mich warten? Ich bin wie du, ich habe an diesem Leben Seite an Seite Vergnügen gefunden, Marianne. Weshalb es also nicht noch ein wenig ausdehnen? Nach meiner Rückkehr könnte ich dir gewiß noch eine weitere Woche widmen.«

»Was soll ich hier ohne Euch tun?«

Der Kardinal begann zu lachen.

»Das gleiche, was du mit mir getan hast. Wir waren ja nicht pausenlos beisammen. Und außerdem werde ich nicht immer hier sein, wenn du jedes Jahr mit dem Kind hierher zurückkommst. Meinst du nicht, daß es gut wäre, dich daran zu gewöhnen ... allein zu regieren? Es schien mir, als ob es dir hier gefiele.«

»Das ist wahr, aber ...«

»Nun, kannst du dann nicht ein paar Tage auf mich warten? Höchstens fünf oder sechs ... Ist es wirklich zuviel?«

»Nein«, lächelte Marianne. »Ich werde Euch erwarten. Aber wenn Ihr dann wieder abreist, reise auch ich.«

Nachdem sie sich so geeinigt hatten, verließ der Kardinal am Nachmittag die *villa*, begleitet von dem geschäftigen Abbé Bichette, immer beschwert mit einer Fülle wirklicher oder eingebildeter Geheimnisse, was ihm die einigermaßen erheiternde Miene eines ewigen Verschwörers verlieh. Doch kaum hatte ihr Wagen das Gittertor des Parks passiert, als Marianne auch schon ihr Versprechen bedauerte, auf ihren Paten zu warten. Der bedrückende Eindruck des ersten Tages kehrte wieder, als habe ihn nur die Anwesenheit des Kardinals verscheucht.

Sich umwendend, sah sie, daß Agathe hinter ihr stand und daß sie Tränen in den Augen hatte. Als sie sich darüber verwunderte, faltete das Mädchen bittend die Hände.

»Werden wir nicht auch abreisen?«

»Warum? Fühlt Ihr Euch nicht wohl hier? Mir scheint Dunna Lavinia hat sich immer sehr liebenswürdig mit Euch beschäftigt.«

»Das ist wahr. Sie ist die Güte selbst. Vor ihr habe ich auch keine Angst.«

»Vor wem sonst?«

Agathes ausweichende Geste schloß das ganze Haus in sich. »Vor allem ... vor diesem Haus, in dem es so traurig ist, wenn der Abend kommt, vor der Stille, wenn die Springbrunnen nicht mehr plätschern, vor den Schatten, die immer eine Gefahr zu verbergen scheinen, vor Monseigneur, den man nie sieht ... und auch vor dem Verwalter!«

Marianne runzelte die Stirn, betroffen, bei ihrer Kammerfrau das gleiche bedrückte Gefühl wiederzufinden, das sie selbst verspürte, aber sie bemühte sich, in leichtem Ton zu antworten, um Agathes Besorgnisse nicht noch zu verschlimmern.

»Matteo? Was hat er Euch getan?«

»Nichts ... aber mir kommt es vor, als schliche er um mich herum. Er hat so eine Art, mich anzusehen, wenn wir uns begegnen, mein Kleid zu streifen, wenn er dicht an mir vorbei geht! ... macht mir angst, Madame!Ich möchte fort.« Was Agathe vorbrachte, war kaum erwähnenswert, aber sie war ganz bleich; Marianne, die sich ihrer eigenen Empfindungen erinnerte, wollte dieses Unbehagen zerstreuen. Sie begann zu lachen.

»Was ist da schon so Erschreckendes dabei, Agathe? Ich möchte meinen, es sei nicht das erstemal, daß Euch ein Mann zu verstehen gibt, wie gut Ihr ihm gefallt! In Paris hat es Euch an Huldigungen nicht gefehlt ... und wären es nur die des Majordomus des Hôtel de Beauharnais ... oder die unseres Gracchus, und Ihr schient Euch nicht darüber zu beklagen!«

»In Paris war es ganz anders«, erwiderte Agathe bockig und senkte die Augen. »Hier ist alles so sonderbar ... nicht wie anderswo! Und dieser Mann macht mir angst!« beharrte sie.

»Nun, dann sagt es Gracchus. Er wird Euch zu beschützen und zu beruhigen wissen. Wollt Ihr, daß ich mit Donna Lavinia darüber spreche?«

»Nein ... sie würde mich für eine alberne Gans halten!«

»Und sie hätte recht! Ein hübsches Mädchen muß sich verteidigen können. Auf jeden Fall könnt Ihr Euch beruhigen, wir bleiben nicht mehr sehr lange. Seine Eminenz wird in ein paar Tagen zurückkommen, diesmal nur zu einem kurzen Aufenthalt, und wir brechen dann gleichzeitig mit ihm auf.«

Doch Agathes Unruhe hatte sich auf Marianne übertragen und ihre eigene noch vermehrt. Es gefiel ihr auch nicht, daß Matteo Damiani um Agathe herumschlich. Selbst wenn seine bevorzugte Stellung beim Fürsten ihn zu einer begehrenswerten Partie für eine kleine Kammerzofe machte, selbst wenn der Mann äußerlich annehmbar war und seine Erscheinung sein wirkliches Alter nicht verriet, mußte er doch die Fünfzig längst überschritten haben, während Agathe noch nicht zwanzig war. Sie beschloß, so diskret, aber auch so entschieden wie möglich einen Riegel vorzuschieben.

Da sie keine Lust hatte, abends allein im riesigen Speisesaal zu essen, ließ sie in ihrem Zimmer servieren und bat Donna Lavinia, ihr Gesellschaft zu leisten und beim Auskleiden zu helfen, während sie Agathe fortschickte unter dem Vorwand, sie sähe schlecht aus. Sie sollte in Gracchus' schützender Begleitung einen Spaziergang im Park unternehmen. Doch kaum war Marianne auf das sie beschäftigende Thema zu sprechen gekommen, als die Haushälterin sich auch schon in sich selbst zurückzuziehen schien wie eine von fremder Berührung gestreifte Mimose.

»Eure Herrlichkeit möge mir verzeihen«, sagte sie sichtlich verlegen, »aber ich kann es nicht übernehmen, Matteo Damiani auch nur den geringsten Vorwurf zu machen.«

»Warum nicht? Habt Ihr nicht bisher diesen Haushalt geleitet, die Dienstboten wie den Ablauf jeden Tages?«

»Gewiß.. aber Matteo erfreut sich hier einer bevorzugten Stellung, die mir jede Einmischung in sein Leben verbietet. Abgesehen davon, daß er Tadel nicht verträgt, besitzt er das absolute Vertrauen Seiner Hoheit, dessen Eltern er wie ich schon gedient hat. Wenn ich eine derartige Bemerkung machte, erhielte ich nur ein verächtliches Lachen zur Antwort und dazu den groben Hinweis, mich gefälligst um meine eigenen Angelegenheiten zu kümmern.«

»Wirklich?« rief Marianne mit einem kleinen Lachen. »Nun, ich denke, *ich* habe nichts dergleichen zu fürchten ... welcher Privilegien sich dieser Mann auch erfreut!«

»Oh, Durchlaucht..

»Holt ihn mir also! Wir werden sehen, wer von uns beiden recht hat! Agathe steht in meinem persönlichen Dienst; sie ist mit mir aus Frankreich gekommen, und ich wünsche, daß man ihr das Dasein hier nicht unerträglich macht. Geht, Donna Lavinia, und bringt mir sofort den Herrn Verwalter.«

Die Haushälterin versank in ihre Reverenz, verschwand und kehrte kurz darauf wieder zurück, jedoch allein. ihrer Erklärung nach war Matteo nicht aufzufinden. Er halte sich weder beim Fürsten noch sonst irgendwo im Hause auf. Vielleicht habe er sich in Lucca verspätet, wohin er sich häufig begebe, oder auf irgendeinem Pachthof ...

Sie sprach schnell, hastig, wie jemand, der unbedingt zu überzeugen sucht, doch je mehr gute Gründe sie für die Abwesenheit des Verwalters vorbrachte, desto weniger glaubte ihr Marianne. Irgend etwas sagte ihr, daß Matteo nicht weit war und nur nicht kommen wollte.

»Es ist gut«, bemerkte sie. »Lassen wir's für heute abend, da er nun einmal unsichtbar ist, aber morgen früh werde ich mich mit ihm befassen. Laßt ihn wissen, daß ich ihn hier erwarte ... sonst werde ich den Fürsten meinen Gatten – bitten, mich anzuhören!«

Donna Lavinia antwortete nicht, aber ihr Unbehagen schien zu wachsen. Während sie stellvertretend für Agathe die dicken schwarzen Zöpfe ihrer Herrin löste und das Haar für die Nacht bürstete, spürte Marianne, daß ihre sonst so ruhigen Hände zitterten. Doch sie tat ihr nicht leid. Im Gegenteil, beim Versuch, das Rätsel um diesen unberührbaren Verwalter ein wenig zu durchdringen, bemühte sie sich fast grausam, Donna Lavinia aus ihren Schlupfwinkeln zu treiben, indem sie Frage um Frage über die Familie Damianis stellte, über seine Stellung bei den Eltern des Fürsten, auch über diese Eltern selbst. Donna Lavinia gab sich unwissend, entzog sich, antwortete so ausweichend, daß Marianne über das wenige hinaus, was sie schon wußte, nichts erfuhr und schließlich die Haushälterin verärgert bat, sie allein zu Bett gehen zu lassen. Sichtlich erleichtert, ließ diese sich das nicht zweimal sagen und verließ das Zimmer so eilig wie jemand, der nicht mehr aus noch ein weiß.

Allein geblieben, ging Marianne mehrmals erregt auf und ab, dann zerrte sie sich ihr Hauskleid vom Leib, blies die Kerzen aus und warf sich aufs Bett. Eine geradezu hochsommerliche Wärme lag seit dem Morgen über dem Land, und der Abend hatte nur sehr wenig Kühle gebracht. Erstickend und drückend war die Hitze während des Tages trotz der von den Wasserfällen und Springbrunnen ausgehenden Frische in die weiten Räume des Hauses gedrungen. Unter den Vorhängen ihres Baldachins fühlte Marianne den Schweiß über ihren Körper rinnen.

Rasch sprang sie aus dem Bett, zog die Vorhänge auf, öffnete weit die Fenster in der Hoffnung, ein wenig Frische zu finden. Der Park lag vor ihr, von Mondlicht überflutet, magisch, unwirklich. Die ganze Natur schien wie versteinert, stumm. Die Welt wirkte in dieser Nacht wie tot.

Bedrückt, mit ausgedorrter Kehle, wollte Marianne zu ihrem Bett, um ein wenig Wasser aus der auf dem Nachttisch stehenden Karaffe zu trinken, verhielt jedoch mitten in der Bewegung und kehrte zum Fenster zurück. Aus der Ferne war der Galopp eines Pferdes zu vernehmen, ein leiser Trommelwirbel, der sich näherte, anschwoll, lauter wurde. Aus einer Baumgruppe löste sich ein weißer Schatten. Marianne erkannte sofort Ilderim, den prachtvollsten Zuchthengst des Gestüts, auch den schwierigsten, ein schneeweißes Vollblut von unglaublicher Schönheit, aber so launisch, daß sie es trotz ihres reiterlichen Könnens noch nicht gewagt hatte, ihn zu besteigen. Das Kind, das sie trug, untersagte ihr solchen Übermut. Sie unterschied auch die schwarze Gestalt eines Reiters, doch ohne ihn erkennen zu können. Er schien groß und kraftvoll, aber auf diese Entfernung war es unmöglich, Genaueres auszumachen. Nur eines war sicher: Es war weder Matteo Damiani noch Rinaldo oder einer der Stallknechte. Einen Moment später hatten Pferd und Reiter die Rasenfläche überquert und waren im tiefen Schwarz unter den Bäumen untergetaucht. Das rhythmische Hämmern der Hufe wurde leiser und verstummte endlich völlig. Doch Marianne hatte Zeit genug gehabt, den tadellosen Sitz des Reiters zu bewundern, der, ein schwarzes Phantom, mit dem Tier wie verschmolzen schien. Der hochmütige Ilderim erkannte in ihm seinen Herrn.

Und plötzlich schoß Marianne ein Gedanke durch den Kopf. Er setzte sich fest und wurde so quälend, daß sie sich nicht imstande fühlte, bis zum Morgen zu warten, um ihn sich bestätigen zu lassen. Sie lief zum Bett, griff nach der am Kopfende liegenden Glocke und schwenkte sie so energisch, als gelte es, Alarm zu läuten. Nach wenigen Sekunden stürzte Donna Lavinia in Nachtjacke und Haube mit flatternden Bändern sichtlich aufgeschreckt und das Schlimmste befürchtend ins Zimmer. Als sie Marianne aufrecht neben dem Bett und scheinbar ruhig vorfand, stieß sie einen Seufzer der Erleichterung aus.

»Mein Gott, wie habe ich mich geängstigt! Ich glaubte Eure Herrlichkeit seien krank geworden und ...«

»Beunruhigt Euch nicht, Donna Lavinia, es geht mir gut. Ich bin, glaubt es mir, untröstlich, Euch geweckt zu haben, aber ich möchte, daß Ihr mir eine Frage beantwortet – daß Ihr sie sofort beantwortet –, und zwar so klar wie möglich!«

Die Kerze in der Hand der Haushälterin schwankte so stark, daß sie sie abstellen mußte.

»Welche Frage, Madame?«

Marianne wies auf das weit geöffnete Fenster, neben das sie getreten war, dann musterte sie mit gebieterischem Blick das Gesicht Donna Lavinias, das im Mondlicht wie aus Gips geformt schien.

»Ihr wißt sehr gut, welche Frage, sonst wärt Ihr nicht so bleich! Wer ist der Mann, den ich vor kurzem zu Pferd in höllischem Tempo den Rasen überqueren sah? Er ritt Ilderim, auf dessen Rücken ich noch nie einen Reiter gesehen habe. Antwortet also! Wer ist es?«

»Madame.. ich ...«

Die arme Frau schien sich nur mit Mühe aufrecht zu halten und klammerte sich an der Lehne eines Sessels fest. Marianne trat zu ihr, legte eine Hand auf ihre Schulter und wiederholte unerbittlich, jedes einzelne Wort betonend:

»Wer ist es?«

»Es ... ist Fürst Corrado!«

Mariannes Bedrückung wich. Sie war nicht überrascht. Seitdem die vage Gestalt des Reiters aufgetaucht war, hatte sie diese Antwort erwartet. Indessen war Donna Lavinia wie von ihren Kräften verlassen gegen jede Etikette in einen Sessel gesunken und hatte, den Kopf in beiden Händen, zu weinen begonnen. Im nächsten Moment kniete Marianne, angesichts ihres Schmerzes von Gewissensbissen geplagt, neben ihr nieder und suchte sie zu trösten.

»Beruhigt Euch, Donna Lavinia! Ich wollte Euch mit dieser Frage nicht weh tun! Aber begreift auch, wie quälend das Geheimnis ist, das mich seit meiner Ankunft hier umgibt!«

»Ich weiß ... ich verstehe es sehr gut«, stammelte Lavinia. »Gewiß ... ich wußte, daß Ihr ihn eines Nachts sehen und daß Ihr mir diese Frage stellen würdet, aber ich hoffte ... Gott weiß was!«

»Vielleicht, daß ich nicht lange genug bleiben würde, um ihn zu bemerken?«

»Vielleicht ... aber das war kindisch, denn früher oder später ... Seht, Madame, so reitet er fast jede Nacht aus. Stundenlang galoppiert er mit Ilderim, den nur er besteigen kann. Es ist seine größte Freude ... die einzige, die er sich gewährt!«

Ein Schluchzen durchdrang die Stimme der Haushälterin. Sanft ergriff Marianne ihre beiden Hände und murmelte:

»Übertreibt er nicht die Strenge gegen sich selbst, Donna Lavinia? Dieser Mann ist weder krank noch ein Krüppel, sonst könnte er Ilderim nicht reiten ... Die Gestalt, die ich bemerkte, schien mir durchaus normal ... groß und offenbar kraftvoll. Warum verbirgt er sich also, warum verurteilt er sich zu dieser unmenschlichen Zurückgezogenheit, warum begräbt er sich lebendigen Leibes?«

»Weil es unmöglich anders sein kann ... Unmöglich! Glaubt mir, Fürstin, nicht aus krankhafter Lust am Geheimnisvollen noch aus dem Bedürfnis heraus, den Sonderling zu spielen, hat sich der Ärmste so von der Welt abgeschlossen. Er tat es, weil es unvermeidlich war.«

»Aber die Gestalt, die ich sah, wenn auch nur unbestimmt, hatte nichts Abstoßendes. Sie schien mir, ich sagte es schon, ganz normal!«

»Vielleicht ist es ... das Gesicht, das nicht normal ist!«

»Das wäre nur ein Vorwand. Ich habe schon schrecklich aussehende Männer gesehen, entstellt durch Wunden, deren Anblick nur schwer zu ertragen war, die aber deshalb nicht weniger in der Öffentlichkeit lebten. Ich habe auch Männer eine Art Masken tragen sehen«, fügte sie hinzu, sich an Morvan und seine Narben erinnernd.

»Corrado trägt eine solche, wenn er ausreitet. Die Nacht und der Schutz eines Mantels, eines Huts scheinen ihm nicht genug, um ihn zu verbergen. Aber am hellen Tage genügte selbst die Maske nicht. Glaubt mir, ich beschwöre Euch, Madame, versucht es weder zu erfahren noch Euch ihm zu nähern. Er ... er könnte vor Scham daran sterben!«

»Vor Scham?«

Mühsam erhob sich Donna Lavinia und veranlaßte Marianne, ein gleiches zu tun. Sie hatte aufgehört zu weinen, und ein Ausdruck tiefer Ruhe hatte sich über ihr Gesicht gebreitet. Es schien, als fühle sie sich erleichtert, nachdem sie nun gesprochen hatte. Marianne offen in die Augen sehend, fuhr sie ernst fort:

»Seht, Corrado trägt die Last eines Fluches, der über diese einst starke und mächtige Familie gekommen ist, eines Fluches mit dem Antlitz eines Engels. Und nur das Kind, das Ihr ihm schenken werdet, kann zwar nicht Corrado selbst – denn gegen das Übel, an dem er leidet, gibt es kein Mittel –, aber doch wenigstens den Namen Sant' Anna wiederherstellen, der von neuem unter den Menschen glänzen wird! Gute Nacht, Euer Herrlichkeit! Versucht zu vergessen, was Ihr gesehen habt.«

Diesmal gab sich Marianne geschlagen. Ohne ein Wort ließ sie Donna Lavinia gehen. Sie fühlte sich bis in die Seele erschöpft, als hätte sich ihrer nach langem, schmerzvoll vergeblichem Bemühen Entmutigung bemächtigt! Das Rätsel, das Corrado für sie war, füllte sie aus, verfolgte sie, unlösbar und quälend. Ihre überreizte Neugier, das Bedürfnis nach Klarheit und Übersichtlichkeit, das sie immer empfunden hatte, trieben sie zu den schlimmsten Tollheiten, etwa dazu, sich am Wege des gespenstischen Reiters zu verstecken oder sich gar vor Ilderims Hufe zu werfen, um ihn zum Anhalten zu zwingen; doch irgend etwas Unerklärliches hielt sie zurück. Vielleicht jene Worte, die Donna Lavinia gesprochen hatte: »Er könnte vor Scham daran sterben ...« Worte, so schwer von Trauer wie die aus dem Spiegel dringende Stimme.

Um wieder Ruhe und zugleich ein wenig Kühlung zu finden, tauchte sie Gesicht und Hände im Toilettenkabinett ins Wasser, besprengte ihren Körper mit Eau de Cologne. Dann kehrte sie zum Bett zurück und legte sich wieder nieder, ohne jedoch Schlaf finden zu können. Die Hitze und die Gedanken, die in ihrem Kopf eine wirre Sarabande aufführten, verjagten ihn unerbittlich. Ihre Ohren lauschten auf die ungewissen Geräusche der Nacht, lauerten auf den fernen Hufschlag eines galoppierenden Pferdes. Doch die Stunden verstrichen, ohne daß sich etwas hören ließ, und die erschöpfte Marianne dämmerte schließlich in einer Art Betäubung dahin, die weder Wachen noch wirklicher Schlaf war. Seltsame Bilder glitten durch ihren Geist wie in einem Traum, und dennoch hatte sie nicht den Eindruck zu schlafen. Es waren vage, nebelhafte Formen oder auch die Personen des Plafonds, die plötzlich herabzusteigen schienen und sie in spöttisch-grimassierender Runde umgaben; es waren bizarre Blüten, die sich über sie neigten und zu Gesichtern wurden, es war die Wand ihres Zimmers, die sich unversehens öffnete, und ein Kopf erschien, und dieser Kopf gehörte Matteo Damiani ...

Mit einem Schrei fuhr Marianne hoch. Dieser letzte Eindruck war so stark gewesen, daß er die Nebel des Schlafs zerrissen und sie schweißnaß und mit zusammengeschnürter Kehle in die Wirklichkeit zurückgestoßen hatte. Sie setzte sich im Bett auf, strich eine lange, feuchte Strähne zurück, die ihr ins Gesicht fiel, und sah sich um. Der Tag brach an und erfüllte ihr Zimmer mit matter malvenfarbener Helligkeit, in der sich schon das Rosa der Morgenröte ahnen ließ. Irgendwo draußen auf dem Land krähten Hähne, antworteten sich von Hof zu Hof. Vom Park drang Frische herein. In ihrem feuchten Bett, in ihrem an der Haut klebenden Hemd begann Marianne zu frieren. Sie stand auf, um das Hemd gegen ein trockenes zu vertauschen und ein Hauskleid überzuziehen, um so auch die Angst zu verjagen, die ihr böser Traum hinterlassen hatte, als ihr Blick auf die Stelle fiel, an der sie in ihrem Alptraum Matteos Kopf hatte erscheinen sehen. Sie stieß einen verblüfften Ausruf aus: Unter der vergoldeten Leiste eines der Spiegel zeigte sich eine schwarze Linie in der Wand, eine schwarze Linie, die sie niemals dort gesehen hatte.

Marianne näherte sich ihr auf bloßen Füßen, lautlos wie eine Katze, mit pochendem Herzen. Ein leichter Luftzug wurde spürbar. Unter dem Druck ihrer Hand glitt das Paneel langsam zurück und gab die dunkle Öffnung einer schmalen, in die dicke Mauer eingelassenen Wendeltreppe frei. Jäh wurde ihr alles klar. Sie hatte also nicht geträumt! In ihrem Halbschlaf hatte sie wirklich Matteo Damiani in dieser Öffnung erscheinen sehen. Aber wozu? In welcher Absicht? Wie oft hatte er es schon gewagt, so in dieses Zimmer zu kommen, während sie schlief? ... Zugleich erinnerte sie sich des Gesichtes, das ihr am Abend der Hochzeit im Spiegel erschienen war, während sie sich auszog. Auch damals hatte sie nicht geträumt! Er war wirklich dagewesen und in Erinnerung an seinen Ausdruck brutaler Lüsternheit stieg Marianne vor Wut und verletzter Scham das Blut in die Wangen. Rasender Zorn erfüllte sie. Nicht damit zufrieden, Agathe auf eine Weise zu umwerben, die dem Mädchen peinlich war, hatte es dieser Elende also gewagt, bei ihr, Marianne, der Gemahlin seines Herrn, einzudringen, um sie in ihrem intimen Bereich zu beobachten. Was erhoffte er sich davon? Wozu wäre er vielleicht eines Tages fähig gewesen, wenn sie nicht das Paneel entdeckt hätte, das er in seiner Hast offenbar schlecht geschlossen hatte.

»Ich werde ihm für immer die Lust nehmen, das noch einmal zu versuchen«, murmelte die junge Frau.

Hastig streifte sie das erstbeste Kleid über, schlüpfte in dünne Sandalen, deren Bänder sie eilig knüpfte, und nahm aus ihrem Reisesack eine der Pistolen, die Napoleon ihr gegeben und die sie aus Paris mitgenommen hatte. Sie überzeugte sich, daß sie geladen war, schob sie in ihren Gürtel und zündete eine Kerze an. So ausgerüstet, wandte sie sich dem offen gebliebenen Paneel zu und betrat die Treppe.

Der Luftzug ließ die Flamme ihrer Kerze waagerecht flackern, löschte sie jedoch nicht aus. Langsam, geräuschlos, die Flamme mit ihrer freien Hand schützend, stieg Marianne die ausgetretenen Stufen hinunter. Die Treppe war nicht lang und nicht höher als ein Stockwerk. Sie mündete auf der Rückseite des Hauses im Schutze eines dichten Gebüschs, das den Eingang verbarg, ins Freie. Durch das Laubwerk sah Marianne plötzlich die ruhige, von der Morgenröte rosig getönte Wasserfläche des Nymphäums vor sich. Sie gewahrte auch Matteo, der eben im Eingang der Grotte zwischen den Säulen des Brunnenhauses verschwand, und entschloß sich, ihm zu folgen. Rasch blies sie ihre Kerze aus und legte sie unter die Zweige, um sie bei der Rückkehr wieder benutzen zu können.

Sie wußte nicht, was der Verwalter dort zu schaffen hatte, aber sie wußte, daß er wie in einer Falle sitzen würde und ihr nicht entwischen konnte, da sie die Grotte von einem gemeinsamen Besuch mit ihrem Paten her kannte. In den heißen Tagen mußte sie ein angenehmer Aufenthaltsort sein. Das Bassin des Nymphäums erstreckte sich bis ins Innere und bildete dort eine Art Badebecken inmitten eines Salons, denn die felsigen Wände waren mit Seidenstoffen drapiert, und rund um das Becken luden Teppiche und Kissen in geradezu orientalischer Verschwendung zum Ausruhen ein.

Leichtfüßig machte sie sich an die Verfolgung des Verwalters. Bevor sie die Grotte selbst betrat, zögerte sie jedoch einen Augenblick, preßte sich gegen die felsige Wand und zog ihre Pistole. Dann schob sie sich Schritt für Schritt vorsichtig weiter, bis sie den Eingang erreichte und hineinsehen konnte. Verdutzt blieb sie stehen: Niemand befand sich in der Grotte, dafür war eine der Wanddraperien angehoben und enthüllte den Zugang zu einem Tunnel, der durch den Hügel hindurchzuführen schien, denn an seinem Ende zeigte sich Tageslicht.

Ohne einen Augenblick zu zögern, nur den Griff ihrer Waffe fester fassend, trat Marianne in den Tunnel, der ziemlich breit war und auf dessen mit feinem Sand bedeckten Boden man angenehm und völlig lautlos ging. Erregung hatte nach und nach teilweise den Zorn in ihr verdrängt, eine Erregung ähnlich jener, die sie früher in Selton bei der Fuchsjagd empfunden hatte, denn der Fuchs konnte sich als ebenso gefährlich wie ein Raubtier erweisen, und die Nähe einer Gefahr reizte Marianne. Dazu kam der Gedanke, in so kurzer Zeit schon einigen Geheimnissen der Sant' Anna auf die Spur gekommen zu sein. Doch ans Ende des Durchgangs gelangt, blieb sie, dicht an den Fels gedrückt, erst einmal im Schatten stehen, wie gebannt von dem sich ihr bietenden seltsamen Anblick.

Der Tunnel führte auf eine schmale Lichtung, eine Mulde zwischen zwei schroffen Hängen, auf zwei Seiten von Gestrüpp und dichtem Unterholz begrenzt. Im Hintergrund, vor der von Wurzelwerk und Kletterpflanzen übersponnenen Felswand, schien ein Volk von Statuen wie mitten in taumelhafter Gestikulation zu Stein erstarrt, das tragische Bild der ausgeglühten Ruinenreste in der Mitte der Lichtung noch unterstreichend.

Es war nur noch ein Haufen geschwärzter Säulenstümpfe, zusammengestürzter Mauern, zerbrochener Skulpturen, über den zähe Brombeerranken und dunkler, scharf riechender Efeu krochen. Der Brand, der einst hier gewütet hatte, mußte von seltener Heftigkeit gewesen sein, denn die Trümmer wie auch der felsige Hang wiesen noch immer von den Flammen herrührende schwarze Spuren auf. Doch über diesen Resten, über dieser Trostlosigkeit erhob sich, wundersam erhalten, schimmernd in der ganzen Reinheit ihres weißen Marmors, eine Statue. Marianne hielt den Atem an, fasziniert durch das, was sie sah:

Zwischen den Trümmern befanden sich einige grob zusammengefügte Stufen. Auf der obersten dieser Stufen kniete gebeugt Matteo Damiani und umschlang mit beiden Armen die Beine der Statue. Es war die schönste und merkwürdigste Statue, die Marianne je gesehen hatte. Sie stellte in Lebensgröße eine nackte Frau von sinnlicher, fast diabolischer Schönheit dar. Stehend, die Arme leicht abgespreizt, klar vom Körper getrennt, der Kopf zurückgeworfen, wie von der Fülle des gelösten Haars nach hinten gezogen, schien sich die Frau mit geschlossenen Augen und halb geöffneten Lippen einem unsichtbaren Geliebten anzubieten. Die Kunst des Bildhauers hatte mit verwirrender Genauigkeit die geringsten Kleinigkeiten des weiblichen Körpers nachgeformt, und die Lebensechtheit, mit der er auf das Antlitz mit den leicht schräg stehenden Augen, den wollüstig schwellenden Lippen die Ekstase einer zum Schmerz sich steigernden Lust übertragen hatte, grenzte ans Wunderbare. Marianne dachte, daß der Künstler sein Modell mit qualvoller Inbrunst geliebt haben müsse. Eben ging die Sonne auf. Ein goldener Strahl glitt über den Kamm des Hügels und streifte die Statue. Alsbald erwärmte sich der kalte Marmor. Goldene Reflexe spielten über die zarter als Menschenhaut wirkende polierte Oberfläche des unempfindlichen Steins; und Marianne schien es einen Moment, als erwache die Statue zum Leben.

Dann sah sie etwas Unglaubliches: Matteo hatte sich aufgerichtet, stand auf dem Sockel und nahm die marmorne Frau in die Arme. Mit wilder Leidenschaft küßte er die steinernen Lippen, als wolle er ihnen seine eigene Wärme mitteilen, während er in wirrem Durcheinander Schimpfworte und Liebesbeteuerungen murmelte. Es war eine seltsame Litanei, in der Zorn sich mit Liebe und den obszönsten Ausdrücken der Begierde mischte. Zugleich tasteten seine Hände fieberhaft über den Marmorleib, der im warmen Morgenlicht unter seinen Zärtlichkeiten zu erbeben schien.

Diese Liebesszene mit einer Statue hatte etwas Wahnwitziges. Erschreckt wich Marianne tiefer ins Dunkel des unterirdischen Gangs zurück und vergaß, daß sie hergekommen war, um diesen Mann in Verwirrung zu bringen und zu bedrohen. Die Pistole zitterte jetzt nutzlos zwischen ihren Fingern, und sie schob sie in den Gürtel zurück. Der Mann war verrückt, es gab keine andere Erklärung für sein Verhalten. Und plötzlich überfiel Marianne Angst. Sie war allein mit einem Irrsinnigen an einem abgelegenen Ort, von dem die Mehrzahl der Bewohner der *villa* vermutlich nichts wußte. Selbst die Waffe, die sie bei sich hatte, kam ihr lächerlich vor. Matteo verfügte zweifellos über eine gefährliche Kraft. Er konnte sich auf sie stürzen, wenn er sie entdeckte, konnte sie angreifen, bevor sie sich zu verteidigen vermochte. Oder sie würde schießen und töten müssen ... und das wollte sie nicht mehr. Ivy St. Albans unabsichtlich von ihr verschuldeter Tod hatte genügend auf ihr gelastet und bedrückte sie noch immer.

Sie hörte, wie der Mann in seiner Raserei seiner gefühllosen Geliebten versprach, diese Nacht zu ihr zurückzukehren.

»Es wird Vollmond sein, Teufelin, und du wirst sehen, daß ich nichts vergessen habe«, sagte er dumpf.

Mariannes Herz setzte einen Schlag aus. Er schickte sich an zu gehen, gleich würde er sie entdecken ... Ohne einen Moment zu verlieren, floh sie durch den Gang, die Grotte, das Nymphäum mit der Schnelligkeit eines verfolgten Rehs, brach durch das Gebüsch, stürzte in den Eingang zur Treppe, drehte sich aber noch einmal um, um einen letzten Blick durchs Gezweig zu werfen. Es war höchste Zeit gewesen. Matteo trat eben drüben aus der Grotte, und von neuem fragte sich Marianne, ob sie nicht geträumt habe. Der Mann, den sie ein paar Minuten zuvor mitten in einem Anfall erotischen Wahns beobachtet hatte, ging friedlich den Pfad entlang, die Hände auf dem Rücken, das grob geschnittene Gesicht gegen den leichten Wind erhoben, der in seinem grauen Haar spielte und dessen Hauch er sichtlich zu genießen schien. Er war nur noch ein morgendlicher Spaziergänger, der sich an der Frische des taufeuchten Parks erfreute, bevor er sich an seine Tagesarbeit begab ...

Rasch lief Marianne die Wendeltreppe hinauf, trat durch das offene Paneel, aber bevor sie es schloß, überzeugte sie sich sorgfältig, wie der äußere und innere Mechanismus funktionierte. Das Paneel ließ sich in der Tat von beiden Seiten öffnen: durch eine Art Klinke von der Treppe aus, durch Eindrücken eines Teils der vergoldeten Leiste im Zimmer. Dann streifte Marianne hastig Kleid und Sandalen ab und schlüpfte in ihr Bett zurück, da Agathe bald mit dem Morgentee kommen würde. Um keinen Preis sollte das ohnehin schon verschreckte Mädchen etwas von ihrer frühen Expedition erfahren.

In ihren Kissen liegend, versuchte sie ruhig zu überlegen, obwohl es nicht ganz leicht war. Die einander folgenden Entdeckungen des heutigen Morgens genügten, um die stärksten Nerven zu erschüttern. Dazu kam das sonderbare, irgendwie bedrohliche Rendezvous, das Damiani seiner Marmorgeliebten versprochen hatte. Was bedeuteten seine seltsamen Worte? Was war es, das er nicht vergessen hatte? Was trieb er nachts in dieser Ruine, und um was handelte es sich überhaupt bei diesem vom Brand zerstörten Bauwerk, über dessen Trümmern die Statue thronte? Um ein Gartenhaus? Einen Tempel? Wen oder was hatte man dort verehrt oder verehrte man noch? Welchem obskuren, wahnwitzigen Ritual wollte Matteo Damiani die kommende Nacht opfern?

Alle diese Fragen schwirrten durch Mariannes Kopf, ohne daß sie auch nur auf eine einzige die Antwort fand. Zuerst hatte sie mit der Idee gespielt, noch einmal Donna Lavinia zu fragen, doch sie wußte, daß die arme Frau unter diesen Verhören litt und sich zweifellos von dem des vergangenen Abends noch kaum erholt hatte. Und zudem war es sehr gut möglich, daß ihr sowohl die seltsame Göttin, der der Verwalter insgeheim huldigte, wie überhaupt seine Verrücktheit unbekannt war ... Wußte denn der Fürst, womit sich sein Verwalter und Sekretär während der Nächte beschäftigte? Und war er falls er es wußte, dazu bereit, ihr, Marianne, zu antworten, vorausgesetzt, daß es ihr überhaupt glückte, sich bei ihm Gehör zu verschaffen? Das beste war vielleicht Matteo selbst zu fragen, natürlich nur unter gewissen Vorsichtsmaßnahmen. Hatte sie nicht übrigens Donna Lavinia gestern abend befohlen, ihn gleich heute früh zu ihr zu schicken?

Nun ihres Entschlusses sicher, trank Marianne den heißen Tee, den Agathe ihr gerade gebracht hatte, und ließ sich ankleiden. Da der Tag ebenso warm zu werden versprach wie der gestrige, wählte sie ein mit weißen Margeriten besticktes Kleid aus sonnengelbem Baumwollstoff und dazu passende leichte Schuhe. Sich in lichte, fröhliche Farben zu kleiden, schien ihr ein gutes Mittel, um die unerfreulichen Eindrücke der vergangenen Nacht zu verdrängen. Als Donna Lavinia ihr meldete, daß der Verwalter zu ihrer Verfügung stehe, begab sie sich in den ihrem Zimmer benachbarten kleinen Salon und befahl, den Mann eintreten zu lassen.

Hinter einem kleinen Sekretär sitzend, sah sie ihm entgegen und versuchte ihr Bestes, die Abneigung, die er ihr einflößte, zu verbergen. Die Szene auf der Lichtung war noch allzu frisch und gegenwärtig in ihrer Erinnerung, um sie nicht mit Widerwillen zu erfüllen, aber wenn sie etwas erfahren wollte, mußte sie sich unbedingt beherrschen. Die Tatsache, daß er sich hier befand, schien ihn übrigens keineswegs zu beeindrucken, und jeder, der ihn in ehrerbietiger Haltung vor der jungen Frau gesehen hätte, hätte ihn für das Musterexemplar eines Dieners gehalten und nicht für einen Mann, der niederträchtig genug war, wie ein Dieb bei dieser selben Frau einzudringen, wenn der Schlaf sie wehrlos machte.

Um sich Haltung zu geben und ihre Finger am Zittern zu hindern, hatte Marianne eine lange Gänsefeder aus dem Federkasten genommen, mit der sie zerstreut spielte, und da sie weiterhin Schweigen bewahrte, übernahm es Matteo, das Gespräch zu eröffnen.

»Eure Herrlichkeit hat mich rufen lassen?«

Der Blick, den sie ihm zuwandte, verriet kein sonderliches Interesse.

»Ja, Signor Damiani, ich habe Euch rufen lassen. Ihr seid der Verwalter dieses Besitzes, und als solchem ist Euch, wie ich vermute, keine ihn betreffende Einzelheit unbekannt.«

»Ich glaube in der Tat, ihn gründlich zu kennen«, erwiderte er mit einem halben Lächeln.

»Ihr werdet mich also aufklären können-. Gestern nachmittag war die Hitze so drückend, daß die Luft selbst im Park erstickend war. Ich suchte deshalb Kühlung in der Grotte des Nymphäums ...«

Sie schwieg, aber ihr Blick ließ den Verwalter nicht los,

und sie glaubte zu sehen, daß seine wulstigen Lippen sich leicht zusammenkniffen. Mit gespielter Lässigkeit, doch jedes Wort deutlich aussprechend, fuhr sie fort:

»Dabei bemerkte ich, daß einer der Wandbehänge, leicht verschoben, einen Luftzug durchließ, und sah die Öffnung, die er verdeckte. Ich wäre keine Frau, wenn ich nicht neugierig wäre, weshalb ich dem unterirdischen Gang folgte und an seinem Ende die Trümmer eines durch Brand zerstörten Bauwerks entdeckte.«

Mit Absicht hatte sie die Statue nicht erwähnt, aber diesmal, sie war dessen sicher, war Matteo unter seiner Bräune blaß geworden. Mit jäh verfinsterten Augen murmelte er:

»Ich verstehe! Darf ich Eurer Herrlichkeit sagen, daß der Fürst ungern von Eurer Entdeckung des kleinen Tempels hören würde. Das Thema ist tabu für ihn, und es wäre besser für Madame ...«

»Ich allein bin Richter über das, was für mich besser wäre, Signor Damiani! Wenn ich mit Euch spreche, dann zweifellos deshalb, weil es nicht in meiner Absicht liegt, meinen ... Gemahl in dieser Sache um Auskunft zu bitten, und das um so weniger, wenn es ihm unangenehm sein sollte. Aber Ihr, Ihr werdet mir antworten.«

»Warum sollte ich?« warf der Verwalter mit unbeherrschter Unverschämtheit ein.

»Weil ich die Fürstin Sant' Anna bin, ob Ihr es wollt oder nicht, ob es Euch gefällt oder nicht ...«

»Ich habe nicht gesagt ...«

»Habt wenigstens die Höflichkeit, mir nicht ins Wort zu fallen! Nehmt dies zur Kenntnis: Wenn ich eine Frage stelle, erwarte ich, daß sie mir beantwortet wird. Alle meine Diener wissen das«, fügte sie mit absichtlicher Betonung des Wortes »Diener« hinzu. »Ihr werdet es lernen. Überdies sehe ich keinen Grund, der Euch hindern könnte, mir zu antworten. Warum habt Ihr den Zugang nicht vermauert, wenn dieser Ort unbekannt bleiben sollte, wenn er in Eurem Herrn so düstere Erinnerungen weckt?«

»Monseigneur hat es nicht befohlen.«

»Und Ihr handelt nie anders als auf seinen ausdrücklichen Befehl, nicht wahr?« sagte sie in ironischem Ton. Er fuhr auf, schien sich jedoch zu fügen. Sein eisiger Blick suchte den der jungen Frau.

»Es ist gut! Ich bin Eurer Herrlichkeit zu Diensten.«

Glücklich, gesiegt zu haben, erlaubte sie sich den Luxus eines Lächelns.

»Ich danke Euch. Sagt mir also schlicht, was dieser »kleine Tempel« war ... und vor allem, wer die Frau war, deren prachtvolle, seltsame Statue sich über der Ruine erhebt. Und erzählt mir nicht, es sei ein antiker Fund, denn ich würde Euch nicht glauben.«

»Warum sollte ich wohl lügen? Diese Statue, Madame, stellt Donna Lucinda dar, die Großmutter unseres Fürsten.«

»Ist Ihre Aufmachung nicht ein wenig ... nun, sagen wir, offenherzig für eine Großmutter? Bei uns in Frankreich sieht man solche Großmütter selten.«

»Aber man sieht dort die Schwestern des Kaisers«, rief er. »Hat die Fürstin Borghese ihre Schönheit nicht durch den Meißel Canovas in Marmor verewigen lassen? Donna Lucinda hat dasselbe getan. Ihr könnt Euch nicht vorstellen, wie schön sie war! Ihre Schönheit hatte etwas Erschreckendes, Unerträgliches, und sie verstand es, sie mit diabolischer Kunst auszuspielen. Ich habe Männer sich zu ihren Füßen winden, wahnsinnig werden, sich um ihretwillen töten sehen ... als sie längst über fünfundvierzig war! Aber sie war vom Teufel besessen!«

Seine Worte kamen jetzt wie ein Sturzbach, der das Stauwehr durchbrochen hat, er sprach, als könne er nicht mehr anhalten, und Marianne, die für einen Moment ihren Abscheu und ihren Ärger vergaß, hörte ihm fasziniert zu. Schließlich fragte sie:

»Ihr habt sie gekannt?«

Er nickte, wandte sich jedoch leicht ab, geniert durch den auf ihn gerichteten Blick der jungen Frau, dann fügte er zornig hinzu:

»Ich war achtzehn, als sie starb ... verbrannt, lebendig verbrannt in jenem Tempel, den sie in ihrem Wahn zu ihrer eigenen Verherrlichung hatte erbauen lassen: Sie empfing dort ihre Liebhaber, die sie fast immer unter Bauern, Männern aus dem Gebirge oder Seeleuten auswählte, denn ihrer Leidenschaft für sich selbst kam nur eines gleich: ihre Liebesraserei.«

»Aber ... warum wählte sie sie nur aus dem Volk.« Mit jäher Heftigkeit wandte er sich Marianne zu, die Stirn gesenkt wie ein zum Angriff bereiter Stier, und Marianne überlief ein Beben, als sie in dieser Stimme das höllische

Feuer brausend auflodern hörte, das Lucinda entfacht haben mußte.

»Weil sie sie danach verschwinden lassen konnte, ohne daß jemand nach ihnen fragte. Gewiß, die Männer ihres Ranges, die, die ihr zu gefallen wußten, auch die nahm sie, da sie ihre Unterwerfung unter die Knechtschaft, die sie ihnen aufzwang und ohne die sie nicht mehr leben wollten, sicher sein konnte. Aber wie viele junge Burschen sind verschwunden, ohne die geringste Spur zu hinterlassen, nachdem sie dieser unersättlichen Wölfin in einer einzigen Liebesnacht ihre ganze Jugend und Leidenschaft geopfert hatten? Niemand ... nein, niemand kann sich vorstellen, wie diese Frau war. Sie wußte die schlimmsten Instinkte zu wecken, und es gefiel ihr, den Tod die Liebe beenden zu lassen. Vielleicht hat nach allem die Legende doch recht ...«

»Die Legende?«

»Man sagt, ihre Schönheit, die sich zu welken weigerte, sei das Ergebnis eines Paktes mit dem Teufel gewesen. Eines Abends, an dem sie angstvoll einen der Spiegel ihres Zimmers befragte, sah sie einen ganz in Schwarz gekleideten schönen jungen Mann erscheinen, der ihr im Austausch gegen ihre Seele dreißig Jahre unversehrter Schönheit, dreißig Jahre der Lust und der Herrschaft über die Männer bot. Man sagt, daß sie Annahm, daß die Zeit verstrich, ohne ihre Schönheit zu berühren, aber es sei ein betrügerischer Handel gewesen, denn schon vor Ablauf der dreißig Jahre hätten die Diener eines Morgens beim Betreten ihres Zimmers nur ein von Würmern wimmelndes Skelett aufgefunden ...«

Da Marianne sich mit einem Laut des Ekels erhob, fügte er mit einem verächtlichen Lächeln hinzu:

»Es ist nur eine Legende, Madame! Die Wirklichkeit war ganz anders, denn, wie ich Euch sagte, ist Donna Lucinda bei dem Brand ums Leben gekommen, der den Tempel zerstörte ... einem Brand, den sie mit eigener Hand in der gleichen Nacht legte, in der sie ein Fältchen in ihrem Gesicht entdeckte. Und da Ihr mich zweifellos fragen werdet, Fürstin, warum sie diesen schauerlichen Tod gewählt hat, werde ich auch darauf antworten: Sie wollte nicht, daß der herrliche Leib, den sie so geliebt hatte, langsam in der Erde zerfiele, das Grauen der Verwesung erführe. Sie zog es vor, ihn durch die Flammen selbst zu vernichten! ... Es war eine entsetzliche Nacht ... Das Feuer brauste, und die Flammen wurden von so weither gesehen, daß die erschrockenen Bauern noch heute schwören, es seien die Flammen der Hölle gewesen, die sich vor ihr geöffnet habe ... Ich höre noch ihren Todesschrei ... das Geheul einer Wölfin! Aber ich weiß, daß sie nicht völlig verschwunden ist! Sie lebt noch!«

»Was wollt Ihr damit sagen?« rief Marianne, die sich nur mit Mühe gegen das Grauen wehrte, das sie überkommen wollte.

Matteo warf ihr einen irren Blick zu. Ein Lächeln entblößte seine starken gelblichen Zähne, während er in geheimnisvollem Ton fortfuhr, von dem eine eigentümlich beschwörende Kraft ausging:

»Daß sie noch immer in diesem Hause umgeht ... im Park ... in Eurem Zimmer, in dem sie sich nackt vor den Spiegeln drehte, um ihre Schönheit unaufhörlich mit der der Statue vergleichen zu können, die sie hatte aufstellen lassen ... Sie hat den Fluch hierhergebracht, und sie wacht über diesem Fluch, der ihre Rache ist ... Auch Ihr werdet sie nicht daran hindern!«

Jäh wechselte er den Ton und erkundigte sich fast unterwürfig:

»Wünscht Eure Durchlaucht noch irgend etwas zu wissen?«

Mit großer Willensanstrengung gelang es Marianne, sich aus der Verwirrung zu lösen, in die die makabre Erzählung sie versetzt hatte. Sie errötete unter dem frechen Blick, mit dem der Verwalter sie von oben bis unten musterte, und um ihn zurechtzuweisen, maß sie ihn hochmütig und entgegnete:

»Ja. Seid auch Ihr ein Liebhaber dieser Frau gewesen. da sie die Bauern so schätzte?«

Er zögerte nicht einmal. Triumphierend rief er: »Aber natürlich, Madame ... und glaubt mir, ich werde nie die Stunden vergessen, die ich ihr verdanke!«

Unfähig, ihre Empörung länger zu unterdrücken, zog Marianne es vor, ihn mit einer Handbewegung zu entlassen. Alleingeblieben, sank sie auf ihren Stuhl zurück und suchte die Panik zu überwinden, die sich ihrer bemächtigte. Die Schönheit dieses Besitzes, in dem sie für kurze Zeit

Ruhe und Heiterkeit gefunden hatte, schien ihr nun verdorben, besudelt, entstellt durch die Erinnerung an die dämonische Frau, durch die er so nachhaltig geprägt worden war. Und als sie die düstere Gestalt von Ilderims Reiter in der vergangenen Nacht beschwor, fühlte sie sich von Mitleid ergriffen, denn sie hatte den Eindruck, daß zwischen dem Fürsten und dem auf ihm lastenden Fluch ein unaufhörlicher Kampf im Gange war. Sie mußte ernstlich an ihre Vernunft appellieren, um nicht sofort ihr Gepäck, ihren Wagen zu fordern und abzureisen. Selbst das Rauschen der Brunnen im Park schien ihr drohend zu klingen ...

Doch da war der Kardinal, dem sie zu warten versprochen hatte, und da war das sonderbare Versprechen Matteos, an die Statue gerichtet. Sie wollte wissen, was es bedeutete, und notfalls dazwischentreten. Vielleicht war es das Mittel, endlich den Dämon des Hauses Sant' Anna auszutreiben! Ihr Blick blieb plötzlich an dem auf eine Sessellehne gestickten Wappen der Familie hängen, und sie entdeckte einen seltsamen Symbolcharakter. Die Schlange und das Einhorn! Das giftige, kriechende, lautlos tödliche Tier und das weiße, lichte Märchengeschöpf ... Der Kampf zwischen ihnen mußte ein Ende finden, bevor ihr Kind zur Welt kam, denn sie wollte nicht, daß es über Lucindas Reich herrschte. Der mütterliche Instinkt erwachte in ihr, leidenschaftlich alles abwehrend, was auch nur den geringsten Schatten auf das Schicksal des Kindes werfen konnte. Und deshalb war es notwendig, daß sie, Marianne, ein für allemal die Dämonen vertrieb. An diesem Abend würde sie sich überzeugen, was für Bande Matteo noch mit der verfluchten Toten vereinten, auch wenn sie dabei ihr Leben riskierte. Danach würde sie, ohne erst die Aufmerksamkeit ihres unsichtbaren Gatten zu erzwingen, so handeln, wie es ihr Gewissen gebot.

Doch als die Nacht wiederkehrte und Haus und Park in ihr Dunkel hüllte, zerbrachen Mariannes heroische Pläne vor der primitivsten aller Ängste, vor der, die sie noch nie zuvor verspürt hatte, vor der Angst vor der unbekannte Gefahren verbergenden Finsternis. Die Vorstellung, auf die unheimliche Lichtung zurückzukehren, die höllische Statue wiederzusehen, ließ sie bis ins Mark erstarren. Nie zuvor hatte sie solche Panik verspürt, selbst nicht damals nach der Flucht Francis Cranmeres, als sie eine Weile für ihr Leben gefürchtet hatte, denn Francis war schließlich nur ein Mensch, während Lucinda das unsichtbare, unergründliche Jenseits verkörperte.

Sie war den größten Teil des Tages in ihrem Zimmer geblieben, sie wollte dem Verwalter keinesfalls begegnen. Erst als sie nachmittags durchs Fenster sah, daß er sich zur Straße hin entfernte, begab sie sich zu den Ställen und betrachtete dort lange Ilderim, als könne irgend etwas, ein Merkmal, ein Zeichen an dem schönen Hengst ihr den Schlüssel zu dem Rätsel ausliefern, das sein Herr für sie war. Doch die Frage, die sie sich stellte, blieb ohne Antwort.

In ihr Zimmer zurückgekehrt, erwartete Marianne in einem quälenden Zustand totaler Entschlußlosigkeit die Nacht. Ihre überreizte Neugier trieb sie, zur Ruine des ruchlosen Tempels hinüberzugehen, aber das, was Matteo ihr von Lucinda berichtet hatte, erfüllte sie mit unüberwindlichem Abscheu, so daß sie sich fast ebenso davor fürchtete, die schamlose Statue wiederzusehen wie ihren fanatischen Diener.

Sie hatte rasch ein leichtes Abendessen zu sich genommen und sich von ihren Frauen für die Nacht vorbereiten lassen, war jedoch nicht schlafen gegangen. Ihr prunkvolles Zimmer, ihr prächtiges Bett weckten Schauder in ihr. Sie glaubte, die Statue vor sich zu sehen, und wagte kaum, ihren Blick zu den Spiegeln zu wenden, aus Angst, das Phantom der teuflischen Venezianerin könnte aus ihnen auftauchen. Trotz der noch immer drückenden Hitze hatte sie in einem Reflex kindlicher Furcht, derer sie sich im Grunde schämte, gegen die sie sich aber nicht zu wehren vermochte, Fenster und Vorhänge fest schließen lassen. Dem beweglichen Paneel hatte sie sich natürlich besonders gewidmet. Sie hatte einen Tisch und Stühle davorgerückt, außerdem zwei schwere Leuchter dagegen gelehnt, so daß man die Geheimtür nicht aufstoßen konnte, ohne gewaltigen Lärm zu verursachen.

Bevor sie Agathe und Donna Lavinia entließ, bat sie die letztere, ihr Gracchus zu schicken. Sie wollte den jungen Kutscher in dieser Nacht auf einer Matratze in dem kleinen Flur schlafen lassen, der ihr Zimmer mit der Kammer Agathes verband. Doch da Gracchus von den Angstgefühlen, mit denen sich seine Herrin herumschlug, nichts ahnte, war er ausgegangen, um den Abend bei seinem neuen Freund Rinaldo zu verbringen, der in einem Bauernhof außerhalb des Parkes wohnte. Marianne war also genötigt, allein mit ihrer Angst fertig zu werden. Die Stunden, die sie von der Wiederkehr der Sonne trennten, würden eine Ewigkeit dauern.

»Das Beste wäre zu schlafen, tief zu schlafen ...«, sagte sie sich.

Sie hatte deshalb Donna Lavinia gebeten, ihr den Kräuteraufguß zu bereiten, der ihr am ersten Abend so gut bekommen war, aber als sie ihn gerade trinken wollte, stellte sie ihn doch unberührt wieder auf ihren Nachttisch zurück. Wenn sie nun allzu fest schliefe und deswegen das Umfallen der gegen das Paneel gelehnten Gegenstände nicht hörte, falls ...? Nein, selbst wenn sich diese Nacht zu einem scheußlichen Alptraum auswachsen sollte, mußte sie sie von Anfang bis Ende und so wach wie möglich durchstehen.

Mit einem entmutigten Seufzer legte Marianne ihre Pistolen neben das Bett, griff nach einem Buch, streckte sich aus und versuchte zu lesen. Es war ein Werk Chateaubriands, ein rührender Roman, der die Liebe zweier junger Indianer, Chactas und Atala, behandelte. Marianne hatte ihn bisher mit großem Vergnügen gelesen, aber an diesem Abend war sie nicht bei der Sache. Ihr Geist streifte weit entfernt von den Ufern des Flusses Maschacebe um jene Lichtung, auf der sich heute nacht Gott weiß was ereignen würde. Schließlich warf Marianne ihr Buch beiseite.

»Es ist unmöglich!« sagte sie laut. »Wenn es so weitergeht, werde ich verrückt!«

Sie griff nach der Klingelschnur, die sie mit Agathes Kammer verband, und zog. Sie wollte das junge Mädchen bitten, die Nacht bei ihr zu verbringen. Zu zweit würde sie sich in ihrem Kampf gegen das Grauen wie gegen ihre Neugier stärker fühlen, und die stets so ängstliche Agathe wäre sicherlich entzückt, bei ihrer Herrin bleiben zu dürfen. Doch Marianne wartete, läutete von neuem und immer wieder – nichts rührte sich.

In der Annahme, das junge Mädchen habe vielleicht Donna Lavinias Mixtur getrunken, erhob sie sich, hüllte sich in einen leichten Morgenmantel aus Batist, schlüpfte in ihre Pantoffeln und ging zur Kammer Agathes. Sie klopfte leise an die Tür, unter der sie Licht gewahrte, und da sie keine Antwort erhielt, drehte sie den Knopf und trat ein. Die Kammer war leer.

Eine Kerze brannte auf dem Nachttisch, aber niemand lag im Bett, dessen Laken und Decke bis auf den Boden herabhingen, als habe die kleine Zofe sie beim Aufstehen hinter sich hergezogen. Beunruhigt hob Marianne den Blick zu der über dem Bett angebrachten Glocke, die von ihrem Zimmer aus in Tätigkeit gesetzt werden konnte. Sie stieß einen Laut zorniger Überraschung aus: Die Glocke war mit Leinenzeug vollgestopft und konnte keinen Ton von sich geben. Das war zu stark! Nicht nur, daß Agathe nachts ihr Zimmer verließ, sie trieb ihre Frechheit so weit, die Glocke zum Schweigen zu bringen! Um wohin zu gehen? Zu wem? Nicht zu Gracchus, der war bei Rinaldo ... und auch zu keinem der anderen Diener, denn Agathe hatte sich mit niemandem eingelassen. Und wenn sie nicht bei ihrer Herrin war, ließ sie kaum den Rockzipfel Donna Lavinias los, der einzigen, die ihr in diesem Hause Vertrauen einflößte. Aber wer sonst ...?

Marianne, die schon die Kammer hatte verlassen wollen, kehrte zum Bett zurück und musterte nachdenklich die sonderbare Anordnung des Lakens und der Decke. Sie lägen nicht anders, wenn das junge Mädchen aus ihrem Bett herausgehoben worden wäre. Man brachte das Bettzeug nicht so durcheinander, wenn man nur aufstand. Wenn man dagegen einen Körper anhob, leblos oder nicht ... Plötzlich krampfte sich ihr Herz zusammen. Ein furchtbarer Gedanke drängte sich ihr auf. Die ihrer Stimme beraubte Glocke, die herunterhängende Decke, die noch brennende Kerze ... und auch die leere Tasse auf dem Nachttisch, diese Tasse, von der noch der charakteristische Geruch des berühmten Schlaftrunks ausging ... vermischt mit einem anderen, zarteren ... Nein, Agathe war nicht fortgegangen. Man hatte sie fortgetragen. Und Marianne fürchtete sich davor, zu erraten, wer es gewesen war.

Marianne wußte, was sie tun mußte. Und damit verflog die Angst, die sie während des ganzen Abends gepeinigt hatte. Sie lief in ihr Zimmer zurück, schob hastig die kleine Barrikade vor dem Paneel beiseite, raffte mit Hilfe einer um die Taille geschlungenen Schärpe das locker flatternde

Neglige fest um sich zusammen, nahm eine Kerze in die eine Hand, eine Pistole in die andere, schob die zweite in ihren Gürtel und machte sich auf denselben Weg wie am Morgen.

Doch jetzt legte sie ihn schneller zurück, ohne einen Moment des Zögerns, vorwärtsgetrieben von einem Zorn, der sie die einfachste Vorsicht und selbst ihren Instinkt für Sicherheit vergessen ließ. Sie brauchte ihre Kerze am Fuß der Treppe nicht zu löschen, der Wind blies sie aus. Er hatte sich während des Abends aufgemacht, ohne daß sie hinter ihren abgedichteten Fenstern etwas davon bemerkt hatte. Es war auch viel frischer jetzt. Mit Wonne die Luft einatmend, dachte Marianne, daß es irgendwo geregnet haben müsse. Der Himmel war klar, es war Vollmond, nur einige Wolken zogen rasch dahin und verschleierten für Sekunden die große silberne Scheibe. Das beängstigende Schweigen war gewichen. Der Park rauschte mit seinen zahllosen Blättern, mit all seinen bewegten Zweigen.

Entschlossen tauchte Marianne in die Grotte, durchquerte sie im Nu, doch im Durchgang unter dem Hügel mäßigte sie ihren Schritt, um nicht gehört zu werden. Auf der Lichtung vor ihr erschien rötlicher Schein. Im Gang war es des Luftzuges wegen fast kalt, und Marianne zog fröstelnd den dünnen Batist ihres Morgenrocks enger um ihre Brust zusammen. Je mehr sie sich dem Ende des Ganges näherte, desto heftiger schlug ihr Herz, doch sie faßte die Waffe fester, preßte sich gegen die Wand und blickte vorsichtig hinaus. Ihr war, als wechsle sie von einem Jahrhundert ins andere, als fiele sie plötzlich aus der geräuschvollen, leidenschaftlichen, ruhmreichen, vom brodelndem Leben erfüllten napoleonischen Ära in das tiefste, schwärzeste Mittelalter.

Die Flammen zweier großer schwarzer Wachskerzen und zweier Feuertöpfe, von denen scharf riechender Rauch aufstieg, beleuchteten die Statue, an deren Fuß auf den Trümmern eine Art Altar hergerichtet worden war. Auf ihm lag die Gestalt einer nackten, zweifellos bewußtlosen Frau – denn sie lag absolut still, obwohl keine Fessel sichtbar war. Ein kelchartiges Gefäß stand auf einem kleinen Brett auf ihrem Leib. Verblüfft und entsetzt erkannte Marianne Agathe. Doch sie hielt den Atem an, trotz des Grauens, das sie erfaßte. Es schien ihr, als müsse der geringste Laut die schlimmste aller Katastrophen auslösen.

Vor dem reglosen jungen Mädchen kniete Matteo. Marianne erkannte ihn kaum wieder. Er trug einen langen schwarzen, mit seltsamen Zeichen bestickten und über der Brust weit geöffneten Talar. Ein goldener Reif umspannte seine Stirn. Er war nicht mehr der schweigsame Verwalter des Fürsten Sant' Anna, sondern ein Nekromant, der sich anschickte, einen der ruchlosesten, ältesten, aus dem Urgrund der Zeiten aufgestiegenen Kulte zu zelebrieren. Eben begann er in lateinischer Sprache Gebete zu rezitieren, die Marianne auch noch den letzten Zweifel über das nahmen, was er beabsichtigte.

»Die schwarze Messe!« dachte sie erschauernd, während ihr Blick von dem knienden Mann zu der Statue glitt, die in der unheimlichen Beleuchtung wie von Blut überronnen schien. Ein verstaubtes Buch, das ihr eines Tages in der Bibliothek von Selton in die Hände geraten war, hatte zu ihrem Entsetzen die abscheuliche Zeremonie beschrieben. Sobald er seine gotteslästerlichen Gebete beendet hätte, würde Matteo seiner Göttin, die hier Satan selbst vertrat, zweifellos das erwählte Opfer darbringen, was besagte, daß er es zuerst besitzen und danach auf seinem Leib irgendein Tier oder sonst ein lebendes Wesen töten würde. Darauf wies das lange Messer hin, dessen Klinge zu Füßen Lucindas unheimlich aufblitzte. Wenn er nicht überhaupt Agathe selbst umbrachte, was das plausibelste schien, da sich sonst keine Spur von Leben auf der Lichtung zeigte. Matteo schien jetzt in Trance zu sein.

Die Worte, die er sprach, waren nicht mehr verständlich, verschwammen zu einem dumpfen Gemurmel. Mit schreckgeweiteten Augen sah Marianne, daß er sich erhob, den Kelch ergriff, neben sich stellte, den Körper des bewußtlosen jungen Mädchens mit Küssen bedeckte und schließlich das Messer packte. Die Klinge blitzte im Dunkel auf, und Mariannes Entsetzen schwand wundersamerweise mit einem Schlag. Den Schutz des Durchgangs verlassend, tat sie ein paar schnelle Schritte in die Lichtung hinein, hob den Arm mit der Pistole, zielte und gab kaltblütig Feuer.

Matteo sprang zurück, ließ das Messer fallen und sah mit verstörter Miene um sich. Er war nicht verwundet, denn Marianne hatte auf die Statue gezielt, aber er stöhnte laut auf, als er gewahrte, daß Lucindas erhobenes Kinn verschwunden war. Völlig außer sich, wollte er zu ihr stürzen, doch Mariannes eisige Stimme hielt ihn jäh zurück.

»Verhaltet Euch ruhig, Matteo!« rief sie, die nutzlos gewordene Pistole fortwerfend und zur anderen greifend. »Ich hätte Euch töten können, aber ich will Euren Herrn nicht eines so guten Domestiken berauben. Nehmt jedoch zur Kenntnis, daß ich eine zweite Kugel für Euch bereit habe, wenn Ihr nicht gehorcht. Bringt also Agathe sofort in ihre Kammer zurück! ... Das ist ein Befehl den ich nicht wiederholen werde!«

Doch der Mann hörte sie offensichtlich nicht. Er taumelte, stürzte zu Boden. Mit flackernden Augen kroch er dann auf Händen und Knien über die Trümmer auf sie zu, versuchte immer wieder, sich aufzurichten. Er schien unempfindlich gegen die scharfen Kanten der Steine und die Dornen des Brombeergestrüpps. Er mußte völlig in Trance sein. Während er sich ihr kriechend näherte, schauderte es Marianne vor dem, was zu tun sie gezwungen sein würde, um sich vor diesem Mann zu schützen, dessen Kräfte sich in seinem Zustand vielleicht vervielfacht hatten: aus nächster Nähe auf ihn zu schießen.

»Haltet an!« befahl sie. »Ich sage Euch: weicht zurück! Hört Ihr? Zurück!«

Er hörte sie nicht. Es war ihm gelungen, sich aufzurichten, und er näherte sich ihr noch immer mit vorgestreckten Händen und dem schrecklichen Blick des Schlafwandlers. Nun war es Marianne, die instinktiv zurückwich, weiter und weiter. Sie konnte sich nicht entschließen zu schießen. Es war, als lähmte eine Kraft, stärker als ihr Wille, ihren Arm. Das Grauen kann eine Art Betäubungsmittel sein, und Matteo im schwarzen Talar mit seinem verzerrten Gesicht, den zerrissenen, blutenden Händen ähnelte wirklich einem von der Hölle ausgespienen bösen Geist. Marianne fühlte, daß ihre Kraft sie verließ. Sie wich noch immer zurück, tastete mit ihrer freien Hand hinter sich nach der Öffnung des Durchgangs, aber sie mußte vom Wege abgewichen sein, denn sie stieß nur auf Zweige und Blattwerk. Das Dickicht vielleicht, in dem sie verschwinden, sich verbergen könnte ... Noch ein, zwei Schritte, dann stieß ihr Fuß gegen ein Hindernis, und mit einem Schrei stürzte sie rücklings in ein Gebüsch. Und Matteo kam mit vorgestreckten Händen immer näher, wuchs, wuchs ins Maßlose vor ihr auf ...

Bei ihrem Sturz war Marianne die Pistole aus der Hand gefallen. In ohnmächtigem Grauen gab sie sich verloren.

Sie schrie, aber der Schrei erstickte in ihrer Kehle. Etwas wie nahendes Donnergrollen drang an ihr Ohr, dann brach aus dem Dickicht jenseits der Lichtung eine phantastische Erscheinung. Ein schwarzer Reiter auf einem mächtigen weißen Pferd, ein Reiter, der sich mit hochgeschwungener Reitpeitsche auf Matteo warf und der der vor Schreck erstarrten jungen Frau riesig erschien. Von neuem schrie sie auf, und bevor sie das Bewußtsein verlor, konnte sie unter der Krempe eines Huts ein weißliches, starres Gesicht ohne Züge erkennen, in dem die Augen schwarz funkelnde Löcher waren, etwas Lebloses, Ungeformtes, das sich im Geflatter eines schwarzen Mantels verlor. Ein Gespenst ritt Ilderim, ein aus der Hölle des Entsetzens aufgestiegenes Phantom beugte sich über sie ... Mit einem verzweifelten Aufstöhnen vergingen ihr die Sinne.

Marianne erfuhr nie, wie lange sie bewußtlos gewesen war. Als sie unter dem Eindruck, aus einem endlosen Alptraum zu erwachen, die Augen aufschlug, sah sie, daß sie in ihrem Zimmer war, in ihrem Bett, und in der ersten Benommenheit des Erwachens-glaubte sie wirklich, geträumt zu haben. Zweifellos war alles nur ein böser Traum, die Entdeckung, daß Agathes Kammer leer war, die Ereignisse auf der Lichtung vor allem, die Begegnung mit dem schrecklichen Reiter, der Ilderim ritt, und sie empfand tiefe Erleichterung darüber. A11 das war so erschreckend gewesen! Ihr Hirn mußte überreizt gewesen sein, um sich diese scheußlichen Szenen ausmalen zu können!

Agathe schlief jetzt sicher fest in ihrem schmalen Bett, weit entfernt davon, etwas von der Rolle zu ahnen, die sie in den nächtlichen Visionen ihrer Herrin gespielt hatte.

Um wieder völlig klar zu werden, wollte Marianne aufstehen und ihr Gesicht mit frischem Wasser benetzen. Ihr Kopf war so schwer, ihre Gedanken liefen noch wirr durcheinander. Doch als sie die Decke zurückschlug, bemerkte sie, daß sie nackt in ihrem Bett lag, über das eine unbekannte Hand duftende Jasminblätter gestreut hatte. Und sie wußte nun, daß es kein Traum gewesen, daß alles wahr war: die Lichtung, die schwarze Messe, der Pistolenschuß, den sie auf die Statue abgegeben hatte, Matteos mörderische Wut und endlich ihre Rettung durch den schrecklichen Reiter ...

Sich seiner erinnernd, spürte sie, daß eine Gänsehaut sie überlief. Hatte er sie hierher zurückgebracht? Matteo konnte es nicht gewesen sein ... Matteo hatte sie töten wollen, und sie glaubte gesehen zu haben, daß er unter der Peitsche des Reiters zusammengebrochen war. Also war es der Fürst, der sie ins Haus getragen ... entkleidet ... in dieses Bett gelegt ... der diese duftenden Blätter über den ihm in ihrer Bewußtlosigkeit völlig ausgelieferten Körper gestreut – hatte ... der vielleicht ... Nein, das war nicht möglich! Warum hätte er es auch tun sollen, da er seinen eigenen Worten wie denen des Kardinals zufolge um keinen Preis wollte, daß ihre Ehe wirklich vollzogen würde ... Und dennoch glaubte sie, verzweifelt den Nebel durchforschend, der ihren Geist während ihrer Ohnmacht umfangen hatte, sich an Küsse, an Zärtlichkeiten zu erinnern ...

Wildes Entsetzen, fast schon Panik trieb Marianne jetzt aus ihrem Bett. Sie wollte fliehen, fliehen um jeden Preis und sofort dieses Haus verlassen, in dem sie verrückt zu werden fürchtete, in dem die Abreise ihres Paten sie wehrlos seinen Bewohnern auslieferte, Leuten, deren tägliches Brot aus Geheimnis bestand. Sie wollte die Weite wiederfinden, die Sonne, die vielleicht weniger romantischen, aber unendlich beruhigenderen, sanften Landschaften Frankreichs, den Frieden ihres hübschen Hauses in der Rue de Lille, Jolivals fröhliche Augen. Selbst das Toben Napoleons und die Bedrohung durch Francis Cranmere, die unvermeidlich wieder auf ihr lasten würde, sobald sie nach Frankreich zurückkehrte, erschienen ihr wundervoll und erstrebenswert! Ohne sich erst etwas überzuziehen, lief sie wieder zu Agathe, stellte mit tiefer Erleichterung fest, daß auch das junge Mädchen in ihr Bett zurückgekehrt war, und vergeudete keine Zeit mehr damit, sich mit überflüssigen Fragen abzugeben. Es war ihr gleich, wer sie zurückgebracht hatte, was aus Matteo geworden war. Dafür schüttelte sie das junge Mädchen mit einer aus ihrem Entsetzen gewachsenen Energie so kräftig, daß es ihr gelang, sie zu wecken. Doch da sich die sichtlich noch unter der Wirkung der Droge stehende Agathe in ihrem Bett kaum aufzurichten vermochte und sie mit schlafumnebelten Augen ansah, nahm sie eine Wasserkanne vom Waschtisch und schüttete ihr deren Inhalt mit aller Kraft ins Gesicht. Das Mädchen schrak zusammen, hustete – erwachte aber schließlich völlig.

»Endlich!« rief Marianne. »Steht auf, Agathe, beeilt Euch! ... Das Gepäck muß gerichtet werden, und weckt Gracchus! Sagt ihm, er soll sofort anspannen. Sofort!«

»Aber ... Ma ... Madame!« stammelte das junge Mädchen, völlig verblüfft darüber, mitten in der Nacht von einer nur mit ihrem gelösten Haar bekleideten Marianne mittels einer Überschwemmung geweckt zu werden. »Reisen wir etwa ab, Madame?«

»Ja! Ich will, daß uns die aufgehende Sonne schon auf dem Wege findet! Vorwärts also! Steht auf, und bitte schnell, wenn es geht!«

Während sich Agathe triefend aus ihrem Bett erhob, lief Marianne, von hektischem Betätigungsdrang besessen, in ihr Zimmer zurück, leerte Schränke und Kommoden, zerrte Koffer und Truhen aus einem Verschlag neben dem Bad, wo man sie aufgestapelt hatte, und begann, ohne jedes System alles hineinzustopfen. Als die Zofe ein paar Minuten später trocken und angekleidet das Zimmer betrat, fand sie sie in einem aufgereten Hin und her inmitten des fürchterlichsten Durcheinanders, das ihr je vor Augen gekommen war. Zunächst griff Agathe schleunigst nach einem herumliegenden Frisiermantel und legte ihn Marianne um die Schultern, die immer noch splitternackt herumlief.

»Madame wird sich erkälten«, bemerkte sie in vorwurfsvollem Ton, ohne es jedoch zu wagen, auch nur die kleinste Frage zu stellen.

»Danke. Helft mir jetzt, all das ordentlich einzupacken ... oder, wartet, geht lieber Gracchus wecken ... das heißt, nein, ich werde selber gehen!«

»Davon kann keine Rede sein!« empörte sich Agathe. »Madame wird sich in aller Ruhe ankleiden, während ich Gracchus hole. Es würde schön aussehen, wenn Madame sich mit nackten Füßen im Frisiermantel in die Gesinderäume begäbe! Ich werde Donna Lavinia ausrichten, daß sie zum Helfen kommen soll.«

Doch Agathe hatte kaum das Zimmer verlassen, als die Haushälterin zu Mariannes größter Überraschung bereits völlig angekleidet erschien, als sei sie in dieser Nacht überhaupt nicht ins Bett gekommen. Vielleicht hatte sie schon der von ihrer Herrin verursachte Lärm geweckt, aber sie zeigte keinerlei Erstaunen darüber, Marianne inmitten von Koffern und wild herumgestreuten Kleidungsstücken zu finden. Ihre Reverenz war korrekt und ruhig.

»Beabsichtigt Eure Herrlichkeit, uns zu verlassen?« fragte sie nur.

»Ja, Donna Lavinia! Und ich stelle fest, daß Ihr nicht sonderlich erstaunt scheint.«

Die blauen Augen der Haushälterin hefteten sich friedlich und sanft auf Mariannes gerötetes Gesicht. Sie lächelte traurig. »Seit der Herr Kardinal abgereist ist, fürchtete ich, daß es so kommen würde. Allein hier, konnte Madame nur die bösen Kräfte wecken, die noch immer über dieses Haus herrschen. Sie mögen es nicht falsch verstehen, aber ich bin glücklich, daß Madame abreist ... Es ist besser für alle.«

»Was wollt Ihr damit sagen?« fragte Marianne mit gerunzelter Stirn, denn Lavinias Ruhe überraschte sie. Es war, als sei der Haushälterin von den Geschehnissen dieser Nacht nichts verborgen geblieben.

»Daß Monseigneur gleich nach seiner Rückkehr vorhin Pater Amundi dringend zu sich rufen ließ und sich mit ihm eingeschlossen hat ... daß Matteo Damiani im Keller eingekerkert ist ... und daß ein Blitz hinter dem Hügel des Nymphäums eingeschlagen haben muß, denn ich sah dort einen mächtigen Feuerschein, und es hörte sich an, als stürze etwas zusammen. Es ist besser, wenn Madame abreist. Wenn sie wiederkommt ...«

»Ich komme nie wieder!« erklärte Marianne in leidenschaftlichem Ton, der Lavinias Sanftmut indessen nicht zu erschüttern vermochte.

Sie begnügte sich mit einem Lächeln.

»Es wird nicht zu umgehen sein! Hat Madame sich nicht dazu verpflichtet? Wenn sie zurückkehrt, sage ich, wird sich vieles geändert haben. Ich ... ich glaube, daß sie dann nichts mehr zu fürchten hat ... Der Fürst ...«

»Ich habe ihn gesehen«, warf Marianne ein. »Es war schrecklich! Ich glaubte, ein Gespenst zu sehen! Er hat mir Angst eingejagt ... Dieses Gesicht aus Gips ...«

»Nein«, berichtigte Lavinia ruhig, »nur eine Maske. Eine Maske aus weißem Leder. Ihr dürft ihm nicht zürnen. Er ist mehr denn je zu beklagen, denn in dieser Nacht hat er grausam gelitten. Ich werde jetzt die Koffer packen.«

Verdutzt sah Marianne ihr zu, wie sie in dem großen Raum hin und her ging, Kleider und Wäsche sorgsam zusammenfaltete, die Schuhe in ihre Schachteln legte und alles geschickt in den geöffneten Truhen unterbrachte. Als sie auch die Schmuckschatullen dazulegen wollte, protestierte Marianne:

»Nein, das nicht! Ich will sie nicht mitnehmen!«

»Ihr müßt! Sie gehören nun Eurer Herrlichkeit. Will sie denn unsern Herrn noch mehr zur Verzweiflung bringen? Es würde ihn tief verletzen, und er würde glauben, daß Eure Herrlichkeit ihn für das Geschehen verantwortlich macht und ihm deswegen grollt.«

Sie sagte nicht, wofür und weswegen. Entmutigt stimmte Marianne mit einer Geste zu. Sie wußte nicht mehr, was sie von allem denken sollte. Ja, sie schämte sich nun ein wenig ihres Verhaltens wegen, dieser Panik, von der sie sich hatte fortreißen lassen, aber sie fühlte nicht den Mut in sich, ihre Befehle zu ändern und länger zu bleiben. Sie *mußte* abreisen.

Einmal außerhalb dieses beunruhigenden Hauses, dieses Parks würde sie sich wiederfinden, könnte sie ruhig überlegen, sich über alles klar werden, jetzt aber mußte sie erst einmal fort. Nur um diesen Preis könnte sie es vermeiden, völlig durchzudrehen, und erst wenn sie zwischen sich und die *villa* Sant' Anna ein gutes Stück Wegs gelegt hätte, würde sie sich mit den Ereignissen dieser Nacht ohne Gefahr für ihren Verstand näher befassen können.

Als das Gepäck dann bereit, sie selbst reisefertig war und das Geräusch der vor der großen Treppe vorfahrenden Kutsche zu ihr drang, wandte sie sich an Donna Lavinia.

»Ich hatte meinem Paten versprochen, ihn hier zu erwarten«, begann sie traurig, »und nun breche ich auf.«

»Seid beruhigt, Fürstin, ich ... oder vielmehr der Fürst und ich werden ihm alles erklären.«

»Sagt ihm auch, daß ich nach Paris zurückkehre, daß ich ihm schreiben werde, hierher, da ich nicht weiß, wohin er sich von hier aus wenden wird. Sagt ihm schließlich, daß ich ihm nicht böse bin und weiß, daß er glaubte, das Richtige zu tun ...«

»... und daß er auch das Richtige getan hat! Später werdet

Ihr es erkennen. Gute Reise, Euer Herrlichkeit, und vergeßt nie, daß dieses Haus das Eure ist wie alle anderen Häuser unseres Herrn. Seid überzeugt, daß er Euch von nun an zu schützen wissen wird, und wenn Ihr zurückkehrt, tut es vertrauensvoll, ohne Furcht.«

Marianne verspürte Mitleid mit dieser alten Frau, die alles tat, um die Spuren der schmerzlichen Eindrücke aus ihrer Erinnerung zu tilgen. Sie wußte, daß sie später vielleicht bedauern würde, sich so wenig heroisch benommen zu haben, aber sie wußte auch, daß sie, wenn sie zurückkehrte – denn sie würde zurückkehren müssen! –, niemals allein käme. Der Kardinal oder Arcadius oder auch beide müßten sie begleiten. Doch sie behielt diesen Gedanken für sich und reichte Donna Lavinia liebevoll beide Hände.

»Seid ohne Sorge, Donna Lavinia. Sagt Eurem Herrn von mir Lebewohl ... und Dank, Dank für alles! Ich werde Euch nicht vergessen. Wenn ich wiederkomme, werde ich das Kind mitbringen, und alles wird gut sein. Sagt das dem Fürsten.«

Als sie endlich in den Wagen stieg, hüllte der neblige Dunst des frühen Morgens den Park ein und verlieh ihm eine seltsame Unwirklichkeit. Der Nachtwind war zur Ruhe gekommen. Es war grau und feucht. Das Wetter würde sich vielleicht ändern, bald würde es Regen geben, doch die mit Agathe im Fond des Wagens sitzende Marianne fühlte sich nun in Sicherheit, geschützt vor allen wirklichen oder eingebildeten Hexereien, die dieser schöne Besitz in sich barg. Sie kehrte nach Hause zurück, zu denen, die sie liebte. Nichts konnte sie mehr erreichen.

Die Peitsche knallte ... der Wagen setzte sich mit klirrenden Geschirrketten und leicht knarrenden Achsen in Bewegung. Der Sand der Allee knirschte unter den Rädern. Die Pferde fielen in Trab. Marianne legte ihre Wange gegen das kühle Leder des Polsters und schloß die Augen. Ihr verwirrtes Herz beruhigte sich, aber sie fühlte sich plötzlich zum Sterben müde.

Während die schwere Reisekutsche, in den Morgennebel tauchend, den langen Weg nach Paris in Angriff nahm, dachte Marianne an die Absurdität des Schicksals, an seine Grausamkeit, die sie zu dieser endlosen Irrfahrt verurteilte, zu dieser Suche wenn schon nicht nach einem unmöglichen Glück, so doch wenigstens nach einem Los, das ihr Frieden bringen würde. Sie war, auf der Flucht vor einem unwürdigen, verbrecherischen Gatten, hierhergekommen, sie war gekommen als Mutter, ohne Gattin zu sein, damit das Kind aus kaiserlichem Blut, das in ihr wuchs, später einmal mit erhobenem Haupt unter seinesgleichen würde leben können. Und endlich war sie in der nicht eingestandenen Hoffnung gekommen, für immer das offenbar erbittert auf ihren Untergang abzielende Verhängnis zu bannen. Reich fuhr sie wieder davon, mit einem fürstlichen Titel versehen, einem großen Namen, mit wiederhergestellter Ehre, doch mit einem Herzen, das noch ärmer an Illusionen und Zärtlichkeit war als zuvor. Sie fuhr wieder davon ... wohin? Zu den Brosamen der Liebe, die ihr der Gatte Marie-Louises bieten konnte? Zu der dunklen Drohung, die der rachsüchtige Haß Francis Cranmeres auf ihr lasten ließ?

Zu der Melancholie eines Lebens der Einsamkeit, da sie in Zukunft ihr Gesicht würde wahren müssen. Jason hatte nicht kommen können ... oder wollen? Alles in allem war das, was sie am Ende des Weges erwartete, ein nur von einem Porträt und einem treuen Freund bewohntes altes Haus, war das Kind, dessen Geburt sie entgegensah, war ein Horizont, dessen Formen und Farben sie nicht erahnen konnte, war – wieder einmal – das Unbekannte ...